ERIC WALZ

Die Herrin der

Buch

Es ist der Weihnachtstag im Jahr des Herrn 963. In der Engelsburg zu Rom steht eine der mächtigsten Frauen des Jahrhunderts vor Gericht: Marocia, Senatrix von Rom und hochbetagte Großmutter des derzeitigen Papstes Johannes XII. Angeklagt wegen Hochverrats am Heiligen Römischen Reich vom kaiserlichen Prokurator Liudprand, Bischof von Cremona ...
Der Prozess ist Anlass, den außergewöhnlichen Lebensweg der Senatrix zu verfolgen. Als Sechzehnjährige wird sie von ihrer ehrgeizigen Mutter als Geliebte des Papstes Sergius III. in den Lateran geschickt. An diesem Tag schwört sich Marocia etwas, das kaum eine andere Frau zu ihrer Zeit wagte – selbst mächtig zu werden, um nicht länger eine Spielfigur der Mächtigen zu sein. Es ist der Beginn eines an Licht und Schatten reichen Lebens: Von ihrer furchtbaren ersten Ehe mit Herzog Alberic von Spoleto bis zur Begegnung mit Lando, ihrer großen Liebe, von den gefährlichen Feldzügen gegen ihre Kontrahenten – zu denen auch ihre eigene Mutter gehört – bis zu ihrer spektakulären zweiten Ehe, die sie endgütig zur Herrin der Ewigen Stadt macht. Als Marocia über 90-jährig im Kloster stirbt, war sie Geliebte, Mutter und Großmutter je eines Papstes, hat drei Ehemänner und vier ihrer fünf Kinder überlebt, hat persönliche und politische Triumphe gefeiert und acht Jahre Gefangenschaft überstanden. Mutig, raffiniert und voll Leidenschaft verteidigte sie stets ihre Unabhängigkeit und machte Rom zu einer aufblühenden Metropole. Fast ein ganzes Jahrhundert – der Niedergang der byzantinischen Macht in Italien und der Aufstieg des deutschen Monarchen Otto I. – spiegelt sich in ihrem faszinierenden Schicksal.

Autor

Eric Walz, geboren 1966 in Königstein im Taunus, begann nach einer kaufmännischen Ausbildung mit dem Schreiben von Kurzgeschichten, aber seine Leidenschaft galt schon immer historischen Stoffen. Eric Walz lebt in Berlin, wo er als freier Personaltrainer und Autor arbeitet. Er schreibt gerade seinen nächsten historischen Roman.

Eric Walz
Die Herrin der Päpste

Roman

BLANVALET

Umwelthinweis:
Alle bedruckten Materialien dieses Taschenbuches
sind chlorfrei und umweltschonend.

Blanvalet Taschenbücher erscheinen im
Goldmann Verlag, einem Unternehmen der
Verlagsgruppe Random House GmbH.

1. Auflage
Originalausgabe November 2003

Umschlaggestaltung: Design Team München
Umschlagfoto: AKG Images
Satz: deutsch-türkischer fotosatz, Berlin
Druck und Bindung: GGP Media, Pößneck
Titelnummer: 35950
MD · Herstellung: Heidrun Nawrot
Made in Germany
ISBN 3-442-35950-3

www.blanvalet-verlag.de

Für Mutsch,
in Liebe und Dankbarkeit

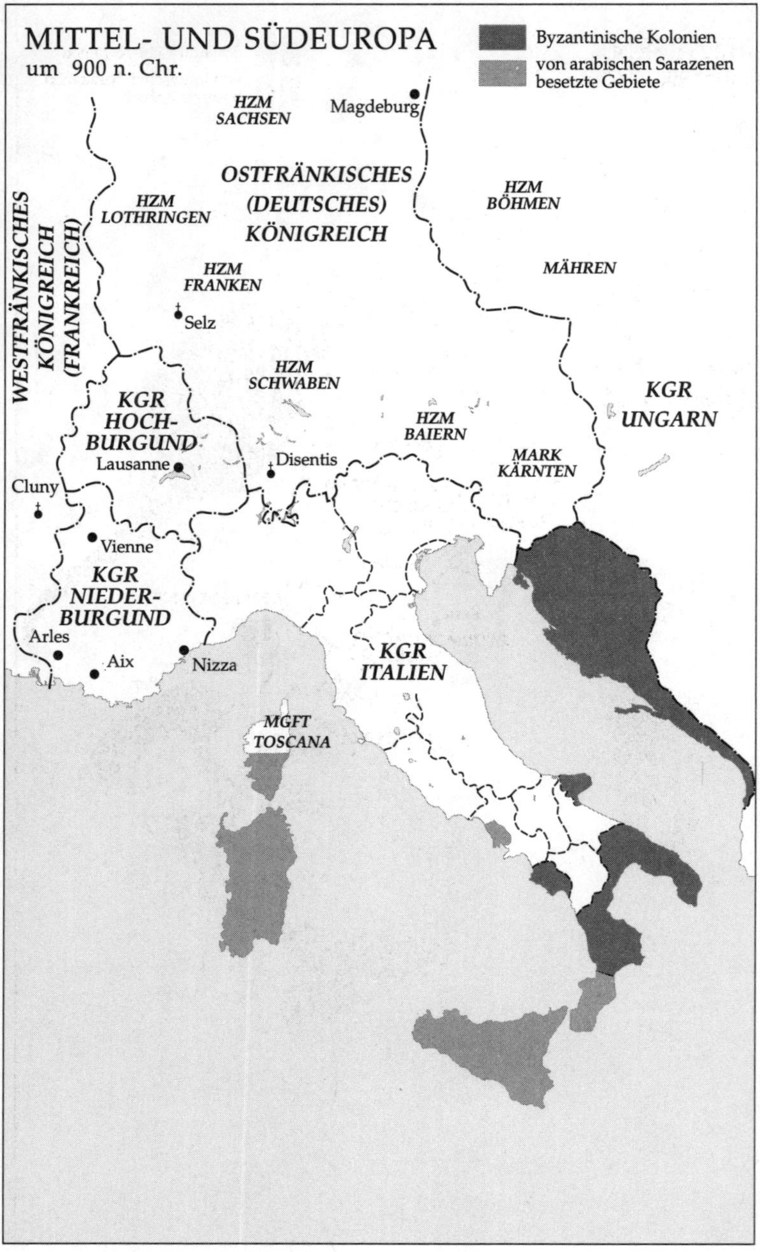
MITTEL- UND SÜDEUROPA
um 900 n. Chr.
Byzantinische Kolonien
von arabischen Sarazenen besetzte Gebiete
HZM SACHSEN
Magdeburg
OSTFRÄNKISCHES (DEUTSCHES) KÖNIGREICH
HZM BÖHMEN
HZM LOTHRINGEN
WESTFRÄNKISCHES KÖNIGREICH (FRANKREICH)
MÄHREN
HZM FRANKEN
Selz
HZM SCHWABEN
KGR UNGARN
KGR HOCH-BURGUND
HZM BAIERN
Lausanne
Disentis
MARK KÄRNTEN
Cluny
Vienne
KGR NIEDER-BURGUND
Arles
Aix
Nizza
KGR ITALIEN
MGFT TOSCANA

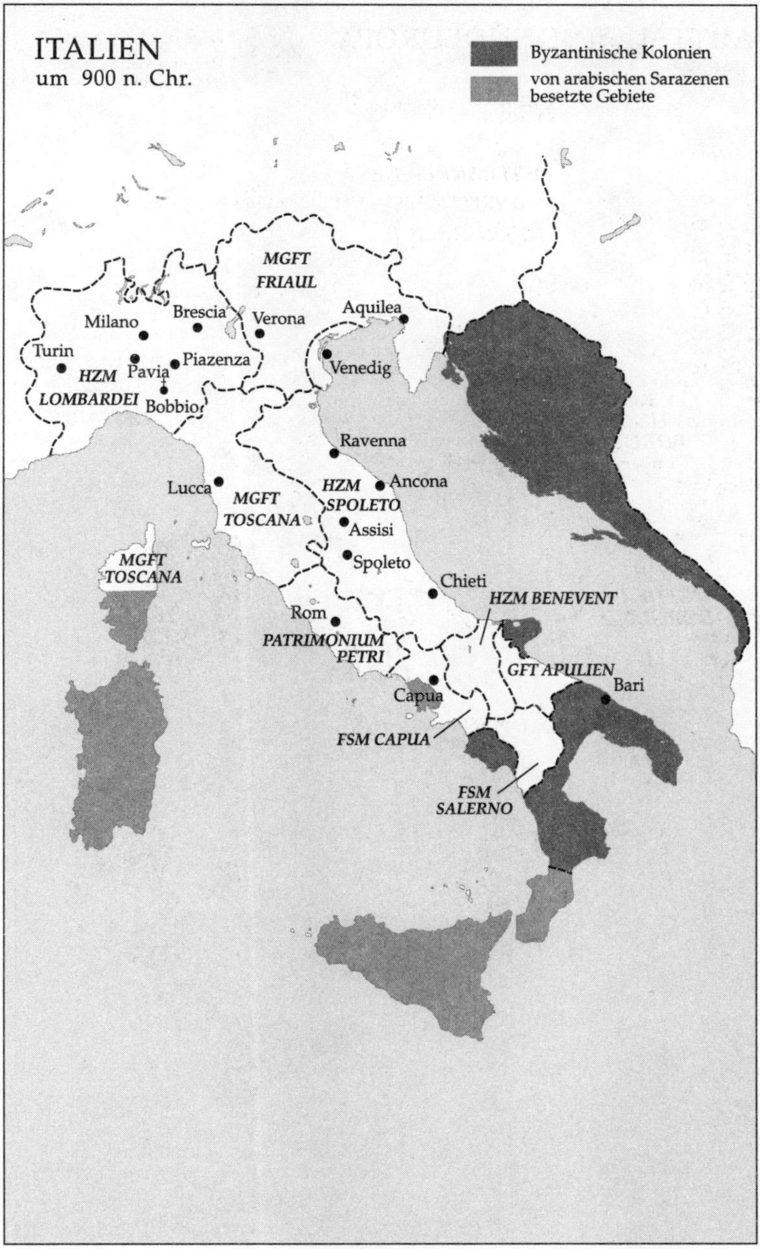
ITALIEN
um 900 n. Chr.
Byzantinische Kolonien
von arabischen Sarazenen besetzte Gebiete
MGFT
FRIAUL
Aquilea
Verona
Brescia
Milano
Turin
Pavia
Piazenza
HZM
LOMBARDEI
Bobbio
Venedig
Ravenna
Lucca
MGFT
TOSCANA
HZM
SPOLETO
Ancona
Assisi
Spoleto
MGFT
TOSCANA
Chieti
HZM BENEVENT
Rom
PATRIMONIUM
PETRI
GFT APULIEN
Bari
Capua
FSM CAPUA
FSM
SALERNO

Erster Teil

Zwischen Himmel und Hölle

Der vierte Adventstag, Anno Domini 963

»Eine Leiche?«, rief Liudprand von Cremona und reckte seinen Schildkrötenkopf aus der schwarzen Kutte. Er hielt die Luft an und überflog das Pergament noch einmal mit zusammengekniffenen Augen. Seine Arme zitterten leicht. Als er es merkte, blickte er aus den Augenwinkeln zu dem Mann neben ihm und stützte die Ellenbogen auf der wuchtigen Platte des Sekretärs ab. Er schmatzte und schluckte mehrmals, legte das Pergament auf den Stapel mit den restlichen Papieren des Berichts zurück und hauchte: »Tatsächlich! Eine Leiche vor Gericht.«

Liudprand zog den Umhang um seine Schultern enger, krampfte seine Hände um den Stock und hinkte langsam zum Kamin. Er versuchte vergeblich, sich dort zu wärmen. Das kleine Feuer kam nicht gegen den Winter an. Dieser östliche Teil der Engelsburg war schlecht ausgestattet. Kein Teppich zierte Wand oder Boden, die Fensterläden ließen den Wind durch Löcher und Spalten pfeifen, und außer dem Bett und dem Sekretär verlor sich nur noch ein kleiner Tafeltisch in dem lang gezogenen Raum. Liudprand knurrte, doch welche Wahl hatte er? Schließlich konnte er ja wohl schlecht seine Erzrivalin um eines ihrer Gemächer bitten. »Und diese … diese Person war dabei?«, fragte er in den lodernden Kamin hinein.

»Mittendrin.«

Wieder knurrte Liudprand.

»Ich wusste nichts davon«, gab er widerwillig zu.

Suidger von Selz lehnte sich entspannt zurück. Es war ihm eben geglückt, den Bischof von Cremona und kaiserlichen Gesandten für einen kurzen Moment zu verunsichern, und das war viel wert in der Auseinandersetzung gegen jemanden, den alle den »Jagdhund Gottes« nannten. Doch Suidger wusste auch, dass er noch ganz am Anfang seiner heiklen Aufgabe stand. Liudprand hatte Witterung aufgenommen, und es würde viel Geschick brauchen, ihn von der Fährte wegzulocken.

»Es ist auch schon siebenundsechzig Jahre her«, erklärte Suidger. »Weder Ihr, Exzellenz, noch ich waren damals schon geboren. Sie aber war zarte sechs Jahre alt und …«

Liudprand wandte sich um. »Das genügt«, rief er. »Der Vorfall ist von keinerlei Bedeutung für meine Untersuchung. Sie wird morgen vor Gericht gestellt, und dabei bleibt es.«

»Aber Exzellenz«, empörte Suidger sich. »Der Vorfall erklärt anschaulich, dass Marocia entgegen Eurer Annahme bereits von frühester Kindheit an auf unserer Seite …«

Das Stampfen von Liudprands Stock hallte von den Wänden wider. »Genug, habe ich gesagt. Ich will nichts mehr davon hören.« Liudprand wandte sich wieder dem Feuer zu, doch als er ihm seine Hände entgegenstreckte, zitterten sie. Wie zum Schutz umfassten seine Finger erneut den Stock. »Die Kindheit dieser … Person mag Euch einen Bericht wert sein, denn Ihr seid ihr Verteidiger …«

»Verhandlungsführer«, berichtigte Suidger.

Liudprand murrte in sich hinein. »Meine Untersuchung jedoch befasst sich nicht mit Dingen, die vor fast zwei Menschenaltern vorgefallen sind, sondern« – er fuchtelte mit dem Stock in Richtung des geschlossenen Fensters – »mit dem, was da draußen geschehen ist – mit Verrat.«

»Damit hat sie nichts zu tun. Sie hat lediglich versucht …«

»Schweigt«, befahl Liudprand mit einer Kraft, die man seiner dürren Kehle kaum zugetraut hätte.

Suidger war zu klug, um sich mit dem Gesandten jetzt ein Wortgefecht zu liefern. Er rieb sich seinen vollen braunen Bart, der sein halbes Gesicht bedeckte, und ging stumm zu einem der Fenster. Ein knapper Stoß seiner kräftigen Rechten genügte, um den Laden aufzuklappen. Sofort wehte Suidgers Ordensgewand im eisigen Abendwind und schmiegte sich eng um seinen rundlichen Bauch.

Es dauerte eine Weile, bis seine Augen sich an die Böen gewöhnt hatten und aufmerksam die Umgebung beobachten konnten. Tausende kleiner Rauchfäden stiegen aus Schornsteinen und von Lagerfeuern in den grauen Himmel über Rom. Auf dem anderen Tiberufer standen verlassene Katapulte und sonstige Belagerungsgeräte herum, vom Raureif einer bitterkalten Nacht überzogen. Und unten im Hof lagerten jene Bewaffneten, mit denen Liudprand vor einigen Tagen die Engelsburg und die Basilika des heiligen Petrus aus der Umklammerung der aufständischen Römer befreit hatte. Doch keine fünfhundert Schritte von hier endete Liudprands Macht bereits. Er hatte viel zu wenige Soldaten mit auf den Weg bekommen, um die ganze Stadt zu erobern. Da draußen, hinter den Mauern der Uferhäuser, lauerten die Gegner und warteten. Sie warteten ebenso wie Liudprand und die Soldaten der Burg, wie Marocia und wie er selbst, auf Nachrichten aus dem Norden und dem Süden Italiens. Dort schlugen die kaiserlichen Heere entscheidende Schlachten, und je nachdem, wie diese ausgingen, würden sie auch über Leben und Tod der hiesigen Kontrahenten entscheiden.

»Eine äußerst subtile Methode, mich ins Grab zu bringen«, rief Liudprand und stellte sich noch näher an das Feuer heran. »Wollt Ihr, dass ich wie Lots Frau auf ewig erstarre?«

Suidger schloss den Laden und schmunzelte. »Verzeiht, Exzellenz. Dieses Quartier entspricht wirklich in keiner Weise Eurem Rang. Darf ich Euch im Namen Marocias eines ihrer Gemächer überlassen? Sie besitzen allen Komfort.«

Liudprands Finger krampften sich derart fest um den Knauf seines Stocks, dass die Knöchel bleich wurden, und sein Kinn bewegte sich mit der Geschwindigkeit seiner Gedanken hin und her.

»Ihr wagt es?«, schimpfte er schließlich. »Sie ist eine Papsthure und ein untreues Weib. Sie behext Männer, damit sie das tun, was sie will. Wenn sie dann doch einmal verheiratet ist, sterben ihre Gatten seltsamerweise wie die Fliegen. Ihr Leib ist verflucht. Ihre Kinder sind Monstren, und noch ihre Kindeskinder tragen die Verderbnis in ihrem Blut. Seht ihn Euch doch an, den Papst, den Verräter am Kaiser und an Gott. Eine Ausgeburt der Hölle ist sie, jawohl, und ich hacke mir eher meine frierenden Hände ab, als in einer ihrer Höhlen zu wohnen.«

Suidger schüttelte kaum sichtbar den Kopf. Liudprands moralisches Urteil über Marocia war längst bekannt, und vom rechtlichen Standpunkt aus betrachtet waren solche Vorwürfe nichtig. Aber der Bischof war dafür bekannt, dass er Moral und Gesetz gerne durcheinander warf, und es war keiner hier, der über seinen vom Kaiser verliehenen Gerichtsvollmachten stand.

»Ich muss um Vergebung bitten, Exzellenz«, sagte Suidger und verneigte sich leicht. »Mir hätte bewusst sein sollen, dass Teppiche und größere Kamine bereits eine Versuchung des Bösen für Euch darstellen. Ich glaube, dann ist für heute alles besprochen.« Er verneigte sich nochmals, jedoch tiefer, und ging hinaus.

Liudprand rührte sich nicht und starrte zur Tür, als erwarte er, dass Suidger zurückkehre. Nach einer Weile gespannter Aufmerksamkeit versenkte er seinen Schildkrötenkopf ganz langsam wieder in der schwarzen Kutte. Er humpelte zum Sekretär, griff sich einen Stuhl und zog ihn nahe an das Kaminfeuer. Dann ging er nochmals zum Sekretär, holte Suidgers Bericht, setzte sich nieder, legte den Stapel auf seinen dünnen Knien ab und beugte sich darüber. Seine Lippen formten zitternd die Worte nach. »Ein Leichnam vor Gericht.«

1

Es war der achte Tag im elften Monat Anno Domini 896, und eine päpstliche Order hatte Marocia dazu verholfen, erstmals die heimische Villa Sirene verlassen zu dürfen. Mit ihren sechs Jahren fühlte sie sich alt genug dafür. Nur weil ihr Zwillingsbruder Leon bei jedem Windstoß eine triefende Nase und bei jedem Sonnenstrahl das Gefühl bekam, seine Haut verbrenne, war sie mit ihm in dem Haus in der Via Lata eingesperrt. Täglich dieselben Menschen, dieselben Gegenstände, dieselben Geräusche und Düfte. Sie kannte die Welt nur aus den Erzählungen ihrer Eltern. Aber wie viel aufregender war es, hier in der düsteren Kirche des Lateran zu stehen, dem jahrhundertealten Sitz der Päpste, und die umherziehenden Weihrauchschwaden zu betrachten, den Atem der Leute in die kalte Luft aufsteigen zu sehen, die herrlichen Gewänder rascheln zu hören, Dinge also wahrzunehmen, für die niemand sonst sich zu interessieren schien. Nicht einmal der von den mächtigen steinernen Gewölben rieselnde Sandstaub und das gelegentliche Knarren der Turmbalken fanden bei den Versammelten Beachtung, jeder achtete nur auf das, was unter dem großen goldenen Kreuz geschah, oder besser – nicht geschah.

Vor dem Altar stand, bewegungslos wie eine Statue, Papst Stephan VI., flankiert von Kardinal Sergius und von Johannes, dem hübschen, nicht einmal fünfundzwanzigjährigen Erzbischof von Ravenna. Die drei Dutzend Edlen von Rom, die sich in vollem Ornat im Kirchenschiff versammelt hatten, blickten schon seit einer Weile mit gespannter Erwartung auf das schweigende Trio. Das leise Klirren ihrer bronzenen Amulette, den Abzeichen weltlicher Würden, war, zusammen mit dem Gewisper der Leute, die einzige Unterbrechung der Stille.

»Wir hätten Marocia nicht mit uns nehmen dürfen«, flüsterte Theophyl, Marocias Vater, der als *praetor urbanus*, als Oberster Richter, zu den erlauchtesten der weltlichen Gäste zählte. »Was immer in dieser Kirche geschieht, es ist für ein Mädchen nicht geeignet.«

Theodora, seine Gemahlin, grinste spöttisch. »Gott wird ihr schon nichts tun.«

Theophyl kraulte nachdenklich seinen grauen Bart. »Mir gefällt das alles nicht, Theodora. Dieser seltsame Befehl an die römischen Würdenträger, hierher zu kommen und die Frauen und Kinder mitzubringen – und so plötzlich! Niemand weiß, weshalb diese Synode einberufen wurde. Nicht ein Einziger.«

Theodora ignorierte den Kommentar ihres Gemahls und konzentrierte sich darauf, den Blick des jungen Erzbischofs zu suchen, so lange, bis er ihn erwiderte. Sein leichtes, fast unmerkliches Kopfnicken beruhigte sie, und sie belohnte seine Geste mit einem genüsslichen Schmunzeln und einem langsamen Streicheln ihres von der Schwangerschaft leicht gewölbten Bauches.

Das dumpfe Geräusch der zufallenden Kirchenpforte brachte Bewegung in die Menge. »Ageltrudis ist gekommen!«, flüsterte Theodora, und sobald Marocia diesen Namen hörte, reckte sie den Kopf. Tausend Male hatte ihre Mutter ihr Geschichten über Ageltrudis erzählt. Auch gestern wieder, vor dem Einschlafen. Die Herrscherin des Herzogtums Spoleto, das gleich neben dem Kirchenstaat lag, wurde von Theodora seit langem wegen ihrer Unerschrockenheit bewundert. Vorgestern hatte Ageltrudis – auf ausdrückliche Einladung des Papstes, wie es offiziell hieß – zusammen mit ihrem jungen Sohn Lambert die Stadt Rom mit einem Besuch überrascht und mehrere hundert Bewaffnete mitgebracht. Seither hatte man sie nicht mehr gesehen, vermutete aber, dass sie irgendwo im Lateran Quartier bezogen hatte. Der Papst und sie – war überall zu hören – planten etwas Spektakuläres.

»Im Namen des Vaters und Sohnes und Heiligen Geistes«, hallte die Stimme Stephans VI. durch das Haus Gottes und unterbrach Marocias vergebliche Versuche, einen Blick auf die Heldin zu erhaschen. »Dies ist ein Tag des Gerichts. Und vor Gericht steht kein Geringerer als ein Heiliger Vater. Ich klage hiermit meinen Vorgänger Formosus an, und zwar der Missachtung und Entwürdigung seines Amtes als höchster Diener Christi auf Erden.« Stephan VI. ließ seine Worte wirken und beobachtete die Reaktionen.

Ein deutlich vernehmbares Raunen ging durch die Menge. Theodora flüsterte zu ihrem Mann: »Ist er verrückt geworden? Formosus ist seit neun Monaten tot.«

»Vielleicht will er böse Geister verjagen?«, orakelte Theophyl. »Man erzählt sich, dass der Papst schlecht träume, dass er nachts wie ein Verirrter durch die Gänge des Lateran laufe, weil er Formosus mit Gift umgebracht habe.«

»Ich glaube«, erwiderte Theodora, »dass dabei noch etwas anderes im Spiel ist, etwas Politisches. Ich verstehe nur nicht, wie er einen Toten …«

Sie wurde durch ein Klatschen Stephans VI. unterbrochen, auf welches hin sich die schwere Kirchenpforte öffnete. Eine von vier Mönchen getragene Sänfte erschien am Eingang, und auf ihr saß – ein verwester Leichnam.

Marocia schrie auf und verbarg ihr Gesicht im Gewand der Mutter.

Stephan VI. hatte befohlen, den Leichnam des Formosus aus seinem Sarkophag zu holen. Von dem ehemaligen Papst war kaum etwas zu erkennen; nichts war von ihm geblieben als Knochen, dicke Knorpel an den Ellenbogen und Knien sowie seine ergrauten Haare, die ihm in zotteligen Büscheln auf die blanken Schulterknochen fielen. Manche sackten auf die Knie und bekreuzigten sich, als der Leichnam an ihnen vorüberzog, einige Frauen fielen in Ohnmacht. Theodora aber fasste sich schnell und zog den Schopf ihrer Tochter aus dem Gewand. »Stell dich nicht so an. Du wolltest die Welt sehen, also sieh hin.« Als Marocia sich sträubte, hielt Theodora sie an den Haaren fest, so dass sie hinsehen *musste*.

Die Sänfte wurde vor dem Altar abgestellt. Stephan VI. entledigte sich seines päpstlichen Umhangs und der Tiara und kleidete das Skelett damit ein. Auf sein Zeichen hin kam ein blasser, kaum mündiger Diakon des Benediktinerordens herbei und stellte sich hinter dem thronenden Toten auf. Er sollte wohl im Namen des Formosus als Verteidiger agieren und antworten. Marocia, die noch immer von ihrer Mutter festgehalten wurde, zitterte beim Anblick des

Schädels und der unter dem Umhang hervorstehenden Fußknochen.

»Formosus, Bischof und Metropolit von Rom!«, rief Stephan. »Warum hast du dich vom Ostfranken Arnulph verleiten lassen, ihn zum König der italischen Länder zu krönen?«

»Ich war schwach«, piepte es fast unhörbar hinter dem Leichnam hervor. Der kindliche Diakon war nicht originell in seiner Antwort, oder sollte es vielleicht auch nicht sein. Noch etliche Fragen wurden dem toten Papst gestellt, unzählige Verfehlungen beanstandet, von der Bestechlichkeit bis zur Sodomie, bis Stephan VI. von den anwesenden Geistlichen endlich ein Urteil abforderte: schuldig. Nach diesen Worten ging Stephan zur Leiche, entriss ihr Umhang und Tiara und scheute sich nicht, ihr die drei Schwurfinger der linken Hand abzubrechen.

»Damit enthebe ich dich, Formosus, rückwirkend deines Papstamtes, und alle Edikte, Bullen, Verordnungen und alle sonstigen Amtshandlungen sind unwirksam, einschließlich der Krönung des Karolingers Arnulph zum König Italiens. Arnulph ist abgesetzt, und die Krone ist frei. Du selbst bist geächtet und gebannt, und ein jeder, der dir Übles tat, der tat recht.« Wenige Augenblicke später kniete Ageltrudis' Sohn Lambert, der Herzog von Spoleto, nieder und empfing von Stephan VI. eine neue, funkelnde Königskrone.

»Gott, war das widerlich«, stöhnte Theophyl, als sich die Pforten der Laterankirche öffneten und die Zeremonie damit beendeten. »Werden wir denn nur von Abartigen regiert?«, rief er zu den Gewölben hinauf.

Theodora sah sich um und hoffte, dass keiner der anderen Edlen Theophyls Worte beachtet hatte. In Rom hörten die Menschen besser als irgendwo anders, und die Würdenträger hörten am besten von allen, immer auf der Suche danach, das Amt eines politisch oder im Glauben Fehlgeleiteten übernehmen zu können. »Gott ist nicht hier«, zischte sie, »dafür aber jede Menge menschlicher Ohren. Sei leiser.«

»Wozu? Sie denken alle wie ich.« Es war ein trauriger Tag für die Ewige Stadt und Italien, dachte Theophyl, und jeder anständige Römer würde darin seiner Meinung sein. Der Versuch des ostfränkischen Königs Arnulph, die italischen Staaten auf friedliche Weise in den Verbund der deutschen Stämme zu führen und so die Entstehung eines neuen Reiches zu fördern, war mittels dieses makaberen Auftritts gescheitert. Von jetzt an war Arnulph nicht länger König von Italien, und Italien daher wieder der Gegenfraktion ausgeliefert. Ageltrudis! Ihr Hass gegen die Ostfranken, insbesondere gegen das karolingische Königshaus, grenzte an Irrsinn. Aber sie war nur die Herrscherin *eines* italischen Teilstaates, Spoleto, und vermochte alleine wenig auszurichten. Doch hinter ihr stand eine ganz andere Macht: das autoritäre Byzantinische Imperium, das Italien als sein Einflussgebiet ansah und dessen Eifersucht auf das aufstrebende Reich des Nordens offensichtlich auch nicht vor einer Grabschändung Halt machte. Und Theodora verteidigte diese Abscheulichkeit auch noch!

»Ich gebe es ja zu«, flüsterte sie und rückte die zahlreichen Ringe an ihren gepflegten Händen zurecht. »Es war eine absonderliche Synode. Aber sie war auch sinnvoll. Ageltrudis und ihr Sohn sind Verbündete des Imperiums und …« Theodora redete und redete, wie immer, wenn Ageltrudis das Gesprächsthema war.

Schmerzlich dachte Theophyl an die Frau zurück, die er einmal geheiratet hatte. Theodora, Tochter einer reichen Adelsfamilie aus Tusculum, hatte eine beachtliche Mitgift in die Ehe eingebracht, aber das war es nicht, was Theophyl bewogen hatte, sie zu heiraten. Sie war stolz, neugierig und impulsiv gewesen – alles das, was er nicht war. Die ersten Jahre mit ihr waren die glücklichsten seines Lebens. Was Theodora dann zu dem gemacht hatte, was sie heute war – er wusste es nicht. Jedes Gefühl hatte sie dem Streben nach Macht geopfert, jede ihrer und anderer Leute Überlegungen prüfte sie danach, ob sie den Richtlinien des Byzantinischen Imperiums entsprachen. Nun, es war eine Sache, vor diesen Verbrechern den Rücken zu beugen, wie er es in seinem Amt tun musste und wie die meisten anderen Würdenträger Italiens es taten, aber eine ganz andere Sache, mit ihnen einer Meinung zu sein.

Er sah seine Tochter an, nahm ihre Hand und drückte sie gerade so fest, dass es ihr nicht wehtun würde. Ihm fiel schmerzlich auf, wie verstört sie aussah, doch ein leichter Stoß von Theodora riss ihn wieder aus seiner Sorge um das Mädchen heraus.

»Ageltrudis schaut schon herüber«, zischte sie. »Du musst ihrem Sohn gratulieren. Und dem Papst.«

»Diesem Leichenschänder gratulieren? Niemals!« Aber kaum hatte Theophyl es ausgesprochen, wusste er auch schon, dass er es dennoch tun würde. Es waren gefährliche Zeiten. Die Herzogin und ihre Lakaien vom Lateran achteten auf alles, was man tat und was man nicht tat. Theophyl gönnte sich ein letztes Streichen seines Bartes, bevor er seiner Frau den Arm darbot und mit seiner üblichen, leicht nach vorne gebeugten Körperhaltung den schweren Gang antrat.

Ageltrudis und ihr Sohn standen noch dort, wo Lambert die Krone empfangen hatte, und waren umringt von Gratulanten. Die Älteren unter ihnen verbeugten sich gemessen oder begnügten sich mit einem knappen, ruckartigen Kopfnicken, bevor sie sich wortlos, aber mit Zügen des Abscheus auf ihren Lippen wieder entfernten. Die Jüngeren hingegen, die ihre Laufbahn noch vor sich hatten, die sich Pfründen vom Papst oder Ämter von der Herzogin und ihrem nun königlichen Sohn erhofften, hatten allen Schauder vergessen und übten sich bereits wieder in überschwänglichen Gesten. Sie lüfteten ihre modischen schiffförmigen Hüte, streckten sie übertrieben weit in die Höhe oder zur Seite, schwangen ihre farbigen Umhänge, schwatzten wild durcheinander auf die Machthaber ein und drängelten sich wechselweise zur Seite, so dass der Haufen vor Ageltrudis waberte wie eine dickflüssige Giftbrühe.

Die Frauen hingegen in ihren langen mantelartigen Kleidern scharten sich auf der anderen Seite des Kirchenschiffs zusammen. Einige reckten gespannt die Köpfe zu ihren Männern und feuerten sie mit aufgerissenen Augen und stummen, heftigen Bewegungen der Hände an, wenn ihnen die Ehrenbezeugungen noch zu fad vorkamen. Die meisten jedoch hielten den Blick gesenkt und trösteten ihre verstörten oder schluchzenden Kinder.

Theodora erlegte sich eine solche weibliche Zurückhaltung nicht auf. Ageltrudis, das wusste sie, schätzte Selbstbestimmtheit an Frauen. Zwar würde es heute wegen des Gedränges kaum möglich sein, einen bleibenden Eindruck bei der Herzogin zu hinterlassen, vielleicht aber konnte sie einen Anfang machen. Wenn sie nur dicht genug an Ageltrudis herankäme …

Sie packte trotz Theophyls Protesten Marocia an den Schultern und schob sie wie einen Schild vor sich her. Dabei bemerkte sie den Sand auf den Schultern ihrer Tochter. »Wie siehst du denn aus?«

Marocia fiel es schwer, zu antworten. Sie fror, und doch stand ihr Schweiß auf der Stirn. »Dort drüben, wo ich stand, Mutter ... Wie Goldregen rieselt ...«

»Ja, ja, schon gut.« Sie hatten sich endlich einen Weg zu König, Herzogin und Papst gebahnt und standen ihnen gegenüber. Ihre Gratulationen gingen zwar in dem Geschwätz fast unter, aber dafür wurde Ageltrudis sofort auf das einzige kleine Kind inmitten dieser Horde aufmerksam.

»Meine Tochter, Durchlaucht«, erklärte Theodora, als sie das Interesse der Herzogin bemerkte.

Marocia sah zu Ageltrudis auf. Sie hatte sich die sagenhafte Heldin ihrer Mutter anders vorgestellt. Die vielen Geschichten von einer kämpferischen Frau, die ein Bündnis mit dem Oströmischen Imperium in Byzanz geschlossen hatte, die sich weder von den Päpsten noch von den jenseits der Alpen herrschenden Karolingern etwas gefallen ließ, hatten in Marocia das Bild einer jungen Amazone im Harnisch heraufbeschworen. Aber nun blickte sie auf ein kalkweißes altes Gesicht, das an eine Totenmaske erinnerte und von den kupferfarbenen Haaren und der pompösen Kleidung noch betont wurde. Sie leistete sanften Widerstand, als Ageltrudis sie an sich zog und ihr mit kalter, zittriger Hand über die Haare streichelte.

»Wie ist ihr Name?«, fragte die Herzogin. Ihre Stimme war rau und heiser.

Theodora nannte ihn. »Wir haben noch einen Sohn, Durchlaucht, doch der konnte ...«

Ageltrudis unterbrach. »Marocia, sagt Ihr? Das kommt von Maria, nicht wahr? Nun, meine kleine Jungfrau«, wandte die Herzogin sich jetzt direkt an das Mädchen. »Wie hat dir unsere Krönung gefallen, sag mir das.«

Marocia verstand nichts von den Dingen, die sie eben gesehen hatte, war aber überzeugt, dass Leute, die Toten die Finger brachen oder so etwas gut fanden, nicht Recht haben könnten. Die Krönung hatte sie überhaupt nicht wahrgenommen. Ihre Gedanken drehten sich nur noch um das Skelett. »Was passiert jetzt mit … mit *ihm?*«, fragte sie laut, weil die Horde noch immer auf König Lambert einredete.

Sofort breitete sich Schweigen aus. Wo eben noch König und Papst hofiert worden waren, blieb es nun still und starr. Jeder wusste, wer gemeint war, und alle richteten ihre Blicke auf die alte Herzogin und das kleine Kind, das es gewagt hatte, eine solche Frage zu stellen. »Sei still«, zischte Theodora. »Dummes Ding.« Würde Ageltrudis die Kleine nicht mit ihren Fingern umkrallen, könnte ihre Tochter jetzt eine Tracht Prügel erleben.

»Gott hat Formosus vernichtet«, krächzte Ageltrudis schließlich. Sie hustete heftig und bog sich verkrampft, dann fügte sie hinzu: »Und der Teufel wird sich ihn nun holen.«

Der Papst hatte eine weniger geheimnisvolle Antwort. »Er wird in den Tiber geworfen«, kicherte er. »Endlich wird er für alle Zeiten schweigen, niemanden mehr stören. Alle haben es gesehen, auch die Kinder. Noch in Jahrzehnten wird man davon reden, und mein Pontifikat wird als eines der größten in die Bücher geschrieben werden.«

Ageltrudis schob Marocia wieder von sich weg und sah den Papst an. Sie verzog den blutrot geschminkten Mund zu einem falschen Grinsen. »Wie schön, Heiligkeit. Also hat *jeder* von uns das bekommen, was er wollte. Nun aber muss jeder für sich selbst sehen, dass er es auch behält.«

Ein unheimliches Grollen ließ alle aufhorchen. Es wurde lauter und lauter, und dennoch konnte niemand genau sagen, woher es kam. Manche blickten aus den kleinen Kirchenfenstern in der Erwartung eines Gewitters in den Himmel, andere vermuteten, dass draußen eine große Anzahl Reiter vorbeipreschte. Doch das Grollen verstärkte sich, ohne dass man die Ursache dafür fand. Theodora war seit langer Zeit zum ersten Mal wieder dankbar dafür, dass Theophyl sie beschützend um die Schultern fasste. Er zog sie mit einer Hand an sich und hielt mit der anderen Marocia fest.

»Gott!«, rief plötzlich ein am Altar stehender Mönch mit irrer Stimme. »Gott bestraft uns!«

Stephan VI. war der Erste, der das knarrende, ja fast stöhnende Geräusch aus dem Nichts nicht mehr aushielt und die Hände gegen die Ohren presste. Die Masse um Ageltrudis löste sich nun rasch auf, die Herzogin selbst brach in heftiges, aufgeregtes Husten aus und musste von ihrem Sohn gestützt werden. »Lauft!«, rief jemand von irgendwoher. »Um Himmels willen, lauft!« Augenblicke später krachte ein schwerer Gesteinsbrocken aus dem Gewölbe, gleich darauf ein zweiter und ein dritter. Die Menschen kannten kein Halten mehr. Sie drängten zur Pforte, die jedoch schnell von Leibern verstopft war. Kinder wurden niedergetrampelt, Ältere zur Seite geschoben. Wildes Geschrei übertönte das Donnern einstürzender Mauern. In alle Richtungen liefen die Leute nun davon. Manche schlugen die Kirchenfenster ein und versuchten, ins Freie zu klettern. Andere rüttelten an den verschlossenen Seiteneingängen oder versuchten, sie mit ihrem Körpergewicht einzudrücken.

Theophyl nahm Marocia auf den Arm und lief zum Altar. Unter der schweren Steinplatte fühlte Theophyl sich sicher, und tatsächlich hielt sie mehreren Aufschlägen niederstürzender Quader stand. Er betete die Litanei der Fürbitten herunter, wieder und wieder, bat für Marocia, für sich, für Theodora. Sie war ihm in dem Gewimmel verloren gegangen, aber Marocia hatte gesehen, wie sie mit Ageltrudis und dem König in eine andere Richtung gerannt war. Stattdessen kauerte sich nun der Papst an ihre Seite. Sein Gesicht war gelb von Staub, sein Körper zitterte, und er blinzelte unentwegt mit den Augen. Abwechselnd kicherte und jammerte er, und seine irren Gebärden machten Marocia mehr Angst als das Unglück um sie herum.

Nachdem Theophyl die Litanei viermal gebetet hatte, hörte der Lärm auf und wich einem elenden Stöhnen. Marocia kroch als Erste unter der Platte hervor. Über ihr breitete sich ein klarer Novemberhimmel aus, nur getrübt durch die Schleier aufsteigenden Staubes. Die nahe gelegenen Häuser waren intakt geblieben. Doch dort, wo sich eben noch die ehrwürdige Laterankirche erhoben hatte, stand jetzt nur noch eine Ruine. Und zwischen den Hügeln aus grauen Gesteinsbrocken leuchteten die bunten Farben kostbarer Gewänder hindurch.

Ein schriller, lang gezogener Schrei hallte durch die nächtliche Dunkelheit der Villa Sirene, dann ein zweiter, kürzerer, schließlich ein dritter, ein erschöpftes Piepsen fast nur. Marocia saß aufrecht in ihrem Bett. Ihre kleinen Hände suchten in der Schwärze des Zimmers aufgeregt nach einem Halt, nach einer Latte oder einer Wand. Doch sie fanden nichts dergleichen. Das Bett, ein teils hölzernes, teils schmiedeeisernes Gestell, war kostbar gearbeitet und mit einer weichen, aus Fellen und Wolle gestopften Matratze ausgestattet, aber es stand mitten im Raum und war ohne Kopf-, Fuß- oder Seitenteile. Marocia sprang auf und flüchtete sich in eine Ecke des Zimmers, die vom schwachen Mondschein in ein diffuses Licht getaucht wurde. Hier kauerte sie am Boden, bis die Tür aufging und eine Gestalt mit einer Kerze hereinkam.

»Bist du es, Mama?«

»Nein, ich bin es nur. Egidia.« Die Amme raffte ihr weites, sackartiges Nachthemd etwas hoch, so dass ihre fülligen Beine bis zu den Knien frei waren, und setzte sich umständlich neben Marocia auf den Boden. Dann seufzte sie, strich sich ihre dünnen braunen Haare aus der Stirn, stellte die Kerze neben sich ab und küsste Marocia auf die Wange.

»Mama!«, beharrte Marocia und ergriff Egidias dargebotene Hand. »Du bist da.«

»Hast wieder geträumt?«, fragte Egidia.

»Der Papst. Ageltrudis. Theodora.«

»Sie leben«, erklärte Egidia geduldig, obwohl sie es der Kleinen in den vergangenen Wochen gewiss schon zwanzigmal wiederholt hatte, fast in jeder Nacht. »Musst dir keine Gedanken um sie machen. Niemand, den wir kennen, ist beim Einsturz der Kirche gestorben. Darfst dich nicht länger ängstigen, mein Kleines.«

»Der Papst. Ageltrudis. Theodora.«

»Es geht ihnen gut«, bestätigte Egidia sanft und wischte Marocia die Schweißperlen von der Stirn. »Träume nicht schlimm von ihnen, Kleines.«

»Ich träume nicht von ihnen«, sagte Marocia und blickte ins Mondlicht. »Es ist das ... der ... der ...«

Egidia bekreuzigte sich. Auch sie brachte den Namen nicht mehr über die Lippen. Zum einen hatte der Heilige Vater verfügt, dass sein verurteilter Vorgänger aus dem Gedenken der Menschen zu löschen sei, und Egidia tat immer, was die Heiligkeiten verlangten, auch wenn sie die Entscheidungen nicht immer guthieß. Aber sie war doch nur ein einfaches Ding, während die Väter voller Weisheit waren. Sonst hätte Gott sie schließlich nicht auf seinen weltlichen Thron berufen. Dieses Mal jedoch fiel Egidia die Befolgung der päpstlichen Anordnung nicht schwer, denn der Name des unheiligen, geächteten Vaters war mit der schaurigsten Vorstellung verknüpft, von der die Christenheit je betroffen war. »Weiß schon, Kleines«, tröstete Egidia. »Musst mir nichts sagen.«

Marocia warf sich der Amme in die Arme. Sie liebte es, ihre Wärme zu spüren, ihre rundliche Weichheit, ja sogar ihr borstiges Nachthemd. Wenn sie den seifigen Duft ihrer Haut roch, fühlte sie sich geborgen, als könnte ihr niemand etwas antun. Allein Egidias helle Stimme zu hören und ihren plumpen Bewegungen zuzuschauen, gab ihr das Gefühl, zu Hause zu sein, in ihr ihre wirkliche Mutter zu haben. Nur ihr allein konnte sie sich anvertrauen. »Weißt du was? Ich hasse sie«, sagte Marocia. »Den Papst. Ageltrudis. Theodora. Sie sind schuld, dass ich *ihn* sehe.«

Egidia schreckte auf. »Du ... Jesus und alle Heiligen! Darfst so etwas nicht sagen.« Sie bekreuzigte sich und schaute Marocia eindringlich in die Augen. »Darfst so etwas auch nicht denken. Deine Mutter hassen! Die Heiligkeit hassen!«

»Magst du sie denn?«

»Fragen kannst stellen, du lieber Himmel.«

»Also?«

»Nicht mögen ist eine Sache. Hassen ...«

Marocia gähnte gedehnt und schmiegte sich an Egidias Brüste. Mit halblauter, müder Stimme sagte sie: »Sie behaupten, Gott habe ... habe *ihn* vernichtet. Nein, nein. Gott macht so etwas nicht. Gott macht gar nichts. Sie waren es. Irgendwann werden sie dafür bestraft. Aber nicht von Gott ...«

Egidia drückte ihre Kleine noch fester an sich. Was für eine Zeit, in der kleine Kinder solche schrecklichen Dinge erleben mussten. Aber es stimmte ja, was das Mädchen ahnte. Auf den Märkten, in den Tavernen, in den Winkeln der Gassen schimpften die Leute auf die Heiligkeit und die Edlen. Der Einsturz der Laterankirche, munkelten sie, sei dem Zorn des geschändeten Formosus zuzuschreiben, und weitaus Schlimmeres würde die Ewige Stadt heimsuchen, wenn der Verfemte nicht gerächt und alle Überlebenden des Einsturzes getötet würden. Neulich hatte der Gehilfe des Holzhändlers ihr zugeflüstert, es wäre besser für sie, aus dem Haushalt des *praetor urbanus* zu verschwinden, solange es noch ginge. Und nach Einbruch der Dämmerung rannten gelegentlich Männer an der Villa vorbei und riefen: »Ihr seid auch mit dran, wenn es soweit ist!« Doch hier im Haushalt wurden diese Anzeichen nicht ernst genommen. Verhaften und aufhängen, war Theodoras einziger Kommentar zu solchen Vorfällen, und sie nutzte sie bloß, um mit ihrem Mann, dem milden Richter, einen weiteren Streit anzufangen.

Egidia fasste sich an die Kehle. »Wird alles gut, mein Töchterchen«, murmelte sie beschwörend in das Dunkel hinein, wieder und wieder, auch als Marocia längst in ihren Armen eingeschlafen war.

2

Theodoras Sandalen klackten auf dem Marmor wie Pferdehufe, als sie über die Mosaike ihrer Villa in der Via Lata eilte und Kardinal Sergius mit ausgestrecktem Arm entgegenlief.

»Eminenz! Was für eine Freude! Euer zehnter Besuch in fünf Monaten. Unser Haus scheint etwas Faszinierendes zu haben.« Obwohl Theodora sich im achten Monat der Schwangerschaft befand und sie sich außerdem Mühe geben musste, ihr wissendes Grinsen zu verbergen, leistete sie den Knicks und den Kuss seines Ringes formvollendet.

»Faszinierend sind die Menschen, die in ihm leben«, entgegnete Sergius höflich und klappte seinen stämmigen, ungelenken Oberkörper zu einer ungewöhnlich tiefen Verbeugung herunter.

Theodora führte ihren Gast in das *peristyl.* Einen solchen antiken Garten, rings umgeben von einem Säulengang und den Wohnräumen der Villa, hatten nur noch wenige Häuser in Rom vorzuweisen. Die Villa Sirene war schon mehr als fünfhundert Jahre alt und nach allem, was man wusste, noch von einem Senator der heidnischen Kaiserzeit errichtet worden. Zwar hatte es immer wieder

Umbauten und Renovierungen gegeben, das *peristyl* jedoch war erhalten geblieben. Heute, da es kaum noch ältere herrschaftliche Häuser in der Ewigen Stadt gab, galt ein *peristyl* als Symbol von Tradition, und Theodora präsentierte ihren deshalb, wann immer es möglich war.

Die quadratische Anlage war feierlich umrahmt von gelben und pfirsichfarbenen Rosensträuchern, deren Ordnung hier und da von einigen violetten Fliederbüschen unterbrochen wurde. Von dieser schweren Pracht durch einen Kiesweg getrennt, wetteiferten durcheinander gepflanzte Gewächse wie Mohn, Fingerhut und Sonnenblume um das Sonnenlicht. Zu dem plätschernden Brunnen in der Mitte war ein Orangenbaum gesellt worden, der hoch genug war, um wohltuenden Schatten zu spenden und sogar einem Vogelpaar als Nistplatz zu dienen. Die träumerische Atmosphäre jedoch wurde dem Garten von den zwei halb verwitterten Statuen eines Mannes und einer Frau verliehen, von denen niemand mehr wusste, wer sie gewesen waren.

Amüsiert beobachtete Theodora, wie der Kardinal sich förmlich auf die Bank zwischen den Statuen setzte und die Hände auf dem geistlichen Gewand ineinander verknotete. Was für ein Unterschied zu ihrem Geliebten, dem Erzbischof Johannes! Kardinal Sergius war Anfang dreißig und damit nur sechs oder sieben Jahre älter als Johannes, aber sein vornehmer Habitus und der steife Gesichtsausdruck ließen ihn wie einen alten Mann wirken. »Edle Theodora«, begann er mit einem höflichen Kopfnicken. »Ich habe mir erlaubt, ein halbes Dutzend Bewaffnete mitzubringen, über die Ihr in den nächsten Wochen verfügen könnt. Die Unruhe in der Stadt wächst beständig.«

Theodora schmunzelte. »Sehr aufmerksam, Eminenz. Aber ein wenig Aberglaube stellt wohl keine Gefahr dar. Die Laterankirche war schon lange baufällig und ihr Einsturz eine Frage der Zeit. Das Volk wird das einsehen müssen.«

»Ich bitte Euch«, erwiderte Sergius. »Schlagt den Schutz nicht aus, schon wegen Eurer Kinder.«

Theodora hatte diese Bemerkung erhofft. Bei Sergius' ersten Besuchen kurz nach der Synode hatte sie noch geglaubt, es handle sich um die Höflichkeit eines päpstlichen Beraters gegenüber dem *praetor urbanus*. Als die Besuche nicht abrissen, mutmaßte sie, dass ein Mann, der es so weit gebracht hatte wie Sergius, nichts aus purer Höflichkeit unternahm und somit irgendein vertracktes politisches Motiv hinter seinen Aufwartungen steckte. Dann war ihr aufgefallen, dass er immer jene Zeiten wählte, in denen er sicher sein konnte, dass Theophyl nicht zu Hause war, weil er irgendeinen Prozess leitete. Wollte er sie Johannes ausspannen? Er und Johannes waren zwar beide Gefolgsleute des Bündnisses zwischen Rom, Spoleto und Byzanz, aber sie wetteiferten um den Anspruch, eines Tages Papst zu werden.

Erst bei seinem letzten Besuch war es ihr dann wie Schuppen von den Augen gefallen. Die Amme hatte Leon und Marocia für einen Gute-Nacht-Gruß vorbeigebracht. Theodora hatte sofort den Blick bemerkt, den Sergius auf das Mädchen warf. Er war offensichtlich völlig vernarrt in Marocia. Auf der Synode musste er sie gesehen haben, und alle seine Besuche waren nur von der Hoffnung motiviert, noch einmal dieses Kindes ansichtig zu werden.

Nicht eine Minute lang hatte Theodora Bedenken gegen die Faszination des über dreißigjährigen Mannes für ihre sieben Jahre alte Tochter. Entscheidend war, dass er eine einflussreiche Position hatte und ein Gefolgsmann von Ageltrudis war. Mein Gott, was war schon dabei, wenn er es liebte, das Kind anzusehen? Seine eigenartige Zuneigung war nichts anderes als ein glücklicher Umstand, der ihr nur Vorteile bringen konnte. Deshalb hatte sie vorhin, gleich, nachdem der Diener ihr gemeldet hatte, dass Sergius im Atrium warte, der Amme Befehl gegeben, Marocia einige Minuten später in das *peristyl* zu schicken. Sie musste jeden Moment eintreffen.

»Meine Kinder, ach ja«, rief Theodora kummervoll. »Sie verdienen wahrhaft, behütet zu werden. Vor allem Marocia, nicht wahr? Ist sie nicht wie eine …« Sie suchte scheinbar nach einem Wort, dann stand sie auf und tänzelte trotz ihrer hohen Schwangerschaft einige Schritte bis zu den gelben Rosen. »Ist sie nicht wie eine dieser Blüten? So rein, so königlich?« Mit einer schnellen Handbewegung fuhr sie in den Rosenbusch und rupfte eine der schweren Blütendolden ab und roch daran.

Ein gedehntes Räuspern unterbrach die Gesprächspartner.

»Hier!«, sagte Egidia mürrisch. »Habe Euch Marocia gebracht, Herrin. Wie befohlen.«

»Gut«, sagte Theodora. Sie hatte einige Mühe, Marocias Hand Egidias festem Griff zu entwinden. »Es ist gut«, wiederholte sie scharf und machte eine abweisende Geste.

Widerwillig entfernte Egidia sich einige Schritte, dann besann sie sich anders, blickte abwechselnd den Kardinal und Theodora an und presste empört hervor: »Muss Euch aber sagen, dass es schlecht ist, die arme Kleine derart vorzuführen, kaum dass es ihr ein bisschen besser ...«

Ein völlig unmissverständlicher Blick Theodoras brachte die Amme dazu, zu schweigen. Erst, als Egidia das *peristyl* verlassen hatte, wandte Theodora sich wieder ihrem Gast zu. Wie zur Begutachtung stellte sie Marocia vor den Kardinal.

»Was meinte die Amme damit«, fragte Sergius, »als sie sagte, es sei Marocia nicht gut gegangen?«

»Was weiß das dumme Weib schon?«, winkte Theodora ab. »Seht Euch meine Kleine doch an. Sieht sie etwa nicht gesund aus?« Sie bemerkte zufrieden, wie Sergius' ausdruckslose hellbraune Augen plötzlich etwas Weiches und Sanftes bekamen, und sie trat einige Schritte zur Seite, damit er Marocia ungehindert zulächeln konnte.

Sergius ging mit seinem weiten Gewand vor Marocia in die Hocke und sah sie eine Weile an. War dieses Mädchen glücklich? Freute sie sich über seinen Besuch? Mochte sie ihn? Er wünschte es sich mehr als alles andere, aber er war kein Menschenkenner. Oft übersah er die deutlichsten Zeichen einer Gemütsregung. Vielleicht lag es daran, dass er kein geselliger Mensch war, dass er weder wie der eine Teil des höheren Klerus weltliche Vergnügungen auf nächtlichen Gelagen suchte noch wie der andere Teil das Zusammensein mit Gläubigen. Am liebsten war er mit sich allein.

Nur dieses Mädchen berührte Sergius. So etwas passierte ihm zum ersten Mal. Ihre großen schwarzen Augen konnten scheinbar unendlich lange einem Blick standhalten, und ihr rundliches, oft ausdrucksloses oder beherrschtes Gesicht war ihm ein Geheimnis. Zaghaft streckte er seinen Arm aus und ergriff einen ihrer Ohrringe, in dessen silberne Fassung eine winzige schwarze Perle eingearbeitet war. »Sehr hübsch. Ist das dein liebster Schmuck?«

Theodora antwortete aus dem Hintergrund für ihre Tochter. »Ich habe ihn anfertigen lassen, Eminenz. Die dunklen Farben stehen Marocia am besten.«

Sergius ging nicht weiter darauf ein. Seine Fingerspitzen strichen nun vorsichtig an einigen der schwarzen Strähnen entlang. »Du hast, seit ich dich das letzte Mal gesehen habe, deine Haare hochgesteckt, junge Dame. War das deine Idee?«

»Leider redet sie sehr wenig«, bedauerte Theodora sofort. »Es hat aber nichts mit Euch zu tun, Eminenz, denn zu uns ist sie nicht anders. Den lieben Tag spricht sie bisweilen nur zehn Worte, schaut aber viel herum und beobachtet alles, was man tut. Neugierig ist sie und ...«

»Vielleicht kommt sie nicht dazu, etwas zu sagen«, unterbrach der Kardinal seine mitteilsame Gastgeberin.

Für einen flüchtigen Moment huschte ein Lächeln über Marocias Mund, und diese flüchtige Geste stillen Einverständnisses war genug, um Sergius glücklich zu machen. Sichtlich entspannt richtete er sich auf. »Im Übrigen«, fügte er an Theodora gewandt hinzu, »habe ich die Erfahrung gemacht, dass nicht die Menge des Gesagten wichtig ist, sondern der Inhalt. Mir jedenfalls gefällt ihr Schweigen.«

»Nun, wenn das so ist ...«, bemerkte Theodora und überreichte dem Kardinal den Rosenzweig, den sie vorhin gepflückt hatte. Sie hatte allen Grund, zufrieden zu sein. Ihre Tochter würde fortan ein hervorragendes Pfand für Sergius' Wohlwollen gegenüber ihrer Familie sein. Vielleicht würde man es eines Tages brauchen.

Sergius war gerade im Begriff, sich mit Theodora und Marocia auf die Bank zu setzen, als einer der Bewaffneten in das *peristyl* stürmte. »Herr, Herr!«, rief er. »Der Mob – er stürmt den Lateran. Die ganze Stadt ist in Aufruhr. Überall werden Edle erschlagen.«

Sofort entstand ein großes Durcheinander. Hausdiener, Zofen und Bewaffnete liefen richtungslos im Haus umher. Egidia kam mit dem weinenden Leon herbeigeeilt. »Wo ist der Herr?«, rief sie. »Im Gericht? Wird ihm dort doch hoffentlich nichts geschehen, Eurem Gemahl?«

»Du hast Sorgen!«, rief Theodora verzweifelt. »Sein Gerichtsgebäude ist wie eine Festung gebaut. Sag mir lieber, wo *wir* uns verstecken sollen. In der Speisekammer? In der Latrine vielleicht? Oder hier, zwischen den Rosen?«

»Hier können wir nicht bleiben«, ging Sergius mit energischem Tonfall dazwischen, den ihm niemand zugetraut hätte. »Meine Wache allein kann gegen den Mob nichts ausrichten. Wir müssen mit allen Bewohnern der Villa zum Lateran durchbrechen. Euer Mann wird das Gleiche versuchen.«

»*Ich* soll auf die Straße?«, rief Theodora. »Wo der Pöbel marodiert? Und nur mit« – sie zeigte auf sein geistliches Gewand – »mit *Euch* und den paar Männern? Das ist doch Wahnsinn!«

Die umstehenden Hausdiener stimmten ihrer Herrin raunend zu. Hier in der Villa würden die Aufständischen, deren Wut sich nur gegen die Edlen richtete, den Dienern nichts tun. Sie gehörten doch selbst zu den einfachen Leuten, trugen die gleiche grobe Kleidung wie sie, hatten die gleiche ledrige Haut, ja teilten sogar ihre Furcht vor der Rache des ausgegrabenen, verstümmelten Papstes. Vielleicht würde die Villa verwüstet und angezündet, vielleicht die Herrin erschlagen, aber ihnen selbst würde kein Rebell etwas zuleide tun. Da draußen aber würden sie, umringt von Bewaffneten und in Begleitung des Kardinals, wie Verbündete der Edlen wirken.

»Wir bleiben hier!«, meinten einige von ihnen. Und andere schimpften: »Kümmert Euch um Eure Sachen, wir wissen selbst am besten, was gut für uns ist.«

Sergius hob die Augenbrauen. »Hört zu«, rief er. »Ich rechne mir aus, dass die Rebellen den Lateran bereits erfolgreich gestürmt und dort gewütet haben. Bald werden sie sich auf die Residenzen der Edlen stürzen. Wenn wir also dorthin gehen, wo die Marodeure schon gewesen sind, wird die Gefahr am geringsten sein. Für uns alle. Denn glaubt mir, der Mob macht keinen Unterschied zwischen den Edlen und denen, die ihnen dienen.«

Doch die Leute hörten nicht. Einige liefen davon, bevor die Bewaffneten sie zurückhalten konnten, andere setzten sich demonstrativ mit verschränkten Armen auf den Boden. Nur Egidia blieb an der Seite des Kardinals, Leon und Marocia mit ihren schweren Armen umfassend.

»Hast du Angst?«, fragte Sergius das Mädchen und strich ihm tröstend über die Haare.

Marocias Herz schlug bis zur Kehle. Ihr war noch lebhaft in Erinnerung, wie beim Einsturz der Kirche vornehme Edle in Panik zu Ungeheuern geworden waren. Nun stellte sie sich die Fratzen der Besessenen da draußen vor: glühende Kohlen in den Augenhöhlen, gefletschte Zähne und geballte Fäuste. Sie blickte kurz zu ihrer Mutter, die neben ihr stand, die Hände rang und hektisch nach allen Seiten blickte, so als suche sie dort irgendwo einen Ausweg. Daraufhin krampfte sich Marocias Hand um die ihrer Amme, doch ihr Kopf hob sich gelassen und voll Stolz.

»Sehr Ihr«, sagte Sergius zu Theodora. »Wenn Eure Tochter den Mut hat, findet Ihr ihn doch auch, oder?«

Sergius wartete ihre Zustimmung nicht ab, sondern erteilte sofort einem seiner Bewaffneten den Befehl, aus der Stadt auszubrechen und nach Spoleto zu reiten, um der Herzogin Bericht zu erstatten. Die fünf anderen Milizionäre, wenig genug, bildeten einen Ring um die Frauen und Mädchen. Der Kardinal selbst blieb, mit einem langen Kücheneisen bewaffnet, dicht bei Marocia. So gingen sie hinaus, auf die Via Lata.

Anfangs kamen sie gut voran. Die wenigen Menschen, die ihnen begegneten, rannten an ihnen vorbei, und überall waren die schweren hölzernen Fensterläden geschlossen und die Türen verrammelt. Einige der herrschaftlichen Häuser brannten anscheinend bereits, denn dichter Qualm drang aus ihnen heraus, aber da die Straßen hier breit und übersichtlich waren, konnten Sergius und die anderen diese Brände gut umgehen. Weiter östlich, jenseits der Foren, trafen sie auf sieben Soldaten, die herrenlos durch die Straßen irrten und sich nun dem Kommando des Kardinals unterstellten. Derart gestärkt, trauten sie sich sogar dicht am Kolosseum vorbei, aus dem die heftigen Reden und das Beifallsgeschrei des aufgebrachten Volkes drangen.

Als sie jedoch an den mehrstöckigen Gebäuden der ärmeren Römer vorbeikamen, wurden sie beschimpft und aus den Fenstern mit allen möglichen Gegenständen und sogar Lebensmitteln beworfen. Ein schwerer Kohlensack streckte einen der Soldaten nieder, und ein Tongefäß traf Leon an der Schulter, woraufhin der Kleine so laut und andauernd weinte, dass Egidia ihm den Mund zuhalten musste, damit er nicht noch mehr Aufmerksamkeit auf die Gruppe lenkte.

Bald war auch Theodora den Tränen nahe. Beschimpft und beworfen zu werden zerrte an ihren Nerven. »Wir hätten nie die Villa verlassen dürfen«, klagte sie. »Der Pöbel wird uns zerreißen. Oh, diese Tiere. Diese undankbaren Scheusale.«

»Ich bitte Euch«, entgegnete Sergius. »Behaltet die Fassung. Seht Marocia an. Sie zeigt weniger Angst als Ihr.«

Theodora war es mittlerweile leid, ständig mit ihrer Tochter verglichen zu werden. Eine heftige Erwiderung lag ihr auf der Zunge, aber sie kam nicht mehr dazu, sie dem Kardinal entgegenzuschleudern, denn eine Gruppe Aufständischer versperrte ihnen in einer engen Gasse den Weg. Ohne Zögern befahl Sergius der Hälfte seiner Männer vorzurücken. Die Lanzen in Angriffshaltung, stürmten die Soldaten nach vorne und streckten mit ihren ersten Stößen eine ganze Reihe Aufständischer zu Boden. Doch die Gegner wehrten sich, und in der Enge der Hauswände gewannen sie mit ihren einfachen, aber beweglichen Waffen, den Dolchen, Halbschwertern und Schmiedehämmern, die Oberhand über die Soldaten mit ihren repräsentativen, aber umständlichen Lanzen. Nun griff der Rest von Sergius' Männern in den Kampf ein und brachte den Umschwung. Die Aufrührer mussten weichen. Je ungeordneter sie sich zurückzogen, desto mehr von ihnen blieben von Lanzen durchbohrt auf dem Pflaster zurück.

Über Verwundete und Leichen steigend gelangten Sergius, Theodora, Egidia und die Kinder schließlich unbeschadet auf den lateranischen Hügel. Dort bot sich ein Bild der Zerstörung. Der Platz vor dem Papstpalast war an mehreren Stellen aufgerissen, die schweren Pflastersteine hatten als Wurfmittel gedient. Vereinzelt lagen tote und verwundete Bürger, Mönche und Soldaten herum. Egidia machte sich sofort daran, einige der Verletzten zu versorgen, Theodora jedoch zog nur ein angeekeltes Gesicht. Niemand bemerkte, dass Marocia und Leon sich ein Stück entfernten und durch die Trümmer tapsten.

»Es ist zu gefährlich«, jammerte Leon. Der Rauch vor sich hin kokelnder Barrikaden brachte ihn zum Husten. »Einer der bösen Männer könnte sich hier verstecken.«

Marocia musste ihrem Bruder insgeheim zustimmen. Auch sie wäre viel lieber an der Seite Egidias geblieben, aber etwas anderes war stärker als ihre Furcht und trieb sie weiter. Immer einige Schritte vor Leon, aber doch nahe genug, um im Ernstfall seine Hand zu ergreifen, stieg Marocia über Balken und Pferdeleiber bis zum mächtigen Hauptportal des Lateranpalastes. Dort, quer über den Stufen, lag ein Mann in einem kostbaren, aber verschmutzten Gewand. Er blutete aus einer großen Wunde am Kopf, und seine geweiteten Augen starrten leblos in den Himmel. Ihn hatte Marocia gesucht.

»Wer ist das?«, fragte Leon angewidert, doch Marocia schwieg. Sie wandte ihren Blick nicht ab.

»Komm jetzt«, bat Leon.

Marocia rührte sich nicht. Ihr war, als habe jemand die nächtlichen Bilder aus ihrem Kopf gepustet. Was sie vor sich sah, war auch für sie kein schöner Anblick, aber sie konnte nicht anders, als erleichtert zu sein. Es lohnte sich also, zu kämpfen.

Von hinten kam die schwerfällige Egidia keuchend und schimpfend heran. »Ja, seid ihr noch bei Trost! Einfach davonzugehen. Wisst ihr nicht, wie gefährlich das ist? Was treibt ihr euch hier herum? Euer Vater ist gekommen. Müssen jetzt alle weg, sagt die Eminenz. Müssen uns in den nächsten Tagen verstecken, bis die Soldaten der Herzogin kommen, sagt die Eminenz. Ist noch nicht überstanden, sagt die Eminenz. Herr Jesus«, flüsterte sie, als sie den Erschlagenen sah. »Die Heiligkeit.« Sie bekreuzigte sich, dann nahm sie Marocia und Leon an der Hand und zog sie mit sich fort.

Sanctus Sebastianus war eine der Pilgerkirchen Roms. Gläubige aus allen Ländern kamen hierher an den südlichen Stadtrand, um die Fußabdrücke zu verehren, die Jesus auf einem judäischen Marmorstein hinterlassen hatte, und den eifrige Christen vor Jahrhunderten nach Rom gebracht hatten. Manche zogen es allerdings vor, in den unterirdischen Katakomben das schlichte Grabmal des Heiligen Sebastianus zu bewundern, denn hierbei konnte man sich wenigstens sicher sein, dass es sich um ein echtes Heiligtum handelte.

Wegen dieser beiden berühmten Schätze der Christenheit war das für Pilger hinter der Kirche angebaute Bettenhaus ständig belegt. So auch jetzt. Doch die Pilger, die häufig nicht mal die Landessprache Latein beherrschten, verstanden nicht, was derzeit vor sich ging. *So* hatten sie sich die Stadt des heiligen Petrus und seiner Nachfolger nicht vorgestellt. Gewalttätig und rumorend, wie Rom sich derzeit präsentierte, schien es ihnen eher ein Vorhof der Hölle zu sein, und sie verließen das Bettenhaus nur, um Fußabdrücke und Grab um eine sichere Rückkehr in ihre Heimat anzuflehen.

Seit drei Tagen hatte Pater Bernard, der Priester von *Sanctus Sebastianus*, noch weitere Gäste. Drei Dutzend Frauen und Männer lagerten mitten in der Kirche; allerdings interessierte sich diese Gästeschaft wenig für die Reliquien des Gotteshauses, sondern ausschließlich für das gute Versteck, das die Katakomben boten.

Kardinal Sergius, der zusammen mit dem *praetor urbanus* das provisorische Kommando über die Truppe führte, lief fast ständig auf und ab, während Theophyl unentwegt seinen Bart kraulte, aus den verrammelten Toren lugte und auf ausgesandte Späher wartete. Wirklich Neues erfuhren Kardinal und Richter von diesen nicht. Noch immer beherrschte das Volk die Straßen, aber die anfängliche Wut, die sich wie bei einem Gewitter entladen hatte, schien sich langsam zu verziehen. Es gab anscheinend weniger Morde an Edlen oder hohen Geistlichen, sei es, weil diese mittlerweile fliehen oder sich verstecken konnten, sei es, weil sie schon fast alle tot waren. Dafür wurde nun verstärkt das Eigentum geplündert. Doch so lange die Soldaten der Herzogin nicht eingetroffen waren, konnte es noch immer zu neuen Gewaltausbrüchen kommen, und die Mienen des Richters und des Kardinals hellten sich darum in diesen Tagen nicht ein einziges Mal auf.

Die meisten der anderen blieben die ganze Zeit über in ihren Ecken: Die Soldaten vergnügten sich mit Würfelspielen, Egidia hielt Leon bei Laune, und Theodora kaute auf den Fingernägeln, hielt sich abseits von den anderen und sprach kaum ein Wort.

Einzig Marocia nahm regen Anteil an den mystischen Geheimnissen der Kirche. Pater Bernard zeigte ihr alte Schriften längst verstorbener Päpste, die sie allerdings noch nicht lesen konnte, sowie alle Wandmalereien des verwinkelten, dreiteiligen Kirchenschiffs. Er musste Marocia jedes einzelne Bildnis erklären und eine Geschichte dazu erzählen, so dass beide nach drei Tagen noch so viel Gesprächsstoff hatten wie am ersten. Gerade, als Pater Bernard dem wissbegierigen Mädchen ein verwittertes Bild mit der Darstellung eines Kirchenheiligen beschrieb, unterbrach ihn eine etwas ironische Stimme von hinten.

»Ich sehe, Ihr unterrichtet noch immer gerne, Pater. Wie damals.« Theodora bedachte den Pater mit einem ebenso verächtlichen wie unsicheren Blick. »Man sollte meinen«, fügte sie spöttisch hinzu, »Ihr hättet mittlerweile die Illusion aufgegeben, durch Vermittlung von Wissen bessere Menschen formen zu können.«

Er überlegte einen Moment, dann beugte er sich zu Marocia hinunter: »Wie wäre es, wenn du deinem Bruder und der Amme ein wenig von dem erzählst, was ich dir gezeigt habe?«

Marocia nickte und sprang, ohne ihre Mutter ein einziges Mal anzusehen, davon.

Pater Bernard vergrub die Hände in den weiten Ärmeln seiner Kutte. »Ich bin froh, dass ihr alle *hier* Zuflucht gesucht habt.«

»Weil Ihr mir dann wieder einmal beweisen könnt, wie viel seliger ein gottgefälliges Leben macht?«

Pater Bernard ließ eine Weile verstreichen, bevor er mit milder, geduldiger Stimme antwortete. »Es zeigt ganz einfach, dass du mich noch nicht ganz vergessen hast, Theodora. Wie oft habe ich dafür gebetet! Es war doch dein Vorschlag, mit euch nach *Sanctus Sebastianus* zu flüchten, nicht wahr?«

»Also schön«, gestand Theodora gereizt. »Es war mein Vorschlag. Was heißt das schon?«

Der Pater bemühte sich, nicht zu lächeln. Stattdessen machte er eine höfliche Geste mit der Hand in Richtung einer Tür. Er öffnete sie und trat mit Theodora in einen Treppengang, der in eine wenig benutzte Seitenanlage der Katakomben führte. Sie gingen in einen großen, dunklen Raum, dessen Decke gerade so hoch war, dass der Kopf der hoch gewachsenen Theodora nicht anstieß. An den vereinzelt herumstehenden Sarkophagen konnte man auch in der Finsternis erkennen, dass es sich um eine Krypta handelte.

Pater Bernard entzündete eine der mit Pech bestrichenen Fackeln, führte Theodora langsam ein Stück in die Krypta hinein und setzte sich schließlich mit ihr auf eine Steinbank gegenüber eines besonders kostbar gestalteten Sarkophags. »Du weißt, weshalb ich dich hierher gebracht habe?«

»Meine Eltern liegen hier begraben«, antwortete sie ausdruckslos.

»Sie wären stolz auf dich«, behauptete Pater Bernard. »Ja, du brauchst es gar nicht abzustreiten. Du bist gut verheiratet, hast einen anständigen Mann, zwei Kinder, erwartest ein drittes …«

»Es ist von Johannes, dem Erzbischof von Ravenna.«

»Oh«, entrang es sich der Kehle des Paters.

Theodora grinste. »Ja, oh, ehrwürdiger Vater. *Das* ist aus Eurer Schülerin von einst geworden, der Ihr Lesen, Rechnen und Schreiben beigebracht habt, der Ihr Heiligenbilder erklärt habt, wie der kleinen Marocia eben. Ein untreues Weib, eine lasterhafte Hure. Und ich schäme mich nicht deswegen. Ich bin ehrgeizig, und ich bin froh, dass ich es bin. Für die Macht über diese Stadt würde ich alles tun. Verraten, verkaufen, vernichten.«

»Was du liebst, vernichten? Deine Kinder verraten?«

Theodora riß sich von seinem Blick los, faltete die Hände und schloss die Augen. Nach einer Weile sagte sie: »Also, was haltet Ihr von mir?«

Pater Bernard entgegnete zuerst nichts. Er fuhr sich mit seiner von jahrelanger Arbeit zerfurchten Hand über die Bartstoppeln und die alten, müden Augen. Er war ein Mann, der in seiner schlichten braunen Kutte, den ledernen Sandalen und dem schmucklosen Holzkreuz um den Hals leicht als Geistlicher der alten Schule zu erkennen war, dem die Botschaft Christi am Herzen lag. Im Gegensatz zu anderen *patres*, *diakones* und höheren Prälaten Roms machte er sich nichts aus feinen Stoffen und üppigen Speisen, aus mondäner Unterhaltung und weinseligen Vergnügungen. Historische Studien in alten Büchern waren seine einzige Ablenkung, seit er vor fünfzehn Jahren aufgehört hatte, Theodora im Auftrag ihrer Eltern zu unterrichten. Aber gerade weil Pater Bernard sein Amt und die Botschaft Christi so ernst nahm, lagen ihm scheinheilige Empörung und Bigotterie völlig fern.

Er nahm Theodora bei der Hand, führte sie zum Sarkophag und kniete mit ihr davor nieder. Die im Marmor eingemeißelten Szenen der Auferstehungsgeschichte vor Augen, schwiegen sie. Nur ein gelegentliches Knistern der Fackel unterbrach die Stille. Keiner von beiden wusste, wie viel Zeit vergangen war, als Pater Bernard endlich flüsterte: »Du hast den anderen den Vorschlag gemacht, sich in dieser Kirche zu verbergen, weil du gehofft hast, mir von deinen Gedanken erzählen zu können. Du wolltest – beichten.«

»Mir war elend«, rechtfertigte Theodora sich. »Um mich herum waren nur Tod und Zerstörung. Ich wusste nicht mehr, was ich tat.«

Pater Bernard nickte in die Stille hinein. »So ist es. Du hast nicht nachgedacht, sondern getan, was dein Inneres dir gesagt hat. Genauso wie eben, als du mir alles erzähltest. *Das* ist die wahre Theodora. Das bist du. Wenn du nur willst, kannst du Ageltrudis, Johannes und die Byzantiner überwinden und dich selbst wieder finden.«

»Ihr habt die Byzantiner nie gemocht.«

»Ich habe die Anmaßung und die Gewalt nie gemocht.«

»Ihr wollt mich auf Eure Seite ziehen.«

»Seite! Aus deinem Munde hört sich alles immer so politisch an.«

»Himmel oder Hölle, Pater. Das sind die Seiten. Dazwischen ist nichts.«

»Dazwischen sind die Menschen«, korrigierte er. »Wir alle, Theodora, müssen uns jeden Tag aufs Neue entscheiden, wohin wir wollen, wem wir dienen, was wir begehren. In jedem Wunsch, den wir haben – selbst dem harmlosesten –, kann bereits die Versuchung liegen, Böses für seine Erfüllung zu tun. Ich weiß, wovon ich spreche: Manchmal wünsche ich mir so sehr den Frieden, dass ich bereit wäre, die halbe Welt dafür zu zerschmettern, hätte ich die Macht dazu. *Das* ist unsere eigentliche Prüfung, Theodora. Auch du hast die Kraft, sie zu bestehen, doch du musst sie auch nutzen.«

Theodora ließ zu, dass seine Hand sich beschützend über die ihre legte. Ihre Lippen zitterten, und es schien, als versuche sie eine Antwort zu formen. In diesem Augenblick kam Marocia in die Krypta gerannt. »Pater, Mutter!«, rief sie. »Da seid Ihr also. Vater sagt, die Soldaten der Herzogin sind in Rom. Sie selbst ist auch mitgekommen. Der Aufstand ist vorbei. Wir können nach Hause.«

»Danke, mein Kind«, antwortete der Pater. »Wir kommen gleich.« Er wartete, bis Marocia die Krypta wieder verlassen hatte und die gleiche intime Atmosphäre eingekehrt war, die vorher geherrscht hatte. »Das Gericht der Herzogin wird erbarmungslos sein«, hauchte er. »Sie ist für ihre Härte gegenüber Versagern bekannt, und es scheint, als hätten die hohen Beamten sich in den vergangenen Tagen nicht gerade mit Ruhm bekleckert. Dein Mann braucht dich jetzt. Es ist eine hervorragende Gelegenheit, ihm alles zu erzählen und mit Gottes Hilfe ein neues Leben zu beginnen. Du könntest deine Kinder lieben und …«

»Wisst Ihr«, unterbrach sie ihn, »dass es Zeiten in den letzten Jahren gegeben hat, in denen ich Euren Namen verdammt habe?«

Pater Bernard schluckte, und zum ersten Mal wandte er seinen Blick von Theodora ab, hinein ins Dunkel des tiefen, scheinbar unendlich langen Raumes.

»Ja, verdammt«, bestätigte Theodora. »Ihr habt mir durch Eure Lehren erst das Gefühl gegeben, etwas Unrechtes zu tun, wenn ich nach Einfluss strebe oder nach Reichtümern verlange, oder wenn ich einfach bewundert werden will. Es kostet mich heute noch viele wache Nächte, meine Bedenken dagegen einzuschläfern, und das ist allein Eure Schuld.«

Er sah sie wieder an. Seine Augen funkelten im Licht der Fackel. »Das ist ein gutes Zeichen, Theodora.«

»Es ist ein Fluch«, widersprach sie. »Wenn ich zu Gott um eines bete, dann darum, dass er mich loslässt.«

Theodora stand auf und sah ihren alten Lehrer mit ebenso ernster wie trauriger Miene an. Ihre Mundwinkel zuckten, als ziehe eine unsichtbare Kraft mit Fäden daran. »Ich möchte, dass Ihr meine Kinder fortan unterrichtet, ehrwürdiger Vater. Vielleicht habt Ihr bei ihnen mehr Erfolg als bei mir. Mehr ist nicht zu sagen.«

»Theodora …«

»Nein, Vater«, unterbrach sie ihn. »Es ist zu spät. Ich kann nicht anders.«

3

Der päpstliche Thronsaal im Lateran war hell erleuchtet, obwohl die Nacht schon vor Stunden hereingebrochen war. Ein heftiger Frühlingswind, der sich durch die kleinen Rundbogenfenster Einlass verschaffte, ließ die Fackeln zucken und die Gewänder der Edlen wehen. Ageltrudis saß auf dem schweren goldenen Thronsessel der Päpste und sah missmutig in die Gesichter derer, die ihr gerade ein weiteres Mal die Treue auf ihren abwesenden Sohn, den König, geschworen hatten.

Worte, dachte sie und ließ ihren Blick vom einen zum anderen schweifen. Wenn es darauf ankam, liefen diese widerlichen Memmen und Verbeugerlinge alle davon oder versteckten sich in Löchern, um noch ein paar Jahre länger zu leben. Menschen ohne Prinzipien! Sie gedachte, ihnen heute eine Lektion zu erteilen.

Ihre Truppen waren am vergangenen Tag in die Heilige Stadt eingerückt und hielten jetzt alle wichtigen Punkte besetzt: Kapitol, Kastell *Sanctus Angelus* und Lateran. Das war ohne jede juristische Handhabe passiert, quasi ein widerrechtlicher Einmarsch ins Patrimonium, den Kirchenstaat, denn nun gab es ja keinen Papst mehr, der sie zu einem »Besuch« einladen konnte. Aber Ageltrudis hatte in ihrem langen politischen Leben erkannt, dass Fakten die Welt regieren, nicht Gesetze. Und der Erfolg hatte ihr auch diesmal Recht gegeben. Widerstandslos, geradezu apathisch, hatte sich das Volk in die Häuser treiben lassen. Es hatte die Rache, die es wollte, aber es würde teuer dafür bezahlen müssen. Ageltrudis ließ niemals und niemandem das letzte Wort.

Ihre Finger krallten sich um die Lehnen des Thrones. »Es ist, wie ich hoffe, unbestritten unter uns, dass der Aufstand gegen den Heiligen Vater gleichzeitig als Aufstand gegen mich, gegen meinen Sohn wie auch gegen unseren Verbündeten, den Kaiser in Byzanz, zu verstehen ist, also gegen jede weltliche und geistliche Ordnung. Treueschwüre reichen nicht länger aus.«

Wie eine Medusa blickte Ageltrudis in die bleichen Gesichter der Versammelten. Die Beamten Roms und deren Frauen, auch Theophyl und Theodora, trauten sich nicht, sich zu bewegen, aus Angst, dadurch auf sich aufmerksam zu machen. Ageltrudis genoss diese Furcht der anderen ebenso, wie sie sie verachtete.

Sie begann mit einem Dank an Sergius. Er hatte ihr schnelle Nachricht zukommen lassen und sich als zuverlässig erwiesen. Doch damit schien ihre Gnade auch schon erschöpft. »*Superista*«, rief sie den Präfekten der städtischen Miliz eisig mit seinem Titel an. »Haben die Mannschaften sich in Bordellen vergnügt? Wie konnte es geschehen, dass dahergelaufener Pöbel Gewalt über die Ewige Stadt bekam?«

Der Präfekt trat vor. Er war ein Mann mittleren Alters und ein persönlicher Freund Theophyls. Gelegentlich trafen sie sich zu einem Krug Falerner und redeten über ihre gemeinsame Jugendzeit, als das Byzantinische und das Ostfränkische Reich noch nicht um die Vorherrschaft über Italien und den Einfluss auf die Päpste stritten, als es noch galt, kleine Diebe und Messerstecher zu fassen und zu verurteilen. »Gegen ein aufgebrachtes Volk vorzugehen lag nicht in unseren Möglichkeiten«, rechtfertigte er sich schnaubend. »Das alles wäre nicht geschehen, wenn ...«

»Schweigt!«, rief Ageltrudis. »Ihr wart entweder unfähig oder unwillig, den Heiligen Vater zu beschützen. Ich glaube an das Letztere.«

Der Präfekt brauste auf. »Ich habt kein Recht, so mit mir ...«

»Genug der Worte«, wetterte Ageltrudis und klatschte mit der flachen Hand auf die Lehne des Throns. Sie hustete stark und holte ein Tuch hervor, mit dem sie sich den Mund abwischen konnte. Als sie es wieder wegsteckte, achtete sie darauf, dass niemand die Blutflecke darauf sehen konnte. »Ihr seid ein Gehilfe der Ostfranken, *superista*, ein *Deutscher*.« Sie spie das Wort geradezu aus. »Daher enthebe ich Euch des Amtes und verurteile Euch zum Tode. Hängt ihn auf!«

Zwei Soldaten ergriffen den Präfekten und führten ihn ab.

Theophyl wollte protestieren. »Aber das ...«

Doch Theodora zischte zwischen den Zähnen hervor: »Sei ruhig, du Narr. Oder willst du uns alle ins Verderben stürzen?«

»*Praetor urbanus*«, schallte es nun durch den Saal, und Theophyl trat mit gebeugtem Körper einen Schritt nach vorne. »Was hat die Gerichtsbarkeit im Vorfeld getan, um den Aufstand zu verhindern? Ihr habt doch Spione?«

Theophyl hatte kaum Spione, und die wenigen waren unzuverlässig und bestechlich. Immer wieder war es vorgekommen, dass sie Verbrechen berichteten, die nie stattgefunden hatten. Sie ließen sich von irgendjemandem bezahlen, der einen missliebigen Rivalen loswerden wollte. Männer entledigten sich auf diese Weise ihrer

Schwiegermütter, um sie nicht länger im eigenen Haus verköstigen zu müssen, oder ihrer Frauen, um sie in die Schande und Armut verstoßen zu können. Auch Kaufleute nutzten diesen vergleichsweise sicheren und billigen Weg, um Konkurrenten an den Henker zu bringen, und einmal war es sogar vorgekommen, dass ein heidnischer Sklave seinen jähzornigen Hausherrn mittels behördlicher Spione beseitigen ließ. Wer einige *besanti*, die begehrten byzantinischen Goldmünzen, aufzubringen vermochte, konnte sich ein beliebiges Todesurteil kaufen. Der Spitzel konstruierte ein Verbrechen – Diebstahl war besonders beliebt, weil leicht zu arrangieren –, und schon war ein harter Richterspruch so gut wie sicher.

Theophyl verabscheute dieses korrupte Spitzelwesen, und er wollte Ageltrudis' Frage gerade verneinen, als Sergius für ihn antwortete.

»Der edle Theophyl hat schon vor Monaten Listen mit Verdächtigen angelegt. Ich habe sie gesehen. Sie sind umfangreich und lassen keine Wünsche offen. Man kennt die Namen der Rädelsführer und ihre Aufenthaltsorte. Sobald Euer Durchlaucht es befehlen, werden die Schuldigen verhaftet.«

»Warum hat man sie nicht schon vorher verhaftet?«

Sergius sah Ageltrudis direkt in die Augen. »Wir hatten die Aktion bereits geplant, bloß ... der Mob ist uns zuvorgekommen.«

»Stimmt das, *praetor urbanus*?«

Theophyl zögerte. Der ganze Saal blickte auf ihn, hielt den Atem an. Warum, fragte der Richter sich, log der Kardinal für ihn? Und wie sollte er nun reagieren? Es ging um sein Leben, aber auch um seine Würde als aufrechter Mann. Beides konnte er nicht behalten. Endlich nickte er.

»Nun gut«, sagte Ageltrudis nicht mehr ganz so streng und lehnte sich entspannt zurück. »Es ist April, und die Pappeln an der Via Appia sind voll jungen Laubes. Richter, ich wünsche, dass am Sonntag mehr Leichen in den Bäumen hängen als Blätter, auf einer Strecke von hundert Schritten.«

»Das ... das ist sehr anspruchsvoll, Durchlaucht«, stöhnte Theophyl.

»Ich dachte, die Listen sind umfangreich und lassen keine Wünsche offen?«

Theophyl schluckte und verbeugte sich leicht. »Ich bin zuversichtlich, Euren Wunsch erfüllen zu können, Durchlaucht.«

Zufrieden erhob Ageltrudis sich. Für heute war es genug. So rasch würde es keiner mehr wagen, ihre Führungsrolle in der Heiligen Stadt zu beanstanden. Ohne die tiefen Verbeugungen aller zu beachten, verließ sie den Saal, in dem die Schatten der Verbliebenen im Licht der Fackeln zitterten.

Theophyl bedankte sich von ferne mit einem Kopfnicken bei Kardinal Sergius, aber schon im nächsten Augenblick verfluchte er seine Geste. Sein Herz raste, und das Pochen in seinem Kopf kam wie ein Donner über ihn. Seine Frau ergriff ihn am Arm und zog ihn zu einem der Rundbogenfenster.

»Ist dir klar, was der Kardinal gerade für dich getan hat?«, herrschte Theodora ihren Mann an. »Mit einem Kopfnicken deinerseits ist das nicht abgetan. Da müssen wir uns schon etwas mehr einfallen lassen. Ich hätte da auch schon eine Idee …«

Theophyl wischte sich mit einem Tuch die feuchten Hände und den Bart trocken und blickte hinaus auf das nächtliche Rom. Einige ferne Laternen blinkten wie Sterne aus der in tiefe Schwärze gehüllten Stadt, und Theophyl wünschte sich, jetzt irgendwo da draußen zu sein, in einer der tausend finsteren, schmutzigen Straßen oder in den unheimlichen Ruinen der antiken *domus aurea*, des Neropalastes auf dem Esquilin, wo heutzutage nur Heimatlose kampierten. Er sehnte sich nach Ruhe, wollte keinen mehr kennen, niemanden sprechen, nichts mehr tun. Doch das war nur ein Traum.

Er richtete seinen Blick wieder auf den Thronsaal, der in all seiner Pracht erstrahlte: die goldene Farbe an den Wänden, die kunstvolle meerblaue Ornamentik an Decke und Boden, hinter dem Thron das Mosaik mit dem Bild Christi, der beschützend die Hand über seine Stellvertreter auf Erden hielt. Und inmitten dieser Erhabenheit, die jedem Pilger und jedem Botschafter ferner Staaten stets den Atem raubte, rotteten sich nun die Würdenträger in kleinen Gruppen zusammen und lachten bereits wieder miteinander, als sei nichts gewesen, als habe der Henker nicht eben erst einen ihrer Kollegen gehängt.

»Schein«, murmelte Theophyl versunken. »Trug und Lüge.«

Theodora stieß ihn an. »Was redest du denn da wieder? Hast du verstanden, was ich über Sergius gesagt habe? Er hat sich eine Belohnung verdient.«

»Er hat mich aber auch in eine schwierige Lage gebracht«, erwiderte Theophyl ärgerlich.

Theodora verdrehte die Augen. »Er rettet dir das Leben, und du sagst, er habe dich in eine schwierige Lage gebracht? Also manchmal verstehe ich dich nicht, Theophyl.«

»Und wen, glaubst du, soll ich am Sonntag in die Pappeln der Via Appia hängen? Ich habe keine Liste!«

Theodoras Mundwinkel zuckten. »Also, wenn es weiter nichts ist ... Hänge irgendwelche Leute auf. Die Gassen der Stadt sind voll davon.«

Der Duft frischer Erdbeeren erfüllte die ganze Küche der Villa Sirene, und Marocia und Leon konnten es kaum erwarten. Die köstlichen Früchte waren rar. Selbst die Edlen in Rom kamen nur an ein schmales Pfund der Erdbeeren heran, wenn sie über gute Beziehungen zu einem Landadeligen oder einem reichen Kaufmann verfügten. Dass heute eine große Schale davon in der Villa abgegeben worden war, kam einer Sensation gleich.

Gewiss, die Tafel der Villa Sirene gehörte zu den vielfältigsten Roms: Wildgerichte mit frischen Kräutern, Rinderwürste, gesottener Fisch, Feigen in Honig, Eierspeisen mit Eingekochtem ... Aber das Aroma der Erdbeeren war unvergleichlich. Kein Wunder, dass um jede einzelne Frucht gestritten wurde.

»Warum«, fragte Leon seine Schwester beleidigt, »nimmst du dir zehn Beeren und gibst mir nur fünf?«

»Weil der Kardinal sie geschickt hat«, antwortete Marocia. »Für mich! Das ist doch so, nicht wahr, Egidia?«

Die Amme bestätigte das mit einem widerwilligen Grunzen, und sie betrachtete die roten Früchte, als wären sie eine Variation des Apfels, in den Eva einst gebissen hatte. Meiner Marocia, hatte als Widmung auf der beiliegenden Karte gestanden. Meiner! Natürlich war Egidia klar, was die Familie dem Kardinal zu verdanken hatte, und auch sie selbst stand in seiner Schuld, hatte er doch womöglich auch ihr Leben während des Aufstands gerettet. Aber dass er mit einem Mal fast jeden zweiten Tag hier erschien, Spaziergänge mit der Kleinen machte, im *peristyl* mit ihr spielte und Geschenke schickte, so als sei er ihr Vater, das war ihr nicht geheuer. Und nun das: Meiner Marocia! Egidia faltete mit finsterem Blick das kleine Pergament zusammen, bis es nur noch ein winziges Quadrat war und warf es ins Herdfeuer. Dann zählte sie weitere fünf Beeren ab und legte sie Leon auf den Teller.

»Wollen aber gar nicht erst mit solchen Sondersachen anfangen«, brummte sie. »Was dem einen gehört, gehört auch dem andern. Punkt. Und wenn's dir nicht passt, kleine Prinzessin, dann kriegst gleich gar nichts mehr.«

Das Eintreten des Kutschers verhinderte Marocias Protest. Er war ein schon etwas ältlicher, großer und schlaksiger Mann ohne Haare und mit einem unerhört knochigen Gesicht, das einem Totengräber gehören konnte. Aber jedes Mal, wenn Egidia ihn traf, konnte sie nicht anders als ihn anlächeln und auf seine identische stumme Antwort warten. Heute jedoch wartete sie vergeblich. Regnald, das war sein Name, blickte wie ein Gespenst umher und setzte sich dann an den einfachen Holztisch inmitten der kleinen Küche, ohne Egidia oder die Kinder zu grüßen.

»Ist was?«, fragte Egidia. »Siehst aus, als sei der Leibhaftige dir auf die Füße getreten.«

»Hm«, brummte er.

»Sag!«

»Hm«, brummte er wieder und zuckte mit den Augen kurz zu den Kindern hin.

Egidia verstand. Sie schickte Marocia und Leon hinaus, doch Marocia wölbte ihre Lippen trotzig auf und sagte: »Ich gehe erst, wenn ich noch drei Erdbeeren bekomme.«

Die Amme knurrte kurz und gab Marocia, was sie wollte. Fröhlich hüpfte ihre Kleine zur Tür hinaus.

Egidia trottete zum Herdfeuer und stellte einen Kessel auf. Sie streute eine Hand voll getrockneter Hopfenblüten hinein und wartete geduldig, bis das Wasser kochte und der ganze Raum vom Duft des aromatischen Krauts eingehüllt war. Dann füllte sie den Tee in zwei verbeulte Kupferbecher und schob Regnald einen davon zu. »So! Der wird uns beruhigen«, erklärte sie. »Und jetzt rede!«

»'s war grausig, kann ich dir sagen«, begann Regnald mit tiefer, düsterer Stimme. »So was hab ich noch niemals nicht gesehen, und will's auch nimmer sehen.«

»Was war?«, drängte Egidia und gab Regnald einen auffordernden Klaps auf seine schmalen Schultern.

»Also«, sagte Regnald. »Heut Morgen befiehlt mir der Herr, ihn zur Appia zu fahren. Da dacht ich schon: O weh, das gibt was. Wir fahren los – du weißt ja, unten an der Via Drusus entlang durch die Porta Metronia ...«

»Ja doch, ja doch. Weiter.«

»Also, wir kommen endlich zur Appia. Ich frag ihn, wie weit, denn die Appia, die kann man ja bis Capua und noch weiter fahren. Er sagt, bis hinter die alten Grabmäler aus der Kaiserzeit soll ich ...«

»Dummer Kutscher«, rief Egidia in ehrlicher Ungeduld. »Red jetzt endlich.«

Regnald nahm noch einen großen Schluck des Hopfengebräus, schüttelte ein ums andere Mal den Kopf. Egidia stieß ihn sachte an. »Komm«, sagte sie mild. »Red dich frei.«

»Sie baumeln immer noch«, sagte Regnald schließlich. »Hunderte.«

Egidia bekreuzigte sich. »Die ... die Gleichen?«

Regnald nickte. »Der Herr wollte sie abhängen lassen, aber die Soldaten gehorchten ihm nicht. Ein Befehl der Herzogin, haben sie gesagt. Dann ist der Herr im Kreis gelaufen wie 'n verirrter Käfer und hat an seinem Bart gerupft. Plötzlich, als hätt' ihn was gestochen, hat er ›Zurück‹ gerufen, und wir sind wieder abgefahren. Nachher geht's aber wieder los, denn die Herzogin gibt 'n Fest, und da müssen die Herrschaften hin.«

»Fest?«, rief Egidia. »Bei allen Heiligen!«

Regnald schüttelte den Kopf. »Dem Herrn passt's nicht, meine ich. Wenn ich, so wie ich vor dir sitz, wie 'n Toter aussehe, dann der Herr *praetor* wie 'n Geist.«

»Der Arme. Wollt nicht mit ihm tauschen.«

»Kannst für ihn beten«, sagte Regnald bitter. »Aber helfen wird's nicht. Das Verbrechen wird er nimmer los, sage ich dir. Das verfolgt ihn ins Grab und treibt ihn in die Höll'.«

Egidia leerte ihren Becher in einem Zug und blickte betroffen auf den Tisch. »Zwei Wochen«, murmelte sie. »So lange hängen sie schon.«

»Zwei Wochen und zwei Tage«, stellte Regnald richtig. »'s ist nicht mehr viel von ihnen da. Die Krähen, musst wissen. Die Krähen machen sie klein bis auf die Knochen ...«

Marocia nahm ruckartig ihr Ohr von der Tür und schluckte die Beere hinunter, die sie seit einer Weile in ihrem vor Staunen halb geöffneten Mund behalten hatte.

»Es war nicht recht von dir zu lauschen«, warf Leon ihr von hinten flüsternd vor. »So etwas haben wir noch nie gemacht.«

»Ich weiß«, erwiderte Marocia heiser und sah wie durch ihren Bruder hindurch. »Aber irgendwann muss man ja mal anfangen.«

»Muss man nicht.«

»Pater Bernard nennt so etwas Progress, wenn man neue Ideen ausprobiert.«

»Nur, wenn sie erfolgreich sind.«

»Ich *war* erfolgreich. Ich habe eben Sachen gehört, die ich sonst nie gehört hätte.«

Als Theophyl mit Marocia die Stufen der Villa in der Via Lata hinunterging, war die Sonne wenige Momente zuvor hinter dem Mons Aurelius versunken. Seine Stimmung war ebenso trist wie die schwarze Silhouette der Stadt vor dem blassgrauen Himmel, und seine Hand umfasste die seiner Tochter nicht fest und beschützend wie früher, sondern schwach und mutlos. Er spürte in sich eine zunehmende Müdigkeit, gegen die Umstände anzukämpfen, ja sogar über sie zu reden. Aber einmal musste er es doch noch tun. Das war er seiner Kleinen schuldig.

Seufzend setzte er sich auf eine Treppenstufe, so dass er auf gleicher Höhe mit Marocia war. »Bevor deine Mutter herauskommt, möchte ich dir noch etwas sagen. Es ist nicht ganz leicht, und vielleicht verstehst du mich ja auch gar nicht, aber ... Die Herzogin macht sich heute Abend lustig über die Toten. Sie ist eine Teufelin. Hätte sie dich nicht ausdrücklich eingeladen, würde ich dich nicht mitnehmen, das kannst du mir glauben. Aber so ... Sie hat irgendetwas vor, mit dir, mit mir, mit uns allen, und ich weiß nicht, was ich dagegen tun soll.«

Er legte seine Hände sanft auf Marocias kleinen Schultern ab. Tränen sammelten sich in seinen Augen, und er musste mehrfach tief durchatmen, um verständlich weiterzureden. »Wenn du klug bist, und ich glaube, du bist es, wirst du später weder wie deine Mutter noch wie ich werden. Wir haben nämlich die wichtigste Regel vergessen: Du musst für alles, was du dir vom Leben wünschst, einen Preis bezahlen – manchmal einen sehr hohen Preis.«

»Für alles?«, fragte Marocia.

»Ämter, Titel, Reichtum, Macht ... sogar Liebe, einfach für alles. Wenn du diese Regel vergisst, Marocia, wirst du eines Tages alles, was ein Leben schön macht, verloren haben. Ich weiß, es ist kompliziert. Aber kannst du mich trotzdem verstehen?«

Seine kleine Tochter nickte und umarmte ihn traurig. »Es hört sich an, als würdest du irgendwie weggehen.«

Unglaublich!, dachte er. Ein kleines Kind bloß, aber sie begriff etwas, das er selbst noch nicht begriffen hatte. Ohne es zu wollen, hatte er sich ausgedrückt wie jemand, der Abschied nimmt. Er wischte sich die Tränen nicht von der Wange und erwiderte Marocias Druck, als wolle er seine Kleine nie wieder loslassen. Doch er wusste bereits, dass er sie verlieren würde.

»Höllengelächter«, murmelte Theophyl mit finsterer, angewiderter Miene vor sich hin, als er zusammen mit Frau und Tochter die Villa der Herzogin unweit von Rom betrat. Der Festsaal war angefüllt mit Heiterkeit und Genuss. Überall brannten die Fackeln und reflektierten ihr Licht in prächtigen Wandspiegeln und in den roten und gelben Seidenstoffen, die die Saaldecke bespannten. Flöten und Tamburine spielten beschwingte Melodien und animierten zum Tanz. Wie eine Sommerwiese im Wind, so schwangen die kostbaren Roben der Gäste in allen Farben über den polierten Marmor, und gelegentlich übertönten lautes Gekicher und verzückte Schreie das sonore Raunen angeregter Konversation.

»Überwältigend«, hielt Theodora ihrem Mann dagegen und prüfte, ob ihr samtenes kirschfarbenes Kleid mit denen der anderen weiblichen Gäste mithalten konnte. »Dass du uns mit deiner fatalen Stimmung bloß nicht blamierst«, mahnte sie Theophyl, kurz bevor Kardinal Sergius zu ihnen trat.

»Ein ausgelassener Abend, nicht wahr?«, wollte er ein höfliches Plaudern beginnen.

»Wenn man die Leute so sieht«, antwortete Theophyl mit einem bitteren Grinsen, »kann man kaum glauben, dass die Hälfte von ihnen während des Aufstands nahe Angehörige verloren hat. Es ist doch immer wieder erstaunlich, wie …«

»Ihr müsst meinen Mann entschuldigen«, unterbrach Theodora und führte Sergius rasch einige Schritte weg. »Er hat einen erschöpfenden Tag hinter sich und wird heute Abend alles andere als ein guter Gesellschafter sein. Und ich – nun ja, ich muss mich ein wenig um den Armen kümmern. Daher …« Sie stockte und fuhr sich nach Worten suchend über die Lippen. »Daher kam mir der Gedanke, dass Ihr Euch während des Festes der kleinen Marocia annehmen könntet.«

Sergius strahlte in ehrlicher Freude über das ganze Gesicht. »Ich könnte ihr die ersten Tanzschritte beibringen.«

Insgeheim hielt Theodora nicht viel von den Tanzkünsten des Kardinals, denn er machte stets viel zu große und hölzerne Schritte und schien sich auch immer zum Takt einer anderen Musik zu bewegen als der, die gespielt wurde. Doch selbst wenn Marocia nachher die Füße voller blauer Flecke haben sollte, so wäre jeder Einzelne von ihnen eine hervorragende Investition in die Zukunft. »Viel Vergnügen«, wünschte sie daher und sah zu, wie die beiden sich an den Händen fassten und bald ebenso ziellos wie heiter über den Marmor wirbelten.

Nun wandte Theodora sich wieder ihrem Gemahl zu. »Du bist ein Rindvieh«, zischte sie ihm entgegen und legte ein gefrorenes Lächeln auf, um die Fassade vor den umstehenden Gästen zu wahren. »Dein elender Zynismus bringt uns alle in tödliche Gefahr, merkst du das nicht?«

Theophyl leerte seinen Weinkelch in einem Zug, winkte einen jungen Pagen heran, nahm sich einen weiteren Kelch und leerte auch diesen mit Schwung. Aber er sprach kein Wort.

»Solange du deinen Mund nur zum Trinken gebrauchst, soll es mir recht sein«, setzte Theodora nach. »Aber mach dir klar, dass, wenn Ageltrudis merken sollte …«

»Da kommt deine Ikone auch schon«, sagte Theophyl und ließ

sich den nächsten Kelch reichen, den er leerte, während Theodora und die Herzogin Begrüßungsfloskeln austauschten.

»Ich sehe, edler *praetor urbanus*«, bemerkte Ageltrudis, »dass Ihr Gefallen an meinem Wein findet. Er stammt übrigens von den Reben des Olympus in Griechenland. Ein Geschenk des Kaisers.«

»Er hat eine sehr passende Farbe«, erwiderte Theophyl.

»Passend?«, fragte Ageltrudis nach.

»*Blut*rot!«

Theodora schloss kurz die Augen und biss sich auf die Lippe. Welcher Teufel ritt Theophyl, eine Frau herauszufordern, die ihn mit einem einzigen Wort vernichten konnte? Ihre Fingernägel bohrten sich in die Handballen. Am liebsten wäre sie einfach in Ohnmacht gefallen, doch sie wusste, dass damit gar nichts gewonnen wäre. Mit aller Kraft gelang es ihr, Ageltrudis anzulächeln, als habe Theophyl tatsächlich bloß die Farbe des Weines beschreiben wollen.

Die Augen der Herzogin rollten mit undurchschaubarem Ausdruck von Theophyl zu Theodora und wieder zurück. Ihre Brust hob und senkte sich schnell und heftig, und Theodora kam es vor, als würden sogar die schillernden, silbern eingefassten Amethyste ihrer Halskette und ihres Diadems vor Erregung zittern. Doch ihre Erwiderung fiel anders als befürchtet aus.

»Wie reizend Eure Tochter aussieht«, lobte sie. »Schwarze Haare, schwarze Augen, ein graziles Gesicht – Marocia wird einmal eine Schönheit. Und intelligent ist sie auch, sonst hätte sie nicht bereits mit sieben Jahren einen Kardinal eingefangen.«

Ageltrudis brach in ein raues, unangenehmes Gelächter aus, das Theophyl zum Anlass nahm, sich wortlos zu entfernen. Erleichtert atmete Theodora auf, die Situation entspannte sich. Ageltrudis führte sie unter einem Vorwand in einen ruhigeren Winkel des Saales und begann ein vertrauliches Gespräch.

»Seht Ihr den alten Grauschopf dort hinten?«, fragte Ageltrudis. »Das ist der neue Papst – so gut wie zumindest. Morgen werden die Kardinäle, die Stadtoberen und das stimmberechtigte Volk ihn dazu wählen.«

»Wie könnt Ihr das wissen?«, fragte Theodora.

Ageltrudis lachte, aber es war eher ein Krächzen. »Ich *will* es so.

Meine Methode ist die Furcht der Menschen, untermauert mit Münzen. Ein Rezept, das Wunder wirkt. Natürlich, einige der italischen Länder werden wegen meines Alleingangs murren. Sie fürchten meinen zunehmenden Einfluss auf die Geschehnisse in Rom. Aber byzantinisches Geld, mit dem sie ihre rauschenden Feste bezahlen, wird sie rasch ihre Proteste vergessen lassen. Wieso ich Euch das erzähle?« Sie zog die Neugierige noch näher an sich heran. »Weil ich beschlossen habe, Euren Mann zum Senator von Rom zu machen.«

Theodora war sprachlos vor Glück. Die Frau, die sie am meisten um ihre Macht beneidete, gab nun ihrem Mann eine Position, die ihn – neben dem Papst – praktisch zum Regenten Roms machte, denn der Senator stand dem Magistrat vor. Als Theodora ihre Sprache wieder gefunden hatte, überschüttete sie Ageltrudis mit Floskeln. »Er wird Euch immer ein Diener sein, Durchlaucht, Euch, dem König und seinen Verbündeten in Byzanz. Wir sind …«

Ageltrudis unterbrach sie mit einer ruckartigen Bewegung ihres Fächers. »Ihr lügt! Glaubt Ihr, ich wüsste nicht, dass Euer Gemahl mich betrogen hat, dass die armen Hunde, die da draußen an den Bäumen hängen, unschuldig sind?« Ageltrudis keuchte, dann holte sie eilig ein Tuch hervor und hustete derart heftig hinein, dass es sich anhörte, als erbreche sie sich. Einige der Gäste sahen schon herüber und wisperten sich erregte Kommentare zu, aber dann fing die Herzogin sich wieder und konnte mit rauer, leiser Stimme weiterreden. »Es gibt keine Liste, meine Liebe, es hat nie eine gegeben. Im Gegensatz zu Theophyl habe *ich* viele und fähige Spione. So wusste ich sofort, dass Sergius mir eine Lüge auftischt.«

Theodoras Mund stand halb offen. »Wie habt Ihr … Woher … Ihr habt die Hinrichtungen nicht verhindert? Und habt auch weder Theophyl noch den Kardinal für die Lüge bestrafen wollen?«

»Nicht eine Sekunde. Ich strafe nur, wenn mir daraus ein Vorteil erwächst, und derzeit habe ich größeren Vorteil von den quietschenden Stricken über der Via Appia. Euer Mann hat um seiner Haut willen tausend Menschen gehängt und sich damit tausendfach meiner Fraktion ausgeliefert. Niemand ist zuverlässiger als ein Überläufer, Theodora, denn er kann nie wieder die Seite wechseln, ohne sich selbst zu vernichten.«

»Aber Ihr habt ihn eben erlebt. Er ist … wie soll ich sagen …«

Ageltrudis wedelte sich mit ihrem schweren Fächer Luft zu und sah zum anderen Ende des Saales, wo Theophyl sich, gestützt auf einen Pagen, zu einem Stuhl bringen ließ und dort das Gesicht in den Händen verbarg.

»Verwirrt und voller Selbstmitleid«, diagnostizierte die Herzogin. »Die typischen Krankheiten eines Schwächlings. Mag er sich doch mit seinen dümmlichen Wortspielen trösten. Den Titel, glaubt mir, wird er schon deshalb nicht ausschlagen, weil er glaubt, Gutes mit ihm tun zu können. Wahrlich ein Narr.«

Ageltrudis lächelte genüsslich und nahm sich die Zeit, einige vorbeilaufende Edle mit einem huldvollen Kopfnicken zu begrüßen. Sie nahm von einem Pagen einen silbernen Weinkelch entgegen und reichte einen weiteren an Theodora. »Was Sergius und seine Lüge angeht … Ich ließ sogleich nachforschen, was den Kardinal bewogen haben könnte, Eure Familie zu beschützen. Die Antwort – das wissen wir wohl beide – wirbelt dort hinten fröhlich über die Tanzfläche.«

Die beiden Frauen beobachteten eine Minute lang, wie Sergius die kleine Marocia zwischen den anderen Tänzern hochhob und schwang. Ihre Locken flatterten wie schwarze Wimpel durch die Luft, und ihr fernes Lachen unterbrach das düstere Gespräch wie ein Sonnenstrahl.

»Ihr seht«, nahm Ageltrudis den Faden wieder auf. »Ich bin wie eine Göttin. Mir entgeht nichts. Schon gar nicht das eigentliche Phänomen bei dieser Schurkerei mit den Gehängten. Ihr!«

»Ich?«, rief Theodora.

»Nur nicht so bescheiden. Die Idee, irgendwelche Leute zu strangulieren, kam doch gewiss von Euch, Theodora. Da mir diese Scharade genützt hat, verzeihe ich sie, ja, ich bewundere sie sogar. Ihr seid herrlich ruchlos, und das ist viel zu selten, um es ungenutzt zu lassen.«

Ein Tanzmeister, der zur Freude der Gäste eine *Passacaglia* ankündigte, unterbrach das Gespräch. Einige Dutzend Frauen und Männer stellten sich in Viererreihen hintereinander auf, fassten sich an den Händen und begannen zum Takt der Tamburine Schritte nach vorne, zur Seite oder zurück zu tanzen.

»Euer Gemahl«, setzte die Herzogin wieder ein, »wird zwar Senator, weil er ein Mann ist und nur Männer diesen Titel tragen, aber Euch, Theodora, werde ich etwas viel Wichtigeres verschaffen: eine Empfehlung an den byzantinischen Kaiser.«

»An den ... Kaiser?«, hauchte Theodora ehrfurchtsvoll und stellte ihren Kelch ab.

»Beruhigt Euch. Er ist auch nur ein Mensch. Aber mit seiner Macht werden sich die Rücken der meisten Kardinäle und Landesfürsten vor Euch beugen, meine Liebe. Ihr werdet so viel Autorität über Päpste und Herzöge haben, dass Euch schwindlig davon wird. Na, gefällt Euch, was ich da verspreche? Aber macht Euch nichts vor, es wird Widerstand geben. Die Deutschen werden nicht immer so schwach sein wie derzeit und die Puppen nicht immer tanzen, wenn Ihr es befehlt. Ihr werdet geschickt sein müssen.«

»Und Ihr, Durchlaucht?«

Ageltrudis holte das weiße, blutbefleckte Tuch heraus und zeigte es Theodora. »Beantwortet das Eure Frage?«

Theodora nickte stumm.

»Leider«, erklärte Ageltrudis, »ist es keineswegs die erregende *Chorea* dort vorne, die mich immerzu keuchen lässt. Mein Sohn wird schon bald jemanden brauchen, auf den er sich unbedingt verlassen kann und der für ihn statt meiner die Geschicke in Rom lenkt. Er selbst ist politisch unbegabt. Aber ich muss« – ihre Hand krallte sich in den Oberarm Theodoras, und ihre Augen blickten mit einem Mal zornig – »ich muss wissen, dass er und das Imperium sich auf Rom verlassen können. Alle Deutschen waren schon immer die Erzfeinde meiner Familie, sie dürfen niemals die Oberhand über die Halbinsel gewinnen. Mein ganzes Leben habe ich dieser Aufgabe gewidmet. Und Ihr seid meine Nachfolgerin in diesem Kampf.«

Theodoras Mundwinkel zuckten. Leicht zitternd spielte sie an ihrer Perlenkette und sah in die geröteten Augen ihrer neuen Gönnerin. Ageltrudis hatte Recht. Ihr wurde jetzt schon schwindelig, wenn sie an die Möglichkeiten dachte, aber auch an die Risiken. Tausende Fäden musste sie in der Hand halten, und immer die richtigen ziehen. Wo anfangen? Wem vertrauen?

»Ich werde Geld brauchen«, sagte Theodora.

Ageltrudis nickte. »Das besprechen wir noch in Ruhe. Nur eines vorweg: Vertraut nicht allein den Münzen, es gibt wichtigere Verbündete. Zum Beispiel den erzbischöflichen Vater dieses Kindes« – sie tippte auf Theodoras runden Bauch – »und den Verehrer Eurer jungen Tochter. Beide könnt Ihr leicht von Euch abhängig machen.« Sie lachte. »In Wahrheit regieren wir Frauen diese Stadt, Theodora. Ich heute, morgen Ihr und übermorgen – nun, wer weiß, vielleicht Eure entzückende Marocia.«

4

Die ersten Sonnenstrahlen des Juni tauchten das *triclinium* der Villa Sirene, den großen Wohnraum, in ein orangefarbenes Licht und ließen Theophyl erwachen. Er lag quer und ungemütlich auf einer gepolsterten Ruhebank, und noch bevor er einen ersten Gedanken fassen konnte, spürte er auch schon den gleichen Kopfschmerz in sich hämmern, der seit einigen Wochen sein fester Begleiter geworden war. Schließlich bemerkte er auch die beiden anderen ungeliebten Erscheinungen seiner frühen Morgenstunden, die feuchte Haut und die trockene Kehle. Und das, obwohl er sich gestern Abend dazu gezwungen hatte, nicht einen einzigen Tropfen Wein zu trinken.

Als er sich aufrichtete, hallte sein Ächzen von den Wänden wider. Er rief laut nach Wasser und schlurfte ziellos durch die Räume. Im Atrium sah er sich in einem Spiegel, und für einen kurzen Moment erschrak er. Gehörte dieses Gesicht dem gleichen Mann, der er noch vor wenigen Wochen gewesen war, vor dem unseligen Aufstand und all seinen Folgen? War dieser ein wenig verwahrloste Bart der eines Edlen – oder eines Verbrechers? Dann aber sah er sich bereits wieder die Schultern zucken. Gleichmütig wandte er sich von seinem Spiegelbild ab.

Erneut rief er nach Wasser. Wo war diese Dienerschaft bloß? Nahmen sie etwa mittlerweile schon Reißaus vor ihm, mieden sie seine Launen, seine ungepflegte Erscheinung? Oder machten sie einfach nur das nach, was alle anderen Römer taten, seit der Geruch verwesender Leichen von der Via Appia aus über ganz Rom gezogen war: ihn ignorieren? Kein Dutzend Leute aus dem einfachen Volk war zu seiner öffentlichen Vereidigung als Senator erschienen. Dass er sich der maroden Märkte der Stadt annahm, dass er die Wasserleitungen renovieren und die Getreideversorgung reformieren ließ, schien niemanden zu beeindrucken. Noch nicht einmal die Armen wollten etwas von ihm annehmen und blieben von den öffentlichen Gastmählern fern, die er eigens für sie veranstaltete. »Schlächter«, nannten sie ihn. Die Schreckenstat der Hinrichtungen prangte ihm wie ein Kainsmal auf der Stirn.

Verdammt, das alles hatte die Diener nicht zu kümmern. Er rief erneut nach Wasser und versuchte, mit der flachen Hand gegen die Wand zu klatschen, doch im letzten Moment milderte er seinen Schlag ab und legte stattdessen seine erhitzte Wange an den kühlen Stein. Eine Weile blieb er so, sprachlos, bewegungslos, bis einige Geräusche aus dem oberen Stockwerk ihn aufhorchen ließen. Zunächst vernahm er aufgeregtes Gemurmel, und dann drang das Schreien eines Säuglings durch die ganze Villa.

Wie hatte er das vergessen können?, fragte er sich. Gestern Abend, Theodoras Geburtswehen. Er war selbst losgeritten, um eine Hebamme herbeizurufen. Stundenlanges Warten und Wachen vor dem Gemach seiner Frau ... dann die Müdigkeit. Es war also alles gut gegangen.

Ein Lächeln zog über sein Gesicht, als er den Säugling nun schreien hörte. Ja, er wusste, dass das Kind nicht seines war. Theodora hatte es ihm kurz nach Beendigung des Aufstands gestanden, aber es war ihm schon vorher klar gewesen. Die enge Beziehung seiner Frau zum Erzbischof von Ravenna war ihm nicht verborgen geblieben. Und dennoch: noch einmal ein kleines Kind in diesem Haus zu haben, in den Armen zu halten, aufwachsen zu sehen ... Er würde einen Neuanfang mit Theodora versuchen, die Rangeleien um Politik ein für allemal vergessen. Er hatte Theodora doch einmal geliebt, er könnte sie wieder lieben. Dieses Kind, dachte er, würde auch seines sein; es verdiente ein Zuhause. Und *er* brauchte ein Zuhause. Als er die Stufen ins obere Geschoss nahm, waren seine Schritte nicht mehr müde und schwer wie sonst, sondern fast jugendlich.

Doch oben am Treppenabsatz angekommen, stieß er auf Johannes. Der junge Erzbischof hielt den Säugling auf dem Arm und hatte einen Teil seines Gewandes dafür benutzt, ihn einzuhüllen. Theophyl konnte noch nicht einmal sehen, ob es ein Junge oder ein Mädchen war. Wortlos, ohne einen Gruß, ohne eine Miene zu verziehen, schritt Johannes an Theophyl vorbei, die Stufen hinunter und dann aus dem Haus.

Theophyls Gesicht zitterte. Er brauchte eine Weile, ehe er seinen Blick von dem Punkt, an dem Johannes verschwunden war, losreißen konnte. Gebeugt, wie gegen einen starken Wind laufend, zwang er sich bis zu Theodoras Gemach. Die Tür stand offen, doch er ging nicht hinein. Seine Frau lag auf ihrem Bett. Ihr Nachtgewand war gewechselt und die Laken ausgetauscht worden. Die Morgenluft strömte durch weit geöffnete Fenster herein und hatte bereits jeden Geruch nach Blut und Schweiß vertrieben. Nur die verschmierten Schürzen einiger Dienerinnen erinnerten daran, dass hier vor wenigen Momenten erst ein Kind geboren worden war.

Endlich begegneten Theodoras Augen den seinen, die noch immer mit einem Rest von Hoffnung und Erwartung leuchteten, aus denen die Zukunft noch nicht gewichen war. Doch sogleich wandte Theodora sich mit einem erschütternden Ausdruck von Verachtung von ihm ab.

»Ihr habt vorhin nach Wasser gerufen, Herr«, sprach eine Dienerin ihn von der Seite an. »Wir waren zu beschäftigt. Soll ich Euch jetzt einen Krug Wasser bringen?«

Theophyl beachtete sie nicht. Ohne den Blick von seiner Frau zu wenden, sagte er leise: »Wein. Viel, viel Wein.«

5

Egidia hob Marocia vom Wagen herunter und stellte sie keuchend auf dem Boden ab. Schwer war die Kleine geworden, dachte die Amme, oder besser, sie war älter geworden. Wenn sie das schlanke und schon hoch gewachsene Mädchen heute zu heben versuchte, konnte sie kaum glauben, dass sie sie einst in den Armen gehalten und genährt hatte. Der Kalender behauptete, dass das etwas mehr als zehn Jahre her war, doch Egidias Gefühl hätte schwören können, es sei noch keine Jahreszeit seither vergangen.

Sie strich Marocias gelbes, mit roter Borte gesäumtes Kleid glatt, umarmte sie und sagte dann, an Kardinal Sergius gewandt. »Bitte, ehrwürdiger Kardinal. Sie ist fertig für den Spaziergang.«

Der Kardinal lächelte beinahe wie eine Mutter, als er Marocia an der Hand nahm und mit ihr vorausspazierte.

Egidia folgte den beiden in einiger Entfernung, wobei sie darauf achtete, dass kein Fremder ihrem Schützling zu nahe kam. Ein Stück weiter beobachtete sie zwei junge Männer, die merkwürdig herumschlichen, aber Egidias aufmerksame Skepsis ließ nach, als sie erkannte, dass die beiden nur damit beschäftigt waren, die Steine einer niedrigen Mauer abzutragen. Sie erinnerte sich daran, als kleines Kind selbst einmal mit ihrem Vater einige Steine vom Palatin geholt zu haben, um sie zur Ausbesserung ihres Hauses zu verwenden. Der Palatin, das war für sie und die meisten Römer nur ein besserer Steinbruch.

Für den Kardinal scheinbar nicht, denn er schilderte Marocia mit weit ausholenden Gesten und enthusiastischer Stimme die Geschichte des Ortes. Manchmal trug ein frischer Wind, der die Strahlen der Sonne abmilderte, einige Wortfetzen aus den Erklärungen des Kardinals zu Egidia herüber: »... Haus der Livia ... Palast des Tiberius ... Circus Maximus ... Christenverfolgung des Jahres 64 ...«, aber während die Kleine jede Erzählung aufzusaugen schien, blieben sie für Egidia nur voller hohler Namen, die nichts mehr bedeuteten. Ihre Sorgen galten allzu gegenwärtigen Problemen.

Sie stapften über eine von Faltern und Hummeln umschwärmte Wiese, und als Marocia wie eine Heuschrecke durch das hohe Gras sprang, an Blumen roch und Käfer auf ihrer Hand spazieren ließ, ging ein breites Lachen über Egidias Gesicht, und Tränen sammelten sich in ihren großen dunklen Augen. Doch als habe eine Wolke die Sonne verdunkelt, so trübte sich Egidias Blick jedes Mal, wenn der Kardinal neben Marocia erschien und sie an der Hand nahm.

»Guckst wie eine Xanthippe«, brummte Regnald hinter ihr. Der Kutscher war Egidia gefolgt, ohne dass sie es bemerkt hatte.

»Dachte immer«, parierte sie, »Kutscher laufen nicht gern.«

Regnald fuhr sich verschmitzt über die Glatze und wiegte den Kopf.

»Kommt drauf an, wer mitläuft«, grinste er.

»Ach, Regnald«, seufzte die Amme und griff seine Hand. »Ist ein seltsames Bild, das wir abgeben. Du eine Figur wie ein Stock, ich wie ein Fass. Und die beiden da vorne ...«

Eine Zeit lang brummte Regnald vor sich hin, unentschlossen, ob er Egidia trösten oder widersprechen sollte. Erst als Sergius und Marocia auf einem Baumstamm rasteten und er mit Egidia im Schatten einer Zypresse wartete, sprach er. »Was ist schon dabei? Der Kerl zeigt ihr Blumen und Geröll. Seit gut drei Jahren macht er das so. Und der Kleinen gefällt's.«

Egidia blickte zu Boden und zeichnete mit dem Schuh Figuren in den Sand, von denen nicht einmal sie selbst wusste, was sie darstellen sollten. »Wenn's nur für immer bei Spaziergängen bliebe«, murmelte sie. »Aber in ein paar Jahren ... Daraus entsteht eines Tages etwas ganz und gar Schlimmes für die Kleine.« Sie klopfte sich mit der Faust an die Brust. »Ich kann's fühlen, Regnald. Gerade jetzt.«

Regnald schüttelte entschieden den Kopf. »Du bist Amme, darum denkst du nicht klar. Überall siehst du Böses. Ich bin Kutscher, da lernt man die Leut' kennen, und ich sag dir, der Kardinal würde sein Leben für das Mädchen hergeben.«

Egidia stieß einen gedehnten Seufzer aus. »Ich wollt, es wäre so.«

»Es ist so. Darum gibt's auch überhaupt keinen Grund, weshalb wir nicht Mann und Frau werden sollten.«

Egidia schreckte auf. Schon einmal, vor zwei Jahren, hatte Regnald ihr diese Frage gestellt, und damals hatte sie abgelehnt, weil sie Marocia nicht verlassen wollte. Theodora, wie viele andere Edle auch, untersagte die Heirat zwischen Dienern ihres Haushalts. Eine Ehe wäre also einem Fortgang gleichgekommen – und damit einer ganz und gar unsicheren Zukunft. Und nun stellte sie der Mann, den sie so sehr mochte, erneut vor die Entscheidung zwischen sich und der Kleinen, die sie wie eine eigene Tochter liebte.

Regnald zupfte einen kleinen Zweig von der Zypresse und überreichte ihn Egidia.

»Viel mehr hab ich nicht«, gestand er. »Aber wenn du auf die

Nadeln drückst, riechen sie nach Zitronen. Hab ich rausgefunden. Ist doch auch was wert, oder?«, zwinkerte er.

Egidia tat, was er gesagt hatte. Tief atmete sie den frischen, herben Duft ein, sah zu Marocia hinüber und strich Regnald über Wange und Kinn. Eine Träne, die den Versuch machte, aus ihrem rechten Auge zu kullern, wischte sie rechtzeitig und so unauffällig, wie das mit ihren schweren Armen möglich war, ab. »Bald«, sagte sie ihm mit belegter Stimme. »Warte noch ein wenig. Bitte.«

Der abgedunkelte, schmucklose Raum, in dem Ageltrudis lag und in dem noch nicht einmal ein wärmendes Feuer prasselte, wirkte wie ein Vorgeschmack auf die Gruft, die man für sie bereithielt. Ihr gedehntes Stöhnen vermischte sich unangenehm mit dem Gesang der Mönche, der aus einer benachbarten Sakristei durch die Gänge des Lateran hallte, und der beißende Gestank brauner Salben und dunkelgrüner Tinkturen kündete von Verfall und Tod. Johannes war der Einzige an ihrer Seite. Er zeichnete mit Asche ein Kreuz auf die Stirn der Herzogin, dann nahm er sich die Zeit, diese Herrscherin über Länder und Seelen ausgiebig zu betrachten.

Die Schmerzen in Ageltrudis' Brust und der Verlust dessen, was sie als Einziges auf der Welt wirklich liebte, hatten sich fest in ihr Gesicht gegraben. Sogar Johannes spürte ihr Leid. König Lambert, ihr einziger Sohn, war vor einem Jahr bei einem Sturz vom Pferd ums Leben gekommen, und mit ihm waren alle Pläne für eine italienische Herrscherdynastie aus Spoleto ins Grab gesunken. Lange hatte sie sich geweigert, diesen Tod überhaupt anzuerkennen, und nicht aufgehört, ihren Erzfeind Arnulph mit allen politischen und militärischen Mitteln zu bekämpfen. Der Ostfranke hatte sich angeschickt, noch einmal und diesmal endgültig die Königskrone Italiens aus den Händen eines Papstes in Besitz zu nehmen. Doch dann traf die Nachricht von Arnulphs Ableben ein, und so konnte sich auch Ageltrudis endlich Frieden schenken. Heute war der 31. Dezember des Jahres 899. Mit dem Jahrhundert würde auch die Ära der allgewaltigen Ageltrudis zu Ende gehen, und Johannes erwartete dieses neue Jahrhundert, von dem er sich so viel versprach, voller Ungeduld.

Er beugte sich über den hageren, nur mit einer dünnen Wolldecke abgedeckten Körper und hauchte: »Die Mönche singen schon das *Agnus Dei*. Zeit zu sterben, Ageltrudis.«

Ihr Röcheln verstärkte sich. Dreimal atmete sie hektisch ein und wieder aus, ehe sie reagierte. Ihre Hand klammerte sich um die seine, doch nicht um sie zu verletzen, sondern um sie zu streicheln.

Ja, dachte er und fuhr sich durch seine vollen braunen Haare. Darum hatte sie ihn eigens aus Ravenna holen lassen und nicht einen Kardinal oder gar den Papst um die Sakramente gebeten. Sie wollte überhaupt keinen Beistand, sondern noch ein letztes Mal die junge, kräftige Hand eines Liebhabers berühren.

Seit zehn Jahren kannte er Ageltrudis. Er erinnerte sich an den ersten Blick von ihr. Mitten auf einer Feier des spoletanischen Adels hatte sie ihn wie den ersten Mann auf Erden angestarrt. Siebzehn Jahre zählte er, und sie war alt genug, um seine Großmutter zu sein. Er sah zu Boden, unentwegt, doch sie umschlich ihn. Er wechselte den Platz, doch sie kam ihm nach. Er stellte sich zu Freunden, doch sie ließ sich davon nicht aufhalten. Sie ging auf ihn zu und schickte die anderen mit einem einzigen Wort weg. Sie war die Herrscherin Spoletos, und obwohl jeder außer ihm wusste, was gleich geschehen würde, konnte keiner etwas dagegen tun – und wollte es auch nicht. Sie drückte ihm einen Weinkelch in die Hand.

»Trink das.«

»Ich will nicht.«

»Dann tu so, oder sollen die anderen dich für einen Weichling halten? Sie sehen schon alle herüber.«

»Euretwegen.«

»Ich hasse Bescheidenheit. Deine Schönheit ist es, der sie sich nicht entziehen können. Die Frauen begehren dich, und die Männer beneiden dich. Bei manchen ist es auch umgekehrt.« Dann lachte sie derart heftig, dass sich der halbe Wein aus dem Kelch über ihre Hand ergoss. »Wisch es ab«, befahl sie ihm mit ernster Miene. Er zögerte. »Hast du mich nicht verstanden? Wisch es ab, sofort. Mit deinem Gewand.«

Er wollte es gerade tun, als sie ihn abhielt. »Nein, warte. Ich habe eine bessere Idee. Lecke es ab!«

»Ich soll ... Nein, das mache ich nicht.«

»Es gibt zwei Möglichkeiten. Du tust, was ich sage, und ich ernenne dich zum … Was nehmen wir denn da? Hm, ich glaube, für dich kommt nur ein geistliches Amt in Frage. Bischof. Wie klingt das?«

»Nur der Papst und der König können geistliche Ämter vergeben.«

»Deine Naivität reizt mich noch mehr«, erwiderte sie. »Bischof also, es bleibt dabei. Tust du dagegen nicht, was ich wünsche, wirst du es schon bald bitter bereuen, mein schöner, herrlicher Adonis.«

Johannes ekelte es noch heute, wenn er an die Nächte mit ihr dachte, seine ersten so genannten Liebesnächte überhaupt. Mit ihren knöchrigen Fingern streichelte sie seinen jugendlichen, makellosen Körper, mit ihrem alten, schrumpeligen Mund küsste sie seine Brust ab, und ihr drohender, gieriger Blick saugte sich immer wieder an seinem Gesicht fest. Sie hielt ihr Versprechen und machte ihn zum Erzbischof von Ravenna. Bald darauf musste er sogar mit ihr schlafen, aber den versprochenen Kardinalshut verweigerte sie ihm am nächsten Morgen grinsend. Mehr noch, sie gab ihm zu verstehen, dass sie seiner überdrüssig sei, machte sich über seine jugendliche Ungeschicklichkeit lustig und schickte ihn fort wie einen dummen Buben.

Diese Mänade! Nun lag sie vor ihm wie ein gestrandetes Wrack, und er gönnte ihr jedes einzelne Röcheln, ja, er bedauerte sogar, nicht schuld an ihrem Zustand zu sein.

Wie Schmutz streifte Johannes die Hand der Herzogin ab. »Du hast nichts mehr zu sagen«, hauchte er. »In keiner Hinsicht. Bald bin *ich* es, der gibt und nimmt, erwählt und fallen lässt, wie es ihm passt. Keine Frau wird mehr so über mich bestimmen, wie du es getan hast.«

Ageltrudis regte sich schwächlich. Johannes hob ihren Körper leicht an den Schultern an.

»Hörst du, altes Weib, keine!«, rief er und schüttelte sie, um irgendeine Reaktion zu erhalten. Doch sie blickte ihn nur aus gleichgültigen Augen an, so als sei sie bereits in einer anderen Welt.

Er ließ sie zurückfallen, weil er Schritte hallen hörte. Dem ebenso ungeduldigen wie energischen Auftreten nach gehörten sie zu Theodora, und tatsächlich erschien sie wenige Augenblicke später in dem kahlen und kalten Sterberaum ihrer Gönnerin.

»Ist sie tot?«, waren ihre ersten Worte.

»So gut wie.« Er näherte sich seiner Geliebten und strich ihre langen schwarzen Haare sanft über die Schulter zurück. Offensichtlich war sie bei Eintreffen seiner Nachricht sofort losgefahren, ohne sich Zeit für Frisur oder Gesicht zu nehmen. Dadurch sah sie natürlicher aus als sonst, aber auch älter. Die vielen Besprechungen mit Ageltrudis, die Sorgen, ob nach König Lamberts Tod die Macht gehalten werden konnte, und der stärker werdende Druck der Verantwortung hatten Theodoras Augen seltsam steinern werden lassen. Ihre Mundwinkel zuckten fast ständig vor Nervosität, und sie hatte auch mehr und mehr Mühe, ihrem Körper Schwung und Energie abzutrotzen. So, wie sie wirkte und aussah, dachte Johannes, hätte sie seine Mutter sein können.

»Werde ich nun Kardinal?«, fragte er kokett.

Theodora lächelte vor sich hin. »Wir werden sehen, was wir aus dir machen«, sagte sie. »Wichtig ist, dass du und Sergius in den nächsten Tagen die Vorgänge im Lateran im Auge behaltet. Meine Söldner streifen bereits durch die Straßen und werden etwaige Unruhe zu verhindern wissen. Sergius ist jetzt gerade bei Papst Benedikt, dann gibt es von dieser Seite keine Schwierigkeiten.«

»Können wir uns auf den Kerl verlassen?«

»Sergius? Ich weiß, du magst ihn nicht. Aber finde dich damit ab, dass er zu uns gehört. Er würde nichts tun, was Marocias Familie gefährden könnte.«

»Was ist mit Theophyl? Als Senator könnte er uns Schwierigkeiten beim Machtübergang machen.«

»Betrunken wie immer«, antwortete sie knapp und atmete tief durch. »Hat Ageltrudis noch irgendetwas gesagt, das wichtig sein könnte? Dokumente, Berichte, irgendetwas in dieser Art?«

Ein plötzliches Stammeln von Ageltrudis enthob Johannes einer Antwort. Theodora beugte sich über Ageltrudis' Körper.

»Theo...Theodora?«, hechelte die Sieche. »Ah, gut. Ein Fest für dich, nicht wahr ...? Tanzt du jetzt ... auf den Tischen ... mit Johannes? Freue ... dich nicht zu früh. Mancher Schein ... trügt, nicht wahr, Johannes?« Sie schluckte, bat um Wasser, aber Johannes und Theodora rührten sich keinen Fußbreit von ihr weg.

»Weißt du, wovon sie redet?«, fragte Theodora.

Johannes fuhr sich durch die Haare und zuckte mit den Schultern. »Sie fiebert.«

Kurz darauf stöhnte Ageltrudis heftig. »Auf Benedikt aufpassen ... der nächste König ... Gefahr ... die Deutschen ... Byzanz ... die Krone ... die Krone!« Ein entsetzliches Röcheln setzte ein, und ein letztes Mal krümmte sich ihr hagerer Körper. Dann wurde es still, und nur noch die Choräle der Mönche klangen aus der Kapelle herüber.

Zwei liturgische Verse lang verharrten Johannes und seine Geliebte angesichts des Leichnams, dann fiel Theodora ihm in die Arme. »Endlich«, stieß sie hervor. »Endlich die Macht!«

Und er dachte dasselbe.

6

Anno Domini 901

»Und?«, fragte Marocia ihren Bruder. »Was hast du gehört?«

»Nicht viel«, antwortete Leon und gähnte.

»Nicht viel? Um Himmels willen, Leon! Sogar von hier hört man, dass sie mit Johannes streitet, nur eben nicht, worüber.« Sie standen in einem Winkel jenes Treppenaufgangs der Villa Sirene, der zum Schlafgemach Theodoras führte. Marocia hielt eine kleine Kerze in der Hand, deren Lichtschein gerade ausreichte, um Leons verschlafenes Gesicht zu sehen.

»Mama hat etwas über Vater erzählt, und dass sie ihn umbringen will.«

Marocia erschrak. »Unseren Vater ermorden?«

»Nein«, korrigierte Leon. »Ihren Vater.«

Marocia verdrehte die Augen. »Du dummer Kerl! Mamas Vater ist doch schon gestorben, bevor wir geboren wurden.«

»Ist er ein Heiliger?«

»Natürlich nicht!«

»Dann hat sie wirklich nicht ihn gemeint. Sie hat gesagt, sie wolle ihren heiligen Vater umbringen.«

Wäre sie nur selbst zur Türe gegangen und hätte gelauscht, dachte Marocia. Aber es war gefährlich, es ohne jemanden zu tun, der gegebenenfalls vor herankommenden Dienern warnte. Leider eignete sich Leon für eine solche Aufgabe noch weniger als für das Lauschen.

»Du verstehst nichts von dem, was du da gehört hast, habe ich Recht?« Leon war ein gleichgültiger elfjähriger Knabe. Was immer man ihm beizubringen versuchte, er gab sich keine Mühe, es zu begreifen. Zornesröte stieg Marocia ins Gesicht, wenn sie daran dachte, dass ihre Eltern schon vor einiger Zeit im Atrium unter dem Bildnis der Heiligen Mutter Gottes eine Statue ihres Bruders aufgestellt hatten. Nur, weil Leon ein Junge war und daher als Familienerbe galt, verdiente er also den Schutz der Gottesmutter. Wo aber blieb die Statue für sie, für Marocia? Sie verstand schon die meisten politischen Zusammenhänge der Zeit, während er nicht einmal die logische Verbindung der Worte heilig und Vater herstellen konnte.

»Es ist auch nicht recht zu lauschen«, wich er ihrer Frage aus. »Pater Bernard sagt …«

»Du hast es dem Pater erzählt?«, rief sie derart aufgeregt, dass sie einen kurzen Moment glaubte, jemand habe sie gehört. Doch es blieb still. »Hast du, oder hast du nicht?«

»Nein«, erklärte Leon. »Aber er würde es bestimmt unchristlich nennen.«

Marocia verdrehte die Augen. »Unchristlich! Er ist unser Lehrer, und als solcher kann ihm nur daran liegen, dass wir möglichst viel erfahren. Aber es zwingt dich ja keiner, auf meine Weise schlau zu werden. Du kannst ebenso gut in deine Kammer gehen und warten, dass der Herrgott dir Klugheit schenkt. Los, geh schon.«

»Im Dunkeln?«

Abermals verdrehte sie die Augen, drückte ihm schließlich die Kerze in die Hand und sah zu, wie er davontapste. So traurig es war, dieser dumpfe Junge war seit einiger Zeit der einzige Gefährte, den sie hatte, und sie würde ein Auge dafür hergegeben haben, wenn er etwas unterhaltsamer gewesen wäre.

Nach Ageltrudis' Tod vor nicht ganz zwei Jahren und mit der ansteigenden Macht Theodoras war Marocias Leben wieder trist geworden. Die Pforten in die Welt schlossen sich erneut für sie und hatten die Villa Sirene in ein luxuriöses Gefängnis verwandelt, in das nicht einmal mehr der einstmals so freundliche Kardinal Sergius gelangte. Wenn Marocia ihre Mutter nach dem Warum fragte, erhielt sie keine Antwort. Pater Bernard zeigte sich zunächst ebenfalls verschlossen, wurde aber auf Marocias Drängen hin etwas redseliger, denn er orakelte, dass man Menschen und Gegenstände mit der Zeit noch interessanter machen könne, indem man sie der Welt vorenthalte.

»Aber inwiefern könnte *ich* wohl begehrenswert für jemanden gemacht werden?«, fragte sie den Pater daraufhin überrascht, woraufhin er murmelte, dass das nicht sein Fachgebiet sei, und die Lehrstunde rasch beendete.

Da niemand mit Marocia offen über die Geschehnisse um sie herum sprach, versuchte sie, sich die Informationen eben auf anderen, bereits bewährten Wegen zu besorgen: Sie lauschte. Manchmal beobachtete sie heimlich ihre Amme Egidia, wenn diese mit dem Kutscher im Stroh lag, und sie amüsierte sich, dass die beiden bei jedem Geräusch ihre Zärtlichkeiten unterbrachen und aufmerksam wie die Spatzen umherschauten.

Spannender hingegen, ja geradezu aufregend, waren für Marocia jedoch Nächte wie diese, in denen ihre Mutter sich mit Johannes traf und Gespräche über Herrschaft, Diplomatie und Politik sich mit Zärtlichkeiten verbanden. Im Bett ihrer Mutter wurden Pläne geschmiedet, zum Beispiel der, wie man Papst Benedikt dazu anhalten konnte, nur Freunde von Theodora in einflussreiche Ämter zu bringen. Und nie würde Marocia jenes Geschenk vergessen, mit dem Theodora am Morgen des letzten Osterfestes ihren Geliebten überraschte: seine Ernennung zum Kardinal. So einfach also funktionierte die Macht, wenn man sie erst einmal sein Eigen nennen konnte.

Auf Zehenspitzen schlich sie durch die nächtliche Villa. Sie hatte kaum Mühe, sich in der Dunkelheit zurechtzufinden. Viele Male schon war sie jeden Gang abgeschritten, hatte jede Tür ertastet, jede Stufe abgezählt. Anhand kleiner Lücken und Wölbungen der Marmorböden konnte sie exakt bestimmen, wo sie sich befand. Als sie an der Türe angekommen war, raffte sie ihr weißes Nachthemd etwas hoch, kniete sich nieder und presste ihr Ohr an das warme, nach Harz duftende Holz.

»Ich hätte nicht gedacht, dass du dich dermaßen treulos verhältst!«, schrie Theodora.

Wie ein Apollo saß Johannes in einem breiten, gemütlichen Sessel, die Beine über die Lehne geworfen, sein scharlachrotes Kardinalsgewand locker um den nackten Körper geschlungen, und sah zu, wie Theodora mit schaukelnden Ohrringen und zuckenden Mundwinkeln ihr Gemach von einer Wand zur anderen abschritt.

Im Grunde hat Theodora Recht, dachte Johannes. Ein Verrat an ihr würde ihm tatsächlich kein schlechtes Gewissen bereiten. Sie war von rasch vergehender Schönheit, und weder ihre wie Bronze schimmernde Haut noch der zahlreiche klimpernde Goldschmuck, mit dem sie sich behing, vermochten die Zeichen ihrer zunehmenden Anspannung zu verbergen. Theodora war hektisch, unausgeglichen, unüberlegt. Sie beging Fehler. Sie war bisweilen zögerlich, wo sie hätte energisch sein müssen, und sie konnte ungeduldig werden, wo eine diplomatische Lösung angebracht gewesen wäre. Ihr fehlte Stil. In allem, was sie tat, war sie nur eine schlechte Imitation von Ageltrudis, selbst in ihrer Art, sich zu kleiden und zu frisieren. Ganz Rom machte sich heimlich darüber lustig, dass Theodora so lange gehungert hatte, bis sie die dürre Statur von Ageltrudis erreicht hatte. Dass sie offenbar tatsächlich glaubte, für ihn, den alle den schönen Johannes oder den römischen Adonis nannten, gut genug zu sein, sprach für seine Kunst der Verstellung und gegen den Verstand von Theodora.

Immerhin, die Nächte mit ihr konnten noch immer reizvoll sein. Zur Not aber würde er leichten Herzens gegen Theodora intrigieren. Ihr Glück war, dass es dazu derzeit noch keinen Anlass gab, denn sie gab ihm, was er begehrte, und folgte auch meistens seinem Urteil. Wenn er sie nur von ihrem Realitätsverlust heilen könnte …

»Louis von Provence-Lombardei«, erwiderte er auf ihre Anschuldigung der Treulosigkeit, »hat zwar deutsches Blut in sich und wird versuchen, Italien dem Ostfrankenreich anzunähern, aber er ist nun einmal von der Mehrzahl der italischen Länder zu Arnulphs Nachfolger gewählt worden. Nein, lass mich ausreden, Theodora. Du weißt so gut wie ich, dass die Leichensynode vor fünf Jahren von Ageltrudis erzwungen war und dass sie nicht ernst genommen werden kann. Arnulph war der rechtmäßige italienische König, Lambert war nur ein Popanz. Beide sind tot. Wenn Papst Benedikt sich auf dein Geheiß weiter weigert, Louis zum König zu krönen, dann wird Louis eben mit Truppen anrücken und den Papst dazu zwingen – zudem wird er uns alle in den Kerker werfen. Und das Imperium wird nichts dagegen unternehmen können, weil es mit sich selbst genug zu tun hat: Die Bulgaren belagern Byzanz, wie du weißt. So, das sind die Fakten, und sie ändern sich nicht, indem du eine päpstliche Marionette umbringst und durch eine andere ersetzt.«

Es wurde still. Während Johannes einen großen Schluck Wein trank, beobachtete er Theodora aus den Augenwinkeln. Sie biss sich verkrampft auf die Lippe. Diese Minuten liebte er, in denen er ihr seine ganze Erfahrung und Ruchlosigkeit zu Füßen legen konnte.

Er fuhr sich mehrmals durch die Haare, die ihm in Strähnen ins Gesicht fielen, und ließ die Hand im Nacken ruhen. Seine Füße wippten über der Lehne des Sessels. Ruhig, so als halte er eine Andacht, nahm er seine Ansprache wieder auf. »Ich bin kein Feigling, Theodora, aber ganz Italien liegt Louis bereits zu Füßen, nur dein getreuer Berengar von Friaul nicht, aber der kann mit seiner Markgrafschaft allein gar nichts ausrichten. Louis' Heer ist zu groß, um es in offener Schlacht bezwingen zu können.«

»Was schlägst du vor?«

Johannes räkelte sich auf dem Sessel. »Jetzt hörst du dich schon viel vernünftiger an. Erstens: kein Widerstand unsererseits gegen Louis. Benedikt soll ihn nach Rom einladen und in einer feierlichen Zeremonie krönen. Zweitens: Du musst Berengar von Friaul dazu bringen, dass er an der Krönung teilnimmt und wie die anderen Fürsten den Eid des Vasallen leistet. Auf dich wird er hören.«

»Ein überaus beeindruckender Plan«, zischte Theodora. »Da können wir ja gleich kapitulieren.« Sie fegte mit ihrer Hand eine Vase von einem Tisch, die klirrend an die Tür schlug.

Johannes grinste in sich hinein. »Drittens«, ergänzte er. »Berengar soll mit Louis irgendwie gut Freund werden und ihn in seine Markgrafschaft Friaul einladen, am besten nach Verona.«

»Wozu soll das gut sein?«, fragte Theodora.

»Weil sich die dortigen verschlungenen Katakomben bestens dazu eignen, Soldaten zu verstecken. Louis ist ein simpler, gutgläubiger Mensch, er wird gewiss nicht seine ganze Streitmacht in die Stadt mitschleppen, und Berengars aus den Katakomben hervorströmende Waffenträger können sie rasch niedermachen. Ein bisschen wie Troja, das Ganze. Sag Berengar aber bitte, dass er Louis nicht umbringen soll, sonst stürmen dessen restliche Soldaten aus Rache die Stadt. Er soll ihn stattdessen blenden und freilassen. Dann nämlich wird sich Louis erst einmal selbst bemitleiden und in die Provence zurückziehen. Sein Blindheit wird ihn nahezu regierungsunfähig machen. Keiner der italischen Staaten wird einen blinden, verstümmelten König ernst nehmen, und Byzanz behält somit seinen Einfluss.«

Theodoras große, überraschte Augen waren eine Genugtuung für ihn.

»Das ist großartig«, hauchte sie. »Das ist geradezu – perfekt.«

Johannes strahlte. Er genoss es, wenn andere sein Talent würdigten. Eben noch hätte Theodora ihn beinahe aus dem Haus geworfen, und jetzt sah es so aus, als würde er sich einen Platz auf dem Papstthron reserviert haben. Bester Laune, verspürte er zum ersten Mal seit langem Lust, Theodora zu verführen. Er begann, wie ein Hund zu knurren und Theodora zu kitzeln, bis ihre Schreie und das Gelächter durch das ganze Haus drangen.

»Die Etrusker ...« Leon zog das Wort scheinbar endlos in die Länge und machte ein angestrengtes Gesicht.

Pater Bernard nickte. »Weiter, mein Sohn.«

»Dann die ... Langobarden, dann die Römer, die Franken, die Byzantiner, die Goten, die Schwaben ...«

»Nein, nein, nein!«, rief der Pater und hielt sich beide Hände vor das Gesicht. Als er sie wieder senkte, zeigte er eine Miene, die aussah, als könne ihr jeden Moment die geduldige Fassade abplatzen. »Hast du deine Aufzählung der Geschichte Italiens aus einem Schüttelkasten gezogen?«, fragte er. »Die Reihenfolge ist Unsinn, und Gott bewahre, dass die zurückgebliebenen Schwaben jemals Macht über das heilige Rom bekommen. Geh also, schlage in den

Büchern nach, die ich mitgebracht habe, und dann komme mit der richtigen Antwort wieder.«

Leon schien wenig betroffen, sondern eher erleichtert, fortgeschickt zu werden, und auch Pater Bernard war erlöst. Er blickte seine Lieblingsschülerin an und sagte: »Glaube bloß nicht, dass du mit einer solch einfachen Frage davonkommst.«

Marocia hob aufmerksam den Kopf. Sie nahm die Herausforderung siegesbewusst an, blieben ihr doch als Trost für ihr zurückgezogenes Aufwachsen neben den Lauschereien bloß ihre Studien. Von Romulus und Remus über den Untergang des Weströmischen Reiches, die Eroberung durch die Ostgoten, danach durch die Langobarden und die Byzantiner bis zum Versuch Karls des Großen, Italien einem neuen Reich einzugliedern, blieb Marocia kein Aspekt der Geschichte Italiens und des gesamten Abendlandes verborgen.

Da ihre Eltern für sie kein offenes Ohr hatten und Leon und Egidia für tief gehende Diskussionen nicht in Frage kamen, schätzte sie Pater Bernard immer mehr. Allein schon, dass er von der Welt da draußen kam und dass seine ärmliche Kutte und das schlecht rasierte Gesicht einen so wunderbaren Kontrast zu diesem geschliffenen und gespiegelten Haus bildeten, übte auf Marocia eine große Faszination aus. Zudem war er – neben Egidia – der Einzige, von dem sie nicht Ablehnung, Gleichgültigkeit oder Mitleid empfing. Er schien sich zu freuen, wenn er ihr aus seiner kleinen Privatbibliothek in der Kirche *Sanctus Sebastianus* theologische Bücher und historische Abhandlungen mitbringen und mit ihr durchsprechen konnte, und mehrmals überraschte sie ihn sogar dabei, wie er sie stolz ansah, als wäre sie seine Tochter. Trotz alledem hatte Marocia ständig das Gefühl, als vergleiche der Pater sie mit irgendjemandem, als prüfe und untersuche er nicht nur ihr Wissen, sondern auch ihren politischen Spürsinn.

»Was«, fragte er sie, »fällt dir beim Thema Byzanz ein?«

Sie sah, dass der Pater keine Aufzählung geschichtlicher Daten hören wollte. Wie immer, wenn es ihm um Hintergründe ging, funkelten seine Augen, und seine Mundwinkel deuteten ein leichtes, kaum sichtbares Lächeln an.

Marocia blickte sich so unauffällig wie möglich nach allen Richtungen um. Sie spazierten langsam durch den Säulengang des *peristyls* und genossen die milde Luft des Frühlingsnachmittags. Die Sträucher grünten bereits, und das dunkle Violett der Irisblüten breitete sich wie ein Teppich über den Garten. Es gab kaum einen besseren Ort, um einen Unterricht abzuhalten, aber auch kaum einen schlechteren, um brisante Fragen zu stellen. Hinter jeder Säule, hinter jeder Tür konnte sich ein Paar Ohren verstecken.

»Nun?«, forderte er sie nochmals zur Antwort auf.

Marocia hätte ihm leicht entgegnen können, was die meisten über Byzanz dachten. Das Imperium war reich, mit Schatzkammern voll Gold, prächtigen Kathedralen und wunderbaren Kunstschätzen; doch nicht allein darauf beruhte seine Macht. Als letztes Relikt und einzig anerkannter Nachfolger des vor Jahrhunderten von der Völkerwanderung zerschmetterten römischen Imperiums besaß es zudem eine ungeheure kulturelle Strahlkraft. Überall baute man byzantinisch, malte byzantinisch, zahlte mit byzantinischen Münzen, und die Kaufleute kannten fast ausschließlich Byzanz als Handelspartner. Selbst wenn das Imperium die burgenstarrenden Kolonien im Süden Italiens nicht besessen hätte, würde man sich seinem Willen also gebeugt haben.

Statt aber alle diese erdrückenden Machtfaktoren zu berücksichtigen, antwortete Marocia nach einem nochmaligen Blick über die Schulter: »Man spricht schon vom niedergehenden Stern der Byzantiner, vom Ende einer Epoche.«

Pater Bernard war nicht überrascht. Er stopfte seine Hände in die Ärmel der Kutte und fragte schmunzelnd: »Man? Wer ist denn ›man‹?«

Wieder zögerte sie einen Moment, bevor sie gestand: »Ich.«

Pater Bernards Lächeln legte die Zähne frei, was selten vorkam, und er schickte ein stummes, aber dankbares Stoßgebet zum Himmel. Schon lange hegte er die Ahnung und Hoffnung, dass seine Schülerin eine Abneigung gegen das Imperium und seine Verbündeten in Italien empfand. Trotz der schrecklichen Ereignisse in Marocias früher Kindheit war dieses Gefühl in ihr nicht selbstverständlich. Viele andere Kinder, die ebenso Leichensynode, Aufstände, Hinrichtungen und Morde miterlebt hatten, würden gewiss treue Gefolgsleute der byzantinischen Fraktion werden. Dieses

Mädchen nicht! Das barg jede Menge guter Aussichten für Marocias Seelenheil. Es barg aber auch Gefahren.

»Und was begründet deine Ansicht?«, fragte er so neutral wie möglich.

»Byzanz zerstört nur noch, es baut nichts mehr auf. Es scheint mir irgendwie … rückwärts zu denken. Außerdem schrumpfen seine Grenzen. Außer Hellas, dem Gebiet am Bosporus bis Trapezunt und den Provinzen auf italischem Boden ist alles in den letzten einhundert Jahren an die Bulgaren und die ungläubigen Sarazenen verloren gegangen.«

Das klang sehr vernünftig, musste Pater Bernard einräumen, und so nickte er ihr zu. Doch diese kluge Erkenntnis Marocias offenbarte nur einen Teil, ja nicht einmal die Hälfte ihrer Einstellung, glaubte er. Nein, Marocia lehnte Byzanz nicht einfach ab, sie verabscheute es. Alles, was einem Kind teuer war, hatte sie seinetwegen verloren: den Vater, der seine Fügsamkeit seit Jahren im Wein ertränkte; die Mutter, die in ihrer Gier kein Halten kannte. Aber sprach sie je darüber? Alle diese Gefühle blieben in ihrem Herzen verborgen, wo die Gefahr bestand, dass sie erstarren würden. Dann, so glaubte Pater Bernard, würde sie wie ihre Mutter werden. Dies war seine größte Angst.

Sie setzten sich auf den Rand des runden Brunnens im *peristyl*. Das Wasser plätscherte leise einen behauenen Stein hinunter, der die Form eines großen Fisches hatte. Marocia schöpfte mit der hohlen Hand ein wenig von dem kühlen Nass aus dem Becken und verteilte es in langsamen, streichenden Bewegungen auf Wangen, Stirn und Hals. In diesem Moment bemerkte Pater Bernard, dass Marocia kein Kind mehr war. Ihre Bewegungen waren fraulich, körperbetont, sie erinnerten ihn an seine eigene Jugend, als die Landmägde sich auf die gleiche Weise an Bächen von der schweren Arbeit erfrischten. Mit einem Mal bemerkte er auch die Konturen der Brust und der weichen Hüften, die von dem erdbeerroten Seidenkleid mehr betont als verhüllt wurden. Sogar ihre offen getragenen schwarzen Haare verloren in seinen Augen nun die kindliche Unschuld und wandelten sich zu einem Kennzeichen der Sinnlichkeit.

Ihn selbst machte diese Entwicklung mehr verlegen, als sie ihn ansprach, doch anderen schien es nicht so zu gehen, wie er bei einem

Blick in die Schatten des Säulengangs feststellen musste. Dort stand Kardinal Johannes, fuhr sich durch die Haare und starrte unentwegt auf Marocia mit einem Blick, den Pater Bernard schon oft bei anderen Geistlichen gesehen hatte und der nichts Gutes versprach. Er runzelte, so stark es ihm möglich war, die Augenbrauen und nickte ihm höflich zu. Daraufhin verschwand Johannes.

»Ihr seid so still«, stellte Marocia fest, die den Geliebten ihrer Mutter nicht bemerkt hatte.

»Nun ja ...«, stammelte Pater Bernard und zwang sich zur Konzentration. »Wo waren wir stehen geblieben? Ach richtig, deine Theorie des Niedergangs von Byzanz. Du solltest berücksichtigen«, gab der Pater zu bedenken, »dass ein Stern in der Geschichte der Welt erst dann vollends versinkt, wenn zeitgleich ein anderer aufgeht. Siehst du einen?«

Marocia grübelte. »Wenn unser König, Louis von Provence, nicht so infam geblendet worden wäre und wenn die deutschen Herzogtümer im Ostfrankenreich untereinander nicht so zerstritten wären, dann könnten sie mit vereinten Kräften die Byzantiner von der Halbinsel vertreiben. Aber so: Sachsen, Schwaben, Bayern, Kärnten, Thüringen, man kann sie gar nicht zählen. Und jedes Land mit eigenem Herzog, der macht, was er will. Sie sind wie wir: ein Land wie ein Mosaik.«

»Wenn«, erwiderte Pater Bernard. »Kein ›Wenn‹ hat je ein Imperium zu Fall gebracht.«

Sie seufzte, stützte ihre Hände auf dem Stein ab und sah in den Himmel, der an diesem Tag ganz von der Sonne und Dutzenden hoch fliegenden Schwalben beherrscht wurde. Irgendwo zirpte eine einsame Grille, und Marocia gab sich diesem Geräusch, das ihr eine merkwürdige Ruhe und Innerlichkeit schenkte, für eine Weile ganz hin. Dann fragte sie: »Wer, sagtet Ihr, ist der jetzige König im Ostfrankenreich?«

»Ein Kind, dem die deutschen Fürsten nicht gehorchen«, antwortete Pater Bernard.

Es war ein Jammer, dachte Marocia. Die deutschen Herzöge gehorchten nicht ihrem Kind, und die Italiener nicht ihrem Blinden. Wofür krönten die Deutschen und die Italiener Könige, wenn sie ihnen dann nicht folgten? Der Schlüssel waren die Päpste. Auf sie hörte die Welt, so korrupt sie auch waren. Wenn das Papsttum die Herrscher diesseits und jenseits der Alpen sichtbar stärkte, würden die Teilstaaten hier wie dort ihren Ungehorsam langsam aufgeben. Italiener und Deutsche würden sich gegenseitig stützen, und eine neue Ära könnte beginnen, ein neues Reich entstehen, mit einem abendländischen Kaiser an der Spitze, der das alte, überkommene Imperium hinwegfegen würde. Da Marocia die Nächte mehr denn je leer vorkamen, da sie sich nach etwas sehnte, das sie selbst nicht beschreiben konnte, blieb ihr nur dieser Traum eines neuen Imperiums, und manchmal trug sie darin sogar dessen Krone.

Pater Bernard blickte unterdessen in einen anderen Winkel des *peristyl*s und entdeckte erneut den Kardinal. Diesmal vermochte er ihn nicht zu vertreiben. »Hast du ...«, begann er, jedes Wort wägend, »hast du schon einmal daran gedacht, dein Leben ganz dem Studium zu verschreiben, mein Kind?«

Diese Frage kam der tagträumenden Marocia wie ein Pfeil vor, der sie vom Himmel schoss. Ganz dem Studium verschreiben war doch nichts anderes, als eine Braut Gottes zu werden, in einem Kloster zu leben. Bis vor kurzem war den Frauen zwar dieser Weg versperrt geblieben, aber Marocia hatte von einigen Fällen im Ostfrankenreich gehört, wo Klöster für Adelstöchter gegründet wurden, die von ihren Vätern in die Obhut des Herrn gegeben wurden – gleichsam als Opfergabe. Für viele Männer – auch Geistliche – war das ein äußerst gewöhnungsbedürftiger Gedanke, aber der Verweis der Befürworter solcher Frauenklöster, auch die Schwester des heiligen Benedikt, die Scholastica, habe ihr Leben ganz dem Wirken des Bruders und der Liebe zum himmlischen Vater gewidmet, besänftigte die Gegnerschaft.

In diesen Klöstern war es den Nonnen vergönnt, theologische und philosophische Schriften zu studieren und damit in den Genuss eines Privilegs zu kommen, das fast überall sonst nur den Männern vorbehalten war. Doch Rom war anders. Die Erziehung der hiesigen Kinder der Edlen war aus Tradition umfangreicher als sonstwo. Hier waren die Frauen und Männer keine Analphabeten wie an den Höfen der übrigen Welt, hier waren sie mit den Werken der Dichter und mit den Grundgesetzen der Mathematik vertraut. Das konnte man an ihr selbst sehen: Geschichte, Naturwissenschaften, heilige Schriften, antike Literatur ... Dass Pater Bernard ihr diesen Vorschlag machte, musste einen anderen Grund haben.

»Wollt Ihr, dass ich ins ferne Ostfrankenreich gehe, um mir Einblicke in die nördliche Kultur zu ermöglichen, ehrwürdiger Vater?«

Er schüttelte den Kopf. »Eine solch gefährliche Reise wäre nicht nötig. Auf Drängen des Kardinals Johannes und deiner Mutter hat der Papst vor einiger Zeit im südlichen Patrimonium ein erstes Frauenkloster errichten lassen, Fontana Liri. Dort kannst du dich ganz den Wissenschaften verschreiben.«

»Das kann ich in Rom auch.«

»Aber im Kloster würdest du Frieden finden und wärst sicher vor allem, was das Leben an bösen Überraschungen bereithält«, orakelte er.

»Das will ich nicht.«

»Warum?«

»Es klingt langweilig.«

»Aber Kind ...«

»Hohe Mauern, ehrwürdiger Vater, und bis ins Kleinste geregelte Abläufe«, seufzte sie. »Das kenne ich zur Genüge. Meinetwegen können die Überraschungen des Lebens lieber heute als morgen kommen. Glaubt mir, ich werde mit ihnen tanzen.«

7

Marocia öffnete mit einer weit ausholenden Bewegung der Arme das Fenster und atmete die laue, schwere Abendluft ein, die über Rom lag. Von ihrem Gemach im Obergeschoss der Villa Sirene aus ging ihr Blick über den ganzen Süden der Stadt, über das mächtige Kolosseum, das Kapitol und die Reste der Kaiserforen. Irgendwo in der Ferne stieg eine kleine Rauchsäule in den dämmernden Himmel, die vermutlich von einem kleinen Brand stammte. Immer wieder fingen in der trockenen Sommerhitze einzelne Pferdeställe oder Garküchen Feuer, aber die Wache der Stadt brachte die meisten rasch zum Erlöschen. Marocia schenkte dem Rauch keine weitere Beachtung, sondern wanderte mit ihrem Blick nun ziellos über den

Horizont, kehrte manchmal auf die unbelebte Via Lata zurück, um sogleich wieder den Vogelschwärmen nachzuschauen, die sich wie geheimnisvolle Schriftzeichen gegen die Dämmerung abzeichneten.

»Komm, ich zieh dich um!«, rief Egidias warme Stimme aus dem Gemach.

Marocia wandte sich nicht um. »Nein, Egidia. Ich will noch nicht. Der Abend, weißt du ... er ist so schön.«

Egidia brummte beifällig, umarmte ihr Mädchen und sagte: »Geh besser ins Bett. Die Herrin ist noch nicht im Hause, und wenn sie dich zur späten Abendstunde am Fenster sieht, wird sie wieder unleidlich. Weißt doch, was sie beim letzten Mal ...«

»Ja«, unterbrach Marocia gereizt und wölbte die Unterlippe ein wenig nach vorn. »Trotzdem, ich gehe noch nicht schlafen.«

Egidia widersprach ihr nicht. Sie erkannte an Marocias Miene, wann es keinen Sinn mehr machte, mit ihr zu verhandeln. »Gut«, seufzte sie. »Dann bleibe ich bei dir. So kann die Herrin wenigstens nicht über mich meckern, wenn sie sieht ...«

»Ich möchte allein sein«, sagte Marocia knapp.

»Aber Kind. Weißt doch, die Herrin hat gesagt, dass ich immer dafür sorgen soll, dass du zu später Stunde nicht ...«

»Bitte«, unterbrach Marocia sie scharf, besann sich aber schnell und umarmte Egidia nun ihrerseits. »Bitte«, wiederholte sie, diesmal sanft. Egidia nickte verständnisvoll, und Marocia sah ihr nach, wie sie mit ihren kurzen, schweren Schritten aus dem Raum stapfte. Dann vertiefte sie sich erneut in den Übergang zur Nacht.

Sie liebte diese wenigen Augenblicke, wenn die Sonne bereits versunken und das Abendrot gewichen war, wenn Grau ganz langsam in Schwarz überging und Stille sich über alles legte. Das war die Stunde, in der jedes Krächzen einer Krähe, jeder Schritt eines Menschen auf dem Pflaster, jedes Rauschen eines Baumes im Wind nach Einsamkeit klang. Heute Abend war es der tragende Ton einer Fidel, der in Marocia träumerische Gefühle weckte. Vermutlich diente das Instrument einer kleinen Abendgesellschaft in einer der benachbarten Villen zur Unterhaltung, und Marocia, die selten Musik zu hören bekam, packte die Lust, auf die besinnliche Melodie einen langsamen, schwingenden Tanz zu vollführen. Zaghaft, mit wenigen kurzen Schritten begann sie.

Sie merkte nicht, dass sich hinter ihr die Tür öffnete. Den dadurch entstehenden leichten Luftzug hieß sie wie eine Erfrischung willkommen, schüttelte ihr Haar und wiegte sich wie eine Baumkrone im Sturm. Sie schloss ihre Augen. Die Fidel spielte nun schneller auf, und so begann auch Marocia, schneller zu tanzen. Sie kannte die neue Melodie, summte sie mit und lächelte. Draußen war es schon dunkel geworden, und die Kerzen lockten allerlei Getier in den Raum, aber Marocia schloss das Fenster nicht. Weiter und weiter wiegte und bog sie sich, packte den Saum ihres leichten Kleides, wedelte mit ihm, schwang ihre Arme in eleganten Wendungen durch die Luft. Beiläufig zog sie ihre Schuhe aus, tanzte barfuß und huschte, noch immer mit geschlossenen Augen, von links nach rechts und wieder zurück. Sie kannte ihr Gemach, wusste, wo jede Truhe, jede Kommode stand. Der Luftzug ebbte plötzlich wieder ab, doch Marocia störte das nicht. Sie hörte nur die Musik, nichts anderes. Endlich einmal tanzen, endlich einmal unbeschwert fröhlich sein, nicht nachdenken, nicht umherschleichen. Wie lange war das her …

Sie spürte etwas an ihrem Haar. Zuerst dachte sie, der Wind spiele mit den Strähnen, doch dann merkte sie, dass es eine Hand war. Ruckartig wandte sie sich um. Vor ihr, so nah, dass sie seinen Atem spürte, stand Johannes. Sein Blick aus tiefblauen Augen fesselte sie. Sie hatten nichts Bedrohliches, im Gegenteil, sie waren halb geschlossen, blickten verführerisch. »Wie eine Salome«, hauchte er und küsste flüchtig Marocias Lippen. »Du bist schön.« Er streichelte mit seinen Fingerspitzen über ihr Kinn. »Niemand hat dir das je gesagt, nicht wahr? Deine alternde Mutter ist eifersüchtig auf dich. Sie fürchtet deine Schönheit. Aber ich, ich sage es dir. Ja, du bist jung und schön. Du bist temperamentvoll und unergründlich. So müssen Frauen sein.«

Mit zitternden Lippen strich er ihre Wangen entlang, und seine Hände umfassten ihre Taille. Einige Atemzüge lang bebte Marocia vor Stolz darüber, dass der Geliebte ihrer Mutter sich von dieser ab- und ihr zuwandte. Johannes hatte Recht. Noch niemand hatte ihr je solche Komplimente gemacht, nicht ihre Mutter, die wohl tatsächlich eifersüchtig auf sie war, nicht Egidia, von der sie nicht ihres Aussehens wegen geliebt wurde, und auch nicht Kardinal Sergius, der früher, als Theodora noch Besuche erlaubt hatte, um solche lobenden Worte immer verlegen war. Nun derart hofiert zu werden – von einem solch schönen und reifen Mann sogar, einem erfahrenen Liebhaber –, kam Marocia wie ein Sieg vor.

Er strich sich rasch die Haare aus der Stirn, öffnete seinen breiten Mund und küsste sie. Für einen Moment war sie nicht fähig, zu überlegen oder zu handeln. Sie spürte nur seine Lippen, seine Zunge, seine Umarmung. Ein Schauer durchlief sie, und sie wünschte sich, er möge nie enden, immer und ewig durch sie hindurchrauschen. Doch im nächsten Augenblick – sie wusste zuerst nicht, warum, es geschah ganz von selbst – stieß sie Johannes zurück. Jetzt erst fing ihr Kopf wieder an zu arbeiten. Hatte sie diesen Mann als Kind nicht immer verabscheut? Gehörte er nicht zur byzantinischen Fraktion? Hatte sie über seine seltsamen Liebesspiele mit Theodora nicht verächtlich die Nase gerümpft?

»Geht weg«, bat sie.

»Ich will dich aber«, erklärte er und versuchte erneut, sie zu umarmen.

»Nein!«, rief sie und wand sich.

»Es ist bloß neu für dich. Das legt sich schnell, glaub mir.«

Sie riss sich von ihm los und rannte durch ihr Gemach. Er kicherte, breitete seine Arme aus, scheuchte sie wie ein Wild, ließ sie weder zur Tür entkommen noch zum Fenster gelangen. Als sie in einer Ecke steckte, packte er sie an den Handgelenken. »Versteh doch«, rief er. »Ich liebe dich.«

Das Wort verunsicherte sie. Kein Mann hatte sie bisher geliebt, jedenfalls nicht auf die Art wie Johannes. Fast widerstandslos ließ sie sich von ihm aus der Ecke ziehen. Es war, als sei Johannes ein zweites Mal ins Zimmer gekommen und habe sie überrascht. Gebannt blickte sie in seine strahlenden Augen, als suche sie irgendetwas darin, das ihr wichtig und teuer war. Doch wieder stieß sie ihn zurück.

Johannes versuchte sie mit Gewalt zu küssen, aber ein heftiger Luftzug ließ ihn und auch Marocia aufschrecken und zur Tür blicken. Dort stand Theodora, in einem schillernden dunkelblauen Kleid, erstarrt, mit zuckenden Mundwinkeln. Hinter ihr tauchte Egidia auf und bekreuzigte sich, als sie die Situation erkannte.

Theodoras Augen schleuderten Blitze auf Johannes. »Wir sprechen uns noch!«, rief sie mit zittriger Stimme. Dann drehte sie sich ruckartig um und blickte Egidia an. »Und *wir* sprechen uns *sofort.*«

Am nächsten Morgen verließ Egidia die Villa Sirene für immer. Am Abend zuvor war sie von Theodora dermaßen laut gescholten worden, dass sogar Theophyl aus seinem Rausch erwachte.

»Was ist denn hier los?«, fragte er. Sein Haar war völlig zerzaust.

»Egidia wird uns verlassen.«

»Weshalb?«

»Weil sie ...« Theodora senkte kurz die Augen und atmete einmal tief durch. Sie rief einen Diener herbei und befahl ihm: »Bring dem Senator einen Krug vom besten Wein.« Dann wandte sie sich wieder an ihren Mann. »Zufrieden?«

»Du widerst mich an«, sagte Theophyl und verschwand.

Alle Einwände und Schuldbekenntnisse Marocias änderten nichts an Theodoras Urteil. »In dieser Stadt«, rief sie Egidia abschließend entgegen, »wirst du keinen Fuß mehr auf den Boden bekommen, dafür sorge ich. Du kannst froh sein, dass ich dich nicht mit dem Stock bestrafen lasse. Aber ich will kein Aufsehen.«

Zum Abschied sahen Egidia und Marocia sich lange in die Augen. »Wäre ich bloß nicht so eigensinnig gewesen«, flüsterte Marocia. »Wenn ich dich nicht aus dem Zimmer geschickt hätte ...«

Egidia schüttelte stumm den Kopf und tupfte ihr die Tränen von der Wange. »Ach, lass doch, Kind. Der Herrgott hat's so gerichtet. Der Regnald und ich, weißt du, jetzt können wir heiraten, irgendwo hingehen.«

»Wirst du mir schreiben?«, schluchzte Marocia.

»Weißt doch, kann nicht schreiben. Aber der Regnald, der kann's ein kleines bisschen.« Sie seufzte tief, dann umarmte sie Marocia, wie sie es schon Tausende Male getan hatte, fest und liebevoll.

»Mein Mädchen«, nannte sie sie ein letztes Mal. »Vergiss mich nicht ganz.«

Dann ging sie, den Kutscher neben sich, davon.

»Nie«, flüsterte Marocia, bevor sie in die Villa zurückging und die Pforte hinter sich schloss.

Die zweite Folge des unseligen Vorfalls in Marocias Gemach stellte sich erst nach einiger Verzögerung ein. Gegenüber Johannes zeigte Theodora sich nur kurzzeitig verärgert, dann amüsierte sie sich wieder mit ihm, so dass er glaubte, sie habe ihm verziehen. Als jedoch wenige Wochen später der Papst starb, ließ Theodora der Kurie heimlich mitteilen, dass sie nicht – wie bisher für einen solchen Fall vorgesehen – Johannes als neuen Pontifex wünsche, sondern Sergius. Johannes erfuhr davon zunächst nichts, doch als Sergius von den versammelten Prälaten mit nur einer Gegenstimme gewählt wurde – Johannes' eigener –, wusste er, wer dahinter steckte.

Es gab eine heftige Auseinandersetzung zwischen ihm und Theodora, die an Lautstärke alles übertraf, was man je in der Villa Sirene gehört hatte, und die damit endete, dass Theodora ihm nahe legte, ja geradezu befahl, die Ewige Stadt für eine Weile zu verlassen. Sie übertrug ihm eine diplomatische Mission nach Byzanz, wo er weitere Gelder für Bestechungen beschaffen sollte.

Doch dann änderte sich ihr harter Ton, er wurde verletzlich. »Versteh mich nicht falsch«, schränkte sie ihre Vorwürfe mit niedergeschlagenen Augen ein. »Ich ... hänge sehr an dir und will unsere Beziehung keinesfalls abbrechen. Aber du hast mich mit dem, was du getan hast, verletzt. Ich dachte immer, dir liegt etwas an mir, und nun ...« Sie straffte sich. »Etwas Zeit zum Nachdenken wird uns beiden gut tun. Falls du dich benimmst, wird es wie früher zwischen uns sein. Versprochen.«

Vordergründig beugte er sich ihrem Willen, ja, er gab sich sogar zahm, sobald er merkte, dass er nicht gegen Theodora ankam. Doch als Johannes die Villa verließ, verfinsterte sich seine Miene. »›Benimmst‹!«, murmelte er vor sich hin. »Verdammtes Weib! Das wird dir noch bitter Leid tun. Euch beiden wird es Leid tun.«

8

Am Morgen von Marocias sechzehntem Geburtstag saßen Pater Bernard und seine Schülerin zum letzten Mal beisammen. Theodora hatte ihm einen Tag zuvor mitgeteilt, dass seine Dienste fortan nicht länger benötigt würden. Der Unterricht für Marocia, so stand in dem ebenso höflichen wie kühlen Brief, werde sich künftig an dem orientieren, was eine *Frau* wissen müsse.

»Nach allem, was ich mir an Wissen angeeignet habe? Will sie, dass ich sticke?«, rief Marocia, nachdem der Pater ihr Theodoras Brief gezeigt hatte.

Das wäre noch das Geringste, dachte Pater Bernard. Er hatte schon seit langem Sorge, was Theodora mit ihrer reifer werdenden Tochter vorhaben könnte, und seine plötzliche Entlassung deutete darauf hin, dass dieses Ereignis unmittelbar bevorstand. So blieb nichts anderes zu tun, als seinem Schützling am letzten Lehrtag die wichtigste von allen Lektionen zu vermitteln, die Seele des Wissens. »Ja, du weißt viel, Marocia, und keiner kann es dir mehr nehmen. Aber weißt du auch, das Richtige vom Falschen zu trennen?«

Marocia stützte die Ellenbogen auf den Tisch, faltete die Hände und legte ihr Kinn darauf ab. Dann zuckte sie mit den Schultern. »Was habt Ihr mich schon Falsches gelehrt, Pater?«

»Oh, ich lehrte dich nur den kleinsten Teil dessen, was du erfahren hast. Um dich herum« – er machte eine umfassende Geste – »wird Etliches gesprochen. Und du bist ein aufmerksames Kind, bekommst viel mit.«

Sie errötete, aber weniger vor Scham als vor Wut. »Leon hat mich verraten, oder?«

Pater Bernard lächelte gütig. »Schon vor Jahren, Marocia. Du darfst es ihm aber nicht übel nehmen. Er ist ein zarter Junge, und er möchte stets ein reines Gewissen haben. Im Übrigen hätte es seines Verrates nicht bedurft. Glaube nicht, dass ein armer Geistlicher wie ich keine Fantasie hätte. Immerhin beichten die Leute bei mir.« Er zwinkerte ihr belustigt zu, doch dann faltete er die Hände und beugte sich mit ernster Miene über die Tischplatte. »Zusammen mit dem Lateran ist dieses Haus das Zentrum der Politik auf der Halbinsel, und es bedarf schon eines außerordentlich naiven Gemüts, um nichts davon mitzubekommen.«

Marocias Augen leuchteten. »Dann seid Ihr nicht böse, Pater?«

»Nicht über die Tat an sich. Sie fällt unter wissenschaftliche Neugier.«

»Da bin ich aber froh. Wisst Ihr, oft sitze ich stundenlang in meiner Kammer und überlege mir, welche Schritte *ich* als Nächstes tun würde, hätte ich die Macht. Das alles ist wie bei diesem chinesischen Brettspiel, das Ihr mir beigebracht habt.«

Pater Bernard runzelte die Stirn und sah Marocia in die dunkel strahlenden Augen. Seine schlimmsten Befürchtungen schienen wahr zu werden. Konnte sie so kindlich geblieben sein? Die Welt als Spiel und sie als Spieler?

»Brettspiel?«, schimpfte er in noch nie da gewesenem Zorn. »Schachfiguren leiden nicht, die Opfer deiner Mutter und ihrer Kamarilla sehr wohl. Versteh doch, der arme König Louis ist damals tatsächlich geblendet worden. Es steht nicht einfach nur in einem Buch oder wird wie eine Sage erzählt. Es *ist* geschehen. Er hat einem Menschen vertraut und … Weißt du auch, dass Berengar ihm die ganze Lombardei weggenommen und dass Louis' Frau ihn zwischenzeitlich wegen seiner Blindheit verlassen hat? Und so sitzt dieser von allen Menschen aufgegebene Mann verstümmelt auf seiner Burg in Aix und dämmert vor sich hin. Und du …«

Er hielt inne, denn er sah, dass Marocia mit den Tränen kämpfte. »Es tut mir Leid, mein Kind«, flüsterte er und ließ sich gegen die Lehne des Stuhls zurückfallen. Die Vorstellung, dass Marocia ab heute ohne eine vertraute Bezugsperson nur noch dem Einfluss dieses unseligen Hauses ausgeliefert sein würde, hatte ihn einen Moment lang um seine Fassung gebracht. Eine machthungrige Mutter, ein schwacher, unbrauchbarer Vater, intrigante Geistliche, der sich anbahnende Kampf zweier Großmächte um die Vorherrschaft in Italien: Marocias ganze Stellung in diesem Gefüge wies darauf hin, dass sie nicht nur sehr bald schon eine Figur in den Händen der – wie Marocia es nannte – Spieler sein würde, sondern irgendwann auch selbst eine Spielerin, vielleicht sogar deren Herrin. Er wehrte sich gegen eine solche Vorstellung, so wie er sich bei Theodora lange dagegen gewehrt hatte, aber sie rief ein täglich stärker werdendes Gefühl in ihm hervor, das er bisher kaum gekannt hatte: Zorn. Zorn auf Theodora, aber seltsamerweise auch auf Marocia. Seine Hoffnungen ruhten auf ihr wie auf einer Tochter oder einem Eheweib. Sie *durfte* nicht versagen in dieser Welt der Verführungen. Das würde er nicht überleben.

»Ihr habt ja Recht«, sagte sie traurig. »Aber manchmal habe ich das Gefühl, als säße ich auf einem Floß, das flussabwärts treibt, und ich habe nur meine Hände, um dagegen zu rudern. Was soll ich denn jetzt machen, ehrwürdiger Vater? Ohne Egidia, ohne Euch?«

Pater Bernard schüttelte erschöpft den Kopf. Dann streifte er sich die Kapuze seiner Kutte über und stand auf. »Gegen dein Blut kämpfen«, sagte er. »Erinnere dich an jedem einzelnen Tag deines Lebens daran, was du heute, an diesem Tag, zu dieser Stunde und an diesem Ort über die Methoden deiner Mutter und ihrer Verbündeten gedacht hast, wie viel Abscheu du in deinem Herzen darüber empfunden hast. Das ist deine beste Möglichkeit, nicht so wie sie zu werden. Und deine Einzige.«

»Wer kann mir helfen?«, fragte sie und sah zu ihm auf. Doch Pater Bernards Gesicht war vollständig in seiner Kapuze verschwunden, die Hände in den Ärmeln verborgen. Er wandte sich ab.

»Nur du selbst«, sagte er und schritt langsam zur Tür. »Alles ist besser, als ein lasterhafter Mensch zu werden. Wirklich alles. Denke an meine Worte. Ich werde jeden Tag für dich beten, meine … meine geliebte Tochter.«

Am Nachmittag desselben Tages kam Marocia einer Aufforderung ihrer Mutter nach und betrat deren Arbeitszimmer, den größten Raum der Villa. Obwohl in jedem der beiden Kamine ein Feuer brannte, schlug Marocia als Erstes eine durchdringende Kälte entgegen, die in unangenehmem Kontrast zu Theodoras schwerem orientalischem Parfüm stand, das über allem hing. Durch das einzige Fenster drang nur das matte Licht eines verregneten Tages herein, und da noch keine Fackeln oder Kerzen entzündet waren, wirkte der Raum grau und freudlos. Marocia schien es auch, als sei das Zimmer seit ihrem letzten Besuch noch kahler geworden. Früher, als ihr Vater noch hier gearbeitet hatte, füllten hohe Regale und mächtige Truhen die weite Fläche, und Wandteppiche mit ländlichen Motiven aus der Toskana belebten die Wände. Doch stattdessen kündeten nun ein Dutzend verschlossener Schubladenschränke von Überwachung und Kontrolle, und die prunkvolle byzantinische Ikone hinter dem Schreibtisch zeigte Marocia noch einmal überdeutlich, welcher Geist hier vorherrschte. Nur der schmale, lang gezogene Teppich, der vom Eingang zum Schreibtisch führte, stammte noch aus Theophyls Zeit. Auf ihm schritt Marocia bis vor ihre Mutter und knickste ganz leicht.

Von ihrem Platz aus gestattete Theodora ihrer Tochter, sich zu setzen. Theodora sah nicht angespannt aus, ja nicht einmal interessiert, so dass Marocia annahm, sie würde nun wahrscheinlich ein kleines Geburtstagsgeschenk überreicht bekommen, vermutlich eine kleine, aufklappbare Kamee mit einer Ikone darin oder irgendein byzantinisches Kleidungsstück, so wie in den letzten Jahren. Doch als Theodora zögerte zu sprechen und anfing, mit ihren Fingern nervös auf der Marmorplatte des Schreibtischs zu trommeln, wusste Marocia, dass es um ein ernstes, vielleicht peinliches Thema bei dieser Zusammenkunft gehen würde.

Was kann sie mir schon noch nehmen?, beruhigte Marocia sich. Ich habe doch nichts mehr, keine Amme, keinen Lehrer, keine Freiheit. Und doch beschlich sie eine unangenehme Ahnung.

»Du bist ab heute eine erwachsene Frau«, begann Theodora.

Marocia verblüffte diese Feststellung. »Ich habe nichts davon gewusst«, sagte sie.

»Nun weißt du es. Und nicht nur erwachsen bist du, sondern auch« – sie suchte nach einem geeigneten Wort – »ansehnlich. Ich habe immer darauf geachtet, dass die Zofen dein Haar seidig halten, dass deine Haut nicht zu blass wird und deine Figur grazil bleibt. Es wird nun Zeit, dass du deiner Mutter etwas von ihrer Fürsorge zurückgibst. Ich …« Sie brach zögernd ab. Mit einer Feder, die herumlag, strich sie sich langsam über den sehnigen Handrücken und mied Marocias Blick, als sie sagte: »Ich möchte, dass du ausziehst.«

»Dass ich … *ausziehe*?«

Theodora zuckte mit den Schultern. »Was ist denn daran so ungewöhnlich? Du bist in einem Alter, in dem andere schon den Brautschleier tragen.« Sie schien etwas Ungewolltes gesagt zu haben, denn sie korrigierte sich sofort. »Was aber nicht bedeutet, dass der Ehestand erstrebenswert wäre. Du siehst ja, was aus deinem Vater geworden ist. Lassen wir das.«

Marocia senkte traurig den Kopf. »Ich soll also in ein Kloster gehen, ja?«

Theodora sah ihre Tochter einen Moment lang an, als habe diese in einer fremden Sprache zu ihr gesprochen. Dann kicherte sie kurz, versuchte es vergeblich zu unterdrücken und lachte schließlich so unangenehm laut, dass Marocia sich am liebsten die Ohren zugehalten hätte. Dieses Gewieher erinnerte sie sehr an das von Ageltrudis.

»Du besitzt ja Humor«, meinte Theodora, als sie sich wieder einigermaßen beruhigt hatte. »Ein Kloster! Was für eine absurde Idee! Dort würdest du mir doch überhaupt nichts nutzen.« Wieder schien sie sich korrigieren zu wollen. »Was ich eigentlich sagen wollte: Ein Freund wird sich deiner annehmen. Du erinnerst dich doch an Sergius?«

Marocia hob schlagartig den Kopf. »Ihr wollt, dass ich in den Lateran ziehe, Mutter? Zum Papst?«

Theodora warf die Feder wieder auf den Tisch, stand plötzlich auf, ging zum Fenster und sah hinaus. Regentropfen klopften gegen die Scheibe, und eine heftige Böe ließ das Glas leise klirren. Man konnte durch Nebel und Regen kaum das Pflaster der Via Lata sehen, aber Theodora tat, als erstrecke sich eine weite Landschaft vor ihr. Den Rücken ihrer Tochter zugewandt, meinte sie: »Das ist ja wohl nicht unzumutbar, oder? Ein Palast zu deiner Verfügung, herrliche Gärten …«

Marocia ahnte, welche Absicht hinter diesem Umzug stand. »Ich bezweifle, dass Pater Bernard oder Vater Eure Meinung teilen würden, wären sie jetzt hier.«

»Das ist unwichtig«, schimpfte Theodora das Fenster an. »Pater Bernard ist ein Fanatiker. Es war damals falsch von mir, ihn aus einer dummen Sentimentalität heraus zu deinem Lehrer zu machen. Wenn es nach ihm ginge, würden die Menschen sich nur noch zum Studium oder zum Gebet zusammenfinden. Er ist klug, aber ein wenig zu fromm. Und dein Vater – vergiss ihn.«

»Aber Mutter!«, rief Marocia entrüstet. »Er lebt. Nur zwei Türen von hier.«

»Nein«, korrigierte Theodora leise.

Marocia schreckte auf. Sie schluckte. Sie brachte kaum einen Ton heraus, irgendetwas schien ihr im Rachen zu stecken. Als sie dann doch sprechen konnte, klang es dumpf. »Was sagst du da?«

»Nein«, murmelte Theodora nachdenklich, so dass Marocia es

gegen das Prasseln des Regens nur mit Mühe verstehen konnte. »Nein, er lebt nicht mehr. Er existiert bloß noch.«

Erleichtert fiel Marocia auf ihren Sessel zurück. Einen Augenblick lang hatte sie geglaubt …

Theodora setzte sich wieder an ihren Schreibtisch zurück. Ihr Gesicht wirkte fahler als sonst, und ihre Mundwinkel zuckten ungewöhnlich heftig. Doch ihre gewohnt kühle Stimme hatte sie wiedergewonnen, als sie sagte: »Du hast Sergius früher doch sehr gemocht, nicht wahr? Also bitte, er mag dich auch. Dass er Papst ist, bedeutet doch nicht, dass er keine … nun ja, Sympathien mehr hat.«

»Ich glaube«, sagte Marocia leise und senkte den Kopf, »dass ich Euch jetzt verstehe, Mutter.«

»Das wundert mich nicht. Ich habe dich schließlich dazu erzogen, dass du Einsicht in Notwendigkeiten hast.«

Marocia stand ruckartig auf. »Ich bin mit Euren Terminologien vertraut, Mutter. Notwendigkeiten! Ich erinnere mich noch, wie Ihr vor zehn Jahren die Leichensynode als *absonderlich* bezeichnet habt, wo jeder Anständige sie *abscheulich* nannte. *Notwendig* bedeutet demnach in Wahrheit wohl *nützlich*. Nützlich für Euch, Mutter. Was bekommt Ihr für meine« – Marocia sprach das Wort mit allem Sarkasmus aus, der ihr zur Verfügung stand – »meine Umquartierung?«

Theodora sah sie mit großen Augen an. Marocia war bislang so still gewesen, so fügsam. »Bitte«, erwiderte Theodora überrumpelt, »ich streite nicht ab, dass eure … Beziehung mir einen gewissen Vorteil böte. Sergius hängt an dir. Du wärest eine gute Garantin dafür, dass er nicht vielleicht doch eines Tages nach anderen Bündnissen als dem mit mir schielt. Aber es hat keinen direkten Handel gegeben, wie du behauptest. Er hat mir, ohne etwas zu verlangen, Amt und Titel einer *Senatrix* geboten, da dein Vater diese Aufgabe als Vorsteher des Magistrats kaum noch wahrnimmt. Ebenso hat er mir die Verwaltung der päpstlichen Finanzen übertragen. Mir erschien es daher angebracht, Sergius mit etwas zu belohnen, das ich ihm – und dir – allzu lange vorenthalten habe: mit eurer … Freundschaft.«

Wut und Schmerz mischten sich in Marocia. So sehr sie auf der

Stelle hätte weinen wollen, so sehr gönnte sie ihrer Mutter diese Genugtuung nicht. Noch nie hatte sie so große Lust verspürt, diese Frau zu verletzen. »Das ist nicht der wahre Grund, Mutter«, sagte sie heftig. »Ihr habt Angst vor mir.«

Theodora legte ein bemüht verächtliches Grinsen auf.

»Das ist ja lächerlich!«, rief sie.

»Angst«, beharrte Marocia. »Angst vor meiner – wie habt Ihr es genannt? – Ansehnlichkeit. Ja, ich weiß sehr gut, weshalb Ihr nicht den schönen Johannes zum Papst gemacht habt, obwohl Ihr ihn liebt – Gott weiß, warum. Ihr seid ihm egal, Mutter, vielleicht zu dürr, vielleicht zu alt! Ihr könnt ihn nur noch halten, indem Ihr ihm das verwehrt, was er sich am sehnlichsten wünscht. Sergius dagegen steht ganz in Eurer Abhängigkeit – durch *mich*.«

Theodora erhob sich langsam und blickte ihrer Tochter lange in die Augen. Marocia konnte sich nicht erinnern, jemals eine derart intensive, aber auch feindliche Aufmerksamkeit ihrer Mutter erhalten zu haben. Auch wenn Theodoras Körper mager, ja sogar ausgezehrt wirkte, blieb sie in ihren weiten bunten Gewändern eine Respekt einflößende Erscheinung. »Ich bin erfreut«, sagte sie kalt, »dass du deine Aufgabe im Lateran so klar erkannt hast. Ich rate dir also im Guten: Geh hin, und erfülle sie.«

Theodora setzte sich wieder und verharrte bewegungslos auf ihrem Platz, bis Marocia an der Tür angekommen war.

»Die Kutsche erwartet dich bei Sonnenuntergang vor der Pforte«, waren die Abschiedsworte, die Marocia von ihrer Mutter zugerufen bekam.

Marocias erster Impuls, nachdem sie Theodoras Arbeitszimmer verlassen hatte, war Ungehorsam. Die Pforte war nicht bewacht, es wäre ein Leichtes für sie, aus der Villa zu entkommen. In ihrem Gemach packte sie sogleich einige Sachen in einen Sack, Kleidung, die nicht zusammenpasste, dazwischen zwei schmale Bücher, die Feder, die der Pater ihr geschenkt hatte, und zuletzt ein weißes Tuch, das Egidia vor einigen Jahren mit Blumenmotiven gelb bestickt hatte. Sie schleifte den Sack bis zur Tür und sah sich noch ein letztes Mal in ihrem Gemach um.

Erst jetzt dachte Marocia daran, dass sie ein Ziel brauchte, einen

Unterschlupf. Schließlich konnte sie ja unmöglich wie eine Bettlerin durch die Straßen irren. Der Pater, fiel Marocia ein. In seiner Kirche *Sanctus Sebastianus* fände sie gewiss Zuflucht; der Pater würde sie nicht zurückweisen. Aber Theodora ... Sie wäre gewissenlos genug, Marocia mit Gewalt aus dem Gotteshaus zu zerren.

Aber so schnell gab Marocia nicht auf. Es musste doch jemanden geben, der Freunde hatte, der sie irgendwo verstecken konnte. Sie ließ die Leine des Sacks fallen und stürzte in das Gemach, das neben ihrem lag. Leon saß dort über ein Kartenspiel gebeugt, das vor einiger Zeit aus dem Westfrankenreich gekommen war und von dem Pater Bernard gemeint hatte, es entspreche Leons Charakter. Patience war sein Name, und Marocia wurde schon aggressiv, wenn sie es nur ansah. Sehr zögerlich riss Leon sich davon los, um Marocias Erklärungen zuzuhören.

»Flucht?«, kommentierte er irritiert. »Was meinst du mit Flucht?«

»Was ist denn daran so schwer zu verstehen? Weg von hier. Fort. Pater Bernard hat mir geraten, mir selbst treu zu bleiben. Und das mache ich. Kennst du jemanden, zu dem ich gehen kann?«

»Ich verstehe kein Wort«, meinte Leon.

Marocia sah ihrem Bruder in die Schafsaugen. Er war ein dicklicher Bursche in ihrem Alter, aber alles an ihm schien vor Jahren stehen geblieben zu sein. Er sah aus wie zwölf. Obwohl sie ihn in diesem Moment hätte erwürgen können, schaffte sie es dennoch nicht, ihm wirklich böse zu sein. Sie gab ihm einen Kuss auf die Stirn und lief so schnell aus dem Raum, wie sie ihn betreten hatte.

Ihren Vater traf Marocia im *tablinum* an, dem Speiseraum. Die äußeren Anzeichen seiner Trunksucht hatten Spuren hinterlassen. Die Vornehmheit seines Gesichts war einer schwammigen Fülle gewichen, die Augen glitzerten unheimlich, und sein Bart und die Haare wirkten trotz aller Bemühungen der Diener stets verwahrlost. Doch Marocia hatte Glück. In diesem Moment war Theophyl nüchtern. Sie erklärte ihm, so langsam, so deutlich und so leise sie konnte, welches Schicksal Theodora ihr bereiten wollte, dann bat sie ihn um Hilfe.

Doch Theophyl schwieg. Sein Gesicht begann zu beben, und die Hand griff zittrig nach dem nur halb gefüllten Weinkelch und wollte ihn an den Mund führen. Marocia legte sacht ihre Hand auf Theophyls Arm.

»Nicht«, bat sie. »Bitte.«

Er schwieg weiter.

»Du kannst doch nicht wollen, dass Mutter mich als ... dass sie mich in den Lateran verkauft. Es ist nicht richtig, es ist einfach nicht richtig.«

Er schwieg weiter, und Marocia fragte sich, ob er je wieder sprechen würde.

»Vater, ich brauche dich jetzt«, bekräftigte sie.

Theophyl ertrug es nicht länger, sie anzusehen. Er vergrub sein Gesicht in den Händen und begann laut und lang anhaltend zu schluchzen.

Marocia stand auf. Schleppend ging sie hinaus, durch das Atrium in das *peristyl*, wo noch immer böiger Wind an den Sträuchern zerrte. Regen schlug ihr ins Gesicht. Sie war allein. Jetzt erst begriff sie, dass sie keinen Freund mehr hatte, keine hilfreiche Hand, kein Herz, das für sie schlug, ja nicht einmal ein Ohr, das ihren Klagen lauschte. Dieses Haus war leer. Die, die noch in ihm lebten, zählten nicht. Die, die gegangen waren, hatten das wenige, das gut war, mit sich genommen. Hier konnte sie nicht bleiben, und fliehen konnte sie auch nicht, ohne andere damit in Schwierigkeiten zu bringen. Trümpfe besaß sie nicht. Sie hatte keine Wahl. Ihr blieb nichts, als die Hure des Papstes zu werden.

Nach Einbruch der Dunkelheit war der Regen, der den ganzen Tag angehalten hatte, in Schnee übergegangen. Ein eiskalter Wind trieb die Flocken zum Fenster der Kutsche hinein, und so zog Marocia die Vorhänge auf beiden Seiten zu. Tiefe Schwärze füllte nun das Innere des Fahrzeuges aus. Marocia zog sich ganz in ihren Mantel und die Kapuze zurück.

Ihre Mutter, dachte sie, musste dies alles schon vor langer Zeit geplant haben. Wie alt mochte sie gewesen sein, als Theodora sie in Gedanken bereits verschachert hatte? Jagte sie im *peristyl* Schmetterlingen nach, als der erste Gedanke in Theodora reifte? Zeichnete sie Landkarten vom Mittelmeer, malte Punkte darauf, die die Städte darstellten, und zeigte sie stolz Egidia? Oder las sie zusammen mit Pater Bernard den Augustinus? Der Pater ... würde sie ihn je wieder sehen? Er war ihr letzter Freund, und nun, im Nachhinein, verstand sie seine damalige Anregung, in ein Kloster einzutreten, sehr gut.

Marocia spürte den Anstieg zum Mons Caelius. Auf halber Höhe jedoch hielt die Kutsche plötzlich an, und gerade als Marocia den Kutscher zur Weiterfahrt ermahnen wollte, öffnete sich die Tür, und jemand stieg ein.

»Wer seid Ihr?«, fragte Marocia, die nichts als einen Schatten auf dem Platz gegenüber sah. Der Fremde beugte sich etwas nach vorne, und noch während er dabei die Kapuze zurückstreifte, erkannte Marocia an seiner Gestik, um wen es sich handelte. »Ihr?«, rief sie. »Ich dachte, Ihr seid in ...«

»In Byzanz? Die Schiffe heutzutage werden immer schneller«, sagte Johannes. »Ich bin seit Mittag in Rom.«

»Dann habt Ihr Euch in der Adresse geirrt. Ich bin nicht Eure Hexenmeisterin, sondern nur deren Tochter.«

Er lachte. »Du könntest etwas freundlicher zu mir sein, junge Dame. Ich stehe schon seit einer Ewigkeit in diesem Sturm und warte auf dich. Es ist die einzige Gelegenheit, dich unbeobachtet anzutreffen.«

»Wenn Ihr wieder vorhabt ...«

Er lachte erneut. »Nein, diesmal nicht. Noch nicht.«

Selbst in der schattenhaften Finsternis entging Marocia nicht, mit welchen Augen Johannes sie ansah. »Kommt zur Sache«, mahnte sie und hoffte, dass ihre Stimme Festigkeit vortäuschte, die sie in diesem Augenblick keineswegs besaß.

»Also schön, erst das Geschäftliche. Ich habe erfahren, dass deine Mutter ihr Bündnis mit Sergius festigt – mit *deiner* Hilfe. Ich werde Stück für Stück abserviert. Es wird also Zeit für mich, etwas dagegen zu unternehmen.«

Er wühlte in seinem Gewand, und für einen Moment glaubte Marocia, er würde einen Dolch ziehen und sie damit ermorden.

»Da ist es«, hauchte er voller Bewunderung, so als hielte er einen Splitter vom Kreuz Christi in der Hand. Doch es war nur ein winziger Flakon, in dem eine gelbe Flüssigkeit war. Er drückte ihr das Gefäß in die Hand und flüsterte: »*Cicuta virosa*. Wasserschierling. Eine wunderbare Pflanze! Die Wirkung setzt erst nach einigen Stunden ein, und die Symptome sind denen einer heftigen Magenerkrankung ähnlich. Niemand wird dich in Verdacht haben, wenn Sergius stirbt.«

»*Ich* soll …«

»Wer sonst? Dich wird er kaum beargwöhnen. Warte ein oder zwei Wochen ab, bevor du es tust. Dann werde ich Papst, weil Theodora derzeit keinen anderen Trumpf hat, und dir bleibt das Schicksal erspart, das deine Mutter für dich ausgewählt hat. Sergius ist als Mann nicht gerade erstrebenswert, musst du wissen. Er ist so – langweilig.« Johannes schnurrte befriedigt und spielte mit einer von Marocias Strähnen, die aus der Kapuze herauslugten. »Mit mir dagegen hättest du alles, was du dir von der Liebe erhoffst. Ich weiß, was du für mich empfindest …«

Sie wollte dazwischenreden, doch er hob beschwichtigend die Hand. »Ich gebe zu, damals sehr unhöflich gewesen zu sein.«

»Unhöflich?«, wiederholte Marocia.

»Also gut. Auch unsanft, ungeschickt, was du willst. Aber wenn du mich erst näher kennen lernst, wirst du sehen, dass ich ganz anders bin. Wir beide werden ein Paar sein, das von ganz Rom beneidet wird. Auf Händen werde ich dich tragen, wie eine Göttin.«

Erneut, wie schon damals in ihrem Gemach, spürte Marocia einen Augenblick lang das Verlangen, dass Johannes' Versprechen wahr würden. Obwohl er fast zwanzig Jahre älter als sie war, fand sie ihn mit seinen jung gebliebenen Augen, dem glatt rasierten, markanten Kinn und dem vollen braunen Haar begehrenswert.

Doch sofort fielen ihr die Abschiedsworte des Paters wieder ein: Denke daran, was du zu dieser Stunde über ihn gedacht hast. Das Teuflische an Johannes war nicht seine völlige Gewissenlosigkeit – Italien war reich bestückt mit tückischen Menschen. Aber dass die Verbrechen dieses Geistlichen sich nirgendwo in seinem Antlitz abzeichneten, dass er das Gesicht und den Körper einer antiken Heldenstatue hatte, kam Marocia geradezu unheimlich vor. Ja, er war ihr zuwider bis ins Mark.

Mit einer blitzartigen Bewegung stand sie auf und sprang an ihm vorbei aus der Kutsche ins Freie. Der Schneesturm raubte ihr fast jede Sicht, aber der Lateranpalast zeichnete sich wie ein riesiger

Felsklotz durch schwarze Nacht und Schnee ab. Sie hastete den Mons Caelius hinauf, hörte Johannes' Schritte, hörte seinen Atem, spürte schließlich seine Hand auf ihrer Schulter. Er wirbelte sie herum, so dass sie ihm nun direkt in die Augen sah.

»Töte ihn!«, schrie er. »Verstehst du nicht? Du und ich, wir sind füreinander gemacht. Früher oder später werde ich dich kriegen.« Sie versetzte ihm mit ihrer ganzen Kraft eine Ohrfeige und schaffte es gleichzeitig, sich loszureißen und weiterzulaufen. Erschöpft wankte sie auf die einzige Pforte zu, die sie erkennen konnte, und ging hinein. Der dumpfe Knall des schweren hinter ihr zufallenden Tores vermittelte ihr ein flüchtiges Gefühl der Sicherheit.

Sie war in der neuen Laterankirche. Mit den kleinen Fenstern, den schmucklosen, wuchtigen Innensäulen und hohen Gewölben wirkte diese ebenso bedrückend wie ihre einst eingestürzte Vorgängerin. Dunkelheit umgab Marocia, Gott war nicht zu spüren. Sie weinte, taumelte weiter, schwankte zwischen Zorn und Ohnmacht. In der Hand hielt sie das todbringende Gift. Vor dem breiten steinernen Altar fiel sie schwer atmend auf die Knie und lehnte ihre Stirn gegen die kühle Platte, die ihr vor fast genau einer Dekade vor den herabstürzenden Trümmern das Leben gerettet hatte. Nach einigen Minuten der Besinnung strömten langsam und leise die Worte aus Marocia heraus. »Nie wieder so gedemütigt werden. Nie wieder allein sein. Und nie wieder machtlos sein. Koste es, was es wolle.«

Sie hörte das Rauschen eines Gewandes herannahen, wie das Flüstern eines Windes. Als sie sich umwandte, erhob sich eine schwarze Silhouette vor ihr.

Zweiter Teil

Die Hure des Papstes

Der Weihnachtstag, Anno Domini 963

»Marocia, Senatrix von Rom, tritt vor das Gericht.« Dem fordernden Aufruf eines Sekretärs folgte bleierne Stille. Die Petersbasilika ruhte, als sei sie allein mit sich selbst, doch tatsächlich war sie angefüllt mit Prälaten, Mönchen und Würdenträgern, die alle in eine Richtung blickten. Scheinbar endlos – in Wahrheit nur wenige Augenblicke – dauerte es, bis eine einzelne Gestalt aus einer Seitenkapelle trat und die stumme Aufmerksamkeit aller auf sich vereinigte. Im Mittelgang des Kirchenschiffs angekommen, bewegte sie sich nicht weiter fort. Den Kopf erhoben, die Augen auf das andere Ende der Basilika gerichtet, verharrte die alte Frau wie ein Standbild.

War schon das allein eine Provokation, tat ihr Kleid ein Übriges. Nicht im frommen Schwarz, nicht im Weiß der Unschuldigen und Büßer erschien sie zu ihrer Befragung, sondern in flammendem Rot. Doch kein empörtes Raunen ging durch die Reihen zur Rechten und zur Linken, wie es bei einem solchen Auftritt zu erwarten gewesen wäre. Die Basilika blieb still, einen Atemzug, einen weiteren, einen dritten, vierten und fünften lang, bis die ungeduldige Stimme des Sekretärs erneut den monumentalen Raum und die Kälte durchdrang: »Marocia, Senatrix von Rom, tritt vor das Gericht.«

Wieder vergingen Momente. Als sei die Szene nicht Gegenwart, sondern ein leuchtendes, gut erhaltenes Mosaik aus einer längst erloschenen Zeit, verharrte sie regungslos. Doch gerade als der Sekretär zu seinem dritten Ruf ausholen wollte, setzte Marocia zum erlösenden Schritt an. Langsam und gleichbleibend fest ging sie den Mittelgang entlang und hielt erst vor der Triade ihrer Richter inne. Während der Sekretär sachlich kalt die Formalien vorlas, die jedem Prozess vorauszugehen hatten, blickte Marocia die Mitglieder des Tribunals einen nach dem anderen an. Die beiden Geistlichen außen senkten schnell die Lider. Es waren die Äbte der bedeutenden Klöster von Farfa und Mons Cassinus, die Marocias Arbeit nicht wenig zu verdanken hatten. Doch sie schienen unsichtbar von dem Mann in ihrer Mitte beherrscht zu werden: Liudprand von Cremona. Er mied Marocias Blick von Anfang an, als fange er sich sonst die Pest ein.

Marocia wurde ein Stuhl bereitgestellt, der wesentlich kleiner und schmuckloser als die der Geistlichen war. Ein kurzes Grinsen flog über Marocias Gesicht, als sie ihn besah, aber sie protestierte nicht, sondern setzte sich anstandslos. Wenn ihre Gegner meinten, sie mittels solcher billigen Gesten kränken zu können, irrten sie sich.

Auf eine knappe Bewegung von Liudprands knöchrigem Zeigefinger hin hielt der Sekretär feierlich ein Dokument hoch und las daraus vor: »Marocia, Senatrix von Rom, du bist vor dem Gericht des Kaisers folgender Verbrechen angeklagt. Crimen primum: Du wirst beschuldigt, einen von der Kurie abgesetzten und verurteilten Pontifex seiner gerechten Strafe durch die Allmacht des Kaisers entzogen zu haben.«

Diese Anklage hatte sie erwartet. Sie konnte Liudprand von Cremona keinen Vorwurf machen, sie zu erheben, denn jedes Wort davon entsprach der Wahrheit. Ja, sie hatte so gehandelt und würde es jederzeit wieder tun.

»Crimen secundum«, fuhr der Sekretär mit dem nächsten Anklagepunkt fort. »Du wirst beschuldigt, gegen das Gesetz Gottes und der Kirche aus eigener Willkür einen Pontifex abgesetzt und ermordet zu haben. Crimen tertium: Du wirst beschuldigt, einen Pontifex mittels verdorbener und verwerflicher Praktiken gefügig gemacht zu haben. Crimen quartum: Du wirst beschuldigt, den Sohn aus dieser unheiligen Verbindung für deine niedrigen Zwecke benutzt und später …«

»Diese Anklagen sind falsch!«, rief Marocia. Sie erhob sich

ruckartig und fügte hinzu: »Ich erhebe Einspruch gegen die letzten drei Anklagepunkte.«

Liudprand von Cremona nickte dem Sekretär fast unmerklich zu. Dann rief dieser: »Marocia, Senatrix von Rom, du wirst aufgefordert, dich zu setzen und, ohne eigenes Wort zu ergreifen, den Anklagen …«

»Ach, sei ruhig!«, rief sie dem verschreckten Sekretär zu und trat anschließend dicht vor den Sessel, auf dem Liudprand saß und überallhin schaute, nur nicht auf die Frau vor ihm. »Mit Ausnahme des ersten Anklagepunkts verdreht und verzerrt Ihr die Dinge nach eigenem Belieben. Nennt Ihr das Recht?«

Wieder nickte Liudprand von Cremona, diesmal in die andere Richtung. Der Abt von Farfa erhob sich, hüstelte zweimal in die Faust und meinte dann: »Aber ist es nicht wahr, dass Ihr in den Lateran gegangen seid und den Heiligen Vater zur Unzucht getrieben habt?«

»Weil er es wollte«, fuhr sie den Geistlichen an.

»Weil er Euch verfallen war.«

»Das ist dasselbe.«

»Das ist es nicht«, ging Liudprand von Cremona dazwischen und pochte mit dem Stock auf den marmornen Boden. Sein Blick zuckte unruhig über die Versammelten, die der Kontroverse gebannt folgten. Plötzlich schien ihm etwas einzufallen, denn er richtete seine Augen auf Suidger von Selz. Der Verhandlungsführer der Senatrix schickte sich gerade an, in das Geschehen einzugreifen, als Liudprand – gerade noch rechtzeitig – mit Blick auf den Abt von Farfa sagte: »Aber bitte, es steht der Beschuldigten frei, sich zu dieser Anklage zu äußern.«

Marocia wandte sich um. Sie stützte sich auf die Armlehnen des Stuhls und setzte sich. »Das alles ist so lange her …«, flüsterte sie vor sich hin. »Und ich habe noch nie darüber gesprochen.«

Die Stimme des Sekretärs kannte keine Wärme: »Marocia, Senatrix von Rom, äußere dich laut und verständlich vor dem Gericht.«

Marocia blickte auf den silbernen Ring an ihrer linken Hand, und die Erinnerung an die ferne Zeit zeichnete ebenso Freude wie Schmerz auf ihr Gesicht.

9

Anno Domini 906

»Bruder Gratian«, stellte sich der Mönch vor und blickte neugierig, aber auch ein wenig ärgerlich auf die kniende Marocia herab. »Was tut Ihr hier, zu dieser Stunde?«

Bruder Gratian reichte ihr zum Aufstehen die Hand, die sich dicklich und weich anfühlte, wie gefettete Daunen. Mit der anderen Faust umklammerte er eine schwere Altarkerze, die er seltsamerweise nicht dazu benutzte, Marocias Gesicht zu erhellen, sondern sein eigenes. Wie zwei aneinander gedrückte Kissen waren seine speckigen Wangen gewölbt und fielen steil in die winzigen Augenhöhlen ab. Sein Blick wirkte dadurch ungewöhnlich eng, und da er für einen Mann nicht gerade groß war, stand Marocia ihm im wahrsten Sinne Auge in Auge gegenüber. Nun erkannte sie auch, dass er jünger war, als es aufgrund seiner schwammigen Statur zunächst den Eindruck erweckte. Er mochte allenfalls sieben oder acht Jahre älter als sie sein, und seine erstaunlich helle und klare Stimme schien gar einem Jugendlichen zu gehören.

Bruder Gratians Blick suchte die Dunkelheit ab. »Ich habe Worte gehört. Mit wem habt Ihr gesprochen? Wo ist die andere Person?«

Marocia fand es merkwürdig, dass ein Mönch, der einen Besucher vor dem Altar sprechen hörte, nicht auf das Naheliegendste kam. »Ich habe gebetet, Vater. Oder besser: Ich habe mir etwas geschworen – vor Gott natürlich.«

Bruder Gratian zuckte gleichmütig mit den Schultern. »Dann seid Ihr allein, ja?«

Sie nickte. »Sehr allein sogar.«

Bruder Gratian wischte sich die Stirn und blickte kurz über die Schulter zu einem Winkel des Kirchenschiffs, der ganz im Dunkeln lag. »Gut, dann geht jetzt«, forderte er und machte eine Bewegung, als verscheuche er eine lästige Fliege.

Die Ungeduld des Mönchs amüsierte Marocia, ja, sie fühlte sich durch sie sogar angenehm aufgestachelt. Nach all den finsteren Erfahrungen des heutigen Tages kam ihr Bruder Gratian geradezu erfrischend vor. »Seid Ihr hier zur Aufsicht eingeteilt, Vater?«

»Nein ... Wieso? Oder doch, ja. Deswegen bin ich ja hier.«

»Aha«, kommentierte Marocia gedehnt. »Wenn das so ist, möchte ich, dass Ihr mich zur Heiligkeit bringt. Ich bin Marocia, und der Papst erwartet mich bereits – wie Ihr und die übrige Bruderschaft vermutlich längst wisst.«

Bruder Gratian formte ihren Namen tonlos auf den Lippen nach. Er warf erneut einen Blick in den entfernten finsteren Winkel der Laterankirche. »Wir hatten nicht erwartet, dass Ihr durch die Kirche in den Lateran gelangen wollt. Also dann«, schnaufte er. Einen Moment lang sah es so aus, als würden seine Arme und Beine nicht zum gleichen Körper gehören, denn während sein rechter Arm eine höfliche Geste zu einer Seitentür machte, blieb seine linke Seite steif, als könne nichts sie dazu bringen, die Kirche zu verlassen. Schließlich schlurfte er aber doch vor Marocia her, und bevor sie die Kirche durch die kleine Spitzbogentür verließ, spähte sie noch rasch in den Winkel, der Gratian zu fesseln schien. Dort erkannte sie, trotz der Dunkelheit, die Kontur eines Kopfes.

Bruder Gratian führte Marocia mit einer Fackel in der Hand durch die scheinbar endlosen Korridore und Treppenaufgänge. Obwohl Marocia aufmerksam ihr neues Zuhause musterte, fand sie doch fast nichts, das sie interessiert oder gar beeindruckt hätte. Die Gänge waren breit, aber meist kahl. Alle zwanzig Schritte waren Fackeln an den Mauerwänden angebracht, doch die meisten von ihnen waren nicht entzündet, und wo doch eine brannte, beleuchtete sie nur den nackten Ziegelstein, in den sie gesteckt war. Auch die erste Halle, durch die sie kam, barg keine kunstvollen Verzierungen, sondern bloß eine große Leere, die von schmucklosen, vierkantigen Säulen umrahmt wurde.

Marocia blickte sich traurig um. Das Innere des Lateranpalastes entsprach nicht dem Bild, das sie sich aufgrund der Geschichte des Bauwerks gemacht hatte. Immerhin war der Palast im Jahre des Herrn 315 für eine römische Kaiserin erbaut und kurz darauf vom ersten christlichen Kaiser Konstantin dem Bischof von Rom als Residenz geschenkt worden. Die Beschreibungen in Büchern sprachen von Prunk und Würde, aber alles, was sie sah, war eine Mischung zwischen Mietskaserne, Festung und Bettelkloster, und statt den Atem einer erhabenen Geschichte sog sie nur eine kalte und modrige Luft ein.

Als sie eine Weile gegangen waren, kamen sie in den prunkvollen Teil des Gebäudes. Hier brannten die Fackeln in fünf Schritten Abstand und erhellten die mit Mosaiken belegten Wände. Steinerne Heiligenstatuen säumten den breiten Gang, hohe und breite Türen ließen auf noch höhere und breitere Säle schließen.

Vor einem doppeltürigen Portal blieb Gratian stehen. Zum ersten Mal, seit sie die Laterankirche verlassen hatten, sah er Marocia wieder mit seinen Knopfaugen an. Er zögerte einen Augenblick, so als prüfe er alle Möglichkeiten eines Abschiedswortes, dann sagte er süffisant: »Viel Vergnügen«, und schlurfte davon.

Ein Meer von Kerzen empfing Marocia, als sie das riesige *triclinium*, die Wohnhalle, betrat. Die Wände waren rundum mit dunkelrotem Stoff verkleidet, auf dem Boden lagen dicke Teppiche mit fremdartigen Mustern aus. Überall prunkten gemütliche Sessel, römische Liegebänke und niedrige Ebenholztische. Trotz des Winters waren die Schalen angefüllt mit roten Früchten, und ihr Duft mischte sich mit dem Dampf heißen gewürzten Weines. Vor dem prasselnden Kamin am Ende des Raumes stand Sergius in einem reich bestickten, sehr weltlichen Gewand.

»Willkommen«, rief er und verbeugte sich leicht. Marocia bemerkte, dass seine Stimme zart geblieben war, aber es kam ihr vor, als sei er in den fünf Jahren seit ihrer letzten Begegnung um zwanzig Jahre gealtert. Hatte er früher schon diesen großen, eckigen Kopf? Sie erinnerte sich noch an seinen vollen Schopf – fast nichts war von ihm geblieben. Und als er auf sie zuging, wirkten seine Schritte selbst für einen Mann seiner stattlichen Größe ungewöhnlich hölzern.

Sergius lächelte und fasste sie an beiden Händen, wie am Tag des Festes bei Ageltrudis, und seine wässrig grauen Augen glänzten, als habe er ihre Hände seither nicht losgelassen. Dann strich er ihre bekleideten Arme hoch und umfasste schließlich ihre Schultern, ganz so, wie ein Bildhauer es mit dem Modell seiner Bewunderung tun würde. Marocias korrekten Knicks verbot er ihr gleich. »Du stehst – Verzeihung, die Gewohnheit – *Ihr* steht hier nicht vor dem Papst, sondern vor Sergius, und der duldet keine gebeugten Häupter.«

Sein Lächeln war ehrlich und wohlmeinend. Aber Marocia hatte heute zu viel erlebt, um in ihm einen Gönner zu sehen. Sergius hatte seine Zustimmung zu diesem Handel gegeben, er hatte zugelassen, dass sie wie eine Hure in seinen Palast geschafft worden war. Und – er war ein Geschöpf ihrer Mutter. Drei Gründe, um ihn nicht als Freund zu betrachten.

»Ihr könnt Euch die höfliche Anrede sparen, Heiligkeit. Noch bevor der Morgen anbricht, habt Ihr mich ohnehin wieder geduzt. Oder behaltet Ihr die Förmlichkeit auch unter der Bettdecke aufrecht?«

Ihr Sarkasmus ließ ihn merklich stutzen. »Bin ich denn so schrecklich für dich, dass du mich sofort beleidigen musst?«

Marocias Brust hob und senkte sich in kurzen Abständen. »Schrecklich?«, rief sie. »Das Wort trifft es nicht, Heiliger Vater, denn Ihr habt nichts Erschreckendes an Euch. Aber Abstoßendes.«

Sein Zucken war fast unmerklich, und vermutlich um das leichte Zittern seines Körpers zu verbergen, ließ er Marocia los.

Sie aber setzte schnaubend nach. »Ich werde vor Euch abgestellt wie eine Sklavin. Wieviel Zuneigung erwartet Ihr von einer Rechtlosen? Hoffentlich keine, denn Ihr werdet keine erhalten.«

Sergius' Reaktion überraschte Marocia. Sie rechnete mit einem Wutausbruch, mit eisigem Zynismus oder irgendeinem befehlenden Wort, das sie parieren und ihrerseits zurückschleudern konnte. Sie war so voller Wut über ihre Mutter, ihren Vater, über Johannes und vor allem über die Ausweglosigkeit ihrer Situation, dass sie am liebsten geschrien hätte wie ein gefangenes Tier. Aber Sergius gab ihr keinen Anlass dazu. Er erwiderte nichts, sah betreten zu Boden, und als er sie bat, näher zu treten und einen Kelch dampfenden Weines anzunehmen, hatte er sein freundliches Lächeln bereits wiedergewonnen.

Marocia rang sich halbherzig ein dankendes Kopfnicken ab, als er ihr den warmen Kelch in die Hand gab und eine Bank am Kamin anbot. Jetzt erst spürte sie, was Kälte und Feuchtigkeit an ihr angerichtet hatten. Wie nasses Laub auf den Gassen klebten die Kleider ihr an Armen und dem Oberkörper, die Haut war blass und kühl, und ab und an tropfte geschmolzener Schnee von ihren Haaren in Nacken oder Gesicht. Draußen tobte der Wintersturm; sein Wind schlüpfte durch die Ritzen und ließ Marocia frösteln. Als Sergius das bemerkte, ging er zum Kamin.

Mehr noch als der heiße Wein, den Marocia langsam die Kehle hinuntergleiten ließ, beruhigten sie die gelassenen Bewegungen, mit denen Sergius das Holz nachlegte, den Blick andächtig ins Feuer gerichtet. Sie beobachtete diesen Mann, als wollte sie ihn neu kennen lernen. Sie hatte seit Jahren kaum an ihn gedacht, und wenn, dann als netten Onkel einer fernen Zeit, der ihr Geschenke geschickt und Spaziergänge außerhalb der Villa ermöglicht hatte. Ihr kam der Gedanke, dass Sergius diese letzten fünf Jahre womöglich ganz anders erlebt hatte, dass vielleicht kein Tag vergangen war, an dem er nicht das Mädchen Marocia aus ganzem Herzen vermisste. Konnte es sein, dass ihr Körper heute Abend einen Raum betrat, in dem ihr Geist schon eine ganze Weile wohnte?

»Erinnerst du dich an damals?«, fragte er, während er weiter gemächlich im Kamin stocherte. »An unsere Tänze auf dem Fest von Ageltrudis und an unsere Begegnungen im *peristyl*? An die Wiesen auf dem Palatin?«

Sie gab sich Mühe, eine Antwort zu finden. Es war alles so lange her. »Ihr habt mir die Namen der Blumen beigebracht«, fiel ihr ein. »Ich weiß sie noch heute. Wir hatten einigen Spaß.«

»Spaß!«, rief er und ließ den Schürhaken fallen. »Ja, für dich war es das wohl. *Ich* habe jede einzelne Sekunde geliebt. Es war nichts Unanständiges daran. Ich habe das geliebt, was du einmal sein würdest, was du heute bist, Marocia. Die Methoden, mit denen deine Mutter dich hierher gebracht hat, verzerren meine Absichten. Vergiss dieses unangenehme Erlebnis und glaube, dass ich nur das Beste für dich im Sinn habe.«

Er setzte sich plötzlich neben sie. Sein Blick wanderte auf ihrem Körper auf und ab. »Ich kann noch gar nicht glauben, dass du hier bist, in meinen Räumen, mit mir sprichst, mit mir lachst, mit mir trinkst – endlich. Denk nur an die vielen Gespräche, die wir führen werden, an unsere gemeinsamen Ausritte, die Festlichkeiten, an die Tafel, die wir täglich teilen. Es ist schon alles vorbereitet, dein Gemach, deine Zofe, deine Kleider. Die Küche wird deine liebsten Speisen kochen – gedünsteter Seefisch, nicht wahr? –, wir besuchen die Orte, die du möchtest, und gestalten die Säle nach deinen Vorstellungen ...«

Seine Küsse kamen wie ein plötzliches Gewitter über Marocia. Sie wehrte sich nur ganz kurz, im ersten Schreck. Dann ließ sie alles geschehen. Sie war müde, erschöpft von den Widerständen gegen Theodora und Johannes. Wie sollte sie da noch diesen Kampf bestreiten können, jeden Tag, jahrein und jahraus? Es würde doch passieren, wenn nicht heute, dann morgen oder nächste Woche. Sie konnte nicht gewinnen, daher fügte sie sich. Ihre Arme hingen schlaff herab, ihr Kopf fiel zurück und torkelte unter Sergius' Küssen hin und her. Nur ihre Gedanken waren angespannt und wiederholten unablässig die Worte, die sie vor noch nicht einer Stunde vor dem Altar gesprochen hatte. Nie mehr machtlos sein. Um das zu erreichen, musste sie einen Preis zahlen. Diesen Preis.

Sergius ließ unerwartet von ihr ab. Er atmete schwer, rutschte zitternd ein Stück von ihr weg. Dann stand er auf und stützte sich mit beiden Händen an der Kaminfassade ab. In seinen Augen sah sie Verletzlichkeit, ja sogar Angst, als er sagte: »Das war sehr dumm. Es ... es war wohl ein schlechter Anfang von mir?«

Sie schwieg. Ihr Haar war zerzaust, ihr Kleid verrutscht, doch sie ließ alles so. Würdevoll, mit geradem Rücken, erhob sie sich.

»Vielleicht ist der, den ich eines Tages machen werde, besser«, sagte sie leise.

Er nickte stumm, konnte ihrem Blick nicht länger standhalten. »Ein Diener zeigt dir deine Gemächer«, schloss er diese seltsame Begegnung knapp.

In dieser Nacht schlief Marocia wie ein Stein. Sie hatte zwei eindeutige Angebote hinter sich, eines vom Geliebten ihrer Mutter, eines vom Papst, und das war viel für eine sechzehnjährige Frau, welche die Liebe bisher nur durch Schlüssellöcher beobachtet hatte.

Es war einer der wenigen trockenen Tage dieses Winters, und Marocia streifte zum ersten Mal seit ihrer Ankunft durch die vom Frost überzogenen lateranischen Gärten und den angrenzenden würzig duftenden Pinienhain. Sie genoss es, die Kraft der Sonne durch die noch immer eisige Kälte zu spüren. Ihr dicker Mantel jedoch, vor allem aber der augenblickliche Gesprächsstoff, verhinderten, dass sie fror. Ihre Zofe Damiane hatte unversehens ein Thema angeschnitten, das Marocia selbst nie zur Sprache gebracht hätte, das sie jedoch – das musste sie einräumen – brennend interessierte.

»Liebeskunst?«, rief Marocia. »Von Ovid?«

Damiane nickte ihr zwinkernd zu. Ihre Sommersprossen auf Wangen und Nase glühten, wie immer, wenn sie gewagten Gedanken nachhing, und ihre Hände streichelten hektisch den langen blonden Zopf, der von ihrer germanischen Herkunft kündete. Neben Marocia selbst war sie die einzige Frau im Lateran, und damit zugleich der einzige Mensch, mit dem Marocia sich ungezwungen unterhalten konnte. Immer war diese Dienerin guter Laune, sie alberte herum, machte anstößige Scherze und erzählte Klatsch. Mit großer Beharrlichkeit entdeckte sie an jeder noch so ernsten Thematik eine triviale Seite. Es kam vor, dass Marocia von Damianes Geschwätz und vor allem von ihren urigen germanischen Ausrufen genervt war, aber meistens musste sie über deren halb infantile und halb frivole Seelenvergnügtheit schmunzeln.

»Ich kenne seine ›Briefe aus der Verbannung‹, erläuterte Marocia. »Und die ›Metamorphosen‹.«

»Hojo, langweiliges Zeug, nie gelesen«, winkte die Zofe ab und neigte sich mit gespitzten Lippen ihrer Herrin zu. »Ars Amatoria«, flüsterte sie. »Die Liebeskunst. Wenn Ihr dieses Buch nicht gelesen habt, kennt Ihr Ovid nicht, was rede ich, kennt Ihr die Welt nicht.«

Marocia lehnte sich an einen Baumstamm und seufzte. Nein, sie kannte die Welt nicht, sie kannte ja nicht einmal die Stadt, in der sie lebte. Wie gern hätte sie das nachgeholt, was ihr in der Kindheit verwehrt worden war, wie gern wäre sie ins Flavische Theater gegangen, das die Römer Kolosseum nannten, oder über das halb verfallene Forum Romanum und den Palatin geschlendert. Doch die Begegnung mit Johannes war noch zu frisch, und sie fürchtete, er könnte ihr außerhalb des Laterans erneut auflauern. Sie war von einem Gefängnis in ein anderes gekommen.

Aber auch innerhalb dieser neuen Mauern standen die Dinge nicht zum Besten. Sergius erschien ihr mit jedem Tag widersprüchlicher. Zwar hielt er sich seit dem ersten Abend merklich zurück, verwöhnte sie mit kleinen Aufmerksamkeiten und bat sich nur aus, dass sie ihn endlich duzte und ihm zu den Mahlzeiten Gesellschaft leistete, aber anhand von kleinen, fahrigen Gesten und eindringlichen Blicken entdeckte sie seine wachsende Ungeduld. Wie lange würde er sie noch in Ruhe lassen, wie lange darauf warten, dass sie den nächsten Schritt täte?

Als belastend erwies sich für sie auch, dass ihre Stellung im Lateran undefiniert war. Manche der hier lebenden Geistlichen empfanden sie gnädig als Gast, andere verteufelten sie als Schlange der Versuchung, die meisten aber – und auch die Mehrzahl der Römer – sahen in ihr nur eine gewöhnliche, unwichtige Hure, eine halbwüchsige Konkubine, die dem Heiligen Vater zur Entspannung diente. Vor allem diese letzte Ansicht verletzte Marocias Stolz, denn sie konnte es wohl ertragen, geduldet oder gehasst, nicht aber verächtlich ignoriert zu werden. Ausgerechnet Saxo aber, der *primicerius* des Lateran, hatte sich zum Meinungsführer dieser Fraktion gemacht. Er war so etwas wie der oberste Minister des Papstes und zugleich ein gestrenger und penibler Hausmeister des Lateran, und diese Positionen ermöglichten es ihm, dafür zu sorgen, dass die ihm unterstehenden Geistlichen des Palastes Marocia nicht mehr Höflichkeit schenkten als einem Möbelstück.

Die beiden Spaziergängerinnen verließen den Kiesweg und stapften quer über eine Wiese. Jeder ihrer Schritte knackte eine Eisschicht und scheuchte ein paar Krähen auf, die sich mit lautem Geschrei von den Ästen schwangen. An einer kleinen Bank zwischen Zypressen machten Marocia und Damiane Halt und setzten sich. Von hier bot sich ihnen ein weiter Blick über die zugefrorenen Beete des Gartens.

»Also, was genau kann ich von Ovid über die Liebe lernen?«, fragte Marocia, der das Thema keine Ruhe ließ.

Damiane freute sich sichtlich über das Interesse ihrer Herrin. »Hojo«, rief sie gedehnt aus. »Alles. Beispielsweise, mit welchen Mitteln ein Mann zu erobern ist und mit welchen Mitteln er getäuscht werden kann.«

Marocia faltete die Hände und stützte ihr Kinn auf die Fingerspitzen, wie immer, wenn sie angestrengt nachdachte. »Täuschen?«, fragte sie unsicher.

»Hojo! Es gibt Situationen, in denen es ratsam ist, nicht die Wahrheit zu zeigen.«

Damianes Sommersprossen glühten derart, dass Marocia sie fast zählen konnte. »Ein Mann könnte beleidigt werden, wenn ... Es ist schwierig, so etwas einer Frau zu erklären, die noch nie ... wie soll ich es beschreiben?«

Marocia sah ihre Zofe mit großen Augen an. »Versuch es bitte, Damiane.«

Ein knarrendes Geräusch schreckte sie beide kurz auf, aber gleich darauf kam ein Hase zwischen den Sträuchern hervor und hoppelte, das weiße Hinterteil in die Höhe gestreckt, eilig davon. Damiane sah ihm eine Weile nach, so als wolle sie sichergehen, dass er keines ihrer Worte hören konnte, dann sagte sie langsam und jedes einzelne Wort betonend: »Je enttäuschter Ihr in einer Liebesnacht von Eurem Gefährten seid, umso weniger dürft Ihr es ihn ... na ja, spüren lassen.«

Marocia lachte auf. »Im Ernst?«

»So mache *ich* es immer.«

Marocia sog die Eisesluft ein. »Du machst ...? Hier im Lateran?«

Damiane fing an zu stottern. »Ich sage kein Wort mehr«, brachte sie schließlich heraus und bedeckte die Wangen mit ihren Händen, ganz so, als wollte sie die Sommersprossen verbergen. »Lest das Buch. Es ist im Palast.«

»Oh! Mir war nicht klar, dass die lateranische Bibliothek solche Bücher enthält.«

»Hunderte davon, ja Tausende«, rief Damiane, um gleich darauf wieder in ein vertrautes Geflüster zu verfallen. »Ich ... ich kann es heimlich besorgen, wenn Ihr wollt. Das fällt keinem auf.«

Marocia überlegte, wieso Damiane das Buch nur auf geheimen Wegen erhalten konnte. Wenn diese Literatur in der Bibliothek stand, war es doch unsinnig …

»Das reicht jetzt!«, bellte eine Stimme zwischen den Zypressen hindurch. Einen Moment später stand *primicerius* Saxo vor ihr. Er war ein kleiner, dicker Mann mit Glatze, der bei Frauen fast immer den Impuls auslöste, ihn streicheln zu wollen wie einen Schoßhund. Doch sobald Saxo den Mund aufmachte, ließ dieser Wunsch merklich und für immer nach. »Seit Minuten redet ihr Weiber über einen Heiden, noch dazu einen, der die körperliche Liebe verherrlicht. Diesen lästerlichen Schmutz habe ich mir lange genug angehört.«

»Ehrwürdiger Saxo«, begann Marocia höflich. »Hättet Ihr Euch in den vergangenen Momenten nicht hinter einem Baum versteckt, würde mein privates Gespräch mit meiner Zofe Euch jetzt nicht belasten.«

»Wie kannst du es wagen!«, schrie er und gestikulierte wild mit den Händen. »Ich bin vielleicht nicht imstande, dein ungebührliches Geschwätz zu verhindern, aber ich sorge dafür, dass du nicht ein einziges Buch zu Gesicht bekommst, solange du hier lebst. Und glaube bloß nicht, dass du mich mit deinen weiblichen Reizen becircen kannst.«

Marocia stieg die Zornesröte ins Gesicht. »Ich hatte bestimmt nicht vor, das Buch auf diese Weise zu beschaffen«, zischte sie. »Ich werde es mir einfach holen.«

Saxo kicherte boshaft. »Ja, weißt du es denn nicht? Seit Erbauung des Lateran vor sechshundert Jahren hat keine Frau die lateranische Bibliothek betreten dürfen, nicht einmal die heilige Helena, geschweige denn die Weiber deiner … deiner Passion.«

Das mochte stimmen. Marocia erinnerte sich, was Damiane ihr über die lateranischen Huren vergangener Jahrzehnte berichtet hatte. Leo III. hatte sich offenbar einen ganzen Schwarm hübscher junger Konkubinen gehalten, die wie Nymphen durch den Lateran huschten, wogegen Stephan VI., den Marocia als Kind auf der Leichensynode gesehen und später erschlagen aufgefunden hatte, sehr reifen, um nicht zu sagen alten Frauen stets den Vorzug gab. Aber all diesen Frauen, ob jung oder alt, schön oder liederlich, war ihr

Desinteresse an politischer Einwirkung, ihre absolute Machtlosigkeit und ihre Rolle als lächerliche Fußnote in der Geschichte des Lateran gemeinsam. Alles das wusste Saxo natürlich auch, und er gedachte wohl, diese Tradition penibel aufrecht zu halten.

Marocia erhob sich. »Ich glaube«, sagte sie jetzt ganz ruhig zu Saxo, »ich bekomme plötzlich Lust zu lesen.« Dann verbeugte sie sich gemessen und schritt mit erhobenem Kopf davon. So sehr dieser geifernde Mönch sie in Rage gebracht haben mochte, sie verdankte ihm jenes konkrete Vorhaben, das sie in ihrer Orientierungslosigkeit seit ihrer Ankunft im Lateran vergeblich gesucht hatte: Sie nahm sich vor, eine Stellung einzunehmen, wie sie noch keine andere Frau in diesem Palast je innegehabt hatte.

Am Morgen nach dem Streit mit Saxo kleidete Marocia sich sorgfältiger als gewöhnlich. Sie wählte ein für die Jahreszeit viel zu luftiges Kleid aus zitronengelber Seide, das wie ein Sonnenstrahl auf ihrer von Natur aus hellbraunen Haut leuchtete. Ihr Plan war ebenso gewagt wie dieses Kleid, aber sie dachte keinen Moment daran, ihn aufzugeben. Es wäre Marocia ein Leichtes gewesen, den Papst während des gemeinsamen Mittag- oder Abendessens um einen Gefallen zu bitten. Doch sie wählte für ihre erste unangemeldete Aufwartung bei Sergius einen Augenblick größter Öffentlichkeit.

Der päpstliche Thronsaal war voll von Menschen, als Marocia eintrat. Eine Zusammenkunft der stadtrömischen Diakone, Äbte und ihrer Schreiber belegte den gesamten rechten Teil des Saales, die der entsprechenden Vertreter des übrigen Patrimoniums den linken Teil. Auf dem Thron, in vollem Ornat, saß Sergius und richtete einige Worte an die Versammelten. Mit seinen spärlichen grauen Haaren und dem steifen, feierlich durchgebogenen Rücken sah er würdevoll aus, ja, es schien, als sei dieser Thron sein natürlicher Aufenthaltsort. Da alle Augen auf ihn gerichtet waren, bemerkte zunächst niemand, wie Marocia auf dem Mittelgang näher trat. Erst als der Papst sich erhob und verblüfft in ihre Richtung starrte, wurde der Saal auf sie aufmerksam. Ihr Name zischte wie ein säuselnder Wind durch die Menschenmenge und erreichte nach wenigen Sekunden auch die schlechtesten Plätze. Dann wurde es ruhig, die Szene erstarrte vor Entsetzen: Marocia, die Hure, wagte es, das Zentrum christlicher Macht zu betreten.

»Tritt näher!«, rief Sergius, aber die Lautstärke des Rufs konnte nicht die Unsicherheit dahinter verbergen. Seine breite Stirn lag in Falten, und seine Hand zitterte, als er sie der noch immer wartenden Marocia höflich entgegenstreckte.

Doch Marocia rührte sich nicht. Bewegungslos, als habe sie die Worte des Stellvertreters Gottes nicht gehört und seine Geste nicht gesehen, blieb sie auf ihrem Platz im Mittelgang stehen und hob nun ihrerseits den rechten Arm dem Papst entgegen, forderte ihn damit gleichsam auf, sie abzuholen.

Aus dem Gesäusel von vorhin war jetzt ein unfreundliches Raunen geworden, dennoch stieg Sergius die Stufen seines Thrones herab, ging Marocia entgegen und nahm ihre Hand.

»Warum machst du das?«, flüsterte er ihr zu, so dass es keiner der anderen hören konnte.

»Ich will«, flüsterte sie zurück, »dass sie sich verneigen, wenn ich an ihnen vorübergehe, und nun, mit dir an meiner Seite, bleibt ihnen nichts anderes übrig.«

»Sie verneigen sich vor *mir*, nicht vor dir.«

»Ja«, bestätigte Marocia. »Aber ich werde so tun, als ob ich das nicht wüsste, und huldvoll zurücknicken. Das wird sie ärgern.«

Sergius schmunzelte, und auf dem Weg zu den Stufen des Throns erfüllte sich Marocias Wunsch: Sergius und Marocia gingen ganz langsam, schlenderten wie durch einen Garten, bei dem die Delegationsmitglieder in ihren kostbaren Gewändern die Blumen und ihre Köpfe wie von der Sonne gebogen waren. Vor einer übergroßen Wandmalerei, die passenderweise Jesus im Gespräch mit Maria Magdalena zeigte, blieben sie stehen.

»Was führt dich nach all den Wochen hierher?«, wisperte Sergius ebenso neugierig wie erfreut. »Es muss ja furchtbar wichtig sein.«

Sie neigte sich nahe an sein Ohr. »Ich habe damals doch versprochen, einen Anfang zu machen. Bitte sehr, das ist er.«

Zum ersten Mal hörte sie diesen steifen Mann lauthals lachen. »Und?«, fragte er. »Findest du ihn besser als meinen?«

»Stilvoller«, antwortete sie und durchforstete die Menge nach

Saxo, fand ihn aber nicht. »Ich habe aber auch einen konkreten Anlass für meinen Besuch. Ich würde gern die Erlaubnis erhalten, die Bibliothek zu betreten.«

Seine Stirnfalten zogen sich zusammen. »Das ist – unmöglich.«

Marocia legte ihr feinstes ironisches Lächeln auf und hob die Augenbrauen. »Blitzt es ansonsten vom Himmel? Bricht die Pest aus? Schickt der Herr die sieben Plagen?«

»Nur ich selbst, Saxo und einige ausgewählte Mönche haben Zutritt zur Bibliothek.«

»Findest du es nicht eine unerhörte Verkehrung von Wirkung, wenn zehntausend Autoren für eine Hand voll Leute geschrieben haben?«

Sergius atmete tief durch. Er hatte es seiner geliebten Marocia eigentlich nicht sagen wollen, aber nun blieb ihm nichts anderes übrig. Noch leiser als bisher flüsterte er: »Es befinden sich Bücher in der Bibliothek, die ...«

»... eigentlich nichts in einem Haus Gottes zu suchen haben«, ergänzte sie. »Ovids Liebeskunst, Juvenals Satiren, Martials Elegien und so weiter.«

Sergius schnappte nach der kühlen Luft des Saales. »Du kennst das alles schon?«

»Jede Zeile«, log sie. »Daher gibt es auch keinen Grund, die Bücher vor mir zu verstecken, nicht wahr?«

Sein Gesicht wurde nachdenklich. »Was würde deine Mutter dazu sagen?«

Marocia schnaufte, und ihre Augen funkelten wie schwarze Diamanten. Sie gab sich jetzt keine Mühe mehr, leise zu sprechen.

»Also entweder«, rief sie, »ich bin noch ein Mädchen, dann gehöre ich nicht hierher. Oder ich bin eine Frau, dann kann ich für mich selbst bestimmen. Und außerdem frage ich mich, wer hier eigentlich der Papst ist: meine Mutter oder du?« Mit einem großen Schwung drehte sie sich um und ging unter dem entsetzten Gewisper der Versammelten davon, ehe Sergius etwas erwidern konnte.

Noch in der gleichen Stunde wurde Marocia von einem Boten ein Brief überbracht, in dem Sergius ihr den dauernden Zutritt zur lateranischen Bibliothek gewährte. Es war der erste Erfolg, den Marocia aus eigener Kraft erstritten hatte, und als sie noch am gleichen Abend die riesige, schummrig beleuchtete Bibliothek betrat, fühlte sie sich bereits wie die Herrin des Lateran. Als sie jedoch mit einer Hand voll Bücher in ihre Gemächer zurückkehrte, wartete dort Sergius auf sie, spärlich bekleidet, und schlang langsam und vor Erregung zitternd seine Arme um Marocia. Sie zahlte zum ersten Mal den Preis für etwas, das sie unbedingt gewollt hatte.

10

Saxo fuhr sich mit dem Ärmel seiner Kutte über die Stirn und murmelte leise Flüche vor sich hin, allerdings nicht auf Lateinisch, sondern in seiner bairischen Heimatsprache. Zum einen wollte er den Herrn nicht kränken, indem er beim Schimpfen die Sprache der Heiligen Väter benutzte, zum anderen sollte ihn sein Begleiter, der ein Stück vorauslief, nicht verstehen.

Der Frühling dieses Jahres 907 begann ungewöhnlich heiß. Es war eine Tortur, zur Mittagszeit durch die engen, stickigen Gassen mit ihren aufgeheizten Pflastern und Häuserwänden zu laufen. Doch es war noch nie anders gewesen in dieser Stadt, die mit Ausnahme solcher wohltuenden Inseln wie der großen Gotteshäuser und der mächtigen Paläste aller Epochen schon von jeher aus dicht aneinander gebauten, bis zu siebenstöckigen Gebäuden bestand. Daher waren die Straßen zu dieser Stunde fast nur von Ratten, Krähen und streunenden Katzen bevölkert. Kein Römer, der nicht unbedingt musste, verließ in der Sonnenglut sein Haus.

Eine Ausnahme der Vernunft bildeten die Pilger, die die Hitze als Prüfung und Teil des Martyriums anzusehen pflegten und überall waren. Zu dieser Jahreszeit strömten sie besonders reichlich in die Ewige Stadt. Der Winter, in dem das Reisen fast unmöglich war, war selbst in den nördlichen Gegenden der beiden Frankenreiche und Angelsachsens vorüber. Nun war die Gelegenheit besonders günstig, die Beschwernisse des Ganges nach Rom auf sich zu nehmen, um in den sieben Pilgerkirchen Buße zu tun, Dank auszusprechen oder die Gunst des Herrn in der einen oder anderen Angelegenheit zu erbitten. So war man rechtzeitig zum nächsten Wintereinbruch wieder in der Heimat, hoch angesehen und – falls man ein junger Mann war – als Heiratskandidat begehrt. Doch so mancher überlebte die Ewige Stadt nicht. Es gab bei weitem nicht genügend Unterkünfte, und viele mussten die Nächte unter freiem Himmel verbringen, wo sie Opfer von Überfällen wurden. Andere wiederum starben helllichten Tages in den glühenden Häuserschluchten am Schlag, und manchmal bemerkte man ihren Tod erst viele Stunden später, wenn die Hitze das Werk der Natur beschleunigte.

Im Vorbeigehen zeichnete Saxo ein Kreuz in die stinkende Luft, als zwei Stadtdiener einen Leichnam auf eine Bahre hievten und davontrugen. Doch gleich darauf fand er wieder zu seinen Flüchen zurück. »*Oh, mulier*«, flüsterte er. Dann korrigierte er sich schuldbewusst. »Oh, dieses Weib.« Sie hätte ihm wenigstens eine Kutsche schicken können. Immer neue Schimpfwörter dachte er sich für Theodora aus. Es ging ihm sehr gegen den Strich, für eine Frau zu arbeiten, noch dazu für eine Hure, auch wenn sie die reichste und mächtigste der Stadt war. Doch als Verwalterin der päpstlichen Finanzen würden ohne ihr Wohlwollen die Einnahmen seiner Kirche weit weniger üppig ausfallen, als es der Fall war, und diese Vorstellung grauste ihn. Allein deshalb hatte er sich herabgelassen, Theodoras heimlicher Verbindungsmann zu sein. Sie freilich nannte ihn geringschätzig ihren »Wachhund«. Wenn es noch eines Beweises bedurft hätte, dass alle Weiber nur selbstgefällige und ehrfurchtslose Dinger waren, dann war er damit erbracht, dachte Saxo, und trat mit aller Wucht auf einen stinkenden Müllberg ein.

Als Saxo erschöpft über die verblichenen Fliesen des Forum Romanum schlurfte, fiel ihm auf, wie viel Schritte sein jüngerer und wesentlich leichterer Begleiter ihm mittlerweile voraus war.

»Willst du mich umbringen, Desiderius?«, rief er zwischen den zerfallenden Tempeln und Bögen des menschenleeren Platzes hindurch, auf dem wie üblich einige Schafe und Rindviecher weideten.

Saxo grinste zynisch. Die Möglichkeit bestünde sogar, dachte er. Desiderius, sein Sekretär und Stellvertreter, war ein aalglatter Benediktiner, den er im Verdacht hatte, Menschen allzu gern nach dem Mund zu reden, um voranzukommen. Außerdem war er dürr, mit einem länglichen, blassen Advokatengesicht, und nach Saxos

Erfahrung waren Menschen mit einer solchen Statur von Natur aus hinterlistig. Er war davon überzeugt, dass sich hinter Desiderius' langweiliger bürokratischer Fassade wilde Ambitionen verbargen, daher behielt er den dreißigjährigen Ehrgeizling stets streng im Auge.

»Da drinnen rede nur ich«, schärfte er Desiderius ein, als er zu ihm aufgeschlossen hatte. »Diese ganze widerliche Sache kann nur dann eine gute Seite erhalten, wenn es mir gelingt, mit Hilfe der einen Hure die andere, die Papsthure, in die Schranken zu weisen, verstehst du?«

Desiderius schwieg, ohne eine Miene zu verziehen.

»Du«, ergänzte Saxo, »sollst nur zuhören und lernen, wie man mit Theodora spricht. Außerdem gehst und stehst du immer einen Schritt hinter mir. Ist das klar?«

Desiderius machte eine stumme, knappe Verbeugung, so als gäbe ein Stamm einem lauen Lüftchen nach, und er ließ während des restlichen Weges nicht ein einziges Mal den Nacken des dicken *primicerius* aus den Augen.

»Du glaubst doch wohl nicht«, gellte Theodora über ihren Schreibtisch hinweg, »dass ich deiner Kirche doppelt so viel zahle wie anderen, nur um das berichtet zu bekommen, was mir sogar der Stadtklatsch erzählen kann.«

Johannes, der hinter Theodora stand, tätschelte ihre Schulter einige Male.

»Ich weiß, ich soll mich nicht immer so aufregen«, sagte sie und wandte sich zu ihm um. »Aber Einfaltspinsel wie dieser« – sie sprach den Namen nicht aus – »machen es mir nicht gerade leicht.«

»In der gleichen Nacht hat sie mit ihm geschlafen«, fügte Saxo seinem Bericht von der Szene im Thronsaal eifrig hinzu.

»Wie furchtbar, wie schrecklich, wie sündhaft!«, rief Theodora übertrieben laut und verdrehte die Augen. »Darum ist sie ja dort, du Dummkopf.«

Saxo kniff die Lippen zusammen.

Desiderius hatte sich die ganze Zeit über im Hintergrund gehalten, so wie es ihm befohlen worden war. Nun aber mischte er sich ein. »Ich glaube«, begann er mit milder, sachlicher Stimme und gefalteten Händen, »dass der ehrwürdige *primicerius* damit etwas sehr Wichtiges zum Ausdruck bringen wollte.« Alle starrten ihn an, vor allem Saxo, der gar nicht wusste, wovon Desiderius eigentlich sprach. »Alles deutet doch darauf hin, edle Senatrix, dass diese Nacht von Eurer Tochter als Belohnung für das Nachgeben des Papstes gemeint war, findet Ihr nicht?«

»Worauf willst du hinaus?«, fragte Johannes neugierig. Er raffte sorgsam sein weites scharlachrotes Gewand zusammen und ging einige Schritte auf Desiderius zu. »Sag schon.«

»Sie fordert etwas – er gewährt –, sie bedankt sich bei ihm auf eine spezielle Weise. Mir scheint, es spricht alles dafür, dass sich so etwas wiederholen wird. Mehrmals womöglich. Folglich gibt sie den Ton an, nicht er.«

»Ja, natürlich«, rief Saxo dazwischen. »So habe ich das gemeint. Marocia wird bald größere Gemächer fordern, prächtige Kleidung, kostbares Geschmeide und …«

»Das bezweifle ich«, unterbrach Desiderius seinen Vorgesetzten und fing sich einen ärgerlichen Seitenblick von ihm ein. »Mit Seide und Perlen speist man vielleicht andere ab, aber Marocia nicht. Sie ist von anderem Schlag.«

»Und woher willst du das wissen?«, fragte Saxo und zog eine Grimasse.

»Mit Verlaub, ehrwürdiger Saxo. Ihr habt sie nicht im Thronsaal erlebt, weil Ihr nicht dort wart. Ich schon, und ich sage Euch, sie hatte so ein bestimmtes Glitzern in den Augen, das …«

»Ha!«, rief Saxo. »Ein Glitzern. Haha. Wollen wir uns nun wirklich über das Glitzern in den Augen eines törichten Weibes unterhalten?«

»Genug davon«, befahl Theodora, stand auf und ging auf dem weichen Teppich auf und ab. Sie betrachtete ihre Finger, als zählte sie die vielen bunten Ringe daran, dann sah sie ihren Geliebten an. »Was denkst du darüber?«

Johannes wischte sich die Haare aus der Stirn. »Ich glaube, der junge Mönch hat Recht. Marocia ist ein Luder, störrisch und neugierig. Sie könnte sich in Dinge einmischen, die sie nichts angehen. Ist dir nie aufgefallen, wie wenig sie in all den Jahren von sich preisgegeben hat? Ich sage dir, in dieser Frau verbirgt sich ein unerhörtes Temperament.«

Theodora wandte sich abrupt zum Fenster. Frau, Temperament, Neugier, ja sogar Luder: jedes dieser Worte, die Johannes für ihre Tochter fand, spürte sie wie eine brennende Ohrfeige. Eine von Johannes' Bemerkungen jedoch war beachtenswert, musste sie zugeben. Tatsächlich wusste Theodora kaum etwas über ihre Tochter. Marocia war still und alles in allem fügsam herangewachsen; sie hatte selten widersprochen, aber ebenso selten zugestimmt. Darüber hatte Theodora sich nie Gedanken gemacht, aber wenn sie jetzt alle ihre Vermutungen und freien Interpretationen über Marocias Verhalten in der Vergangenheit abzog, blieb dieses Mädchen, diese junge Frau, tatsächlich ein Buch voller unbeschriebener Blätter. War sie das Luder, für das Johannes sie hielt?

Abwechselnd blickte sie Johannes, Saxo und Desiderius an. Ein Liebestoller und ein blasser Sekretär waren der einen Meinung, der törichte *primicerius* einer anderen. Sollte sie Marocia wieder in die Villa beordern, oder war das genau das, was Johannes erreichen wollte?

Theodora ging langsam auf dem dicken Teppich auf und ab. Ihr Blick ging ruhelos umher. »Meine Herren«, sagte sie schließlich, »ich denke, dass ich meine liebe Tochter zu lange vernachlässigt habe. Ich werde ihr« – sie räusperte sich – »eine Lektion erteilen.«

Der Morgennebel in der Senke östlich des Mons Caelius war vollständig verschwunden. Von den Fenstern ihrer Gemächer aus hatte Marocia jetzt einen herrlichen Blick auf die Wiesen rund um die antiken Caracalla-Thermen, wo derzeit ein Schwarm Störche auf seinem Zug nach Norden unter großem Geklapper Rast machte. Lange betrachtete Marocia bei geöffneten Fenstern das schwarzweiße Spektakel, und nicht einmal eine starke Böe, die den Brief in ihrer Hand heftig flattern ließ, riss sie aus ihrer Versunkenheit.

Marocia!

Ich habe Dich nicht in den Lateran entlassen, damit Du Dich darin aufführst wie die Königin von Saba. Ich habe Grund anzunehmen, dass Du Deine Rolle als Tochter und Geliebte falsch verstehst und daher strapazierst. Ich wünsche Dein Erscheinen in der

Villa Sirene, um Dir einiges zu verdeutlichen. Die Kutsche erwartet Dich am Sonnabend zum Mittagsschlag an der Lateranbasilika.

Theodora, Senatrix

Theodoras Zeilen lösten widersprüchliche Gefühle in Marocia aus. Zum einen spürte sie bei aller Abneigung gegen ihre Mutter noch einen gehörigen Respekt. Für eine kurze Zeit hatte sie geglaubt, sich von ihr freigemacht zu haben, und musste nun feststellen, dass sie noch immer eine innere Unterordnung verspürte. Das machte sie wütend. Zum anderen aber stachelte gerade dieses Gefühl sie auf, noch verwegener zu werden, noch aufrührerischer.

Doch da war noch etwas anderes, ein Gefühl jenseits der Rivalität zu ihrer Mutter. Als Sergius in ihrer ersten gemeinsamen Nacht die Arme um sie geschlungen, als er sie an sich gedrückt, als er das Gesicht in ihre langen Haare getaucht hatte, war sie sich noch nie zuvor so gut aufgehoben vorgekommen. Jedoch, er vermochte diese Geborgenheit nur nachts zu schenken, im Schutz der Dunkelheit, wo ihn niemand beobachten konnte. Bei Licht war er der Sklave Theodoras. Vor lauter Enttäuschung darüber hielt sie ihn seit dieser ersten gemeinsamen Nacht wieder auf Distanz, musste sich jedoch eingestehen, dass es ihr nicht leicht fiel. In jener Nacht war etwas in ihr geweckt worden. Sie wusste nicht, was, aber sie spürte, dass ihr mittlerweile etwas an Sergius lag, und sie konnte es nicht ertragen, dass dieser Mann ein Geschöpf ihrer Mutter war.

Es klopfte. Als Sergius eintrat, empfing sie ihn vom Fenster aus mit einem vertraulichen Senken und Heben der Lider. Sie hielt ihm wortlos den Brief hin. Während sein Blick über die Zeilen flog, spielte sie mit dem zartblauen Vorhang. Die Farbe wiederholte sich überall in ihrem Gemach, in dem Bezug ihres Bettes, in den Flakons auf dem Spiegeltisch, in der Malerei der Krüge und Kelche, in der Ornamentik eines Gobelins, der fast eine ganze Wand bedeckte. Sergius, der ihr anfangs ein anderes, viel üppiger eingerichtetes Gemach zugedacht hatte, erfüllte ihr seit ihrem Auftritt im Thronsaal des Lateran jeden Wunsch. Aber dingliche Geschenke kosteten Sergius nichts. Mit dem, was sie sich heute von ihm erbitten würde, war das völlig anders.

»Theodora«, konstatierte Sergius und gab ihr den Brief zurück. »Sie müsste nicht einmal unterschreiben, und doch würde man ihren Stil aus hundert anderen sofort erkennen. Aber vom barschen Ton abgesehen – der Brief ist nicht folgenschwer. Sie will dich sehen. Wundert dich das? Seit deinem Einzug im Lateran habt ihr euch nicht gesprochen.«

Marocia ging gemächlich zu einem Sekretär, vertiefte sich in ein Potpourri aus Kirschen und Beeren, die an diesem Morgen aus Süditalien eingetroffen waren, und nahm einzelne Früchte zwischen die Finger, um sie gleich darauf wieder fallen zu lassen. »Sergius«, sagte sie, »ich bezweifle, dass Mutterliebe die Ursache für dieses beabsichtigte Treffen ist: Sie will, dass ich zu ihr komme, in die Villa Sirene.«

»Wo ist das Problem, Marocia?«

»Das Problem ist …« Sie unterbrach sich, steckte eine Kirsche in ihren Mund und kaute sie genüsslich. »Das Problem ist, dass ich nicht hingehen werde. Wenn sie mich sprechen will, soll sie *hierher* kommen, in *meine* Gemächer, und dazu brauche ich *deine* Unterstützung.«

Seine Augen hätten nicht weiter aus ihren Höhlen hervortreten können. »Sie *herbeizitieren*?«

Marocia gönnte sich eine weitere Kirsche.

»Warum nicht?«, fragte sie schmunzelnd.

Sergius suchte nach den richtigen Worten. »Es … es wird ihr nicht gefallen.«

Hastig spuckte Marocia den Kirschkern in ihre hohle Hand und rief: »Herrgott, Sergius, ist das deine Standardantwort auf alles, was Theodora betrifft?«

»Versteh mich doch bitte. Da du nicht verheiratet bist und auch kein Amt bekleidest, sind deine Eltern dein Vormund, Marocia. Wenn sie dich rufen, kann ich nichts dagegen tun, Papst hin oder her.«

Für diesen Einwand hatte sie eine Erwiderung parat. »Dann gib mir ein Amt. Ernenne mich zur Consilia, zur Beraterin des Heiligen Stuhles.«

»Unmöglich! Diesen Titel hatte erst eine einzige Frau jemals inne, eine greise Märtyrerin, die man posthum …«

Marocia zerknüllte den Brief und schleuderte ihn zu Boden. »Es tut mir Leid, dass ich weder achtzig Jahre alt bin noch die Absicht habe, mich von Heiden erschlagen zu lassen.«

»Kein Grund, sich derart aufzuregen. Wieso sträubst du dich bloß so gegen einen Besuch bei deiner Familie?«

»Merkst du denn nicht, was Theodora vorhat? Sie will mich wieder in die Villa holen. Endgültig!« Marocia rannte zu ihrem Bett und warf sich bäuchlings darauf.

Sergius erstarrte. Dann stürzte er zu Marocia, packte sie an den Schultern und drehte sie auf den Rücken. Seine Arme drückten sie fest an sich. »Eher sterbe ich.«

Marocia lächelte über seine Schulter hinweg. »Keine Sorge, das wird nicht geschehen. Überlass das nur mir, Liebster, dann wird alles gut.«

»Noch heute mache ich dich zur Consilia.«

»Ja«, nickte sie und blickte ihn aufmunternd an.

»Wir sollten keine Zeit verschwenden.«

»Von jetzt an werden wir jede Stunde wie eine Kostbarkeit genießen«, sagte sie mit mehrdeutigem Unterton.

Nachdem Sergius gegangen war, um die Dokumente zu verfertigen, blickte sie noch eine Weile auf den seidigen Stoff, der sich wie ein sommerliches Himmelsgewölbe über das Bett erstreckte. Dann erhob sie sich, schritt würdevoll zum Schreibpult und nahm ein Papier aus der Lade. Sie tauchte die Feder in ein Tintenfass und ließ sie wie einen Falken auf Beutesuche über dem gräulichen Weiß kreisen. Marocia musste lächeln. Dann schrieb sie:

Mutter!

Ich habe Dich nicht in der Villa Sirene zurückgelassen, damit Du Dich dort wie eine Glucke um mich sorgst …

Mit jeder Zeile nahm ihr Lächeln zu, hob und senkte sich ihre Brust in immer kürzeren Abständen, schrieb ihre Hand schneller und fischte die andere ganz nebenbei die roten Früchte aus der Schale. Einige Male musste sie sogar kurz auflachen. Erst als der letzte Punkt gemacht war und ihr Name unter dem Brief stand, mischte sich noch ein anderes Gefühl in ihre Freude und Genugtuung, und einen Moment lang starrte sie auf das Papier, als sei es die Büchse der Pandora.

Theodoras Umhang flatterte wie ein Wimpel hinter ihr her, als sie durch die Gänge des Lateran eilte. »Wo ist der Papst?«, rief sie. »Wo ist dieser Verräter?«

Jedem Mönch, den sie traf, stellte sie diese Fragen. Keiner konnte sie beantworten, aber niemand hielt sie auf. Die Wachen nahmen Haltung an, ließen sie jedes Tor und jede Tür ohne weiteres passieren. Sogar die Pforte des päpstlichen Gemachs wurde ihr geöffnet, ohne dass sie ein einziges Wort hätte befehlen müssen. Doch das alles half Theodora nichts. Der Heilige Vater blieb unauffindbar.

»Der Thronsaal«, murmelte sie vor sich hin. »Der Feigling versteckt sich gewiss auf seinem Thron.« Sie fuhr herum, nahm ihren eiligen Schritt wieder auf. »Das wird ihm auch nichts helfen.«

Wie Blitze waren die eintreffenden Nachrichten heute Morgen auf sie niedergefahren. Zuerst dieser Brief ihrer Tochter. Allein die Tatsache, dass man *ihr*, Theodora, der Mutter und Senatrix, einen Wunsch, nein, eine Forderung abschlug, war geradewegs revolutionär. Doch bei aller Erregung darüber: Erst die zweite Botschaft schlug dem Fass den Boden aus, und zwar das päpstliche Glückwunschschreiben zur Ernennung ihrer Tochter zur Consilia.

Theodora war vor der schweren, mächtigen Pforte des Thronsaals angekommen. Es standen keine Wachen davor, so öffnete sie das Tor selbst. Von beiden Seiten des Saales strömte gleißendes Licht durch die Rundbogenfenster herein und ließ die Farben der Wandmalereien leuchten. Staub und Pollen tanzten in den blendenden Strahlen der Sonne und erschwerten die Sicht zum anderen Ende der lang gestreckten Halle, wo sich der Thron befand.

Theodoras Schritt verlangsamte sich.

»Sergius?«, rief sie und blickte sich nach allen Seiten um.

Endlich konnte sie den Thron erkennen, und auch, wer darauf saß.

»Nein. Ich bin es, Mutter.«

Theodora stellte sich direkt vor ihrer Tochter auf. »Wo ist Sergius?«

Marocia zuckte gleichmütig mit den Schultern. »Außerhalb von Rom. Er besichtigt ein Kloster.«

»Päpste besichtigen niemals Klöster.«

»*Deine* Päpste vielleicht nicht, *meine* schon.«

Theodora ergriff ihre Tochter am Arm und zog sie derart wuchtig vom Thron herunter, dass Marocia strauchelte. »Du Närrin!«, rief Theodora. »Du magst dir etwas einbilden, aber du bist ein Nichts. Keiner der Soldaten oder der Mönche da draußen wird auf dich oder auf Sergius hören, wenn mein Wort dagegen steht. Du erinnerst mich an eine bedauernswerte Stubenfliege, die eine Weile zu ärgern vermag, aber früher oder später doch erschlagen wird.«

Theodora packte Marocia erneut am Arm und schleifte sie hinter sich her.

»Was machst du?«, rief Marocia.

»Ich bringe dich in die Villa und verheirate dich mit dem nächstbesten Kerl. Morgen früh, meine Liebe, wirst du in einem Brautbett erwachen, das schwöre ich dir.«

»Das wagst du nicht!«

Als sie an der Pforte angekommen waren, hielt Marocia einen Flakon hoch und schrie aus Leibeskräften. »Du wirst es bitter bereuen! Siehst du dieses Gift?«

Theodora blieb stehen und blickte abwechselnd auf den Flakon und ihre Tochter. Marocia kniete auf dem Boden, ihre losen Haare verdeckten das halbe Gesicht. Ihr Blick war trotzig, mehr noch, er war voller Hass. Zitternd ließ Theodora das Handgelenk los.

»Du drohst deiner eignen Mutter mit ... Gift?«, hauchte sie.

Marocia rappelte sich auf und ging langsam über die farbigen Bodenmosaike zurück in den Thronsaal. Theodora folgte ihr. An einem der glaslosen Fenster blieben sie stehen und sahen hinaus auf die Ziegeldächer der Stadt. Die Strahlen der Sonne fielen ihnen schräg ins Gesicht und blendeten sie. Ein paar Tauben schreckten auf und flogen zum nächstbesten Landeplatz, dem Appischen Stadttor, wo Dutzende ihrer Artgenossen gurrend vor sich hin dösten, eng aneinander geschmiegt. Jetzt erst fiel Theodora auf, dass sie schon lange nicht mehr so eng bei ihrer Tochter gestanden hatte, ja, sie konnte nicht einmal mit Bestimmtheit sagen, ob es überhaupt jemals einen solchen Moment gegeben hatte. Wenn ja, war er in einer anderen Welt zurückgeblieben.

»Was ist das für ein Gift?«, fragte Theodora und blickte voller Respekt auf das Fläschchen in Marocias Hand.

»Wasserschierling. Aber ich habe nicht vor, etwas damit anzurichten.«

»Das glaube ich dir nicht.«

Marocia senkte den Kopf.

»Nein, natürlich nicht«, flüsterte sie traurig. Ihre Mutter nutzte stets jede Gewalt, die sie in die Hände bekam, und konnte sich wohl nicht vorstellen, dass es Menschen gab, die anders darüber dachten. »Bis eben wusste ich tatsächlich nicht, ob und wie ich es benutzen würde. Einen Moment lang wäre ich wirklich fähig gewesen ...« Sie brach ab. Zweimal atmete sie die ungewöhnlich schwere Frühlingsluft in tiefen Zügen ein, dann begann sie von neuem. »Das Gift ist wertvoller für mich, wenn es in diesem Gefäß bleibt.«

Marocia erzählte Theodora von dem Abend, als sie die Villa Sirene verlassen hatte. Sie berichtete von Johannes' Überfall, von seinen Mordplänen, seiner Begierde. Theodoras Miene erstarrte zusehends. Sie hatte nicht länger das Gefühl, dass es ihre Tochter war, die mit ihr sprach, sondern eine völlig andere Frau, die sie nicht kannte. Und doch spürte sie etwas allzu Vertrautes an ihr.

»Was passiert wohl«, schloss Marocia, »wenn ich Sergius den Flakon und die dazugehörige Geschichte präsentiere? Er und Johannes gehen aufeinander los, deine Fraktion wird gespalten. Das könnte deine Macht gefährden; aber selbst wenn nicht, wirst du viel Ärger haben, vielleicht für Jahre. Und der Ausgang ist ungewiss.«

Theodora blieb fast der Atem weg. Woher hatte ihre Tochter, noch fast ein Mädchen, diese kühle, messerscharfe Logik? Widerwillig musste Theodora sich eingestehen, dass jeder einzelne Gedanke Marocias begründet war. Das Risiko, Sergius zu beseitigen oder gar eine Fehde zwischen ihm und Johannes in Kauf zu nehmen, war ungleich höher, als Marocia im Lateran zu belassen. Es gab andere Mittel und Wege, sie unter Kontrolle zu halten. Mühsam um Fassung ringend, sagte Theodora: »Du kannst bleiben.«

»Ich möchte zusätzlich eine Börse zu meiner Verfügung«, setzte Marocia nach.

»Sergius hat genug Geld.«

Marocia wölbte die Unterlippe nach vorne. »Dennoch.«

»Also schön. Als Gegenleistung erhalte ich den Flakon.«

»Nein«, widersprach Marocia. »Aber ich schwöre bei allen Heiligen, ihn, so lange du lebst, nicht wieder hervorzuholen oder zur Sprache zu bringen. Und im Gegensatz zu dir sind mir Schwüre seit kurzem heilig.«

Es war still. Der Ruf einer Nachtigall änderte daran nichts, sondern betonte es nur. Johannes saß regungslos an der Tafel, die er heute auf seiner Terrasse hatte decken lassen. Ringsum warfen Fackeln ihr Licht auf die goldenen Platten mit köstlichen Speisen darauf: ein Fasan aus der Campagna, ein Reh aus den umbrischen Wäldern, Schafswürste aus der Toskana, rubinroter Wein von den Hängen des Vesuv und Pfirsiche aus seinem eigenen römischen Villengarten auf dem Esquilin. Rosenblüten und Efeuranken zierten das goldbestickte Tafeltuch, Teller und Krüge leuchteten in der roten Kardinalsfarbe, alles war so, wie Johannes es liebte – doch er rührte nichts mehr an. Ein halber Schlegel des Fasans lag angenagt vor ihm und erkaltete. In der Luft hing noch der würzige, aufdringliche Duft von Theodoras Parfüm, und ihre keifende Stimme, obwohl längst verklungen, echote wieder und wieder in Johannes' Ohren.

Ein Zucken durchfuhr seinen Körper. Sobald Johannes die Hände von der Tafel nahm, zitterten sie wie Laub im Wind. Vorsichtshalber griff er mit beiden Händen zum Kristallkelch und führte ihn an seinen Mund. Er schlürfte mehr, als er trank. Einige Tropfen perlten bis zu seinem Kinn hinunter, dort wischte er sie, ohne nachzudenken, mit dem Ärmel seines weißen Gewandes ab. Als er die rote Spur bemerkte, versuchte er sie abzureiben, und als das nicht gelang, streifte er sein Obergewand ab und schleuderte es davon. Es landete irgendwo jenseits des Lichtkegels der Fackeln auf dem Gras.

Sein Untergewand, eine weiße römische Tunika, war ärmellos. Noch immer zitternd, strich Johannes seine Oberarme entlang und betrachtete sie. Früher waren sie kräftiger, die Haut glatter, stellte er fest. Täglich ließ er sie massieren und einölen, das Gesicht barbieren, die Haare frisieren. Noch war er trotz seiner fünfunddreißig Jahre ein jugendlich wirkender Mann, aber wie lange noch? Die

Zeit würde ihm alles nehmen, dieselbe Zeit, die er mit Theodora verbringen musste, obwohl sich ihm doch ganz andere Möglichkeiten boten.

Theodora ... Wieder zuckte er zusammen. Wie hatte sie ihn genannt? Einen erbärmlichen Wicht. Einen heimtückischen Schwächling. Ein Nichts ohne sie. Er würde sie wieder besänftigen, das fiel ihm nicht schwer. In einem Monat wäre alles vergeben und vergessen, denn sie konnte seinen blauen Augen und seinen Küssen nie lange widerstehen. Aber er, er konnte nicht vergessen. Weder Theodoras Worte noch das Antlitz ihrer Tochter. Das Warten auf seine große Stunde, *das* fiel ihm schwer. Marocia war seine Zukunft. Schon bald würde sie ihm ebenso verfallen wie alle Frauen.

»Du kannst wieder herauskommen«, rief Johannes in das Dunkel des Gartens hinein. Eine verhüllte Gestalt erschien. »Leider wurden wir gestört. Es bleibt bei dem, was wir besprochen haben: Ich will alles über Marocia wissen. Was sie isst, was sie trägt, wohin sie geht, was sie redet, ja sogar, was sie denkt. Keiner ihrer Schritte darf mir entgehen.«

Die Gestalt beugte ihren Oberkörper wie einen knickenden Zweig.

»Hervorragend«, sagte Johannes und gab mit einer knappen Handbewegung zu verstehen, dass das Treffen beendet sei. Nun, da seine Hände nicht mehr zitterten, griff er sich den Fasanenschlegel, biss zufrieden hinein und spülte mit einem großen Schluck Wein nach. Er würde Marocia zu fassen kriegen, eines Tages, irgendwann.

Damiane blies langsam alle Luft aus ihren Lungen durch die gespitzten Lippen. »Hojo, das war gut«, stöhnte sie schließlich und sah den Mann, der neben ihr lag, dankbar an. »Du weißt gar nicht, wie sehr ich dich vermisst habe. Den ganzen Tag habe ich einer Frau zu dienen, und dazu diese vielen Männer im Lateran, die mich nicht einmal ansehen dürfen. Gott sei Dank, du bist anders. Ich fühle mich so wohl bei dir und ...«

Gratian legte ihr den Finger auf den Mund. »Pscht«, zischte er. »Nicht so laut.«

»Das ist das Schwierigste für eine Frau«, erzählte Damiane munter weiter. »Ein Mann liegt auf dir, aber du darfst nicht einen einzigen Mucks machen.«

»Pscht.«

Damiane schwieg. Während ihre rechte Hand Gratians schwarzen Wuschelkopf massierte, sah sie sich gelangweilt um. Auf der einen Seite der Wäschekammer türmten sich Hunderte grob gewebter brauner Mönchskutten wie eine Hügellandschaft auf, auf der anderen Seite standen die mit frischen Kutten sowie Sandalen und sonstiger Wäsche gefüllten Regale. Der Teil der Kammer, in dem sie lagen, war der Einzige, der für ihre Zwecke in Frage kam. Hier waren die Decken für die Pritschen der Mönche sowie die feinen wollweißen Laken für den Papst gestapelt. Doch von hinten, wo die großen Bottiche standen, drang der seifige und modrige Geruch von Lauge heran, und alle drei Wimpernschläge flatterte eine Motte vorbei.

»Das nächste Mal gehen wir woandershin. Hier gefällt's mir nicht«, flüsterte Damiane.

Gratian wandte sich ihr zu, um etwas zu erwidern, aber sie begann zu kichern. »Wenn du dich so hinlegst, fallen dein Bauch und die Brust nach unten.«

»Haha, sehr witzig«, kommentierte Gratian. »Wir haben alle Kammern ausprobiert, und nirgendwo hat es dir gefallen.«

»In der Kirche ist es nicht gefährlich.«

»Ja, von wegen. Du hast wohl schon vergessen, was damals passierte. Deine Herrin hätte uns fast erwischt, und ich bin noch heute der Meinung, dass sie dich zumindest kurz gesehen hat.«

»Hojo, selbst wenn!«, rief sie etwas zu laut. »Welche Rolle spielt's? Wenn du endlich den Orden verlassen würdest, könnten wir völlig frei leben. Aber nein, du bist immer noch hier und tust, als würdest du beten. Verflixt.« Eine Motte wurde von ihr mit einem kurzen Luftschlag zu Boden geschleudert. Dann begann sie hektisch, ihre strohblonden Haare zu einem Zopf zu flechten.

Auch Gratian richtete sich auf. Er streichelte Damianes nackte Schultern und küsste sie mehrmals von hinten am Hals. »Du weißt, ich möchte mit dir leben«, sagte er. »Und lieber heute als morgen würde ich den Orden dafür verlassen.«

»Hojo, dann tu's!«

»Wovon sollen wir denn leben?«, fragte er verzweifelt. »Darum muss ich warten, bis ich genug Geld beisammenhabe. Wir könnten Händler werden, ein reichliches Auskommen verdienen ...«

Damiane flocht immer schneller an ihrem Zopf. »Geld, Geld, du immer mit deinem Geld. Woher soll's denn kommen, das Geld? Vom allmächtigen Gott vielleicht? Oder klaust du Silber von der päpstlichen Tafel?« Sie blickte ihn skeptisch an. »Du willst doch nicht wirklich klauen, oder?«

Er schlug die Augen nieder. »Ich ... ich wollte es dir eigentlich nicht sagen, aber ... Seit einer Weile gebe ich Informationen über deine Herrin weiter. Alles, was du mir erzählst, verkaufe ich.«

Damiane sperrte den Mund auf. »Darum fragst du mich immer so viel über die Herrin Marocia? Ich dachte schon, du bist verliebt.«

Er nickte. »In *dich* bin ich verliebt. Darum mache ich es ja. Aber die Sache ging nicht von mir aus. Jemand, der irgendwie von uns beiden erfahren hat, hat mir dieses ... Angebot gemacht.«

»Hojo! Erpressung, kein Angebot. Und wer ist der Jemand?«

»Das kann ich nicht sagen. Aber so viel weiß ich: Dieser Jemand leitet Informationen an einen anderen Jemand weiter, den ich zwar nicht kenne, der aber ein großer Verehrer deiner Herrin ist. Die Informationen schaden also niemandem, bringen uns aber das Geld, um bald von hier wegzugehen.«

»Ziemlich viele Jemands.« Damiane stand auf und blickte sich nach allen Seiten um. Überall flogen Käfer und Motten, an der Decke spazierten Spinnen, und irgendwo piepste eine Maus oder gar etwas Größeres. Sie hüllte ihren weißen nackten Körper in ein Laken, zog es eng um ihre Schultern. Dann sah sie Gratian fest in die Augen. Sie waren warm und ehrlich, so wie alles an ihm. Er war nicht der Mann, der etwas wirklich Böses tun würde. Aber er wollte unbedingt weg von hier. Sie konnte ihm das nicht verübeln; sie wollte ja selbst weg.

Sie schluckte. »Wie ... Wie viel hast du schon beisammen?«

»Ein Viertel der Summe, die wir mindestens brauchen.« Seine Stimme war sanft, es war nicht die Stimme eines Übeltäters. Er breitete seine Arme aus, und sie flüchtete in sie hinein. Hier war der einzige Ort, an dem sie sich, jenseits von Gut und Böse, restlos wohl fühlte.

»Aber sobald es für die Herrin unangenehm wird ...«

»... hören wir auf«, versprach er und wiegte Damiane wie ein Kind.

11

Es war ein klarer, sonniger Dezembertag, als Marocia zum ersten Mal seit beinahe zwei Jahren wieder unter Menschen ging, und Sergius genoss es, ganz dicht an ihrer Seite zu sein, gleichsam ein Beschützer. Er hatte auf diesem Ausgang bestanden. Aus Gründen, die er nicht zu erraten vermochte, hatte sich seine Geliebte stets gesträubt, allein oder mit ihm Rom zu erkunden. Wie ein ängstliches Reh mied sie es immerzu, ihr Revier zu verlassen, als ob sie jemand einfangen wolle – oder erlegen. Das war natürlich Unsinn, wusste er, denn die Römer waren in der Toleranz päpstlicher Gefährtinnen seit Jahrhunderten geübt. Oder gab es einen anderen Grund für Marocia, sich vor der Welt zu verstecken?

»Schämst du dich meiner?«, fragte er unsicher.

Sie beruhigte ihn sofort. »Aber nein. Es ist nur alles so ... so ungewohnt für mich.«

Sergius gab sich mit dieser Antwort vollauf zufrieden, ja, sie hätte für ihn nicht besser ausfallen können. Im Grunde war Marocia also noch immer das kleine Mädchen, das er damals auf dem Palatin spazieren führte. Es war unfassbar und zugleich eine glückliche Fügung: Sie kannte noch immer nicht die Stadt, in der sie seit achtzehn Jahren lebte, aber er würde sie ihr nun nach und nach zeigen. Er würde Marocia zum Staunen bringen, sie mit seinem ganzen Wissen beschenken. Etwas Schöneres konnte er sich kaum vorstellen.

Der Markt unterhalb des Kapitols war Ziel dieses ersten Tages. Er war der größte Roms. Bis hinunter zum Marcellus-Theater und dem Tiberufer, auf einer Strecke von dreihundert Schritten, boten Händler ihre Waren feil.

»Von hier ab gehst du besser eine Weile allein«, meinte Sergius. »Wenn ich dabei bin, werfen sich die Leute auf die Knie, grabschen nach meinen Händen und erbitten sich allerlei. Wir hätten kein Vergnügen.«

»Aber Sergius ...«

»Ein Waffenträger begleitet dich, und Damiane ist ja auch noch da. Nun geh schon. Ich warte hier, und nachher erzählst du mir alles. O weh, was richte ich da an?«, witzelte er. »Wahrscheinlich redest du ununterbrochen bis in die Nacht hinein.«

Seine gute Laune – nicht zuletzt aber auch der Waffenträger – entspannte Marocia, und so tauchte sie ein in das Gewirr der Menschen. Neugierig blickte sie sich nach allen Seiten um. In alten Büchern hatte sie schon früh einiges über Märkte und ihre tausend Kuriositäten gelesen, über Jongleure, Artisten, Schlangenmenschen, die schon seit Jahrhunderten, ja seit grauer Vorzeit durch die Länder zogen. Am meisten hatten sie schon immer die antiken Berichte fasziniert, die das Markttreiben von Rom zu den Zeiten des Römischen Reiches beschrieben. Sie erinnerte sich noch, wie sie in ihrem Gemach in der Villa Sirene saß und den Duft dieser Märkte zu riechen meinte: ägyptisches Sandelholz neben syrischen Zedern, arabischer Sesam, persische Myrrhe und mauretanische Minze dicht an dicht mit britannischem Hirschfett und germanischem Honigwein, ein berauschendes, Schwindel erregendes Gemisch der Ferne und Exotik. Dazu glänzendes Linnen von den Webstühlen Smyrnas, Marmorkacheln aus den Steinbrüchen von Ephesus, Purpurfarben aus Tripolis, kostbar schimmerndes Glas aus Sidon ... Und zwischen all dem – wie selbstverständlich zwischen den Ständen umherlaufend oder dahinter stehend – Menschen mit brauner und schwarzer Hautfarbe, mit bleichem Haar oder gewaltigem Körperwuchs, mit gefiederten Hüten, farbenprächtigen Gewändern oder Wildschweinfellen.

Doch seltsam: Nichts davon fand sich hier. Wo waren die Gaukler und Ringer, die fremden Gesichter und Gerüche? Artig und stumm trotteten die Menschen die Via hinunter bis zum Tiberufer, vorbei an Kohl und Fisch, Wolle und Hafer, an allem also, was das italische Land hergab, nicht mehr. Und es waren nicht einmal besonders viele Menschen hier. Gewiss, die Einwohnerschaft war von einer Million Menschen zu Roms Glanzzeiten auf nun etwa achttausend gesunken, und zudem hatten rechtzeitig zur kalten Jahreszeit die Pilgerschwärme Rom bereits wieder verlassen. Aber dies hier, fühlte Marocia, war der Markt einer sterbenden Stadt.

»Warum ist es hier so leer?«, fragte sie Damiane.

»Hojo, die Leute sind arm, Herrin. Nichts zum Tauschen, nichts zum Zahlen. Die meisten können sich die vielen Waren nicht leisten.«

»Viel?«, rief Marocia. »Wie kommst du denn darauf? Mit der Aufzählung dessen, was es hier *nicht* gibt, könnte man sich den Winter über die Zeit vertreiben. Und wie langweilig es hier ist.«

»Die Heiligen Väter haben schon vor vielen Jahren den Schabernack verboten«, nickte Damiane traurig. »In der Stadt der hundert Märtyrer ist zu viel Ulk nicht angemessen, haben sie verkündet. Ihr solltet den Markt in Mainz sehen, nahe meiner Heimat«, erzählte Damiane mit leuchtenden Augen. »Bunt, mit fahrendem Volk, tanzenden Tieren und den stärksten Männern der Welt, dazu Zukunftsseher und magischer Runenzauber.« Bei ihren letzten Worten warf Damiane mit ihren Händen unsichtbare Gegenstände auf den Boden und starrte mit weit aufgerissenen Augen hinunter. Gleich danach bekreuzigte sie sich.

Marocia blickte ihre Zofe in einer Mischung aus Mitleid und Verständnis an. Damiane war abergläubisch, dass es zum Himmel schrie, aber immerhin hatte sie sich die Begeisterung für eine eigentümliche Welt bewahrt. Sie, Marocia, lief über einen tristen Markt, der eines Städtchens würdig gewesen wäre, nicht aber der einstigen Krone der Welt. So hatte sie sich Rom nicht vorgestellt.

Als ihr trauriger Blick von einer Seite zur anderen ging, meinte sie plötzlich ein scharlachrotes Gewand in dem Gewühl zu sehen, und jemanden darin, der sich durch das Haar fuhr. Auf der Stelle blieb sie stehen, forschte weiter, doch ebenso plötzlich, wie es erschienen war, war das Gewand auch wieder verschwunden.

»Was ist?«, fragte Damiane. »Ihr seid ganz blass.«

»Ich ... ich bin nicht sicher. Aber für einen Moment kam es mir so vor, als hätte ich jemanden gesehen, der ...« Marocia unterbrach sich, denn über das monotone Gemurmel der Leute hinweg erhob sich plötzlich ein fremder Klang. Ein Mann stand auf einer Kiste und blies in ein seltsames Instrument mit abstehenden Röhren und aufgeplusterten Kammern. Neben ihm stand ein Junge, offenbar sein Sohn, der mit seinen Händen unentwegt einen Balg zusammendrückte, losließ und erneut drückte. Heraus kam ein volltönender, aber auch schräger Klang.

Die Leute blieben stehen und umringten den Musikanten. Auch Marocia ließ sich fesseln. Ein paar Kuriositäten gab es also doch noch.

»Kennst du das?«, fragte sie Damiane.

»Vielleicht eine Beschwörung von bösen Geistern.«

Marocia atmete tief durch. Es war nicht immer leicht für sie, die Antworten Damianes zu ertragen.

Der Musikant hörte plötzlich auf zu spielen. Zwei Waffenträger der städtischen Miliz rissen ihm gewaltsam das Instrument aus der Hand und schleuderten es zu Boden. Einer fasste den Musikanten am Arm, der andere den Sohn, und sie schubsten sie quer über den Markt. Ehe Marocia sich's versah, waren die beiden aus ihrem Blickfeld geraten. Die Menge zerstreute sich. »Musste ja so kommen ...«, raunten einige, und andere: »... haben sie sich selbst zuzuschreiben ... kann man halt nichts machen ... die Armen ... habt ihr den Jungen gesehen ... woher sie wohl kamen ...«

»Was passiert hier?«, fragte Marocia verwirrt.

»Die beiden haben gegen das päpstliche Gesetz verstoßen«, erklärte Damiane schulterzuckend. »Sie wurden verhaftet.«

Auf dem Boden lag noch das Instrument, doch schon näherte sich einer der Händler, blickte links und rechts über die Schulter und zog es unter sein weites Gewand. Marocia ging auf ihn zu.

»Gebt es wieder her«, forderte sie den Mann auf.

»Wovon redest du, Mädchen?«, fragte er barsch zurück.

Damiane zupfte Marocia von hinten an ihrem Mantel, doch vergeblich. Beherzt griff Marocia unter das Gewand des Händlers und zog das Instrument hervor.

»Hiervon«, rief sie und rannte davon, ehe der Mann sie greifen konnte.

»Herrin, Herrin!«, rief Damiane hinter ihr her, doch Marocia war so schnell im Gewühl verschwunden, dass weder die Zofe noch der Waffenträger ihr folgen konnten. So blieb ihnen nichts anderes übrig, als den Markt von oben nach unten zu durchsuchen.

Marocia holte indes die Wache ein, die den Musikanten und seinen Sohn abführte. »Wartet«, rief sie und blieb atemlos vor dem ranghöheren der Milizionäre stehen. »Der Mann hat das hier verloren.«

Der Milizionär sah nicht aus, als würde ihn diese Tatsache interessieren. »Dort, wo er hingeht, braucht er das Teufelsding nicht mehr.«

»Es ist ein Instrument«, korrigierte Marocia. »Es gehört ihm, und er hat ein Recht darauf, es zu behalten.«

Der Milizionär schubste Marocia zur Seite wie einen Zweig, der ihm im Wege stand.

»Das hast du nicht zu entscheiden«, maulte er.

Doch Marocia ließ sich nicht abwimmeln. »Wohin bringt ihr sie?«

»In den Mamertinischen Kerker«, erwiderte er.

Marocia stockte der Atem. Dieses 1200 Jahre alte Gefängnis galt als das übelste von ganz Rom. Kaum jemand verließ den Kerker lebend, denn bis zum Prozess waren die meisten bereits an Krankheit oder Kälte gestorben. Die Leichen warf man dann einfach durch ein Loch in die römischen Kloaken, und niemand hörte je wieder von ihnen. Doch der Legende nach sollten sowohl Petrus als auch Paulus einst darin inhaftiert gewesen sein, daher betrachteten manche Prälaten es sogar als Auszeichnung für die Gefangenen, bis zum Prozess dort untergebracht zu werden. Die Prälaten selbst freilich machten einen großen Bogen um den vom Tod verseuchten Kerker.

»Das dürft Ihr nicht«, empörte Marocia sich.

Der Milizionär lachte. »Hör dir die an«, rief er seinem Kameraden zu. »Kaum ausgewachsene Brüste, und schon keift sie wie ein altes Weib.«

Das schmierige Gelächter der beiden wollte kein Ende nehmen.

Marocia wölbte die Unterlippe vor. Ohne weiter darüber nachzudenken, platzte sie dazwischen: »Was fällt Euch ein, so mit mir zu reden. Ich bin Marocia, und ich verlange, dass Ihr die Musikanten sofort freilasst. Wenn Ihr nicht tut, was ich sage, werde ich dem Heiligen Vater darüber berichten. Wie ist dein Name, Offizier?«

Das war hart, ging es ihr plötzlich durch den Kopf, ja, das war *zu* hart. Vermutlich würde sie auf der Stelle verhaftet und mit den

Musikanten im Mamertinischen Kerker enden. Welcher Teufel hatte sie nur geritten, so mit zwei Männern zu reden, die die Kraft und die Macht hatten, mit ihr zu tun, was sie wollten? Überrascht von ihren eigenen Worten erstarrte sie und wagte nicht, noch einen einzigen Mucks von sich zu geben.

Dem Offizier schoss das Blut in den Kopf. Er suchte die Augen seines Kameraden. Dieser nickte, und dann geschah das Unerhörte: »Also gut«, sagte der Offizier und schluckte. »Wir lassen ihn frei. Aber er darf nicht mehr auf den Straßen spielen, versteht Ihr?«

Unvermittelt wandten sie sich um und marschierten davon.

Marocia brauchte einige Atemzüge, ehe sie verstand, was soeben geschehen war. Konnte es sein, dass ihr Name den meisten Römern bereits ein Begriff war, ja dass er sogar Gewicht hatte?

Der Musikant lenkte sie von ihrer Verwirrung ab. Er verbeugte sich vor ihr, machte einige Gesten und sprach ein oder zwei Sätze in einer völlig unverständlichen Sprache. Sein Sohn machte es ihm nach.

»Kann einer von euch mich verstehen?«, fragte Marocia.

Der Musikant wedelte mit seiner Hand. Das bedeutete wohl »ein wenig«.

»Dann meldet euch morgen beim Pförtner des Lateranpalastes. Er wird euch zu mir bringen. Habt ihr das verstanden?«

Der Musikant nickte. Vorsichtig streckte er seine Hände nach dem Instrument aus, und Marocia reichte es ihm mit einem Lächeln. »Dann bis morgen«, verabschiedete sie die beiden. Zufrieden blickte sie ihnen nach. Zum ersten Mal hatte sie das Gefühl, etwas erreicht zu haben, nicht für sich, sondern für andere. Und sie stellte fest, dass sie sich sehr wohl damit fühlte.

Nun aber musste sie Damiane wieder finden. Sie stellte sich auf Zehenspitzen. Ihr Blick ging über hundert Köpfe hinweg die Via entlang, doch Damiane war nicht zu sehen. Dafür fiel ihr nun erneut dasselbe scharlachrote Kardinalsgewand auf, das sie vorhin schon einmal gesehen hatte. Sie konnte nicht erkennen, wer da auf sie zukam, aber sie begann zu zittern, und eine innere Stimme riet ihr wegzulaufen. Marocia beschleunigte ihre Schritte. Sie stieß Menschen an, ohne sich bei ihnen zu entschuldigen, rannte beinahe ein Kind um und stolperte in ein Loch der Gasse. Sie rieb sich den

Knöchel, sah sich um. Folgte er ihr? Sie lief weiter. Der Fuß tat ihr weh, aber etwas anderes war stärker als der Schmerz: Angst. Der Winter vor zwei Jahren, Johannes' von Zorn und Eifersucht verzerrtes Gesicht ... Sie lief weiter, sah sich erneut um. Nichts. Da lief sie jemandem geradewegs in die Arme. Sie warf ihren Kopf herum und riss die Augen auf.

Damiane war indessen auf der Suche nach ihrer Herrin auf Gratian gestoßen. Es war ungewöhnlich, sogar seltsam, ihn auf dem Markt zu treffen. In der Regel war es den Mönchen nicht erlaubt, den Lateran zu verlassen. Alles, was dort zum Leben gebraucht wurde, lieferten Händler und Bauern ab, und selbst wenn einmal etwas fehlte, schickte man lieber die Novizen los. Saxo wachte penibel über die Einhaltung des Verbots. Wenn ihr Geliebter also hier zu finden war, konnte das nur bedeuten, dass Saxo eine Ausnahme gemacht hatte – oder Gratian gegen die Regel verstieß.

»Was suchst du hier, um alles in der Welt?«, flüsterte Damiane, als ob damit der Situation die Auffälligkeit genommen würde. Wenn ein einfacher Mönch sich mit einer jungen Frau unterhielt, war das in der Ewigen Stadt, als decke ein Esel ein Jagdpferd auf offener Straße. Prälaten hingegen, gefolgt von schönen Frauen, waren etwas Selbstverständliches.

»Das tut jetzt nichts zur Sache«, entgegnete Gratian unwirsch. »Warum hast du mir nicht gesagt, dass deine Herrin den Lateran verlässt?«

Damiane zuckte arglos mit den Schultern. »Ich wusste nicht, dass dich das interessiert.«

Er verdrehte stöhnend die Augen. »Ja, denkst du denn überhaupt nicht nach? Diese Information hätte mir gut und gerne ein Goldstück eingebracht. Weißt du, was das für mich bedeutet ... ich meine für uns?«, schob er nach. »Eine Kuh vielleicht, oder vier Sack Getreide, oder ein Sack Salz, oder einen Ballen ...«

»Ich bin nicht dumm«, fuhr Damiane laut dazwischen, dämpfte danach aber wieder ihre Stimme. »Ich habe dich verstanden.«

»Leider zu spät«, seufzte Gratian. »Mein Auftraggeber hat eher als ich gemerkt, dass Marocia ausgegangen ist. Das war ziemlich peinlich. Wenn ich mich nicht auf dich verlassen kann, bekomme ich kein Geld … ich meine, wir … für uns … für unsere Zukunft. Ich bin ziemlich enttäuscht von dir.«

Damiane wusste nicht, ob sie mehr auf Gratian oder auf sich selbst wütend sein sollte. Ihr gefiel ganz und gar nicht, was ihr Geliebter von ihr verlangte, aber wie er sich nun ärgerlich von ihr abwandte und behäbig davonstapfte, brach ihr fast das Herz vor Kummer.

»Pater!«, rief Marocia und fasste sich ans Herz. »Ihr habt mich erschreckt. Aber … aber es ist schön, Euch wieder zu sehen.«

Pater Bernard sah nicht annähernd so fröhlich und erleichtert aus wie seine ehemalige Schülerin. Er schien in diesen zwei Jahren alt geworden zu sein – und streng. Unter den grauen, struppigen Brauen und der nach vorne gewölbten Stirn lagen Augen, aus denen die Güte früherer Tage verschwunden war. Misstrauisch funkelte er Marocia an.

»Was willst du?«, fragte er.

»Wollen? Ich weiß nicht, was Ihr meint, ehrwürdiger Vater. Ich bin hier herumgelaufen und … Habt Ihr vielleicht Johannes gesehen, den Kardinal?«

»Johannes?«, grollte der Pater. »Was bist du nur für ein Weib! Ist dir der Papst nicht Laster genug? Reicht es dir nicht, dass du alles vergessen hast, was ich dir beigebracht habe, dass du eine Dirne geworden bist? Musst du mich nun auch noch in Verruf bringen, indem du dich mir in die Arme wirfst und mich nach deinen Gespielen befragst? Deine Familie bringt mir nur Unglück. Eine ist wie die andere, schwach, verführbar, verdorben.«

»Ehrwürdiger Vater!«, rief Marocia erregt und ungläubig. »Ihr habt mich missverstanden. Ich …«

Pater Bernards Augen irrten umher. Plötzlich packte er Marocia an den Händen und rief: »Bete mit mir für dein Heil: *Vexilla regis prodeunt fulget crucis mysterium quo carne carnis conditor suspensus est patibulo.*«

Sie wand sich los, weil er ihre Hand quetschte. »Ich bin es doch!«, schrie sie. »Eure Schülerin, Euer … Euer Kind!«

Als sei er aus dem Schlaf gerissen worden, sah er sie an und schüttelte heftig den Kopf. »Nein. Du bist nicht mein Kind. Du bist eine Ausgestoßene. Merkst du das nicht? Ganz Rom verachtet das, was du bist und was du tust. Warum bist du nicht ins Kloster gegangen, wie ich es dir gesagt habe? Warum hast du dich nicht ersäuft? Geh weg, bevor ich es nachhole. Ich wünschte, ich wäre dir nie begegnet.«

Sein Geist war offensichtlich verwirrt.

Dieser Anblick war zu viel für Marocia, er tat ihr fast körperlich weh. Und doch vermochte sie den Pater, den beinahe wichtigsten Menschen ihrer Kindheit, nicht aus den Augen zu lassen, während sie langsam, Schritt für Schritt rückwärts gehend, von ihm wich.

»Geh weg, sage ich. Fort, du Dirne.«

Ruckartig wandte sie sich um und rannte, beide Hände auf die Ohren gepresst, davon.

Sergius rätselte, was Marocia widerfahren war. Anstatt dass sie ihm stundenlang von ihrem ersten Ausflug vorschwärmte, blieb sie wortkarg und beantwortete selbst seine Nachfragen zerstreut und knapp. Das sah ihr nicht ähnlich. Und wenn er sie umarmen wollte, zuckte sie wie eine Jungfrau zusammen. So verbrachte sie den Abend, die Nacht, den darauf folgenden Morgen. Erst am Mittag hellte sich ihre Stimmung ein wenig auf, als der Musikant gemeldet wurde. Zwar war eine Verständigung zunächst kaum möglich, doch der Mann und sein Sohn lenkten Marocia zumindest ein wenig von dem ab, was an ihr nagte.

Man bekam heraus, dass der Mann aus dem böhmischen Pilsen stammte und neben Slawisch auch ein wenig Deutsch sprach. Von da an war das Sprachproblem gelöst. Damiane musste nur noch übersetzen.

»Dudelsack?«, fragte Marocia lachend nach. »Ich habe nie davon gehört.«

»Der Mann sagt«, erklärte Damiane, »dass die Hunnen vor vierhundert Jahren dieses Instrument aus dem Osten mitgebracht haben. Es wird aber selten gespielt.«

»Und wie funktioniert es?«, fragte Marocia und drückte auf einen der Balge, wobei ein Geräusch entstand, das sehr an ein Schaf erinnerte. Alle lachten, auch der Musikant und sein Sohn. Dann erklärte er es Damiane.

»Er bläst Atemluft in diesen Ledersack«, übersetzte sie, »und presst sie danach in die Spielpfeife und von dort in die einzelnen Tonpfeifen. Schwierig zu spielen, meint der Mann, deshalb braucht er auch seinen Sohn als Hilfe.«

Sergius erinnerte sich an etwas: »Ich glaube, es stammt aus Indien oder Arabien. Es gibt eine Menge Gerüchte über merkwürdige Instrumente der Ungläubigen, über eine Trompete und eine Pauke.«

»Also holen wir diese anderen unbekannten Instrumente einfach nach Rom«, jubelte Marocia. »Das wird ein Zusammenspiel, wie die Welt es noch nicht gehört hat.«

Sergius räusperte sich. »Hast du vergessen, dass es ein päpstliches Gebot gibt, wonach das Musizieren auf öffentlichen Plätzen untersagt wird?«

Marocia lächelte ihn mit aller Lieblichkeit an, die ihr zur Verfügung stand. »O nein«, erwiderte sie. »Das habe ich nicht vergessen.«

Sergius hob das Gebot am nächsten Morgen auf, und das Auftrittsverbot für Gaukler und dergleichen gleich mit. Bald sprach sich die neue Verfügung herum, und mehr und mehr dieser fahrenden Spieler und Artisten versuchten ihr Glück in der Ewigen Stadt. Viel war hier noch immer nicht zu verdienen, denn die Einwohnerschaft war zu arm und musste sich auch erst an die Gaukelei gewöhnen. Aber wenigstens wurde nun keiner mehr in den Mamertinischen Kerker geworfen, der versuchte, ein wenig Zerstreuung und Freude in die Herzen der Menschen zu bringen.

Auch am Lateran ging der neue Wind nicht vorüber. Spieler, ja sogar Dichter aus allen Himmelsrichtungen gingen bei Marocia ein und aus. Sie trugen Verse vor, sangen Auszüge aus ihren Mysterienspielen, führten sogar Stücke auf. Der Boden dröhnte bisweilen von Pauken, die Luft vibrierte unter dem Geschmetter der Trompeten. Den Spielern folgten Architekten und Mosaikmaler, die sich daranmachten, den Lateran zu verschönern. Räume hellten sich auf, die Gärten blühten üppiger denn je. Tag für Tag brütete Marocia über neuen Ideen, war manchmal noch beschäftigter als Sergius. Wie ein Sommerwind im dicksten Winter fegte sie durch Saxos Revier und brachte bald fast alle Mönche dazu, sie zu schätzen, wenn nicht gar zu mögen.

Nur einem passte das gar nicht, Saxo, dem *primicerius*. Oh, diese Marocia verstand es hervorragend, alle Maßnahmen als Verbesserungen für das Leben im Lateran zu tarnen, in Wahrheit aber wurden die Mönche von den bunten Farben und lichten Räumen nur von ihrer Arbeit abgelenkt. Ihre fröhlichen Gesichter waren ihm ein Graus, Marocias wachsende Beliebtheit ein Ärgernis. Grimmig verfolgte er auch das erste Zusammenspiel der verschiedenen Musikanten in einer der Hallen, ein neuerlicher Höhepunkt in der Reihe von Kuriositäten, die den Alltag des Lateran erschütterten.

Ein paar Schritte weiter lehnte Sergius hinter einer Säule und betrachtete Marocia, wie sie lachte, manchmal vor Staunen zuckte oder erschrak. Er war glücklicher als je zuvor. Alles hatte sich zum Guten gewendet, so, wie Marocia es ihm vor vielen Monaten prophezeit hatte. Kurz nach der Auseinandersetzung mit ihrer Mutter hatte er die Befürchtung gehabt, sie könnte sich in politische Entscheidungen einmischen, ihn eines Tages vor die Wahl stellen, zwischen seiner Liebe und seinem Amt zu wählen. Wie hatte er ihr damit Unrecht getan! Dieses zauberhafte Wesen verlangte doch nichts anderes als eine Aufgabe und ein wenig Freiheit. Ihr hübsches Gesicht, das die letzte mädchenhafte Rundlichkeit abgelegt hatte und wunderbar schlank geworden war, schmiegte sich seit einiger Zeit fast jede Nacht an seine Brust. Er liebte sie, aber es war ihm wichtig zu wissen, dass seine Liebe erwidert wurde. Und er glaubte, zumindest ein Gefühl starker Sympathie bei ihr zu spüren.

»Ein unerhörtes Schauspiel«, raunte ihn plötzlich jemand von der Seite an. »Es höhlt unseren Glauben aus.« Saxo und dessen Sekretär verbeugten sich vor ihm.

»Um Himmels willen, Saxo!«, rief Sergius. »Wie kann Musik den Glauben unterhöhlen?«

»Bedenkt die Herkunft der Klänge, Heiligkeit. Die Hälfte der Instrumente ist arabisch. Empörend! Überall kämpft das Christentum gegen die Ungläubigen: Mit Eurem Segen hat Spanien seine Reconquista begonnen, die Korsen wehren sich verzweifelt gegen ihre Unterwerfung unter die Sarazenen, unsere byzantinischen

Glaubensbrüder versuchen Kreta den heidnischen Hunden zu entreißen. Und wir? Wir laden sie ins Haus und füttern sie.«

Sergius hob den Zeigefinger. »Die Musikanten sind Christen, Saxo. Nur die Instrumente sind arabisch.«

»Schlimm genug. Diese Klänge vergiften uns, Heiligkeit. Und Eure ... Eure ...«

Spöttisch half Sergius aus. »Consilia, möchtest du sagen, nicht wahr?«

Saxo kniff den Mund zusammen, und so war es erneut an Desiderius, für seinen rhetorisch minderbemittelten Vorgesetzten einzuspringen und sich auf diese Weise ein paar Lorbeeren zu verdienen. »Verzeiht, Heiligkeit, aber der edle *primicerius* möchte lediglich, dass seine Bedenken ernst genommen werden«, sagte er. »Die Verwaltung des Lateran gehört zu seinen vornehmsten Aufgaben, doch die Veränderungen der letzten Monate sind nie mit ihm besprochen worden. Die edle Marocia traf sie fast immer allein mit Euch.«

»Tss«, zischte Saxo durch die Zähne. »Edel. Dass ich nicht lache.«

Sergius schnaufte. Saxo konnte seine giftigen Bemerkungen einfach nicht lassen. Aber dieser Sekretär, dessen Namen er kaum kannte, sprach viel Wahres. Vielleicht müsste man ...

Marocia trat hinzu. Das Spiel hatte sein Ende gefunden, und sie wollte wissen, wie es Sergius gefallen habe.

»Es war schön«, bestätigte Sergius. »Aber auch« – er warf einen Seitenblick auf Saxo – »gewagt.«

»O weh«, stöhnte Marocia in gespielter Sorge. »Was wirst du dann erst zu meinem nächsten Skandal sagen?«

»Noch ein Musikinstrument?«, jammerte Sergius.

Marocia schmunzelte. »Gewissermaßen.«

»Lauter als dieser – wie heißt das Ding? – Dudelsack?«

»Nicht ganz so laut. Aber es lärmt vor allem nachts. Ist das ein Problem?«

»Nachts?«, rief Sergius.

»Hast du denn noch immer nicht verstanden?« Marocia fiel ihm lachend um den Hals. »Ich bin schwanger, Sergius. Wir bekommen ein Kind.«

Saxo schlug sich die Hand vor die Augen. Für die nächsten Monate, wusste er, würde Sergius seiner Hure restlos verfallen, ihr jeden Wunsch erfüllen und jede Verfügung für sie aufheben. Ihm selbst jedoch blieb vorerst nichts anderes, als zu beten, dass dieses Balg niemals lebend das Licht der Welt erblickte.

12

»O heiliges Licht und allumfassende Luft,
So oft hört ihr mein Klagelied,
Mein Schreien und wie ich heftig
Schlug an meine blut'ge Brust,
Sobald die düstre Nacht entwich!
Die bitteren Lager in diesem elend Haus,
sie kennen doch mein nächtlich Leid …«

Marocia legte das Buch auf ihren Knien ab. Sie lehnte sich in den breiten, mit weichen Fellen gepolsterten Sessel zurück und blickte ins knisternde Feuer. Der harzige Duft des Nadelholzes machte sie schläfrig. Ein feiner Rauchschleier kroch die Vorderseite des Kamins hoch; viel weiter oben erst, an der Decke, löste er sich scheinbar in nichts auf, verschwand in der Weite ihres Gemachs. Die rußigen Schlieren aber, die wie Schatten die Wände bevölkerten, bewiesen Marocia, dass manche Dinge geradezu unheimlich langsam wuchsen. Vor einigen Jahren hatte sie gelesen, dass in der Antike Ehefrauen ihre unliebsamen Gatten beseitigten, indem sie ihnen über viele Wochen hinweg täglich verschwindend geringe Mengen eines Giftes im Essen verabreichten. Die arglosen Männer schritten wie durch eine Nebelwand. Fast stündlich verloren sie ein Stückchen mehr ihrer Kraft.

Ähnliches fühlte Marocia seit einiger Zeit. Als sie damals in den Lateran gekommen war, hatte sie mit dem Schlimmsten gerechnet, aber stattdessen Geborgenheit, Sicherheit und musische Beschäftigung gefunden, und nun wartete sogar die Mutterrolle auf sie. Das alles war wunderbar, aber es machte sie auch müde. An manchen Tagen verspürte sie nach dem Aufwachen die Versuchung, den ganzen Tag im Bett zu bleiben. In ihrem Leben passierte fast nichts, und gerade dieser Umstand kam ihr wie die Nebelwand eines schleichenden Giftes vor. Damianes ständiges Geplapper und die indiskreten Fragen, die sie immerzu von ihr gestellt bekam – pikante Details über ihre Beziehung zu Sergius interessierten sie besonders –, waren seit Wochen die einzigen Höhepunkte in einer ansonsten tristen Reihe immer gleicher Stunden und Tage. Ja, sie liebte Damiane wie die gute Freundin, die sie in ihrer Kindheit nie gehabt hatte. Aber auch sie konnte ihr nicht das geben, was sie brauchte. Wenn sie nur wüsste, was das war.

Alles schien Marocia mit einem Mal zu stören: die wohlige Behaglichkeit der schweren Möbel, der dampfende Kräutertee neben ihr, die Decke über ihrem Schoß. Wie an einem ekligen Lumpen zupfte sie an ihrem steingrauen Morgengewand herum, das nur durch einen Seidengürtel um die Taille zusammengehalten wurde. Ziellos blickte sie im Raum umher, über die Wandteppiche mit den Darstellungen ferner Gegenden oder bedeutender Ereignisse, über Kleider und Stoffe, alles das, was sie ihr seidenes Gefängnis nannte. Ihre Finger krabbelten spinnengleich auf den Lehnen vor und zurück. Schließlich stöhnte sie stimmlos, griff sich das Buch und las von neuem in Sophokles' Drama »Elektra«.

»Doch nein, niemals
verstumme meine Totenklage
und der bittre Grabgesang …«

Mit einem lauten Knall klappte Marocia den brüchigen Einband zu. »Ich halte das nicht länger aus«, stieß sie hervor und schreckte Damiane damit auf. »Ich muss hier raus.«

»Raus?«

»Soweit ich weiß, gibt es eine Welt da draußen.«

Damiane legte ihr Stickzeug nieder. »Das letzte Mal ist Euch der Ausflug nicht bekommen. Und jetzt, in diesem Zustand?«

»Ja, gerade wegen des Zustandes, Damiane. Sergius belagert mich ständig, fragt mich mindestens zehnmal am Tag, wie es mir geht, ob ich Schmerzen habe, warum ich Schmerzen habe oder warum ich keine Schmerzen habe. Oh, verstehe mich nicht falsch, Damiane, seine rücksichtsvolle Art freut mich einerseits – aber andererseits treibt sie mich in den Wahnsinn.«

»Ich …« Damiane stotterte. Sie floh Marocias Blick und ließ die feine hölzerne Nadel unverdrossen durch den weißen Wollstoff gleiten. »Ich meine, Ihr solltet nicht gehen.«

Marocia wusste, dass Damiane es gut mit ihr meinte. Der letzte Ausflug war fast zu einem Debakel geworden, aber das hatte an ihrer unsinnigen Angst gelegen. Überall meinte sie Johannes gesehen zu haben, was natürlich nur Einbildung gewesen war. Und die Begegnung mit Pater Bernard würde sich nicht wiederholen, denn der Gefährte ihrer Kindheit war vor wenigen Wochen vom Wahnsinn befallen gestorben. Man hatte ihn, der wohl wie kaum ein anderer Priester stets aufrichtig Gott gedient hatte, nicht einmal in geweihter Erde bestatten wollen, da er – wie sogar anerkannte Ärzte meinten – vom Teufel besessen gewesen sei. Doch Marocia hatte bei Sergius erfolgreich dagegen interveniert.

Immerhin, etwas Gutes war auch bei dem ersten Ausflug herausgekommen. Ein unsinniges Gebot war gefallen, und das Leben im Lateran war erträglicher geworden.

Marocia stand auf. »Ich habe es satt, mich von Angst und Sorge einengen zu lassen. Wo ist man schon sicher, frage ich dich.«

»Gewiss, Herrin, ich meine bloß …«

Sie wartete den Kommentar Damianes nicht ab. »Die Kirche *Sancta Crux in Jerusallemis* ist nicht weit, und jeder behauptet, es bringe Glück, die Reliquien zu berühren.«

»Ich dachte, Ihr glaubt nicht daran.«

Sie blinzelte ihrer Zofe zu. »Natürlich nicht. Aber das ist doch ein prächtiger Vorwand, findest du nicht?«

Die Zofe ließ ihr Stickzeug seufzend niedersinken. »Dann nehmt bitte wenigstens Wachen zum Schutz mit.«

Marocia lächelte Damiane dankbar an und streichelte ihr den Zopf entlang. »Gute Freundin. Wie sehr du dich immer um mich sorgst. Also schön. Ich kleide mich alleine an. Gehe du bitte inzwischen zu Sergius, gib ihm Nachricht, und besorge zwei Wachen. Wir treffen uns draußen vor dem Hauptportal. Wenn du mich dort schreien hörst, erschrecke nicht. Ich werde meine Freude über diesen Tag vielleicht nicht bändigen können.«

Wie eine Diebin schlich Damiane durch die Gänge des Lateran. An jeder Ecke stoppte sie und lugte vorsichtig nach Mönchen, die ihren Weg kreuzen konnten. Glücklicherweise war die Matutin, das Mittagsgebet, vorbei, das Mahl genossen, so dass die lateranischen Brüder jetzt in ihren Klausen Ruhe hielten. Nicht mehr lange jedoch. Die Glocke machte drei Schläge. Damiane musste sich beeilen.

Sie klopfte derart leise an die grobe, von Splittern übersäte Holztür, dass sie selbst es kaum hörte. Ohne auf eine Reaktion zu warten, drückte sie die rostige Eisenklinke herunter. Unter dem quietschenden Geräusch der Scharniere glitt sie in die winzige, kahle Klause hinein.

Gratian lag auf seiner Pritsche und blickte einen, zwei, drei Momente starr zur Tür, bis er begriff, dass seine Geliebte vor ihm stand. Dann jedoch sprang er auf und fuchtelte aufgeregt mit den Armen herum. »Was um alles in der Welt ... Weißt du nicht, wie gefährlich das ist, was du da gerade tust?«

»Ich habe keine Zeit«, flüsterte Damiane.

Gratian machte einen großen Schritt zur Tür, öffnete sie einen Spalt, steckte seinen Kopf wie ein Kiebitz nach draußen, blickte sich nach allen Seiten um und schloss sie dann wieder. »Jeden Moment kommt der Bruder Aufseher und beendet die Mittagsruhe. Also mach schnell.«

»Die Herrin Marocia und ich spazieren zur *Sancta Crux* und besichtigen die heiligen Reliquien. Jetzt gleich. Du hast mir ins Gewissen geredet, dass ich dich benachrichtigen soll, wenn wichtige Dinge passieren, aber wohl ist mir nicht dabei.«

Gratian schien den letzten Teil von Damianes Worten nicht mehr gehört zu haben. Er fixierte die nur kopfgroße Fensteröffnung der Klause und spitzte die Lippen. »Oh, das ist was wert«, hauchte er. »Dafür lässt er ein Goldstück springen.«

»Wer ist *er*? Ich will das jetzt wissen.«

Gratian packte Damianes schmales weißes Gesicht mit den tausend Sommersprossen sacht zwischen seine Hände. »Lass uns nicht schon wieder darüber reden. Es muss mein Geheimnis bleiben.«

»Aber es besteht keine Gefahr für die Herrin Marocia? Oder für mich?«

»Wo denkst du hin?«, hauchte er erschreckt. »Mein Auftraggeber hat mir versichert, dass sein Auftraggeber ...«

»Gott, o Gott«, rief Damiane. »Das ist alles furchtbar kompliziert. Ich weiß nicht, worauf ich mich da eingelassen habe.«

Gratian umarmte sie hastig. »Vertrau mir, mein Liebstes. Heute Abend sind wir unserem Ziel ein gutes Stück näher gekommen.« Sein tröstliches Lächeln, das wie ein Strich die gewölbten roten Backen verband, beruhigte Damiane ein wenig. Sie atmete einige Male tief durch, dann küsste sie ihn.

»Und jetzt geh«, sagte er sanft aber bestimmt und öffnete die Tür erneut einen Spalt, um nach dem Rechten zu sehen.

»Gestalte den Spaziergang langsam«, flüsterte er.

»Warum?«

»Tu einfach, was ich dir sage«, bat er. »Dann wird alles gut.«

Sancta Crux in Jerusallemis verdankte ihren Namen einem Nagel vom Kreuz Christi, den die Heilige Helena, Mutter Konstantins des Großen, vor sechshundert Jahren aus dem Orient mitgebracht hatte. Ihr äußerer Bauzustand ließ einiges zu wünschen übrig, und ihr Inneres besaß sowohl die unheimliche Düsternis der Lateranbasilika wie auch die Lichtfülle vieler Klöster. In der Crux wechselte beides ab. Große, mit grau und braun getöntem Glas verkleidete Fenster tauchten das Kirchenschiff in ein diffuses Licht, mächtige Granitsäulen warfen lange Schatten, und eine überlebensgroße Statue der Heiligen Helena ließ das Dach niedriger erscheinen, als es war. Was Marocia wirklich beeindruckte, war das farbenprächtige, schwungvolle und ungewöhnlich detailliert gearbeitete Bodenmosaik der Kirche, und die Tatsache, dass als Fundament die Erde des Kalvarienbergs in Jerusalem verwendet worden war, ergänzte den künstlerischen Reiz der Arbeit um einen mythologischen.

»Ist es hier nicht herrlich?«, fragte Marocia.

Damianes Blick irrte unentwegt durch das Halbdunkel der Kirche. »Wir hätten nicht die Wachen vor dem Tor lassen dürfen«, wich sie der Frage aus. »Gehen wir doch lieber wieder nach draußen.«

Marocia lächelte, sie hatte keine andere Antwort erwartet. Für Damiane war die *Sancta Crux* sicherlich nicht größer und nicht schöner als der Lateran. Für sie selbst aber war dies der Ort, an dem sie sich zum ersten Mal in ihrem Leben wirklich frei fühlte. Allein die selbstständige Entscheidung zu diesem Ausflug getroffen zu haben, machte sie bereits glücklich. Ohne Mutter oder Vater, ohne Amme, ohne Kardinäle, Päpste oder sonstige Aufpasser an der Seite streifte sie durch einen fremden Ort und entdeckte ihn. Beinahe neunzehn Jahre musste sie alt werden, um das zu erleben, und da war es fast nebensächlich, wie dieser Ort hieß. In einem Steinbruch oder einer Getreidemühle hätte sie sich ebenso wohl gefühlt.

»Gehen?«, reagierte sie auf Damianes Wunsch. »Wo wir das Wichtigste noch überhaupt nicht gesehen haben?«

»Aber wo ist der Pater, der uns den heiligen Schatz zeigen könnte? Es ist niemand hier, und das macht mich unruhig.«

»Meine Töchter!«, rief da plötzlich eine Stimme. »Ihr seid zum Beichten gekommen?«

Ein Kirchendiener, ein alter Mönch mit zerzausten Haaren, kam heran. Seine Kutte schlackerte ihm um den hageren Körper. Von seiner Stirn perlten die Schweißtropfen, und sein Ausdruck wechselte zwischen Furchtsamkeit und Fröhlichkeit. Marocia schob dieses verunsicherte Mienenspiel der gleichen Ursache zu wie den unangenehmen Geruch, den er ausdünstete. Er hatte offensichtlich zu viel getrunken. Marocia betrachtete den Pater ohne Verwunderung, denn von manchen Mönchen des Lateran war sie ein solches Verhalten gewohnt. »Nein, Vater«, sagte sie ruhig. »Ich möchte den Kreuznagel berühren. Seine Heiligkeit selbst hat es mir gestattet.«

»Wenn das so ist ... Es ist Brauch, vorher zu beichten, meine Tochter. Dort drüben siehst du ein Mauerwerk, hinter dem der Pater der Kirche dir deine Sünden abnimmt. Ich selbst werde deiner Begleiterin die Beichte in einem anderen Raum abnehmen.«

Marocia nickte Damiane zu und sah ihr nach, wie sie mit dem Kirchendiener in einem entfernten Winkel verschwand. Dann ging sie zu der Ecke, die für sie selbst bestimmt worden war. Seufzend und auch etwas ungeduldig wegen dieser unerwarteten Verzögerung, blieb sie vor dem mit Malereien verzierten Mauerwerk stehen und betrachtete es wie einen steilen, kräftezehrenden Hügel. Marocia hatte zum letzten Mal bei Pater Bernard gebeichtet. Den Mönchen des Lateran traute sie es zu, ihre Beichte als Klatsch auf der Abendmesse zu verbreiten, und bei Sergius eine Absolution zu holen wäre Marocia geschmacklos vorgekommen: Sie hätte ihm jene »Sünden« beichten müssen, die sie mit ihm selbst beging.

Mit unguten Gefühlen – weil sie nicht wusste, wie aufrichtig sie diesem unbekannten Pater gegenüber sein durfte – lüftete sie das Tuch, das den Durchgang verdeckte, aber noch bevor sie einen weiteren Gedanken fassen konnte, zog jemand sie abrupt hinein. Eine Hand hielt ihr mit enormer Kraft von hinten den Mund zu, ein Arm umklammerte ihren Unterleib. An ihrem Ohr strich ein warmer, schnaubender Atem entlang.

»Endlich«, flüsterte Johannes. »So lange warte ich schon darauf, deine Haut zu spüren. Deine Lippen sind wunderbar weich, weißt du das? Und dein Duft … du reibst dich mit Orangenöl ein, nicht wahr?«

Seine Hand ließ ihr kaum Luft zu atmen. »Wie ich dich vermisst habe, meine Liebste. Hunderte von Nächten müssen das gewesen sein, in denen ich dein Gesicht vor mir sah, dein trotziges und unnachgiebiges, aber auch von Liebe erfülltes Gesicht. Wie oft war ich bei Sergius im Lateran, um vielleicht zufällig auf dich zu treffen. Und ebenso oft habe ich wieder gehen müssen, erfüllt vom Hass auf diesen Mann, der alles in Besitz genommen hat, was ich begehre, dich und den Thron. Oh, keine Sorge, ich bin nicht böse auf dich, du kannst ja nichts dafür. Deine Mutter und er halten dich gefangen. Und ich habe dir auch verziehen, dass du Theodora von unserem kleinen Abenteuer in der Kutsche erzählt hast. Du warst durcheinander, das verstehe ich. Alles lässt sich wieder einrenken. Es ist nicht zu spät für uns. Nur ein einziges Zeichen deiner Zuneigung, und ich werde einen Weg für uns finden.«

Verzweifelt versuchte Marocia etwas zu sagen, doch außer einem quietschenden Geräusch brachte sie nichts zustande. Ihr Herz klopfte jetzt bis in den Kopf. Ihre Eingeweide zogen sich zusammen, ihre Beine trugen sie nicht mehr. Sie war nicht fähig, sich zu winden, nicht fähig zu schreien. Keinen Finger konnte sie krümmen. Doch plötzlich, ohne dass sie es beabsichtigt hätte, entrang sich ein gewaltiger Schrei ihrer Kehle, den ihr Peiniger nur halb zurückhalten konnte.

»Sei leise!«, fauchte er sie an.

Sie keuchte. Mit jedem Zug verstärkte sich ihre Panik, keine Luft mehr zu bekommen. Sie wollte nicht schreien, wollte still sein, wie Johannes es verlangte. Er war zu stark, gegen seine Hände kam sie nicht an. Johannes konnte sie hier und jetzt erwürgen, er konnte sie töten. Und, mein Gott, er konnte ihr Kind töten. Nein, sie musste still sein, ihm zuhören, ihm Recht geben. Wenn sie nur wieder im Lateran wäre, bei Sergius, in Sicherheit, dort konnte sie ihm die Stirn bieten. Du musst ihn jetzt küssen, befahl sie sich. Streichle seine Wangen. Streichle seine gottverdammte Seele mit süßen Worten. Gleite durch sein Haar, streiche ihm die Strähnen aus der Stirn. Das ist nur vernünftig, denn hier kannst du nichts gegen ihn tun. Sage ihm, wie schön sein Gesicht ist, wie sinnlich sein Körper. Lass ihn glauben, dass du von nichts anderem träumst. Halte ihn hin. Versprich ihm alles, und gib ihm später nichts. Du musst dich zusammenreißen. Du musst stark sein, du musst vernünftig sein, du musst ...«

Wieder schrie sie. Warum nur? Warum?

Johannes zerrte an ihr. Er zischte ihr ins Ohr und presste seine Hand noch fester auf ihren Mund. Gegen ihren Willen sog sie den Duft seiner Haut ein, die nach Wolle roch. Jedes Detail um sie herum prägte sich ihr ein, die kunstvollen Windungen der Holzschnitzerei, die Geschmeidigkeit von Johannes' Gewand, die Stille des Beichtstuhls. Klarer und eindringlicher hatte sie nie empfunden, alles bekam eine Bedeutung, und sie wusste, dass sie nichts von allem je vergessen könnte. Doch im nächsten Augenblick verschwamm diese Welt vor ihren Augen. Und dann – sie verstand nicht, was mit ihr geschah – krümmte ihr Körper sich vor Schmerz. Sie entglitt Johannes. Weinend sackte sie zu seinen Knien zusammen. Er versuchte, sie aufzurichten, aber ihr ganzes Gewicht trieb nach unten.

»O Gott, mein Kind!«, schrie sie aus Leibeskräften, und der Schrei war laut genug, Johannes zu verunsichern.

»Was ist mit dir?«, hauchte er mit aufgerissenen Augen. »Marocia ... ich ... ich war das nicht. Oder ist das ... womöglich dein Zeichen für mich? Sprich doch! Ist es dein Zeichen der Liebe?«

Sie hörte nichts mehr. Ihre Schreie waren stumm, schrecklicher Schmerz durchzuckte sie. Das Letzte, was sie sah, war Johannes, wie er mit wehendem Gewand aus der Kirche floh. Wenige Augenblicke später spürte sie noch, wie ihr ein Zopf ins Gesicht fiel. Dann wurde die Welt still und dunkel.

Gratian stolperte in Damianes Gemach. Ein einziger Blick genügte ihm, um zu erkennen, dass seine Geliebte nicht hier war. Was, um alles in der Welt, war bloß geschehen? Niemand wusste etwas Genaues. Er hatte seine Brüder befragt, dem Küchengeschwätz zugehört, ja sogar dem *primicerius* eine unauffällige Frage gestellt. Saxo sah zwar sehr zufrieden aus, doch auch er konnte nicht mehr sagen, als dass der Leibarzt des Papstes sich um »die Hure« kümmere.

»Und ihre Zofe?«, fragte Gratian atemlos.

Saxo wusste nichts. Er wandte sich ab und gab, warum auch immer, einem anderen Mönch den Befehl, die Musikanten »der Hure« zusammenzutreiben. Doch das interessierte Gratian nicht. Seine Gedanken kreisten ausschließlich um Damiane. Er rannte zu den Gemächern Marocias, um dort mehr zu erfahren, doch die Wachen ließen ihn nicht eintreten. Immerhin versicherten sie ihm, dass nur eine Frau dort drinnen läge. Gratian suchte alles ab, die Laterankirche, die Speise- und die Wäschekammer, seine eigene Klause und nun auch Damianes kleines Gemach, sämtliche Orte, an denen sie sich geliebt hatten. Nun war er am Ende. Verzweifelt biss er sich auf die Lippen, und seine Schultern zuckten. Er setzte sich auf Damianes Bett und wischte mit dem fleischigen Daumen jede einzelne Träne von Nase und Kinn ab.

Leise wie ein Flügelschlag trat Damiane ein. Gratian bemerkte sie erst, als sie ihm langsam, fast andächtig den Wuschelkopf kraulte. Er sprang auf und schloss sie in seine Arme. Kein Wort kam über seine Lippen. Ein einfaches Holzkreuz in die Hand teilte ihm mit, dass sie irgendwo gebetet hatte, vermutlich draußen in der Natur, wo auch ihre heidnischen Vorfahren früher die Götzen angerufen hatten. Doch das spielte jetzt alles keine Rolle. Sie lebte. Gemeinsam setzten sie sich nieder und hielten einander fest.

»Was haben wir nur angerichtet«, flüsterte sie. »Die Herrin ... überfallen von einem unbekannten Mann ... ohnmächtig ... Sie hat ihr Kind verloren.«

Gratian ließ einige Zeit verstreichen, bevor er antwortete. »Nur ein Hurenkind.«

Damiane hob ihren Kopf leicht an. »Nur ein ...? Wie herzlos du bist.«

»Ich sage nur die Wahrheit.«

Sie klopfte sich auf die Brust. »Dann bin ich auch eine Hure. Deine Hure. Wünschst du mir, dass ich dein erstes Kind verliere?«

»Wie kannst du nur so etwas sagen!«

»Hojo, wie kannst du solches Zeug sagen, frage ich dich!«

Gratian sah zum ersten Mal Zorn in Damianes Augen, und das missfiel ihm derart, ja machte ihm sogar Angst, dass er nach kurzem Zögern einlenkte. »Du hast Recht. Ich habe dummes Zeug geredet. Natürlich ist es schlimm, was mit deiner Herrin passiert ist. Aber nicht *wir* haben das getan. Du hast selbst gesagt, es war ein unbekannter Mann.«

»Ja, dein Auftraggeber. Oder der Auftraggeber deines Auftraggebers. Ich will jetzt wissen, welcher Schurke hinter dieser Gemeinheit steckt. Wem verkaufst du alle die Informationen, die wir so dumm waren zu geben? Sag es, sofort, oder ich gehe.«

Gratian druckste. Doch noch während er mit der Antwort rang, öffnete sich die Tür, die nur angelehnt gewesen war, wie durch Geisterhand. Einen Augenblick später trat ein Mönch ein und lüftete seine Kapuze.

»Das ist er«, erklärte Gratian seiner Geliebten und stand auf. »Desiderius, der Sekretär des …«

»*Primicerius*«, ergänzte Damiane, die sich mit den Verhältnissen im Lateran einigermaßen auskannte.

»Noch bin ich der Sekretär«, sagte Desiderius, und ein Ausdruck spielerischer Gelassenheit schwang in seiner Stimme mit. »Aber nicht mehr lange.«

»Hojo! Ein wahres Wort«, meinte Damiane und griff Gratians Hand. »Ihr werdet für diesen Verrat mit Eurem Amt zahlen, dafür sorge ich. Und schmoren werdet Ihr in der Hölle.«

Desiderius faltete die Hände ineinander und schritt gemächlich zum Fenster. »Nur zu, Mädchen, zeig mich an. Ich werde alles abstreiten. Doch selbst, wenn man dir glauben sollte: Du zahlst ebenso.«

»Er spricht die Wahrheit«, flüsterte Gratian und zupfte Damiane am Ärmel. »Wir stecken über beide Ohren mit drin. Willst du, dass wir vor Gericht kommen? Kerker oder Tod wären uns sicher.«

Desiderius klappte seine Arme wie zur Anrufung Gottes während der Messe aus.

»Ich hätte es nicht besser beschreiben können«, lobte er Gratians Ansicht.

»Du meinst, er kommt ungestraft davon?«, fragte sie Gratian.

»Nicht nur ungestraft«, verbesserte Desiderius. »Du, Mädchen, wirst Marocia weismachen, dass du nicht bloß dem Papst erzählt hast, wohin du und deine Herrin gehen wolltet, sondern ganz beiläufig auch einer weiteren Person: Saxo. Er hat dich gefragt, und du hast dir nichts Schlimmes bei deiner Antwort gedacht. Aber es ist wichtig, dass du nur Marocia davon erzählst, hörst du? Nicht dem Papst.« Er holte einen kleinen Beutel hervor, in dem deutlich hörbar Münzen klimperten. »Das ist für eure Dienste, die vergangenen – und die künftigen. Weicht ihr jedoch nur ein kleines bißchen von meinen Anordnungen ab, seid ihr verloren. Nun entscheidet euch.« Ohne ein weiteres Wort ging er hinaus.

Geschockt konnten Damiane und Gratian sich eine Weile nicht von der Stelle rühren, dann streckte er seinen Arm aus, umfasste ihre Schulter und zog sie langsam an sich heran. Damiane leistete zunächst geringen Widerstand, doch schließlich lehnte sie ihren Kopf an Gratians Brust. »Was auch immer wir tun«, hauchte sie. »Früher oder später holt uns das ein. Wir sind verloren.«

»Gott sei Dank«, flüsterte Sergius und knetete Marocias Finger mit seinen beiden Händen. Gleich nach Betreten ihres Gemachs hatte er den Medicus und Damiane hinausgeschickt, denn es durfte nicht sein, dass ein Papst vor jemand anderem als vor Gott kniete. Doch allein mit ihr, scheute er sich nicht, seine wahren Prioritäten zu zeigen, und Gott war gerade noch so viel wert, ihm eine Floskel zu widmen. »Gott sei Dank«, wiederholte Sergius. »Du bist endgültig außer Gefahr.«

Seine Worte klangen wie Hohn in ihren Ohren. Warum sollte sie Gott wohl dankbar sein? Sie hatte ihr Kind verloren, und ihr eigenes Leben, wieso auch immer es verschont geblieben war, war nur noch halb so viel wert.

Doch war es je etwas wert gewesen? Wie schwach sie doch war! Wie unfähig! Sie hatte ihr Kind verloren; das zerbrechlichste, zarteste und kostbarste aller Geschenke, das sie je erhalten hatte, war ihr im eigenen Leib zerbrochen. In ihrer Mitte, dort, wo es sich sicher fühlte. Sie hatte es nicht beschützen können. Ihr Wille verflog, wo er hätte stark sein müssen, sie war panisch, wo sie hätte vernünftig sein sollen, voll von Schmerz, wo Verstand gefordert war. Sie hatte versagt, dieser Vorwurf ließ sie nicht los und vermischte sich mit dem Schmerz, den ihr ein anderer beigebracht hatte.

Johannes! Tatsächlich war sie nun mit ihm verbunden, aber anders, als er sich das wohl vorgestellt hatte. Beim Gedanken an ihn verkrampfte sich ihr Körper. Zum ersten Mal wünschte sie einem Menschen den Tod an den Hals.

Und wie leicht wäre es für sie, ihn zu verraten. Nur ein Wort, und Sergius würde diesen Dämon noch heute umbringen lassen, ihn aus ihrem Leben hinwegfegen. Ein kurzes Hochgefühl loderte in ihr auf und legte ihr Worte auf die Zunge, Worte des Hasses und der Vernichtung: Töte ihn, benutze jeden, der dir dabei helfen kann. Wieso diesen Gefühlen nicht nachgeben? Wieso nicht Johannes in die Hölle schicken? Tu es, tu es gleich!

Doch die gefährliche Euphorie dauerte nur wenige Atemzüge lang. Schwerfällig wie ein Mühlrad kamen nun ihre Gedanken wieder in Bewegung. Zwei Gründe sprachen dagegen, den einfachsten aller Rachewege einzuschlagen und Sergius dafür zu benutzen. Zum einen war Sergius politisch ungeschickt, und es konnte gut sein, dass sie ihn in größere Gefahr brachte als Johannes. Zum Zweiten wollte sie selbst Johannes den Schlag versetzen, den er verdiente, und dies nicht von jemand anderem erledigen lassen. Obwohl sie natürlich wusste, dass Sergius ebenso wie sie um das Kind trauerte, konnte sie sich nicht überwinden, seine Hilfe in Anspruch zu nehmen. Dieser Kampf gehörte ihr allein.

Vom Gang draußen drang Musik in ihr Gemach.

»Was ist das?«, fragte sie stimmlos.

»Ach, Saxo hat einige deiner Musikanten herbeigeholt. Die mit den arabischen Instrumenten. Er wollte sich nicht davon abbringen lassen, dich mit einigen fröhlichen Melodien aufzuheitern.«

Marocia war noch sehr schwach, aber als sie das hörte, stützte sie sich mit den Ellenbogen auf und blickte in Richtung der verschlossenen Tür. »Das ist … außerordentlich reizend von ihm.«

»Ja«, bestätigte Sergius. »Wer hätte so etwas von Saxo gedacht? Man schätzt die Menschen manchmal ganz falsch ein.«

Jetzt fiel ihr wieder ein, was Damiane an diesem Vormittag in ihr Ohr geflüstert hatte. Ja, Saxo war der ideale Komplize des Kardinals, denn niemand im Lateran hasste sie so sehr wie dieser pummelige bairische Schrat. Im Grunde konnte sie das kaum überraschen; ihr Zusammentreffen mit Johannes war zweifellos nicht zufällig gewesen – das wäre ein arg großer Zufall. Dass dieser Mordgehilfe jedoch so dreist war, ihr seine Komplizenschaft derart unverschämt unter die Nase zu reiben, indem er den Tod ihres Kindes mit dieser makaberen musikalischen Aufführung feierte, verblüffte sie dann doch. »Wir sollten Saxo für seine Fürsorge belohnen«, schlug Marocia süß lächelnd vor. »Weißt du, er leistet im Lateran schon viel zu lange seine Dienste, und nun diese unglaubliche Geste.«

»Selbst jetzt denkst du an andere«, lobte Sergius.

»Eine Beförderung wäre angebracht.«

»Zum Bischof?«

»Sei nicht so knauserig, Liebster. Erzbischof klingt besser. Ist der Titel in Aquileia nicht unlängst frei geworden?«

»Ich glaube ja«, sagte Sergius. »Dann ist es beschlossen. Und jetzt zerbrich dir nicht weiter den Kopf darüber, und ruh dich aus.«

Das tat sie, denn in Aquileia grassierte ein Fieber, das innerhalb eines Jahres zwei aufeinander folgende Erzbischöfe hinweggerafft hatte.

13

»*Puer natus est.*« Ein Kind ist geboren. Gratians klare und hohe Singstimme dehnte sich wie ein Regenbogen über die Köpfe des in der Petersbasilika versammelten Kirchenvolks und eröffnete damit die Weihnachtsmesse des Jahres 909.

Marocia jedoch beachtete den Gesang kaum, sondern spähte immer wieder durch den Wald von Häuptern um sie herum, auf der Suche nach dem Gesicht ihres Vaters, sogar dem ihrer Mutter. In diesen letzten Monaten seit dem Verlust ihres Kindes hatte sie gespürt, wie allein sie im Grunde doch war. Sie war bereit, Theodora so manches zu vergeben, wenn sie sich nur an ihrer Schulter hätte ausweinen können, doch weder in jener schwierigen Zeit noch heute suchte Theodora den Kontakt zu ihr. Kein Besuch, kein Wort, kein Brief ihrer Mutter tröstete Marocia, und so blieben Sergius und vor allem Damiane ihre einzigen Stützen. Ja, ihre Zofe leistete ihr seit einigen Wochen geradezu aufopferungsvolle Hilfe, sie war ihre einzige Vertraute, und daher hatte Marocia auch darauf bestanden, dass Damiane während der Zeremonie mit ihr weit vorne stehen durfte und nicht, wie die Bediensteten anderer, im Regen vor der Basilika warten musste.

Plötzlich blieb Marocias Blick auf einem jungen Mann haften, der ihn erwiderte. Er war ein gutes Stück entfernt, aber sie konnte trotzdem erkennen, dass er mit seinen schwarzen Haaren und den dunklen grünen Augen ausgesprochen südländisch wirkte. Sie konnte nur hoffen, dass er kein Byzantiner war. Sie stieß Damiane leicht an. »Wer ist das da drüben?«

Damiane ließ sich nur widerwillig von dem Gesang des Mönchs ablenken. Sie verfolgte Marocias Blick und zuckte dann mit den Schultern. »Ich weiß nicht. Aber er muss wohl bedeutend sein, sonst könnte er nicht in vorderster Reihe stehen.«

Marocia knabberte an ihrer Lippe. »Ist er nicht wunderschön?«

Damiane warf ihrer Herrin einen halb besorgten, halb vorwurfsvollen Blick zu. »Hojo, wie die Sünde. Es ist nicht gut, ihm solche Blicke zuzuwerfen.«

»Das musst du gerade sagen«, flüsterte Marocia. »Du siehst den Mönch dort vorne wie eine Marienstatue an.«

»Er hat eine wunderbare Stimme, das ist alles«, erwiderte Damiane hektisch. Marocia wollte sie nicht verlegen machen und reckte stattdessen den Kopf nach dem schönen Unbekannten. Dass auch er immer wieder zu ihr blickte, ließ ihr Herz so schnell pochen wie seit langer Zeit nicht mehr. Erst als der Gesang verhallte und Sergius sich von seinem Thron hinter dem Altar erhob, entzog sie sich der stummen Tändelei.

Sergius breitete seine Arme zum Gebet. Desiderius, der nach Saxos Abberufung neuer *primicerius* geworden war, trat heran und hielt ihm das schwere Buch der Liturgien vor Augen. *»O infans, o deus, o salvator noster …«*, begann Sergius die Anrufung des Himmels.

Mehr hörte Marocia nicht davon, denn einer der Edlen drängte sich vor und stellte sich neben sie. Er hatte eine bullige Statur, wirre rötliche Haare und ein Kinn, so kräftig wie ein Amboss. Seine Gestalt erweckte Respekt, und sein Name, als er sich Marocia vorstellte, steigerte dieses Gefühl nur noch. »Berengar von Friaul.«

Marocia zuckte unwillkürlich zusammen. Berengar galt als der mächtigste unter den italienischen Fürsten – und als der rücksichtsloseste. Als Theodora nach Ageltrudis' Tod ihre Autorität aufzubauen begann, war er ihr erster Anhänger. Er war der Mann, der damals Louis III. von Provence-Lombardei, den gekrönten italienischen König, in einen Hinterhalt gelockt und – wie die Sage ging – persönlich geblendet hatte. Danach machte er sich die Hilflosigkeit seines Opfers zunutze, um die Lombardei anzugreifen und nach einem kurzen Feldzug zu besetzen. Louis entließ er in die Provence. Der ganze Norden der Halbinsel gehörte seither Berengar, und er beherrschte ihn mit brachialer Gewalt.

Dennoch war er mehr als Theodoras folgsamer Bluthund. Mehr als einmal hatte er sich bereits als geschickter Taktiker erwiesen, der nicht einfach blind gehorchte, sondern sein eigenes Interesse stets im Auge behielt. Von allen Fürsten ließ er sich seine Loyalität zu Theodora und dem Imperium am besten bezahlen. Die zusätzlichen Schatztruhen verwendete er für den Ausbau seiner Armee und eine, wie es hieß, geradezu ausschweifende Hofhaltung.

Und schließlich besaß er auch noch einen hervorragenden Instinkt, wie Marocia sogleich feststellen musste.

»Also Euch habe ich einen solch würdigen Erzbischof von Aquileia wie Saxo zu verdanken«, brummte er mit einem ironischen Unterton, den man einem Berserker wie ihm nicht zugetraut hätte.

Marocia musste all ihre Selbstbeherrschung aufbieten, um keine weichen Knie zu bekommen. Am liebsten wäre sie einfach davongegangen. Doch mitten in der Messe?

»*... veni de excelso et libera ...*«, betete der Papst, den Blick auf das Buch gerichtet.

Vielleicht, dachte Marocia, würde Sergius es nicht einmal merken, wenn sie jetzt verschwinden würde. Doch etwas anderes hielt sie zurück, diesem Impuls der Flucht nachzugeben. Auf keinen Fall wollte sie Berengar diese Genugtuung verschaffen. Wie immer, wenn ihr innerlich heiß vor Aufregung wurde, bekämpfte sie dieses Gefühl mit Kälte in ihrem Ausdruck. »Da dürft Ihr Euch beim Papst bedanken, Durchlaucht«, erwiderte sie. »Er hat die Ernennungsurkunde unterschrieben.«

Berengar grinste. Marocia sah, dass die linke Seite seines Mundes fast zahnlos war; vermutlich waren die Zähne ihm im Verlauf einer der vielen Schlachten, die er so liebte, ausgeschlagen worden. »Ja«, brummte er. »So wie er alle Urkunden, Verträge, Botschaften, Erlasse und sonstiges Papier unterzeichnet, mit dessen Inhalten er überhaupt nichts zu tun hat. Glaubt mir, Saxo weiß durchaus, was er Euch – nur Euch – zu verdanken hat.«

»Wenn ich ehrlich bin, freut mich das. Wie geht es ihm denn?«, fragte sie mit gespielter Süße.

»Oh, als ich ihn vor einigen Tagen das letzte Mal sah, empfing er gerade die letzte Ölung. Das Fieber ... Ihr wisst ja.«

»Ein Jammer«, meinte Marocia.

Berengar prustete vor Lachen. Die Blicke, die er deswegen von links und rechts der Kirchengemeinde erntete, waren mehr ängstlich als ärgerlich.

»*... et sustine Deum salvatorem ...*« Auch Sergius wurde auf den Rabauken aufmerksam, den er sehr wohl als Gefolgsmann Theodoras kannte. Er las stockender. Immer wieder wanderte sein Blick von dem Buch weg zu Marocia und Berengar von Friaul.

»Ihr gefallt mir«, flüsterte Berengar. »Vielleicht, wenn Ihr den Papst einmal über habt – kommt doch zu mir. Mein Hof in Verona lechzt nach Frauen wie Euch.«

»Frauen wie mir?«

Er stieß sie leicht an. »Ihr wisst schon.«

Sergius runzelte die Stirn. »*... juxta est salus Domini ...*«

»Nein, weiß ich nicht«, erwiderte Marocia.

»Frauen, die gerne in den Armen der Macht liegen.«

Marocia atmete tief durch. »Die Arme der Macht interessieren mich nicht.«

Er kicherte verächtlich. »Lachhaft. *Warum* nicht?«

»Das geht Euch eigentlich nichts an.«

Dazu zog Berengar ein Gesicht wie zu einer uralten Geschichte. »Sagt schon.«

»Sie sind mir zu – gönnerhaft. Ich trage die Arme der Macht lieber selbst und halte darin, wen *ich* will.«

»Hoho«, lachte Berengar. »Bei aller Bewunderung für Eure Reize: Ihr seid bloß eine Dirne, meine Liebe.«

»Ich bin keine …« Erbost blickte sie zu Sergius.

Der runzelte weiterhin fragend die Stirn. »*… et nubes pluant justum …*«

»Ihr werdet niemanden finden, der anderer Meinung ist«, behauptete Berengar.

»Niemanden, der Euch widerspricht, meint Ihr wohl.«

»Das ist dasselbe.«

In diesem Moment drängte sich ein Dritter hinzu. Es war der junge Mann, mit dem Marocia vorhin Blicke getauscht hatte. Er war einen halben Kopf größer als sie, aber einen ganzen kleiner als der rothaarige Hüne aus Friaul. Seine schlanke Statur hätte zweimal in die Berengars gepasst. »Es gibt Ausnahmen«, sagte er ruhig, aber mit drohendem Beiklang. »Mir scheint, die edle Dame möchte weiter der Messe lauschen, Herzog von Friaul.«

Berengar reckte sein Kinn nach vorne. »Und mir scheint«, brummte er und machte einen Schritt auf den Unbekannten zu, »Ihr mischt Euch wieder einmal in Angelegenheiten, die Euch nur einen Haufen Ärger einbringen, Fürst von Capua.«

»*… justitia regnabit in terra …*« Sergius unterbrach seine Predigt. Ohnehin achtete keiner mehr auf ihn. Alle Augen und Ohren nahmen Anteil an dem Geschehen zwischen den beiden ungleichen italienischen Landesfürsten.

»Ich versichere Euch, Ihr werdet nicht weniger Ärger bekommen, wenn Ihr noch ein einziges Wort an die edle Dame richtet«, parierte der Fürst.

Berengars Hand schnellte an jene Stelle seiner Hüfte, an der normalerweise sein Schwertgurt hing. Doch zur Messe hatte er die Waffe selbstverständlich nicht mitgenommen, und so griff er ins Leere. Ein paar Umstehende lachten kurz auf, aber sie wurden sich rasch bewusst, wen sie damit provozierten – und verstummten.

Berengars Augen flackerten.

»Menschen Eures Schlages werden nicht alt«, hauchte er.

»Wir werden sehen.« Der Fürst wandte dem friaulischen Herzog mutig den Rücken zu, reichte Marocia den Arm und brachte sie zu der Stelle der Petersbasilika, wo er zuvor gestanden hatte. Dann nickte er dem Papst ehrerbietig zu.

»*... et pacis non erit finis*«, schloss Sergius die Lobespredigt, woraufhin Gratian erneut einen feierlichen Kanon anstimmte.

»Verlobt?«, rief Marocia und vergaß damit für einen Moment den gleichgültigen Tonfall, mit dem sie Sergius über den unbekannten Fürsten ausfragte. Während der Zeremonie in der Kirche und des anschließenden Festbanketts im Lateran hatte sie keine Gelegenheit mehr zu einem Gespräch mit Lando von Capua gefunden, sich aber unentwegt danach gesehnt. Wenn sie sich vorstellte, dass er jetzt nur wenige Gänge von hier untergebracht war ...

Sie unterdrückte ein Seufzen. Gelassen entfernte sie die Haarnadeln und schüttelte ihre Haare aus. Während sie sich kämmte, ging Sergius langsam durch sein Gemach und löschte eine Kerze nach der anderen mit einer silbernen Dochtkappe.

»Mit der Tochter des Fürsten von Benevent«, bestätigte er. »Eine politische Ehe. Wenn die beiden erst einmal verheiratet sind und der greise Brautvater gestorben ist, vereinen sie ihre Länder. Eine gute Partie für beide, wenngleich ...«

»Wenngleich was?«, fragte Marocia.

Sergius hielt einen Moment mit seiner Arbeit inne und blickte durch das Halbdunkel des Raumes zu dem kleinen Spiegeltisch, vor dem Marocia saß. Im Licht der Kerzen schillerte ihr schwarzes Haar wie von Goldstaub bestreut, und das leise, knisternde Geräusch des Kammes kam ihm plötzlich wie das Sinnbild ihres Zusammenlebens vor. So, wie sie dort saß, friedlich und fraulich, verliebte er sich noch einmal in sie. »Sobald Capua und Benevent ihm allein gehören, wird Lando noch schwieriger werden, als er ohnehin schon ist. Er gilt als ausgesprochen unbequem.«

»Inwiefern?«, fragte Marocia nach.

Er löschte die restlichen Kerzen, bis nur noch eine auf Marocias Spiegeltisch gegen die Finsternis ankämpfte. Dann stellte er sich hinter sie und massierte zärtlich ihren Nacken. »Nun ja, in der Vergangenheit nahm er bei Verhandlungen mit mir und den Landesherren gerne gegensätzliche Standpunkte ein.«

»Und *das* nennst du bereits unbequem, eine eigene Meinung zu haben?« Sie stand auf und ging auf die Seite des Bettes, die sie benutzte, wenn sie bei Sergius schlief.

Sergius ging auf die andere Seite. »Höre mal! Er weigert sich, das Imperium als Schutzherrin Capuas zu akzeptieren, und für seine Vereinigung mit Benevent hat er nicht die Genehmigung des Kaisers in Byzanz abgewartet.«

»Wie furchtbar«, meinte sie und schüttelte übertrieben den Kopf. Dann lupfte sie die gekämmte Wolldecke hoch und schlüpfte darunter.

»Du brauchst das gar nicht so abzutun«, sagte Sergius. »Damit hat er uns alle in Gefahr gebracht, denn zum ersten Mal seit Jahrzehnten hat das Imperium die gewaltsame Besetzung eines italischen Landes geplant. Aber dann hat dieser Schurke es doch noch geschafft, seinen Kopf aus der Schlinge zu ziehen.«

Marocias Augen flammten kurz auf. »Wie?«

Sergius legte sich ebenfalls nieder und streckte den Arm zu ihr aus, damit sie sich an ihn schmiegen konnte. Sie zögerte einen Augenblick, dann lehnte sie ihre Wange an seinen Unterarm und blinzelte ihn an.

»Stell dir vor«, erläuterte Sergius. »Er hat die Gottlosigkeit begangen, ein Bündnis mit den Sarazenen zu schließen, mit den Ungläubigen. Skandalös! Sollten die Byzantiner Capua angreifen, werden die Araber ihnen in den Rücken fallen.«

»Das ist verwegen«, hauchte Marocia.

»Das ist wohl kaum das richtige Wort.«

»Also schön, dann ist es eben genial.«

Sergius runzelte die Stirn. »Du denkst nicht nach. Was ist, wenn die Byzantiner die Sarazenen angreifen sollten, um ihre Gebiete in Süditalien zurückzuerobern? Dann muss Lando den Gottlosen beistehen, wie sein Vertrag es vorsieht. Und ich werde in einem solchen Fall nicht zögern, ihn in den Bann zu legen.«

Marocia richtete sich etwas auf. »So etwas würdest du tun? Er hat mich vor diesem Widerling gerettet, während du verstaubte Formeln verlesen hast.«

Sergius atmete tief ein, doch sie ließ ihm nicht die Zeit für eine Erwiderung.

»Und überhaupt: Sollte er sein Land besser den Interessen eines orientalischen Despoten unterordnen, der es gewohnt ist, dass alle sich vor ihm verbiegen? Lando spielt mit dem Feuer, na schön, du steckst lieber den Kopf in die Erde. Jedem sein Element zum Wohlfühlen.«

Ihr anschließendes Schweigen war eisig, und als sie Sergius' verwundeten Blick auffing, rührte kein Mitleid sie an. Sie wusste selbst nicht, warum sie diesen Streit vom Zaun gebrochen hatte, aber nun, da es einmal geschehen war, war sie nicht bereit, auch nur ein einziges Wort zurückzunehmen.

Sie hieb mehrfach mit ihrer zierlichen Faust auf das Daunenkissen ein und ließ sich schließlich darauf fallen. Doch nur einen Lidschlag später stand sie auf und warf sich einen Morgenmantel über das weiße Nachthemd.

»Was tust du da?«, fragte Sergius mit großen, wässrigen Augen.

Ohne noch ein einziges Wort oder einen Blick an ihn zu richten, verließ sie den dunklen Raum. Zweimal noch rief er ihren Namen, nachdem sie die Tür hinter sich geschlossen hatte. Doch Marocia war schon längst in den Gängen des Lateran verschwunden.

Durch die Finsternis konnte Marocia kaum die Tür von Landos Gemach erkennen, geschweige denn, ob irgendwo in der Nähe eine Wache postiert war. Sie war froh, einen braunen Morgenmantel übergezogen zu haben; so konnte – wenn sie selbst schon nichts sah – wenigstens auch kein anderer sie so leicht sehen. Mit der Faust hielt sie den Saum des Mantels vor ihrer Brust umklammert. Vorsichtig tastete sie sich mit der anderen Hand an der Wand entlang. Gut, dachte sie, dass sie keine Schuhe angezogen hatte. Der Boden war zwar eiskalt, aber dafür waren ihre Schritte kaum hörbar.

Sie wandte sich um. Von ferne, über viele Ecken, hallten die Stimmen von zwei Männern heran, die sich unterhielten, aber sie entfernten sich wieder.

Sacht wie ein Kranich im Sumpf, schlich sie weiter. Vor der Tür angekommen, bog sie den Rücken durch, atmete tief ein und aus. Sie starrte eine Weile den eisernen Türklopfer an. Dann, ganz langsam, griff sie nach ihm.

Er fühlte sich überraschend kalt und rau an, und sie ließ ihn wieder los, obwohl das unsinnig war, da alle Gegenstände zu dieser Jahreszeit unangenehm kalt waren. Jetzt spürte sie auch, wie die Kälte ihre Füße erfasste und bis zu den Knöcheln kroch. Ihre Stirn jedoch glühte, und die Schläfen pochten.

Sie zupfte an ihrer Lippe, wie sie es als Kind manchmal gemacht hatte. Ihre andere Hand presste weiterhin die Säume des Mantels zusammen. Noch einmal ergriff sie den Türklopfer, und zum zweiten Mal gab sie ihn wieder frei. Dann schüttelte sie den Kopf. So, dachte sie, hatte es keinen Sinn.

Sie ging einen großen Schritt rückwärts, fühlte etwas unter ihrem Fuß, und plötzlich knackte es. Noch bevor sie begriff, was geschehen war, öffnete sich die Tür. Der warme Hauch des Gemachs strömte ihr entgegen. Licht überflutete ihr Gesicht. Lando stand vor ihr, in der Rechten ein Schwert, in der Linken einen angebissenen Apfel. Sein Gewand vom Tage hatte er bereits abgelegt; darunter trug er eine schwarze, eng anliegende Jagdhose und ein weißes Hemd, das weit offen stand. Als er Marocia sah, legte er das Schwert sofort zur Seite.

»Das nenne ich Mut«, sagte er und lächelte. »Ich bin ehrlich überrascht, und das kommt nicht häufig vor.«

Sie wusste nicht, was sie sagen sollte, und das kam bei *ihr* nicht häufig vor. Also bückte sie sich und entfernte den Gegenstand, auf den sie getreten war, von ihrem Fuß.

»Oh, das entschuldigt bitte«, bat Lando. »Ich habe hier überall leere Pistazienhülsen ausgestreut. Auf diese Weise fühle ich mich auch ohne Wachen sicher. Ich hoffe, Ihr seid nicht verletzt.«

Er biss kräftig in den grünen Apfel und sah sie eindringlich an. »Aber wenn«, kaute er, »würdet Ihr wohl eher verbluten, als es mir gegenüber einzugestehen, habe ich Recht?«

Sie schmunzelte, schwieg aber weiter.

»Ihr seid nicht sehr gesprächig für jemanden, der andere ohne Aufforderung besuchen kommt. Möchtet Ihr eintreten?«

Marocia antwortete noch immer nicht, da drehte Lando sich um und ging zurück in sein Gemach. Die Tür blieb einladend geöffnet.

»Ich bin gekommen, um mich zu bedanken!«, rief sie ihm schließlich nach.

»Und außerdem?«

Sie sah ihn, noch immer im Gang stehend, mit halb geschlossenen Lidern an. Er lehnte lächelnd an einer Anrichte. Den angebissenen Apfel hatte er zur Seite gelegt und jonglierte nun einen zweiten von Hand zu Hand.

»Und außerdem?«, wiederholte er, diesmal gedämpft, fast flüsternd.

Langsam schritt sie in sein Gemach, der untere Saum ihres Morgenkleides schleifte auf dem Boden hinter ihr her. Eine Ellenlänge vor ihm blieb sie stehen. Landos Brust schimmerte bronzen im Licht der kleinen, zuckenden Flammen.

»Weil ich Euch gewinnen möchte.«

Die Antwort schien Lando zu gefallen. »So?«, rief er übertrieben überrascht und warf Marocia den Apfel zu. Sie fing die grüne runde Kugel, ohne sie anzusehen.

»Ja«, sagte sie. »Als Verbündeten.«

Landos Lächeln verschwand. Er blickte irritiert. »*Ihr* wollt *mich* als …«

»Wir verfolgen das gleiche Ziel.«

»Und das wäre?«

»Den Einfluss von Byzanz zurückdrängen.«

Er überlegte einen Moment, dann gewann er sein Lächeln wieder. »Das sind weit gehende Gedanken für einen so zauberhaften Kopf.«

»Danke, gleichfalls«, parierte Marocia und riss sich von seinem frech funkelnden Blick los. Ziellos schlenderte sie in seinem Gemach umher. Es war eine typische Gästewohnung des Lateran, groß, fast leer und unpersönlich. Wenn man nichts hierher mitbrachte, was den Raum füllen könnte – Truhen, Kleidung oder Waffen –, blieb er bis auf das Bett und einige verstreut stehende Möbel kahl. Der Fürst schien bescheiden zu reisen, denn außer seinem Schwert und dem Mantel, den er zuvor bei der Messe getragen hatte, konnte sie nichts entdecken, was ihm gehörte.

»Ihr reist allein?«, fragte sie ganz nebenbei.

»Ja.«

»Macht Ihr das immer so?«

»Fast immer.«

»Ihr macht viele Dinge lieber allein, nicht wahr?«

Er ging ihr einige Schritte nach, doch sie hörte nicht auf, umherzulaufen.

»Worauf wollt Ihr hinaus?«, fragte er interessiert.

Sie drehte sich schwunghaft zu ihm um und grinste. »Ihr liebt die Unabhängigkeit.«

»Für mich selbst, ja«, räumte er ein.

»Ihr selbst, Euer Land – das ist untrennbar. Ihr lasst Euch nicht gerne dreinreden. Ihr erkennt keine Autorität außer Eurer eigenen an. Gebt doch zu, Ihr strebt nach Capuas Unabhängigkeit, ohne italienischen König, ohne byzantinischen Kaiser. Mit dem Imperium werdet Ihr dank Eures Geschicks vielleicht noch selbst fertig, aber um Italien zu zähmen, braucht Ihr den Papst. Und der Papst steht mir näher als Euch, so viel dürfte wohl klar sein.«

»Wo liegt Euer Vorteil?«, fragte er vorsichtig wie ein Kaufmann.

Das gefiel ihr. Noch schlimmer als ewige Zauderer waren die Narren, die blind in die Schlacht stürmten und dort ebenso tapfer wie sicher den Tod fanden. Dieser Mann war anders, ja, sie bemerkte etwas von sich selbst an ihm. Sie blickte fest in seine grünen Augen, als sie antwortete: »Der Feind meines Feindes ist mein Freund.«

»Das reicht nicht«, erwiderte er nüchtern. »Vielleicht hat der Papst Euch nur geschickt, um mich auszuhorchen.«

Marocia lachte hell auf. »Sergius? Du liebe Güte, auf so eine Idee käme er überhaupt nicht. Im Gegenteil, wenn er wüsste, dass ich jetzt vor Euch stehe, würde er rot vor Eifersucht werden.«

Wie auf ein Stichwort stellte Lando sich so dicht vor sie, dass sie seine Wärme spüren konnte. Er sah sie an, legte die Hände auf ihre Schultern und begann, langsam ihren Mantel abzustreifen.

Wortlos trat sie einen Schritt zurück, raffte ihren Mantel wieder zusammen und ging zur Tür. »Wenn es *das* benötigt, um Euer Vertrauen zu gewinnen, kann ich leider nicht mitbieten, Fürst.«

Sie wollte schon gehen, als Lando sie zurückrief: »Wartet!«

»Ihr braucht Euch nicht zu entschuldigen, Fürst. Ihr wollt nichts, was andere nicht auch schon wollten.«

»Ich habe nicht die Absicht, mich zu entschuldigen«, parierte er. »Denn erst nach dieser Probe weiß ich, dass Ihr mich nicht belügt.«

»Probe?«, fragte sie, und in ihre Stimme mischte sich neben der Erleichterung auch eine Spur Empörung hinein. »Ihr meint, Ihr hattet nicht vor, mit mir …«

Sie stockte verlegen.

»Eine Spionin hätte sich sofort auf mich eingelassen, um mich auszuhorchen. In dem Moment, wo Euer Mantel zu Boden gefallen wäre, hätte ich Euch fortgeschickt. Euer Widerstand beweist mir Eure Ehrlichkeit.«

Sie konnte zunächst nichts entgegnen, so überrumpelt war sie von seiner Strategie. Er schien jede Finte zu kennen und zu nutzen, und das war mehr, als sie gewohnt war.

Lando lächelte. »Wenn Ihr mich wollt, könnt Ihr mich haben – als Verbündeten.«

Sie nickte wortlos.

»Wir können also aufeinander zählen, wenn es eines Tages darauf ankommt.«

Wieder nickte sie.

»Wenn es weiter nichts mehr gibt …«, meinte er. »Dann gute Nacht.«

»Gute Nacht«, echote sie und verließ das Gemach. Obwohl sie ihr Ziel erreicht hatte, ärgerte sie sich, nicht über Lando, sondern über sich selbst. War sie übertölpelt worden? Nein, da war nur jemand gewesen, der sich nicht einfach auf ein Spiel einließ, sondern sein eigenes machte.

Nach ein paar Schritten durch die Finsternis lehnte sie sich schwer atmend gegen eine kalte Wand. Sie griff sich an die trommelnde Kehle, strich ihre Strähnen aus der Stirn. Ein ihr unbekanntes Gefühl ergriff sie. Erst jetzt merkte sie, dass sie noch den Apfel in der Hand hielt, den Lando ihr zugeworfen hatte. Ihre Finger streichelten seine Schale, sie drückte ihn sich auf Wange und Mund. Noch einmal blickte sie zu den schemenhaften Umrissen der Tür, dann rannte sie barfuß über den kalten Boden davon.

Ein Blitz krachte über der von Wolken verdunkelten Senke nordöstlich des Lateran nieder und schlug im Triumphbogen des Konstantin ein. Desiderius stand, die Hände auf dem Rücken gefaltet, vor dem geöffneten Fenster und blickte unbeeindruckt dem Gewitter entgegen, das bereits die halbe Stadt erfasst hatte. Er wartete gelassen das Donnergrollen ab, dann wandte er sich an den jungen Gratian, der händeringend neben ihm stand.

»Das ist eine wichtige Nachricht. Und du bist sicher, dass sie richtig ist, ja?«

»Damiane hat es mir so erzählt.«

Desiderius nickte wohlwollend. Langsam, als schreite er einer Prozession voran, ging er zu seinem Schreibtisch, öffnete eine Lade, holte einen klimpernden Beutel hervor und überreichte ihn Gratian. »Sie ist also vernünftig geworden. Wie schön, dass du deine kleine Konkubine wieder im Griff hast.«

Gratians Blick verdunkelte sich. »So möchte ich das nicht nennen«, erwiderte er. »Im Übrigen habe ich in Kürze genug Geld beisammen, um mit ihr fortzugehen und …« Ein heftiger Donnerknall unterbrach Gratian. Er zuckte zusammen. Einen Augenblick später setzte das wilde Rauschen des Regens ein.

»Soll ich das Fenster schließen, ehrwürdiger *primicerius*?«, fragte er höflich.

Desiderius machte eine gleichgültige Geste mit den Händen. »Mich stört das Gewitter nicht. Aber bitte, wenn du unbedingt willst …«

Gratian drückte die Scheibe gegen den Widerstand des Windes zu. Draußen war die Landschaft in schiefernes Grau getaucht, doch am Horizont kündete ein gleißender Lichtstreif davon, dass auch dieses Unwetter einmal vorübergehen würde. Er seufzte, so als könnte er es kaum erwarten, diesen Horizont endlich über sich zu wissen.

»Schade«, sagte Desiderius und legte – was sehr selten vorkam – etwas Gefühl in seine Worte. »Du hast dir mit deiner Gesangskunst einen guten Namen beim Heiligen Vater gemacht. So gut, dass er meinem Vorschlag zugestimmt hat, dich zu meinem Sekretär zu ernennen. Spiele deine Trümpfe aus, und in ein paar Jahren gibt er dir eine Pfründe, vielleicht sogar eine Abtei. Und bis dahin« – er holte einen weiteren Beutel aus der Lade – »erhältst du ein festes Salär von mir.«

»Aber …«, stammelte Gratian, »aber eigentlich wollte ich doch …«

»Warum willst du wie ein Bauer leben, wenn es nur noch wenige Jahre braucht, bis du wohlhabend bist? Das wird sicher auch deiner Gespielin einleuchten.«

Gratian blickte die beiden Beutel in seiner Hand an, als könnte er darin seine Zukunft lesen. »Ihr … Ihr habt sicher Recht.«

Desiderius' Mundwinkel verzogen sich fast unmerklich zu einem feinen Lächeln. »Natürlich habe ich das. Ich täusche mich nie in Menschen, mein junger Sekretär. Nie.«

Nachdem Gratian gegangen war, öffnete Desiderius wieder das Fenster und stellte sich gerade so weit von dem Sims weg, dass die Tropfen ihn nicht erreichen konnten. Dann und wann schlug ihm eine Böe entgegen, die er jedoch nicht weiter beachtete. Er grübelte. Marocia war also wieder schwanger, und Sergius würde wahrscheinlich bald Vater werden.

»Ausgerechnet jetzt«, flüsterte er, vom Donner übertönt, zu sich selbst. »Was für ein ungünstiger Zeitpunkt.«

14

Im Frühling des Jahres 910 erhielt der Lateran seinen jüngsten Bewohner: Marocia schenkte einem gesunden Jungen das Leben.

»Er soll einen typischen Papstnamen bekommen«, bestimmte Sergius, als er den Säugling das erste Mal auf den Arm nahm.

»Warum denn das?«, fragte Marocia mit leichtem Kopfschütteln.

»Weil er so friedlich ist. Seit er geboren wurde, hat er nicht ein einziges Mal laut geschrien.«

»Das stimmt«, flüsterte Marocia und dachte, dass er wohl mehr nach seinem Vater käme.

Marocia stimmte zu, als Sergius ihr Clemens – der Milde – vorschlug. Irgendwie, fanden beide, passte der Name zu diesem ungewöhnlich stillen Knaben, der immer nur gluckste, statt zu schreien.

Wenige Monate später saß Marocia mit Sergius und Clemens auf einer Wohnterrasse des Lateran beim Frühstück. Sanfte Brisen streichelten Marocias Haut und trugen den Duft der Rosen heran. Eine Weile ergab sie sich ganz dem Rauschen der Bäume und dem Tanz der Schmetterlinge um sie herum, dem Blick über Rom oder hinauf in die weißen, ziehenden Wolken. Dann aber kehrte sie wieder zu der schönsten Aussicht überhaupt zurück: Clemens auf dem Schoß seines Vaters.

Sergius wurde nicht müde, mit dem Kleinen zu spielen. Er steckte seinen Zeigefinger in die winzige Faust und zog ihn wieder heraus, gab ihm immer neue Kosenamen, hob ihn hoch und runter und ließ es sich auch nicht nehmen, ihn zu füttern. Als dabei ein großer Klecks Brei auf das päpstliche Gewand fiel, lachte Sergius, und Marocia stimmte ein.

Etwas später kam Damiane herbei und brachte Clemens zum Schutz vor der brennenden Sonne wieder ins Innere des Lateran. Kaum war der Sohn fort, verfiel Sergius wieder ins Grübeln, wie Marocia deutlich an seinem zerstreuten Gesichtsausdruck ablesen konnte. Seiner Freude über den kleinen Clemens zum Trotz war Sergius in letzter Zeit schwermütig und unkonzentriert. Wenn sie ihn darauf ansprach, winkte er stets ab. Doch sie ahnte auch so, was in ihm vorging.

Die letzten Monate waren voller politischer Unruhe gewesen. Berengar von Friaul hatte begonnen, den Namen des nominellen italienischen Königs Louis von allen Dokumenten und Inschriften zu tilgen und in neuen Schriftstücken gar nicht mehr zu erwähnen, ganz so, als wäre Louis niemals gekrönt worden. Alle Länder und auch das Patrimonium folgten diesem Beispiel, ausgenommen das vereinigte Fürstentum Capua-Benevent. Der Plan, hinter dem gewiss das Byzantinische Imperium steckte, war leicht zu durchschauen: Berengar sollte bald gegen alles kirchliche und weltliche Recht zum König von Italien gemacht werden, Louis' Krone würde man ignorieren und den vermuteten Widerstand Landos zum Anlass nehmen, das kleine Land anzugreifen. Von Sergius erwartete man selbstverständlich, dass er seine Rolle als willfährige Marionette diskussionslos ausfüllen sollte, wenn es so weit war – und genau das, glaubte Marocia, ließ ihm keine Ruhe.

Nun, politisch war Sergius nicht interessiert. Marocia vermutete, dass es ihm völlig gleich war, wer den Königstitel trug, welche

Fraktion die Geschicke bestimmte und welches Land hinter dieser Fraktion stand. Sergius wollte schon immer bloß in Ruhe gelassen werden. Ärger war ihm verhasst, und Politik war Ärger. Vom ersten Tag an hatte er ihr das Gefühl gegeben, dass nicht sein Thron das Wichtigste in diesem Gebäude war, sondern sie, das Mädchen und die Frau, die er schon immer geliebt hatte.

Doch an jenem Weihnachtsabend vor achtzehn Monaten, während des Streits über Landos kühne Strategien, hatte sie ihm klargemacht, dass sie politisch nicht ebenso gleichgültig war wie er und dass sie ihn nur achten konnte, wenn er Rückgrat zeigte. Seither rang Sergius mit sich. Marocia sah ihn nicht gerne leiden, aber sie konnte eine gewisse Befriedigung über seine innere Zerrissenheit nicht unterdrücken, bedeutete diese doch, dass er geistig bereits einige der Fäden, an denen er hing, abgetrennt hatte. Und das eröffnete enorme Möglichkeiten.

Ein dezentes Räuspern riss beide aus ihren Gedanken. Desiderius hatte sich mit seinem üblichen andächtigen Schritt genähert, ohne dass man ihn bemerkt hätte. Marocia mochte Desiderius nicht besonders, aber sie war auch nicht gegen ihn; immerhin ließ er sie in Ruhe, ganz anders als sein Vorgänger Saxo, und mehr war wohl von einem Vorsteher des Lateran nicht zu erwarten.

Desiderius meldete, dass ein Gesandter aus Byzanz eingetroffen sei und um sofortige Audienz ersuche. Sergius zuckte kurz zusammen, dann gab er Desiderius durch ein Nicken zu verstehen, dass der Botschafter auf die Terrasse geführt werden solle.

»Es ist soweit, nicht wahr?«, sagte Sergius, als könnte er Marocias Gedanken lesen.

Sie blinzelte ihm zu. »Das Spiel hat begonnen.«

»Das ist kein Spiel, Marocia«, entgegnete er leicht verärgert, konnte aber nicht mehr sehen, dass sie seinen Einwand mit einem gelassenen Schulterzucken quittierte.

Ein kleiner, orientalisch anmutender Mann in einem schwarz und silbern schimmernden Gewand trat vor ihn und vollführte eine dermaßen überschwängliche Verneigung, dass sein Kopf fast auf den Boden schlug. »Eure Heiligkeit, Bischof und Kosmopolit von Rom, *patriarch* des Patrimoniums …« Er hakte ohne eine einzige Unterbrechung alle Anreden und Titulierungen ab, die dem Papst zustanden, ließ keine Übertreibung aus und beendete die ermüdende Aufzählung mit einer weiteren ehrerbietigen Verbeugung.

Dann kam er endlich zur Sache und teilte mit, der byzantinische Kaiser würde eine Erhebung Berengars zum König von Italien begrüßen.

Sergius sah Marocia nicht an, aber sie konnte spüren, dass sie in diesem Augenblick dennoch vor seinem geistigen Auge erschien, dass seine Gedanken bei ihr waren. Vorsichtig antwortete er dem Botschafter: »Liebend gerne würde ich Berengar krönen. Er ist ein durchsetzungsfähiger Landesherr. Gewiss würde er eine gute Figur als König machen. Jedoch …«

Die Augenbrauen des Botschafters zuckten erstaunt in die Höhe.

»Jedoch«, fuhr Sergius unbeirrt fort, »Italien hat bereits einen König. Louis.«

»Der völlig regierungsunfähig ist«, erinnerte der Botschafter.

Sergius schwieg dazu. Er suchte sichtlich nach einer geeigneten Erwiderung.

Da ging Marocia dazwischen. »Woran der Mann schuld ist, den ihr nun zum König machen wollt.«

Der Botschafter tat, als hätte er diesen Einwurf nicht gehört, und vermied auch, dessen Urheberin anzublicken. Sie war ebenso Luft für ihn wie Louis. »Er kann nicht einmal ein Siegel unter ein Schriftstück setzen, ohne danebenzustempeln, Heiligkeit. Er ist auf niedere Beamte angewiesen, die ihm jeden Text vorlesen müssen, jede Bilanz seiner Staatskasse. Bedenkt, welcher Missbrauch da möglich ist, wie viel Betrug! Außerdem besitzt er seit dem Verlust der Lombardei keinen Fußbreit Land mehr auf italienischem Boden. Sein Name steht nur noch auf dem Papier, und neuerdings nicht einmal mehr das.«

»Schön und gut«, sagte Sergius, der seine Sprache wieder gefunden hatte. »Dennoch ist er König, gesalbt vom Stellvertreter Christi. Nur Gott selbst kann ihn von seinem Amt abbefehlen. Ich kann da nichts tun.«

»O doch, Heiligkeit«, grinste der Botschafter. »Ihr könnt etwas tun.«

»Ich sagte doch, Berengar kann erst König werden, wenn …«

»Stellt ihn vor Gericht!«, platzte der kleine Mann dazwischen.

»Wen, Louis?«

»Nicht doch! Benedikt IV., den Papst, der Louis gekrönt hat. Grabt ihn aus, verurteilt ihn wegen irgendetwas, und erklärt seine Amtshandlungen für ungültig.«

»Nein!«, schrie Marocia und sprang von ihrem Stuhl auf. Alle Bilder der Leichensynode kamen ihr wieder in Erinnerung, das Skelett, der Schädel, der unheimlich zu grinsen schien, die zerzausten grauen Haare. Nicht noch einmal, schoss es ihr durch den Kopf. »Nicht noch einmal!«, schrie sie. »Sergius, das darfst du nicht zulassen. Und Ihr, Byzantiner, was geht Euch der italienische Thron an? Ich frage Euch: Was hat es Euch zu kümmern, ob ein Stempel *unseres* Königs richtig gesetzt ist, ob *unsere* Staatskasse korrekt geführt wird?«

Der Botschafter verweigerte Marocia noch immer den Blickkontakt. Gelassen übersah er sie und fragte den Papst: »Darf ich erfahren, wer die impertinente Person ist, von der ich mich beschimpfen lassen muss, Heiliger Vater?«

Sergius suchte noch verzweifelt nach einer geschickten Antwort, als Marocia ihm die Arbeit neuerlich auf ihre Weise abnahm.

»Die Heilige Mutter!«, schrie sie in ihrer Erregung.

Endlich sah der Botschafter sie mit stockendem Atem an. »Das ist … eine *unverschämte* … Blasphemie.«

Nach diesem Eklat wäre es unmöglich gewesen, am selben Tag weiter zu verhandeln. Sergius beendete die Audienz für den Augenblick und entließ den Gesandten. Desiderius, der die ganze Zeit über steif wie ein Stock im Hintergrund gestanden hatte, führte den Byzantiner zurück ins Innere des Lateran.

Sergius räusperte sich, schwieg. Die Stille wurde hörbar. Eine Wolke schob sich vor die Sonne, warf ihren Schatten, gab die Strahlen wieder frei. Das Geklapper der abfahrenden Kutsche des Botschafters drang herauf, entfernte sich. Ein Sperling hüpfte auf der Suche nach Brotkrumen um den Tisch herum und zwitscherte aufgeregt. Marocia gab ihm, was er wollte, und sah zu, wie er davonflog. Weitere Momente vergingen. Marocia presste schuldbewusst die Lippen zusammen und legte ihre Hand auf die seine. »Es tut mit Leid. Ich bin zu weit gegangen.«

»Ja, das bist du.« Sein Ton klang ungewöhnlich scharf, bewirkte jedoch das Gegenteil von dem, was er beabsichtigte. Schon bedauerte Marocia ihre Entschuldigung.

»In der Sache jedoch hatte ich Recht«, gab sie zurück. »Du wirst für ein perfides Machtspiel missbraucht, Sergius. Und das tut mir weh.«

Er stand abrupt auf und wandte sich ab. »Oh, bitte lass das doch.«

»Was? Was soll ich lassen?«

»Diese Falschheit.«

Sie stand auf und umarmte ihn von hinten. »Aber Sergius. Das sagst du nur in der Aufregung. Du weißt, dass ich nie ...«

Er machte sich von ihr frei. »Nein, das weiß ich nicht. Du kommst mir schon wie deine Mutter vor. Und ich bin wohl dein kleiner Johannes, wie?«

»Du bist der Vater meines Kindes!«, rief sie.

»Ist das so?«

Marocia konnte sich vor Schreck nicht mehr von der Stelle rühren. Sergius ging zu einem entfernt liegenden Punkt der Terrasse, doch sie vermochte ihm weder mit ihren Füßen noch ihren Blicken zu folgen. Während er all seinem Ärger Luft machte, starrte sie auf die grauen, von der Sonne erhitzten Bodenfliesen.

»Glaubst du, ich merke nicht, für wen du dich so einsetzt? Nur für Lando, den aufmüpfigen Fürsten, den jungen Rebellen deiner Träume. Er ist ja auch geradezu perfekt, nicht wahr? Dein Retter! Hast du dich an jenem Weihnachtsabend bei ihm mit deiner eigenen Währung revanchiert?« Er warf ihr einen kurzen Blick über die Schulter zu, atmete tief durch. »Schön, selbst wenn es nicht so gewesen ist: Dann ist wohl jetzt die Zeit gekommen, ihm auf praktische Weise zu danken. Capua wird sich dem Anspruch Berengars widersetzen, soviel ist wohl klar. Und jetzt versuchst du mich auf die Seite dieses Buhlen zu ziehen, um ihn zu retten. So ist es doch? Sag es. Los, sag es schon.«

Marocia schwieg.

»Ich weiß genau, was du jetzt denkst«, redete er weiter. »Dass ich eifersüchtig bin. Und ja, ich bin es. Ich wäre auch gern ein risikolustiger Abenteurer mit einer schnellen Zunge und einem Herzen, das für den Widerstand schlägt.«

Langsam ging er auf Marocia zu, nahm sie in den Arm. Dann flüsterte er: »Ich beneide Lando um seinen Mut – und ich fürchte ihn an dir.«

Sie blickte ihm in die Augen, die niemals zuvor seine Verletzbarkeit, seine Zweifel, seine Liebe deutlicher ausgedrückt hatten als jetzt. Sie erwiderte den Druck seiner Arme, schmiegte sich an seine Wange und schloss die Augen. »Du *hast* Mut«, hauchte sie. »Erinnerst du dich an den Tag des Aufstandes gegen Stephan VI., als die Welt um uns aus den Fugen geriet und du sie wieder einrenktest? Dir verdanke ich mein Leben. Du warst beherzt, weil es um mich ging. Und jetzt, Sergius, geht es um *uns*.«

Nun war sie es, die sich löste. Sie blickte über die Farbenpracht des Gartens, über die Rosenbüsche und Margeriten, deren Weiß und Gelb zu dieser Jahreszeit noch einmal um die Wette strahlten, bevor es in Kürze vergehen würde. Schwer lastete die Spätsommersonne über der Stunde. Die Gefühle in ihr stritten miteinander. Was sie zu Sergius sagte, meinte sie auch so, aber sie sagte es nur, um ihn für ihre Sache zu gewinnen, nicht, weil sie ihm damit etwas Gutes tun wollte. Mit jedem Wort kam sie sich schlechter vor, berechnender, kälter. Gleichzeitig aber schaffte sie es nicht, ihre Worte zurückzuhalten oder zu bereuen. Sie hatte Ziele, und sie war überzeugt, dass sie richtig und gut seien und wert, dafür einzutreten. War sie deswegen schon wie ihre Mutter?

»Stell dir vor«, sagte sie, »du tust aus Gemütlichkeit oder aus Sorge um mich etwas, von dem du weißt, dass es im Grunde falsch ist. Und dann stell dir weiter vor, dass ich genau diese Gemütlichkeit aus tiefstem Herzen ablehne und eher untergehe, als eine solche Fürsorge in Anspruch zu nehmen. Was würde daraus entstehen?«

»Können wir nicht einfach zusammenleben?«, fragte er traurig. »In Ruhe. Wie bisher.«

Ihre Augen waren Erwiderung genug. Er blickte einen Moment in den blassen, unendlichen Horizont, als läge dort die Antwort auf alle Fragen, die er hatte. Dann seufzte er: »Also bitte, du bekommst, was du willst. Aber ich kümmere mich alleine um die Angelegenheit. Du hast nichts damit zu tun.«

»Aber ich könnte doch …«

Er betonte jedes einzelne Wort. »Du hast nichts damit zu tun«, wiederholte er und straffte sein Rückgrat. »Bei Gott, ich bin der Papst, und ich tue, was ich will.«

Marocia saß in ihrem Bett und hielt sich die Hände an den Kopf, als wollte sie ihn damit zusammenhalten. Der Vollmond warf sein silbriges Licht quer durch ihr Gemach und zauberte wechselnde Schatten an die Wände. Nachdem Marocia dem Lichtspiel eine Weile zugeschaut hatte, stand sie auf und zog die Vorhänge zu. Sie hörte mehrere Stimmen von draußen, sah Gestalten vor dem Palast laufen, kümmerte sich aber nicht um sie. Den Wachen konnte man hundertmal sagen, dass sie ihre Parolen nicht immer über den ganzen Lateran schreien sollten, sie taten es doch immer wieder.

Erschöpft und dennoch widerwillig warf sie sich erneut auf das Bett, faltete die Hände und stützte das Kinn auf die Fingerspitzen. Noch einmal ging sie alles durch.

Der Kampf zwischen Berengar und Sergius hatte damit angefangen, dass Sergius den byzantinischen Botschafter zusammengestaucht und sich jede weitere Einmischung in die Politik des Patrimoniums verbeten hatte. Sergius' Worte klangen Marocia, die im Hintergrund gelauscht hatte, noch heute in den Ohren nach: »Die Kirche steht über dem Kaiser, ja, sie macht ihn erst zu dem, was er ist«, eine Aussage, die den Botschafter nach Luft schnappen ließ. Doch soviel Wahres in diesem Satz auch stecken mochte, er richtete mehr Schaden an, als er Nutzen brachte. Sergius hätte den Botschafter hinhalten und sorgsam an der Hand nehmen sollen, um ihn damit in eine falsche Richtung zu führen. Stattdessen schlug er drauf. Byzanz war jetzt gewarnt und konnte sich auf einen Konflikt vorbereiten.

Sergius' nächste Maßnahme war schlicht überflüssig gewesen, fand Marocia. Was sollte es schon bringen, Louis III. einen Brief in die Provence zu schreiben und ihm seine königlichen Rechte zu bestätigen, und dann auch noch auf eine Antwort zu warten, die zwar kam, aber trotz all ihrer überschwänglichen Dankbarkeit kaum eine Stütze für Sergius bilden konnte? Im Gegenteil, dieser langwierige Briefwechsel verschaffte Theodora und Berengar ausreichend Zeit, ihr Vorgehen zu koordinieren. Und als der Markgraf von Toskana – vermutlich auf Betreiben Theodoras – vor vier Wochen einen Protestbrief an den Papst schrieb und darin eine Königskrönung Berengars unterstützte, fiel Sergius nichts Besseres ein, als den altersschwachen Mann mit der furchtbarsten aller Waffen, einem Kirchenbann, zu bedrohen. Eine Welle der Empörung brach los. Apulien, Salerno, Friaul, alle stellten sich daraufhin gegen das Patrimonium, nur Landos Capua-Benevent und das Herzogtum Spoleto schlossen sich dieser Protestkoalition nicht an.

Nun, Landos Haltung war von Anfang an zu erwarten gewesen, aber der Beistand Spoletos war für Marocia eine Überraschung. Und nicht nur für sie. Ein Geheimbote Landos war heute Mittag bei ihr erschienen, mit der Frage, was sie über diese zwar willkommene, aber doch unerwartete Unterstützung des mächtigen Spoleto wisse. Vorgänge, die im Dunklen lagen, machten sie neugierig, und so überlegte sie hin und her, wo der Schlüssel zu diesem Rätsel liegen mochte. Es gab nur eine Antwort: in Sergius' Händen. Nur er konnte ihre Unruhe vertreiben, und so entschloss sie sich, ihn sofort aufzusuchen.

Sie zog sich gerade den Morgenmantel über, als es an der Tür klopfte. Im nächsten Augenblick erschien Damiane.

Marocia ging mit ausgestreckten Armen auf sie zu. »Was ist geschehen, Liebe? Du siehst ja furchtbar aus, so blass.«

»Es ist … es geht um …«, stammelte ihre Zofe.

»Wovon redest du?«

Damiane trat wortlos einen Schritt zur Seite, und hinter ihr tauchte Desiderius in der Tür auf.

»Ihr?«, rief Marocia und blickte abwechselnd den *primicerius* und die Dienerin an. »Worum geht es bei diesem Aufmarsch?«

Desiderius' Miene zeigte keinerlei Regung. »Um Seine Heiligkeit«, sagte er trocken. »Er verlangt nach Euch.«

»Dazu muss er doch nicht die oberste Instanz des Lateran schicken.«

»Die Ärzte sind bei ihm, edle Marocia.«

Sie benötigte einen Augenblick, um zu verstehen. »Ihr meint …?«

»Eine plötzliche Erkrankung«, erklärte Desiderius. »Es ist besser, wenn Ihr Euch beeilt.«

Barfuß, mit wehendem Morgenmantel, rannte sie davon. »Sergius, Sergius«, hallte ihre verzweifelte Stimme noch von ferne an die Zurückgebliebenen heran.

Damiane starrte in die Dunkelheit und wischte sich die tränenfeuchte Wange trocken. Dann, als fiele ihr plötzlich etwas ein, wandte sie sich zu Desiderius um. »Von wegen plötzliche Erkrankung! Ihr habt ihn vergiftet, ist doch so! Und ich werde es meiner Herrin sagen.«

Desiderius blickte die blonde Zofe mit undurchschaubarem Ausdruck an. »Du redest Unsinn. Mach dir außerdem klar, dass, wenn du mir schadest, du gleichzeitig Gratian schadest.«

Damianes Blick senkte sich.

»Und schon ist unsere hitzköpfige Germanin wieder vernünftig. Recht so. Jetzt geh packen. Wir werden noch heute Nacht verreisen.«

»Ihr befehlt mir gar nichts. Ich gehe nicht ohne meine Herrin«, gab sie trotzig zurück. »Und nicht ohne meinen Gratian.«

Desiderius zog seine Kapuze über. Ein seltenes Lächeln streifte seine Mundwinkel. »Habe ich das etwa verlangt?«

Als Marocia das päpstliche Gemach betrat, wurde sie von den Erinnerungen an viele Stunden überwältigt. Vor fast fünf Jahren war sie das erste Mal hier gewesen, hundert Male danach, und immer leuchteten die Kerzen wie Sterne in dem weiten Raum, und immer hing ein Geruch nach Blumen oder Gewürzen darin. Hier sprach sie mit Sergius über Bücher, hier spielte er mit Clemens, hier lag sie in seinen Armen. Alles an diesem Raum war ihr vertraut, die Geräusche, die Farben – bis zu diesem Abend.

Plötzlich war ihr das Gemach fremd. Aus den Kesseln zweier Novizen, die in Ecken standen, quoll Weihrauchqualm in dichten Schleiern. Vier weitere Mönche in langen braunen Kutten umlagerten das Bett, in dem Marocia und Sergius so häufig lauschige Stunden verbracht hatten, und das helle Licht ihrer Fackeln schillerte vom weißen, mit Goldfäden verzierten Gewand des Papstes zurück. Sergius starrte an die mit bunten Mosaiken verzierte Decke. Ein Priester an seiner Seite murmelte eine Litanei. Als Marocia sich neben das Bett auf einen Hocker setzte und Sergius über die Haare strich, wurde er leiser und trat einen Schritt zurück.

»Habe ich dir schon erzählt«, fragte Sergius versonnen, »welche Geschichte aus dem Alten Testament ich nie geglaubt habe?«

Marocia schüttelte sacht den Kopf. »Nein, welche?«

»Diese da!« Sein Finger zeigte zur Decke hin, auf die Darstellung eines Riesen, der einen halb nackten Mann bedrohte. »David gegen Goliath. Die Kleinen gewinnen nicht gegen die Großen.«

»Vielleicht nicht beim ersten Versuch, aber ...«

Seine mahnend erhobene Hand unterbrach sie. »Nicht, Marocia.« Er sah sie an mit der ganzen Trauer, die ein Mensch ausdrücken kann. »Ich habe meine Sache schlecht gemacht, nicht wahr?«

»Sie ist noch nicht vorbei.«

»Doch, das ist sie. Nur eines bleibt mir noch zu tun.« Er machte eine kurze Pause, dann sagte er: »Ich habe einen Ehemann für dich gefunden.«

»Du hast ... was?«, rief sie und bemerkte, wie ein abseits stehender Medicus ihr mit einem Handzeichen zu verstehen gab, leiser zu sprechen. Sie nickte.

»Seit ich vor einigen Wochen spürte, dass unser Widerstand« – er korrigierte sich – »mein Widerstand erfolglos sein würde, habe ich für dich einen Platz gesucht, an dem du sicher bist. Hier bist du es nicht länger, das steht fest. Schließlich ist es Desiderius nach einigen Verhandlungen gelungen, eine vorteilhafte Ehe für dich zu stiften.«

»Desiderius hat mir einen« – sie milderte ihre Stimme – »Mann gesucht?«

»Nicht ganz«, stellte Sergius richtig. »Ausgesucht habe ich ihn, aber Desiderius hat brieflich die äußerst mühevollen Verhandlungen geführt. Du darfst nicht vergessen, dass Clemens ein uneheliches Kind ist, und deine bisherige Beziehung zu mir ist auch nicht gerade eheförderlich. Aber schließlich hat Alberic eingelenkt.«

Marocia schreckte auf. Alberic. Der Herzog von Spoleto. Sie war dem ältlichen Mann auf dem Weihnachtsbankett im Jahre 908 kurz vorgestellt worden und erinnerte sich, ihn kühl und nichts sagend gefunden zu haben.

Mit einem Mal verstand Marocia, warum Spoleto das Patrimonium unterstützte. Was allerdings Alberic von dieser Verbindung hatte, war ihr nicht klar.

Er legte seine Hand auf ihre. »Er ist zwar nicht das, was du dir erhoffst, aber du wärst vorerst in Sicherheit, und mehr kannst du in diesen Tagen kaum erwarten. Ich habe Desiderius zum Bischof von Chieti gemacht, das liegt im Herzogtum Spoleto. So hast du dort wenigstens einen, dem du vertrauen kannst.«

»Ich will nicht weg. Ich bleibe bei dir«, sagte sie und fühlte sich dabei wieder wie ein kleines Mädchen.

Er lächelte kurz, aber die Schmerzen dabei waren ihm anzusehen. »Du glaubst gar nicht, wie schön es ist, das aus deinem Mund zu hören, Liebste. Doch dort, wo ich hingehe, erwartet man dich noch nicht.«

Tränen rannen über ihre Wangen zum Kinn und tropften auf sein Gewand. Als er sie weinen sah, ging ein kurzes Strahlen über seine Augen. Dann zuckte sein Körper wie unter einem Stich. »Bitte geht!«, rief er den Umstehenden zu, so laut es ihm möglich war. »Alle!«

Dunkelheit und Stille breiteten sich aus, nur eine Fackel leuchtete und knisterte über dem Bett. Die gewohnten Düfte stellten sich wieder ein, und alles schien so friedlich, wie es von jeher gewesen war.

»So«, flüsterte Sergius. »Das ist sie also, die Stunde des Abschieds. Um … ehrlich zu sein, habe ich sie mir immer so vorgestellt, mit dir an meiner Seite … und wissend, dass es dir gut geht.«

In diesem Moment ging die Türe auf. Damiane schlüpfte herein, mit Clemens auf dem Arm. Sie übergab ihn Marocia und huschte so leise, wie sie gekommen war, wieder hinaus.

»Der Kleine«, flüsterte Sergius, »wird dir keinen Kummer machen.« Sergius machte eine Pause, in der er das Gesicht seines Sohnes ein letztes Mal betrachtete. »Vielleicht«, flüsterte er, »wird Clemens eines Tages in meine päpstlichen Fußstapfen treten und es besser als ich machen.«

Marocia schluchzte.

»Und dir selbst, Liebste, würde eine funkelnde Krone gut stehen. Sie ist deine … deine geheime Bestimmung.«

»Sergius …«

»Nein«, unterbrach er sie. »Ich will daran glauben.« Wieder zuckte er zusammen. Er sprach schneller, so als presse er die letzte Luft, die ihn am Leben hielt, in seine Worte. »Ich wünschte so sehr, ich könnte mit ansehen … wie du … und Clemens … leben. Bitte vergiss … vergiss mich nicht.«

Noch einmal ging ein breites Lächeln über sein Gesicht, dann versenkte er seinen Blick für immer in ihre Augen.

DRITTER TEIL

Im Käfig der Gefühle

Der Weihnachtstag, Anno Domini 963

»Pornokratie«, peitschte Liudprands Stimme durch die Basilika des heiligen Petrus und holte die Anwesenden aus der Spannung und Versunkenheit, mit der sie dem Bericht Marocias folgten, zurück in die Realität des Gerichts. »Ihr habt eine liederliche und lästerliche Pornokratie in der Wiege unseres heiligen Glaubens installiert.« Zum ersten Mal richtete er das Wort direkt an Marocia, ohne sie jedoch anzusehen. Vielmehr schweifte sein Blick über die Gesichter der Prälaten und Würdenträger, halb bittend und halb drohend. Diese Leute entschieden zwar nicht über Marocias Schicksal, aber die Vorstellung, sie könnten anfangen, mit der römischen Hure zu sympathisieren, war Liudprand ein Gräuel. Noch einmal schlug er ihr und allen anderen seine Anklage entgegen: »Pornokratie, jawohl. So nennt man die Form der Herrschaft, die Ihr in diesen Jahren in Rom begründet habt.«

Auch Marocia musste sich nach diesem umfangreichen Bericht zunächst sammeln. Dann zuckte sie mit den Schultern. »Ich habe noch nie von diesem Wort gehört, ehrwürdiger Bischof, und ich frage mich, ob irgendjemand hier es überhaupt je vernommen hat. Ihr müsst es Euch ausgedacht haben.«

»Ausgedacht?«, schimpfte Liudprand und musste sich sehr beherrschen, die Senatrix nicht anzusehen.

»Verzeihung«, korrigierte Marocia schmunzelnd. »Ich wollte sagen, es muss wohl eine Eingebung des Herrn gewesen sein.«

Einzelne der Anwesenden lachten auf, andere unterdrückten nur mühsam ihre Belustigung. Dann aber krachte Liudprands Stock-

spitze hernieder. »Ihr wart eine Papsthure.« Sie krachte nochmals nieder. »Ihr habt Schande über die heilige Kirche gebracht.« Sie krachte ein drittes Mal nieder. »Ihr habt Euch impertinent in die Belange der Christenheit eingemischt.«

»Als Christin habe ich das Recht dazu.«

Einen Lidschlag lang hetzte Liudprands Blick über Marocias Gesicht, bevor er sich zu den Gewölben der Basilika erhob.

»Ihr verhöhnt das Gericht«, schimpfte er.

Marocia stand auf. »Euch passt nur nicht, dass ich mich nicht mit Geschmeide und Seidenschleiern zufrieden gab, dass ich Wünsche und Ideen hatte, die Eurer Meinung nach einer Frau nicht anstehen und …«

Liudprands Hand zischte durch die Luft, und sofort rief der Sekretär: »Marocia, Senatrix von Rom, setze dich, und achte das Gericht.«

Marocia atmete einmal tief ein und aus, ehe sie der Aufforderung nachkam. Glücklicherweise verließ Suidger von Selz nun seinen Platz und stellte sich einen Schritt neben ihren Stuhl. Er faltete seine Hände auf dem Bauch und sah eindringlich zu Liudprand hinüber, eine Warnung, die Objektivität der Befragung zu wahren.

Liudprand wusste natürlich, dass Suidgers Wort beim Kaiser ein gewisses Gewicht hatte. Nicht so schwer wie sein eigenes zwar, aber immerhin. Suidger sollte beim Kaiser keine Zweifel darüber anmelden können, dass es bei der Verurteilung der Senatrix nicht mit rechten Dingen zugegangen war. Der Bischof knurrte kaum hörbar in sich hinein, dann hob er den Knauf seines Stockes kurz in die Höhe und brachte damit den Abt des wohl angesehensten italienischen Klosters, Mons Cassinus dazu, die so genannte Befragung fortzusetzen.

»Was geschah nach dem Tod des Heiligen Vaters?«

»Ich wurde Herzogin von Spoleto, wie Ihr wohl wisst.«

»Ach ja richtig«, rief der Abt voller Sarkasmus. »Das war jene Zeit, in der Ihr weniger die Kirche als mehr das Königreich malträtiert habt.«

Suidger legte beschwichtigend die Hand auf Marocias Schulter und verhinderte eine allzu schnelle und heftige Stellungnahme der Senatrix. »Ist das eine Frage, ehrwürdiger Abt, oder eine Feststel-

lung? Sollte es nämlich eine Feststellung sein, so ist diese nach den Normen des Gerichts nicht zulässig.«

Der Abt knirschte mit den Zähnen. Widerwillig presste er aus sich heraus: »Es ist eine Frage. Aber ich ziehe sie zurück, da ich mir die Antwort der Beschuldigten gut vorstellen kann.«

Suidger grinste. »Der Herr hat Euch wahrlich mit einem gesunden Vorstellungsvermögen bedacht, ehrwürdiger Abt. Wir alle wissen, was damals im Königreich Italien vorging und wie gerecht das Wirken der Herzogin war. Ich möchte in diesem Zusammenhang nur nennen ...«

Suidgers Stimme verschwamm in Marocias Erinnerung. Ereignisse und Namen tauchten aus dem Dunkel auf und verschwanden wieder darin. So viel Übles hatte damals seinen Anfang genommen, und manches davon wirkte sogar bis heute nach, so viele Fehler, so viel Unglück machten diese Jahre zu einer einzigen schwarzen Masse. Nur eines stach wie eine klare, sonnenbeschienene Bergspitze aus diesem Meer dunkler Wolken hervor. Jede Zeit hat auch ihre Wunder, dachte sie und lächelte.

15

Anno Domini 911

Marocia lehnte sich aus dem Fenster der Kutsche und warf einen letzten Blick auf den Tiber, den braunen Strom, der sie ihr ganzes bisheriges Leben lang begleitet hatte. Hier, am Apennin, der die mächtige Grenze des Patrimoniums zum Herzogtum Spoleto bildete, gingen ihre Wege auseinander. Während der Fluss sich breit und gemächlich durch die tiefen Täler des Gebirges schlängelte, schaukelte das schwerfällige Gefährt nach Osten, über einen der Pässe. Marocia hatte einen weiteren Vertrauten verloren. In allem sah und spürte sie derzeit Abschied und Vergänglichkeit.

Sie seufzte, lehnte sich in ihren hölzernen, unbequemen Sitz zurück und betrachtete die Natur mit gleichmütigen Augen. Ein klarer Himmel wölbte sich über dem Gebirge, die Luft war kalt und würzig. Pinienwälder huschten an ihr vorbei, schwarze Seen funkelten im Licht der Januarsonne, Höfe und Dörfer sprenkelten die Landschaft, doch vor Marocias innerem Auge tat sich immerzu nur Sergius' kerzenbeleuchtetes Gemach auf. Vorgestern erst war er in ihren Armen gestorben. Es kam ihr vor, als habe ihr jemand im dicksten Winter die wärmende Decke von den Knien gerissen. Ihr war kalt, und sie fühlte sich – wie damals auf dem Weg von der Villa Sirene in den Lateran – schutzlos, nur auf die eigene Stärke und Kraft angewiesen.

Ein heftiges Holpern der Kutsche führte dazu, dass Marocia sich den Kopf an der Innenwand stieß und kurz aufschrie, und Damiane, die neben ihr saß, fiel mitsamt dem kleinen Clemens fast von ihrem Sitz und fluchte ein deutlich hörbares »Hojo«. Nur die beiden Männer, die ihnen gegenübersaßen, blieben angesichts der rauen Fahrt ungerührt. Desiderius stützte sich nur kurz ab und faltete dann wieder seine Hände auf dem Schoß. Gratian hingegen, sein Sekretär, schlief mit verrutschter Kutte und weit offenem Mund. Wenn er so laut schnarchte, dass die Kutsche von einem Schweinestall nicht mehr zu unterscheiden war, stieß Damiane ihn mit dem Fuß an. Daraufhin schmatzte er verschlafen, und eine Weile war Ruhe, aber kein Erdbeben hätte Gratian dauerhaft wach bekommen.

»Wann erreichen wir Spoleto?« Marocias Frage unterbrach ein stundenlanges Schweigen.

»Erst morgen Nachmittag«, erklärte Desiderius.

Damiane jammerte. »Zwei volle Tage in dieser Kutsche sind eine schlimme Tortur.«

Desiderius sah nicht aus, als würden Damianes Beschwerden ihn kümmern. »Wir werden eine Herberge finden, wo Ihr Euch erfrischen könnt, Durchlaucht«, meinte er zu Marocia und sprach sie bereits mit einem Titel an, der ihr erst nach der Hochzeit zustehen würde. »Schließlich tretet Ihr vor den Traualtar, sobald wir eingetroffen sind.«

Damiane schrie kurz auf. »Sobald wir …? Das kann unmöglich Euer Ernst sein. Zwei Tage Verlobungszeit sind geradezu anstößig kurz. Mindestens zwei Monate müssen sein.«

Desiderius schien sichtlich unwillig, mit einer Zofe über diese Frage zu diskutieren, daher unterließ er es auch. Marocia jedoch erriet die Gründe für die übereilte Hochzeit auch so. Eigene Entscheidungen zu treffen stand ihr nur deshalb frei, weil Sergius sie damals zur Consilia ernannt hatte. Sollte der nächste Papst ihr den Titel entziehen – was wahrscheinlich war und bald geschehen dürfte –, würde sie wieder unter der Vormundschaft ihres Vaters, de facto also ihrer Mutter enden. Und die würde die Hochzeit selbstverständlich untersagen. Desiderius, das musste Marocia anerkennen, hatte wirklich an alles gedacht.

Die Kutsche schaukelte kräftig hin und her. Marocia sah aus dem Fenster. Sie fuhren auf einer von faustgroßen Steinen übersäten Straße. Links von ihnen erhob sich eine mächtige, fast glatte Felswand, deren rötlich braunes Gestein im Sonnenlicht schimmerte. Rechts blickte Marocia in einen Abgrund, der nur wenige Ellenlängen von der Kutsche entfernt hundert Meter oder mehr abfiel. Der Kutscher hatte die Geschwindigkeit der vier Pferde bereits stark gedrosselt, aber jeder Stein, über den die harten hölzernen Räder rollten, löste weitere Erschütterungen aus. Als dann noch eine entgegenkommende Schafherde den Weg versperrte, hielt der Kutscher an und empfahl, eine kurze Rast einzulegen. Dankbar stieg Marocia aus dem Wagen.

Umringt von Schafen und aufwirbelndem Staub spazierte sie ein Stück davon. Sie nahm ein paar Kiesel auf und warf einen nach dem anderen in den kraterförmigen Talkessel hinab. Die trichterförmig aufeinander zulaufenden Wände waren voller großer und kleiner Gesteinsbrocken, aber ganz unten, in seiner Mitte, trotzte ein kleiner Pinienwald den widrigen Verhältnissen. Marocia konnte nur rund ein Dutzend Bäume erkennen, aber dieses wenige Grün schaffte es, dem öden Tal etwas Hoffnungsvolles zu schenken.

Von hinten näherte sich die Stimme des Bischofs. »Ich verstehe, dass die Eheschließung Euch zu diesem Zeitpunkt nicht recht sein kann. Dieses plötzliche Ende, die Trauer um den Heiligen Vater, das alles muss schwer zu verkraften sein. Aber Ihr dürft den letzten Willen des Mannes, der Euch so sehr liebte, nicht missachten.«

Täuschte sie sich, oder legte der sonst knochentrockene Geistliche tatsächlich Gefühl in seine Worte? Aus seinem Munde klangen diese weihevollen Appelle jedoch irgendwie lächerlich.

»Immerhin«, fuhr Desiderius fort, »hättet Ihr es schlimmer treffen können. Alberic ist Herzog eines starken Landes, gottesfürchtig und dazu von mildem Gemüt.«

Marocia zog die Augenbrauen in die Höhe und sah Desiderius an. »Sieht so Eure Beschreibung für einen mehrfachen Kindesmörder aus, ehrwürdiger Bischof?«

Desiderius blickte überrascht auf, dann hüstelte er. »Ich sehe, Ihr habt Euch kundig gemacht.«

»Entgegen landläufiger Meinung ist *das* meine Lieblingsbeschäftigung und nicht der Aufenthalt im Liebesbett. So weiß ich mittlerweile, dass Alberic heute nicht Herzog wäre, wenn er nicht vorher alle seine Neffen beseitigt hätte. Die meisten von ihnen waren so jung, dass ihnen noch nicht einmal Barthaare sprossen. Ich heirate einen feigen Mörder, ehrwürdiger Bischof, und ich bin wahrlich nicht stolz darauf. Aber die Alternative ist so inakzeptabel, dass ich …« Sie stockte. Ein kalter Schauer am Rücken ließ sie erzittern. Die Vorstellung, wieder in die Villa Sirene zu gehen, sich ihrer Mutter zu fügen, Johannes' Gesicht ertragen zu müssen, war beängstigend. Alberic mochte ein Kindesmörder sein, aber er war wenigstens nicht der Mörder *ihres* Kindes.

»Es ist richtig, dass die Neffen des Herzogs alle binnen weniger Wochen starben oder verschwanden. Man verdächtigt allerdings nicht ihn, sondern seine Mutter, Constanza von Atri. Sie war immer schon eitel und voll Eifersucht gegen ihre älteren Schwestern, deren Söhne in der Thronfolge der Herzöge vor dem ihren rangierten. Nun, sie hat ihr Ziel erreicht, aber der Herzog hat es ihr nicht gedankt. Er spricht seither kein Wort mehr mit ihr.«

Eine Böe trieb Staubwolken über den Bergweg und wehte sie dem Bischof und Marocia ins Gesicht. Sie blinzelten und hielten sich Tücher vor den Mund. Erst als der Wind sich wieder gelegt hatte, sprach Desiderius weiter.

»Um das Folgende zu verstehen, Durchlaucht, müsst Ihr wissen, dass ich vorhin nicht übertrieben habe, als ich Alberic einen gottesfürchtigen Menschen nannte. Genau das wurde ihm jedoch bald nach der Tat seiner Mutter zum Verhängnis, denn sowohl seine Gemahlin wie auch sein einziges Kind, ein Sohn, verunglückten bei einem Unfall. Eine zweite Gemahlin starb vor wenigen Jahren zusammen mit dem Säugling im Kindbett. Für ihn sind das Strafen des Herrn.«

Marocia sah, wie Desiderius' Mundwinkel sich zu einem flüchtigen ironischen Lächeln verbogen. In Rom, der Wiege der christlichen Zivilisation und des Wissens, war es unter Geistlichen schon vor langer Zeit unüblich geworden, in jedem Geschehnis, ob gut oder schlecht, eine direkte Einwirkung von Gottes Hand zu sehen. Insgeheim sah man deswegen auch auf den Klerus von jenseits der Alpen herab, der sich allzu übereifrig in diesem simplen Glauben übte. Doch auch die *Illiterates*, die arbeitende ländliche Bevölkerung Italiens, der die Prälaten nicht mehr Verstand als einer Kuh zubilligten, waren anfällig für Zeichen und Omen – und ihre Provinzherren, wie es schien, ebenfalls.

Gottes Fluch also! Nun wurde Marocia alles wie von Zauberhand verständlich. Die ganze Zeit über war ihr die Frage nicht aus dem Kopf gegangen, weshalb Alberic unter allen guten Partien im Königreich Italien ausgerechnet *sie* zur Gemahlin nehmen wollte. Ihr Ruf war nun wirklich nicht der beste, und sie verfügte weder über eigenes Vermögen noch über Ländereien oder Bewaffnete – die drei Hauptkriterien bei der Auswahl von Ehefrauen. Aber sie besaß ein Pfand, das Alberic derzeit wichtiger war: Sergius hatte dem Herzog wahrscheinlich einen Sündenablass versprochen, für den Fall, dass er Marocia ehelichte und ihr Schutz gab. Eine junge, gebärfreudige Frau, die ihm einen Nachfolger bescheren konnte, bekam er außerdem dazu. Wie schon ihre erste Beziehung zu Sergius, so würde also auch ihre zweite zu Alberic Folge eines Handels werden, wenngleich dieses Mal mit edleren Absichten des »Verkäufers«. Das perfekte Beispiel einer Symbiose – und einer meisterhaften Diplomatie des Desiderius, denn sie bezweifelte, dass Sergius sich so etwas ausgedacht haben konnte.

Mit einem Mal sah sie den neu ernannten Bischof anders an als je zuvor. Sie kannte Desiderius seit seiner Zeit als Sekretär von Saxo, und sie hatte nach seiner Beförderung zum *primicerius* einige Male am Rande mit ihm zu tun gehabt, aber wirklich beachtet hatte sie diesen Mönch nie. Seine stille, bürokratische Wesensart gab wenig Anlass dazu. Jetzt aber fiel ihr auf, dass er – im Grunde wie ein Parasit – von ihr profitierte, zunächst von ihrem Kampf mit Saxo, jetzt von ihrer Heirat mit Alberic. Sicher, eine Reihe von Leuten konnte einen Vorteil aus dem Ableben des unbequem gewordenen Papstes ziehen: Theodora, Berengar, Byzanz, natürlich Johannes, der schon einmal einen Giftanschlag geplant hatte. Auch Desiderius gehörte in diesen exklusiven Bund der Profiteure.

»Ich will doch hoffen«, sagte er, »dass Ihr nicht etwa den letzten Willen Eures verstorbenen Geliebten wegen dieser Mordgerüchte ignorieren wollt.«

Marocia ließ den letzten großen Kieselstein aus ihrer Hand fallen und trat darauf, als sie einen Schritt auf Desiderius zuging. Es knirschte. Sie lächelte den Bischof an. »Keineswegs«, versicherte sie. »Bis zu meinem letzten Atemzug nicht, mein *lieber* Freund.«

Sie durfte ihm nicht vertrauen. Niemals.

Das Hochzeitsfest, so schlicht es auch war, übertraf an Aufwand dennoch alles, was Spoleto in den letzten zehn Jahren gesehen hatte. In Anwesenheit des gesamten Adels setzte Desiderius der Braut in der altehrwürdigen Kirche *Sanctus Paulus* das goldene Diadem der Herzoginnen auf; neben ihr kniete Alberic mit verkniffenen Augen und murmelte ein kaum vernehmbares Amen, fast der einzige Laut, den er während der ganzen Zeremonie von sich gab.

Als sie an der Spitze des Gefolges aus *Sanctus Paulus* traten, jubelte das versammelte Volk ihnen zu, entzückt von der Schönheit seiner neuen, ganz in Königsblau gekleideten Herzogin und voller Dankbarkeit, dass es endlich einmal wieder etwas zu feiern hatte. Zum ersten Mal erlebte Marocia, dass Menschen sie offenen Herzens willkommen hießen, und so stand sie noch winkend und lachend in dieser Menge, als die Gäste sich schon lange auf die Pferde und in die Kutschen zurückgezogen hatten.

Der Bankettsaal der mächtigen Burg von Spoleto aber war angefüllt mit unfreundlichen Mienen. Die Adelsfrauen begegneten Marocia abweisend und wichen Gesprächen aus. Wenn sie ihr doch einmal etwas antworten mussten, taten sie es mit einem solchen Widerwillen in der Stimme, dass Marocia jede Lust auf eine Unterhaltung mit ihnen verging. Die Adelsherren waren noch schlimmer. Ihre rüden Gesichter trugen deutliche Züge der Langobarden, jenes wilden Volkes von der Elbmündung, das vor vierhundert Jahren Italien erobert hatte. Aus ihren großen, von Bärten und langen Kopfhaaren umwachsenen Augen stierten sie sie mit einer Mischung aus Begehren und Verachtung an. Marocia, an der Stirntafel sitzend, fürchtete sich, diese hundert entwürdigenden Blicke lange ertragen zu müssen, und doch blieb ihr nichts anderes übrig.

So war es fast schon ein Trost, dass die größte Feindseligkeit nicht ihr, sondern Alberic galt. Nicht ein Einziger der geladenen Gäste erhob sich, um auf das Wohl des Herzogs zu trinken, nicht einer trat mit einer Bitte oder einem Glückwunsch an ihn heran, niemand beachtete ihn mehr, als der minimale Anstand es gebot. Die Gäste unterhielten sich nur untereinander und stürzten sich auf die schweren Speisen aus Wildschwein und Würsten.

In einem der wenigen Momente, in denen die Geräuschkulisse etwas anstieg, beugte Marocia sich zu Desiderius, der neben ihr saß, und fragte leise: »Seine Beliebtheit ist ausbaufähig, nicht wahr?«

Desiderius grinste kurz über die ironische Bemerkung. »Fürwahr. Doch ich fürchte, dass die Beseitigung der früheren Herrscherfamilie zu viel Unmut im Adel hervorgerufen hat. Und der Herzog ist nicht der Mann, der eine solche Stimmung umzudrehen vermag.«

Marocia faltete die Hände, stützte ihr Kinn auf die Fingerspitzen und blickte den Bischof nachdenklich an.

»Ich frage mich, wie er sich überhaupt so lange halten konnte, wenn alle gegen ihn sind.« Das war in der Tat erstaunlich, denn Titel boten kaum einen Schutz gegen Feinde, im Gegenteil, sie waren gefährlich. In vielen Ländern Italiens wechselten die Herrscher binnen einer Dekade drei- oder viermal, und kaum einer von ihnen starb im sauberen Bett. Die meisten fielen tödlich getroffen in den Schlamm der Schlachtfelder, manche traf der Schlag, erschöpft von Feldzügen und harten Winterquartieren. Ein Lehnsherr – gleich ob Herzog, Markgraf oder Fürst – konnte sich nur dann behaupten, wenn seine Anhängerschaft stets größer als die Gegnerschaft war. Drehte sich dieses Übergewicht einmal, wenn auch nur für wenige Wochen, drohten Rebellion und Tod. Zudem waren da noch die anderen Länder, die alle das Ziel hatten, ihr Gebiet zu vergrößern. Einzig in Rom und dem Patrimonium waren die Verhältnisse einigermaßen geordnet. Doch diese relative Sicherheit lag nun hinter Marocia, und sie musste sich mit den hiesigen Gegebenheiten auseinander setzen.

»Vielleicht kennt Ihr den Spruch«, antwortete Desiderius auf ihre Frage. »Sollen sie mich hassen, wenn sie mich nur fürchten.«

Marocia warf einen Blick über ihre Schulter. Auf den ersten Blick schien Alberic sich aus der Abneigung gegen ihn nichts zu machen. Er war eine Insel der Schweigsamkeit, vielleicht aus Neigung, vielleicht aus Gewohnheit. Sein dürres, langes Gesicht war fast ebenso grau wie sein Ziegenbart und seine wässrigen Augen. Mit stumpfsinnigen, mechanischen Bewegungen klemmte er sich ein Stück Fleisch nach dem anderen zwischen die knöchrigen Finger, führte es zum Mund, kaute es langsam – und die Prozedur begann von vorne. Bestenfalls war dieser Mann gelassen, doch Furcht vermochte er nicht zu erzeugen. Ansonsten, folgerte Marocia, würden die Vasallen seines Landes ihn nicht derart auffällig schneiden, sondern im Gegenteil mit falscher Ehrerbietung hofieren.

Plötzlich verstummte der Saal. Alles hielt inne. Wer gerade einen Schlegel in der Hand hielt, behielt ihn dort, wer kaute, ließ die Brocken im Mund ruhen. Alle sahen zur Saalpforte, wo eine alte Frau stand und ihren Blick über die Bänke und Tische schweifen ließ. Völlig in schwarze Gewänder gehüllt, schritt sie langsam durch den weiten Raum auf die Ehrentafel zu.

Desiderius beugte sich zu Marocia, so dass nur sie ihn hören konnte: »Constanza von Atri.«

Marocia hatte sich Alberics Mutter nach den Gerüchten und Erzählungen anders vorgestellt, kräftiger, massiver, aufdringlicher. Stattdessen war sie klein und schmächtig. Ihr Kopf kam ihr kaum größer und glatter als eine Pampelmuse vor; er verlor sich fast über dem mächtigen schwarzen Kragen. Die roten Haare waren dünn, und ihre Kammerzofen schienen einige Mühe gehabt zu haben, sie aufzuplustern. Doch ihre großen, strengen, von Schatten umringten Augen sorgten dafür, dass die Blicke auf ihrem Gesicht haften blieben – und natürlich der Ruf, den sie innehatte.

Die ganze Erscheinung erinnerte Marocia an irgendjemanden von früher. Noch während sie beobachtete, wie ihre Schwiegermutter sich an das äußerste Ende der Tafel setzte, ohne ihrem Sohn einen Blick zu schenken oder einen solchen von ihm geschenkt zu bekommen, fiel ihr ein, dass diese Greisin die jüngste Schwester von Ageltrudis sein musste, dieser Schreckgestalt ihrer frühen Kindheit. Doch auch ihre Dienerin, deren Gesicht ein dunkler Schleier verhüllte, hatte etwas an sich, das Marocia vertraut vorkam.

»Ihr Erscheinen ist erstaunlich und nur durch ihre Eitelkeit zu erklären«, meinte Desiderius. »Feste, auf denen sie sich in großer Robe zeigen kann, hat sie schon immer geliebt, sagt man. Doch seit mehr als zwei Jahren ist sie nicht mehr unter Menschen gegangen.«

»Wo lebt sie?«

»Sie hält sich immerzu in ihren Gemächern auf.«

»Sind die etwa hier auf der Burg?«

»O ja. Der *palas*, der gesamte rechteckige Turm, wird von ihr und ihrer einzigen Dienerin belegt.«

»Aber ist der *palas* nicht gemeinhin das Areal des Herrschers oder Burgherrn?«

Desiderius nickte viel sagend. »So ist es.«

Die anwesenden Gäste begannen wieder, sich ihrer Speise oder der Unterhaltung zu widmen, aber eine deutliche Veränderung war spürbar. Man raunte oder flüsterte nur noch, und immer wieder gingen schnelle, unauffällige Blicke zu Constanza, allerdings nur dann, wenn die Betroffene selbst gerade mit etwas anderem beschäftigt war. Keine Frage, die Leute fürchteten die Greisin.

»Ich nehme an«, sagte Marocia, »Euer Zitat über Hass und Furcht vorhin meinte Constanza.«

Desiderius nickte. »Man glaubt, sie sei eine Hexe und feiere auf der Spitze des Turms Sabbate.«

»Sa...« Marocia lachte laut und vollen Herzens durch den ganzen Saal. Jeder sah sie wie eine Verbrecherin an, auch Alberic. Wie konnte sie es wagen, im Gespräch mit einem Bischof derart anzüglich zu lachen! Nur Constanza von Atri schien zu ahnen, dass sie die Ursache der Heiterkeit war, und warf Marocia einen hasserfüllten Blick zu. Es war dieser Blick, der Marocia ernüchterte, und sie wandte sich wieder dem Gespräch zu.

»Hat nicht die heilige Kirche selbst den Glauben an Hexen und deren Sabbate verworfen?«, fragte sie den Bischof spitz. »Ich nenne nur den *canon episcopi* und die Schriften des ehrwürdigen Abtes Regino von Prüm, in denen nicht das Hexenwesen angeprangert wird, sondern der *Glaube* an das Hexenwesen.«

»Man merkt, dass Ihr viel in der lateranischen Bibliothek gelesen habt«, nickte er anerkennend. »Doch diese Leute hier haben das nicht – und selbst wenn ... Seht Ihr, kein Spoletaner zuckt auch nur mit den Brauen, wenn jemand mit dem Schwert erschlagen oder mit der Lanze durchbohrt wird. Aber Gift ... das ist den Menschen hier unheimlich. Es hat mit Magie zu tun. Außerdem sind einige der Neffen schlicht verschwunden. Man hat sie nie aufgefunden, obwohl manche der Adeligen gewaltige Anstrengungen dahingehend unternommen haben. Nun glaubt man ...«

»... sie seien in Schweine verwandelt worden«, ergänzte Marocia sarkastisch.

Desiderius schmunzelte. »Nun ja, so etwas in der Art.«

Marocia schüttelte den Kopf. Wo war sie hier nur hineingeraten!

Alberic versuchte die Gegenwart Constanzas zu ignorieren, indem er unentwegt auf seinen Teller starrte.

Er tat Marocia plötzlich Leid. Das Schicksal mochte ihn einsam und abweisend gemacht haben, aber er hatte nichts Mörderisches an sich, nichts Primitives. Und obwohl sie beide doch sehr verschieden waren, verband sie eines: So wie er war auch sie das Opfer der eigenen Mutter. Sie verspürte den Wunsch, ihm zu helfen.

»Wir sollten den Tanz eröffnen, mein Gemahl«, schlug sie ihm plötzlich vor. »Mich dürstet nach Bewegung. Weder in der Villa Sirene noch im Lateran habe ich je Gelegenheit gehabt zu tanzen. Wie steht es bei Euch?«

Erst wusste er nicht, was er sagen sollte, und als er sich einigermaßen gefangen hatte, fiel ihm nichts anderes ein als: »Eine Frau fordert den Mann nicht zum Tanz.«

Oh, er konnte tatsächlich sprechen! »Richtig«, bestätigte sie. »Weil der Mann es gemeinhin tut. Wenn er es allerdings nicht tut …« Sie erhob sich und sagte so laut, dass die am nächsten sitzenden Gäste es hören konnten: »Ich nehme Eure Aufforderung gerne an, mein Gemahl.«

Wollte er sich nicht lächerlich machen, blieb ihm nun nichts anderes übrig. Gemeinsam betrat das Paar die frei gebliebene Mitte des Saales. Die Spieler der Flöten und Tamburine, die bisher nur langsame Stücke zur Untermalung musiziert hatten, freuten sich, nun ein heiteres Lied anstimmen zu dürfen. Zum Takt der Melodie schritt Marocia drei Schritte nach vorne, dann wieder drei zurück, es folgten Drehungen und Verbeugungen. Als eine ruhigere Passage kam und sie mit Alberic nur Seite an Seite vor- und zurückgehen musste, lobte sie ihn: »Ihr tanzt gut, mein Gemahl.«

Das Gegenteil war der Fall. Alberics Schritte stimmten zwar, aber er hatte staksige Beine und einen leicht gebeugten Rücken, was ihm die Haltung beim Tanzen erschwerte. Dazu kam, dass er ihre Hand anfasste, als wäre sie ein Kaktus, und dazu ein Gesicht zog, als hätte er sich bereits einen Stachel eingefangen.

»Auch für die Feier möchte ich Euch danken«, setzte sie die einseitige Konversation fort. »Und für die …«

»Ihr redet zu viel«, unterbrach er sie. »In Rom mag das Mode sein. Hierzulande schweigen die Ehefrauen, bis der Mann sie anspricht. Und bei Gott, daran werdet Ihr Euch halten.«

Es wurde ein sehr schweigsamer Abend.

Wenige Stunden später stand Marocia am Fenster, eingehüllt in eine dicke Wolldecke, und blickte in die Nacht hinaus. Die Burg von Spoleto thronte herrschaftlich auf einem Hügel über der Stadt, und die Sicht auf die mondbeschienenen Berge im Süden und die fruchtbare Ebene im Osten war atemberaubend. Doch die Burg war schlecht gebaut, und ihre ungeschützte Lage forderte jeden kalten Windhauch geradezu heraus, durch das Mauerwerk zu kriechen. Außerdem war sie äußerst spartanisch ausgestattet. Noch nicht einmal das Hochzeitsgemach war geschmückt oder wenigstens beheizt worden.

Wozu auch, dachte sie bitter. Sie fror ja allein. Alberic war noch immer nicht gekommen. Zusammen mit Desiderius hatte er das Bankett verlassen, um etwas zu besprechen. Sie ahnte schon, was. Der Bischof zog vermutlich den verbrieften Sündenablass aus seinem Gewand, und Alberic ernannte ihn im Gegenzug zu seinem geistlichen Ratgeber oder gar zum Siegelbewahrer. Vermutlich eher das Zweite, wie sie Desiderius einschätzte. In Rom hatte sie als Kind Dutzende solcher Geschäfte miterlebt – zumindest darin unterschied sich die Provinz wohl nicht von der Ewigen Stadt.

Das also war ihre erste – und womöglich letzte – Hochzeitsnacht. Sie bettete sich auf das Kissen, hüllte sich mit den gekämmten Wolldecken ein, blickte in die Dunkelheit und erinnerte sich an die mit Nähe und Fürsorge gefüllten Nächte mit Sergius. Doch nicht nur ihn vermisste sie.

16

Alberics Verhalten änderte sich nicht. Er mied sie. Nicht eine einzige Nacht schlief er bei ihr. Das allein kümmerte Marocia nicht, aber er suchte sie auch am Tage niemals auf, sprach nicht mit ihr, nahm seine Mahlzeiten gesondert ein, und wenn es doch einmal etwas Notwendiges zu übermitteln gab, beauftragte er damit bestenfalls Bischof Desiderius, zumeist jedoch einen Bediensteten.

Besuch von außerhalb erhielt Marocia ebenfalls nicht. Adelige ließen sich niemals in der Burg sehen, obwohl einige in der Nähe der Stadt lebten. Auf ihre Feste war der Herzog zwar pro forma eingeladen, aber es galt als sicher, dass er nicht erschien, und ohne ihn war es auch Marocia verboten, der Einladung nachzukommen. Schlimmer noch, ohne ihn durfte sie noch nicht einmal die Burg verlassen. Sie langweilte sich zu Tode.

Da waren die seltsamen Vorgänge um Constanza von Atri eine willkommene Ablenkung. Im Innern der Burg ertappte Marocia deren Dienerin mehrere Male dabei, wie sie sie aus einem Winkel belauerte. Sobald sie die in weite Röcke und Schleier gehüllte Frau zur Rede stellen wollte, verschwand diese in einem der kalten, feuchten Gänge. Und immer wieder glaubte Marocia, etwas Bekanntes an ihr zu erkennen, ohne sagen zu können, was es war.

Im Freien begegnete sie der Dienerin zwar nicht, aber dort war Marocia in Sichtweite des hohen Wohnturms. Dieser beherrschte das gesamte Areal. Egal, ob Marocia sich im Burghof das Reiten beibringen ließ, ob sie in dem winzigen, nur wenige Schritte durchmessenden Burggarten mit Clemens auf dem Schoß in der Sonne saß oder von den Mauern ins Tal sah – von überall wäre es Constanza möglich gewesen, sie zu beobachten. Aber taten die unheimliche Alte und ihre beleibte Dienerin das tatsächlich? Und wenn, warum?

»Hast du etwas über sie erfahren können?«, fragte sie Damiane. Sie hatte ihr den Auftrag gegeben, sich unter der Dienerschaft und der Burgbesatzung umzuhören, doch was Damiane zu erzählen hatte, brachte kein Licht ins Dunkel, im Gegenteil. Je mehr man über Constanza und ihre Dienerin erfuhr, desto seltsamer schienen sie.

»Vor zwei Jahren«, berichtete Damiane mit gesenkter, spannungsgeladener Stimme, »hat die Mutter des Herzogs alle ihre Dienerinnen fortgeschickt und nur die eine behalten. Warum, weiß niemand. Noch merkwürdiger ist, dass die Dienerin keinen Namen hat. Zweimal am Tag kommt sie von dem Turm herunter, um für die Herrin und sich selbst Speise zu holen. Sie spricht nie.«

Marocia kannte Damiane lange genug, um ihr anzusehen, dass es da noch etwas gab, das sie zurückhielt. Wie ein prall gefüllter Blasebalg schien die Zofe nur noch darauf zu warten, gepikt zu werden, um alles in einem großen Schwall über Marocia ergießen zu können. In der Vergangenheit hatte Marocia dieses »Piken« schon so manches Mal mit einem verschwätzten Nachmittag und klingenden Ohren bezahlt, heute jedoch nahm sie das in Kauf. Sie musste alles über die beiden Frauen erfahren.

»So weit, so gut. Aber nun sag schon, da wird noch mehr gesprochen, nicht?«

Damiane leckte sich die Lippen und legte so viel Geheimnis in ihre Stimme, dass es fast schon komödiantisch wirkte. »Man erzählt sich, die alte Herzogsmutter braut stinkende Tränke in ihrem Turm und bringt damit Verfall und Tod über die Menschen. Aus dem Fenster steigen häufig heiße Dämpfe und ein furchtbarer Geruch. Und die unheimliche Dienerin geht nachts auf den Friedhof der einfachen Leute und gräbt dort Gebeine aus, um sie zu zermahlen und der Hexe zu bringen.«

Das alles klang Marocia zu lächerlich, um es zu glauben, doch die Einbildungen der Spoletaner wunderten sie schon lange nicht mehr. Was sollte man denn schon anderes von Leuten erwarten, die den Neumond anriefen und ihm Mut zusprachen, damit er die Kraft fände, seinen vollen Glanz wiederzugewinnen? Und die Burgbesatzung warf regelmäßig Brote unter erbärmlichem Schreien auf den Zugangsweg, um damit unsichtbare Feinde fern zu halten. Selbst Alberic glaubte an solche Beschwörungen, warum sonst hatte er sich der hiesigen Tradition gemäß am ersten Januar mitten auf einem nahe gelegenen Kreuzweg auf eine Ochsenhaut niedergelassen und die ganze Nacht dort betend verbracht? Das alles war grotesk.

Aber immerhin: Auch Marocia hatte schon die Dämpfe und Gerüche bemerkt, die manchmal über der Burg hingen. Sie musste einräumen, dass einige Vorgänge in diesem Turm ungewöhnlich waren. Oder wurde sie schon langsam wie alle anderen hier? Waren ihre Verdächtigungen bereits erste Auswirkungen des allgegenwärtigen Aberglaubens, dem sie hier in der Provinz ausgesetzt war?

Jeder hier schien Angst vor Constanza zu haben, und gerade darum musste Marocia ihre eigene Angst überwinden.

Im späten Frühjahr kündigte Alberic an, dass er gemeinsam mit Desiderius eine Reise quer durch das Herzogtum unternehmen werde. Es war seine erste, und Marocia vermutete, dass der Bischof ihn dazu überredet hatte. Desiderius schien also rasch an Einfluss bei Hofe zu gewinnen. Sei's drum, für Marocia war das die Gelegenheit, der Enge der Burg zu entkommen und das Land kennen zu lernen. Sie suchte Alberic am späten Abend noch in seinem Gemach auf, um ihre Bitte vorzutragen.

Der Raum war kälter und schlechter gelegen als ihrer, an der Nordseite der Burg. Von hier sah man nicht über das spoletanische Land, sondern auf eine hohe Wehrmauer, die kleine Kapelle, die frei stehende Krypta der herzoglichen Familien und den benachbarten Friedhof, auf dem die Burgbesatzungen und Diener ihre letzte Ruhe fanden. Wahrlich keine erhebende Aussicht.

»Mich begleiten?«, brummte er. »Zu welchem Zweck?«

»Zu dem Zweck, dass das Land seine Herrin kennen lernt, und umgekehrt.«

»Das fehlte noch«, gab er zurück und sah sie mit einem Widerwillen an, der mehr sagte als alle Worte. »Ihr seid keine Herrin, von niemandem, und Ihr werdet auch niemals eine sein. Hierzulande ist es unüblich, dass ...«

»Hierzulande, hierzulande«, unterbrach sie ihn. »Das ist doch nur ein Vorwand, um mich hinter Mauern zu verbergen. Hört zu! Ihr habt mich zur Gemahlin genommen, aus freien Stücken. Wenn Ihr mit meinem Ruf ein Problem habt, ist es nicht meine Schuld. Je eher Ihr Euch mit mir abfindet, desto besser für uns beide.«

Er blickte so verwirrt wie damals, als sie ihn zum Tanz gebeten hatte, doch schon im nächsten Moment ging er zwei Schritte auf sie zu, als wolle er sie packen oder schlagen. Marocia beeindruckte das nicht. Sie wusste, dass Alberic dazu weder die äußere noch die innere Kraft besaß. Er würde ihr nie etwas Körperliches antun. Wohl aber besaß er formale Macht über sie, und sich darauf zu berufen war einfach und billig. »Ihr werdet mich nicht begleiten!«, donnerte er. »Das ist mein letztes Wort.«

Sie wandte ihm den Rücken zu, entfernte sich ein Stück und lehnte sich an das kalte Mauerwerk neben dem Fenster. Die Nacht war licht. Die Beschwörungen der Leute schienen wie immer erfolgreich gewesen zu sein, denn ein voller Mond strahlte schräg auf die Mauern und Türme und warf lange Schatten. Plötzlich sah Marocia eine plumpe Gestalt über den Friedhof schleichen. An den Gewändern erkannte sie sofort, dass es die Dienerin Constanzas war. Marocia reckte ihren Kopf ein Stück weit vor, um nicht vom Licht der Kerzen im Raum geblendet zu werden. Tatsächlich! An einem der Gräber kniete die Gestalt nieder. Aber grub sie? Marocia konnte es nicht sehen. Sie kniff die Augen zusammen …

»Was ist da draußen?«, fragte Alberic und stellte sich zu ihr.

»N-nichts«, antwortete Marocia und versuchte schnell noch, sich die Stelle einzuprägen, bevor Alberic den Laden schloss. Sie wollte der Sache auf den Grund gehen.

Er zog die Mundwinkel nach unten. »Vermutlich ein Soldat, der Euch gefällt, wie? Und Ihr wollt Euch als Herzogin präsentieren! Unfassbar! Ihr habt mich verstanden! Ihr bleibt hier!«

»Ja«, erwiderte sie spitz. »Ich habe verstanden.« Mit Betteln oder Argumentieren war bei Alberic nicht weiterzukommen. Er hatte seine vorgefasste Meinung, und es war möglich, sogar wahrscheinlich, dass Desiderius diese sogar noch bestärkte. Ihm konnte ja auch nicht daran gelegen sein, dass jemand seine dominierende Stellung bei Alberic in Gefahr brachte. Doch genau das rief wieder dieses Gefühl in ihr hervor, das sie von Kindheit an kannte: Nichts ist unmöglich, für niemanden. Ihr würde schon noch etwas einfallen.

Der lange Schatten des Turmes hatte den Friedhof in vollständige Dunkelheit getaucht, als Marocia noch in der gleichen Nacht dem Geheimnis der Dienerin nachging. Sie trug eine kleine Kerze vor sich her, deren Flamme sie mit der anderen Hand vor den überraschenden Luftzügen beschützen musste. Vorsichtig wie ein Wiesel schlich sie an den Wänden des Mausoleums entlang. Eine Wache kam ihr entgegen, und es gelang ihr eben noch rechtzeitig, in die Krypta zu huschen. Doch die beiden Männer schienen dennoch etwas bemerkt zu haben, denn sie gingen ebenfalls einige Schritte in das kalte Gemäuer hinein und hielten ihre Fackeln hoch. »Ist da jemand?«

Marocia verbarg sich hinter einem der Sarkophage und hielt den

Atem an. Wenn sie die Kerze auspusten würde, könnte der aufsteigende Rauch sie verraten, fiel ihr ein, und sie nahm in Kauf, dass das sanfte Licht sie in Gefahr brachte.

»Komm, lass uns gehen«, sagte der andere hörbar erleichtert, auf keinen Geist getroffen zu sein.

Marocia atmete durch. Jetzt erst, als sie die Kerze an den Sarkophag hielt, erkannte sie, dass sie die ganze Zeit hinter den Gebeinen von Ageltrudis Schutz gefunden hatte. Da hat die unheimliche Frau mir einmal etwas Gutes getan, grinste Marocia und machte sich wieder auf den Weg.

Diesmal ging sie auf der anderen Seite um die Krypta herum und betrat den Friedhof. Irgendwo hier musste ein Ginsterstrauch sein, die Markierung, die sie sich gemerkt hatte ... Sie fand ihn schnell, denn seine kleinen gelben Blüten leuchteten sogar in der Nacht. In diese Reihe musste sie also gehen.

Die Gräber der *laboratores* und *servates* waren in einem schlechten Zustand. Kein Wunder, denn wenn die Eheleute aus der Arbeiter- und Dienerschaft erst einmal beide verstorben waren, kümmerte sich niemand mehr darum. Ihre Kinder wurden meist nicht vom Herrn behalten, sondern mussten in die Ferne ziehen und erfuhren – wenn überhaupt – erst viele Jahre oder Jahrzehnte später, dass ihre Mütter und Väter tot waren. Umgekehrt natürlich ebenso. Unkraut wucherte über die Steine oder Hölzer, und einige Male wäre Marocia sogar fast in die Vertiefungen gefallen, die manche Gräber aufwiesen. War hier tatsächlich von Hexen gegraben worden, oder hatte sich nur der Fuchs daran zu schaffen gemacht?

Sie war an dem Grab angekommen, das sie sich eingeprägt hatte. Es war etwas besser gepflegt als die anderen, denn kein Unkraut, sondern schlichtes Grün wuchs darüber. In letzter Zeit war hier nicht gegraben worden, stellte Marocia erleichtert fest. Sie beugte sich nach vorne und gab das Licht der Kerze frei. Ein Holzkreuz, dunkel, feucht und alt, hatte seine eigentliche Aufgabe bereits eingebüßt, nämlich den Lebenden Kunde vom Toten zu geben. Die eingekerbte Inschrift war verwittert, und Marocia konnte nur noch den ersten Buchstaben eindeutig erkennen, ein »R«.

Sie spielte mit Bedeutungen, die nun dutzendfach auf sie einströmten: »*Regens*?«, flüsterte sie. War hier ein zeitweiliger Regent begraben worden, von dem niemand mehr etwas wissen wollte? »*Regina*?« Nein, eine Königin wohl nicht. »*Rusticus*?« Lag hier einfach ein toter, namenloser Bauer? »Hör auf damit«, gebot sie sich. Vermutlich war es einfach ein Name: Roswitha, Rudolph, Raimund ... Hieß vielleicht einer von Constanzas verschwundenen Neffen Raimund?

»Schluss«, schimpfte sie leise vor sich hin.

Hier kam sie nicht weiter. Wenn sie endlich etwas Genaues herausfinden wollte, musste sie dorthin gehen, wo das Geheimnis geborgen war. Sie musste in den Turm der Constanza.

Gut, dachte sie, dass Alberic morgen abreist.

Mit der aufgehenden Märzsonne hallte der Burghof wider vom Lärm der herzoglichen Gefolgschaft. Bedienstete liefen kreuz und quer herum und beluden die Karren mit Säcken voller Salz, Mehl, Wein und gepökeltem Fleisch. Auf anderen Karren türmten sich bereits Waffen, Seile, Ketten, Rüstungen, Geschirr und Werkzeuge. Auf ein Gefolge von sechzig Männern kamen so fünfzehn Wagen, eine unverhältnismäßige Anzahl, die nur mit Alberics übertriebenem Sicherheitsbedürfnis erklärt werden konnte. Er wollte auf ausnahmslos alle Eventualitäten dieser Reise vorbereitet sein. Selbst Wasser, das im bergigen, von Bachläufen geprägten Herzogtum eigentlich reichlich vorhanden war, wurde in schweren Fässern mitgenommen – man konnte ja nie wissen.

Marocia bahnte sich ihren Weg durch die Karren, Waffenträger und vor Aufregung schnaubenden Pferde. Sie verabschiedete sich von Alberic auf eine Art, die ihm als Einzige genehm sein konnte, nämlich mit einem ziemlichen Knicks und gebeugtem Haupt. Er wiederum nickte steif zurück. Damit war Marocia ihn für die nächsten Monate los.

Nun ging sie noch bei Desiderius vorbei. Anders als ihr Gemahl, der auf einem mit reichem Zaumzeug geschmückten Pferd reiten würde, zog der Bischof es vor, auf einem Wagen zu fahren. »Ich beneide Euch, bischöfliche Gnaden«, rief sie zu ihm hinauf. »Wenn ich nur ein wenig ausreiten dürfte, den Sommer genießen ... Könntet Ihr nicht beim Herzog ein Wort für mich einlegen?«

Desiderius sah ausdruckslos auf Marocia herab und überlegte.

Diese direkte Bitte überraschte ihn, aber er konnte nichts daran finden, was ihm Sorgen bereiten müsste. Im Gegenteil, je mehr Marocia ihre Freiheit genießen konnte, umso weniger käme sie auf die Idee, sich in seine Angelegenheiten zu mischen. Und der Herzog würde seine Gemahlin sogar mit noch mehr Argwohn betrachten als bisher.

»Aber gerne«, versprach er mit einem breiten Grinsen, und Marocia grinste zurück.

Noch in derselben Stunde brach Alberic mit dem Gefolge auf, doch zuvor hatte er Marocia die gewünschte Erlaubnis erteilt – schriftlich.

Die Hauptstadt des Herzogtums hielt selbstverständlich keinem Vergleich mit Rom stand. Es gab nur wenige antike Monumente hier, weil die Ostgoten vor vierhundert Jahren die meisten von ihnen abgerissen und ihre Steine als Katapultgeschosse gegen Belagerer benutzt hatten. Ein römisches Theater war als Einziges den Barbaren entgangen und stand ungepflegt und deplatziert zwischen den vielen rotbraunen Häusern der einfachen Bürger. Da Spoleto nicht einmal einen Bischofssitz hatte, gab es außer Marocias Traukirche *Sanctus Paulus* auch keine größeren Gotteshäuser. Das war ein deutliches Anzeichen dafür, wie bedeutungslos die Stadt, ja das ganze spoletanische Land, gegenüber Erzbistümern wie Aquileia und Milanum im Norden oder Capua und Benevent im Süden war: ein Soldaten- und Bauernstaat zwischen Zentren des Geistes, Sparta neben Athen. Nach einem Tag hatte Marocia hier alles gesehen, was es zu sehen gab.

Dafür entdeckte sie aber schon bald die landschaftlichen Reize der Umgebung Spoletos. Das Land war voller Hügel und Täler und übersät mit sattgrünen Weinstöcken, die sich nur mit gelegentlichen Dörfern und den Mühlen der Ölbauern abwechselten. Die Häuser der *Illiterates* dagegen waren kaum zu sehen; es handelte sich um winzige, fensterlose Steinverhaue, die von Gräsern, Moosen und Flechten überwuchert waren und eher an vorzeitliche Gräber erinnerten als an Behausungen von Lebenden. Die Menschen selbst waren schmächtig, von der Sonne verbrannt und mit Narben übersät. Diese Welt wirkte auf Marocia, die gebürtige Römerin aus adeligem Hause, noch unheimlicher und fremder als die, mit der sie jeden Tag in der Burg von Spoleto zu tun hatte und deren Geheimnisse noch immer auf Enthüllung warteten.

Der Sonntagmorgen war die beste Zeit, wenn man in der Burg von Spoleto etwas Verbotenes oder Geheimes tun wollte, hatte Marocia herausgefunden. Fast alle Diener befanden sich zur Messe in der Kapelle und lauschten ebenso andächtig wie skeptisch den Predigten, die sie ermahnten, den halb heidnischen Aberglauben um Mondgebete und Brotwürfe abzulegen und ganz auf Gottes Regelwerk zu vertrauen. Die weniger gläubigen Soldaten wiederum schliefen noch den Rausch vom Vorabend aus, denn am Sonntag hatten die meisten von ihnen einen halben freien Tag. Zudem war die Burgbesatzung um das Gefolge reduziert, das Alberic mitgenommen hatte.

So normal wie möglich überquerte Marocia den leeren Burghof. Die wenigen Posten auf den Mauern und am Tor schöpften keinen Verdacht, als sie auf die Ställe zuging. Doch in einem Winkel, der schwer einsehbar war, bog Marocia schnell ab und eilte zum Eingang des Turms.

Er war verschlossen. Hastig holte sie einen Bund mit neun schweren Schlüsseln hervor, den sie aus der Küche gestohlen hatte. Einen nach dem anderen steckte sie in die schmiedeeiserne Höhlung und versuchte ihn im Schloss zu drehen.

Fünf. Wieder nichts. War das aufregend! Sie erinnerte sich an die vielen Lauschereien in der Villa Sirene; das war so ähnlich und doch nicht dasselbe.

Sechs. Auch er passte nicht. Ihr heimlicher Ausflug durch die nächtlichen Gänge des Lateran, als sie auf dem Weg zu Landos Gemächern war, fiel ihr ein, doch auch diese Aufregung damals war etwas anderes.

Sieben. Der war falsch. Endlich kam auch in Spoleto etwas Abwechslung in ihr Leben. Vielleicht brach sie nur darum in den Turm ein. Vielleicht bildete sie sich diese seltsame Vertrautheit mit der verschleierten Dienerin nur ein, weil sie Geheimnisse und deren Aufdeckung liebte, weil sie gerne Verbotenes tat. Constanza war womöglich nichts anderes als eine verbiesterte Alte, deren Sohn sich von ihr abgewandt hatte und der alle Welt Verbrechen unterstellte, die sie gar nicht begangen hatte.

Acht. Passt! Doch verflucht! Die Tür knarrte so laut, dass man sie bis ganz oben würde hören können. Langsam, Fingerbreit für Fingerbreit, schob Marocia die Pforte auf, bis der Spalt breit genug war, dass ihre schlanke Gestalt hindurchpasste.

Das Erste, was Marocia wahrnahm, war ein beißender Geruch nach Kampfer und gegorenen Brennesseln, der wie Dunst in dem Gemäuer hing. Die Treppe führte in steilen Serpentinen hinauf, von denen alle zwanzig Stufen eine Tür abging. Hinter diesen Türen verbarg sich jeweils ein mehr oder weniger komfortabel eingerichteter Wohn- oder Schlafraum, aber auf eine der beiden Bewohnerinnen traf Marocia nicht.

Die Treppe kostete Marocia Kraft, zumal der Gestank mit jeder Stufe widerlicher wurde. Wie anstrengend musste es für die alte Constanza und die dicke Dienerin erst sein, wenn schon eine Zweiundzwanzigjährige hier Mühe hatte. Als sie zwei Drittel hinter sich gebracht hatte, ruhte Marocia sich einen Moment aus und blickte durch eine der kopfgroßen Öffnungen, die ein wenig Licht in den dunklen Aufgang brachten. Schon von hier war die Sicht auf Spoleto grandios. So also sahen Vögel auf die Welt hinab!

Sie nahm einen tiefen Zug frischer Luft und machte sich auf die letzte Etappe ihres Weges. Eine weitere Tür barg nichts als einen mäßig wohnlichen Raum, der aber im Unterschied zu den darunter liegenden regelmäßig bewohnt wurde. Er war nicht so aufgeräumt wie die anderen. Aus den einfachen Kleidern, die über dem Bett ausgebreitet lagen, schloss Marocia, dass dieses Gemach der Dienerin gehören musste.

Sie war an der letzten Tür angelangt. Hier endete die Treppe. Sie legte ihr Ohr an das feuchte Holz, das ganz den Gestank angenommen hatte: Schritte waren zu hören, das Brodeln eines Kessels, ein leises Stöhnen in kurzen Abständen, so als würde jemand mit Nadeln gestochen.

Marocia wartete ab, bis sie keine Schritte mehr hörte, dann öffnete sie vorsichtig die Tür und steckte einen halben Kopf durch den Spalt. Niemand zu sehen. Doch der Raum war groß und verwinkelt. Auch als sie den ganzen Kopf hindurchsteckte, schließlich den Hals reckte und ihren Oberkörper bis zum Letzten dehnte, konnte sie noch immer nicht um die Ecken sehen. Was sie von ihrem Standort an der Tür eben noch so erblickte, war der Kessel, über den Tücher gespannt waren. Ab und an griff eine Hand nach einzelnen dieser Stofffetzen und nahm sie weg, einen nach dem anderen.

Marocia fasste sich ein Herz und machte einen Schritt in den Raum hinein. Doch genau in diesem Augenblick wehte ein kräftiger Luftzug durch eines der Fenster und schmetterte die Tür hinter ihr zu. Sofort kam die Dienerin aus ihrer Ecke hervor. Sie war verhüllt wie immer. Marocia erstarrte. Der Atem stockte ihr.

»Was ist?«, rief eine alte, heisere Stimme, vermutlich die von Constanza, aus der Ecke hervor. Die Dienerin antwortete ihr nicht. Sie streckte die verhüllte Hand aus, und eben, als Marocia dachte, dass die Hand sie packen wolle, sah sie, dass sie sie nur abwehren wollte.

»Ich tue dir nichts«, sagte Marocia hastig und wollte, von Neugier getrieben, nach dem Schleier der Frau greifen. Doch die Dienerin nahm hastig einen Stock, ein einfaches Feuerholz, und wehrte Marocia wie mit einem Schwert ab.

»Wer ist da?«, rief Constanza, und Marocia spürte Empörung, ja Zorn in der Stimme.

»Ich … Ich will doch nur wissen …«, stammelte Marocia.

Die Dienerin wedelte mit der Hand, als ob sie Marocia das Sprechen verbieten wollte.

Marocia hörte, wie Constanza unter Schmerzen aufstand und einen Fluch über die Lippen schickte. Dann humpelte die alte Frau ums Eck – und erschreckte Marocia fast zu Tode. Wie sah sie nur aus! Sie wirkte uralt, ihre Haut an den bloßen Armen hing schlaff herab. Oder waren das sogar Fetzen? Es ging alles so schnell.

»Du dreckiges Luder!«, schrie Constanza und gab der Dienerin den Befehl: »Halt sie fest! Wir müssen sie umbringen!«

Die Dienerin zögerte einen Augenblick, dann sprang sie trotz ihrer Körperfülle erstaunlich behände an Marocia vorbei und riss die Tür auf. Jetzt war wohl der Zeitpunkt, um wieder zu verschwinden. Sie warf einen letzten Blick auf die stumme Gestalt, die ihr nichts Böses wollte, dann rannte, ja sprang sie die Stufen des Turmes hinunter. Und von oben hallten die Flüche und die Schläge herunter, die Constanza der Dienerin versetzte. Keuchend schloss Marocia die Pforte hinter sich.

Mit ungeduldigen, schnellen Schritten lief Marocia durch die Gänge und Treppenaufstiege der Burg, dicht gefolgt von Agipert, dem Marschall des Herzogs. Sein Brustpanzer, den er fast immer trug, klapperte derart laut, dass sein vorwurfsvoller Redeschwall fast darin unterging. »Niemand darf diesen Turm betreten. Er ist allein der edlen Constanza vorbehalten. Nicht einmal der Herzog selbst hat seine Mutter jemals dort besucht. Nun ist sie aufgebracht. Dieses kindische Abenteuer kann üble Folgen für Euch haben. Womöglich ... womöglich verflucht sie Euch.«

Marocia blieb so abrupt stehen, dass Agipert beinahe auf sie aufgelaufen wäre. Nachdenklich sah sie ihn an. Agipert war ein kerniger, bärtiger Soldat, der sein ganzes Leben lang das Schwert getragen hatte. Er hatte in seinen fünf Lebensjahrzehnten drei Schlachten und etliche Scharmützel geschlagen, gegen verhüllte Sarazenen und kräftige Franken gekämpft, von denen jeder Einzelne wie eine Festung wirkte. Nie war er zurückgewichen, sonst wäre er heute nicht Marschall. Doch nun versetzte ihn ein altes Weib in Schrecken. Constanza besaß vielleicht keinen offiziellen Einfluss mehr auf Alberic und seinen Hof, aber sie war dennoch die alles beherrschende Gestalt. Ihre Morde, an die Marocia nach dem Erlebnis im Turm nun glaubte, hatten das Land in Argwohn, Angst und Feindseligkeit gestürzt. Solange ihre Schwiegermutter in dieser Burg lebte, würde Alberic, ja das ganze Herzogtum, nicht aus seiner Erstarrung kommen.

Marocia atmete tief durch und schnaufte: »Sie wollte mich umbringen. Alberic muss sie auf ihre Güter verbannen – oder wenigstens prüfen, was in dem Gemäuer vor sich geht.«

Agipert schüttelte den Kopf. »Das wird er nie tun. Schon gar nicht Euretwegen.«

»Ich *verlange* es aber.«

»Ihr« – Agipert hielt Marocia den Zeigefinger vor die Nase – »habt nichts zu verlangen. Ihr werdet Euch von Constanza fern halten. Noch so ein Abenteuer, und ich lasse Euch einsperren. Als Vertreter des Herzogs darf ich das, wenn Ihr den Anordnungen zuwiderhandelt.«

Noch in der gleichen Stunde ritt Marocia aus. Sie trieb ihr Pferd an, bis es nicht mehr konnte, dann stieg sie ab und warf sich mit Tränen in den Augen in das Gras. Sie dachte nicht mehr viel an Constanza von Atri oder deren Dienerin; das war ein Abenteuer, ein Geheimnis, eine spannende Abwechslung, wenngleich sie nie damit gerechnet hätte, dass Constanza sie umbringen wollte, oder damit, dass die Dienerin sie retten würde. Der Turm blieb ein Geheimnis, doch eines, von dem Marocia vorerst genug hatte.

Viel schlimmer war das, was Agipert zu ihr gesagt hatte – und vor allem, wie. Noch bevor sie sich an ihre Rolle als Herzogin hätte gewöhnen können, wurde ihr klar, dass sie sich erst gar nicht daran gewöhnen musste. Sie kam sich vor wie eine Rechtlose, eine Sklavin, und das war unerträglicher als alles, was sie in der Vergangenheit in der Villa Sirene oder im Lateran ertragen musste. Mochte man sich ihrer schämen, damit kam sie zurecht, aber dass ihr Wort nichts galt, das konnte sie nicht einfach hinnehmen.

Sie hatte sich vor langer Zeit das Versprechen gegeben, nie mehr machtlos zu sein. Viel war seither passiert, doch im Grunde kniete sie trotz aller Windungen noch immer vor jenem finsteren Altar im Lateran. War es nicht langsam Zeit, aufzustehen und die Versprechen einzulösen, die sie sich selbst gegeben hatte? Sie musste wieder anfangen, die Zügel in die eigene Hand zu nehmen. Sie schlug die Faust in das Gras. »Werde endlich erwachsen, und lasse die Spielereien!«, rief sie, und der Wind trug ihre Forderung mit sich über das Land.

17

»Das kann unmöglich Euer Ernst sein!«, rief Marschall Agipert und starrte die Herzogin an. Sie hatte ihm gerade mitgeteilt, dass sie eine Reise durch das Land zu unternehmen gedenke, und ihn beauftragt, einen kleinen Tross zusammenzustellen.

»Was spricht dagegen?«, fragte sie und sah ihn mit großen Augen an.

Oh, aus seiner Sicht sprachen ein Dutzend Gründe dagegen. Sie war verdammt noch mal ein Frauenzimmer und hatte sich nicht wie eine Wanderdirne zu benehmen. Außerdem, wenn der Herzog gewollt hätte, dass seine Frau das Land kennen lernte, hätte er sie in seinem eigenen Tross mitgenommen. Und das Kind? Wollte sie den Bastard des Papstes etwa mitschleppen und wie eine Trophäe dem Volk zeigen? Obwohl diese Gründe aus Agiperts Sicht noch am ehesten gegen das Vorhaben der Herzogin sprachen, war er noch höflich genug, ein anderes Argument vorzuschieben. »Vielleicht haben Durchlaucht bemerkt, dass es April ist.«

Sie zuckte mit den Schultern. »Und?«

»Und?«, rief er. »Wahnsinn, einen Tross mit mehreren Wagen und Berittenen zu dieser Jahreszeit loszuschicken. Im Norden und Westen sind die Wege noch verschlammt, und an der Küste toben die Frühjahrsstürme.«

»Der Herzog ist bei diesem Wetter ebenfalls unterwegs.«

»Der Herzog ist ein *Mann*«, antwortete Agipert und schlug sich mit der Faust an den Brustpanzer, dass es klapperte. »Eine solche Reise ist kein Spaziergang durch liebliche Landschaften, Durchlaucht. Ihr würdet nach drei Tagen völlig erschöpft sein und umkehren wollen. Ich schlage daher vor, dass Ihr Euch weiterhin die Weinberge anseht oder mit Eurer Zofe an den Kamin setzt und die Ankunft des Herzogs abwartet. Meinetwegen sauft Euch durch den Weinkeller – oder erkundet ihn.«

Ihre Antwort kam wie ein Pfeil geschossen, schnell und spitz. »Was der Herzog kann, kann ich auch. Ich befehle Euch, bis übermorgen einen Tross zusammenzustellen.«

»Ihr? Befehlen?«

»Könnt Ihr keine ganzen Sätze sprechen?«, fuhr sie ihn an und schleuderte Alberics verbriefte Erlaubnis auf den Tisch, die er ihr kurz vor seiner Abreise erteilt hatte. »Oh, Ihr könnt ja nicht lesen«, fiel ihr ein. »Möchtet Ihr den Schreiber rufen, oder darf ich zitieren? *Die Burg jederzeit in Begleitung verlassen zu dürfen*«, las sie die entscheidende Passage vor. »Ich rate Euch also, nicht lange zu überlegen und meinen Anordnungen nachzukommen.«

Sie war so schnell verschwunden, dass ihm keine Gelegenheit blieb, etwas zu erwidern. Aber er hätte ohnehin nichts herausgebracht, dazu war er zu überrascht. Er suchte nach einem Weg, den Befehl Marocias umgehen zu können, aber ihm fiel keiner ein. Der Herzog war selbst vom schnellsten Boten erst in zwei Tagen zu erreichen, frühestens in vier Tagen konnte seine Antwort in Spoleto sein. Doch bis dahin würde das Luder die Umgebung der Hauptstadt längst verlassen haben. »Verdammt«, fluchte er. »Jetzt habe ich zwei schwierige Weiber in der Burg.«

Über die antike Via Flaminia, die auch eintausend Jahre nach ihrer Erbauung noch in hervorragendem Zustand war, gelangten Marocia, Damiane und der kleine Clemens nach Ancona, wo zwar viel Wind, aber auch eine kräftige Maisonne auf sie warteten. Der herrliche Palast, auf einer Steilküste hoch über dem Meer gelegen, war ein Juwel der Adriaküste. Zum ersten Mal in ihrem Leben sah Marocia das Meer. Zwei wunderbare Wochen hindurch unternahm sie Ausflüge, besuchte Festlichkeiten in der nahe gelegenen Stadt oder las mit dem kleinen Clemens Muscheln am Strand auf.

Doch Marocia gab sich über die Dauer des Idylls keinen Illusionen hin und war daher auch nicht überrascht, als bald ein unfreundlicher Brief Alberics eintraf, der eine Erklärung ihres Verhaltens forderte. Ihre Antwort fiel überaus sanft aus. Es sei doch sehr langweilig in Spoleto gewesen, schrieb sie noch in der gleichen Stunde auf ihrer sonnigen Aussichtsterrasse zurück, und da er offenbar keinen Wert auf ihre Anwesenheit lege, habe sie sich entschlossen, das Herzogtum, welches nun auch ihr Herzogtum sei, zu erkunden.

In den darauf folgenden Tagen reiste sie die Küste entlang südwärts bis Chieti, wo sie eine verwahrloste Diözese vorfand: Desiderius hatte seinen Bischofssitz noch kein einziges Mal besucht. Er kümmerte sich offensichtlich nicht um dessen Belange, sondern bevorzugte es, der heimliche Regent zu sein. Marocia konnte sich die Genugtuung nicht verkneifen, einen Bericht über die Folgen der Verwahrlosung Chietis an Desiderius zu schicken. Eine direkte Antwort erhielt sie nicht, dafür eine unmissverständliche Aufforderung Alberics zur Rückkehr nach Spoleto.

Daraufhin brach Marocia zu ihrer letzten und entscheidenden Etappe auf. So, wie Alberic mit ihr umgesprungen war, wollte sie nun auch mit ihm umspringen. Ohne ihm weitere Nachricht zu geben, reiste sie bis zum Ufer des Flüsschens Sangro, das die Grenze nach Capua bildete. Dort ließ sie im schönsten Juni ein Zeltlager aufschlagen, und endlich schrieb sie ihm zurück.

»Das wird sie nicht wagen«, schimpfte Alberic, als er den Brief in Händen hielt und Desiderius mit zitternden Händen übergab. Ohne Umschweife drohte Marocia damit, die Grenze nach Capua zu überqueren und von dort aus die Annullierung ihrer Ehe zu betreiben. Wörtlich hieß es: *»Sie ist nicht vollzogen worden, durch Eure Schuld, und nichts an Eurem Verhalten deutet darauf hin, dass Ihr Euch besinnt. Falls ich nach Spoleto zurückkehre, dann nur als eine Herzogin, die nicht bloß ein Diadem trägt, sondern auch eine Aufgabe und Verantwortung als Herrin des Landes.«*

»Darauf kann ich mich doch unmöglich einlassen«, meinte Alberic und sah Desiderius dabei unsicher an. »Oder?«

Mit brenzligen Situationen umzugehen machte Desiderius in der Regel nichts aus, aber in dieser gab es nichts für ihn zu gewinnen. Würde Alberic nachgeben und Marocia zurückkehren, dann hätte sie sich Respekt und damit auch Einfluss beim Herzog verschafft. Würde Alberic hart bleiben, war es wahrscheinlich, dass Marocia ihre Drohung wahr machte. In Capua fände sie in Fürst Lando einen Verbündeten, der rasch dafür sorgen konnte, dass zwei Bischöfe seines Landes ihre Ehe mit Alberic von Spoleto völlig zu Recht annullieren würden. Und dann? Desiderius traute Marocia zu, von Capua aus ganz Süditalien in Aufruhr zu bringen; sowohl am Hofe Salernos wie auch Apuliens war ihr Name unter der Hand bereits ein Begriff für Widerstand gegen Byzanz geworden, und man sprach trotz ihrer leicht verrufenen Vergangenheit nicht ohne Achtung von ihr. Vielleicht ahnte sie ja selbst nicht, welche Möglichkeiten sich ihr da offenbarten, und es war besser, sie erst gar nicht mit ihnen bekannt zu machen. Hier, in Spoleto, konnte man ein Auge auf sie haben, war sie aber erst in Capua …

»Ich würde sie zum Teufel schicken, wenn Ihr mich fragt«, wetterte Agipert und unterbrach die Überlegungen des Bischofs. »Oder in den Turm, was aufs Gleiche hinauskommt.«

Alberic fand diese Bemerkung überhaupt nicht lustig, aber gegenüber Agipert traute er sich nicht, etwas zu sagen. Der erfahrene Heerführer war ein Garant für seine ständig gefährdete Sicherheit. Der unversöhnliche Adel, die gierigen Nachbarländer, seine Haltung gegen Byzanz, die er damals eingenommen hatte, um den Sündenablass zu erhalten. Gut, dass er jetzt Desiderius hatte. Der Rat des Bischofs war unverzichtbar für ihn geworden.

»Nun«, meinte Desiderius mit einem sanften Seitenblick zu Agipert, »das ist keine militärische Frage, sondern eine geistliche, eine eheliche, und dafür scheine ich eher sachverständig zu sein.«

Er machte eine kurze Pause, die die Weisheit seiner Worte unterstreichen sollte. »Durchlaucht, Ihr solltet jetzt das Beste aus dieser Ehe machen. Was schadet es schon, die Herzogin etwas zuvorkommender zu behandeln? Gebt Ihr ein gemütliches Heim, einige Freiheiten, etwas Zuwendung, dann wird sie sich schon wieder beruhigen. Und – mit Verlaub – ein Thronfolger würde außerordentlich beruhigend auf die Situation wirken. Auch auf die des Landes.«

Alberic verstand. Früher oder später müsste er ohnehin näheren Umgang mit seiner Gemahlin pflegen. Ruf hin, Ruf her, der Papst selbst hatte dieser Ehe seinen Segen gegeben. Des Bischofs süße Worte überzeugten den Herzog also schnell und veranlassten ihn zu einem geneigten Brief an Marocia.

Desiderius hingegen hegte, wenn er an Marocia dachte, nur noch bittere Gedanken. O nein, unsympathisch fand er sie nach wie vor nicht, dazu war sie ihm zu wesensgleich. Sie war außerordentlich geschickt vorgegangen, so etwas mochte er, ja, es forderte ihn heraus. Doch jeder Einfluss, den sie bei Alberic gewann, nahm ihm selbst ein Stück Macht. Marocia war eine Gegnerin, und über kurz oder lang musste er einen Weg finden, ihren Höhenflug zu zügeln.

Das Pfingstfest, zu dem die ehelichen Kontrahenten wieder zusammenfanden, artete zu einer wahren Versöhnungsfeier aus. Alberic zeigte eine ungewohnte Milde. Zwar konnte ihn nichts auf der Welt dazu bringen, Marocia inbrünstig zu lieben, und er war auch nicht bereit, sie in einem vertraulichen »Du« anzureden, aber er sah ein, dass Desiderius Recht damit hatte, wenn er ihn aufforderte, etwas zugänglicher zu sein.

So bezog er mit Marocia ein gemeinsames Gemach, billigte ihr eine Wache zu, die ihrem Befehl unterstand, und erlaubte ihr, eine Bibliothek einzurichten. Bald darauf kam sie ihm mit einer weiteren Bitte.

»Eine Teilnahme an den Sitzungen meines Rates? Sehr ungewöhnlich.«

»Aber Alberic! Als ich Euch damals schrieb, ich wolle Verantwortung übernehmen, habe ich damit nicht die Speisenfolge unserer Mahlzeiten gemeint. Natürlich will ich mich nicht in jede Entscheidung des Landes einmischen, aber ich möchte schon wissen, was vor sich geht. Und das erfahre ich nur, wenn ich Euren Besprechungen mit Agipert und dem Bischof beiwohne.«

Schließlich gab er auch in dieser Frage nach. Warum sollte eine Herzogin eigentlich nicht auf einem Sessel sitzen und bewundern, wie ihr Mann regierte?

Ihre nächste Bitte jedoch bereitete ihm Kopfzerbrechen.

»Diese Burg ist düster und kalt«, stellte sie fest. »Etwas für Kriegszeiten. Ihr aber seid Herzog und kein Raubritterführer, und ich bin kein Burgfräulein. Was wir brauchen, ist eine prächtige Residenz.« Ihre Augen strahlten, als sie eine halb verfallene Villenanlage, etwa zwanzig römische Meilen nördlich von Spoleto mit weitem Blick über das Land, als Zweitresidenz des Herzogtums vorschlug: Assisi. »Einige Ausbesserungen dort, dann können wir diesen schrecklichen Hof verlassen.«

»Ich finde ihn gar nicht so schrecklich«, wandte er ein.

Marocia musste schmunzeln. Wenn sie daran dachte, wie Alberic sie noch vor wenigen Monaten behandelt hatte, war die Weise, in der sie heute mit ihm diskutieren konnte, geradezu ein Wunder. Einer wirklich starken Haltung vermochte ihr Gemahl nichts entgegenzusetzen, eine Tatsache, die sich wohl auch Constanza von Atri zunutze machte, denn Alberic traute sich trotz Marocias dauernder Beschwerden noch immer nicht, seine Mutter vom Hof zu bannen. Er hatte eine tief verwurzelte Angst, sie könnte ihm etwas antun.

»Allein schon dieser elende Turm«, stöhnte Marocia und verdrehte die Augen. »Verzeiht! Ich weiß, dass Ihr nicht gerne über

Eure Mutter sprecht, aber sie ist die Ursache für so manchen Missstand im Land. Wenn der Adel sehen würde, dass Ihr Euch von ihr losgesagt habt, ganz und endgültig, dann könnte es zu einer Versöhnung kommen, und Ihr müsstet nicht ständig befürchten ...«

»Sagt, was Ihr wollt«, meinte er. »Aber solange meine Mutter nicht freiwillig auf ihre Güter nach Atri geht, bleibt alles, wie es ist.«

Damit war das Thema mal wieder beendet, aber immerhin stimmte Alberic der zeitweisen Verlegung seines Hofes zu. Assisi sollte zur Sommerresidenz ausgebaut werden.

»Wie rasch er begreift«, rief Marocia und lachte Damiane an. Sie knieten auf einem grauweißen Webteppich, wie er typisch war für die Region. Marocia hatte in jedem Gemach der Burg einen oder mehrere davon auslegen lassen, auch in denen der Diener und Mannschaften. Einerseits wurden die Räume dadurch wärmer und wohnlicher, andererseits hatten die verarmten Weber des Herzogtums auf diese Weise viele Monate lang zu tun – und zu essen.

Marocia verfolgte, wie ihr Sohn auf allen vieren von einer Ecke in die andere krabbelte. Es war der vierte Namenstag ihres Sohnes, der 23. November, und Marocia hatte ihm lateinische Buchstaben geschenkt, die aus dem weichen Pinienholz Spoletos geschnitzt waren. Überall auf dem Boden waren die Buchstaben verteilt. Jetzt stellte der Kleine die Namen von allen Menschen zusammen, die er kannte.

»Sieh mal«, flüsterte Marocia und neigte sich ihrer Zofe zu. »Er hat ›Sergius Pater‹ geschrieben.«

»Das ist nicht verwunderlich«, erwiderte Damiane im gleichen Flüsterton. »Ihr habt ihm doch gesagt, dass Sergius sein Vater ist, nicht Herzog Alberic.«

»Ja, schon«, lächelte Marocia. »Aber das Wort bedeutet ebenso ›Papst Sergius‹. Diese Wortspielerei ist für einen Knaben seines Alters bemerkenswert, findest du nicht?«

Inzwischen hatte Clemens einen weiteren Namen zusammengestellt und baute ihn Holz für Holz vor den beiden Frauen auf. Marocia verzog den Mund zu einem künstlichen Grinsen. Sie lobte ihren Sohn und animierte ihn, den nächsten Namen zu formen.

»Grrr«, knurrte sie Damiane zu, nachdem Clemens außer Hörweite war. Vor ihr prangte jene Kombination aus zehn Buchstaben, die sie von allen am wenigsten mochte: Desiderius. »Immer wenn ich diesen Namen höre – oder sehe –, muss ich an die gesichtslosen Holzpuppen denken, die von den Bauern zum Jahreswechsel verbrannt werden, um die Dämonen zu verjagen.«

Damiane nickte ernst und murmelte, kaum hörbar: »Und ich muss an einen Wolf denken.«

»Obwohl ich mich in letzter Zeit nicht beschweren kann«, gab Marocia zu. »Er scheint zahm geworden zu sein, wie Alberic.«

»Oh, darauf würde ich mich nicht verlassen bei einem Mann wie ihm.«

Marocia stützte ihr Kinn auf die Fingerspitzen und blickte Damiane versonnen an. Schon häufiger war ihr aufgefallen, dass ihre Dienerin und Vertraute noch schlechter auf Desiderius zu sprechen war als sie selbst. Dabei hatte sie doch im Grunde nichts mit ihm zu tun. In solchen Momenten kam Marocia in den Sinn, wie viel Damiane zwar von ihr wusste, aber wie wenig sie von Damiane. Gewiss, Damiane erzählte viel von ihrer Heimat und plauderte jedes Gerücht aus, sobald es das Licht der Welt erblickte. Aber wirklich Persönliches …

»Sehnst du dich nie nach einer Ehe?«, fragte sie ihre Dienerin. »Und einem Kind?«

Damianes Sommersprossen hatten noch nie zuvor derart geglüht wie jetzt. Sie suchte nach Worten, aber der Schreck ließ sie keine finden.

»Verzeih«, nahm Marocia sich zurück. »Ich wollte dich nicht verlegen machen. Es ist nur … Brauchst du häufiger einen freien Tag, Damiane? Ich will nicht schuld daran sein, dass du ohne …«

Vom Hof drang plötzlich ein aufgeregtes Stöhnen und Zischeln herein. Marocia ging zum Fenster. Die Dienerin ihrer Schwiegermutter war gestrauchelt und lag auf dem Pflaster. Um sie herum, in achtbarer Entfernung von einigen Schritten, bildete sich ein Kreis von Waffenträgern, Knechten und Köchinnen, die alle durcheinander schwatzten. Keiner half der sich windenden Frau.

Marocia dachte nicht lange nach. Sie stürmte aus dem Raum, die Gänge entlang und Treppenhäuser hinunter ins Freie. »Warum helft ihr der Frau nicht? Seht ihr nicht, dass sie verletzt ist?«

Das Gesinde scherte sich nicht um die Worte der Herzogin. »Sie ist eine Teufelsbraut«, riefen die einen. »Es bringt Unglück, sie zu berühren«, die anderen.

Marocia wollte der behäbigen Frau auf die Beine helfen, doch sie wehrte ab. »Seht Ihr, Durchlaucht«, riefen die Leute. »Sie will es ja selbst nicht.«

Doch diesmal wollte Marocia sich nicht abhalten lassen. Beherzt griff sie der Dienerin unter die Arme, um ihr aufzuhelfen, doch ein schrecklicher, klagender Laut, ein Schrei voll Schmerz und Leid erschreckte sie. »Sie ist verletzt. Holt den Medicus. Rasch.«

Einer von den Knechten löste sich aus der Gruppe und verschwand im Innern der Burg.

»Nein!«, rief die Dienerin, und alle zuckten zusammen. Es war der erste Laut, den sie je von ihr gehört hatten. Auch Marocia erschrak. Sie kannte die Stimme. War es denn möglich, dass ... Nein, sie musste, sie wollte sich irren.

Zitternd griff sie nach dem Gesichtsschleier. »Marocia«, wimmerte die Frau. »Nein, Mädchen, nicht.«

Marocia lüftete das schwarze, fein gesponnene Tuch, und im gleichen Augenblick ruckte sie zurück und fiel nach hinten auf ihr Gesäß. Ihr stockte der Atem. Die Frau war entstellt wie eines der fauligen Grabhölzer auf dem Friedhof. Narben, Beulen und Risse überzogen das gesamte Gesicht. Stirn und Kinn sahen wie aufgegraben aus; an den Wangen hingen Hautlappen, und ein Auge war verdeckt, einfach überwachsen. Doch am Blick des anderen erkannte Marocia sofort, wer hier vor ihr lag. Nur glauben konnte sie es noch nicht.

Entsetzt ächzten die Umstehenden auf, als sie das Gesicht sahen, und die Furcht stand in ihren Augen geschrieben. Auch ohne den Medicus wussten sie, womit sie es hier zu tun hatten. Niemand schrie. Ein unheimliches Schweigen legte sich über den Hof. Niemand rührte sich. Drei Atemzüge lang schien es, als stünde die Welt still. Dann sprach einer es aus: »Aussatz.« Und als habe er die Leute damit daran erinnert, dass sie noch lebten und weiterleben wollten, liefen nun alle schreiend davon.

Marocia blieb mit der Kranken allein. Sie strich vorsichtig deren Kopfschleier zurück und bettete das Haupt mit den Händen darauf.

»E-Egidia?«, flüsterte sie. Mit einem Mal begriff sie alles.

Die Frau nickte. »Ich bin es«, gestand sie sanft. »Gib Acht, Kind. Komm mir nicht … Steck dich nicht …«

Marocia hielt den Finger vor den Mund. »Kein Wort darüber. Du warst so oft für mich da, und jetzt bin ich für dich da.«

Marocia sah sich hektisch nach dem Medicus um, doch er war noch nicht zu sehen. »Der hilft mir nicht mehr, Kind«, sagte Egidia mit zitternden Lippen. »Menschen wie ich … werden in die Berge geschickt oder auf Inseln. Ist auch der Grund, weshalb das Weib da oben nicht wollte, dass es herauskommt. Sie … sie hat es zuerst bekommen und mich damit angesteckt. Dann hat sie die anderen fortgeschickt, bevor die was merken konnten.«

»Du bist hierher gegangen, nachdem Mutter dich vertrieben hat?«

Egidia nickte. »Mit dem Regnald. Er ist vor ein paar Jahren gestorben und liegt …«

»Ich war dort«, sagte Marocia. »Ich habe ihn nachts besucht, so wie du.«

Jedes Wort schien Egidia Schmerzen zu bereiten, doch ihr Mund verzog sich zu einem Lächeln. »War der glücklichste Moment meines Lebens, als ich dich wieder gesehen habe, Kind. Das Weib aber hat mir verboten, dich anzusprechen. Sie wollte ihr Geheimnis nicht teilen. Und jetzt … bin ich wieder glücklich.«

Eine Träne löste sich aus dem einen Auge, das Egidia geblieben war, und Marocia fühlte sich, als laste der ganze Himmel auf ihren Schultern. Was konnte sie nur tun?

In einer der Pforten sah sie den Heiler stehen, doch er reagierte nicht auf ihre Gesten, mit denen sie ihn heranwinken wollte. »Bleib still liegen«, bat sie ihre frühere Amme. »Ich bin gleich wieder da.«

Sie legte einen Schal unter Egidias Kopf. Anschließend eilte sie zum Medicus, der sich keinen Fingerbreit von der Pforte rührte. Marocia hatte ihn bisher nie in Anspruch genommen, aber sie wusste, dass er auf Empfehlung des Bischofs sein Amt bekleidete. Desiderius hatte seine Leute überall positioniert.

»Warum helft Ihr der Kranken nicht?«, fuhr sie ihn mit gesenkter, aber gereizter Stimme an. »Und sagt mir nicht, dass Ihr deren Hexenkünste fürchtet.«

»Kein Mensch kann der Frau mehr helfen«, sagte er.

»Ihr habt es ja noch nicht einmal versucht«, gab sie zurück. »Ich weiß, dass Lepra nicht heilbar ist, aber es gibt Tinkturen, die sie aufhalten können. Daher hat es im Turm auch immer so erbärmlich gestunken – die haben sie selber hergestellt. Und was ist mit den Schmerzen? Habt Ihr Opium? Ich gebe es ihr selbst, wenn Ihr Angst habt.«

Er sah über Marocias Schulter zu Egidia. Er zögerte einen Moment, dann einen weiteren, schließlich sah er wieder Marocia an und sagte: »Ich habe Opium. Aber Ihr braucht es nicht.«

Marocia schoss das Blut in den Kopf. »Was seid Ihr nur für ein Arzt! Wenn Ihr es mir nicht gebt, werde ich eben …«

»Ihr habt mich missverstanden, Durchlaucht«, unterbrach er sie und blickte wieder in den Hof. »Die Frau ist tot.« Er wiederholte seine Worte, so dass die ganze Burg sie hören konnte: »Sie ist tot.«

Aus allen Türen und Fenstern tauchten nun Köpfe und Leiber auf, die erleichtert und neugierig auf den Leichnam spähten. Marocia ging zu Egidia. Sie kniete sich nieder und streichelte ihr über die Haare. Ja, sie war tot, erkannte Marocia, aber sie hatte nach so viel Qual am Ende noch eine kurze Freude am Leben gefunden.

Nun ging alles schnell, zu schnell. Desiderius und Agipert waren inzwischen informiert worden, nur der Herzog befand sich unten in der Stadt. »Verbrennt sie«, ordnete Agipert an. Das Gesinde führte diesen Befehl mit großem Eifer aus, trug Holz und Stroh zusammen und schichtete es über der Toten auf.

»Nein!«, rief Marocia. Die Verbrennung galt als die schlimmste Rache an einem Toten, die Verweigerung der Himmelfahrt. »Sie war eine getaufte und gläubige Christin. Sie hat ein Recht, in geweihter Erde bestattet zu werden, hier auf dem Friedhof, neben ihrem Gemahl.«

Agipert schob die Bedenken zur Seite. »Es ist zu riskant. Wenn der Aussatz erst einmal um sich greift, sind wir alle verloren.«

»Bischöfliche Gnaden«, wandte Marocia sich nun an ihn. »Ich habe sie gekannt. Könnt Ihr nichts tun?«

Desiderius verzog keine Miene. »Sie hat die letzte Ölung nicht bekommen, und sie hat seit Jahren nicht gebeichtet.«

»Dennoch eine Christin«, beharrte Marocia.

»Dazu kommt, dass bezeugt wird, sie habe teuflische Künste geübt. Nur die Güte des Herzogs und meine priesterliche Gnade haben sie vor der *excommunicatio* bewahrt, doch nun …«

»Ich *bitte* Euch«, flehte Marocia ehrlichen Herzens. Sie wäre sogar vor Desiderius auf die Knie gefallen, hätte ihm alles Mögliche gegeben oder versprochen.

Doch Desiderius blieb kühl. »Das letzte Mal, als Ihr mich um etwas gebeten habt, war es nicht zu meinem Wohl.« Ohne ein weiteres Wort an sie ging er zu dem Holzhaufen, der bereits fertig gestellt war. Er schlug ein stummes Kreuz, dann rief er: »Fangt an.«

Der Brandgeruch hing noch über der Burg, als der Herzog von dem Geschehen erfuhr und seinen Rat zusammenrief. Der Tod von Constanzas Dienerin galt ihm dabei als nebensächlich. Wichtig waren ihm andere Dinge.

»Wir müssen sofort Brote backen und sie von der Burgmauer werfen, um die Seuche zu vertreiben. Und Ihr, bischöfliche Gnaden, holt den Zahn des heiligen Benedikt aus der Kirche und sorgt dafür, dass jeder aus dem Gesinde ihn berührt.«

Dann wandte er sich vorwurfsvoll an Marocia. »Wieso hast du die Frau angefasst?«

»Wieso nicht?«, erwiderte sie, ihre Bitterkeit nur mühsam unterdrückend. »Immerhin wusste ich, dass der Zahn des heiligen Benedikt mich beschützen würde.«

So unglaublich es war, diese Erklärung stellte Alberic zufrieden. Er lächelte Marocia an und fasste ihre Hand. »Außerdem«, setzte Marocia nach, »wissen wir jetzt wenigstens, was in diesem Turm vorging – und übrigens immer noch vorgeht. Darüber haben wir noch überhaupt nicht gesprochen.«

Constanza von Atri war ein selbstsüchtiges, gehässiges, mörderisches Weib, dachte Marocia. Sie war schuld am Tod von Egidia, und dafür musste sie bezahlen. »Sie ist keine Hexe«, erläuterte Marocia. »Niemand muss bei ihr Angst vor irgendwelchen Zauberkünsten haben. Sie ist krank, und sie gehört dorthin, wo sie niemanden gefährdet.«

Alberic rang seine knöchrigen Hände und verzog den Mund. »Zu den Aussätzigen soll ich sie schicken? Das kann ich nicht.«

Marocia milderte ihre Stimme. »Das ist auch nicht notwendig. Auf ihren Gütern in Atri kann sie in Ruhe ihre letzten Jahre verbringen. Wir besorgen ihr einige Dienerinnen aus den Kolonien in den Bergen. Aber sie muss weg von hier.«

Desiderius trat einen Schritt näher und verbarg seine Arme sorgsam im Gewand. »Ich stimme der Herzogin zu«, sagte er, was Marocia nicht wunderte. Constanzas unheimlicher Schatten hatte auch seine Arbeit schwierig gemacht. Dass sie nun – entzaubert und geächtet – verschwinden sollte, konnte ihm nur gelegen kommen. Alberic würde berechenbarer werden und leichter zu beeinflussen sein.

Dieses eine Mal noch vereinte ihn mit Marocia ein gleiches Interesse, nämlich das Schicksal Constanzas. Doch beide wussten, dass sie fortan Gegner waren im Kampf um Alberics Gunst.

Constanza von Atri wehrte sich buchstäblich mit Händen und Füßen gegen ihre Verbannung, die Marocia und Alberic von einem Fenster aus beobachteten. Zwölf Waffenträger und Knechte waren notwendig, um die alte Frau mit Stöcken und Seilen zu einem bereitgestellten Karren mit Käfig zu zerren. Niemand wollte sie berühren, was die Sache noch komplizierte. Doch schließlich – nach einer Stunde harter Arbeit – klappte der Riegel des Käfigs zu.

»Seid verflucht!«, schrie sie und raufte sich ihre spärlichen roten Haare. »Ihr alle.« Dann erblickte sie das Herzogspaar am Fenster. »Das wird dir noch Leid tun, Alberic. Dir und deiner Hure. Unglück und Tod über euch beide.«

Der Kutscher knallte mit der Peitsche, und das Gefährt schaukelte voran, gefolgt von einem Dutzend Bewaffneter. Zwei Lidschläge später schloss sich das Tor, und der Spuk war vorbei.

»Sie ist eine böse Frau«, meinte Alberic bedrückt. »Aber sie ist dennoch meine Mutter. Zu sehen, wie sie wie ein Tier …« Er unterbrach sich mit einem langen Seufzer.

Marocia tätschelte ihm die Schulter. Sie war beseelt von Rache für Egidia, die in ihrer Kindheit wie eine Mutter für sie gewesen war und die niemals und niemandem etwas Böses getan hatte. Für ihre Schwiegermutter brachte sie nicht eine Spur Mitleid auf.

»Gewiss«, sagte sie, »es ist schwer. Aber der Zahn des heiligen Benedikt wird es schon wieder richten.«

Die Kirche *Sanctus Paulus* in Spoleto war kein Schmuckstück unter den sakralen Bauten. Ihre schlichte und eckige Bauweise wirkte abweisend, und ihr Inneres beeindruckte weder durch erhabene Askese noch durch blendenden Prunk. Die grob behauenen Steinfiguren und die simplen Holzschnitzereien, die unbemalten grauen Bodenfliesen und die rußigen Wände ließen sie eher wie eine zu groß geratene Dorfkirche erscheinen, doch die Spoletaner hätten sie nicht anders haben wollen. Sie war, mit Ausnahme einiger Kirchen im weit entfernten Ravenna, das größte Gotteshaus des Herzogtums, und das allein machte sie für das Volk zu etwas Besonderem.

»Diakon von *Sanctus Paulus*?«, rief Gratian und blickte abwechselnd den spitzen Kirchturm und seinen Gönner mit weit aufgerissenem Mund an. »Ich?«

Desiderius begann einen gemächlichen Spaziergang rund um die Kirche, die die südliche Abgrenzung eines großen, rechteckigen Marktplatzes bildete, und Gratian folgte ihm mit einem Schritt Abstand. »Nie hätte ich mir so etwas träumen lassen. Das ist eine … ja, eine ungeheure Ehre«, stammelte Gratian.

Desiderius blickte ein wenig müde die Außenwand der Kirche an, deren Putz mit jedem Tag etwas mehr abbröckelte und den braunen Backstein darunter freilegte. »Das ist mir bewusst«, sagte er. »Aber du hast dir diese Ehre durch vergangene Leistung verdient – und in Erwartung weiterer Leistungen selbstverständlich.« Er bedeutete Gratian, aufzuschließen und fortan neben ihm zu laufen. »Hast du vielleicht auch schon eine Idee, wie wir die Herzogin künftig … nun ja, besser im Griff behalten können?«

Gratian machte ein Gesicht, als würde die Sonne ihn blenden. Seine dicken Backen überdeckten fast völlig seine Augen.

»Mir war nicht klar, dass sie eine Bedrohung ist«, gestand er.

»Frauen sind immer eine Bedrohung, schon allein deshalb, weil sie weitaus bessere Schauspieler sind.«

»Aber sagtet Ihr nicht selbst, dass sie während der Sitzungen des Rates immerzu nur auf ihrem Sessel sitzt und schweigt?«

O ja, dachte Desiderius, sie schweigt. Sie schwieg während all der Monate, in denen er versucht hatte, die getrübten Beziehungen des Herzogtums zu Rom zu klären. Die Senatrix Theodora bemühte sich ebenso um sein Wohlwollen wie auch Sergius' Nachfolger

Anastasius III. und Herzog Berengar, denn sie alle benötigten Alberics Stimme, um Berengar zum König wählen und krönen zu können – und benötigten ihn, den Ratgeber, um Alberic dahingehend umzustimmen. Desiderius kam es sehr gelegen, von den Mächtigen gebraucht zu werden, konnte er sich doch auf diese Weise neue Freunde und Fürsprecher schaffen. Ein Bischofssitz im Herzogtum Spoleto sollte nicht das Ende seiner Ambitionen sein.

Doch bislang waren seine Bemühungen gescheitert. Stunden um Stunden, Woche für Woche redete Desiderius im Rat dem Herzog gut zu – Marocia jedoch ergriff nicht ein einziges Mal das Wort, gab sich keine Blöße. Ihre Zeit kam nach Einbruch der Dunkelheit, im Ehebett. Einer Penelope ähnlich machte sie in der Nacht das Tagwerk ihres Gegners, *sein* Tagwerk, zunichte und nutzte dabei sehr geschickt zwei schwache Seiten Alberics: seine Dankbarkeit, dass Marocia ihn damals vom Schatten seiner Mutter befreit hatte, und die Angst um seine persönliche Sicherheit. Er war und blieb ein Hasenfuß.

»Aus den Reaktionen des Herzogs auf meine Ratschläge schließe ich, dass sie ihm einredet, die Senatrix Theodora werde sich früher oder später an ihm rächen, auch wenn er sich jetzt wieder auf ihre Seite schlüge. Neulich warf er mir doch tatsächlich an den Kopf: ›Theodora vergisst und verzeiht nie‹, ein Satz, der zu pathetisch ist, als dass der Herzog ihn kreiert haben könnte. Jetzt kannst du dir wohl denken, wer dahinter steckt.«

»Schon, aber …«

»In Kürze wird eine Situation eintreten«, sagte Desiderius und beschleunigte seinen Schritt, »in der wir uns einen widerspenstigen Herzog von Spoleto nicht leisten können.«

»Was für eine Situation?«, rief Gratian neugierig hinter dem Bischof her und versuchte vergeblich, mit seinem schlanken und behänden Vorgesetzten Schritt zu halten.

Sie hatten *Sanctus Paulus* umrundet und betraten nun den Markt. Hunderte von Menschen wimmelten um die zwanzig bis dreißig Stände herum, auf denen die Sommerernte des Jahres 914 feilgeboten wurde: An Gemüse gab es hauptsächlich Blumenkohl, Rosenkohl, Bohnen, Gurken und Rüben, dazu Äpfel, Birnen und Pfirsiche. In Holzkäfigen gackerten fette Hühner und Gänse aufgeregt um die Wette, und für die reichen Bürger wurden wild flatternde Wachteln bereitgehalten, die den zahlreichen Fallenstellern der Gegend in die Netze gegangen waren.

Wo immer Desiderius vorbeiging, verneigten sich die Menschen, und wenn ihn auch kaum einer freundlich anlächelte, so schenkten ihm doch einige der Händler etwas von ihren Waren. Einer hielt ihm eine tiefrote Frucht vor Augen, die er noch nie gesehen hatte. »Man nennt es Paprika«, klärte der Kaufmann ihn auf. »Es kommt aus dem Osten und wird gesotten oder gedämpft.«

Desiderius bedankte sich mit einem äußerst knappen Kopfnicken und übergab die Frucht Gratian, der sie zusammen mit den überreichten Pfirsichen in seiner hoch geschürzten Kutte vor sich hertrug.

»Was für eine Situation?«, fragte Gratian beharrlich, mitten im Gewimmel des Marktes.

»Das wirst du dann schon sehen. Sag mir lieber, wie wir die Zügellose zügeln sollen.«

Gratian machte einen schiefen Mund. »Ich hätte da schon eine Idee, nur …«

»Was nur?«

»Sie ist niederträchtig.«

»Das sind die besten Ideen.«

»Ich bin mir nicht sicher, ob das nicht etwas zu weit geht.«

»Und ich«, flüsterte Desiderius und trat einen Schritt auf Gratian zu, »bin mir nicht sicher, ob dein neues Amt dich nicht vielleicht etwas überfordert.«

Ein Störenfried verschaffte Gratian eine willkommene Denkpause. Es war ein alter Bauer, der an Desiderius herantrat. In der Hand hielt er ein Huhn kopfüber an den Füßen. »Für die heilige Kirche«, sagte er heiser. »Wenn Ihr doch bitte mein seliges Weib in Eure Gebete einschließen wollt, bischöfliche Gnaden. Ihr Name ist …«

Desiderius nahm das Huhn und schubste den Alten zur Seite. »Später.« Dann starrte er Gratian an. »Also?«

Gratian zögerte. »Ihr kommt sicher auch von selbst darauf.«

»Ich will aber nicht von selbst darauf kommen. Ich will, dass du mir diese Idee nennst. Das ist wohl nicht zu viel verlangt für« – er deutete mit einem Arm zur Kirche – »ein einträgliches Amt und« –

er deutete mit dem anderen Arm auf das Obst in Gratians Kutte – »für alle anderen Annehmlichkeiten, die dieses Amt mit sich bringt.«

Gratian schluckte. Zweifel und Schwermut lagen in seiner Stimme, als er sagte: »Marocia ist nicht nur Herzogin und Gemahlin, sie ist auch ...«

Neuerlich schluckte er.

»Was? Was ist sie? Mach endlich den Mund auf.«

»Mutter«, spie Gratian aus.

Desiderius blickte ihn wie ein folgsames Kind an und nickte. »Nicht schlecht, mein junger Diakon, nicht schlecht. Wenn du weiter so schnell lernst, steht dir noch eine großartige Zukunft bevor.«

18

Im Herbst war das spoletanische Land wie von Rost überzogen. Die Blätter der Reben färbten sich, ein sicheres Zeichen dafür, dass bald die Ernte beginnen konnte. Marocia freute sich schon auf den tiefdunklen Wein der Landschaft. Er war zwar schwer und führte schnell zu Schwindel, aber erhitzt und mit Lorbeer gewürzt war er in den kalten Zeiten Marocias Lieblingsgetränk.

Allenthalben zogen nun Tagelöhner durch das Land, um den Bauern zu helfen. Doch die wenigsten Pächter konnten sich so etwas leisten, denn nach Abzug der vorgeschriebenen Steuermengen für den Grundherrn, für das Kloster und den herzoglichen Hof blieb ihnen weniger als ein Drittel aller Fässer. Nicht wenige ernteten deshalb einen Teil der Trauben nachts, um sie unbemerkt beiseite zu schaffen.

Marocia, die es liebte, zur frühesten Stunde durch Halbdunkel und herbstlichen Nebel zu reiten, erkannte schnell, wer von den Bauern schummelte. Bei einem der kleineren Weinberge gingen gleich mehrere Köpfe in Deckung, als sie daran vorbeireiten wollte. Sie brachte ihr Pferd aus dem Galopp zum Stehen und stieg ab. Dann kostete sie eine der blauroten Rebenfrüchte und rief: »Du da! He! Ja, du.«

Der Älteste aus der Gruppe erhob sich aus seiner Hocke und näherte sich ihr mit gezücktem Strohhut. Seine Kleidung war voller Flicken und doch halb zerrissen. Schuhe hatte er überhaupt keine an; seine Füße waren dick mit Stoff umwickelt. »Du bist der Bauer?«, fragte Marocia. »Gut. Ich bin die Herzogin und möchte den Teil deiner Ernte kaufen, der dir bleibt. Für den Hof. Du verstehst?«

Der Bauer traute sich nicht, etwas zu sagen. Noch nie war er von jemand Bedeutenderem als dem Verwalter des Grundherrn und dem Sekretär des örtlichen Abtes angesprochen worden. Doch nachdem er seine Familie ungläubig über die Schulter angesehen hatte, nickte er.

»Fein«, sagte Marocia. »Ich zahle dir zwei *manci* pro Fass.«

Zwei Goldmünzen. Bei dieser Bezahlung musste der Bauer glauben, Marocias elegantes Stadtlatein sei zu hoch für einen simplen Mann wie ihn. Ein Hörfehler, ohne Zweifel. Doch sie bestätigte es: »Zwei *manci*, und zwar nicht *in rem valentem.*« Diese Klausel *in rem valentem* wurde bei fast allen Geschäften benutzt; sie ermöglichte es dem Käufer, seinerseits mit Waren zu bezahlen. Ein Tauschhandel, bei dem die Bauern meist das Nachsehen hatten, wusste Marocia.

Der Mann fiel stumm auf die Knie und zeigte ein zahnloses Lachen. »Nicht doch«, protestierte Marocia. »Dafür haben wir jetzt keine Zeit. Ich bin vorhin an zwei Inspizienten deines Grundherrn vorbeigekommen. Es ist besser, ihr verschwindet. Hier ist eine Anzahlung.« Sie drückte dem Bauer einen Beutel in die Hand, saß auf und schnalzte ihrem Pferd zu. An Tagen wie diesen bekam sie das beruhigende Gefühl, irgendwie nützlich zu sein.

Zurück in der Burg wartete schon Damiane auf sie. Das war ungewöhnlich, denn ihre Zofe, die zugleich Clemens' Amme war, schlief bis weit nach Sonnenaufgang. Marocia machte das nichts aus, denn sie hatte genügend andere Dienerinnen, die ihr zur Hand gehen konnten. Nun aber stand sie, kaum dass die bleiche Sonne über den Hügeln aufgegangen war, in der Pforte des Wohnhauses. Ihr blonder Zopf war erst halb geflochten, und unter dem wärmenden Mantel schien sie noch ihr Nachtkleid zu tragen.

»Es ist wegen Clemens, Herrin«, sagte sie und nagte an der Lippe.

Marocia erschrak. »Ist er krank?«

»Nein, Herrin, aber der Herzog ... und der Bischof ... sie ...«

Marocia wartete nicht ab, bis Damiane den Satz zu Ende stottern konnte. Sie rannte ins Innere der Burg, direkt zu Clemens' Gemach, das neben dem von Damiane lag. Dort sah sie Alberic und Desiderius und auf dem Bett – gottlob – ihren Sohn.

»Worum geht es bei diesem Besuch?«, fragte sie ihren Gemahl vorsichtig.

Er räusperte sich, ging mit gebeugtem Rücken auf einen Stuhl zu und ließ sich ächzend darauf nieder. Seit einiger Zeit machte ihm die Gicht zu schaffen, und die Schmerzen, die diese Krankheit mit sich brachte, zeichneten sich deutlich auf seinem Gesicht ab. Seine grauen Augen blieben jedoch matt und emotionslos, als er begann: »Nun ja, meine Liebe, der Bischof hat mich darauf hingewiesen, dass Euer Sohn in seinem Alter die Mutter nicht mehr braucht und daher nicht länger an diesen Hof gehört. Er ist ein Bastard. Aber natürlich wird man sich gut um ihn kümmern.«

»Er wird Mönchen meiner Diözese in Chieti übergeben«, erklärte Desiderius. »Bis zu seinem siebten Lebensjahr wird er in deren Obhut aufwachsen ...«

»Das wird er nicht!«, fuhr Marocia dazwischen.

»... und anschließend als Novize aufgenommen.«

»Alberic!«, rief Marocia. »Das könnt Ihr nicht zulassen. *Ich* bin die Mutter. Er ist *mein* Sohn.«

Alberic machte ein Gesicht, als trage er ein stacheliges Büßerhemd, und rieb sich Nacken und Schultern. »Diese Verfahrensweise ist bei Bastarden, die mit in die Ehe gebracht werden, nicht unüblich. Es ist eine Regel, von Gott gefügt.«

»Zum Teufel mit dieser Regel!«, rief Marocia. »Wenn ich meinen Sohn dieser ... dieser Mönchsbande übergeben muss, taugt sie nichts.«

»Marocia!«, rief Alberic atemlos und sprang trotz seiner Schmerzen auf. Fast knickte er dabei um. Er hielt sich kurz den Oberschenkel. Marocia wollte ihn stützen, doch er wies ihre Hilfe höflich, aber entschieden zurück. »Euer Sohn wird morgen abfahren. Ihr dürft den Knaben begleiten und einige Wochen mit ihm im Kloster verbringen, um ihm die Eingewöhnung zu erleichtern. Für diese gnädige Regelung solltet Ihr Euch beim Bischof bedanken, denn er hat sie vorgeschlagen.«

Marocia konnte nichts mehr erwidern. Sie sah zu, wie die beiden das Gemach verließen, dann ging sie zum Fenster und blickte über die Landschaft, deren rostig braune Hügel wie Wellen aus dem Nebel der Niederungen ragten und wieder darin verschwanden. Mal ballte sie die Faust und hämmerte sie monoton gegen ihre Stirn, so dass man glauben konnte, sie wäre zu allem fähig, dann löste sie sie wieder, rieb sich die Augen und lehnte sich müde gegen die Wand. Dort sank sie langsam zu Boden, umarmt von Clemens.

Damiane kniete im Offertorium des Benediktinerklosters von Chieti, die Stirn gegen ihre gefalteten Hände gelehnt. Die Bänke des Betsaals waren leer, die Wände mit Ausnahme eines riesenhaften Holzkreuzes kahl und weiß. Gestern Abend noch war der Raum von vielstimmigen Adventschorälen erfüllt worden, aber nun herrschte eine fast vollkommene Stille. Von draußen drangen einige dumpfe, kaum verständliche Unterhaltungen von vorbeilaufenden Mönchen herein, aber sie störten Damianes Versunkenheit nicht. Obwohl sie ein verständliches Latein sprach, betete sie in ihrer germanischen Kindheitssprache. Mal redete sie laut, mal flüsterte sie, mal formten sich tonlose Worte auf ihren Lippen oder erklangen nur in ihrem Innern.

Wohin, fragte sie Gott, sollte das alles noch führen? Sie hatte Angst. Mit jedem Monat verfing Gratian sich mehr in dem Netz, das Desiderius gespannt hatte. Ihr Liebster sah das anders, sprach von großen Möglichkeiten, von Reichtum, Ansehen, sogar Macht. Wann vorher hatte er jemals von Macht gesprochen! »Und ich?«, fragte sie daraufhin. »Wo ist mein Platz in dieser wunderbaren Zukunft?«

»Na, bei mir«, sagte er. »An meiner Seite. Das ist doch heutzutage kein Problem mehr. Viele Prälaten haben eine Geliebte. Deine eigene Herrin kann ein Liedchen davon singen.«

»Ja, sie kann ein Liedchen von Leid und ständigem Kampf singen. Und du trägst dazu bei.«

»Moment mal …«

»Nichts Moment mal. Du und dein neues Vorbild, der Seelenfänger, ihr tretet und schikaniert sie.«

»Das hat doch nichts mit uns beiden zu tun. Ich mag nicht, wie du das eine mit dem anderen vermischst. Und nenne ihn nicht Seelenfänger.«

So redeten sie häufig in letzter Zeit aneinander vorbei, aber am Ende gab sie immer nach, versprach, noch eine Weile zu warten, bis er dies erreicht hatte, bis er so viel verdient hatte, bis er jenes Amt innehatte. Doch sie litt. Der tägliche Verrat hielt sie in den Nächten lange wach. Sie sah das fehlgeborene Kind in ihren Träumen, den falsch beschuldigten *primicerius* Saxo, und seit einigen Wochen nun Clemens ... Es war Gratians Idee gewesen. Schrecklich!

In den letzten Wochen hatte sie Marocia und Clemens miteinander reden, spielen und lachen sehen, hatte beobachtet, wie sich der nahende Abschied von ihrem Sohn immerzu in Marocias Augen spiegelte, sobald der nichts ahnende Kleine sich einmal umdrehte. Welchen Treuebruch an Marocia würde der wölfische Bischof als Nächstes von ihr und Gratian verlangen? Wohin – und damit gelangte Damiane wieder an den Anfang des Problems, das sich wie eine Schlinge um sie wand – sollte das alles noch führen?

Das Geräusch, das Damiane aufschreckte, kam nicht von Gott, wie sie gehofft hatte, sondern von Marocia. Auf Zehenspitzen wollte sie sich nach draußen schleichen.

»Entschuldige«, sagte sie. »Ich habe zu spät bemerkt, dass du betest.«

Damiane spürte, wie ihre Wangen zu glühen begannen. Sie stand auf, Marocia kam näher. Blickten die schwarzen Augen ihrer Herrin und Freundin anders als sonst, oder bildete sie sich das bloß ein? Unmittelbar vor ihr blieb Marocia stehen. Sie schwiegen beide. Ihr warmer Atem vermischte sich sichtbar in der kalten Luft des Offertoriums.

»Belastet dich etwas?«, fragte Marocia.

Damiane bewegte sich nicht. Sogar ihre Augen blieben starr auf ihr Gegenüber gerichtet.

»Du weißt, dass du mit mir über alles sprechen kannst, nicht wahr?«, fragte Marocia.

Klang auch ihre Stimme anders? Wissender? Forschender? Drohender?

»Wir sind Freundinnen, Damiane. Wenn wir uns gegenseitig

nicht vertrauen können, wem sonst? Aber ich will dich nicht drängen. Ich kann verstehen, wenn du …«

»Nein«, sagte Damiane. »Nein, Ihr habt Recht. Wenn ich es jetzt nicht sage, dann vielleicht nie mehr.« Sie blickte um sich und suchte einen Platz. Eine der lang gezogenen Betbänke, die in Reihen an den Seitenwänden aufgestellt waren, stand am nächsten, und so schritten sie nebeneinander dorthin und setzten sich. Wieder kehrte die Stille ein, die diesem Saal eigen war. Damiane blickte nicht ihre Herrin an, sondern das Kreuz mit dem leidenden Christus. Er hörte mit. Er würde ihr die Kraft geben können, die sie brauchte, um sich und vor allem Gratian dem Urteil einer Verletzten und Betrogenen auszusetzen.

Damiane machte einen Anlauf. »Ich …« Sie stockte. »Es ist nicht leicht, müsst Ihr wissen.«

Marocia nahm Damianes Hände und packte sie zwischen ihre. »Trau dich«, sagte sie und zwinkerte Damiane zu.

Damiane holte Luft. »Ich muss etwas gestehen, das Euch bestimmt nicht erfreut. Es …«

Die Glocke der Kapelle nebenan begann zu läuten, und vor der Tür des Offertoriums waren aufgeregtes Gemurmel und Schritte zu hören. »Was ist da los?«, fragte Marocia. »Es ist doch gar nicht die Zeit für eine Andacht.«

Sie stand auf und öffnete die Tür, Damiane folgte hinaus. Feine Schneeflocken trieben ihnen entgegen, und die Mönche huschten mit wehenden Kutten an ihnen vorbei, um sich in der Kapelle zu versammeln. »Sie rennen bestimmt nicht wegen des Wetters«, meinte Damiane. Marocia stimmte nickend zu und sprach einen der Klosterbrüder an, aber sie hatte vergessen, dass bis Sonnenuntergang das Schweigegebot unter den Mönchen galt. So warteten sie beide, bis alle sich in der Kapelle versammelt hatten und der Abt nach vorne trat. Marocia steckte ihren Kopf durch einen offenen Spalt in der Tür, und Damiane, die ein wenig größer war, stellte sich auf die Zehenspitzen und blickte über Marocias schwarze Haare hinweg.

»Unsere geliebte Heiligkeit«, verkündete der Abt mit feierlicher Stimme, »war schon seit einiger Zeit krank, wie wir wussten. Nun hat unser Herr und Erlöser seinen vornehmsten Diener, Anastasius III., zu sich gerufen. Wir beten für seine Seele.«

Die Köpfe der Mönche senkten sich und murmelten: »*Pater noster qui es in coelis ...*«

Auch nach dem Vaterunser regte sich eine Weile keine Hand und keine Kapuze. Dann verkündete der Abt weiter: »Zu seinem Nachfolger wurde gewählt: Kardinal Johannes, der frühere Erzbischof von Ravenna.«

Marocia lugte zu Damiane, deren Kopf noch über ihrem schwebte, und flüsterte: »Johannes der Zehnte. Jetzt hat er also sein Ziel erreicht. Meine Mutter muss ihm wohl seine früheren Eigenständigkeiten endgültig vergeben haben.«

»Sie hat so viel Macht, um über die Wahl des Heiligen Vaters zu entscheiden?«, fragte Damiane.

Marocia ächzte verächtlich auf. »Das ist eine Kleinigkeit für sie. Das Volk und der Magistrat, die früher an der Papstwahl teilhatten, haben doch kaum noch etwas zu sagen, und die Kardinäle sind mit Geld und Angst gefügig gemacht.«

»Als seine erste Amtshandlung«, fuhr der Abt fort, »hat der Heilige Vater verfügt, dass Markgraf Berengar von Friaul noch in diesem Winter zum König von Italien gekrönt werden soll.«

Marocia klappte die Tür ruckartig vor Damianes Nase zu und wandte sich um. Ihre Augen verengten sich zu Schlitzen.

»Desiderius hat es gewusst«, hauchte sie.

»Wie bitte?«, fragte Damiane.

»Verstehst du nicht? Der Bischof wollte mich aus Spoleto weghaben, wenn die Krone ins Rollen kommt. Darum seine Aktion um Clemens. Dank Desiderius sitze ich im dicksten Winter achtzig Meilen von Alberic entfernt auf der anderen Seite der Abruzzen fest, und er kann Alberic mühelos dazu bringen, der Krönung zuzustimmen.«

Damiane klopfte sich den Pulverschnee vom Gewand und rieb danach die Hände aneinander. »Es ist kalt«, sagte sie. »Besser, wir gehen wieder in die Bethalle.«

»Ja, kalt«, bestätigte Marocia abwesend. »Was meinst du, wie viele Tage benötige ich, um bei diesem Wetter mit der Kutsche nach Spoleto zu gelangen? Zehn? Eher vierzehn bis zwanzig, nicht wahr? Bis dahin hat Alberic längst seine Stimme für Berengar abgegeben.« Sie legte ihre Hand erschreckt auf Damianes Arm und blickte in das Schneetreiben. »Lando!«, hauchte sie, und Damiane entgingen weder Zärtlichkeit noch Angst, die in dieser Stimme lagen, in ihrem ganzen Ausdruck. »Sollte Lando als Einziger die Anerkennung verweigern – was ihm zuzutrauen ist –, werden Alberics Truppen nach Capua marschieren. Das darf ich nicht zulassen.«

»Aber Ihr könnt doch nicht ...«

»Berengar«, fluchte Marocia, ohne auf Damiane zu achten. »Ich habe sie alle so satt, diese Helfer und Helfershelfer des Imperiums.«

Plötzlich weiteten sich ihre Augen, und ein Schmunzeln überzog ihr Gesicht. »Ich fahre nicht mit der Kutsche«, rief sie »Ich reite. Jetzt gleich. Die werden sich wundern.«

»Aber Ihr ... aber ich wollte Euch noch ...«, stammelte Damiane, doch Marocia lief bereits davon. Noch in der gleichen halben Stunde, nach einem kurzen, aber innigen Abschied von Clemens, ritt die Herzogin in Begleitung einer Wache aus dem Klostertor.

Alberic stieß die Tür auf und ging hinaus auf die Plattform des Burgturmes. Seine Hände klammerten sich derart fest an die Zinnen, dass ein wenig von dem losen Mörtel bröckelte und auf seine Schuhe fiel. Er atmete schwer, blickte zum Himmel. Über ihm eilten die Wolken hinweg, vom Osten kommend zu den schneebedeckten Bergen der Abruzzen, wo sie sich dunkel grollend stauten. Der Wind toste, aber er vermochte nicht das Geschrei zu übertönen, das aus dem Gemach kam, dem er soeben entflohen war.

»... wenn er sich weigert«, hörte er Marocia rufen, »dann weigern sich auch andere. Die haben doch die Bevormundung durch Byzanz längst über ...«

»... seid nicht kompetent ...«, entgegnete Desiderius. Und Marschall Agipert schrie dazwischen: »... Berengars Krönungsgefolge bereits unmittelbar vor unseren Grenzen!«

»Straßen kann man sperren. Es ist Alberics Land.«

»... wäre eine ungeheuerliche Provokation ... habt Ihr außerdem nicht zu bestimmen ...«

»Ihr auch nicht.«

Nach diesem Satz kehrte Stille ein, so als fiele erst jetzt auf, dass die Hauptperson, der Richter in diesem Disput, nicht mehr zugegen war, und einen Moment später strömten die drei Streithähne zu Alberic auf den Turm und umringten ihn wie eine Meute das

Opfer. Unterschiedlicher hätten sie nicht sein können, bemerkte Alberic. Gegen den silbernen Brustpanzer Agiperts und das schwarzrote Gewand des Bischofs wirkte Marocia in ihrer zerschlissenen Kleidung wie eine Lumpensammlerin. Sie hatte sich nach ihrem tagelangen Gewaltritt durch Schnee und Schlamm nicht einmal die Ruhe gegönnt, sich umzukleiden oder die rissige Haut zu pflegen, sondern war sofort in seine Ratssitzung gestürmt. Kein Zweifel, dachte Alberic, sie war besessen, aber ihre Stärke imponierte ihm auch. Unsicher sah er sie an.

»Alberic«, begann Marocia. »Wenn du die Straßen sperrst, kommt Berengar nicht zu seiner Krönung.«

»Dann benutzt er eben die toskanischen Straßen«, berichtigte Agipert.

»Dazu muss er mitten im Winter über den nördlichen Apennin, und das mit seinem riesigen Gefolge. Das schafft er nicht. Ich habe gerade die Abruzzen hinter mir, und die sind weniger gefährlich.«

»Dann umgeht er den Apennin eben.«

»Das dauert Wochen«, konterte Marocia. »Bis dahin hat sich der Widerstand gegen ihn formiert, da bin ich sicher.«

Agipert lief rot vor Wut an und klopfte sich mit der Faust auf die Brust, aber er brachte keinen Laut mehr hervor. Stattdessen klopfte er sich ein zweites Mal auf die Brust, so als wäre dies das beste Argument für seine Autorität.

Desiderius war es, der die Lautstärke aus dem Disput nahm. Er faltete die Hände. Eindringlich, aber ruhig warnte er Alberic: »Haltet Euch vor Augen, Durchlaucht, dass Ihr von dem Moment an, an dem Ihr Berengar die Unterstützung verweigert, sein Feind seid.« Und mit Betonung fügte er hinzu: »Sein *Tod*feind.«

Marocia passte sich dem Ton des Bischofs an. »Das seid Ihr in jedem Fall, Alberic. Wenn Berengar erst König ist, wird er mit Hilfe von Theodora, Papst Johannes und dem byzantinischen Kaiser einen Landesfürsten nach dem anderen gefügig oder unschädlich machen, entweder mit eiserner Knute – oder mit Mord.«

Erneut brachen die Kontrahenten in heftige Debatten aus, doch Alberic wandte sich wieder den Bergen und dem Tal zu. Sein Blick folgte einem Bussard, der nicht weit von der Burg entfernt in der Luft kreiste. Ab und an trug der Wind sein Krächzen heran, einen

Laut, von dem man nicht wusste, ob er Stärke oder Verzweiflung ausdrücken sollte, Warnung oder Angst. Einmal stieß der majestätische Vogel nach unten, fing aber seinen Angriff auf halber Höhe ab und schwang sich langsam, von Böen getragen, wieder hinauf. Dann kam ein zweiter Bussard hinzu. Sie umkreisten sich, schienen miteinander zu spielen, und plötzlich schien es Alberic, als drückte ihr Krächzen nichts anderes als Zuneigung aus.

Er seufzte, dann sah er Agipert an. »Wie viele Soldaten brauchen wir, um die Straßen zu sperren?«

»Dieser Schwachkopf!«, rief Theodora, sprang auf und sah ihren *secretarius*, der die Botschaft in das Arbeitszimmer gebracht hatte, mit flackernden Augen an. »Ich hätte Berengar mehr Geschick zugetraut – und mehr Erfolg.«

»Tja«, sagte der *secretarius* und zuckte ratlos mit den Schultern.

»Hör auf zu grinsen«, fuhr sie ihn an. »Die Situation ist nicht lustig.« Sie setzte sich wieder und trommelte mit den Fingern auf der Tischplatte. Machte denn in diesem Land plötzlich jeder, was er wollte? Gab es denn nur noch Hiobsbotschaften? Es begann mit dem Schreck vom Dreikönigstag, als Berengar, statt im Triumph durch das Herzogtum Spoleto zu ziehen, vor verschlossenen Grenzen stand. Dann kam das Chaos des Widerstandes, der sich wie ein Fieber in ganz Süditalien ausbreitete, über Capua-Benevent nach Apulien und Salerno. Gleich darauf folgte das Unglück, dass der byzanztreue Markgraf von Toskana starb, und seine Witwe, die Regentin für den noch unmündigen Sohn, sich sogleich gegen Berengar aussprach, was bedeutete, dass dem designierten König alle Straßen zur Krönung versperrt waren. Und nun auch noch die Katastrophe von Modena, wo Berengars Heer, das sich gewaltsam den Weg nach Rom bahnen wollte, von einer toskanischen Streitmacht zurückgeschlagen worden war. Irgendetwas lief seit fünf Monaten schief, und Theodora ahnte, dass das etwas mit ihrer Tochter zu tun hatte. Und Byzanz drängte immer vehementer auf rücksichtsloses Durchgreifen.

»Ich bin umgeben von Verrätern«, murmelte sie. »Und von Tölpeln.«

Bei diesem Wort schien dem *secretarius* etwas einzufallen. »Das hätte ich fast vergessen, Durchlaucht. Seine Heiligkeit ist zu Besuch. Er wartet im *peristyl.*«

Theodoras Augen leuchteten auf, und statt dem üblichen störenden Zucken umspielte ein sanftes Lächeln ihre Mundwinkel. »Oh«, hauchte sie und überlegte kurz. Dann befahl sie dem Diener, Johannes auszurichten, dass sie gleich komme. Sie wartete, bis er gegangen war, dann zog sie eine Lade auf und hielt sich einen kleinen goldumrahmten Spiegel vor das Gesicht. Sie veränderte nicht viel an ihrem Aussehen, strich nur mit dem Finger die Augenbrauen glatt und kniff sich einige Male in die Wangen. Dann zupfte sie einige schwarz und grau melierte Haarsträhnen aus der allzu streng gesteckten Frisur, so dass sie sich an beiden Schläfen entlanglockten, und begab sich schließlich zum *peristyl.*

Dieser Besuch, um den sie Johannes nicht gebeten hatte, bedeutete ihr viel. Immer wieder dachte sie an jenen Moment vor einem halben Jahr zurück, als sie ihm seine Erhebung zum Papst bestätigt hatte. Er hatte sie hochgestemmt, einige Male herumgewirbelt und geküsst. Tagelang war sie mit ihm zusammen, sie redeten und lachten, ganz wie in alten Zeiten. Doch seine Dankbarkeit kühlte danach schnell ab. Er kam nur noch selten bei ihr vorbei, schien sich im Lateran prächtig zu amüsieren, und wenn sie es nicht mehr aushielt und ihn dort aufsuchte, kam es ihr manchmal vor, als mache er sich heimlich über ihre Anhänglichkeit lustig. Ihn nun hier zu sehen war wie ein Sonnenstrahl durch dicke Wolken.

Theodora beobachtete mit halb geschlossenen Lidern, wie Johannes eine Orange von dem kleinen Baum pflückte, sie schälte und schließlich herzhaft hineinbiss. Er trug ein blütenweißes Gewand, in dem er so jung wirkte wie an dem Tag, als sie ihn das erste Mal gesehen hatte. Mit einem Summen auf den Lippen schlenderte er an den blühenden Rabatten entlang, hielt sein Gesicht in die Sonne und fuhr sich mit der Hand immer wieder durch die Haare. Ihre Arme ausgestreckt, ging sie auf ihn zu.

»Johannes!«, rief sie, und es lag eine ungewohnte Zärtlichkeit, ja fast Ergebenheit darin.

»Theodora«, antwortete er und gab ihr – einen Stirnkuss.

Theodora zuckte unter dieser Geste zusammen wie nach einem Stich. Doch sie bemühte sich, ihr Lächeln zu behalten. Gemeinsam setzten sie sich auf den Brunnenrand. Eine Weile sah sie ihm zu, wie er genüsslich an seiner Orange lutschte, dann sagte sie: »Nun?«

»Nun was?«

»Du bist wortkarg. Ich komme mir vor wie ein junges Mädchen, das gerade zum ersten Mal neben einen Mann gesetzt worden ist.«

Er lachte. »Ein Mädchen? Nein, das bist du nicht, Theodora.«

Ihr Lächeln verschwand. Sie schluckte. »Es ... es ist schön, dich hier zu sehen.«

Er summte eine Bestätigung, dann streckte er sich, als habe er gerade einer unendlich langen Geschichte zugehört. »Ich bin gekommen, um dir den Weg in den Lateran abzunehmen. Dort hättest du mich doch gewiss in den nächsten Stunden aufgesucht, wie ich dich kenne. Nach diesen schlimmen Nachrichten ... Ich ziehe es jedoch vor, in meinem Palast nicht gestört zu werden.«

Sie war nahe daran, aufzuspringen, aber irgendetwas hinderte sie daran, ihre Gefühle so deutlich zu zeigen. Stattdessen straffte sie ihren Rücken.

»Ja, wir haben ein Problem«, stellte sie so sachlich wie möglich fest.

Johannes hob den Zeigefinger und lächelte sie an. »*Du* hast ein Problem, meine liebe Theodora. *Ich* soll dem alten Schlächter lediglich die Krone aufsetzen.« Er biss ein weiteres Mal in die saftige Frucht, dann fügte er schmatzend hinzu: »Aber ich bin gerne bereit, dir mit meinem Rat beizustehen, denn offensichtlich bist du alleine den Fähigkeiten Marocias nicht gewachsen.«

Theodoras Gesicht bebte. Aber gerade, als sie so weit war, ihrem Geliebten eine Ohrfeige zu verpassen, legte er den Arm um sie und zog sie an sich. Ihre Wut verrauchte binnen eines Augenblicks.

»Ich hätte da auch schon eine Idee«, meinte Johannes und blickte wie ein Visionär in die Unendlichkeit des Himmels. »Gewiss ist Alberic viel zu unentschlossen, den Widerstand ohne Marocia im Hintergrund lange durchzuhalten. Wie wäre es also, wenn ich sie wieder nach Rom hole?«

Theodora ließ ihren Kopf auf Johannes' Schulter sinken. »Das dürfte schwierig werden, Liebster. Was sollte sie wohl hierher locken?«

»Ich«, rief er und lächelte von einem Ohr zum anderen.

»Wie bitte?«

»Ich biete ihr einen Platz an meiner Seite. Außerdem ernenne ich sie zur zweiten Senatrix von Rom. Du hast sicher nichts dagegen, Theodora. Ihr könntet doch zusammenarbeiten und ... Was ist denn? Ich meine es doch nur gut.«

Theodora blickte ihren Gefährten lange an, als forsche sie in seinen blauen Augen nach der Wahrheit.

»Du willst mich loswerden«, hauchte sie.

»Aber nein, ich ...«

»Abräumen wie ein zerkratztes Geschirr.« Sie machte sich von seiner Umarmung frei und näherte sich ihm so weit, dass ihre Nasen fast aneinander stießen. »Aber das lass dir sagen: Auch Päpste können fallen. Glaubst du, du könntest dich auch nur ein einziges Jahr ohne mich halten? Deine Eitelkeit macht dich völlig blind, du bist doch noch nicht einmal in der Lage, deine Feinde zu erkennen. Desiderius, die falsche Schlange, der Meister des doppelten Gesichts, und Marocia, die dich verabscheut ...«

Für einen Moment entglitten ihm alle Gesichtszüge. »Du lügst. Sie verabscheut mich nicht. Im Gegenteil, sie hat damals ihr Kind verloren, nur um mit mir ... Als Zeichen für mich ... Sie und ich, wir ...«

Theodora sah Johannes stirnrunzelnd an. »Wovon, bitte, redest du da? Sie wollte noch nie etwas von dir wissen, und das wird auch so bleiben, bis in alle ...«

»Nein!«, schrie Johannes derart laut, dass Theodora zusammenzuckte. Ohne ein weiteres Wort sprang er auf und eilte davon. Theodora blieb zurück, verwirrt wie noch nie. Was, bei allen Heiligen, ging nur im Kopf dieses Mannes vor?

19

Die Burg von Spoleto mit ihren vier mächtigen Ecktürmen hätte nicht massiver gebaut sein können. Vor einem halben Jahrhundert erst errichtet, waren dicke Quadersteine zu ihrem Bau verwendet worden, die den Vorteil hatten, jedem bekannten Belagerungsgerät standhalten zu können. Ein angenehmer Nebeneffekt – und den

Damen der Burg weitaus wichtiger – war, dass es innerhalb der Mauern der Wohntürme im Sommer angenehm kühl war, während draußen bereits die Luft schwer auf den Menschen lastete. Doch in diesem Jahr war alles anders. Nach dreiwöchigem, ununterbrochenem Sonnenschein glühten sogar die Innenwände der Mauern wie ein Kaminfeuer, und vor allem Damiane, die ihre Kindheit in den Hochlagen des Taunus verlebt hatte und sich ohnehin noch nie mit den Temperaturen Italiens anfreunden konnte, ermattete in diesen Juniwochen zunehmend.

In einer dieser unerträglichen Nächte machte Damiane einen Spaziergang auf der Außenmauer der Burg, wo sie jeden Windhauch wie ein Geschenk begrüßte und sich in die Dunkelheit vertiefte. Die Berge, die sich wie mächtige Phantome hinter ihr auftürmten, interessierten sie dabei nicht; ihr Blick ging lange zu jenem winzigen schwarzen Punkt im Tal, der die Kuppel von *Sanctus Paulus* darstellte. Was wohl Gratian gerade machte? Ob er vielleicht aus einem der Fenster zu ihr hinaufsah? Sie wandte sich um und seufzte. Selbst wenn, dachte sie, was halfen ihr diese verstohlenen Blicke durch die Finsternis schon? Gratian war fern, ferner denn je, und das, nachdem sie sich doch früher so nah gewesen waren, damals, im Lateran, in den Nischen und Kammern. Wo war nur diese unbefangene und unverfälschte, diese alberne und abenteuerliche Zeit geblieben?

Unten im Hof fuhr eine Kutsche vor, und gleichzeitig kamen zwei Gestalten aus dem Innern der Burg. Mitten in der Nacht, das war ungewöhnlich. Kutschen benutzten nur die höchsten Amtsträger des Herzogtums oder Frauen, alle anderen mussten reiten.

An dem unverwechselbar watschelnden Gang erkannte sie eine der schattenhaften Gestalten. »Gratian!«, rief sie, eilte die Treppe an der Mauer hinunter und fiel ihrem Geliebten in die Arme. Sie küssten sich, einmal, dreimal, fünfmal. Dann zog Gratian sie aus der Mitte des Burghofes in einen Winkel bei den Stallungen. »Wie ich dich vermisst habe«, flüsterten beide gleichzeitig und kicherten wie zwei Jungverliebte. Sie tauschten allerlei Zärtlichkeiten aus, in Worten und Berührungen, dann fragte Damiane: »Was machst du hier, mitten in Nacht?«

Er zog ein Gesicht, als mahne er ein kleines Mädchen. »Wir hatten doch vereinbart, dass wir uns solche Dinge nicht mehr fragen.

Ich habe meinen Herrn und du deine Herrin. Schließlich hast du mir auch nichts von den Machenschaften Marocias gesagt.«

»Aha«, sagte sie gedehnt. »Diese nächtliche Kutschfahrt ist also eine Machenschaft, ja?«

»Ich werde dir nichts darüber erzählen. Du wärst imstande und berichtest alles der Herzogin, dummes kleines Ding. Aber vergiss nie, mein Goldstück: Wenn der Bischof fällt, falle ich mit ihm. Und das willst du doch nicht, oder?«

Ihre Antwort war stumm. Sie umarmte Gratian mit beiden Armen und bemerkte dabei, dass ihre Hände sich nicht mehr auf seinem Rücken vereinen konnten, wie es früher noch der Fall gewesen war. »Du bist schwerer geworden«, kommentierte sie.

Er schmunzelte. »Als Diakon lebt man nicht schlecht. Aber warte, wenn ich erst Bischof bin ...«

»Bischof?«, rief Damiane derart laut, dass die Pferde auf der anderen Seite der Bretterwand kurz aufschreckten und wieherten. Gratian wartete ab, ob jemand die Aufregung bemerkt hatte, und tatsächlich kam ein Soldat vorbei. Als er die beiden sah, grinste er, dann ermahnte er sie, leiser zu sein, und trottete weiter. Erst als seine Schritte nicht mehr zu hören waren und nur noch die gespenstisch flatternden Fledermäuse am Himmel von Leben kündeten, ergriff Gratian wieder das Wort.

»Wenn das, was Desiderius vorhat, tatsächlich klappt, wird er in eine größere und wichtigere Diözese befördert, und ich trete hier in seine Fußstapfen. Dann wird alles viel leichter für uns.«

»Das sagst du jedes Mal, aber immer wird alles komplizierter.«

Er küsste Damiane. »Diesmal nicht, Liebste. Vertrau mir noch dieses eine Mal, und du wirst sehen, dass ich dich nicht enttäuschen werde.« Er nahm ihren Kopf in beide Hände und bemerkte dabei, dass ihre Wangen feucht waren.

»Aber warum weinst du denn?«, fragte er sanft.

»Weil ich nicht mehr weiß, ob ich besser zu dir und dem wölfischen Bischof halten soll oder zu meiner Herrin Marocia. Soweit ist es schon gekommen.«

Die Gewänder von Desiderius und Gratian flatterten im Seewind, als sie auf einer Plattform der Burg von Atri standen. Die Feste erhob sich am höchsten Punkt einer Steilküste, deren Granitgestein die natürliche Verlängerung der Ostmauer bildete. Gratian beugte sich unbefangen über die Zinnen, aber Desiderius zuckte nach einem kurzen Blick auf die tief unten schäumende Brandung zurück und zog es danach vor, einige Meter vom Abgrund entfernt zu warten und den über der Adria aufgehenden Glutball der Sonne zu betrachten.

»Wo bleibt sie nur?«, fragte Gratian. »Wir haben uns doch schon vor einer ganzen Weile anmelden lassen.«

Sie waren beide nervös, aus unterschiedlichen Gründen. Gratian, der nicht die weltliche Abgeklärtheit seines Vorgesetzten besaß, sah in Constanza noch immer eine Hexe, noch dazu eine von Gottes schlimmster Seuche befallene Hexe, die rachsüchtig war. Desiderius hingegen machte sich mehr Gedanken über das Gelingen seines Planes.

»Mir ist bei der ganzen Sache nicht wohl«, fügte Gratian hinzu. »Sie ist so ... verräterisch, so ... hinterlistig – und so gefährlich. Vor allem gefährlich.«

Desiderius atmete tief durch. Das Letzte, worauf er Lust hatte, war, das Thema seit der Abfahrt von Spoleto nun zum dritten Mal durchzusprechen. »Es gibt keine Alternative. Sie wird uns schon nicht fressen.«

Gratian raffte seinen Umhang enger und blickte den Bischof skeptisch an. »Selbst wenn Ihr Recht habt: Wir hintergehen mit dem, was wir vorhaben, nicht nur den Herzog, sondern auch Berengar und den Papst, wir hintergehen überhaupt alle.«

»Unsinn«, zischte Desiderius in ungewohnter Schärfe. »Wir sagen unseren Verbündeten nur nicht alles. Aber wenn wir es ihnen sagen würden, wären sie einverstanden.«

»Also warum tun wir es dann nicht einfach?«

Zum dritten Mal verdrehte Desiderius bei dieser Frage die Augen. »Kriechen wir jetzt zu ihnen, mit der Bitte um Hilfe, wirken wir wie Versager. Sagen wir es ihnen erst, wenn der Plan aufgegangen ist, sehen sie, dass wir die Krise im Griff hatten und dass sie uns dankbar sein sollten.«

Gratian seufzte und vertiefte sich neuerlich in die Brecher, die gegen die Klippen schlugen. Der Sturm zerrte immer heftiger an ihren Gewändern, und Desiderius fühlte sich nun sicherer mit einem Halt an den Zinnen. Plötzlich rief eine Stimme hinter ihm: »Früher hat man von hier Verbrecher hinabgestürzt.«

Die beiden Geistlichen fuhren derart schnell herum, dass sie fast strauchelten.

»Durchlaucht!«, schrie Desiderius gegen den pfeifenden Wind an und verbeugte sich. Constanza von Atri stand in gewohntem Schwarz vor ihnen. Ihre langen Schleier verhüllten das Gesicht, aber immer wieder riss eine Böe sie in die Höhe und legte für die Dauer eines Lidschlags das Antlitz der grausigen Seuche frei.

»Da ich Traditionen liebe«, redete sie ohne ein Begrüßungswort weiter, »habe ich diese Form der Bestrafung selber einmal angewandt. Irgendwo da unten liegen die Gebeine meiner lieben Neffen. Aber«, fügte sie mit seltsamem Tonfall hinzu, »es müssen ja nicht die Letzten bleiben. Sie freuen sich über Gesellschaft.«

Gratian hätte sich kein schlimmeres Hexengelächter vorstellen können, als es nun über Himmel und See schallte. Ebenso rasch, wie es aus dem Schlund der Hölle gekommen zu sein schien, verklang es auch wieder.

»Wein gefällig?«, fragte sie.

Sie schnippte eine ebenso verhüllte Dienerin herbei, die drei gefüllte Kelche verteilte. Doch weder Gratian noch Desiderius wagten, daraus zu trinken. Es war gespenstisch.

»Wollen wir nicht hineingehen?«, fragte Desiderius.

»Ihr mögt den Wind nicht? Oder die Tiefe?«

»Das Wasser«, erklärte er freimütig.

»Dann werdet Ihr darin umkommen«, prophezeite sie und schien sein erschrecktes Gesicht zu genießen. »Menschen wie wir, Desiderius, kommen immer durch das um, was wir hassen. Ich hasste von jeher die Hässlichkeit, und nun seht her.« Sie lüftete den Schleier, und wie unter einem Schlag schlossen Gratian und Desiderius die Augen. »Haha«, lachte Constanza bitter und qualvoll. »Ja, es ist schwer, den Anblick der Schönheit zu ertragen.«

Sie nahm einen großen Schluck aus dem Kelch. »Und nun sagt mir, was Euch den Mut gegeben hat, vor mir zu erscheinen, *ehrwürdiger Bischof.*« Sie sprach den Titel mit aller Verachtung an, die ihr zur Verfügung stand, und die war reichlich bemessen.

Desiderius räusperte sich. »Nun, Durchlaucht, Euer Sohn wird im Thronstreit verlieren. Berengar wird gekrönt werden, wenn nicht in diesem Jahr, so im nächsten oder übernächsten. Und dann – verzeiht, wenn ich so offen spreche – gebe ich keinen Silberling mehr für Herrschaft und Leben Alberics I. von Spoleto. Daher brauche ich Eure ganz spezielle Unterstützung.«

Constanza von Atri sah mit undurchdringlichem Blick über ihren Kelch hinweg. »Um mir das zu sagen, seid Ihr gekommen? Ich soll meinen Sohn retten? Jede Schmutzarbeit habe ich für ihn getan, ihm den Thron verschafft, doch wie hat er es mir gedankt! Er hat mich zehn Jahre lang gemieden. Wisst Ihr, wie viele Tage und Nächte das sind? Und dann hat er« – sie machte einen Schritt auf die beiden Geistlichen zu, diese wiederum wichen einen Schritt zurück, so dass sie nun mit dem Rücken am Abgrund standen –, »dann hat er es gewagt, mich aus meinem Palast zu werfen, nur, weil dieses anmaßende Weib ihn dazu überredet hat. Zur Hölle soll er fahren und dieses ganze Land mit ihm.«

Sie drehte sich abrupt um und begann, gestützt auf die Dienerin, davonzugehen.

Desiderius formte einen stummen Fluch auf seinen Lippen. So ein prächtiger Plan, mit List und Geschick entworfen, und nun sollte er scheitern, weil diese Frau ... Er blickte in das blasse Gelb des Sonnenaufgangs, wo die Strahlen schräg auf die Wolken am Horizont trafen und sie zum Leuchten brachten. Ein paar kleine Fischerkähne – eher Flöße als Boote – trotzten dem Seegang und schaukelten auf den Wellen auf und ab, umkreist von schreienden Vogelschwärmen. Doch Desiderius blickte durch den Zauber hindurch. Eine Möglichkeit, fiel ihm ein, gab es noch. Wie wäre es, wenn er ...

Eine Möwe ließ sich nur zwei Schritte von ihm entfernt auf einer Zinne nieder und riss ihn aus seiner Grübelei.

»Dann hat sie gewonnen!«, rief er Constanza von Atri hinterher.

Sie drehte sich langsam um. »Wer?«

»Eure Schwiegertochter.«

»Was hat sie damit zu tun?«

»Nun, sie hat den Herzog auf ihre Seite gezogen.«

»Er hat schon wieder auf *sie* gehört?«, fragte Constanza.

»Und wenn Alberic und das ganze Land – wie Ihr so treffend bemerktet – zur Hölle gefahren sind, dann kann sie in aller Ruhe in ihr geliebtes Rom zurückkehren und sich in die hohle Hand lachen. Helft Ihr mir nicht, dann tut Ihr Marocia den größten Gefallen.«

»Dieses Miststück.« Constanza kniff die Lippen zusammen und humpelte auf Desiderius zu. Den Arm der Dienerin, die ihr helfen wollte, schüttelte sie barsch ab und schleuderte den Kelch zu der Zinne, auf der die Möwe saß. Schreiend schwang sich der Vogel in die Lüfte. »Es wird die letzte Freude meines Lebens sein, die Hure scheitern zu sehen. Was wollt Ihr, dass ich tue?«

Desiderius hielt der unmittelbaren körperlichen Nähe der Aussätzigen stand und zwang sich zur Gelassenheit. »Ihr müsst mir Geld geben, Durchlaucht. Unverschämt viel Geld.«

»So soll es sogleich geschehen«, keifte sie und humpelte zurück ins Innere der Burg. Desiderius gab seinem Diakon ein Zeichen, dass er Constanza folgen solle. Widerwillig kam Gratian dieser Aufforderung nach.

Desiderius blieb noch eine Weile auf der Plattform und blickte auf die unendliche Wasserfläche hinaus, von der ihm gesagt worden war, sie würde eines Tages sein Tod sein.

Marschall Agipert wusste nicht, ob er sich über die Mission freuen sollte, die ihm der Bischof anvertraut hatte, oder ob sie nicht vielmehr ärgerlich war. Auf dem Ritt nach Süden gab es Tage, an denen er den aufgeblähten Stolz verspürte, dass er allein den Mut und damit die Fähigkeit besaß, das bevorstehende Unterfangen zu riskieren, wohingegen Desiderius und dieser plumpe Diakon lächerliche Hasenfüße waren. An anderen Tagen jedoch fühlte er sich vom Bischof benutzt, und er glaubte dann, dass die kommende Aufgabe unter seiner Würde war – schließlich war er Soldat, kein Kaufmann. So ein Tag war heute.

Agipert brachte seinen Schimmel zum Stehen und richtete sich im Sattel auf. Am Horizont ragten mächtige Holztürme aus den hügeligen Wiesen der Campagna empor; zuerst sah er vier, dann sechs, am Ende waren es zwölf. Das war er nun also, der Stützpunkt der Sarazenen. Bei seinem Anblick zogen Agiperts Mundwinkel sich noch weiter nach unten.

»Ungläubige Hunde«, fluchte er und spuckte in das hohe Gras unter ihm.

Kein Christ, dachte er, konnte dieses Pack mögen, aber ebenso wenig konnte man bisher etwas gegen sie tun. Vor einem halben Jahrhundert waren die Sarazenen in diesem Gebiet zwischen dem Fürstentum Capua und dem Patrimonium gelandet. Zuvor hatten sie bereits Sizilien, Sardinien und den Süden Kalabriens besetzt, aber im Grunde war dieses arabische Volk keine Einheit, denn jedes besetzte Gebiet wurde von einem anderen Emir regiert. Da alle Versuche, sie zurückzuschlagen, gescheitert waren, arrangierte man sich, zahlte ihnen jährliche *parias,* ungeliebte Tribute, und trieb regen Handel mit ihnen: Sie verkauften heidnische Sklaven an die Christen, die Christen gaben ihnen dafür Schafherden. Wenn alles klappte, dachte Agipert und brummte in seinen Bart, würde sich das bald ändern.

Er blickte zurück. Vier Soldaten – seine besten und ergebensten Männer – umringten einen Wagen, dessen Inhalt mit einer Plane überdeckt war. »Wenn ich bis zum Abend nicht zurück sein sollte, fahrt ihr wieder ins Herzogtum zurück, verstanden?«

Er gab seinem Pferd einen Tritt und galoppierte zur Holzfestung der Sarazenen.

Als er durch das Tor ritt, musste er zugeben, beeindruckt zu sein. Die großflächige Kolonie der Sarazenen war unter Ausnutzung aller Gegebenheiten der Natur hervorragend gesichert, ihre Lage machte sie nahezu uneinnehmbar. Der Norden wurde durch den steinigen, kaum passierbaren Mons Argentus geschützt, der mehrere hundert Meter hoch war. Im Süden hingegen strömte behäbig der tiefe und breite Garigliano seine letzten Meilen bis ins Tyrrhenische Meer, und dieses wiederum machte die Sarazenen von hinten unangreifbar.

Vermutlich verriet Agipert durch die ständigen Blicke nach rechts und links seine Bewunderung für diese strategische Konzeption, denn nach der Begrüßung durch den Emir Abbud Ibn-Abbad meinte dieser: »Ja, unsere Vorfahren haben sich dabei etwas gedacht. Es waren schlaue, sehr schlaue Menschen.«

Der Emir sprach ein von seltsam fauchenden Lauten durchsetztes Lateinisch, aber Agipert hörte dennoch die Spitze heraus. Denn die Christen hatten nie das Potential des Terrains derart erkannt wie die Sarazenen.

»Aber heute sind wir ein friedliches, ein sehr friedliches Volk«, betonte der Emir mit einem breiten, süßlichen Lächeln, das nicht einmal der voluminöse Bart verdecken konnte. »Keine Kriege mehr. Kriege bringen nur viel, sehr viel Tod und fast überhaupt kein Geld.«

»Ich kenne einen Bischof« erwiderte Agipert, »der würde Euch jetzt eine Stelle aus der Bibel zitieren, in der es um Versuchung geht, um einen Apfel und eine Schlange. Aber solche Geschichten sind nicht meine Stärke, darum drücke ich es mit meinen Worten aus: Alles hat seinen Preis.«

Ein starker Wind wirbelte den Staub in der Festung auf und ließ kleine Sandtrichter umhertanzen. Für einen Moment verschwanden die Palisaden hinter einem gelblichen Schleier, und jeder, der herumlief, eilte zu einem Unterstand. Nur Agipert und seinen Gesprächspartner schien der Sand nicht zu stören. Der Emir kniff die Augen zusammen, bis sie nur noch kleine Schlitze waren.

»Mancher Preis«, sagte er, »ist für manchen Mann viel, sehr viel zu hoch.«

Dass diese Ungläubigen immer um den heißen Brei reden musste, fluchte Agipert innerlich. »Vierzigtausend Silberlinge«, kürzte er ab, aber es wirkte eher, als spie er die Summe vor die Füße des Emirs.

Dieser lächelte wieder genüsslich und machte mit dem Arm eine einladende Geste zum größten und prächtigsten aller Zelte.

»Kennt Ihr Tee?«

Mit einem lauten Knall fiel der schwere Tonkrug von Marocias Anrichte zu Boden und zerbrach in tausend Splitter. Das Wasser spritzte in alle Richtungen und benetzte ihre nackten Füße. Gleich darauf trat Marocia einen Bodenkrug um, doch das bauchige Tongefäß hielt stand, kippte lediglich um und rollte gemächlich durch das nächtliche, nur von einer Fackel beleuchtete Gemach. Marocia zerrte ihre Schlafdecke vom Bett, schleuderte das Kissen quer durch den Raum, wo es eine Reihe von Kerzen umwarf, und boxte ihre Fäuste immer wieder in die mit Tierfellen gepolsterte Matratze.

Schließlich sackte sie erschöpft auf dem Bett zusammen, legte sich auf die Seite und winkelte die Knie an. Ihre Hände bedeckten das gerötete Gesicht.

Damiane ließ eine Weile ihren Blick auf der Frau ruhen, die sie schon in vielen Gemütslagen erlebt hatte, in Kampfeslust, Entschiedenheit, Geschicklichkeit, Trauer und Angst. Immer war sie dabei beherrscht geblieben, noch in der Erregung kalkulierend. Das, was Damiane soeben erlebt hatte, hatte nichts mehr damit zu tun. »Ich habe Eure Mutter nie kennen gelernt«, wisperte sie. »Aber nach allem, was ich über sie gehört habe, stelle ich sie mir so vor wie bei diesem Ausbruch. Was wohl Eure alte Amme dazu sagen würde?«

Als Marocia erstaunt aufsah, behob Damiane bereits die ersten Schäden. Sie sah ihr eine Weile beim Einsammeln der Scherben zu. Die Worte der Freundin hallten in ihr nach. Sie richtete sich auf, wischte die Tränen von den Wangen, glättete ihr Nachtkleid, aber das alles tat sie, fast ohne es zu bemerken. Ihr Gesicht gewann die gewohnte Würde zurück, nur ab und an glitt ein Zug des Erschreckens darüber. Ihre Mutter! Was hatte Pater Bernard ihr zum Abschied gesagt? Niemals, niemals durfte sie werden wie Theodora. War sie auf dem besten Weg dorthin?

Damiane war seit dem Gespräch mit Gratian im Burghof darauf vorbereitet, dass etwas wie das hier passieren würde. Sie hob die Decke vom Boden auf, legte sie Marocia um die Schultern, setzte sich neben ihre Herrin und schwieg.

»Die Sarazenen«, begann Marocia mit leiser Stimme. »Sie haben ohne Vorwarnung ihr Bündnis mit Lando aufgekündigt, sind anschließend plündernd und mordend durch das Fürstentum Capua gezogen und gestern in den Süden Spoletos eingefallen.«

»Besteht …« Damiane schluckte. Das Wort *mordend* haftete sich in ihr fest und verband sich mit dem Gesicht und der Wärme Gratians.

»Besteht Gefahr für unser Herzogtum?«, brachte sie mühsam über die Lippen.

Marocia zuckte mit den Schultern. »Wir haben ein gut ausgerüstetes und zahlenmäßig starkes Heer. Schon die Hälfte unserer Streitmacht würde genügen, die Sarazenen zurückzutreiben. Aber Agipert hat Alberic von der Notwendigkeit überzeugt, das gesamte Heer nach Süden in Marsch zu setzen und damit die Straßen im Norden wieder freizugeben.«

»Was bedeutet das?«

Marocia drückte ihr einen Brief Alberics in die Hand. Darin stand: *»Seine bischöfliche Gnaden Desiderius hat sich angeboten, Markgraf Berengar meine Entschuldigung zu überbringen. Euer wahnwitziges Unternehmen war von Anfang an zum Scheitern verurteilt, Marocia. Gott will, dass Berengar König wird – und schickt uns die Ungläubigen auf den Hals.«*

»Berengar gewinnt, und Marocia verliert«, flüsterte Marocia. »Die Koalition gegen ihn wird zerbrechen, wenn er erst einmal die Krone trägt. Ich gehe jede Wette ein: Es ist gewiss kein Zufall, dass die Sarazenen gerade jetzt angreifen. Irgendetwas muss sie animiert haben – oder irgendjemand. Und ich kann mir schon denken, wer dahinter steckt.«

Damiane verstand nicht viel von den Wendungen und Windungen der Politik. Aber so viel war auch ihr klar: Bischof Desiderius stand wieder in Alberics Gunst; für die nächsten Jahre würde er den Ton im Herzogtum angeben und Marocia nur als Brandstifterin gelten.

»Wenigstens werdet Ihr Fürst Lando wieder sehen, bei der Krönung«, tröstete Damiane und blieb noch, bis Marocia wieder eingeschlafen war. Sie streichelte ihr mitleidig über die Haare. Aber obwohl sie sich dafür hasste, schweiften ihre Gedanken immer wieder zu ihrer Liebe, zu Gratian, der nun zusammen mit den anderen triumphierte und bestimmt bald Bischof würde. Geschafft, dachte sie, und das Glück durchströmte ihren durstigen Körper wie ein großer Schluck kalten, doch auch bitteren Wassers.

»Kyrie eleison«, Herr, erbarme dich unser, intonierte ein hundertstimmiger Mönchschor von den Kanzeln, als Johannes die Petersbasilika betrat. Starr wie eine Statue verfolgte Marocia mit hundert weiteren Würdenträgern den feierlichen Einzug. Einige Schritte hinter dem Papst folgte Berengar in einem purpurnen Mantel mit goldbesticktem Kragen, aber selbst diese kostbare Kleidung verlieh ihm keine Würde. Haare und Bart, rötlich und grau, waren ungepflegt; seine Augen tänzelten misstrauisch hin und her, und sein Gang war

derb, so als stapfe er über ein Schlachtfeld. Es fiel Marocia schwer, einen König in ihm zu sehen. Und doch trug er wenige Augenblicke später die goldene, edelsteinbesetzte Krone Italiens.

»Wir geloben …«, begann die Eidesformel, mit der die sieben Landesherren die Treue schworen, den Beistand gegen Feinde, die Entrichtung von Steuern, alles das, was sie oder ihre Väter bereits Louis III. von Provence geschworen hatten, in derselben Kirche, vor vierzehn Jahren. Doch dass Louis noch lebte und der Eid vor Gott noch galt, schien niemanden zu interessieren. Marocia zog die Mundwinkel herunter, als Alberics Stimme am lautesten von allen tönte. Die anderen, die hier schworen, hatten wenigstens eine Entschuldigung für ihre Unterwerfung, ja, alle außer Alberic handelten aus Not oder Neigung. Salerno und Apulien waren fast wehrlos und von Kolonien des Imperiums eingekreist; der jugendliche Markgraf Guido von Toskana war noch unmündig und vollzog den Eid auf Wunsch der Regentin, seiner Mutter; und die neu ernannten Herrscher der Lombardei und Friauls, Ansgar und Berengar der Jüngere, waren Enkel König Berengars.

Und Lando? Sie war eine Weile ärgerlich gewesen, weil auch er nachgegeben hatte, aber sein kleines Fürstentum stand im heftigen Kampf gegen die Ungläubigen und hätte einer Invasion durch Berengars Truppen nicht standhalten können. Es war nur geschickt von ihm gewesen, gerade noch rechtzeitig nachzugeben. Nach fünf Jahren, endlich, sah sie ihn wieder, und als er ihren Blick erwiderte, vergaß sie jeden Gedanken an die verhasste Zeremonie.

Plötzlich jedoch schob sich Berengars dicker roter Kopf dazwischen. »Sieh an«, sagte er. »Die schöne und streitbare Herzogin.«

Sie knickste stumm, wie es das Protokoll vorsah, aber ihre Augen funkelten von innerem Widerstand.

»Erinnert Ihr Euch?«, fragte der König. »Vor einigen Jahren, nur wenige Schritte von diesem Platz, an dem wir stehen? Unsere Unterhaltung? Damals wurden wir jedoch« – er warf einen kurzen, ärgerlichen Blick zu Lando – »gestört.«

Auch Marocia blickte zu Lando, als sie dem König antwortete: »Seid versichert, Euer Gnaden. Ich habe keinen Augenblick davon vergessen.«

Berengars Hand bog Marocias Antlitz mit sanfter Gewalt wieder in seine Richtung. »Wie sehr sich manche Dinge ändern, findet Ihr nicht?«

»Gewiss«, lächelte sie ihn süßlich an. »Sie sind ständig im Fluss, Euer Gnaden. Niemand weiß, was morgen kommt.«

»Ich bin immer der Stärkere«, knurrte Berengar, woraufhin Marocia erneut einen perfekten Knicks vollführte, von dem sie sich erst wieder aufrichtete, als der König endlich in Richtung der Pforte weitergegangen war.

»*Confitebor tibi domine in toto corde meo* ...« Feiern will ich den Herrn aus ganzem Herzen, schmetterte der Mönchschor durch die Gewölbe der Basilika, und so hörte niemand außer Marocia selbst, dass Lando ihr im Vorbeigehen fünf Worte zuraunte: »Morgen Nachmittag, auf dem Pincius.«

Der antike Patrizier Lucullus hatte auf dem pincischen Hügel einst seine berühmten Gärten angelegt, die so schön waren, dass eine Kaiserin sie unbedingt besitzen wollte – und Lucullus daher umbringen ließ. Heute war die frühere Pracht nur zu ahnen. Einige verknöcherte Eichen mochten noch von den Gärtnern des Lucullus gepflanzt worden sein, aber aus den geometrischen Beeten waren bunt blühende Wiesen geworden und aus einzelnen Büschen undurchdringliche Hecken.

Marocia trauerte der geordneten Strenge nicht nach, für sie war der Hügel, über den sie heute zum ersten Mal spazierte, ein Zaubergarten, ja ein Garten Eden. Sie streifte mit den Händen über die orange und gelb erblühten Wildrosen und fing ihren schweren Duft ein. Um sie herum war Stille. Die Vögel waren unter der Last der Sommerhitze verstummt, nur die Zikaden sangen unermüdlich ihr Lied.

Sie ging weiter durch das kniehohe Gras. Plötzlich lag Lando vor ihr auf der Wiese, nur wenige Schritte entfernt, und blickte in den wolkenlosen Himmel. Er hatte sich in diesen Jahren nicht verändert, überhaupt nicht. Seine dunklen Haare fielen ihm noch immer frech in die Stirn, seine Augen leuchteten wie geschliffener grüner Marmor, seine Haut war glatt und braun und sein Körper schlank und doch kraftvoll. Durch die enge Kleidung zeichneten sich Muskeln und Sehnen ab. Die jugendliche Weichheit, die er mit neunzehn Jahren noch ausgestrahlt hatte, war einem entschlossenen Ausdruck gewichen.

»Was überlegst du?«, fragte sie und blickte auf ihn herunter. Ihre Begrüßung erweckte den Anschein, sie seien Vertraute und hätten erst vor wenigen Momenten miteinander gesprochen. Tatsächlich war seit ihrer letzten Begegnung im Lateran ungeheuer viel geschehen, und sie kannten sich nicht besser als damals.

Ihm jedoch schien ihre intime Ansprache zu gefallen, denn er streckte die Arme über den Kopf und lächelte. »Ein Vögelchen hat mir schon vor einigen Jahren gezwitschert, dass du gerne dem Zirpen der Zikaden lauschst, und ich habe gerade festgestellt, dass es mir auch gefällt.«

»Du spionierst mir nach?«

»Unentwegt«, gestand er. »Ich will wissen, wie es dir geht.«

»Ich hasse es, überwacht zu werden.« Sie nahm eine Hand voll Gras und warf es auf Landos Gesicht.

Er pustete es weg und lachte. »Du wirst mir deswegen nicht böse sein.«

»Woher willst du das wissen?«

»Ich weiß es einfach.«

»Steh auf«, bat sie. »So kann ich nicht mit dir reden.«

»Warum nicht?«

»Weil es sich nicht gehört. Wie dieses ganze Treffen.«

»Du hast eine sehr eigene Vorstellung davon, was sich gehört und was nicht. Ich erinnere mich an eine junge Dame, die mitten in der Nacht zu meinem Gemach gekommen ist …«

»Stehst du nun endlich auf?«

Er knickte einen langen Grashalm um und strich sich mit der Ähre die eigene Brust auf und ab. Sein Hemd stand bis zum Bauchnabel offen. Er grinste: »Nein.«

Marocia zögerte einen Moment, dann wandte sie sich ab, um davonzugehen. Doch Lando ergriff einen ihrer Fußknöchel und brachte sie zum Straucheln. Dann warf er sich mit einem langen Satz neben sie ins Gras. Erneut bewarf sie ihn mit dem nächstbesten Grün, das ihr gerade in die Finger kam. »Was fällt dir ein?«

»Gib es zu, du bist froh, dass wir jetzt nebeneinander liegen. Ich habe die Dinge also nur ein wenig beschleunigt.«

»Deine Eitelkeit ist wohl dein großer Fehler, nicht wahr?«

»Und übermäßiger Stolz der deine. Aber es gibt angenehmere Gesprächsstoffe als unsere Schwächen.« Er sah sie an, und Marocia fühlte, dass er keinen anderen Menschen je so angeblickt hatte. Er legte seine Hände schützend um ihr Gesicht, und sie ließ es geschehen, dass er wie ein Blinder jeden ihrer Züge ertastete. Langsam und zärtlich strichen seine Finger über ihre Haut, dann öffnete er seine Lippen, um ihr etwas zu gestehen.

»Sag es nicht«, bat sie jedoch.

»Warum nicht?«

»Du weißt, warum.«

»Nein«, sagte er. Er richtete sich etwas auf und spielte mit einer ihrer schwarzen Locken. »Wir träumen voneinander, erraten unsere Gedanken und sehnen uns nach den gleichen Dingen.«

Wie anders dieser Mann war als alle, die sie bisher gekannt hatte. Doch die Vernunft hielt sie noch zurück. »Ich habe einen Mann und du eine Frau.«

Er schüttelte sacht den Kopf. »Ist das wichtig? Wir wissen doch beide, was wir füreinander fühlen. Manchmal ist die ganze Welt gegen uns, lass uns nicht auch noch unser Inneres zu Feinden machen.«

Sie liebte es, mit ihm zusammen zu sein, liebte seine sanfte Stimme, seine herrlichen Worte, seine Hoffnungen, liebte die Art, wie er durch ihr Haar strich und wie er sie berührte. Sie schloss die Augen, spürte, wie seine Lippen sich langsam und zärtlich an ihre tasteten, wie seine Hände ihren Körper maßen, als sei er kostbare Keramik. In diesem Moment der Leidenschaft war sie unsagbar glücklich, wie noch nie zuvor in ihrem Leben, und ihre Finger krallten sich in die Erde, als würde sie diesen Ort niemals wieder verlassen wollen. Hier, umgeben von Farben und Düften und dem Zirpen der Grillen erfuhr Marocia endlich, was es hieß, ganz und vollkommen zu lieben.

Das helle Tageslicht war längst dem Grau nach der Dämmerung gewichen, als beide verstanden, was mit ihnen geschehen war.

Er drückte sie fester an seine Brust, sog den cremigen Duft ihrer Haut ein. »Wir müssen beide zurück«, sagte er sanft. »Irgendwann. Gleich.«

»Wie können wir nach dem, was wir eben erlebt haben, wieder in unser Leben zurückkehren, Lando? Wer kann so etwas aushalten?«

»Wir können es, weil wir stark sind. Und weil es keine andere Möglichkeit gibt. Und«, fügte er mit einer übertrieben grimmigen Grimasse hinzu, »weil ich dich so lange kitzeln und jagen werde, bis du froh bist zurückzukehren.«

Sie lächelte. »Niemals.«

»Dann warte ab.« Seine Hände krabbelten auf ihrer Taille herum, bis sie aufsprang und davonlief. Er rannte hinter ihr her, barfuß über den weichen Boden, um die Schattenrisse der Rhododendronbüsche und Pinienstämme. Immer lauter lachten sie, glücklich und verzweifelt, bis die Luft davon erfüllt war.

Johannes saß bleich auf seinem Thronsessel und starrte die Stufen hinunter zu Desiderius. »Das ... das kann nicht sein«, stammelte er. »Du musst dich irren.«

Desiderius verbeugte sich leicht. »Es steht Euch frei, Heiligkeit, das anzunehmen. Doch meine Spione haben Augen wie Falken und Ohren wie Luchse. Der Fürst und die Herzogin haben sich definitiv bis in die Dämmerung vergnügt.«

Johannes' Arme zerrten an den Lehnen des Thronsessels, als wollten sie sie herausreißen, und Tränen rannen über sein bebendes Gesicht. »Er hat sie verführt«, zischte Johannes zwischen den zusammengebissenen Zähnen hindurch. »Sie ist auf ihn hereingefallen.«

Mit der Miene einer kummervollen Mutter sagte Desiderius: »Das nehme ich auch an, Heiligkeit.«

Johannes' Faust sauste auf sein Knie. »Das wird Lando bereuen. Dafür muss er zahlen.«

Desiderius atmete tief durch. In seinen Augen war der Papst ein Trottel, doch genau dieser Umstand kam ihm mehr als gelegen. Johannes war viel zu feige, um selbst zu handeln, er brauchte stets Berater und Helfer, die aus den Worten auch Taten zu schmieden verstanden. Bisher nur niederer Gehilfe, machte die neue Situation Desiderius zu einer wichtigen Stütze des schwachen Johannes. Sein gerade erst erworbener Titel eines Erzbischofs von Ravenna wäre dann nur ein Meilenstein zu weit Höherem.

»Ich hätte da auch schon einen Plan«, bot er an. »Das Schöne an ihm ist, dass Eure Rache an Lando derart gut darin verpackt ist, dass niemand sie erkennen wird. Im Gegenteil, Heiligkeit, der König und die Senatrix werden Euch sogar dankbar dafür sein.«

In dem Moment, als Marocia davon hörte, dass Johannes einen vereinten Feldzug gegen die Sarazenen angeregt hatte, bekam sie ein ungutes Gefühl. Die Ungläubigen hatten sich längst aus Spoleto zurückgezogen und wüteten nur noch in Capua-Benevent, und das dürfte weder Johannes noch Berengar betrüblich stimmen. Sie witterte eine Schurkerei, zumal Lando bereits wieder zur Verteidigung seines Landes abgereist und deshalb an den anstehenden Beratungen nicht beteiligt war, ja vermutlich noch nicht einmal davon wusste.

Kurzerhand entschloss sie sich, an dem Kriegsrat teilzunehmen, und da ihr klar war, dass Alberic dies nicht genehmigen würde, fragte sie ihn erst gar nicht. Die Versammlung der Landesherren tagte im Lateran, in jenen Gemächern, in denen einst Sergius gelebt hatte und gestorben war und die nun Johannes bewohnte. Glücklicherweise war die Einrichtung vollständig ausgetauscht worden, so dass kein Teppich und keine Kommode an Sergius erinnerte.

Die Besprechung hatte gerade begonnen, als Marocia eintrat. Sie war die einzige Frau, und ihr Erscheinen löste bei den Anwesenden eine kurze Verwirrung aus, vor allem natürlich bei Alberic, der gar nicht wusste, ob er etwas sagen sollte, und wenn ja, was. Doch er kam mit seinen Überlegungen nicht schnell genug voran.

»Welche Überraschung!«, begrüßte Berengar sie. Marocias Knicks war formvollendet und ihr Lächeln bezaubernd. Er fuhr sich über die Lippen und grinste breit, als er meinte: »Weibliche Anmut kann unserer ernsten Versammlung nur gut tun. Ihr habt doch nichts dagegen, Herzog?«

Berengar wartete die Antwort nicht ab, sondern geleitete Marocia zu einem etwas abseits stehenden Sessel. Danach konzentrierten sich alle wieder auf die vor ihnen liegende Karte.

»Ich bin entschlossen«, schnaubte Berengar, »dieses heidnische Volk noch in diesem Jahr von unserem italischen Boden zu verjagen, ein für allemal. Ich persönlich werde mich zusammen mit dem

Heiligen Vater an die Spitze eines Heeres stellen. Wir ziehen nach Süden, jagen die Ungläubigen aus Capua und aus ihrer Kolonie an der Mündung des Garigliano. Aber vielleicht reichen meine Kräfte und die des Patrimoniums nicht aus, um die Sarazenen vollständig zu besiegen. Wir erwarten daher die Unterstützung der anderen Länder. Jede Seele wird in diesem Kampf gebraucht.«

Von allen Seiten kamen zustimmendes Gemurmel und Kopfnicken.

»Ihr, Herzog Alberic«, fuhr Berengar fort, »werdet also Ende August von Spoleto aus nach Benevent vorstoßen. Meine Truppen und die des Patrimoniums nehmen von Rom aus den direkten Weg nach Süden; Apulien und Salerno entsenden Hilfseinheiten nordwärts. Wir vereinigen unsere Heere Mitte September vor Capua und provozieren die Entscheidung.«

Eine wirre Debatte über Nahrungsmittelvorräte, Pferde, Zeitmangel und sonstige Hindernisse brach aus, die Marocia Gelegenheit zum Nachdenken gab. Sie hatte Berengars Rede aufmerksam verfolgt, aber nur ein Aspekt erschien ihr wirklich wichtig. Berengar und Johannes waren auf diesen Feldzug wohl nicht deshalb so erpicht, weil sie Ungläubige jagen konnten, sondern weil sich ihnen die Gelegenheit bot, ihre Heere ganz legal nach Capua zu führen, in die Hauptstadt ihres Widersachers von gestern. Wer konnte wissen, ob sie sich dort nicht seiner entledigen wollten?

»Ich werde mich dem Feldzug anschließen«, rief Marocia von ihrem Sessel aus. Die Stille nach einem Glockenschlag zur Andacht hätte nicht vollkommener sein können. Alle drehten sich nach ihr um.

»Ihr?«, brach Berengar das Schweigen. »Zu welchem Zweck?«

»Euer Gnaden«, antwortete sie lieblich, »sagtet Ihr nicht eben noch, es werde jede Seele gebraucht?«

»Hast du den Verstand verloren?«, rief Alberic dazwischen, nachdem er sich vom ersten Schreck erholt hatte. »Du wirst auf der Stelle abreisen und in Spoleto auf mich warten, so wie alle Frauen auf ihre Männer warten.«

»*Ich*«, schrie sie, »warte in unserer Ehe nur auf *eines*!«

Alberic blieb fast die Luft weg, und auch die Fürsten verfolgten das Spektakel mit langen Gesichtern. Er ging einige Schritte auf sie zu, um sie zu packen und aus dem Raum zu zerren, aber dann sah er ihre zornig funkelnden Augen. Jedes Wort, jede Berührung von ihm würde sie nur noch wilder machen. Was würde sie ihm dann noch alles vorwerfen? Er blieb stehen, zögerte – und hatte im selben Augenblick verloren. Von hinten drang das Lachen des Königs wie ein Triumphgebell heran.

»Ich möchte nicht in der Haut des Sarazenen stecken, der Euch anrührt, Herzogin!«, gellte Berengar.

Alberic blickte verstörter denn je. »Heißt das, Euer Gnaden, dass Ihr meine Frau als Begleitung meines Heeres akzeptieren wollt?«

»Natürlich nicht«, grinste Berengar anzüglich. »Das heißt, dass ich Eure Frau als Begleitung *meines* Heeres akzeptiere.«

20

Mitte August setzte sich das Heer in Bewegung. Marocia verbat sich von Anfang an, in einer Kutsche gefahren oder gar einer Sänfte getragen zu werden. Wie alle anderen ritt sie. Um keinen Anstoß zu erregen, trug sie frauliche Kleidung, aber sie achtete auf Bequemlichkeit und Schlichtheit – alles andere wäre auf den staubigen Wegen unsinnig gewesen. Der einzige Nachteil, den ihr Reiten hatte, war, dass Berengar auf diese Weise häufig ihre Gesellschaft suchen konnte. Sie konnte sich in der Vorhut, im Hauptfeld oder dem nachrückenden Versorgungstrupp aufhalten, von irgendwoher tauchte dieser Mann immer auf und belästigte sie mit seiner Gegenwart. Oh, er redete mit ihr über ganz normale Dinge, über Marschrouten, das Wetter oder die Verpflegung, erzählte ihr von seiner Heimat Friaul, von Verona und der kuriosen Lagunenstadt Venedig, die auf Holzpflöcken gebaut war. Aber sie hätte schon äußerst unbedarft sein müssen, um nicht zu merken, wie er sie dabei aus seinen kleinen, arglistigen Augen anstarrte, und auch der anzügliche Blick, als er ihre Teilnahme an dem Feldzug genehmigt hatte, war ihr nicht entgangen.

Nach fünf Tagen hatte das Heer die südliche Grenze des Patrimoniums erreicht, ohne auch nur einen einzigen Sarazenen gesehen zu haben. Die Späher, die Berengar in alle Himmelsrichtungen ausgesandt hatte, meldeten, dass der Emir seine willkürlichen Raubzüge eingestellt hatte und sich nun ganz auf die Eroberung der Stadt Capua konzentrierte. An den Tagen versuchte Marocia in den langen, qualvollen Gesprächen mit dem König etwas über seine Absichten herauszubekommen, und in den Nächten grübelte sie darüber nach, welches Bild sich aus den spärlichen Informationen ergab. In diesem ewigen Kreislauf ihrer Gedanken gab es keine Ablenkung, bis zu jenem Abend, an dem sie allein an einem der Lagerfeuer saß.

Die Dunkelheit war schon vor Stunden hereingebrochen, und die aufsprühenden Funken des Feuers wetteiferten mit den Millionen Glühwürmchen der Campagna um Marocias Aufmerksamkeit. Das Lager schlief. Auch Damiane, die die Strapazen des Feldzuges weit weniger gut als Marocia vertrug, hatte sich schon zurückgezogen. Doch Marocia war froh, gerade nicht mit dem ewigen Gejammer ihrer Zofe behelligt zu werden, die sich geradezu unnatürlich stark nach Spoleto zurücksehnte – oder nach irgendjemandem, den sie dort hatte zurücklassen müssen. Die milde Abendluft, die Stille, das knisternde Feuer taten Marocia gut. Nur gelegentlich sah sie in der Ferne die Schatten der Wachen im Licht der Fackeln zucken.

Doch dann hörte sie plötzlich, wie sich Schritte näherten, plumpe Schritte, die sie von irgendwoher kannte. Noch bevor Marocia erraten konnte, wer die Person war, tauchte ihr Umriss im Lichtkegel des Feuers auf.

»Leon!«, stieß Marocia hervor und fiel ihrem Bruder in die Arme. Sie hatte ihn seit Jahren nicht gesehen und wenig an ihn gedacht, aber jetzt, da er mit seinen Pausbacken und hängenden Schultern vor ihr stand, war sie glücklich. Doch sie bemerkte auch eine Veränderung an ihm, eine Art von Reife, die ihr neu an ihm war.

»Was machst du hier?«, fragte sie und zog ihn sanft neben sich an das Lagerfeuer.

»Ich ... ich war mir nicht sicher, ob du mich sehen willst. Darum habe ich die letzten Tage gezögert, dich anzusprechen.«

»Was redest du denn da für ein Zeug«, mahnte sie ihn wie ein unartiges Kind. »Aber ich meinte, was du überhaupt auf dem Feldzug machst?«

»Ich bin seit einigen Monaten Kommandant der Stadtmiliz. Ich wollte es eigentlich nicht werden, aber … Mutter wollte es so.«

Marocia seufzte und blickte ins Feuer. Leon als *superista*! »Ich verstehe. Armer Kerl.«

Leon straffte die Schultern. »*So* schlimm ist es nun auch wieder nicht, oder glaubst du etwa, ich wäre nicht imstande, das Amt auszufüllen?«

»Nein, ich …«

»Also bitte. Dann höre auf, mich zu bemitleiden.«

Marocia begriff, dass sie einen Fehler gemacht hatte, und bat um Entschuldigung. Eine Weile sprachen die beiden nicht miteinander und blickten in die rote Glut vor ihnen. Die Luft kühlte jetzt rasch ab. Marocia legte einen Holzscheit nach, und Leon warf seinen Umhang um ihre Schultern. Dankbar, fast mütterlich, sah sie ihn an, sah, dass er fror, wie er schon als Kind ständig gefroren hatte. Anders als damals jedoch versuchte er es heute zu verbergen. Der Stolz der Familie schlug also auch bei ihm durch.

Dann sagte er: »Vater liegt im Sterben.«

Marocia reagierte kaum sichtbar. Sie schloss die Augen für einen Moment, dann blickte sie Leon müde an. »Schon lange«, erwiderte sie. »Seit dem Fest damals bei Ageltrudis ist er jeden Tag ein wenig mehr gestorben.«

Leon schluckte. »Er … er hat mir kürzlich ein Versprechen abgenommen«, hauchte er heiser. »Ich soll dich beschützen – immer, egal, was du vorhast. Darum bin ich mit auf diesen Feldzug gegangen.«

Marocias erster Impuls war, kurz aufzulachen, doch sie schaffte es noch rechtzeitig, ihn zu unterdrücken. Wie könnte Leon sie wohl beschützen, er, den sie in ihrer Kindheit stets mit Leichtigkeit übertölpelt hatte, den sie in allen Spielen geschlagen und auf jedem Gebiet überflügelt hatte? Der Gedanke, seines Schutzes zu bedürfen, kam ihr absurd vor. Doch Leon war es sichtlich ernst damit, und Marocia spürte zum ersten Mal so etwas wie ein Band zwischen ihr und ihm, das über bloße Begriffe wie Familie und Bruder hinausging.

»Danke«, sagte sie und gab ihm einen Kuss auf die Wange. »Ich kann momentan jeden Schutz gebrauchen, den ich kriegen kann.«

Sie tranken Wein und redeten noch eine ganze Stunde weiter. Marocia war von dem neuartigen Pflichtgefühl ihres Bruders begeistert, Leon von den hochfliegenden Visionen Marocias von einem ganz anderen Italien, einem starken Land. Und ohne dass sie es bemerkten, geriet diese Stunde zu ihrer ersten wirklichen Familienfeier überhaupt. So nahe waren die Geschwister sich noch nie gekommen.

Als Marocia müde vom Tag, aber glücklich über die Begegnung mit Leon an ihrem Zelt ankam, waren alle Feuer erloschen. Eine einzelne Kerze neben ihrem Bett kämpfte vergebens gegen die Schwärze der Neumondnacht an. Damiane hatte ihr einen Krug mit frischem Wasser bereitgestellt, damit sie sich den Staub der Campagna abwaschen konnte, und das Nachtkleid sorgfältig auf dem Bett ausgebreitet. Marocia war gerade im Begriff, ihre Kleidung aufzuknöpfen, als der König aus einer dunklen Ecke trat.

Sie schreckte kurz auf, fing sich aber schnell und bellte ihn an: »Was habt Ihr hier zu suchen? Das ist mein Zelt.«

Er grinste. »Aber das weiß ich doch. Wäre es nicht Euer Zelt, schöne Herzogin, würde ich jetzt nicht hier sein.«

»Diese geistreiche Bemerkung werde ich gerne meinem Gemahl weitererzählen.«

»Ach, jetzt ist er plötzlich wieder gut genug, um von Euch in Anspruch genommen zu werden. Mir schien, Ihr haltet wenig von ihm.« Er trat dicht an sie heran und versuchte, ihre Handgelenke zu fassen, aber sie konnte sie seinem Griff entziehen.

»Das heißt noch lange nicht, dass ich von Euch mehr halte«, fauchte sie. Darüber lachte er nur tief und gedehnt, dann packte er ihre Schultern. Seinen kräftigen Armen und dem schweren Körper hatte sie nichts entgegenzusetzen, und die Genugtuung, zu schreien und damit Angst zu zeigen, wollte sie ihm nicht geben. Also sagte sie langsam und eisig: »Steckt Eure Zunge nur in meinen Mund, dann werdet Ihr sie heute zum letzten Mal benutzt haben.«

»Könige beißen zurück«, knurrte er.

»Schön, dann ist die Welt morgen um zwei Stimmen stiller geworden.«

Er brauchte noch volle drei Atemzüge, ehe er sie losließ. »Frauen wie dich gibt es viel zu selten. Ja, wirklich, das meine ich ernst. Diese Frechheit, dieser Zorn, diese Spannung. Herrlich! Ich *liebe* es, deinesgleichen am Ende doch noch zu bekommen.« Ohne ein weiteres Wort abzuwarten, verließ er das Zelt.

Nachdem er gegangen war, konnte Marocia sich eine Weile nicht von der Stelle bewegen, und als es ihr schließlich doch gelang, trank sie mit zittrigen Händen den halben Wasserkrug leer.

Capua war von den Römern als Handels- und Vergnügungsort für Patrizier erbaut und deshalb nie mit einer Stadtmauer befestigt worden. Auch Goten und Langobarden hatten nur halbherzige Verteidigungsanlagen errichtet, und so waren einige aufgeschüttete Wälle und verstärkte Holzpalisaden alles, was die Hauptstadt des Fürstentums den Sarazenen entgegensetzen konnte. Dennoch hatte sie sich fast sechs Wochen erfolgreich gegen die Übermacht der Feinde halten können, wenn auch unter erheblichen Verlusten.

Als das königlich-päpstliche Heer eintraf, fand es eine Trümmerlandschaft vor, aber kaum Sarazenen. Die wenigen Ungläubigen, die man aufgriff, waren Überläufer, meist halbwüchsige Knaben, die nichts Erschreckendes an sich hatten und fast ein wenig lächerlich mit ihren sackartigen Rundmänteln und mannshohen Krummsäbeln aussahen. Von ihnen erfuhr man, was die königlichen Späher bald bestätigten: Die Hauptmacht des Emirs hatte sich, als sie der heranrückenden Streitmacht gewahr wurde, auf ihr Stammterritorium zurückgezogen.

»Wir werden nur zwei Tage hier rasten«, bestimmte Berengar und blickte abwechselnd die Glutsonne und die zerstörten Wälle der Stadt an. »Viel Kraft werden wir in diesen Ruinen ohnehin nicht schöpfen können, und die Sarazenen werden sich jeden Tag ein wenig besser verschanzen.«

Mit den Sarazenen mochte der König Recht haben, aber in der Gastfreundschaft der Capuaner täuschte er sich. Das wenige, was den Einwohnern geblieben war, teilten sie freudig mit ihren Befreiern und eroberten die Herzen dieser müden Männer damit im Sturm. Den Heerführern und Offizieren gab Lando im unversehrten Fürstenpalast ein lautes Fest, mit Tänzen, Akrobaten und viel Wein.

Als er davon gehört hatte, dass Marocia mit dem Heer eingetroffen war, wollte er es zunächst nicht glauben. Aber hier war sie nun, auf seinem Fest, in seinem Palast.

»Wer außer dir hätte das getan?«, fragte er begeistert und lehnte sich in das weiche Kissen des Diwans zurück, auf dem sie, umtost von Musik und Gelächter, saßen.

»Ich wollte schon immer mal nach Capua«, erwiderte sie in gespielter Gelassenheit.

»Von wegen. Gib zu, dass du meinetwegen gekommen bist.«

»Also schön, du bist der Grund, aber anders als du denkst, du eitler Kerl. Ist dir nichts an Berengar aufgefallen?«

Lando zog eine Grimasse. »Berengar, Berengar. Also schön, reden wir über Berengar.«

Sie beugte sich näher zu Lando. »Dir ist vielleicht nicht klar, dass dieser Berserker sich nicht mit einigen Selbstgefälligkeiten zufrieden geben wird. Er wird im Einverständnis mit Johannes versuchen, dir dein Land wegzunehmen und einen seiner Verwandten als Fürsten einzusetzen, so wie er es damals mit der Lombardei gemacht hat.« Sie holte tief Luft. »Hör zu. Er hat heute Morgen per Eilkurier eine Botschaft zu Alberic geschickt, der etwa vier Tagesmärsche von hier entfernt steht, und ich gehe jede Wette ein, dass er meinen lieben Gemahl darin auffordert, deine Hauptstadt zu besetzen, während er selbst weiter zum Garigliano marschiert, um die Sarazenen zu bekämpfen.«

Landos erste Reaktion verblüffte sie. Er klatschte einige Male langsam und deutlich in die Hände. »Bravo!«, rief er.

»Nimmst du mich etwa nicht ernst?«

»Im Gegenteil. Deine Einschätzung war brillant. Genau das hat Berengar vor.«

»Du weißt es?«

»Tja. Das war zu erwarten. Ich schätze, es war nicht schwer, deinen Mann um diesen Gefallen zu bitten. Selbst er dürfte mittlerweile verstanden haben, welche Motive deine Teilnahme an dem Feldzug hat. Ich kann es ihm nicht einmal übel nehmen, dass er gegen mich handelt.«

»Das ist noch kein Grund, ihm dein Fürstentum in den Rachen zu werfen.«

Lando entspannte sich ganz und wartete mit seiner Antwort ab, bis einige angetrunkene Offiziere aus Berengars Heer an ihm vorbeigetorkelt waren. Man konnte nie wissen, ob nicht ein Langohr dabei war, das die Weinseligkeit nur vortäuschte. Doch die Soldaten interessierten sich tatsächlich nur für die hübschen capuanischen Frauen, von denen Dutzende auf dem Fest waren und die Gäste kokett bewirteten.

»Alberic«, erklärte Lando mit gesenkter Stimme, »hat die Botschaft nie erhalten. Ich habe den Kurier abfangen lassen. Stattdessen habe ich deinem Gemahl einige von den zu mir übergelaufenen Sarazenen entgegengeschickt, um sich von ihm ›gefangen nehmen‹ zu lassen. Sie werden ihm und seinem Marschall Agipert weismachen, ein ihm vierfach überlegenes Sarazenenheer marschiere direkt auf ihn zu. Er wird vorsichtshalber zurückweichen. Während Berengar also die Sarazenen am Garigliano belagert, habe ich Zeit, die geschleiften Wälle aufzuschütten und die Palisaden zu verstärken. Wenn er dann zurückkommt, findet er eine intakte Befestigung vor.«

Er verschränkte die Arme hinter dem Kopf und strahlte. »Eine gute Idee von mir, nicht?«

»Das nennst du eine gute Idee?«, rief sie empört. »Dieser Kniff ist wohl das Niederträchtigste, was mir je untergekommen ist. Wie wird Alberic vor dem König dastehen?«

»Du musst schon entschuldigen, aber das ist mir ziemlich gleichgültig. Du hast eben selbst gesagt, dass es keinen Grund gibt, ihm mein Land auszuliefern. Ich verteidige mich bloß.«

»Aber doch nicht, indem du ihn demütigst oder sogar sein Leben in Gefahr bringst. Er ist immer noch mein Gemahl.«

»Aha, und deswegen glaubst du, dass du die Einzige bist, die das Recht hat, ihn zu demütigen. Was erwartest du eigentlich von mir?«

»Dass du versuchst, Alberic auf deine Seite zu bringen – mit meiner Hilfe.«

»Er ist viel zu wütend auf uns, als dass so etwas gelingen könnte. Deine persönlichen Gefühle trüben dir den Verstand, das muss ich dir leider sagen.«

Sie blickte ihn immer zorniger an.

Lando bewunderte sie: funkelnde Augen, eine angespannte Stirn, ein entschlossen nach vorn gewölbter Mund, Arme, die sich trotzig in das Polster des Diwans stemmten. Sie konnte unabhängig sein und doch so zärtlich – wie eine Katze. Seit jenem warmen Juliabend in Rom, als sie erschöpft in den Gärten des pincischen Hügels lagen, ging sie ihm nicht mehr aus dem Kopf. Doch den schlimmsten Fehler, den man bei einer Frau wie ihr machen konnte, war, sich ihr geschlagen zu geben, ihr zu folgen wie ein Hund. Trotzdem spürte er, dass dieser heutigen Begegnung etwas fehlte, das in Rom noch vorhanden gewesen war: ein unschuldiger Zauber und das Gefühl, abseits von allem zu sein. Hier und jetzt waren sie mitten im Leben.

»Ich nehme dir deine Einstellung nicht übel, meine Katze«, sagte er ruhig. »Du bist wütend, weil meine Idee besser als deine ist und …«

»Das ist sie nicht …«

»… und weil du es leid bist, einen devoten, frömmelnden, abergläubischen Mann zu haben. Seit Jahren versuchst du, ihn in so etwas wie einen Rebellen zu verwandeln, damit du ihn wenigstens respektieren kannst.«

Schlagartig stand sie auf. »Wir werden noch sehen, wessen Plan besser war«, sagte sie frostig. »Wenn Berengar nämlich vom Garigliano zurückkommt, wird er sich kaum von ein paar Holzpalisaden aufhalten lassen.«

»Er wird es sich dreimal überlegen, ob er seine Truppen, die hier heute eine überschwängliche Gastfreundschaft der Capuaner erleben, wenige Tage später gegen dieselben freundlichen Leute in Stellung bringen soll. Außerdem habe ich dafür gesorgt, dass die Hilfstruppen aus Salerno und Apulien, die in einer Woche hier eintreffen, von ihren Fürsten direkt meinem Kommando unterstellt werden. Du siehst, ich habe an alles gedacht.« Lando wollte nicht allzu arrogant wirken, darum fügte er noch sacht hinzu: »Ich würde mich freuen, wenn du bei mir in Capua bliebest. Mit den Sarazenen könnte es da draußen gefährlich werden und …«

»Danke für das Angebot«, sagte sie und stand auf. »Aber es wäre ja wohl unmöglich für mich, im gegnerischen Lager zu sein, wenn mein Mann doch noch aufkreuzt.«

Bei den vielen Leuten, die um sie herum tranken und tanzten, durfte Lando es nicht wagen, Marocia anzurühren, aber seine Augen drückten die Liebe aus, die er für sie empfand. »Bitte, Marocia, geh nicht. Ich gebe zu, selbstgefällig gewesen zu sein, aber sei deswegen jetzt nicht unvernünftig. Wir beide …«

Lando wurde von Marocias Bruder unterbrochen, der in diesem Augenblick zu den beiden trat. »Gut, dass du kommst«, sagte Marocia. »Ich wollte den Fürsten ohnehin gerade verlassen.«

Lando sah zu, wie sie sich von Leon wegbringen ließ. Keinen Moment wich sein Blick von Marocia, und als sie sich – bereits ein gutes Stück entfernt – noch einmal umwandte, schöpfte er Hoffnung, denn er spürte, wie Liebe und Stolz in ihr rangen. Doch sie verschwand, und Lando verfluchte den ganzen restlichen Abend lang diesen Käfig aus Politik und Gefühlen, in dem sie beide steckten.

Obwohl Lando sie noch mehrmals brieflich oder durch einen Boten gebeten hatte, in Capua zu bleiben, und obwohl auch alles dafür sprach, seiner Einladung zu folgen, zog Marocia wenig später mit dem abrückenden Heer weiter. Während des Marsches in Richtung Küste verbarg sie sich besser denn je vor dem König, und wenn sie doch einmal mit ihm zusammentraf, wandte sie ihren Kopf derart auffällig von ihm ab, dass einige der königlichen Truppenführer sehr schnell verstanden, was zwischen diesen beiden vorgefallen war. Bald witzelte das Heer hinter vorgehaltener Hand, der König verliere wohl mit zunehmendem Alter seine »Anziehungskraft«. Derartig doppeldeutige Spötteleien waren zwar geschmacklos, aber sie füllten die nervöse Leere vor einer bewaffneten Auseinandersetzung.

Die Sarazenen verschanzten sich hinter ihren gut ausgebauten Verteidigungsanlagen, und eine lange Belagerung begann. Nach vier Wochen bestand noch immer keine Aussicht auf eine Kapitulation der Ungläubigen, zudem erreichten Berengar die Nachrichten vom scheinbar unmotivierten und gegen jeden Befehl vor sich gehenden Rückzug Alberics und vom Ausbleiben der süditalienischen Hilfstruppen. Der König tobte, als er erkannte, von wem und auf welche Weise er überlistet worden war.

»Würdest du ab heute bitte in meinem Zelt schlafen, Damiane«, bat Marocia eines späten Abends. »Wir lassen gleich deine Sachen holen. Sieh, es ist genug Platz für zwei Betten.«

»Ihr meint, der König könnte …« Damiane traute sich gar nicht, es auszusprechen.

Marocia nickte und stützte ihr Kinn auf die Fingerspitzen. »Zum ersten Mal seit vier Jahren wäre ich froh, wenn Alberic jetzt hier wäre. Immerhin, nachdem er wochenlang vor einem Geisterheer davongelaufen ist, hat uns ein Bote heute die Nachricht gebracht, er stehe nur noch drei Tage entfernt. Gott gebe, er wäre schon …«

In diesem Augenblick unterbrach ein entsetzlicher Schrei die nächtliche Stille, gleich darauf ein weiterer, und dann erbebte die Erde unter Pferdehufen.

Von überall preschten Sarazenen heran und drangen ins Lager. Soldaten sackten unter tödlichen Pfeilschüssen zusammen, Schwerter blitzten, Zelte brannten, Kampfgeschrei übertönte die ordnenden Rufe der Offiziere, ein schreckliches Chaos brach aus. Es gab keine Front, keine einheitliche Linie, die in lange Tücher eingehüllten Ungläubigen waren überall und jagten mit Speeren und Säbeln hinter Flüchtenden her. Wer sich ihnen entgegenstellte, den zertrampelten die Rosse.

Marocia rannte aus ihrem Zelt. Keine Wache zu sehen. Auf dem Dach lag eine Fackel und entzündete den Stoff. »Komm schnell heraus!«, rief sie gerade noch Damiane zu, dann griff ein Reiter sie am Nacken und schleifte sie ein Stück mit, ließ sie fallen. Als sie sich wieder zurechtgefunden hatte, kniete der Sarazene neben ihr. Sie wollte fliehen, doch er hielt sie fest. Vergeblich wehrte sie sich mit ihren Händen, der Sarazene packte ihren langen Haarschopf und hielt ihn fest wie ein Tau, schrie irgendetwas Unverständliches. Sie wusste später nicht mehr, woher, aber plötzlich kam ihren verzweifelt umhertastenden Händen ein Dolch unter. Sie stieß ihn in den Oberarm des Sarazenen, der zur Seite fiel und sich auf dem Boden wälzte. Dann lief sie davon; im Qualm der brennenden Zelte verlor sie jede Orientierung.

Schließlich fand sie hinter einer Ladung umgestürzter Wasserfässer Schutz. Scheinbar eine Ewigkeit verging, bevor es ruhiger wurde. Die Reiter verschwanden, die lauten Schreie wichen einem elenden Gewimmer. Die Ungläubigen zogen sich offenbar zurück.

Eine Hand packte sie von hinten und half ihr aufzustehen. »So ein Zufall«, keuchte Berengar. Er war blutverschmiert und ganz offensichtlich vom Kampf erschöpft. In seiner Linken hing das Schwert kraftlos herunter.

»Seid Ihr verletzt?«, fragte Marocia in einer Anwandlung von Mitgefühl, doch sie erhielt nie eine Antwort. Er presste sich an sie und drückte ihr einen Kuss auf. Mit Mühe stieß sie ihn von sich, schrie, doch da traf sie ein Schlag ins Gesicht. Halb benommen lag sie am Boden, zu schwach, um sich weiter zu wehren, zu bewusst, um nicht seinen feuchten, blutenden Körper auf ihrem zu spüren. Sie war in diesem Moment der Gewalt nicht in der Lage, Abscheu zu empfinden oder Hass, sie fühlte nur eine große Übelkeit in sich.

Als er fertig war, richtete er sich auf und blickte überlegen auf sein Opfer herab. »Ich habe dir gesagt, dass ich dich kriege«, stöhnte Berengar. »Du bist nur eine Hure, wann begreifst du das endlich?«

Er sah aus, als wolle er sie gleich anspucken, und vielleicht hätte er es auch getan, doch da schrie eine Stimme hinter ihm auf.

»Marocia! Ein Glück, du lebst!« Von irgendwoher aus dieser infernalischen Szenerie tauchte Leon auf und stürzte auf seine Schwester zu. »Aber – mein Gott – was ist mit dir passiert? Deine Lippen ... du blutest ... und weinst. Und dein Kleid ist zerrissen ... ganz verschmiert.«

»Ich ... Berengar hat ...«, stammelte sie und richtete sich etwas auf. Dann begriff sie die Situation. »Nein«, korrigierte sie. »Nein, da war so ein ... ein Sarazene, und ... ich habe ihn ... ein Dolch. Irgendwo muss noch der Dolch sein.«

Berengar entrang sich in diesem Moment ein kurzer Ausruf der Verachtung. Jetzt erst bemerkte Leon die Anwesenheit des Königs, der einige Meter abseits stand, halb nackt. Und plötzlich begriff er, was vorgegangen war.

»Du Schwein!«, rief er und stürzte mit erhobenem Schwert auf Berengar zu.

Der herbstliche Morgendunst über dem Garigliano verschleierte die Vorgänge auf dem anderen Ufer. Vergeblich versuchten die im

Lager zurückgebliebenen Wachen etwas zu erspähen. Nur das Geklirr eiserner Waffen und das rasende Gebrüll Tausender verriet, dass eine gewaltige Schlacht zwischen den christlichen und sarazenischen Heeren tobte.

Auf der Uferwiese, zwischen den Verwundeten der vergangenen Nacht, kniete Marocia vor ihrem Bruder und hörte nichts vom Lärm der Welt. Leon regte sich nicht. Wie ein Dachs war er gegen den Bären Berengar angerannt und ihm unterlegen. Ein einfacher Fausthieb des Königs hatte gereicht; Leon war mit dem Hinterkopf gegen ein Fass geprallt und seither nicht mehr aufgewacht. Das wenige, das Marocia noch für ihn tun konnte – die Stirn mit Wasser kühlen, das aus dem Mund tröpfelnde Blut abtupfen –, das tat sie, aber besser fühlte sie sich deswegen nicht. Leon würde ihretwegen sterben.

Marocia rammte ihre Faust in den weichen, feuchten Boden. Verdammt, wie oft würde sie den gleichen Fehler noch machen? Sie hatte damals ihre Mutter in die Schranken gewiesen und dafür mit einer Fehlgeburt bezahlt; sie hatte Sergius in eine Fehde getrieben und ihn daran sterben sehen; sie hatte gegen Desiderius die Oberhand gewinnen wollen und dabei Clemens an ein Kloster verloren. Und nun war Leon für sie in einen Kampf gegangen, der im Grunde nicht seiner war und den es nie gegeben hätte, wäre sie – wie Alberic es von ihr verlangt und wie Lando sie gebeten hatte – nicht auf diesen Feldzug gegangen. Ihr Vater hatte ihr einmal aus eigener, schrecklicher Erfahrung gesagt, dass sie für alles, was sie vom Leben begehre, einen Preis zahlen müsse. Nun, sie hatte gezahlt – und eigentlich doch nichts erreicht. Alberic war bloßgestellt, Lando abgewiesen, Leon sinnlos geopfert. Sie kam sich vor, als wäre sie selbst es gewesen, die ihren Bruder gegen das Fass geschleudert hatte.

Fünfundzwanzig Jahre war er alt, genau wie sie. Sie waren am gleichen Tag auf die Welt gekommen, hatten viele Jahre im gleichen Raum geschlafen, waren für die gleichen Kindereien von ihrer Amme gemaßregelt worden. Er war der Einzige, der diese speziellen Erinnerungen an die Villa, an das *peristyl*, an Theodora mit ihr geteilt hatte. Und nun war sie damit allein. Sie war einsamer denn je.

Sein Atem setzte aus. Vornüber sank Marocia auf seine Brust und weinte.

Das Triumphgeheul der christlichen Sieger dauerte zwei Tage an, und die Freudentänze begannen von neuem, als Alberics Verband endlich zum Heer stieß und die Bezwingung der Sarazenen mitfeiern wollte.

Alberic hatte sich eigentlich vorgenommen, Marocia hart anzufassen und mitleidlos nach Spoleto zurückzuschicken. Ihren Auftritt während der Besprechung im Lateran hatte er nicht vergessen, dazu kam, dass er sich gleich nach seiner Ankunft im königlichen Lager eine Standpauke von seinem König hatte gefallen lassen müssen, weil er auf eine billige Finte Landos, dieses Freundes und Buhlers seiner Frau, hereingefallen war. Und seine Gicht, die ihm enorme körperliche Schmerzen bereitete, hellte seine Laune auch nicht gerade auf. Aber Marocias Mutlosigkeit, ihr Leid und ihre Schnitte und blauen Flecke fegten seine Vorsätze im Nu hinweg.

»Es tut mir Leid, was mit deinem Bruder geschehen ist«, sagte Alberic und legte den Arm um sie. »Aber sieh, er ist als Held gestorben, er hat sein Leben gegeben, um deines zu retten. Er wollte, dass du lebst. Das sollte dich trösten.«

Marocia sah ihn an, als würde jedes Wort sie verletzen.

»Ich habe einen Fehler, einen furchtbaren Fehler gemacht«, klagte sie. »Es ist alles meine Schuld.«

Innerlich gab er ihr Recht. Doch da sie ihren Irrtum jetzt erkannte, sah er keine Notwendigkeit, darauf herumzureiten. »Nicht doch. Es war Leons Aufgabe als Offizier dieses Feldzuges, gegen Sarazenen zu kämpfen. Er hätte dasselbe, was er für dich getan hat, für jeden anderen getan. Dass du es warst, die er vor einem Ungläubigen gerettet hat, ist reiner Zufall. Allerdings …«

»Ja?«, fragte Marocia nach.

»Ein wenig unheimlich ist es schon, dass dein Vater in Rom fast zur gleichen Stunde gestorben ist wie dein Bruder hier auf dem Schlachtfeld.«

Marocia blickte Alberic entsetzt an.

»Hast du es etwa noch nicht gewusst? Verzeih, ich hatte natürlich angenommen, dass der Bote … Wie unangenehm.«

Sie kümmerte sich nicht um Alberics Verlegenheit, und seltsamerweise konnte auch der Tod ihres Vaters die Leere, die sie in sich verspürte, nicht vergrößern. Mit teilnahmsloser Stimme bat sie: »Alberic, ich möchte weg von hier. Diese schreckliche Nacht … Leons Tod … ich brauche Ruhe.«

Sein ganzer männlicher Beschützerinstinkt trat hervor, und er war voller Wohlwollen gegenüber diesem armen Geschöpf in seinen Armen, als er sagte: »Ich lasse sofort eine Eskorte zusammenstellen, die dich nach Hause bringt, nach Spoleto oder Assisi. Wohin du willst.«

»Nein«, schreckte sie auf. »Nicht nach Spoleto, bitte. Ich brauche … Stille, einen Ort, wo mich keiner kennt. Ich ertrage jetzt keine neugierigen Blicke von Dienern. Nicht einmal Damiane will ich dabeihaben.«

Ein kurzer Verdacht keimte in ihm auf. Ein wenig ärgerlich meinte er: »Ich lasse dich nicht nach Capua gehen.«

Sie schüttelte den Kopf. Ihr fiel ein, wie Pater Bernard ihr vor vielen Jahren von einem Frauenkloster erzählt hatte, irgendwo im südlichen Patrimonium. »Ich will in ein Kloster. Fontana Liri, heißt es, glaube ich.«

»Um Himmels willen«, brach es aus Alberic heraus. »Was soll meine Frau in einem Kloster zu suchen haben?«

»Antworten«, sagte sie ungeduldig. »Ich will ja nicht für den Rest meiner Tage dort bleiben, aber im Moment muss ich über einige Dinge nachdenken, Alberic. Also bitte, werde jetzt nicht auch noch auf ein paar Nonnen eifersüchtig.«

»Meinetwegen«, brummte er. »Wollen wir hoffen, dass du dort keine Überraschungen erlebst. Denn die ziehst du irgendwie an.«

Marocia ritt auf dem Weg nach Fontana Liri durch fruchtbare Landschaften, grün von Bäumen und Sträuchern, unterbrochen von zahllosen Bachläufen und beschienen von einer unermüdlich strahlenden Sonne, doch all das zog wirkungslos an ihr vorbei. Und der grimmige Soldat an ihrer Seite machte alles noch schlimmer. Marocia hätte für die kurze Reise eine Eskorte von zwei Bewaffneten völlig genügt, aber Alberic hatte stattdessen darauf beharrt, ihr Agipert persönlich zum Schutz mitzugeben.

Er, der erfahrene Heerführer, war von einem jungen Spund übertölpelt worden und hatte sich damit nicht gerade beim König für eine höhere Stellung empfohlen. Und zu allem Überdruss musste er nun auch noch den Aufpasser für ein Weib mimen. Kein Wunder, dass sein düsterer Blick Marocia den ganzen Tag lang im Nacken hing.

Die Straßen wurden zu Wegen, die Wege zu Pfaden. Sie begegneten kaum noch Menschen, als sie sich der Grenze zum Patrimonium näherten. Von weit her sahen sie daher auch schon die Staubwolke, die ein heranpreschendes Pferd aufwirbelte. Sie konnten nicht erkennen, wer darauf saß, aber er ritt zielstrebig auf sie zu. Agipert machte seinen Schwertgürtel frei. In dieser einsamen Gegend konnte es überall Strauchdiebe geben.

Endlich war er bei ihnen angekommen. Er stoppte sein Pferd und nahm den Helm ab, der Haare, Stirn und Nase bedeckt hatte.

»Lando!«, rief Marocia.

»Auf ein Wort, Herzogin.«

Dagegen hatte Agipert etwas. »Ihr seid kühn, hier vor mir zu erscheinen, das muss ich schon sagen.«

»Warum sollte ich vor *Euch* erscheinen, Marschall. Geht mir aus dem Weg.«

Agipert hatte nicht die Absicht. Er zog sein Schwert aus der Scheide und hieb nach Lando, doch der konnte sich eben noch ducken. Die Pferde trampelten die Sträucher platt, scheuten und wieherten. Ein zweiter Hieb Agiperts zerschnitt pfeifend die Luft. »Ihr seid ein elender Buhle!«, rief der Marschall. »Und ein Feigling dazu. Stellt Euch dem Kampf.«

Landos Helm fiel zu Boden. Anders als Agipert trug er auch keinen Brustpanzer und keine Kettenhandschuhe, und sein Schwert war leichter und kürzer, so wie es im heißen Süden Italiens üblich war. Mit dieser Waffe konnte er Agipert schwerlich bezwingen. Dafür ging er geschickter mit dem Pferd um. Er brachte sich in eine Position, von der aus er Agipert einen Faustschlag ins Gesicht versetzte. So etwas war eine ungeheure Provokation, eine Erniedrigung. Nur primitives Volk prügelte sich mit Händen. *Männer* stritten mit dem Schwert oder der Streitaxt.

Agipert geriet in Rage. Immer wieder sauste sein Schwert von links nach rechts und wieder zurück, und einmal verfehlte es Lando nur um einen Fingerbreit. Doch dann gelang es Lando, erneut zum Schlag auszuholen. Ein dumpfes Geräusch, ein Knacken der Nase – und Agipert fiel bewusstlos vom Pferd.

Lando saß ab. Er ging zu Marocia und wollte ihr vom Pferd helfen. Doch sie lehnte ab. »Was *sollte* das?«

»Ich …« Er war noch außer Atem, keuchte, stützte seine Arme auf den Oberschenkeln ab.

»Wie soll ich das Alberic erklären, sag mir das?« Sie war weit weniger wütend, als es schien. In Wahrheit war sie maßlos erleichtert, dass ihm nichts geschehen war, und ihr Herz pochte bis zum Hals, wie damals, als sie ihn im nächtlichen Lateran aufgesucht hatte. Noch keiner hatte je so um sie gekämpft.

»Agipert wird …«, keuchte Lando. »Er wird nichts hiervon erzählen. Um eine Niederlage einzuräumen, ist er zu stolz.«

Damit konnte er Recht haben. Wieder einmal dachte er an alles.

»Und nun?«, fragte sie.

Er hatte sein verwegenes Lächeln wieder gefunden, das sie so anziehend fand. »Ich konnte dich doch nicht einfach so gehen lassen, meine Katze, nach unserem Streit und dem, was du am Garigliano erlebt hast.«

Für ihn musste dieser Satz eine andere Bedeutung haben als für sie. Er wusste vom Tod ihres Bruders, vom Sarazenenüberfall, aber nichts vom Schlimmsten.

Ehe sie sich's versah, ergriff er sie an den Hüften und holte sie vom Pferd. In diesem Moment war sie unsagbar glücklich. Bilder von einem Leben, wie es sein könnte, überschwemmten sie: Seite an Seite mit Lando, herrliche Tage und Nächte, die nicht vergehen sollten, Liebe selbst im Streit, gemeinsames Lachen und Leiden, vereint in Licht und Schatten, verbunden durch Kinder, durch Pläne und Kämpfe und Ziele, eine Wellenfahrt durch Jahrzehnte. Sie sah sich mit ihm auf einem Pferd reiten, in einem See kühlen, in Laken gehüllt im Bett liegen, sah sich mit ihm tanzen, mit ihm Wortgefechte liefern, mit ihm versöhnen. Nichts mehr ersehnte sie sich, als ihn nahe bei sich zu haben; dann würde alles gut werden, dann ließen die Schwierigkeiten sich ertragen. Sie wünschte sich, dass Lando sie küsste – und in diesem Moment küsste er sie.

Aber was geschah mit ihr? Statt weiter froh und glücklich zu sein, stiegen Angst und Beklemmung in ihr hoch. Ihre Kehle schnürte sich zu, und ihre Hände versuchten, den Mann wegzustoßen, dem sie eben noch nahe sein wollte. Sie fühlte sich benutzt und gefangen. Ihr Widerstand verstärkte sich, von Ekel getrieben. Sie sah nicht mehr den Mann vor sich, den sie liebte, sie spürte nur noch Hände, Lippen, einen Körper ...

»Nein!«, rief sie und stieß ihn mit aller Kraft fort.

Lando sah sie verstört an. Er verstand nichts, konnte nichts verstehen. »Bitte, Marocia, lass uns doch den dummen Streit vergessen. Es tut mir Leid, wenn ich zu weit gegangen bin.«

Er ging einen Schritt auf sie zu, doch das versetzte sie dermaßen in Angst, dass sie den Pfad verließ und ziellos ins trockene Strauchwerk rannte.

Lando rannte hinter ihr her. »Warte!«, schrie er. »Marocia! Was habe ich denn getan?«

Warum blieb sie nicht stehen? Sie konnte sich selbst nicht begreifen. Ein Teil von ihr wollte sich in Landos Arme retten, sich umklammern und beschützen lassen, alles vergessen, Berengar vergessen. Doch der andere Teil war stärker, der sie vor jeder Berührung flüchten ließ, jede Nähe verabscheute und die Liebe nicht ertrug.

Als Lando sie einholte, an beiden Schultern festhielt und ihr in die Augen blickte, meinte sie, zerbrechen zu müssen.

»Was ist passiert?«, fragte Lando ernst.

Sie fühlte sich elend und erschöpft, wie vor einigen Jahren, als sie das Kind verloren hatte. Sie hatte damals Rache geschworen, hatte alle Stärke gesammelt, war aber gescheitert, und Sergius war sogar daran gestorben. Johannes war Papst und vermutlich glücklicher denn je, während sie von einer Demütigung in die andere geriet. So würde es jetzt wieder sein. Sie hatte nur noch die Kraft, sich damit abzufinden.

»Lass mich in Ruhe«, bat sie.

»Nicht, bevor ich alles verstehe. Was habe ich getan?«

»Nichts«, spie sie ihm entgegen. »Du hast alles richtig gemacht. Du machst ja immer alles richtig, oder? Du wolltest Alberic dumm aussehen lassen, und das ist dir geglückt. Du wolltest schlauer als Berengar sein, stärker als Agipert und vernünftiger als ich und hast alles erreicht. ›Bleib in Capua‹, hast du gemahnt und Recht behalten. Ich wollte, ich wäre in Capua geblieben.«

»Was ist am Garigliano passiert?«, fragte er skeptisch. »Ein paar Sarazenen können dich nicht dermaßen verändert haben. Auch der Tod deines Bruders nicht. Dafür kenne ich dich zu gut. Da ist noch mehr, stimmt's?«

Sie konnte nicht antworten, ihr fehlte buchstäblich die Kraft dazu.

»Ich habe vom Tod deines Vaters gehört. Ist es das?«

Sie schwieg.

»Hat dein Mann dich bestraft? Hat er dich geschlagen?«

Selbst die lächerliche Vorstellung, Alberic könnte die Hand gegen sie erheben, konnte ihr keine Reaktion abtrotzen.

»Was es auch war – es muss furchtbar für dich sein. Wenn du jetzt nicht darüber reden willst, ist das auch in Ordnung. Aber versprich mir, meine Hilfe anzunehmen, sobald du sie brauchst.«

Er neigte sich ihr zu und wollte sie sanft küssen, um seine ungebrochene Liebe damit zu besiegeln. Doch sie verkrampfte auf der Stelle, und ehe sie begriff, was sie tat, versetzte sie Lando eine schallende Ohrfeige.

»Ich brauche keine Hilfe. Von niemandem, hörst du? Auch von dir nicht.«

»Ich wollte ja nur ...«

»Mein Leben geht dich nichts an«, sagte sie hart. Sie kämpfte mit den Tränen, wollte aber auch das überspielen. »Ich will, dass du gehst. Für immer, Lando.«

Niemals, dachte sie, niemals werde ich diesen Blick vergessen. Wie ein enttäuschtes Kind, wie ein zahmes, verletztes Tier sah er sie an. Seine Verwundbarkeit rief noch einmal alle Leidenschaft in ihr wach, die sie für ihn empfand. Aber es war ihr unmöglich, irgendetwas zurückzunehmen. Sie war gefangen von Gefühlen, für die Lando nichts konnte. Sie wusste das. Und doch konnte sie nur zusehen, wie er sich langsam von ihr löste, zurückging, ohne sie aus den Augen zu lassen, schließlich aufsaß und ihr als letzte Geste seine Hand zur Versöhnung entgegenstreckte.

Sie konnte sie nicht ergreifen. Es war das Schwerste, was sie bisher in ihrem Leben tun musste, doch sie tat es, ohne nachzudenken, sondern aus einem überwältigenden Gefühl heraus, für das sie sich selbst schämte und hasste.

Als die Staubwolke, die Landos Abritt hinterließ, sich verzogen hatte, war er nur noch ein ferner Punkt. Marocia lief ein paar Schritte den schmalen Pfad entlang, als wolle sie die Distanz zu Lando wieder verringern. Dann blieb sie stehen. Sie wollte weinen, aber ihr Körper gehorchte nicht.

»Lando«, flüsterte sie.

Der Stimmung des Klosters Fontana Liri konnte selbst Marocias geplagtes Gemüt sich nicht entziehen. Hübsch gelegen an den hügeligen Ausläufern der Abruzzen, hatte man von den byzantinisch anmutenden Rundbogenfenstern aus einen wunderbaren Blick über die Ebene unterhalb der Sabiner Berge und auf die Quelle des Flüsschens Liri, die kaum hundert Meter entfernt unvermittelt dem Gestein entsprang. Außer der Aussicht aber hatte Fontana Liri nichts Majestätisches; nur sechzehn Schwestern lebten hier. Entsprechend klein und schlicht waren Kreuzgang und Klosterkirche gehalten.

»Wir vermissen die Größe anderer Klöster nicht«, sagte die Äbtissin, als sie Marocia alles zeigte. »Ich weiß nicht, wie es Euch geht, aber ich werde durch sie nur irritiert.«

Die Äbtissin war eine für dieses Amt erstaunlich junge Frau. Marocia schätzte sie auf knappe zwanzig Jahre und malte sich aus, dass sie womöglich die jüngste Tochter eines einflussreichen Adeligen war. Es war durchaus üblich, Christus *ein* Kind aus der Nachkommenschaft quasi zu opfern und in jugendlichem Alter in ein Kloster zu stecken. Diese Äbtissin aber sah alles andere als unzufrieden mit ihrem Los aus. Neugierig lugten ihre Augen aus dem runden, ganz vom weißen Gewand eingehüllten Gesicht und musterten den prominenten Gast.

»Werdet Ihr an den Messen teilnehmen?«, fragte sie.

»Ich ... weiß noch nicht, ehrwürdige Mutter«, antwortete Marocia. »Momentan weiß ich überhaupt noch sehr wenig. Ich habe viel verloren ... eigentlich alles. Ich muss mich ausruhen, nachdenken.«

Die Äbtissin blickte sie wie eine Freundin an.

»Das verstehe ich, Durchlaucht. Der Feldzug, seine Mühen und

Schrecknisse ... Die Kapelle steht Euch zu jeder Stunde offen.« Sie zwinkerte fröhlich mit den Augen. »Man weiß nie, wann der Herr bei einem anklopft und zum Gespräch ruft.«

Sie waren im Kräuter- und Obstgarten angekommen, der herrlich am Südhang des Klosters lag. Umrahmt von einer mannshohen Mauer barg er alle Farben und Düfte, die dem warmen, sonnigen Herbst von 915 eigen waren. Auf einer kleinen Steinbank, auf der die Schwestern sich gewöhnlich von der schweren Gartenarbeit erholten, saß Marocia eine Weile mit der Äbtissin und genoss den leichten Wind, der aus dem Tal heraufströmte. Ja, dieser Ort war genau das, was sie in den nächsten Wochen brauchte. Wenn sie überhaupt so etwas wie Versöhnung finden konnte, dann hier.

»Ich beneide Euch«, gestand Marocia plötzlich. »Jeden Tag dieser Frieden. Vor langer Zeit hat ein Pater sich gewünscht, dass ich in ein Kloster eintrete, und fast hätte ich es getan.«

»Wer hinderte Euch daran?«

»Ich mich selbst.« Sie seufzte. »Einige Menschen würden jetzt noch leben, wenn ich mich damals anders entschieden hätte. Ein geliebter Mann, mein Bruder ...«

»Euer Bruder ist tot?«, schreckte die Äbtissin auf.

»Ja«, sagte Marocia überrascht. »Leon. Kanntet Ihr ihn, ehrwürdige Mutter?«

Sie senkte die Augen. »Nur vom Hören.«

»Er starb am Garigliano. Wisst Ihr, das einzige Bild, das mir ständig durch den Kopf geht, wenn ich an ihn denke, ist, wie er im *peristyl* unserer Villa versucht, mich zu fangen. Natürlich ist es ihm nie gelungen, ich war zu schnell für ihn. Aber heute würde ich viel darum geben, wenn ich ihn einige Male hätte gewinnen lassen. Seltsam, nicht?«

Die Äbtissin nahm Marocias Hand und lächelte tröstlich. Gleich neben der Bank standen zwei noch junge Ölbäume, und die Nonne deutete auf den Stamm eines der beiden, der viele eingekerbte Zeichen aufwies. »Seht hin. Es ist hier Brauch, den Namen jeder verstorbenen Mitschwester einzuritzen, aber ich glaube, dass niemand hier etwas dagegen haben wird, wenn wir Leons Namen auf den anderen Stamm setzen. So bleibt er lange in Erinnerung. Ich schätze, das hat er verdient.«

Marocia lächelte zurück. »Ja, das hat er.« Mit einer Spange aus dem Schleier der Äbtissin begann Marocia, den Namen ihres Bruders in den feuchten Stamm einzukerben.

Noch während sie damit beschäftigt war, seufzte die Äbtissin: »Ich wünschte, ich wäre einmal dort gewesen. Im *peristyl*, von dem Ihr gesprochen habt.«

»Oh, dazu habt Ihr keinen Grund, glaubt mir. Hier ist es viel schöner.«

Die Äbtissin schmunzelte viel sagend. »Und doch habe ich mir manchmal gewünscht, die Villa Sirene zu besuchen.«

»Ich verstehe nicht, ehrwürdige Mutter«, sagte Marocia und sah verwundert von ihrer Schnitzarbeit auf.

Die Nonne senkte den Kopf. »Ich ... ich weiß nicht einmal, ob Ihr von mir wisst. Ich bin Blanca, Eure Halbschwester. Meine Mutter ist Theodora und mein Vater, nun ja – der heutige Papst.«

Vierter Teil

Der Kampf um Rom

Der Weihnachtstag, Anno Domini 963

So feindselig die Atmosphäre in der Petersbasilika auch war, so vehement ihre Gegner nun mit ihr abrechneten, Marocias Tag war leichter zu ertragen gewesen als nun der Abend, als die versiegende Stimme Blancas. Ihre Schwester lag vor ihr, wieder einmal bewusstlos, mit nassen Haaren und heißer Haut, mit zitternden Gliedern und krustigen Lippen. Blanca hatte immer betont, dass sie den Tod, wenn er eines Tage käme, mit offenen Armen empfangen werde. Aber nun kämpfte sie doch gegen ihn an, schon zehn Tage und Nächte lang. Vielleicht nicht für sich selbst, sondern für sie, für Marocia. Sie war ihre Stütze, eine Bastion an Zuversicht.

Seit sie sich kannten, waren sie sich nahe. Blanca spendete Marocia Trost in schlechten Zeiten, sie sparte nicht mit Kritik, sagte ihr unangenehme Wahrheiten und überbrachte schlimme Botschaften. Sie war Zeugin der glücklichsten Augenblicke in Marocias Leben – und teilte die schlimmsten Jahre mit ihr. Sie gab ihr mehr, als Marocia zurückgeben konnte. Sie gab immer alles.

Suidger öffnete leise die Tür. Hinter ihm kam der Medicus herein, die große Tonschale wie ein Sakralgefäß vor sich hertragend. Er räusperte sich und sagte: »Es ist wieder Zeit.«

Marocia bemerkte, dass er die ihr gebührende Anrede wegließ. Ihr Titel war nichts mehr wert. Sie trug ihn noch, ebenso wie sie ihren Kopf noch trug. Doch nur wenige Gänge weiter arbeitete ein Mann daran, ihr beides zu nehmen. Der Wind blies ihr ins Gesicht, und die Fahnen gingen mit dem Wind.

»Seid Ihr sicher, dass die vielen Aderlässe ihr nicht schaden?«,

fragte sie den Medicus, ohne auf seine Unhöflichkeit einzugehen. »Ich habe bei Fieber früher gute Erfahrungen mit einigen Kräutern gemacht.«

Der Medicus ging nicht auf diesen Vorschlag ein, sondern bereitete alles für den Aderlass vor. Er war der einzige Arzt, an den derzeit heranzukommen war, so blieb Marocia nichts anderes, als seine Ablehnung zu dulden. Erst jetzt sah sie Suidger an, der bislang geschwiegen hatte, und in seinen Augen konnte sie sehen, dass er das Urteil des kaiserlichen Gerichts kannte. Einer der Beisitzer musste es ihm verraten haben. Sie nickte ihm zu und öffnete die Tür.

Im Hinausgehen sah sie noch, wie der Medicus das Messer an dem Leder schärfte und Blancas von Stichen und Schnitten geschwollenen Arm in Position brachte. Dann schloss sie die Tür. Von drinnen drang ein schwerfälliges Plätschern heraus.

Zusammen mit Suidger stieg sie auf die Gartenplattform der Engelsburg, stellte sich dort gedankenverloren an eine der Zinnen und blickte unentwegt auf ihre Heimat, der sie immer treu geblieben war. Es war bitterkalt, und die weiße Sonne berührte bereits den Horizont. Das Leben erlahmte und erstummte. Die Stadt war eine einzige graue Masse ohne Häuser oder sonstige Details, selbst die Petersbasilika im Westen wirkte bloß noch wie ein riesiger Schatten.

Suidger wusste, dass Marocia diese Stunde liebte, daher hielt er sich im Hintergrund und schwieg. Er hätte ihr gerne in die Augen gesehen, hätte gerne gesprochen, aber sie verharrte stur bei ihrem Blick über das dämmernde Rom. Ihr Kopf zitterte leicht. Sie trug entgegen ihrer sonstigen Gewohnheit ein Tuch, das ihre grauen Haare und die Ohren bedeckte. Vor einigen Wochen noch war sie die wahre Herrin von Rom, und jetzt nicht mehr als eine Greisin am Abgrund. Ihr warmer Atem zerstob in der eisigen Luft.

»Nun?«, fragte sie endlich.

Er atmete tief durch. »Tod durch das Beil«, konstatierte Suidger nüchtern. »Eine öffentliche Hinrichtung, sobald der Aufstand niedergeschlagen ist. Auf dem Platz vor der Engelsburg.«

Knapper konnte es nicht gesagt werden. Es war gerade diese rationale, direkte Art, die Marocia an Suidger schätzte. Sie hatte sie nie als kalt empfunden, sondern vielmehr als beruhigend, als etwas, worauf sie sich verlassen konnte.

Marocia zuckte kurz, wie unter einem Stich, aber der Schmerz verzog sich rasch. »Ich habe nichts anderes erwartet, trotz der brillanten Verteidigungsrede, die Ihr gehalten habt, mein Freund.«

»Gott wird Euch nicht einfach so im Stich lassen. Das hat er bisher nie.« Der Einbruch höherer Mächte in die Argumentationskette dieses Analytikers war immer aufs Neue befremdlich.

»Ach ja, Gott«, murmelte Marocia und verzog den Mund ein wenig. »Gehen wir bitte für einen Moment davon aus, dass Gott zu überlastet ist, um sich in meine Situation einzumischen. Seht mich nicht so vorwurfsvoll an, ehrwürdiger Suidger. Ich sage ja nicht, dass es so ist, nur, dass wir für einen Moment davon ausgehen sollen.«

»Ich werde mich bemühen.«

»Gut. Welche Möglichkeiten bleiben mir noch?«

Suidger rieb sich mit einer Hand den Bart, die andere ruhte auf dem hervorstehenden Bauch. Jetzt erst bemerkte er, dass Marocia das Tuch abgenommen hatte. An ihren Ohren schwangen tropfenförmige Perlohrringe vor und zurück, und das Mondlicht brachte ihre Augen zum Funkeln, glättete Falten und überzog ihre Haut mit einem silbrigen Schimmer. Wie auf einem besonders lebensechten Gemälde hob sich ihr Kopf aus der Dunkelheit des Abends ab. »Ihr müsst tun, was Ihr am besten könnt.«

»Kämpfen, meint Ihr das?«

»Gut, dass Ihr es nicht vergessen habt.«

»Wie könnte ich?«, fragte sie leise in sich hinein und blickte umher, auf die Zeugnisse ihres letzten Kampfes. Pfeile und Lanzen lagen verstreut auf der Plattform herum, die Sträucher waren zerrupft, und der Rasen war entweder zertrampelt oder vom Blut gefallener Gefolgsleute bräunlich gefärbt. Die Leichen waren entfernt worden, nicht aber die Pfeilspitzen und Katapultgeschosse, die sie getötet hatten. Marocia ging zu einem kleinen, schüsselförmigen Helm, der offenbar einem Leichtbewaffneten gehört hatte. Sie betrachtete das verbeulte Stück eine Weile und atmete tief durch. Der Geruch von Eisen und Asche lag in der Luft, der elende Geruch des Todes.

»Ich bin dazu verdammt«, sagte sie. »Aber ich habe zu oft und zu lange gekämpft. Irgendwann nutzt sich alles ab. Irgendwann muss das alles doch ein Ende haben.«

21

Anno Domini 923

»Du bist ein Engel«, rief Blanca aus, als sie aus der Kapelle trat. Ihre Hände ausgestreckt, lief sie auf Marocia zu, die im Kreuzgang gewartet hatte, und küsste ihren Gast. »Dass du uns besuchst! Zu dieser Jahreszeit!«

Sie blickte in den Nebel, der auch den Garten inmitten des Kreuzgangs verhing, und anschließend wieder in das Gesicht ihrer Schwester, das sich in diesen acht Jahren seit ihrem ersten Besuch sehr verändert hatte. Oh, sie war nicht weniger schön, nur war sie es auf eine andere, ruhigere Weise. Jedes Jahr besuchte Marocia Fontana Liri wenigstens einmal, und mit jedem Jahr erinnerte ihr Ausdruck Blanca stärker an eine Darstellung der bedrückten Maria Magdalena, die in der Kapelle hing. Nun, das war vielleicht übertrieben – und nebenbei auch ein klein wenig blasphemisch. Alle Nonnen von Fontana Liri lobten, wie viel gelassener Marocia seit jenem ersten Aufenthalt im Kloster geworden war. Einzig Blanca wollte hinter der Fassade der Zufriedenheit einen heimlichen Kummer entdecken, der sich nur in kleinen Gesten bemerkbar machte, beispielsweise in Marocias Unfähigkeit, herzlich zu lachen, oder in ihrem melancholischen Blick, wenn er über das Tal strich.

Marocia erwiderte die freundliche Begrüßung ihrer Halbschwester, dann sagte sie: »Ich kann mir doch unmöglich die Aufführung des französischen Mysterienspiels entgehen lassen, dessen Manuskript ich dir im Sommer zugeschickt habe. Ich war ehrlich überrascht, als du mir in deinem Brief von einer für den dritten Advent geplanten Schaustellung berichtet hast. Es ist immerhin etwas Neuartiges, und wie ich dich kennen gelernt habe …«

Blanca schmunzelte wie eine Ertappte. »Ich gebe zu, ich war lange Zeit skeptisch. Ein Spiel zum Advent! Aus dem Westfrankenreich! Musik, Tänze, Dichtung. Und *ecclesia* tritt in weiblicher Gestalt auf. Die Kirche als Frau: recht kühn. Es spricht stark die Sinne an und scheint mir deshalb vom eigentlichen Glauben abzulenken.«

»Von den Nonnen sagt man doch, sie seien mit Gott verheiratet«, neckte Marocia sacht. »Ein wenig Ablenkung, meine ich, tut jeder Ehe gut.«

Blanca hätte eigentlich empört sein müssen, aber sie kannte Marocias ironische Einstellung zu Gott, darum stemmte sie nur kurz die Arme in die Hüfte, um sie gleich danach wieder lächelnd zu senken.

Sie gingen jetzt gemächlich den Kreuzgang entlang. Der Nebel schlüpfte in Schwaden zwischen den Säulen hindurch und verhüllte das andere Ende des schmucklosen Ganges. Ein feiner Sprühregen trieb den beiden Frauen entgegen. »Erzähl mir von den Kindern«, bat Blanca. »Hat Clemens sich am Hofe eingewöhnt?«

Marocia atmete einen kräftigen Zug der feuchten Dezemberluft ein. »Weißt du, Blanca, es war eine versöhnliche Geste von Alberic, Clemens wieder nach Spoleto zu rufen, und ich liebe den Jungen wirklich über alles, nur … ich glaube, es war ein Fehler, ihn aus seinem Kloster zu holen. Clemens ist so zerbrechlich, und seine beiden Geschwister sind ihm so überlegen.«

»Sie sind aber doch viel jünger als er.«

Marocia nickte. »Alberic minor ist sechs, Eudoxia sieben.« Marocias schönes Gesicht bekam jetzt wieder diesen Anflug von Kummer. »Sie haben es beide nicht leicht und lassen das an Clemens aus. Alberic minor bekommt von seinem Vater zu viele Freiheiten, darf die Diener herumkommandieren, seine Geschwister beschimpfen und solche Dinge. Und Eudoxia …« Marocia seufzte

Eudoxias Problem konnte Blanca sich vorstellen. Und was Marocia betraf: Sie hatte diese Nacht am Garigliano noch immer nicht verwunden. Man musste nur in ihre Augen sehen.

»Hast du je mit deinem Mann über Eudoxia gesprochen?«, fragte Blanca einfühlend.

»Himmel, nein«, stieß Marocia hervor. »Das wäre grundfalsch.«

»Du meinst, er weiß noch immer nicht, dass …«

»Oh, er kann gut rechnen, natürlich ahnt er etwas. Blanca, es ist schrecklich, mit anzusehen, wie Alberic die Kleine ignoriert, wie er sich mit ihrem Bruder unterhält, während sie mit großen traurigen Augen dabeisteht und nicht ein einziges Wort von ihm empfängt. Das Schlimme daran ist, dass er damit gar nicht so sehr Eudoxia treffen will, sondern vielmehr mich.«

»Ja aber«, rief Blanca entsetzt, »was denkt er denn, wer Eudoxias Vater ist?«

»Lando, vermute ich.«

Der Name war gefallen – zum ersten Mal seit sieben Jahren. Damals hatte Blanca von ihrer Schwester alles über Lando erfahren, restlos alles, und als Äbtissin hatte sie es als ihre Pflicht angesehen, Marocia von jedwedem weiteren Kontakt zu Lando abzuraten. Soweit sie wusste, hatte Marocia sich daran gehalten, warum auch immer. Aber heute war Blanca sich an manchen Tagen nicht mehr sicher, ob dieser Rat richtig gewesen war.

Sie betraten Blancas Klosterzelle, die größer war als die Zellen der übrigen Nonnen. Zwar waren die Böden und Wände fast kahl, aber einige schwere Pinienmöbel, darunter eine Vitrine mit Büchern und zwei gepolsterte, hochlehnige Sessel, gaben dem Raum etwas Gemütliches. Eine Schwester brachte einen Krug heißen Wassers. Während Blanca damit beschäftigt war, einen Tee aus getrockneten Holunderblüten aufzubrühen, schweifte Marocias Blick über das stille, nebelverhangene Tal des Liri, so als liege darin die Vergangenheit verborgen, ihre Abenteuer, ihre Menschen, ihre Fehler.

Blanca drückte ihrer Schwester den warmen Becher in die Hand. »Ich nehme an, du hast einen guten Grund dafür, deinem Gemahl nicht die Wahrheit zu erzählen und damit Eudoxia wie auch dich selbst von diesem Albdruck zu erlösen.«

»So ist es«, bestätigte Marocia. Selten hatte die Äbtissin ihre Schwester so ernst, langsam und klar sprechen hören wie jetzt. »Wenn ich Alberic erzähle, dass Eudoxia von Berengar stammt, und ihm die Umstände schildere, die dazu geführt haben, wird er mich entweder eine Lügnerin nennen und den letzten Rest unseres ohnehin bloß leidlichen Einvernehmens zerstören, oder er wird sich gegen Berengar stellen und einen neuen Konflikt auslösen.«

»Er würde einen Krieg für deine Ehre führen?«, rief Blanca und setzte sich auf einen der Sessel. Unter dem leisen Knarren des Holzes rückte sie einige Male hin und her. Dann blickte sie nachdenklich in den Becher, nippte an dem Gebräu und sagte schließlich: »Alberic scheint mir kein solcher Mann zu sein. Was ich meine, ist ...«

»Wir sind uns fremd bis ins Mark, das meinst du. Es muss dir nicht peinlich sein, du hast ja Recht. Unter normalen Umständen würde Alberic nie mehr gegen Berengar vorgehen, selbst wenn der König ihn direkt ins Gesicht schlüge. Und schon gar nicht meinetwegen. Aber so ... Denke daran, was alles in den letzten Jahren geschehen ist.«

Blanca musste ihrer Schwester zustimmen. Selbst in die Mauern von Fontana Liri waren Erzählungen über Berengars unkönigliche Taten gedrungen. Nach seinem Triumph über die Sarazenen hatte er sich wie ein unbesiegbarer Halbgott gebärdet und sogleich einen nutzlosen Krieg gegen die Ungarn begonnen. Ausgerechnet Berengars Enkel Ansgar, der Herzog der Lombardei, nutzte die Verstrickung des Königs in den Ungarnkrieg für einen Aufstand, offenbar mit dem Ziel, selbst König zu werden. Um diese Rebellion niederzuschlagen, bot Berengar den ungarischen Magyarenhorden einen Frieden an. Er sicherte ihnen *parias* zu, Tribute, für die ganz Italien aufkommen sollte. Als Gegenleistung sollten die Magyaren das rebellische Herzogtum seines Enkels für ihn unterwerfen. Doch diese Halbbarbaren hinterließen nicht bloß in der Lombardei eine Schneise der Verwüstung, sondern griffen zeitweise auch auf die Toskana und Spoleto über, ohne dass Berengar etwas dagegen unternommen hätte. Nach alldem konnte sich selbst Blancas friedliches Gemüt vorstellen, dass die Fürsten nicht gut auf ihren Souverän zu sprechen waren.

»Und seit einer Woche«, meinte Marocia leicht erheitert, »steckt unser Freund Berengar erst so richtig in Schwierigkeiten.«

»Was ist nun wieder geschehen?«

Marocia setzte sich auf den anderen Sessel und lächelte. Doch auch in diesem Lächeln erkannte Blanca noch einen Zug von Schwermut, einen Ärger, nicht selbst an den Ereignissen beteiligt zu sein, sondern nur darüber berichten zu können. Marocia vermisste ihr abenteuerliches Leben offenbar ebenso, wie sie es fürchtete. »Wer hätte das gedacht: Der gute, alte, entthronte Louis meldet sich mal wieder zu Wort. Er nutzt das Chaos um Berengar und Ansgar im Norden aus und hat ein kleines Heer unter der Führung seines Sohnes Hugo nach Oberitalien geschickt. Eine Stunde, bevor ich aus Spoleto abreiste, brachte ein Bote die Nachricht, dass Berengar bei Piacenza geschlagen wurde. Oh, nur eine kleine Schlacht, nichts Entscheidendes, aber immerhin.« Sie wurde wieder ernst. »Verstehst du, wenn ich ausgerechnet *jetzt* mit der Geschichte von damals zu Alberic gehe, treibe ich ihn vielleicht in einen Krieg hinein. Und damit«, fügte sie bitter hinzu, »habe ich zu viele schlechte Erfahrungen gemacht.«

Blanca fasste ihre Schwester an beiden Händen und sah sie liebevoll an. »Irgendwann wird alles gut. Für dich und für deine Kinder. Dafür werden wir beide die nächsten Wochen bis zu deiner Abfahrt beten.«

»Ich fahre schon übermorgen«, korrigierte Marocia. »Ich bin nur wegen des Mysterienspiels gekommen. Zum Weihnachtsfest möchte ich wieder bei den Kindern sein.«

Blanca machte eine erstaunte Geste. »Aber Marocia, zweimal im Dezember über die Berge, das ist doch ...« Dann lachte sie, dass es bis in den Kreuzgang hallte. »Du wirst nie eine Frau wie die anderen sein. Nicht in hundert Jahren.«

22

»Schach!«, rief Clemens und blinzelte zuerst seine Mutter und dann die Aprilsonne zufrieden an. Wie immer in diesem Monat hatte Marocia auch im Jahre 924 ihren Aufenthalt nach Assisi verlegt, wo sie sich am wohlsten fühlte. Sie hatte die dortige Villa nach eigenem Geschmack erweitert und ausgestattet, die Restaurierung der antiken Mosaike auf den Böden angeordnet, Wandmalereien in Auftrag gegeben und ein römisches Bad anlegen lassen, bis die Anlage tatsächlich wie die Residenz eines Konsuls der heidnischen

Kaiserzeit wirkte. Ein Garten mit vielen Büschen, Blumenstauden und Wildrosensträuchern, winzigen Brunnen und wie zufällig platzierten Statuen weiblicher Heroinen bildete den zwanglosen Rahmen des idyllischen Domizils.

»Wenn du einen König bedrohst«, sagte Marocia mit Blick auf das Brett, »brauchst du eine gute Deckung, ansonsten gerätst du schnell in einen Hinterhalt.« Sie zog einen Reiter und entfernte die Bedrohung. Clemens starrte einen Moment ungläubig auf das Brett, dann wischte er die Figuren mit einem Hieb weg, so dass er sie auf dem grünen Rasen verstreute. »Ich will es noch einmal von neuem versuchen.«

Marocia seufzte in sich hinein. Sie liebte ihre Kinder, alle drei, aber es gab Zeiten, da glaubte sie, zu keinem von ihnen eine tiefe Beziehung aufbauen zu können, so sehr sie sich auch anstrengte. Clemens war vierzehn Jahre alt, blass und dünn, und obwohl er aufgrund seiner jahrelangen Klosterstudien jetzt schon zu den gebildetsten Menschen im Herzogtum gehörte, blieb er wortkarg. Wenn er dann doch einmal sprach, begannen seine Sätze meist mit »Ich will ...«

»Ich möchte nächstes Jahr ein Amt, Mutter«, sagte Clemens nach Minuten des Schweigens, in denen er die Figuren aufgebaut hatte. »Ich möchte gerne Abt werden. Oder *diaconus*. Oder einer der päpstlichen *optimates*.« Das waren die höchsten Würdenträger des Lateran, zu denen auch ein *primicerius* zählte. Ihr Sohn wollte offenbar hoch hinaus.

»Warum?«

»Es steht mir zu«, sagte er, zwischen Mut, Trotz und Unsicherheit schwankend. »Ich bin ebenso dein Sohn wie Alberic, und ich bin Sohn eines Papstes. Da habe ich doch wohl ein Amt verdient.«

»Es hat zwar schon vierzehnjährige *diacones* oder *optimates* gegeben, aber ... Du hast meine Frage noch nicht beantwortet. Warum?«

Clemens verfolgte missmutig, wie Marocia auch in ihrem neuen Spiel ihre Dame vorrückte und seine Mauer aus Bauern bedrohte. »Alberic wird einmal Nachfolger seines Vaters werden. Und Eudoxia werdet Ihr bestimmt gut verheiraten. Aber was wird aus mir? Alberic hat gestern gesagt ...« Er zögerte.

»Erzähl weiter. Was hat Alberic gesagt?«

»Ich habe ihn beim Kartenspiel geschlagen, und da hat er mich einen betrügerischen Bastard genannt. Dann ist er über mich hergefallen. Wir haben gerungen, und er ... er hat gewonnen. Ich weiß, er ist viel kleiner und jünger, aber ich ...«

»Schon gut«, tröstete Marocia ihren Sohn und beschloss, ihn in diesem Moment nicht ins Schach zu setzen, wie sie es hätte tun können. Stattdessen machte sie einen anderen, belanglosen Zug. »Was geschah weiter?«

»Er hat mir seinen Fuß ins Gesicht gedrückt und dabei gerufen, dass ich gerade gut genug sei, einmal sein Diener zu werden.«

»Und du, was hast du gesagt?«

»Nichts natürlich. Ich lag auf dem Boden und war froh, dass er mich danach in Ruhe ließ.«

Marocia schüttelte innerlich den Kopf. Sowohl Clemens' Schwäche wie auch Alberics überhebliche Aggressivität waren ihr fremd. »Wir werden dir bald ein geistliches Amt geben«, seufzte sie. »Aber das wird nicht verhindern, dass Alberic mit seiner Drohung eines Tages Recht behält, wenn du selbst nicht stark genug bist, dich dagegenzustemmen.«

»Keine Sorge. Ich werde es ihm irgendwann heimzahlen.«

»Das habe ich nicht gemeint«, erwiderte Marocia und wollte noch etwas hinzufügen, als ihr Gemahl in den Garten kam, mit einer Miene, die sich wie eine Gewitterwolke vor die Sonne schob, und einer Pergamentrolle in den Händen, die Landos Siegel trug.

Alberic war Mitte fünfzig, aber ein alter Mann. Die vergangenen Jahre hatten sein Gesicht zerknittert und den Rücken noch weiter gebeugt. Seit Desiderius vor drei Jahren von seinem Amt als Erzbischof von Ravenna abberufen und von Johannes als Kardinal nach Rom befördert worden war, gab es keinen Vertrauten mehr in seinem Leben. Zu Gratian, der Desiderius wie ein Schatten in alle Ämter nachfolgte und seither also das Amt in Ravenna innehatte, konnte Alberic nicht die gleiche Beziehung aufbauen. Sein ganzes Glück war seither sein gleichnamiger Sohn, dem er einmal ein starkes, gesundes Land vermachen wollte; es war das einzige bedeutende Ziel, das Alberic je ins Auge gefasst hatte, und er verfolgte es mit großem Eifer.

»Ich muss mit dir sprechen«, sagte er düster. »Und zwar allein.«

Durch ein Spalier traten sie in jenen Teil des Gartens, den Marocia nach der antiken römischen Göttin der Morgen- und Abendröte benannt hatte, den Aurora-Garten. Zu dieser Jahreszeit dufteten die Rosen noch nicht, aber ihre gelben, orangefarbenen und roten Knospen öffneten sich bereits und ließen erahnen, welche verschwenderische Pracht hier in wenigen Tagen herrschen würde. Die Farben erinnerten Marocia an die Rosen des pincischen Hügels, an den Duft eines Sommernachmittags, den sie nie vergessen wollte. Sie blickte auf das Gras, und für einen Moment meinte sie, Landos Stimme zu hören. Doch es war Alberic, der zu ihr sprach.

»Du hast erkannt, von wem dieses Schreiben ist?«

Sie nickte.

»Und du ahnst, was er möchte?«

Für einen kurzen Augenblick gab Marocia sich der Hoffnung hin, Lando hätte sich von seiner Gemahlin getrennt und würde Gleiches von Alberic verlangen. Sie wäre ihm mit offenen Armen entgegengerannt, hätte alles hinter sich gelassen, wenn er ... Aber das war absurd, schon politisch absolut unmöglich. Sie strich mit der Hand über einen der Sträucher und versuchte, etwas zu riechen. Aber da war nichts. Die Vergangenheit ließ sich nicht herbeizaubern.

»Du scheinst nicht ganz bei der Sache zu sein«, weckte Alberic sie unwirsch auf. »Dann will ich dich mal schnell aus deinen Träumen holen, meine Liebe. Der Fürst fordert mich unumwunden zu einem Aufstand gegen König Berengar auf. Gründe dafür haben sich reichlich angesammelt: Steuerlast, Berengars Gleichgültigkeit gegen die Interessen der Länder, die Verwüstungen durch Magyarensöldner. Die Bauern beklagen sich, der Adel ist aufgebracht.«

Er wartete darauf, dass Marocia ihn jetzt an ihre Warnung vom Winter 914 erinnerte, die sich bewahrheitet hatte. Aber sie schwieg, als ginge sie das Ganze nichts an. Sie raffte ihr Kleid zusammen und setzte sich auf den Rand eines Steinbrunnens, in dessen Mitte die Statuen Auroras und des jungen Wassergottes Triton in sinnlicher Umarmung lagen, umspült von plätscherndem Wasser. Ein gewagtes Motiv, zumal die beiden mythologischen Figuren niemals vermählt waren.

»Berengars Niederlage bei Piacenza hat ihn geschwächt«, fuhr Alberic fort, »aber ich bin dennoch nur zu einem Hasardspiel bereit, wenn sich außer Capua noch andere Länder anschließen, vor allem die Toskana. Außerdem brauchen wir einen Gegenkandidaten, mit dem alle einverstanden sind. Den alten, blinden Louis wird man kaum akzeptieren.«

»Da stimme ich dir zu«, meinte Marocia nachdenklich. Langsam begriff sie, dass Alberic nicht von einem Aufstand fantasierte, sondern tatsächlich einen solchen durchführen wollte. Ohne dass sie es merkte, spielten ihre Hände im Becken des Brunnens, zogen Kreise, formten Zeichen und streichelten einander. Plötzlich lächelte sie. »Ich verstehe, die Sache ist zu heikel, um sie mit Boten zu erledigen, und es ist dem misstrauischen König verdächtig, wenn Landesherren sich treffen.«

Alberic nickte knapp. Die Fähigkeit, komplizierte Zusammenhänge in Windeseile zu überschauen, bewunderte er am meisten an ihr. Und in der Rangfolge gleich danach ihr diplomatisches Geschick. In den letzten Jahren hatte Marocia ihn nach und nach mit seinem Adel ausgesöhnt und es auch noch geschafft, dass er bei den einfachen Leuten populär wurde. Er verdankte ihr viel. Manchmal aber wünschte er sich, sie verhielte sich geziemender, fraulicher und ließe ihn besser dastehen.

»So ist es«, bestätigte er. »Lando hat einen Vermittler vorgeschlagen, der bei Louis vorfühlt, weniger auffällig ist als ein Fürst, aber trotzdem absolut vertrauenswürdig. Und natürlich muss diese Person geschickt sein. Kurz: Er möchte, dass du auf diese Mission gehst. Und ich«, brummte er ein wenig widerwillig, »stimme dem zu.«

Marocia vertiefte sich in ihr Spiegelbild im Brunnen, das sich im Spiel der winzigen Wellen zu einem bizarren, rätselhaften Mosaik verzerrte, sich wunderbar zusammenfügte und neuerlich verzerrte. Eine Spannung ergriff sie, die sie schon sehr lange nicht mehr gespürt hatte, und sie begrüßte sie wie eine gute alte Vertraute.

Die Ostermesse in der erzbischöflichen Basilika von Ravenna war gerade verklungen, und die Edlen strömten hinaus. Allein Damiane rührte sich nicht von der Stelle. Sie wartete, bis alle Leute verschwunden waren und auch der Mönchschor die Balustraden verlassen hatte. Als sie sicher sein konnte, dass niemand sie beobachtete, ging sie langsam zu einer Seitenpforte, öffnete sie vorsichtig und schlüpfte hindurch. Der Treppenaufgang war ihr vertraut, aber sie war schon weit über vierzig Jahre alt, und es fiel ihr von Mal zu Mal schwerer, die vielen steilen Stufen zu bewältigen, die zu Gratian führten. Sie erklomm sie jedoch mit der gleichen Verbissenheit wie alles andere in ihrem Leben, die ständigen Heimlichtuereien und das Begraben alter Sehnsüchte und Hoffnungen.

Gratian erwartete sie am Treppenende. In seinem weiten bischöflichen Gewand sah er wichtig und eindrucksvoll aus. Wohlstand und Stellung hatten ihn aufgeschwemmt, aber Damiane versuchte noch immer, den pummeligen lateranischen Mönch in ihm zu sehen, als den sie ihn kennen gelernt hatte.

Stumm umarmten sie sich. Vor drei Monaten hatten sie sich das letzte Mal getroffen, denn Gratian residierte hier in Ravenna, während Damiane nach wie vor bei Marocia diente – wenngleich nicht mehr als Zofe, sondern seit einigen Jahren als Hofdame.

»Gut, dass du so schnell kommen konntest«, flüsterte Gratian und strich ihr liebevoll über den altjüngferlichen Haarknoten. »Aber lass uns erst in mein Gemach gehen. Ich will nicht, dass dich jemand sieht.«

Solche Sätze taten Damiane nicht mehr weh, aber manchmal, wenn sie allein war und an die Pläne dachte, die sie früher hatten, musste sie weinen. Heute jedoch nickte sie nur und freute sich darauf, gleich in normaler Lautstärke mit Gratian reden zu können, seine Berührungen zu spüren …

Kaum hatte er die Türe seines Gemachs hinter sich geschlossen, fragte er: »Du warst nur abkömmlich, weil die Herzogin abgereist ist, nicht wahr?«

Damiane entfernte sich mühevoll einige Nadeln aus der Frisur, um ihr Haar aufschütteln zu können. »Ja«, bestätigte sie undeutlich, denn sie hatte eine der Nadeln zwischen die Zähne geklemmt.

»Und wohin ist sie abgereist?«

Damiane zuckte mit den Schultern.

»Du bist ihre Vertraute. Sie hat es dir doch bestimmt gesagt.«

Damiane schüttelte den Kopf.

»In welche Richtung ist sie gefahren? Oder ist sie geritten?«

Damiane rollte mit den Augen und zuckte neuerlich mit den Schultern.

Gratian zog mit der einen Hand die Haarnadel aus ihrem Mund, mit der anderen beendete er Damianes Arbeit an ihrem Haar.

»Würdest du dich bitte nicht die ganze Zeit wie ein Affe mit mir unterhalten?«, bat er gereizt.

»Autsch!«, schrie Damiane. »Das hat wehgetan.«

»Das ist wichtig, Damiane. Ich glaube nämlich, dass die Herzogin eine Hinterlist plant, und von mir wird erwartet, dass ich sie vereitle. Ich brauche jetzt dringend deine Hilfe.«

»Wir haben beide schon vor langer Zeit vereinbart, dass …«

In diesem Moment packte er ihre Handgelenke. »Verdammt, Damiane, das hier ist kein Kinderspiel mehr. Ich muss mehr über die Pläne der Herzogin erfahren, verstehst du, ich *muss*.«

Damiane hatte nicht gewusst, wie intensiv, ja glühend Gratians Augen blicken konnten, dieselben Augen, in denen sie früher nichts Böses hatte finden können.

»Du machst mir Angst«, jammerte sie.

Auf der Stelle ließ er sie los und verwandelte sich in den Mann zurück, als der er ihr immer erschienen war. Schwerfällig, die Arme schlaff herabhängend, trottete er an den Wänden seines Residenzzimmers entlang. Religiöse Malereien wechselten sich dort mit Heiligenstatuen ab, dazwischen schimmerte die Sonne durch die Kristallfenster und zauberte bunte Punkte auf den Boden. Vor einer massiven Holztruhe mit Eisenbeschlägen blieb er stehen. Er entfernte den schweren Kerzenlüster von ihr und hob den Deckel kurz hoch. Als seine Hand wie eine Schlange in das Innere der Truhe kroch und ihren klimpernden Inhalt umrührte, huschte ein erleichtertes Lächeln über Gratians Gesicht, dann klappte er den Deckel wieder zu und setzte sich keuchend auf die Truhe.

»Reichtum«, sagte er. »Den haben wir doch immer gewollt.«

Einladend breitete er seine Arme aus und lockte Damiane damit wie ein Strudel heran. Sie suchte nun wieder all das, woran sie über alle Maßen hing, seine Berührung, seine vollen Wangen, seinen ganz speziellen Geruch. Wie oft hatte sie auf seine Gewänder geweint, wie oft seine weiche Haut auf ihrer gefühlt? Gratians Umarmungen waren für sie wie eine Zeitreise, und so schloss sie versöhnt die Augen und gab sich eine Weile ganz seinem sanften Streicheln ihrer Haare hin.

»Wenn du mir nur noch dieses eine Mal hilfst«, flüsterte er, »ist es geschafft. Sollte ich nämlich Kardinal werden …« Damiane hörte nicht weiter zu. In diesem Moment wusste sie, dass sie nicht mehr lange die Kraft haben würde für dieses Leben, wie es war.

»Eine Frau!«, rief Hugo von Vienne, als er das Akkreditierungsschreiben aus Spoleto las. »Stellt Euch vor, Vater, sie schicken uns tatsächlich ein Weib als Botschafter.« Der zweiunddreißigjährige Graf von Vienne legte den Kopf in den Nacken und lachte, dass der ganze Saal davon widerhallte. Er hatte schon einiges erlebt: Bischöfe, die andere Bischöfe ermordeten, Bauern, die mehr Rechte verlangten, Kaufleute, die nur ehrliche Geschäfte machten, aber ein weiblicher Gesandter war ihm noch nie untergekommen.

Louis III., Graf der Provence, König von Niederburgund und – zumindest dem Titel nach – gekrönter König von Italien, hörte sich das Gelächter seines Sohnes einen Moment an, bevor er knurrte. »Was soll's, Hugo? Eine Frau ist immer noch das Beste, was seit einem Jahrzehnt von der anderen Seite der Alpen zu mir herübergekommen ist. Und dich sollte es auch nicht stören. Wie ich höre, bist du doch, was das andere Geschlecht betrifft, kein Kostverächter.«

Hugo lachte erneut. Er gab dem Pagen einen Wink und wartete, bis dieser die breite, schwere Tür zum Thronsaal von außen geschlossen hatte, um die Gesandte herbeizuholen. Dann sah er zu seinem blinden Vater hinüber, der reglos wie ein Kutscher auf seinem breiten Schemel saß und den schweren Kopf hängen ließ, wie jeden Tag, zu jeder Stunde.

»Was kann sie wollen?«, fragte er den alten Mann.

»Ach«, meinte Louis müde, fast gleichgültig. »Vielleicht bieten sie uns ja ihre Hilfe an. Berengar ist mit ihnen nicht zimperlich umgegangen.«

»Wenn es sich so verhält, wie Ihr sagt, werden sie eine Gegenleistung verlangen.«

»Keine Gegenleistung!« Louis rammte seinen Stock, den er wie ein Zepter in Händen hielt, auf den Steinboden. »Ich bin König von Italien und kein fahrender Händler, mit dem man feilschen kann. Wenn sie uns helfen wollen – gerne. Aber dafür etwas von mir zu verlangen, außer dem, was ich während der Krönung von 901 gelobt habe – nein. Hörst du? Nein.«

Hugo schnitt ein widerstrebendes Gesicht. »Ich habe es gehört.« Er lehnte sich gegen den Rand des Rundbogenfensters und blickte steil hinab in das Tal unterhalb der Residenz von Aix. Dort, verdeckt von Zypressen und Mandelbäumen, bereitete sich das Heer auf den nächsten Feldzug vor, sammelte Proviant, schmiedete Waffen und Rüstungen, ritt die Pferde ein. Hinten, am Horizont, zeichnete sich die graue Silhouette des Massivs von Saint-Baume ab, wo sich auch die alte römische Küstenstraße befand, auf der man nach Italien gelangte, Louis' Land – und doch Feindesland. Ein wahres Wunder, dass er, Hugo von Vienne, im letzten November bei Piacenza einen Sieg gegen Berengar erkämpft hatte. Doch dann war der Winter gekommen und hatte diesen kleinen Triumph ausgehungert und anschließend im Schnee begraben. In diesem Jahr könnte man wirklich etwas Unterstützung gebrauchen.

»Wenn sie kommt, lasst bitte mich mit ihr reden, Vater.«

»Was sagst du?«, fuhr Louis mit dunkler, brüchiger Stimme hoch. »Ich allein bin der König, seit mehr als zwei Jahrzehnten, und ich bleibe es, bis ich im Grab verrotte.«

»Und ich bin es«, entgegnete Hugo fest, »der Eure Truppen in jedem Kampf führt, zum Sieg und zum Tod. Wenn ich eine Möglichkeit finde, mehr vom einen und weniger vom anderen zu erhalten, ist das doch nur billig, meint Ihr nicht?«

Hugo wäre gern noch deutlicher geworden. Nicht nur im eigentlichen Sinne, sondern auch im übertragenen war sein Vater blind. Der alte Mann glaubte noch immer, eines Tages zum zweiten Mal in Rom einzuziehen und die Huldigung der Fürsten entgegenzunehmen. Hugo aber wusste, dass es nie dazu kommen würde. Oh, er hatte gewiss nicht vor, aufzugeben oder schlecht zu verhandeln, es ging schließlich um sein eigenes Erbe. Schon vor zwei Jahren hatte sein Vater die Nachfolge geregelt. Boso, Hugos jüngerer Bruder, sollte einmal die Krone Niederburgunds erhalten, Hugo die zwei größten Grafschaften des Königreiches, Vienne und Provence, sowie Italien, das sich allerdings nicht so einfach vererben ließ, da die Fürsten ihren Souverän wählten. Ja, Hugo bestritt diesen Kampf gegen Berengar nicht für einen siechen Mann, der noch zwei oder drei Jahre zu leben hatte, sondern für sich selbst, verbissener, als Louis es je vermocht, raffinierter und wendiger, als Louis es je gekonnt hatte.

Ein dumpfes Geräusch riss ihn aus seinen Gedanken. Er wandte sich um, und da stand – ein paar Schritte von ihm entfernt – eine hinreißende Frau. Sie trug ein weißes Kleid mit roten Stickereien, Perlen und Silberschmuck. Wäre ihr Haar nicht schwarz wie Pech, sondern golden, er hätte sie für einen Engel gehalten. Zum Glück, fand er, war sie keiner.

Als sie vor Louis knickste, ruhte ihr Blick bereits auf ihm, Hugo. Er grinste in sich hinein.

»Habt Ihr keine Angst, meine Dame, dass ich Euch als Kriegsgefangene ins Verlies werfen lasse?«, fragte er.

»Wenn ich Euch für töricht hielte, wäre ich erst gar nicht gekommen«, erwiderte sie fest.

Ihre Antwort gefiel Hugo. »Immerhin seid Ihr die Vertreterin eines Landes, das gegen den rechtmäßigen König gehandelt, seine Autorität missachtet, den Lehnseid gebrochen hat.«

»*Hat*. Ich stehe vor Euch als die Vertreterin eines Landes, das fortan etwas ganz anderes tun *wird*. Möchtet Ihr Eure Zukunft ins Verlies sperren, Graf? Dann kommt doch gleich mit in den Kerker.«

Hugo war hingerissen. Diese Frau war keine gewöhnliche Botschafterin, das merkte er sofort. Sie sprach im besten stadtrömischen Latein, ganz ohne den bäuerischen langobardischen Akzent, der sogar an den Höfen Italiens üblich war. Aber das war es nicht, was seine Aufmerksamkeit erregte. Noch nie zuvor hatte eine Frau von Stand ihm derart schlagfertig pariert. Die Weiber, die er kannte, waren entweder einfache Wirtstöchter, impertinent zwar, aber ungebildet, oder schreckhafte Edelfräulein, deren Mut sich darin erschöpfte, die frivolen Zettelchen ihrer heimlichen Verehrer im Kleiderkragen zu verstauen.

»Zur Sache!«, rief Louis, den es störte, wenn jemand sich in seiner Gegenwart amüsierte. Und für das Amüsement seines ältesten Sohnes hatte er Instinkt und Gehör entwickelt.

»Also, meine Dame«, wurde Hugo sachlich und warf einen Blick auf das Akkreditierungsschreiben. »Botschafterin ... was bringt Ihr dem König und mir außer lieben Grüßen und Floskeln?«

»Ein Bündnis, Graf. Herzog Alberic betrachtet Berengar als Usurpator und will alles tun, um ihn zu stürzen.«

»Das fällt ihm aber früh ein«, brummte Louis von seinem Schemel aus. »Und überhaupt: Welches Bündnis kann es geben zwischen einem König und seinen Dienern, wenn nicht den Gehorsam?«

»Die Einigkeit, Euer Gnaden. Um sie herzustellen, schlage ich ein geheimes Treffen aller Bündnispartner vor, Ihr selbst, Spoleto, Toskana ...«

»Toskana?«, schrie Louis. Mit bebenden Händen stemmte er sich von seinem Schemel hoch, bis er stand. Sein Körper schwankte, und Hugo musste seinem schweren Vater die Schulter zur Stütze anbieten. Mit hochrotem Kopf schrie der König: »Niemals werde ich die Hilfe der Toskana benötigen. Niemals! Habt Ihr mich verstanden?«

Doch er konnte die Antwort nicht mehr hören. Erschöpft sank er wieder auf den Schemel zurück, rieb sich mit seinen bärenhaften Händen die vernarbten Stellen, an denen früher seine Augen gewesen waren, und ächzte.

Hugo rief nach Pagen, die sich um Louis kümmern sollten, dann wandte er sich an die Gesandte und gab ihr ein Zeichen, dass sie ihm folgen sollte.

Sie gingen auf eine Terrasse, von wo aus sie einen Ausblick auf die roten Dächer und Kirchtürme von Aix hatten. Die wuchtige Kathedrale von St. Sauveur, aus dem Meer von Ziegeln ragend, verschwamm in den Schleiern der Mittagshitze, und hinter den Stadtmauern waren die Getreidefelder, Wiesen und Haine der provenzalischen Landschaft in gleißendes Gelb getaucht. Über allem hing der würzige Geruch von Rosmarin, der hier in jeder Spalte wucherte.

Hugo fragte seinen Gast nach dem Namen. Er hörte ihn zum ersten Mal, der Titel freilich war ihm ein Begriff. Spoleto würde eine Schlüsselrolle bei einem eventuellen Aufstand zukommen. »Ihr wisst, Herzogin, was dort drinnen gerade passiert ist?«

Natürlich kannte sie Louis' Gründe, die Toskana zu verabscheuen, ganz Italien kannte sie. Vor zwanzig Jahren hatte Marocia zum ersten Mal davon gehört, in der Villa Sirene, als Theodora und Johannes im Schlafgemach darüber lästerten. Damals hatte Bertrada, Louis' Frau, ihren blinden Gemahl verlassen, einfach so. Oh, das war eine kühne Tat. Gewöhnlich verstießen die Männer ihre Frauen, wenn sie ihnen nicht mehr passten, und nicht umgekehrt. Marocia bewunderte damals diese ferne, unbekannte Bertrada, ja, sie war sogar die erste Heldin des damals vierzehnjährigen Mädchens.

Bertrada sprach nach ihrer »Flucht« aus der Provence, bei der sie allerdings ihre Söhne Hugo und Boso zurückließ, beim eben gekürten Papst Sergius vor, um die Annullierung ihrer Ehe zu erwirken. Normalerweise wäre sie als Frau nie damit durchgekommen, da aber Louis zu diesem Zeitpunkt längst von Theodora offen geächtet war, kam dieser Fall gerade recht, um dem vertriebenen König einen weiteren Schlag zu versetzen. Sergius annullierte die Ehe unter einem fadenscheinigen Vorwand, und Bertrada heiratete wenig später den alten Markgrafen Adalbert von Toskana. Louis freilich erkannte die Annullierung und demzufolge auch Bertradas Heirat mit dem Markgrafen und die Kinder aus dieser Verbindung nie an. Er hatte ihr bis heute nicht verziehen, und alles, was mit der Toskana zusammenhing, brachte ihn zur Weißglut.

»Ich hoffe«, sagte Marocia, »dass Ihr vernünftiger als Euer Vater seid, Graf von Vienne.«

Sie lehnten beide mit den Armen auf der Schlossmauer. Hugo schien seinen Blick auf die kaum sichtbare Silhouette des Montagne Sainte-Victoire fixiert zu haben, eines Mittelgebirges im Osten. Doch er sah nicht aus, als würde er den Ausblick genießen, vielmehr schien es Marocia, als wollte er den Berg mit seinem Blick zersprengen. Was Hugo auch tat, es hatte nichts Weiches, Vertrauenerweckendes an sich. Er hatte ein kantiges Gesicht, schmale Lippen, strenge braune Augen und einen resoluten Ausdruck, der durch die sehr kurz getragenen braunen Kopfhaare noch betont wurde. Trotzdem war er auf seine Weise attraktiv, mit einem ausgesprochen männlichen, muskulösen und doch geschmeidigen Körper.

»Ich war zwölf, als sie ging«, sagte er mit einer Stimme, in der kaum Betroffenheit schwang. »Eines Morgens war sie weg, zunächst hieß es für ein paar Monate, dann ein Jahr, dann sprach man nicht mehr darüber. Für *ihn*« – er machte einen Schwenk mit dem Kopf nach hinten – »ist sie eine hinterhältige Verräterin, die ihm den Schaum vor den Mund treibt. Für *mich* ist sie tot. Und wenn ich ihr begegnen sollte, ist es, als würde ich einen Geist treffen. Ich könnte mich also allenfalls erschrecken, aber ich erschrecke mich niemals und vor nichts, und darum ist es mir egal, ob sie bei der Verschwörung dabei ist oder nicht.«

Er sah sie unumwunden an. Sie hatte in ihrem vierunddreißigjährigen Leben schon vieles in den Augen von Männern gesehen: als Kind den sanften Ausdruck von Sergius, später Johannes' Begierde, Berengars Gewalttätigkeit, aber auch Landos kokette, verführerische Liebe. Was sie jetzt in Hugos Blick spürte, war ihr neu. Es verunsicherte sie.

»Wird Spoleto ohne die Toskana Krieg führen?«, fragte er.

Marocia schüttelte energisch den Kopf. »Nein.«

»Dann ist es entschieden. Bereitet alles vor, Herzogin. Ich werde mich zu dem Treffen einfinden, wenn es soweit ist.«

»Und der König?«

»Oh, keine Sorge, der auch.«

Als Marocia sich verabschiedet hatte, ging Hugo zu seinem Vater zurück.

Und der empfing ihn mit den Worten: »Denk nicht einmal dran, Hugo. Es ist gut, dass sie auf unserer Seite steht, aber alles andere solltest du dir aus dem Kopf schlagen. Du weißt ja, was passiert, wenn eine Frau zu eigenständig ist.«

Aber Hugo nahm die Warnungen seines Vaters nie ernster als die Ratschläge eines dreijährigen Kindes.

Den richtigen Ort für das geplante konspirative Treffen zu finden, war mindestens genauso wichtig wie das Treffen selbst. Marocia schlug das Kloster Bobbio vor. Es lag bei einem abgelegenen lombardischen Bergdorf, in der Nähe einer Verbindungsstraße zwischen Genua und Piacenza, und bot ausreichend Platz und Nachtquartier für die Fürsten und ihr Gefolge.

Doch nicht bloß von seiner Lage her war Bobbio ein unauffälliger Treffpunkt. Das Kloster war Anno Domini 614 vom Heiligen

Columban gegründet worden. Die Gebeine dieses vielfachen Klostergründers aus Irland ruhten in der Krypta von Bobbio, und die Bibliothek bewahrte gar acht Blätter einer Originalabschrift des Johannesevangeliums auf. Dass Bobbio überdies auch der Ort war, an dem es Columban einer Legende nach gelungen war, den Teufel zu überlisten, amüsierte Marocia, passte es doch genau zum Ziel des Treffens. Auf den Gedanken jedoch, dass an einem solch sakrosankten Ort ein konspiratives Komplott geschmiedet werden könnte, würde so leicht niemand kommen, und es wäre Marocia unter anderen Umständen auch nie gelungen, dem ehrwürdigen Abt die Erlaubnis dazu abzuringen.

Doch die Gegend um Bobbio war in den letzten Jahren nicht immer unter Kontrolle von Louis' und Hugos diszipliniertem Heer gewesen. Abwechselnd waren sowohl Berengars wilde Magyarenhorden wie auch die rohe Streitmacht Ansgars, des immer noch aufständischen Herzogs der Lombardei, durch das Gebiet gezogen und hatten geplündert, so viel sie konnten – natürlich nicht das Kloster selbst, wohl aber einige der klostereigenen Höfe und Besitzstände.

»Wir können Euch die Hälfte Eurer Verluste ersetzen, ehrwürdiger Abt«, bot Marocia an. »800 Doppelzentner Getreide, 750 Schweine und Ferkel, 3000 Hühner, 120 Bündel Flachs, vier Seidel Honig, 1500 Eimer Wein ...«

Die Liste war noch beträchtlich länger, und Alberic sollte aus eigenen Beständen einen Großteil der Spenden aufbringen. Daher musste er seinen Bauern fast die ganze Ernte abkaufen, was deren Lage weiter besserte. Auf diese Weise gelang es Marocia, das Notwendige mit dem Guten zu verbinden. Der Abt von Bobbio wiederum strahlte über beide Backen, und plötzlich erinnerte er sich auch wieder der *servitium regis*, des Gebots der Aufnahme und Bewirtung eines Königs und seines Gefolges, zu der alle Klöster Italiens verpflichtet waren. Der erste Schritt war getan.

Am Himmelfahrtstag Christi 924 zogen alle Mönche von Bobbio gemäß alter Sitte dem König ein Stück entgegen, und in gemeinsamer Prozession geleiteten sie ihn in das Kloster und speisten mit ihm. Anschließend zog Louis sich zurück und fand sich zusammen mit den anderen Beteiligten in einem eigens dafür vorbereiteten Raum des Klosters zusammen.

Aus der Kapelle hallte nun dunkel, schwer und gedehnt die einzelne Stimme eines Mönchs herüber, der zu Ehren des Festtages das *Ascendit Deus* sang. Die Edlen, die um den runden Tisch gruppiert saßen, schwiegen im Anschluss an ihre formelle Begrüßung eine Weile und hörten dem sakralen Lobgesang zu, während sie sich gegenseitig musterten.

Sie waren nur zu fünft. Zwei Personen hatten darauf verzichtet, in Bobbio zu erscheinen: Bertrada von Toskanas Anwesenheit wäre einer Einigung nur hinderlich gewesen, und für Lando war die Anreise zu weit. Er hatte Alberic und Marocia brieflich darum gebeten, ihn zu vertreten.

Louis brach als Erster das Schweigen. »Im Grunde ist der politische Teil der Angelegenheit doch eindeutig«, polterte er. »Falls es gelingt, Berengar zu entmachten, fällt die Herrschaft wieder an mich zurück. Ich bin der Einzige, der außer diesem Usurpator eine Königskrone trägt. Der militärische Teil, das räume ich ein, ist komplizierter.«

Während Louis sprach, ließ Hugo seinen Blick wandern. Ihm gegenüber saß Marocia, in einem scharlachroten Kleid, schöner noch, als er sie von Aix in Erinnerung hatte. Gelegentlich traf sich ihr Blick mit seinem, wurde ein wenig arrogant, ein wenig aggressiv, entwischte dann, um nach einigen Momenten zurückzukehren und die Prozedur zu wiederholen. Neben Marocia saß ihr Mann Alberic, der aussah, wie Hugo ihn sich vorgestellt hatte, farblos, ältlich, mit einem vornehmen grauen Spitzbart und wässrigen Augen. Er würde stets nur jene Autorität unterstützen, die gerade die größte Macht besaß, oder besser, die ihm die größte Sicherheit garantierte. Und dann war da noch Guido, Hugos Halbbruder, der Markgraf von Toskana. Hugo war dem neunzehnjährigen Jüngling noch nie begegnet, und im Beisein seines Vaters durfte dessen Name nicht erwähnt werden. Alles, was Hugo wusste, war, dass Guido das italienische Königtum Louis' ebenso wenig anerkannte wie Louis umgekehrt Guidos Titel und Herrschaft über die Toskana. Kein Wunder also, dass Guido Einwände gegen die selbstherrliche Einschätzung des Königs erhob.

»Für mich steht der politische Teil überhaupt nicht fest«, sagte er unbeeindruckt. »Ich werde nicht die Herrschaft eines Mannes hinnehmen, der meine Mutter vor aller Welt in einer Art und Weise beleidigt, die ...«

»Der Name dieser Person ist an diesem Tisch tabu!«, donnerte Louis.

»... die nicht nur der Würde eines Königs spottet, sondern auch der eines ritterlichen Mannes.«

»Jungchen!«, rief Louis erzürnt.

Guido sprang auf, dass sein Stuhl nach hinten kippte. »Ich bin kein Jungchen, schon gar nicht für Euch.«

»Jungchen! Blind oder nicht, dich zerschlage ich wie einen lästigen Kobold, wenn es darauf ankommt.«

»Wenn ich das als Herausforderung auffassen soll ...«

»Vielleicht«, rief Hugo dazwischen, »könnten wir das später besprechen.«

Doch sein Vater brachte ihn auf der Stelle zum Schweigen, und so dauerte der Streit zwischen den beiden Kontrahenten noch eine Weile an, bis Guido sich mit einem knappen Kopfnicken an die anderen verabschiedete und wortlos den Raum verließ.

Eine peinliche Stille setzte ein, nicht einmal die Mönche in der Kapelle taten den Zurückgebliebenen den Gefallen und sangen weiter. Louis brummte nur leise vor sich hin, Alberic räusperte sich gelegentlich. Aber kein Wort fiel. Schließlich stand Hugo auf, schritt zur Tür und öffnete sie langsam. Dann wandte er sich noch einmal um. Seine Wangenknochen mahlten. »Wirklich gut gemacht«, sagte er. »Wisst Ihr eigentlich, Euer Gnaden – *Vater* – wie viele Eurer und meiner Jahre Ihr soeben vielleicht vergeudet habt?«

O ja, dachte Hugo, er wusste es. Sein Vater war ein gemeiner, alter, verbitterter Mann, der niemandem mehr etwas Gutes gönnte, nicht seinen Söhnen, nicht einmal sich selbst. Hugo begann Louis zu hassen. Er würde sich von nun an alleine um seine Krone kümmern, und jedes Mittel, sie zu bekommen, würde ihm recht sein.

In dem fahlen Licht einer Scheune wirkte Desiderius noch geisterhafter als sonst, fand Gratian und hielt dem Blick des Kardinals nur mit großer Mühe stand. Ein einzelner Sonnenstrahl, der durch eine Ritze im Holz drang, fiel auf Desiderius' linke Gesichtshälfte, alles andere von ihm war nur grau und schattenhaft zu sehen.

»Du bist dabei zu versagen«, stellte Desiderius fest. »Das Herzogspaar hat Spoleto verlassen, und du hast keine Ahnung, wo sie sich aufhalten. Eine Verschwörung ist im Gange, Gratian, und würde ich dich nicht lange genug kennen, könnte ich glauben, du seist daran beteiligt.«

»Das würde ich nie tun«, rief Gratian mit erschreckten Augen.

»Dennoch musste ich dich erst bitten, dass wir uns hier an diesem unauffälligen Ort treffen, um die Situation zu besprechen.«

Gratian holte ein Tuch hervor und tupfte unentwegt über seine nasse Stirn. Die Luft in der Scheune war heiß und stickig, und der intensive Geruch des Heus kitzelte in der Nase. Hunderte von Fliegen schwirrten umher und nötigten Gratian immer wieder, nach ihnen zu schlagen.

»Ich wollte warten, bis ich etwas zu berichten habe.«

»Aber du hast heute nichts zu berichten, oder?«

»Leider ...«

»Du verlässt dich zu sehr auf deine Gespielin«, mahnte Desiderius aus der Dunkelheit. »Zugegeben, früher war sie nützlich. Mittlerweile ist sie jedoch nicht mehr zuverlässig. Entledige dich ihrer und besorge dir andere, bessere Zuträger.«

»Entledigen?« Gratian rang nach Luft. Das Tuch in seiner Hand war schweißnass. »Ich schwöre, wenn es darauf ankommt, steht sie an meiner ... an unserer Seite. Bitte, ich möchte ihr noch eine Gelegenheit geben.«

»Auf deine Verantwortung.« Desiderius streckte einen seiner langen, dünnen Arme aus und wies auf einen Ring an seinem Mittelfinger, ein runder, tiefvioletter Stein, umrahmt von fein gearbeitetem Gold. »Sobald Alberic und Marocia wieder in Spoleto sind, bleibst du in ihrer Nähe und sendest mir geheime Botschaften, wann immer es dir möglich ist. Falls ich dir eines Tages diesen Ring schicke – sieh ihn dir gut an –, wirst du zusammen mit deiner Gespielin zwei Nächte später wieder genau hier erscheinen. Falls nicht ...«

Desiderius führte den Satz nicht zu Ende, aber Gratian verstand auch so. Er atmete schwer, griff sich an die Kehle und wankte zum

Scheunentor, das er weit aufstieß, um nach der Luft der Campagna zu schnappen. Als er sich nach einigen Momenten wieder Desiderius zuwenden wollte, war dieser verschwunden.

Am Morgen nach der Auseinandersetzung zwischen Louis und Guido ritt Marocia zu einem einsamen nahe gelegenen Plateau, von wo aus die umliegenden Berge am besten zu sehen waren. Sie saß ab, und während ihr Pferd die spärliche Vegetation der felsigen Hochebene abgraste, schweifte ihr Blick über Täler und Gipfel, als hoffte sie, Antworten bei ihnen zu finden. Ein frischer Wind schlug ihr ins Gesicht und brachte ihre langen Haare zum Wehen. Sie dachte jetzt an Lando, erinnerte sich an die wenigen Augenblicke mit ihm im Gemach des Lateran und auf dem pincischen Hügel. Noch einmal dort zu sein, noch einmal durch seine Haare zu streifen, in seine leuchtenden grünen Augen zu schauen … Sie hatte ihn fortgeschickt. Wie dumm, wie töricht kam es ihr heute vor. Sie hatte nie wieder den Mut gefunden, ihn wiederzusehen, aber in ihren Gedanken und Träumen gab es all die Jahre keinen anderen Mann als ihn. Seit kurzem allerdings …

Von hinten rief eine Stimme gegen den Wind an: »Sieh an, unsere mutige Herzogin. Euch kann wohl kein Mann im Hause halten.« Hugo schwang sich von seinem Rappen und landete mit beiden Beinen auf dem Boden. »Fürchtet Ihr Euch nicht, so allein auf einem Berg? Und jetzt noch mit einem fremden Mann im Rücken?«

»Weder Einsamkeit noch Berge machen mir Angst. Und Männer … Ihr überschätzt Euch, Graf.«

»Noch eine Sünde für meinen großen Stapel. Und da wir gerade über Sünden sprechen …« Er blickte auf ihre Hüften.

»Ich hoffe«, sagte sie gereizt, »Ihr vergreift Euch jetzt nicht im Ton.«

Hugo lächelte sarkastisch. »Aber, aber. Wie kommt Ihr denn auf so etwas? Ich wollte Euch nur fragen, weshalb Ihr nicht mit den anderen bei der Frühmesse im Kloster seid, wie sich das für eine anständige Christin gehört?«

Ihre Antwort kam schnell. »Für Gott ist es besser, wenn er meine Gebete nicht hört.«

Er lachte so laut, dass der Wind es über die Täler zu den Bergen zu tragen schien. »Ja, das habe ich mir gedacht. Mir geht es genauso. Vor ein paar Tagen traf die Nachricht aus Rom ein, ich sei exkommuniziert worden. Ich will Euch etwas verraten: Es ist mir gleichgültig. Ich fahre so oder so zur Hölle.«

Die Pferde am Zügel führend liefen sie ein Stück nebeneinander her. Die sanfte Gewalt der Böen bog die Gräser und Schlüsselblumen vor ihnen, und Wolken, die zum Greifen nah schienen, eilten über ihre Köpfe hinweg. Beide hielten ihre Gesichter in den Wind, so als könnten sie ihn sehen und begrüßen.

Ernster und ruhiger als bisher sagte Hugo: »In drei Stunden sitzen wir wieder alle in diesem zugigen Bergkloster beisammen und hören zu, wie mein Vater und mein Halbbruder sich anschreien. Euer Mann zählt ohnehin nicht. Ihr und ich, wir sind die Einzigen, deren Herzen nicht gegeneinander, sondern füreinander schlagen.«

Sie riss ihren Kopf zu ihm herum und holte tief Luft.

»Natürlich rein bildlich gesprochen«, fügte er belustigt hinzu. »Im Ernst, nur wir beide können eine Lösung finden.«

Drei Schritte vor dem Abgrund blieben beide stehen und blickten hinunter. »Graf, Euer Vater wird nie mehr regierender König von Italien sein. Er war zu lange abwesend, die Fürsten wollen ihn nicht. Aber er ist de jure noch immer Herzog der Lombardei, und das kann er nach einem Sieg über Berengar auch de facto wieder werden.«

»Das reicht nicht. Damit wird er nicht einverstanden sein.«

»Es ist besser als gar nichts, Graf.«

»Was haltet Ihr stattdessen davon: Louis behält bis zu seinem Lebensende seinen Titel als König, und die Fürsten wählen jetzt schon einen Mitregenten, der nach Louis' Tod allein herrschen wird.«

Sie spitzte die Lippen. »Ich glaube, davon kann ich Alberic überzeugen.«

»Natürlich könnt Ihr das«, sagte er gedehnt. »Und wenn Ihr dabei seid, überzeugt ihn bitte noch von etwas anderem, dass nämlich *ich* zum Mitregenten gewählt werde sollte.«

»Warum gerade Ihr?«

»Weil ich der Beste bin. Ich trete nacheinander Berengar, den Päpsten und den Byzantinern in den Arsch.«

Marocia hob die Augenbrauen. »Starke Worte.«

»Worte, die Euch gefallen. Ihr wollt doch ein neues Reich, oder?«

»Wer sagt das?«

Hugo lachte. »Dazu genügt mir ein einziger Blick in deine prächtigen Augen. Sie schreien nach Liebe und Macht. Und nach Rache. Ich gebe dir alles. Kannst du dir vorstellen, was zwei Menschen wie wir gemeinsam erreichen könnten, welche Kinder wir hervorbringen würden?«

Sie holte aus, aber er fing ihre Hand ab. Sie riss sich los. »Ihr seid ein taktloser, aufgeblasener …«

»Das stimmt«, lachte er. »Deshalb passen wir auch so gut zusammen.«

Sie schwang sich aufs Pferd, ritt davon, und Hugo schmunzelte ihr nach, bis sie am Horizont verschwunden war. »Ich werde König«, flüsterte er sich selbstsicher zu, »und du wirst meine Königin.«

23

Marocia hatte, zurück im Kloster, kaum Schwierigkeiten, Alberic und Guido von den Vorteilen von Hugos Vorschlag zu überzeugen, noch bevor die neuerliche Versammlung zusammentrat. Die Argumente sprachen für sich.

Mehr Mühe hatte Marocia hingegen, sich selbst zu überzeugen. Dieser Mann brachte sie in Rage. Was glaubte er, wer er war, dass er so mit ihr reden durfte? Nicht einmal Lando war jemals derart anzüglich geworden. Wenn sie Hugo jetzt unterstützte, würde es für ihn doch so aussehen, als sei sie ihm verfallen. Trotzdem sah sie keine Alternative zu ihm als einem, der diese zerbrechliche Koalition zusammenhalten konnte. Noch am gleichen Tag war es geschafft: Hugo wurde zum Mitregenten bestimmt.

Der Rest war militärische Formsache und schnell beschlossen. Hugo würde von Westen gegen Friaul marschieren, Guido von Süden. Alberic sollte seine Truppen gegen das Patrimonium führen und schließlich Rom einnehmen. Für den Fall, dass das Imperium von seinen süditalienischen Kolonien aus versuchen sollte einzugreifen, würde Capua-Benevent unter Fürst Lando sie so lange aufhalten, bis die anderen Länder Hilfe schicken konnten. »Was machen wir mit Ansgar?«, fragte Guido. »Er ist zwar Berengars Feind, aber er will selbst König werden und könnte uns in den Rücken fallen.«

»Um Ansgar kümmern wir uns, wenn wir seinen Großvater besiegt haben«, entgegnete Hugo, der jetzt bester Laune war. »Wenn du willst, kannst du ihn dann zum Nachtisch verspeisen, Brüderchen.«

Guido verzog ein wenig das Gesicht. Es war offensichtlich, dass er nicht viel von seinem Halbbruder hielt. Marocia hatte von ihm den Eindruck eines aufrechten, geradezu ritterlichen Burschen gewonnen, ohne die Fähigkeit zur List. Einem solchen Menschen musste Hugos lockere Art zu reden unangenehm sein, ebenso wie seine raffinierte, taktische Art, zu planen und zu handeln. Rein äußerlich waren sie sich zwar nicht unähnlich, hatten dieselbe römische Adlernase, dieselben hoch liegenden Wangenknochen und großen braunen Augen, und doch waren sie wie Sonne und Mond – die Stimmung, die von ihnen ausging, war eine völlig andere. Marocia zweifelte daran, dass die Beziehung der Brüder je über eine Waffenbrüderschaft hinausgehen könnte, mehr noch, sie barg unabschätzbare Gefahren. Aber es gab zu viel zu tun, um sich darüber nun den Kopf zu zerbrechen.

Feine Weihrauchschleier hingen wie Nebel in der Abteikirche von Bobbio. Die Kapelle war fast leer. Alberic hatte nach Ende der zweitägigen Beratungen vorgeschlagen, hier einen Bittgottesdienst zu feiern, und die anderen hatten zugestimmt. Zwei Stunden lang war der Segen Gottes, der Jungfrau und aller Heiligen vom Abt des Klosters erbeten worden, nun aber waren fast alle gegangen.

Der Mönch, der mit dem Aufräumen beauftragt war, warf einen verwunderten Blick auf die beiden Verbliebenen. Marocia kniete mit geschlossenen Augen und gefalteten Händen an der einen Seite der Kapelle, Hugo von Vienne drei Schritte weiter an der anderen Seite. Wie man sich täuschen konnte, dachte der Mönch, hatte er doch in den letzten Tagen den Eindruck gewonnen, dass ausgerechnet diese beiden am wenigsten fromm waren. Und nun beteten sie von allen am längsten.

Er räumte alle Kelche und Kessel beiseite, die während der Liturgie gebraucht worden waren, wischte den Altar und brachte die Gebetsschriften zurück in die Sakristei. Als er zurückkam, fand er die beiden noch genauso vor, und da seine Arbeit beendet war, beschloss er, sie alleine zu lassen. Noch einmal blickte er auf dieses friedliche Bild der beiden Betenden zurück, bevor er die Kapelle endgültig verließ.

»Danke«, flüsterte Hugo, kaum dass der Klang der zufallenden Pforte verhallt war.

»Ich habe fast nichts getan«, erwiderte sie, noch immer mit geschlossenen Augen und gefalteten Händen.

»Hättest du nicht für mich gesprochen, würden wir alle uns noch immer streiten. Du bist fantastisch.«

Er stand auf und stellte sich neben sie, doch sie sah ihn nicht an, stützte ihr Kinn auf die Fingerspitzen und sah stur zum Altar.

»Wie hältst du es bloß mit dieser hölzernen Klapperpuppe aus?«, hauchte er. »Er macht dich unglücklich. *Ihn* verachtest du bereits deswegen, und wenn du dein Leben nicht änderst, wirst du dich eines Tages selbst verachten.«

»Sicher sprecht Ihr als Koryphäe für das weibliche Geschlecht«, spöttelte sie, ohne ihn anzusehen. »Ihr seid doch gewiss schon von mehr Frauen geküsst worden als ein Bischofsring.«

»Menschen wie wir begegnen sich nur einmal im Leben, Marocia. Und jetzt, wo wir uns gefunden haben, können wir nicht aneinander vorbei. Du bist hier geblieben, weil du genau das von mir hören wolltest.«

Sie atmete heftig. »Woher wollt *Ihr* wissen, wie ich denke und fühle?«

»Weil ich weiß, wie *ich* fühle. Wir sind uns gleich und ebenbürtig. Du wirst nie mit dem Kämpfen aufhören können, gegen deine Mutter, gegen Berengar oder Johannes, gegen Gott – du wirst immer einen Gegner finden oder von einem gefunden werden. Wir lieben uns, zum Glück, denn ansonsten müssten wir uns hassen. Du machst dich nur lächerlich, wenn du es leugnest.«

Marocia stand ruckartig auf und ging einige Schritte zu einem aufgeschlagenen Buch, das auf einer Kanzel neben dem Altar auslag. Es war die alte Originalabschrift des Johannesevangeliums. Sie war von Mönchen des Klosters nachträglich mit kunstvollen Bildern und Kalligrafien illustriert worden. Ihr fliehender Blick glitt über die Seiten, beobachtet von Hugo, der sie keinen Moment aus den Augen ließ.

Schließlich sah sie zu ihm hin. »Ich habe es vor Jahren schon einmal einem Mann gesagt: Ich bin verheiratet.«

Hugo grinste verächtlich. »Wenn er sich davon hat zurückhalten lassen, war er ein Narr. Verheiratet! Ein Vertragswerk, ein Stück Papier, ein Schwur in den Wind gesprochen.«

Langsam ging sie wieder auf ihn zu, und er zog sie auf die Bank und küsste sie leidenschaftlich. »Ich weiß, was du denkst. Es ist gefährlich, willst du sagen. Ja, das ist es. Wir könnten entdeckt werden oder im Fegefeuer enden. Das brauchen wir, wir leben von dieser Spannung, ohne sie kümmern wir dahin. Wir würden es überhaupt nicht tun, wenn es nicht gefährlich wäre.«

Seine Lippen bedeckten Marocias Gesicht mit Küssen. Sie rührte sich zuerst kaum, spürte nur, wie ihr Leib zitterte, ihre Hände einen anderen Halt als diesen Mann vor ihr suchten, ihre Gedanken einen Ausweg, aber dann wusste sie, dass sie nichts davon wirklich wollte. Sie schloss die Augen, spannte ihren Körper, reckte die Arme nach oben, hin zu den Wölbungen der Abtei.

»Himmel, was tun wir hier?«, flüsterte sie umnachtet.

»Das, was uns Freude macht«, hauchte er. »Wir zerschmettern die Gebote.«

Sie erwiderte seine Küsse mit einer Heftigkeit, die sie selbst noch nicht an sich gekannt hatte, spürte seine Kraft und seine Leidenschaft auf ihren Lippen, ihrem Hals. Wie lange hatte sie darauf gewartet, in solchen Armen zu liegen. Ihre Finger fuhren ihm durch die Haare, massierten seine Brust. Er hatte Recht, mit jedem Wort. Sie brauchte ihn, liebte ihn – und liebte die Gefahr.

Zwei Wochen später begann Hugos Feldzug im Norden. Berengar, der damit rechnete, dass sein Feind wie im letzten Jahr versuchen würde, ihn zu einer offenen Feldschlacht zu zwingen, verschanzte sich in den Festen von Cremona und Brescia, um Hugo den Marsch nach Osten in friaulisches Gebiet unmöglich zu machen. Als er die Nachricht erhielt, dass Truppen aus der Toskana und Spoleto in sein Hinterland einrückten, war es zu spät. Padua, Este, Vicenza fielen nach nur wenigen Tagen Belagerung, und Berengars gleichnamiger Enkel, der Markgraf von Friaul, agierte derart ungeschickt mit seinen Soldaten, dass er von Guido bald bis an den Alpenrand zurückgedrängt war. Berengar saß in der Falle, aber geschlagen war er noch nicht.

»Frauen gehören nicht auf einen Feldzug!«, rief Marocias junger Sohn Alberic und zog ein verbissenes Gesicht. Wenn er erwartet hatte, dass sein Vater ihm zustimmen würde, täuschte er sich. Herzog Alberic war viel zu beschäftigt, seine silbrig glänzende Rüstung anzuprobieren. Es war nur ein leichter Harnisch, bestehend aus einem dünnen Brustpanzer sowie einer Verkleidung für die Oberarme und einem Helm, der das Gesicht freiließ. Dennoch trug sie der Herzog mit großen Schwierigkeiten, denn weder war er gewohnt, in Rüstungen zu kämpfen, noch war seine körperliche Verfassung dazu geeignet.

»Tja, es ist eben keiner da, der es mir verbieten könnte«, erwiderte Marocia selbstbewusst, woraufhin sich Jung Alberics Miene weiter verdüsterte.

Er stampfte mit dem Fuß auf. »Wenn ich einmal Herzog bin, verbiete ich den Frauen, sich einzumischen.«

»Oho«, rief Marocia gedehnt. »Was meinst du dazu, Eudoxia?« Ihre Tochter stand abseits und verfolgte gleichgültig das Geschehen. Eudoxia war klein und stämmig, mit einem runden, rotbackigen Gesicht und den roten Haaren ihres eigentlichen Vaters. Träge zuckte sie mit den Schultern, eine Geste, die man häufig von ihr sah.

Damiane griff in das Gespräch ein. »Bevor du dein abschließendes Urteil fällst, musst du wissen, dass deine Mutter vor einigen Jahren einen Sarazenen zur Strecke gebracht hat. Mit eigener Hand.«

Der junge Alberic staunte einen Moment mit großen Augen, dann sagte er: »Na und? Das ist gar nichts gegen die vielen Männer, die Vater schon bezwungen hat. Nicht wahr, Vater, das habt Ihr doch?«

Der Herzog räusperte sich. »Nun ja«, hüstelte er und fingerte an seinem Helm herum. Er hatte seinem Sohn nie etwas Derartiges erzählt, aber der Junge vermutete wohl einfach, dass ein Herzog von Spoleto gar nicht anders konnte, als solche Heldentaten zu vollbringen. Eine glückliche Fügung enthob ihn zu seiner großen Erleichterung einer Antwort, denn Gratian betrat den Raum.

»Bischöfliche Gnaden!«, rief Marocia. »Was führt Euch von Ravenna hierher?« Marocia fiel der Blick auf, den Gratian und Damiane miteinander tauschten. Sie ahnte schon seit einigen Jahren, dass die beiden eine geheime Liebschaft verband, doch Damiane wiegelte ihre diesbezüglichen Fragen ab und gab außer verschämten Andeutungen nichts von dieser Beziehung preis. Nun, selbstverständlich wusste Marocia, dass Gratian ihrem Erzfeind Desiderius nahe stand, aber ebenso war sie sich der Loyalität Damianes gewiss.

»Gibt es Nachrichten aus dem Norden?«, fragte sie Gratian.

»In der Tat.« Er ließ sich von den beiden Kindern und Damiane den Ring küssen, während er berichtete. »Die Belagerung des Königs – Verzeihung, Berengars – währte nicht lange. Er wagte einen Ausfall aus Cremona, der ihm auch unter schweren Verlusten gelang.«

»Setzen wir uns doch«, unterbrach Marocia gut gelaunt und gab dem Diener ein Zeichen, dass er Wein und Speise bringen sollte. Gratian ließ sich auf den Stuhl fallen und rieb sich in Erwartung eines deftigen Essens den Bauch.

»Berengar«, erzählte er weiter, »gelangte also bis in seine Residenzstadt Verona. Er versuchte rasch, neue Truppen auszuheben, aber ihm blieben nur vier Tage, dann stand Hugo von Vienne abermals vor den Toren, und wenig später stieß das Heer Guidos von Toskana hinzu. Beide Seiten bereiteten sich auf eine Schlacht vor.«

»Es hat eine Schlacht gegeben?«, rief Alberic entsetzt. »Wie ist sie ausgegangen?« Das Herzogspaar, die Kinder und Damiane, jeder richtete seinen Blick auf den Geistlichen.

Ein Diener deckte zwei Holzplatten mit Speisen auf. Gratian sog den Duft des frisch gebackenen Brotes ein, leckte sich die Zunge und schnitt hastig zwei daumendicke Scheiben des Laibs ab. Dann stach er mit dem Messer in einen runden, goldgelben Käse und holte ihn sich auf seinen Teller.

»Bischöfliche Gnaden«, mahnte der Herzog. »Was ist nun mit der Schlacht?«

»Verzeihung. Ich hatte ganz vergessen … Die Halbbrüder Guido und Hugo stritten vor Verona darum, welche Taktik einzuschlagen wäre. Der Markgraf wollte Berengar freien Abzug gewähren, wenn er eidlich auf seine Thronansprüche verzichtete, während Hugo von Vienne für sofortigen Angriff und erbarmungslose Eroberung plädierte.«

Jeder im Raum hing an seinen Lippen, aber Gratian biss ein Stück vom Brot ab, stopfte sich ein Stück Käse nach und spülte alles mit einem gehörigen Schluck des schweren, schwarzroten spoletanischen Weines nach. »Noch während sie stritten«, fuhr er endlich fort, »wurde Berengar von einem seiner Vasallen heimtückisch im Bad ermordet.«

»Er hat es geschafft!«, rief Marocia und trommelte mit der Faust auf den Tisch. »Das ist ein wunderbarer Tag.«

Alberic zog ein langes Gesicht. »Was meinst du mit: *Er* hat es geschafft? *Sie* haben es geschafft, es sind zwei, wie du weißt.«

Marocia rollte die Augen. »Er, sie – was spielt das für eine Rolle. Wichtig ist: Rom steht allein. Wir müssen nur noch vorrücken, und zwar schon in dieser Woche, damit die Byzantiner nicht mehr eingreifen können.«

Alberics beleidigte Miene, als sie Hugo zum Sieger proklamiert hatte, konnte ihr nicht die Freude verderben. Schon als Kind hatte sie von einem Sieg über Theodora und Byzanz geträumt, als junge Frau neben Sergius und später neben Alberic dafür gestritten, und selbst in den letzten, stillen Jahren die Hoffnung nie aufgegeben. Ihr war klar, dass noch ein gefährlicher Kampf vor ihnen allen lag, und doch konnte sie in diesem Augenblick ihre Fantasie kaum zügeln, wie eine Ära unter Hugo aussehen würde und welche Rolle sie selbst dabei spielen könnte.

Doch dann gelang es dem Herzog doch noch, ihr die Laune zu verderben. »Wir können nicht abmarschieren«, weckte er sie aus ihren Gedanken. »Nicht diese Woche.«

»Ich verstehe nicht«, sagte sie verblüfft. »Ich habe die Truppen doch gesehen, sie stehen bereit.«

»Es ist erst die Hälfte der Stärke zusammengezogen, die wir benötigen würden, um gegen Rom zu ziehen.«

»Wo, zur Hölle, ist die andere Hälfte?«

»Ich höre es nicht gern, wenn du fluchst.«

Marocia betonte jedes einzelne Wort. »Wo ist sie?«

»Der Graf von Camerino weigert sich, mir Bewaffnete zur Verfügung zu stellen.«

»Er ist dein geschworener Vasall«, rief Marocia mit großen, hektischen Augen. »Wenn er dir nicht gehorcht, musst du ihn eben dazu zwingen.«

»Und wie? Wenn ich noch diese Woche gegen Rom ziehen soll, kann ich es mir jetzt nicht leisten, ein Heer gegen Camerino zu schicken. Es würde Wochen dauern, vielleicht Monate, ihn zur Räson zu bringen.«

Marocia sah aus, als würde sie ihn jeden Moment erwürgen wollen. Warum fiel Alberic dieser Sachverhalt erst jetzt ein? Wieso musste sie eigentlich immer mit nachgiebigen, strategisch unfähigen Männern an ihrer Seite die Konflikte bestreiten? Sie bebte, gab sich aber Mühe, nicht zu schreien, denn sie wollte ihren Gemahl nicht vor dem Erzbischof und noch weniger vor ihren Kindern bloßstellen.

Marocia atmete tief durch. »Dann werde eben ich dafür sorgen, dass Camerino seinen Eid erfüllt. Und du brauchst mir nicht einen einzigen Mann dafür mitzugeben, Alberic.«

Niemand am Tisch hatte eine Ahnung, was Marocia vorhatte, aber als die Herzogin gegangen war, blickte der junge Alberic seinen Vater fast tröstend an und sagte: »Das schafft sie nicht. Sie ist nur eine Frau.«

»Sie muss weg«, sagte Johannes. Abwechselnd blickte er Desiderius an und ein Kristallglas, das er langsam in seiner Hand drehte. »So, dass es wie ein natürlicher Tod wirkt.«

»Ich dachte, Ihr seid ihr verbunden?«

»Ich war ihr nie verbunden, sie war mir immer nur eine Last. Und jetzt ...«

»Ich verstehe. Sie könnte zu einer Gefahr werden.« Die Gedanken des Papstes waren ein offenes Buch für Desiderius. Mit Berengars Niederlage und Tod war eine kritische Lage eingetreten, und Johannes überlegte nun, wie er den Kopf aus der Schlinge ziehen konnte, die sich um Rom zu legen begann. Zwar hatte er wichtige

Adelige wie den Grafen von Camerino bestechen können, die feindliche Koalition nicht zu unterstützen, aber das war keine Garantie dafür, dass nicht doch irgendwann ein Heer in das Patrimonium einfallen würde. Johannes hatte keine Bedenken, seine Fahne in den Wind zu hängen, aber es gab eine Person, die das niemals erlauben würde: Theodora. Nur ihr Tod eröffnete die Möglichkeit eines Seitenwechsels.

Johannes schob ihm mit zitternden Händen ein kleines, verschlossenes Gefäß zu und blickte ihn fast bittend an. »Ich habe mich immer auf dich verlassen können, Desiderius.«

Desiderius nahm das Gefäß an sich. »Das könnt Ihr auch diesmal, Heiligkeit.« Doch er hatte keineswegs vor, das Gift nur gegen Theodora einzusetzen.

Die Feste von Camerino galt als nahezu uneinnehmbar. In einer derart bergigen, gerölligen Gegend ein größeres Heer aufmarschieren zu lassen war fast unmöglich, während ein kleineres kaum gegen die Trutzburg ankommen konnte. In ihrem Innern hatten bis zu vierhundert Soldaten Platz, und der Graf hatte diese Kapazität voll ausgeschöpft und sich verschanzt.

Marocia hingegen hatte lediglich ihre fünfzig Mann starke Leibwache mitgenommen, aber sie plante ja auch keinen Angriff, obwohl einige ihrer Soldaten das insgeheim vermuteten.

Der kleine Graf Garibald von Camerino grinste unter seinem feinen schwarzen Oberlippenbart hindurch, als er seinen Gast begrüßte. Er amüsierte sich köstlich darüber, dass der Herzog bloß sein Weib schickte, um ihn zum Einlenken zu bewegen. Bester Laune schenkte er der Besucherin von einem besonders guten Wein ein, vor allem, um ihr zu demonstrieren, wie üppig die Nahrungsvorräte der Feste waren. »Eigentlich müsste ich damit gar nicht prahlen«, flötete er, während er Marocia den Kelch reichte. »Wie meine Späher mir berichten, habt Ihr nur ein paar Dutzend Soldaten dabei. Für eine Belagerung dürfte das kaum ausreichen, meine Liebe.«

Marocia überging seine respektlose, übermütige Anrede. Sie hatte ohnehin keine Lust, sich lange mit dem Grafen aufzuhalten. »Ihr habt zweifellos eine gefüllte Schatztruhe aus Rom bekommen dafür, dass Ihr Euch sträubt, dem Herzog mit Waffenträgern zu dienen.«

Er machte eine lässige Handbewegung. »Ich kann nicht klagen, meine Liebe. Wirklich nicht.«

»Ihr denkt an nichts anderes als Geld, habe ich Recht?«

Er schmunzelte und fuhr sich mit dem Finger über den Bart, um ihn zu glätten. »Aber natürlich denke ich an mehr als nur Geld. Also zum Beispiel an Perlen, Schmuck, Statuen ... Ich bin vielseitig interessiert.«

Er machte sich über sie lustig. Gut, sollte er doch. Mal sehen, ob sie ihm den Hochmut nehmen konnte.

»Dann frage ich Euch, Graf: Könnt Ihr Statuen und Perlen essen?«

»Hä?«, rief der Graf verdutzt.

»Die Männer, die ich mitgebracht habe, sind zu keinem anderen Zweck hier, als in diesem Augenblick die gesamte Ernte Eurer Grafschaft zu verwüsten. Oh, keinem Bauern wird ein Haar gekrümmt, aber ich fürchte, in wenigen Monaten wird es hier eine entsetzliche Hungersnot geben. Und wie Eure braven Bürger erst darauf reagieren werden ...«

Er grinste nervös. »Ihr haltet mich zum Narren.«

Sie ging zu einem der Fenster und streckte, die eleganten Gesten des Grafen imitierend, den Arm hinaus. »Seht!«

Die Hügel der Grafschaft glühten in der Sommerhitze, nur die Wälder in den Tälern verhießen Kühlung. Weiter entfernt erstreckten sich fruchtbare Ebenen, die mit ihren Ernteerträgen bei Korn, Kohl und Rüben den Wohlstand Camerinos begründet hatten und bis heute erhielten. Dort, am Horizont, stiegen zwei dunkle Rauchwolken in den Himmel, und eine dritte entwickelte sich gerade. »Die Kornernte!«, rief er entsetzt. »Seid Ihr des Wahnsinns?«

Sie redete nun bewusst so blasiert wie er zuvor. »Wenn Tatendrang Wahnsinn ist ...«

»Ich werde Eure Männer verjagen.«

»Ja, aber bis dahin ist Eure Grafschaft ein Inferno.«

»Und Euch werde ich in den Kerker meiner Burg werfen.«

»Ein schwaches Weib? Im ganzen Land wird man über Euch lachen.«

»Ich werde behaupten, Ihr seid mit dem Teufel im Bunde.«
»Wenn Ihr meint, dass Eure Bauern davon satt werden ...«
Der Graf blickte ratlos über sein Land. Die dritte Rauchsäule stieg schwarz in den Himmel. Bei der vorherrschenden Trockenheit waren drei Brände bereits ein Desaster, noch mehr wären eine Katastrophe. Allein die Steuerausfälle ...
Einer seiner Leute platzte herein. »Herr! Seht, die Felder!«
»Ich weiß«, entgegnete er gereizt.
»Aber Herr, sollen wir nicht ausreiten und die Brandstifter fangen?«
Der Graf von Camerino sah Marocia an, die es sich auf einem Diwan gemütlich machte und den Weinkelch gelassen in der Hand schwenkte. Sie war ihm ausgeliefert – und doch auch wieder nicht. Bis er ihre über die Grafschaft verteilten Gefolgsleute unschädlich gemacht hätte, wäre es schon zu spät. Nur sie selbst konnte die Brandstifter zurückhalten.
»Hinaus«, fauchte er den Offizier an.
»Aber Herr ...«
»Verschwinde, sage ich.«
Als sie wieder unter sich waren, versuchte der Graf, seine Fassung wiederzuerlangen. Er strich mit dem Finger seinen Bart entlang, räusperte sich und gewann den blasierten Ausdruck seiner Augen wieder, als er sagte: »Ihr macht Euch nicht das geringste Gewissen aus dieser Brandstiftung, nicht wahr? Meine Bauern werden leiden ...«
»Nicht doch, Graf. Diese Gefühlsduselei steht Euch nicht.«
Sie nahm einen Schluck, und der Graf bedauerte, den Wein nicht vergiftet zu haben. Allerdings hätte das seine Probleme auch nicht gelöst.
»Zum Geschäft also«, schlug er vor.
»So gefallt Ihr mir schon besser. Es ist simpel: Hungersnöte bringen Aufstände, und Aufstände kosten Geld, viel Geld. Ich hingegen will kein Geld, sondern Waffenträger, die Ihr ohnehin schon habt. Mein Feldzug kostet Euch wenig.«
»Und die römische Schatztruhe?«
»Könnt Ihr behalten. Theodora braucht sie ohnehin nicht mehr lange.«

»Gut. Dreihundert Bewaffnete kann ich bieten.«

»Sechshundert.«

»Unmöglich. Fünfhundert.«

»Aber voll ausgerüstet. In einer Woche.«

»Meinetwegen.«

So also machte man in Italien Geschäfte, dachte Marocia und fand Gefallen daran. Sie und der Graf hoben den Kelch und tranken sich zu.

Als Marocia eine Stunde später im provisorischen Lager der Soldaten einritt, gab sie sogleich Anweisung, die entzündeten Holzscheite zu löschen. »Sie haben ihren Zweck erfüllt.« Die Soldaten, die anfangs noch Angst gehabt hatten, in einen sinnlosen Kampf gegen die Feste geschickt zu werden, gaben jetzt Hochrufe auf ihre Herzogin von sich. Nicht ein einziger Halm des wichtigen Korns war verbrannt.

Der Hauptmann ging auf Marocia zu und flüsterte ihr etwas ins Ohr.

»Ist der Bote nicht geblieben?«, fragte sie.

»Nein, Durchlaucht, nur diesen Brief hat er abgegeben.«

Marocia brach das Siegel, ihre Augen tanzten über das Papier, hellten sich auf, strahlten schließlich. Noch während sie das Schreiben ein zweites Mal las, gab sie dem Hauptmann weitere Anweisungen. »Führe den Tross nach Spoleto zurück, und melde dem Herzog, dass der Graf von Camerino in den nächsten Tagen fünfhundert Mann schicken wird.«

Sie sah dem Offizier jetzt direkt in die Augen. »Und richte ihm bitte außerdem aus, dass ich bald nachkomme. Sag ihm ... sag ihm, ich sei noch kurz nach Assisi geritten.« Der Hauptmann stellte keine Fragen und nickte Marocia verständig zu. Er würde die Botschaft genauso ausrichten, wie sie ihm aufgegeben war, obwohl er wusste, dass das Ziel seiner Herzogin nicht Assisi sein konnte, denn sie ritt in anderer Richtung davon.

Der alte Kaiserpalast in Ravenna war wohl das unheimlichste Gebäude Italiens. Im Jahre 402, nur wenige Jahrzehnte vor dem Untergang des Weströmischen Reiches, hatte Kaiser Honorius die

Hauptstadt von Rom nach Ravenna verlegt. Barbarische Horden, allen voran die Vandalen, waren zu jener Zeit regelmäßig in Italien eingefallen, und Ravenna war, umgeben von Sümpfen, von der Landseite her kaum zu erobern. Auch unter den Ostgoten im sechsten Jahrhundert blieb Ravenna Hauptstadt Italiens, später jedoch sank es wieder in die politische Bedeutungslosigkeit. Es blieben nur die riesenhaften Fassaden der Paläste und Mausoleen, Gebäude ohne Inhalt, ohne Möbel oder Menschen, gespenstisch leer, nur bewohnt von den Figuren und Tieren, die auf den verbleichenden Mosaiken der Wände dargestellt waren.

Hugo hatte diesen verlassenen Palast mit Bedacht als Treffpunkt gewählt. In der schönsten der Hallen hatte er eine Überraschung für Marocia vorbereitet. Die durch Öffnungen in der Decke breit hereinströmende Sonne fiel auf die blauen und grünen Mosaike mit Motiven des Meeres und tauchte den riesigen Raum in ein türkisfarbenes Licht. In seiner Mitte leuchtete die weiße Seide eines Prunkbettes.

»Hier gehören wir hin«, flüsterte er Marocia zu, als sie sich in die Arme fielen. »Zwei außergewöhnliche Menschen in einer ebenso außergewöhnlichen Umgebung.«

Sie sah sich um und nickte anerkennend. »Erfolgreicher Diplomat, siegreicher Feldherr – und nun auch noch Geliebter mit Fantasie. Verrate mir, was du nicht kannst.«

»Anständig verlieren!«, rief er und warf sich mit ihr auf das Bett, küsste sie, umschloss sie mit seinen Armen. Dann griff er hinter sich und holte einen Krug Wein und zwei goldene, mit Rubinen besetzte Kelche hervor. »Das haben sich zwei Sieger, wie wir es sind, verdient.«

Hugos bisherige Leistungen beeindruckten Marocia tatsächlich. Sie hatte mit einem längeren Feldzug gerechnet. Vor allem, dass er Berengar in die Enge und schließlich in den Tod getrieben hatte, kam ihr vor, als hätte Hugo sich in ihrem Namen gerächt. Trotzdem riet ihr Verstand, nicht übermütig zu werden.

»Noch haben wir nicht gewonnen«, erinnerte sie ihn. »Es kann eine Menge passieren, bevor du in die Petersbasilika stolzierst, mein Lieber.« Sie schüttelte ihr langes schwarzes Haar auf und strich es anschließend mit den Händen nach hinten. Hugos Blicke verfolgten jede ihrer Bewegungen, streiften ihren Körper auf und ab und musterten ihre hellbraune Haut und die sich durch den engen Stoff abzeichnenden rundlichen Hüften. Er hatte immer schon eine Neigung für reife Frauen gehabt. Schön mussten sie sein und möglichst klug und willensstark. Marocia war alles das, doch da war noch mehr. Was ihn an ihr besonders anzog, war die Aufsässigkeit gegenüber Konventionen, die Bereitschaft, die Welt auf den Kopf zu stellen. Sie war perfekt. Mit ihr wäre alles möglich. »Lass deine Ehe annullieren, und heirate mich«, hauchte er und massierte eine ihrer Brüste.

Sie verschluckte sich am Wein, und als sie wieder halbwegs sprechen konnte, sagte sie: »Und mit welcher Begründung? Bitte, Heiligkeit, ich möchte die dreizehnjährige und mit zwei Kindern gesegnete Ehe mit Herzog Alberic aufgeben, um einen exkommunizierten Aufrührer zu heiraten?«

»So in etwa habe ich mir das gedacht«, lachte er, und Marocia stimmte darin ein.

Er begann, Marocias vom Ritt staubige Kleidung langsam auszuziehen und sein eigenes Hemd aufzuknöpfen. »Ich will ein Kind von dir, eines mit braunem Haar, kräftigem Ausdruck und dunklen Augen, also allen Attributen eines gewissen exkommunizierten Aufrührers.«

Sie zog ihn wortlos an sich, vergrub seinen Kopf zwischen ihren Brüsten und vertiefte sich in den bläulichen Schimmer der Mosaike.

Die Aurelianische Mauer war ein beeindruckendes Wehrwerk. Dreihundertfünfzig Türme waren durch eine etwa acht Meter hohe Mauer verbunden und umschlossen seit fast genau 650 Jahren die Ewige Stadt. Nur der Campus Vaticanus mit der Petersbasilika im Nordosten war erst vor etwa einhundert Jahren von Papst Leo mit einer Mauer umzogen worden. Von einer Armee verteidigt, war Rom nicht zu erobern, aber zuverlässige Berichte sprachen lediglich von einer verstärkten Miliz, die den spoletanischen Belagerern entgegenstand.

Die Stimmung im herzoglichen Lager hätte nicht besser sein können. Allein die Spoletaner waren den Römern zweifach überlegen, doch am Morgen war zusätzlich ein Heer unter Markgraf Guido von der Toskana eingetroffen. Nun zimmerte man an fahrenden Türmen, Rammböcken und Angriffsleitern, und der Lärm der Hämmer und Äxte drang bis in Herzog Alberics Zelt, wo er am Abend eine kleine Feier ausrichtete.

»Jetzt bin ich auch von einem Sieg überzeugt«, verkündete er und hob den Kelch zu einem Trinkspruch. »Auf gutes Gelingen.«

Marocia, Guido, Gratian und Damiane stimmten strahlend auf das Hoch ein.

»Und auf den künftigen König Hugo!«, rief Marocia.

Erneut wiederholten die vier anderen, doch diesmal weit weniger laut und strahlend, und Alberic warf Marocia sogar einen fast feindseligen Blick zu. Dann wandte er sich an Gratian. »Speziell Euch möchte ich danken, ehrwürdiger Erzbischof. Dass Ihr Euch freiwillig diesem Feldzug angeschlossen habt und mir und dem Heer geistlichen Beistand gebt, ist eine außergewöhnliche Geste.«

Marocia schmunzelte. Sie vermutete hinter der vermeintlich edlen Tat keine Opferbereitschaft, sondern ein anderes, gänzlich ungeistiges Motiv, nämlich Gratians Liebschaft mit Damiane. Wo sie war, war er auch, und das machte Marocia diesen verfressenen, tapsigen und wetterwendischen Bischof fast sympathisch. Wenn Alberic wüsste, wen er da belobigte …

»Dem kann ich nur zustimmen«, lächelte Marocia. »Eine außergewöhnliche Geste der – wie soll ich sagen – Verbundenheit.«

Gratian verbeugte sich und spielte verlegen an einem Ring mit violettem Prunkstein herum. »Zu viel der Ehre«, sagte er und warf einen Blick nach draußen, wo es anfing, dunkel zu werden. Während die anderen noch weiterplauderten, verabschiedete er sich mit dem Hinweis, müde zu sein, und Marocia besaß so viel Takt, auch Damiane für heute ihrer Pflichten zu entbinden. Sollten die beiden sich doch einmal in Ruhe amüsieren können.

Die Nacht über der Campagna war fast vollkommen schwarz. Nur die Mondsichel, eingebettet in Tausende funkelnder Sterne, spendete einen dünnen silbrigen Schimmer. Gratian und Damiane sahen kaum, wohin sie traten, aber bei jedem Schritt durch das Gras hörten sie, wie vor ihnen die Heuschrecken zur Seite sprangen, und ab und an veranlasste ein Rascheln sie, stehen zu bleiben. Beide waren froh, als sich endlich der dunkle Umriss des Gehöfts abzeichnete.

Sie hatten ihre Pferde ein Stück entfernt zurückgelassen, um die Bauersleute nicht aufzuwecken und auf sich aufmerksam zu machen. Seit die Dinge nicht unbedingt so liefen, wie seine römischen Gönner sich das vorstellten, war Gratian bemüht, jede Kleinigkeit seines Auftrages akribisch zu erledigen. Desiderius sollte keine weitere Möglichkeit zur Beschwerde bekommen. Darum öffnete und schloss Gratian auch die klapprige Stalltür mit besonderer Vorsicht.

Im Innern war es noch dunkler und stiller als draußen. Gratian hielt Damiane fest im Arm. »Vielleicht«, flüsterte sie, »kommt er gar nicht.«

»Er wird«, antwortete Gratian. »Halte durch, Liebste. Es ist großartig, was du für mich tust, indem du mitgekommen bist. Jetzt musst du mir nur noch eines versprechen.«

»In diesem Moment verspreche ich alles, wenn du mich nur festhältst.«

Gratian zog Damiane noch ein Stück näher an sich heran. »Was auch immer Desiderius von uns verlangt, wir müssen es tun. Sonst …«

In diesem Moment öffnete sich die Stalltür erneut, und Desiderius huschte herein. Keiner konnte die Gesichter der anderen sehen, aber Gratian hörte an der Stimme des Kardinals, dass er unruhiger war als gewohnt. »Ich habe nicht viel Zeit«, sagte er halblaut. »Der Belagerungsring wird immer dichter.« Er drückte Gratian ein Gefäß in die Hand. »Hier ist das Gift. Ein paar Tropfen sind anderweitig verwendet worden, aber der Rest reicht für ein halbes Dutzend.«

Gratian zuckte merklich zusammen.

»Was hast du gedacht?«, fragte Desiderius gereizt. »Dass ich dir den Auftrag gebe, Tücher zu besticken? Zwei bis drei Tropfen töten langsam, mehr töten schnell.«

»Und wie viele … ich meine, wie soll ich …«

»Schnell«, bestimmte Desiderius.

»Und wen?«

»Beide.«

Gratian schluckte hörbar. »Ihr meint, Herzog und …«

»Herzogin.«

»Das kann ich nicht, ich meine, ich würde es schon tun, aber mir … mir fehlt schlicht die Gelegenheit.«

Desiderius schob seinen Kopf ganz nahe an Damiane heran. »*Sie* muss es tun«, befahl er. »Und zwar so rasch wie möglich. Schaffst du das?«

Damiane sah das bösartige Glitzern in seinen Augen, seine ganze Verachtung für Gratian, für sie, für das Leben schlechthin. Desiderius würde jeden umbringen, wenn es ihm nützte, auch Freunde, Weggenossen, ja vermutlich seine eigene Mutter. Bei dem Gedanken, ihm noch einmal zu Diensten zu sein, erschauerte sie. Es war das Schlimmste, was Gratian von ihr verlangen konnte.

Sie nickte.

Desiderius klopfte ihr und Gratian zum Abschied auf die Schulter. »Viel Glück, *Kardinal*«, sagte er. »Sobald der Tod des Herzogspaares die Koalition gegen Rom zersprengt hat, ist deine Ernennung durch den Papst sicher. Du bekommst eine prächtige Villa auf dem Esquilin, und ihr beide könnt dort sicher und zufrieden leben.«

Ebenso schnell, wie er gekommen war, verschwand er auch wieder. Gratian ließ seinen schweren Körper ins Stroh fallen. Er seufzte einige Male, aber es klang nicht bedrückt, sondern eher erleichtert, so als atme er alle Sorgen und Ängste der letzten Monate aus. »Kardinal – eine Villa – unser Zusammenleben. Zwanzig Jahre fast haben wir daran gearbeitet.«

Damiane schwieg. Sie hörte auf das beruhigende Rascheln des Strohs und das leise Gurren verschlafener Tauben. Langsam öffnete sie das Stalltor. Draußen sangen die Zikaden ihre nächtlichen Lieder, und der Geruch von Pferden und Ziegen vermischte sich mit dem des Hafers. Eigentlich hatte sie nie mehr gewollt als das hier, und merkwürdig, dass sie ausgerechnet auf einem Gehöft, wie es ihr immer vorschwebte, diesen Traum begraben musste. Manchmal wünschte sie, in ihrer Heimat im Taunus geblieben zu sein, doch dann wäre sie ja nie auf Gratian getroffen …

»Was ist denn, Liebste?«, fragte Gratian sanft und umfasste sie von hinten. Als sie nicht antwortete, stieg eine böse Ahnung in ihm hoch. »Du wirst doch nicht plötzlich schwankend werden?«

Ihre Schultern strafften sich. Stolz hob sie den Kopf und sah Gratian liebevoll in die Augen. Sie streichelte über seine vollen Wangen, über sein hängendes Kinn und die Haare, die ebenso wie ihre im Laufe der Jahre grau geworden waren. »Nein«, hauchte sie. »Nein, ich werde das Gift einsetzen.«

24

Marocia sorgte sich um Damiane. Seit das Heer vor zwei Tagen das Lager aufgeschlagen hatte, sah ihre Hofdame blass und müde aus, und der bittere Zug um Damianes Mundwinkel, den sie schon seit einiger Zeit bemerkt hatte, verstärkte sich noch. Marocia vermutete dahinter einen Zwist mit Gratian, und sie versuchte ihre Vertraute zu trösten.

»Jeder Kummer vergeht einmal«, sagte sie, als sie mit ihr allein im herzoglichen Zelt saß. Alberic war mit Guido zu einer Inspektion der Belagerungsgeräte losgezogen. »Vor allem Liebeskummer.«

Damiane wich Marocias Blick aus und zuckte mit den Schultern. »Mein Kummer dauert schon so lange ...«

Marocia seufzte. Sie erinnerte sich noch sehr gut an die Jahre, in denen sie so verzweifelt gewesen war wie Damiane jetzt. »Wir Frauen leiden zwar länger als Männer, aber dafür lernen wir aus unseren Fehlern.«

Damiane fiel Marocia plötzlich um den Hals. »Ihr seid immer so gut zu mir gewesen«, schluchzte sie. »Mir ... mir tut alles so Leid.«

»Liebes«, klopfte Marocia ihr auf den Rücken wie einem Kind. »Liebes, du bist ja völlig verwirrt. Nichts muss dir Leid tun. Ich kann gar nicht mit ansehen, wie du leidest, während ich so glücklich bin. Also hör auf damit, bitte.«

Damiane trocknete sich die Tränen und lächelte Marocia schwach an. »Ihr seid also glücklich, ja?«, schniefte sie. »Wegen des Feldzugs?«

»Auch«, bestätigte Marocia. »Aber da ist noch etwas anderes ...«

»Ein Mann?«

Marocia nickte. »Im Grunde bin ich in einer ähnlichen Lage wie du. Vor Gott und der Gesellschaft ist der Mann derzeit unerreichbar für mich. Nur im Verborgenen können wir ...«

In diesem Moment kam Alberic in das Zelt, völlig erschöpft von seinem Rundgang und mit dem gräulichen Staub der Ebene auf seinem Gesicht. Er warf einen mißmutigen Blick auf die beiden schwatzenden Frauen und setzte sich gleich an das andere Ende der langen Tafel. Er hatte dafür gesorgt, dass sowohl sein Schlafgemach wie auch der Tafelraum aus der Burg von Spoleto in diesem riesigen Zelt wieder erstanden waren. Die schweren Kommoden aus Kastanienholz, die spoletanischen Webteppiche, die Tonkrüge und bemalten Holzteller, alles war wie im Originalzustand aufgebaut worden. Alberic wollte sich wie zu Hause fühlen, wenn er seine Gesundheit schon den Strapazen eines Feldzuges unterwarf.

»Wir reden später weiter, Damiane«, sagte Marocia. »Bringst du uns bitte einen Becher Wein.«

Damianes Augen leuchteten auf, und sie atmete einmal tief durch. »Sofort.« Sie ging in das Nachbarzelt und kam wenig später mit zwei halb gefüllten Kelchen zurück. Einen stellte sie vor dem Herzog ab, den anderen vor Marocia.

»Danke für alles«, sagte sie und machte einen langen, ungewöhnlich tiefen Knicks, bevor sie sich zurückzog.

Gratian blickte sich nach allen Seiten um. Niemand sollte ihn sehen, wie er das Zelt einer Hofdame betrat. Doch er konnte beruhigt sein; ein kräftiger Wind wirbelte derart viel Sandstaub auf und brachte allerlei Gerät zum Kippen, dass die Soldaten anderes zu tun hatten, als einen Erzbischof zu beobachten.

Er fand Damiane kniend und mit offenem Haar vor einem fingergroßen Holzkreuz vor, und in diesem Augenblick glitten, gleich hintereinander, zuerst ein gewaltiger Schreck und dann eine wunderbare Zufriedenheit über sein Gesicht. Sie hatte es tatsächlich getan.

Er sagte nichts, und auch sie schwieg. Stumm vor der Ungeheuerlichkeit eines Verbrechens, das vor zwanzig Jahren völlig undenkbar für sie gewesen wäre, hielten sie einander fest, lösten sich wieder und setzten sich Seite an Seite auf das Bett. Dann küsste sie ihn, wie sie ihn noch nie geküsst hatte: lang, tief und magisch, wie eine Verführerin. Ihr Blick lockte ihn, ihre Berührungen reizten ihn. Sie ließ ihr Gewand vom Körper gleiten, dann zerrte sie sacht an seinem. Schwer atmend streifte er es ab, dann nahm er ihren Kopf zwischen die Hände und übersäte ihn mit Küssen. Sie flüsterten sich ihre Namen zu, immer und immer wieder.

Plötzlich hatte sie einen Weinkelch in ihrer Faust. Sie trank daraus, nahm einen gewaltigen Schluck und presste ihre Lippen auf seine. Er spürte, wie die Flüssigkeit durch seine Kehle rann, warm und bitter. Von draußen drangen Schreie heran, der Herzog sei zusammengebrochen, sei tot. Was, fragte Gratian sich zwischen den Liebkosungen Damianes, war mit der Herzogin geschehen? War sie nicht auch tot? Doch weiter konnte er nicht denken. Einen Lidschlag später setzte sein Herz aus. »Ich liebe dich«, hauchte Damiane mit letzter Kraft und sackte zusammen mit ihm auf den Zeltboden.

Marocia, Herzogin und Regentin von Spoleto, im Namen Alberics II. Ohne großen Schwung setzte Marocia ihre Unterschrift auch unter dieses letzte Dokument, das morgen zur Verschickung kommen sollte, dann glitt ihr die Feder erschöpft aus der Hand.

Eine einzelne kleine Kerze auf dem Schreibtisch hellte das nächtliche Zelt ein wenig auf und ließ Licht und Schatten um Marocia herum vibrieren. Die vertrauten Gegenstände verschwammen und schienen eine andere Gestalt anzunehmen. Nichts war mehr wie früher, selbst der stete Gesang der Zikaden klang in ihren Ohren wie eine Trauerklage.

Noch einmal nahm Marocia die wichtigsten Papiere in die Hand und prüfte, ob sie nichts vergessen hatte: die Übertragung der Vollmachten zur Bestattung Alberics an den Bischof von Chieti, den nach dem Ableben Gratians ranghöchsten Geistlichen Spoletos; der Befehl zur Verstärkung der Besatzungen aller herzoglichen Burgen und Schlösser; schließlich der Aufruf an die Vasallen, einen neuen Lehnseid zu leisten. Die Schreiben an die Kinder sowie an die Verbündeten Hugo, Louis und Lando waren bereits vor vier Tagen, gleich am Morgen nach den tragischen Geschehnissen, abgegangen.

Doch das alles war nur Papier. Buchstaben sahen immer souverän aus, aber die Wirklichkeit zeigte ein anderes Bild. Alberics Tod berührte Marocia weniger als die Folgen, die daraus entstehen konnten. Sie hatte Alberic nie geliebt oder geachtet und trauerte daher auch nicht um den Gemahl, sondern allenfalls um den Vater ihres jüngeren Sohnes. Jedoch die Koalition gegen Rom drohte nun zu zerbrechen. Große Teile der spoletanischen Truppen, allen voran der windige kleine Graf von Camerino, weigerten sich, die Belagerung fortzusetzen. Sie gaben vor, keiner Frau folgen zu wollen, doch das war nur ein Vorwand, denn nachdem Marocia die Befehlsgewalt an den Markgrafen Guido übergeben hatte, behaupteten die gleichen Leute plötzlich, nun keinem Fremden folgen zu wollen, der nicht mit dem Herzogshaus verwandt war. Unter diesen Voraussetzungen war es nicht einmal sicher, ob der Kronrat Spoletos überhaupt eine Regentschaft Marocias akzeptieren würde, zumal widerliche Gerüchte aufkamen. Sei es nicht etwa *ihre* Hofdame gewesen, die den Herzog und den Erzbischof vergiftet habe? Auf welchen Befehl wohl habe sie gehandelt?

»Warum?«, hauchte Marocia in das Halbdunkel des Zeltes hinein. Sie öffnete eine Lade und zog einen Brief heraus, die letzte Hinterlassenschaft ihrer Freundin und Begleiterin seit fast zwanzig Jahren. Sie hielt ihn ins karge Licht. Zum siebten Mal las sie die wenigen knappen Sätze, ohne eine Antwort zu erhalten. Damiane erklärte zwar, dass Gratian sie zu einer schrecklichen Tat gedrängt habe, und sie könne diese weder begehen noch ihn im Stich lassen. Sie sprach von Verrat, von einer Mitschuld am Tod von Marocias erstem, ungeborenem Kind, von erloschenen Hoffnungen und von Ekel vor dem, was aus ihr und Gratian geworden war. Doch so ergreifend dieses Dokument menschlicher Verführbarkeit und menschlichen Stolzes auch war: Nirgendwo fand sich darin ein Hinweis, warum auch Alberic sterben musste.

Eine Wache kam herein und meldete Guido von Toskana.

»Zu dieser Stunde?«, fragte sie.

»Er sagt, es sei dringend, Durchlaucht.«

»Dann schicke ihn in einer Minute herein.« Sie verstaute den Brief wieder in der Lade, ging zum Spiegeltisch, kämmte sich zweimal rasch durch die wirren Haare und zog sich schließlich einen langen weißen Überhang an, in dem sie aussah wie eine Nonne. Es war das einzige Kleidungsstück in ihrer mitgeführten Garderobe, das wenigstens annähernd einer trauernden Witwe angemessen war. So sehr ihr Damenkleider auf einem Feldzug auch widerstrebten, sie konnte sich in diesen Tagen nicht leisten, mit Jagdhose und Helm herumzulaufen.

Jedes Mal, wenn Marocia den Markgrafen sah, musste sie an einen Erzengel denken. Sein Ausdruck war oft ernst, aber gütig, sein Schritt fest und dennoch nicht trampelnd. Und er war hübsch, auch wenn er das sicher nicht gerne gehört hätte. Selbst im unheimlichen Dämmer des Zeltes wirkte Guido wie ein Ritter im besten Sinne; sein Halbbruder Hugo dagegen wäre hier wie ein Dämon erschienen.

»Wie geht es Euch?«, fragte er mit seiner milden, klaren Stimme.

»Ich weiß nicht, wem ich noch trauen kann, nach allem, was geschehen ist. Ich glaube, das ist das Schlimmste.«

Er nickte ihr verständnisvoll zu. »Ein Bote meines Halbbruders ist eben eingetroffen ... Es gibt eine gute und eine schlechte Nachricht, wie er schreibt. Das Imperium hat eine Flotte, voll gestopft mit Soldaten, nach Italien entsandt. Sie wird in etwa zwei Wochen an der Küste bei Rom ankommen. Wenn Rom bis dahin nicht erobert ist, werden wir es schwer haben.«

»Ich hoffe, Markgraf, dass das die schlechte Nachricht war.«

»Ja. Wenngleich ich die andere kaum angenehmer finde ...« Er kniete nieder und senkte den Kopf. »Hugo hat mich, als einzigen seiner Verwandten hier vor Ort, gebeten, in seinem Namen um Eure Hand anzuhalten, Herzogin. Er möchte Euch zur Gemahlin nehmen, und er gibt eine persönliche Schutzgarantie für Euren Sohn ab sowie für ganz Spoleto. Ich weiß, es ist geschmacklos, so kurz nach dem Tod des Herzogs. Außerdem kennt Ihr Hugo ja kaum. Ihr müsst wissen, dass ich seine Bitte nur widerstrebend erfülle. Die Vorteile, schreibt er ...«

»Natürlich«, rief sie, als sei der Stein der Weisen gefunden worden. »Die Vorteile wären enorm. Unsere Probleme wären damit fast allesamt gelöst.«

»Es stimmt schon«, räumte Guido zögernd ein. »Eure Vasallen hätten keinen vernünftigen Grund mehr, abzuziehen. Ich, der Heerführer, wäre als künftiger Stiefonkel Eures Sohnes verwandtschaftlich mit Spoleto verbunden, außerdem würde sich der Kronrat kaum Eurem Anspruch auf die Regentschaft für Alberic II. widersetzen können – immerhin würdet Ihr bald Königin von Italien sein. Dennoch, von der moralischen Seite aus betrachtet ...«

Die moralische Seite ging in Marocias turbulenten Gedanken unter. Plötzlich lag ihr die Welt zu Füßen. Ein Leben mit Hugo, als Gemahlin eines aufregenden Mannes, als Herrin von Rom und Königin von Italien, Gräfin von Provence und Vienne ... Eben stand sie noch am Abgrund, und nun flog sie darüber hinweg. Noch in der gleichen Stunde unterzeichnete sie ein Eheversprechen, das mit eiligem Kurier nach Norden geschickt wurde.

In der Nacht gelang es Marocia vor Aufregung nicht, zu schlafen, und da plötzlich begriff sie, weshalb Damiane auch Alberic vergiftet hatte. Verwirrt und verzweifelt und des Todes gewiss, hatte diese Freundin ihr einen letzten Gefallen erweisen, eine Wiedergutmachung für ihren Verrat leisten wollen. Marocia wurde ein neues Leben ermöglicht, an der Seite eines geliebten Mannes. Mit ihm gemeinsam konnte Marocia jetzt ihre Träume von einem neuen Rom und einem neuen Land erfüllen, und sie ertappte sich dabei, wie sie Damiane für ihre Tat insgeheim dankbar war.

Doch alles ergab nur dann einen Sinn, wenn es gelänge, Rom zu erobern.

25

Die Fenster des Schlafgemachs in der Villa Sirene waren mit schweren schwarzen Samtstoffen verhängt. Theodora lag mit einem Nachtgewand bekleidet bewegungslos auf ihrem Bett, stumm, mit zusammengebissenen Zähnen. Ihre Augen waren wach, aber ihr Atem war wie ein dünner Faden, der jederzeit reißen konnte. Um sie herum knicksten die Dienerinnen und senkten die Köpfe, aber nicht aus Ehrfurcht oder Trauer um sie. Der Papst und Kardinal Desiderius waren gerade eingetreten.

»Lasst uns allein«, befahl Johannes. Er wartete, bis alle gegangen waren. »Und?«, fragte er Desiderius flüsternd.

»Der Arzt sagt, sie könne noch zwei oder drei Tage leben.«

»Verdammt«, zischte Johannes leise durch die Zähne. So viel Zeit hatte er nicht. Wenn die Aufständischen Rom erst einmal gewaltsam in ihre Hand gebracht hatten, war zu befürchten, dass sie ihn absetzten. Am liebsten hätte er die Tore geöffnet, doch solange Theodora lebte, war das nicht möglich. Sogar ihr untergehender Stern strahlte noch mächtiger und heller als sein päpstliches Wort. Die Milizen gehorchten immer noch ihr.

»Du hast die Dosis zu gering angesetzt«, kritisierte Johannes. »Ich will nicht, dass Marocia ihre Mutter noch lebend antrifft.«

Desiderius hatte im Laufe der Jahre die Motive und Gedanken des Papstes immer besser verstehen gelernt, aber manchmal waren sie selbst ihm zu irre, um ihnen zu folgen. »Warum das?«

Johannes verdrehte die Augen, als müsse er etwas absolut Naheliegendes erklären. »Weil Marocia sofort merken soll, dass der Platz an meiner Seite nun endgültig frei geworden ist.«

Desiderius schnappte nach Luft, um etwas zu sagen. Doch dann ließ er es besser sein – die Irrtümer des Papstes konnten ihm nur nützlich sein.

»Ich weiß«, fuhr Johannes fort und setzte sich auf den Bettrand zu Theodora. »Sie heiratet diesen Hugo, jedoch nur, um die Koalition zusammenzuhalten. Sobald sie ihr endgültiges Ziel erreicht hat, trennt sie sich wieder von ihm.«

»Ihr endgültiges Ziel?«, fragte Desiderius, obwohl er die Antwort schon ahnte.

»Mit mir gemeinsam Rom regieren.«

Johannes konnte nicht sehen, wie Desiderius hinter ihm spöttisch grinste, denn er vertiefte sich in den Anblick Theodoras. Einzelne Strähnen ihrer filzigen grauen Haare verdeckten Teile des Gesichts, aber die schlaffen Lider und der trockene, zuckende Mund entgingen Johannes nicht. Noch immer schimmerte ihre Haut bronzefarben, und irgendwie war es ihr über die Jahre auch geglückt, sie verhältnismäßig glatt zu halten, und doch wirkte sie in diesem Augenblick nur wie eine übergezogene Lederhaut, eine primitive, vorzeitliche Totenmaske. Vor einem Vierteljahrhundert, als junger Mann, hatte er am Sterbebett seiner früheren Gönnerin gesessen, Ageltrudis, und sich damals ein Versprechen gegeben. Nie wieder wollte er sich von einer Frau bestimmen lassen, nie wieder eine Puppe sein. Diese Frau vor ihm war daran schuld, dass er über fünfzig Jahre alt werden musste, um endlich frei zu sein.

Langsam streckte Johannes seine Hände aus und legte sie Theodora um den Hals. Unter ihrem Druck weiteten sich Theodoras Augen, bog sich ihr Körper in die Höhe, zitterten ihre Arme. Fast gelassen erhöhte Johannes die Spannung. Desiderius trat neben ihn, doch er beachtete ihn nicht. Keine Sekunde ließen seine Augen von der Betrachtung der kämpfenden, sterbenden Theodora ab, und bis zuletzt hielt er ihrem Blick stand, diesem Blick von seltsamer Zuneigung, selbst im Tod.

»Desiderius, lass die Tore öffnen«, befahl er lapidar, als seine Hände endlich von Theodora abließen.

»Rom heißt seine Kinder willkommen.« Mit ausgebreiteten Armen empfing Johannes die in den lateranischen Thronsaal strömenden Heerführer und Offiziere der Aufständischen, allen voran Marocia und Guido. Marocia war als Einzige nicht bewaffnet, und aus der Schar der Krieger hob sie sich in ihrem weißen Trauerkleid ab wie ein Engel. Während sie den Gang entlang zum Thron schritt, kamen alte Erinnerungen in ihr hoch. Wie vor achtzehn Jahren, als sie den Thronsaal zum ersten Mal betreten hatte, um den Zugang zur Bibliothek von Sergius zu erbitten, so waren auch heute zu beiden Seiten die Prälaten der Stadt in feierlichen Gewändern versammelt. Damals galt sie als verachtenswerte Hure, die man heimlich mit Schimpfwörtern bedachte, heute kam sie als die Herrin von Rom zurück, und so mancher Rücken beugte sich bereits in richtiger Erkennung der Machtverhältnisse vor ihr. Die meisten Geistlichen jedoch rührten sich nicht. Ihre Blicke waren ebenso feindselig wie im Jahre 906.

Die Offiziere blieben auf halbem Wege zum Thron zurück, so dass Guido und Marocia allein vor den Stuhl Petri traten. Johannes stand auf und verkündete mit feierlicher Stimme: »Wir freuen uns, dass du nach so vielen Jahren zurückgekehrt bist, Herzogin.«

Wie kaum ein anderer Papst vor ihm verstand Johannes es, die Heiligkeit seines Amtes zu betonen. Die Mosaike an Wänden und Decke waren noch farbenprächtiger geworden; nahezu alle Heiligen umrahmten den Thronsaal und nahmen den Papst damit gleichsam in ihre Mitte. Den Thron hatte Johannes noch schwerer und erhöhter bauen lassen, und links und rechts davon qualmten zwei Weihrauchschalen vor sich hin und hüllten den Pontifex in eine Wolke von fast überirdischer Erhabenheit. Marocia jedoch wusste, welchen Menschen sie hier tatsächlich vor sich hatte.

»Kann es sein«, begann sie, »dass die geplante Heirat von Hugo und mir Euren ebenso plötzlichen wie rührenden Sinn für christliche Gastfreundschaft geweckt hat, oder ist es das Ausbleiben der Byzantiner?«

Johannes zog ein betrübtes Gesicht. »Um offen zu sein … der Tod deiner Mutter.«

Marocia zuckte zusammen. Sie wandte sich ab und schloss die Augen, so als wolle sie ein letztes Mal die wenigen Augenblicke ihres Lebens heraufbeschwören, in denen Theodora ihr eine wirkliche Mutter war. Nach einer Weile fing sie sich wieder, aber wenn Johannes beabsichtigt hatte, die Eroberin Roms in eine milde, verletzbare Stimmung zu versetzen, war ihm das gelungen.

»Sie hat nicht viel gespürt«, tröstete er. »Wir haben sie heute Morgen mit allen Ehren in der Krypta von *Sanctus Sebastianus* beigesetzt. Der frühere Pater dieser Kirche war ihr Erzieher gewesen – und deiner auch, wenn ich nicht irre. Mir erschien daher die Wahl dieser Ruhestätte pietätvoll.«

Ursprünglich hatte Marocia vorgehabt, Johannes deutliche Worte an den Kopf zu werfen, und anschließend, Theodora offiziell als Senatrix abzusetzen. Sie wollte die Wut ihrer Mutter genießen, wenn sie sich selbst als ihre Nachfolgerin proklamierte. Doch stattdessen brachte sie nun kein einziges Wort mehr heraus, ja, sie ließ es sogar zu, dass Johannes die Stufen zu ihr hinunterging und sie in den Arm nahm.

»Ja, das alles ist sehr traurig«, murmelte er einfühlsam. »Geradezu tragisch. Andererseits hat das Ableben Theodoras erst den Weg für einen Frieden geebnet, der sowohl dir als auch mir am Herzen liegt.«

Lächelnd nahm er zur Kenntnis, dass sie gedankenverloren nickte. »Lass uns die Vergangenheit vergessen«, bat er, »und unsere Gedanken der Zukunft dieser Stadt und des Landes widmen.« Er fuhr sich elegant durch die Haare, hielt seinen Mund an ihr Ohr und flüsterte, so dass kein anderer es hören konnte: »Ich will dich bei mir haben, Marocia. Mein Bett ist warm und …«

In diesem Moment hallte der Thronsaal von der Ohrfeige wider, die sie Johannes gab, und gleich darauf von einer zweiten, die seine andere Wange traf. Johannes strauchelte und fiel mit dem Gesäß auf die Stufen zum Thron. Die Prälaten raunten erschreckt auf, und einige trauten sich sogar, empörte Rufe von sich zu geben: »Blasphemie« war zu hören, und »Teufelsbraut«. Sogar Marocias Offiziere erstarrten angesichts der Kühnheit, den christlichen Oberhirten zu verprügeln.

Johannes' anfängliche Überraschung wich rasch der Wut. Sein Kopf schwoll rot an, und sein Körper straffte sich wie der eines Ritters vor der Schlacht. Er sprang auf und wollte auf sie losgehen, doch Guidos Schwertklinge sauste dazwischen.

»Keinen Schritt weiter, *Heiligkeit.* Sonst muss ich Euch zum Märtyrer machen.«

Johannes' Augen schienen Blitze auf Marocia schleudern zu wollen, doch die Schwertspitze an seiner Brust machte ihn reglos und stumm.

»Leider«, presste Marocia hervor, »kann ich nicht beweisen, dass du hinter dem Mord an Alberic steckst, Johannes, und auch so manchem anderen mysteriösen Anschlag oder Todesfall. Da du nun einmal rechtmäßig gewählt bist und viele Menschen so töricht sind, an die Heiligkeit deines Amtes zu glauben, werde ich nichts gegen dich unternehmen. Du darfst dich also deinen geistlichen Aufgaben widmen – wenn du überhaupt weißt, wie das geht. Aber damit wir uns nicht falsch verstehen: Politisch habe fortan *ich* das Sagen.«

Auf dem Absatz drehte Marocia sich um und verließ den Saal, gefolgt von Guido und den Offizieren.

Nun löste Desiderius sich aus der Reihe der Kardinäle und trat zum Papst. Jede Leidenschaft für Marocia war aus Johannes' Augen gewichen, und mit eisiger Stimme hauchte er: »Das hat sie mir nicht umsonst angetan, Desiderius. Sie hat mich über all die Jahre getäuscht. Sie hat mich lächerlich gemacht, und dafür wird sie eines Tages zahlen.«

Desiderius verzog keine Miene, aber er rieb sich die gefalteten Hände und warf einen langen Blick auf den goldenen Thron der Nachfolger Petri: »Es wäre mir eine Freude, dabei zu helfen.«

Fünfter Teil

Die Herrin von Rom

Der Weihnachtstag, Anno Domini 963

Vorsichtig, fast ehrfürchtig betrat Marocia die Kapelle der Engelsburg. In ihrem schwarzen Gewand wurde sie schnell von der Dunkelheit des Raumes verschluckt. Nur durch den schmalen Spalt in der Pforte fiel ein wenig des zuckenden Lichts der Fackeln herein. Doch Marocia hätte dieser Hilfe nicht bedurft; sie wusste, wohin sie wollte. Vor dem einzigen Sarkophag kniete sie nieder. Ihre Lippen bewegten sich, ohne dass ein Laut über sie gekommen wäre. Unentwegt starrte sie auf die strengen Konturen des nackten, glatten Steins, dem jede Zierde fehlte und der sich wie eine Mauer vor ihr erhob. Langsam streckte sie die Hand aus und berührte das grobe Menschenwerk.

Um zu bewahren, was sie sich am meisten wünschte, hatte irgendjemand – das Schicksal, das Leben, Gott – ihr den Menschen genommen, den sie am meisten liebte. Sie kam sich wie ein Schiff vor, das – obwohl mehrfach gestrandet und die Klippen gerammt – weiter und weiter die Wellen pflügte, während andere längst untergegangen waren. Sie war müde. Viel Arbeit war bis heute unerledigt, viel vorhandene Liebe verborgen, viele Worte noch nicht gesagt. Und doch: Vielleicht – und dieser Gedanke kam ihr zum ersten Mal in ihrem Leben – vielleicht war nun tatsächlich die Zeit gekommen, Abschied zu nehmen.

Nur eines passte ihr nicht: dass Liudprand seine Freude und Genugtuung daran haben würde, sie vor allen Römern bloßzustellen. Bei dem Gedanken daran ging ihr Herz schneller, und ihr Atem wurde hörbar. Dieser hetzende Mönch wollte nicht nur ihren Na-

cken auf dem Pflock sehen, er wollte sie erniedrigen, und das durfte nicht sein. Das war sie sich selbst schuldig, dagegen mit letzter Kraft anzugehen. Aus diesem Grunde war sie hierher gekommen. Es war so weit. Sie hörte Geräusche von der Pforte her. Ohne sich umzuwenden, zog sie ihre Hand von dem Sarkophag zurück.

Nach und nach hellte die düstere Kapelle sich auf. Zwei Fackeln und vier Kerzen entzündete Liudprand von Cremona, bevor er sich wie jeden Abend zur selben Stunde auf den kalten Stein vor dem Altar niederkniete und die Hände vor seinem Gesicht faltete. Doch schon einen Moment später schien ihn etwas zu stören. Er schaute sich unsicher um – und sah Marocia im Gebet versunken. Noch ehe er sich wieder abwenden konnte, erwiderte sie seinen Blick und nickte ihm höflich zu.

Er gab ihr den Gruß nicht zurück, sondern starrte grimmig zum Altar. Dann schloss er die Augen. Er versuchte, sich zu konzentrieren, aber ständig meinte er die Augen der Papsthure auf sich ruhen zu sehen. Eine Weile widerstand er dem Impuls, noch einmal aufzublicken, doch irgendwann hielt er es nicht mehr aus.

Er hatte sich geirrt. Andächtig wie die frömmste Christin auf Erden schien Marocia stumm die Litaneien herunterzubeten. Ohne Pause öffneten und schlossen sich ihre Lippen. Dazu ihre demütigen Gesten, das schickliche Gewand, das in so krassem Gegensatz zu ihrem Auftreten am Morgen stand – es gab nichts an ihrer Anwesenheit auszusetzen, und doch lenkte sie ihn ab.

Erneut versuchte er, sich dem Gebet zu widmen. »Pater noster qui es in coelis, sanctificetur ...«

Diesmal unterbrach ein Rauschen seine Vertiefung. Er drehte sich um. Seine Pupillen zogen sich zusammen, so als fixiere er ein Ziel – oder eine Beute. Vor ihm stand Marocia, und ihre Nähe war ihm ein Gräuel. »Was willst du? Um Vergebung bitten? Gib dir keine Mühe. Wirf dich lieber dem Allmächtigen zu Füßen, und bitte ihn vor dem Himmelstor um Gnade für deine zahllosen Sünden. Und nun geh weg, Weib. Du bist das Übel der Welt.«

Als habe sie ihn nicht gehört, kniete sie sich neben ihn, und als er empört aufstehen wollte, hielt sie ihn am Arm fest. Liudprand war ein von Natur aus dürrer, schwächlicher Mann, den die asketische Lebensweise der Cluniazenser zusätzlich verschrumpelt hat-

te. Gegen Marocias festen Griff und unbändigen Willen konnten seine Sehnen nicht ankommen.

»Ja, ich habe Euer und Gottes Gericht akzeptiert«, rief sie, »weil ich absichtlich gegen Eure Autorität und damit die des Kaisers gehandelt habe, um mein eigen Fleisch und Blut zu schützen. Und ich habe auch zugelassen, dass Ihr nicht bloß meine Tat, sondern mein ganzes Leben vor Gericht zerrt, meine Art zu denken und zu fühlen.«

Er zerrte vergeblich, um von ihr wegzukommen. Sie rief weiter: »Aber Ihr werdet mich nicht vor den Menschen, die an mich geglaubt haben, als Frevlerin demütigen. Wenn Ihr diesen Plan weiter verfolgt, Vater, werde ich ohne Bedenken die Grundfesten Eurer ach so gelobten Kirchenreform erschüttern.«

Liudprand ertrug das Funkeln in Marocias Augen nicht und wandte sein Gesicht ab. »Du wagst es, der Heiligen Kirche zu drohen?«

Sie beugte sich nahe an sein Ohr. »Ich habe den Weg Eurer liebsten Ordensheiligen gekreuzt, und ich weiß, welche Geschäfte ich mit ihnen gemacht habe, viele Jahre lang. Wenn die Christenheit das alles erführe … Was wäre diese Reform der Reinheit dann noch wert? Wer würde Euren Ideen noch glauben? Welcher Papst würde nicht die Gelegenheit ergreifen, Euch alle Privilegien Eures Ordens wieder abzunehmen?«

Liudprand ergriff seinen Stock, um die Spitze im Zorn auf den Boden zu rammen, doch im letzten Moment hielt er inne. Seine Zähne knirschten aufeinander. Plötzlich fuhr er herum und hieb Marocia mit dem Holz an den Kopf. Sie taumelte, fiel und griff sich an die Stirn. Als sie ihre Finger betrachtete, waren diese rot vom Blut. Sie sah auf. Liudprand ließ seinen Stock fallen, erschreckt von seiner eigenen Tat. Obwohl er selbst über wenig körperliche Kraft verfügte, reichte er Marocia den Arm und half ihr wieder auf die Beine. Er schluckte.

»Das … das warst du, Weib«, sagte er.

Marocia schwieg. Sie war benommen, und ihr war elend. Langsam torkelte sie zur Pforte. Dort holte sie die Stimme des Bischofs noch einmal ein; sie war schon wieder voller Überzeugung.

»Gott und der Teufel haben dich zu ihrem Schlachtfeld gemacht,

Weib. In dir tragen sie ihr ewiges Gefecht aus. Ob du es nun willst oder nicht: Du lockst das Schlechteste an den Menschen hervor. Das Schlechteste an uns Männern. Denke an dein Leben, und dann befrage dich selbst. Ist es nicht so? War es nicht immer so?«

Liudprand gellte weiter und weiter, aber Marocia war schon zu weit weg, um ihn noch zu verstehen. Sie ging schwer atmend die Rampe innerhalb der Engelsburg hinauf.

26

Anno Domini 924

Ein frühherbstlicher Dunst strich über die Strömung des Tibers und tauchte das Ufer in ein milchiges, unwirkliches Licht. Die morgendliche Betriebsamkeit eines erwachten Rom schwoll langsam an, aber noch erfüllten das leise Plätschern der Wellen und der Geruch von Algen die Luft. Zum ersten Mal, seit sie vor zwei Wochen in Rom eingezogen war, gönnte Marocia sich einen Spaziergang mit ihren beiden jüngeren Kindern sowie ihrem Schwager Guido. Doch selbst jetzt konnte sie nicht von den Geschäften lassen, denn sie hatte auch den Führer des Magistrats, den *primus magistratus,* gebeten, sie zu begleiten.

Vor dem Markt, zu dem sie damals mit Sergius gegangen war, blieb sie stehen. Viel hatte sich in den fünfzehn Jahren seither nicht geändert: wenige Stände, ein mageres Nahrungsangebot, und die Artisten und Gaukler, die normalerweise auf jeden Markt gehörten, blieben fort – diesmal, weil sie hier nichts verdienen konnten. Die Situation der Armen war noch schlimmer geworden und ihre Anzahl größer. Jeden Tag stürzten irgendwo Häuser ein, weil sich niemand um sie kümmerte. Krankheiten grassierten, Typhus und Cholera. Rom war eine schmutzige, sterbende Stadt, der die Menschen davonliefen.

Den Magistrat hatte dies bisher wenig interessiert. Die Stadtregierung war in der Vergangenheit ausschließlich damit beschäftigt gewesen, ihren Reichtum zu mehren, und das war bislang am besten gegangen, wenn sie sich dem Willen einer Ageltrudis und später einer Theodora beugte. Die Taschen und Truhen voll von byzantinischen Münzen, hatten die höchsten Beamten schon lange nicht mehr regiert.

»Dieser Platz ist für einen Markt nicht geeignet«, stellte Marocia fest. »Wir werden ihn dorthin verlegen, wo unsere glanzvollen Vorfahren ihn abgehalten haben – auf dem Forum unterhalb des Palatin.«

Ablabius, der *primus magistratus*, zog nur kurz die buschigen schwarzen Augenbrauen in die Höhe, dann unterbrach er sie: »Wenn Ihr meint ...« Die Frage des Marktstandortes schien ihn nicht sonderlich zu interessieren; mit der nächsten Entscheidung Marocias war das anders.

»Ferner werden ab morgen keine *besanti* mehr akzeptiert.«

Dem *magistratus* entglitten alle Gesichtszüge. »Das kann unmöglich Euer Ernst sein. Byzantinische Münzen sind das wichtigste Zahlungsmittel in Rom.«

»Wir haben eigene Münzen.«

»*Manci* und *denari* werden kaum benutzt.«

»Das wird sich ändern«, sagte Marocia. »Die Stadtkasse wird künftig keine *besanti* mehr annehmen. Steuern können nur noch mit italienischen Gold- und Silbermünzen gezahlt werden, und nur solche werden auch ausgegeben. Nach einer gewissen Zeit werden die Bürger von sich aus keine *besanti* mehr wollen.«

»Die byzantinischen Händler werden fortbleiben«, knirschte der *magistratus*.

»Sollen sie doch.«

»Wer wird sie ersetzen?«

Marocia blieb stehen und sah den Mann an. Er war ein Anhänger der Byzantiner, so viel wusste sie schon, eher eine Art Botschafter des Imperiums als ein Vertreter römischer Interessen. Doch er war rechtmäßig gewählt worden, und Marocia akzeptierte das. Sie wollte nicht ebenso willkürlich regieren wie ihre Vorgängerin im Amt der Senatrix, wie ihre Mutter.

»Das, ehrwürdiger *magistratus*, werde ich Euch zu gegebener Zeit mitteilen«, antwortete sie lächelnd.

Er straffte sich. »Bitte sehr«, sagte er beleidigt. »Aber wer weiß, ob Ihr noch die Gelegenheit dazu haben werdet. Denn die byzantinische Flotte kann täglich an der tyrrhenischen Küste landen, und ob Ihr Rom gegen Tausende erfahrener Waffenträger halten könnt, bleibt abzuwarten.«

Marocia lächelte ihn unverdrossen an. »Nun, das sollte nicht Euer Problem sein. Denn Ihr habt sicherlich wenig von den Feinden Roms zu befürchten, nicht wahr?« Dann schien ihr etwas einzufallen. Sie holte eine Schriftrolle aus ihrem Gewand hervor und überreichte sie dem *magistratus*. »Bevor Ihr geht, um meine Anordnungen umzusetzen ... Lest dies hier. Es kam heute Morgen und wird sicher eine ungeheure Beruhigung für Euch sein.«

Der *magistratus* rollte das knisternde Papier auf und überflog die Zeilen. Mit jedem Atemzug ergraute sein Gesicht mehr. »Die ... die byzantinische Flotte ist gesunken?«

»Leider«, bestätigte Marocia ironisch seufzend. »In einem Sturm. Und die wenigen Schiffe, die unbeschädigt blieben, wurden bald darauf von den Sarazenen aufgebracht. Es scheint, als würde unsere Zusammenarbeit noch eine Weile fortgesetzt, ehrwürdiger *magistratus*.«

Er sah abwechselnd die Schriftrolle und Marocia entsetzt an.

»*Deus le volt*«, tröstete Marocia ihn. »Gott will es.«

Mit der Aufforderung, die Botschaft von den Magistratsschreibern vervielfältigen zu lassen und überall in der Stadt kundzutun, entließ sie den *magistratus* seines Weges und setzte den Spaziergang allein mit ihrer Familie fort. Obwohl sie vor Tatkraft nur so strotzte, obwohl sie das Regieren mehr als Entspannung denn als Arbeit auffasste, war sie doch froh, sich endlich einmal um ihre Kinder und um private Angelegenheiten kümmern zu können.

Sie waren am höchsten Scheitelpunkt der Fabricischen Brücke angekommen und überschauten das Areal. Hier, wo der Tiber am Circus Maximus und dem Marcellus-Theater entlangfloss, unterhalb des Kapitols, erhob sich inmitten des Stromes und, verbunden durch zwei Brücken zu den Ufern, die *Isola Tiberina*, die Tiberinsel. Der launischen Natur hatte es gefallen, ihr die Form eines Schiffsrumpfes zu geben, und ein ägyptischer Obelisk, der von den Römern in der Antike aufgestellt worden war, machte mit seinem mastartigen Aussehen dieses Bild nahezu perfekt. Am »Heck« des Schiffes lag ein verfallenes Klosterhospital, das lange Zeit der Behandlung von Aussätzigen gedient hatte, aber vor über einhundert

Jahren aufgegeben worden war. Auf dem »Bug« befanden sich die Ruinen des altrömischen Tempels des Äskulap, des Gottes der Heilkunst und der Gesundheit. Da Marocia sich weigerte, die Villa Sirene zu betreten, deren Erbin sie war, jedoch eine eigene Residenz benötigte, kam sie auf einen eigenwilligen Gedanken.

»Hier werden wir wohnen!«, rief Marocia so laut, als wolle sie der ganzen Welt ihren Besitzanspruch kundtun.

»Hier?«, riefen Eudoxia und Alberic gleichzeitig, und auch Guido sah sie skeptisch an.

»Aber ja, wieso nicht? Ich werde die beiden Ruinen der Insel zu einer Villa verbinden lassen, ohne ihnen den ursprünglichen Charakter zu nehmen.«

»Ein Tempel und ein Kloster?«, fragte Guido. »Das könnte am Ende komisch aussehen. Und dürfte Anstoß erregen.«

Marocia zuckte mit den Schultern. »Alles ist besser als der byzantinische Stil. Ich kann diese Rundbogenfenster und stockdünnen Säulen nicht mehr sehen.« Sie blickte ihren Schwager freundschaftlich an. »Schade, dass Ihr die Bauarbeiten nicht verfolgen könnt.«

Guidos Blick verdunkelte sich bei dem Gedanken, nach Norditalien marschieren zu müssen. Hugo hatte seine Unterstützung im Kampf gegen Ansgar und Berengar dem Jüngeren angefordert. Dieser Krieg war nötig, um das Erreichte zu festigen, das sah auch Guido ein. Was ihn störte, war nicht Hugos Ersuchen an sich, sondern der harsche, befehlende Ton, den er dazu benutzt hatte. Auf Stolz und Ehrgefühl nahm sein Halbbruder und designierter König scheinbar keine Rücksicht.

»Autsch!«, rief Eudoxia. Ohne es zu merken, hatte Guido die Hand von Marocias Tochter gequetscht. Er entschuldigte sich sofort und fragte auch Alberic, den er an der anderen Hand führte, ob er ihm wehgetan habe. Der Junge verneinte, aber Guido konnte an seinem Gesicht sehen, dass er log, um keine Schwäche zeigen zu müssen, eine Eigenschaft, die er wohl von seiner Mutter geerbt hatte.

»Du bist schon ein kleiner Ritter«, lobte er ihn und empfing dafür ein dankbares Lächeln dieses ansonsten ernsten Burschen. Dann wandte er sich wieder an Marocia, der er noch eine Antwort schuldig war. »Ich werde in wenigen Tagen aufbrechen«, erklärte er. »Aber bevor ich gehe, muss ich Euch noch etwas sagen. Ich überlege schon die ganzen Tage, ob ich es wagen darf ...«

Er brach ab und blickte nacheinander Eudoxia und Alberic an.

Marocia verstand. Sie sah sich nach einem geeigneten Platz um, wo die Kinder spielen konnten, und machte am anderen Ende der Tiberinsel einen Haufen umgestürzter Säulen und Mauern aus, den bereits andere Kinder für sich entdeckt hatten. Das war gleich eine gute Gelegenheit, Eudoxia und Alberic in Kontakt zu den Menschen Roms zu bringen. Sie sollten nicht so isoliert aufwachsen, wie sie es früher selbst in der Villa Sirene erdulden musste.

»Wir holen euch gleich wieder ab«, sagte sie und schickte die Kinder los.

An einem seichten Uferstück der Isola Tiberina setzte Marocia sich in den Sand. Sie warf ihren Mantel ab, raffte das Kleid bis zu den Knien hoch und streckte die Füße in den sanften Wellengang des Flusses. Das Wasser war frisch. Marocia schloss einen Moment die Augen und genoss das Gefühl, wieder zu Hause zu sein, mehr noch, dieses Zuhause vollständig für sich zu haben, ohne jemanden, der ihr dieses oder jenes verbieten konnte. Seit sechs Wochen nun war sie die Senatrix von Rom, aber jetzt erst, die Wasser des Tibers auf ihrer Haut, begriff sie, was das tatsächlich für jeden kommenden Tag ihres Lebens bedeutete. Sie hatte das erste große Ziel ihres Lebens erreicht, sie war frei.

Noch einen weiteren Atemzug lang ergab sie sich diesem durchdringenden Gefühl von Erfolg, dann sah sie Guido an und sagte: »Sprecht freiheraus.«

»Es geht um Hugo«, gestand er.

»Das habe ich mir gedacht. Streitet Ihr Euch mal wieder mit ihm?«

»Wenn schon, dann streitet er sich mit mir, nicht umgekehrt«, entgegnete er ärgerlich.

Marocia schmunzelte. Männer konnten manchmal unsäglich eitel und empfindlich sein. »Es tut mir Leid. Ich habe mich ungeschickt ausgedrückt.«

Guido sah ihr nun fest in die Augen. »Ihr macht Euch etwas vor, was Hugo betrifft.«

Marocia runzelte die Stirn. »Inwiefern?«

»Er ist nie zufrieden. Das Erreichte bedeutet ihm gar nichts.«

»Schön, er ist ehrgeizig. Das bin ich auch. Was ist schlimm daran?«

»Ihr wollt mich nicht verstehen, Marocia.«

»Sagt mir ganz konkret: Was hat Hugo verbrochen, dass er Euch derart unangenehm ist?«

»Noch nichts. Aber er wird es tun.«

Marocia schüttelte den Kopf. »Er hat ein paar Dinge gesagt, die Euch widerstreben. Aber Ihr solltet ihn deshalb nicht in Bausch und Bogen verdammen.«

»Marocia, Ihr habt ihn bloß eine halbe Stunde in Aix und wenige Tage lang in Bobbio am Verhandlungstisch gesehen. Dazu die Aufregungen um den Aufstand ... Ihr kennt ihn kaum.«

»Ihr kennt ihn ebenso wenig.«

»Meine Mutter hat mich vor ihm gewarnt, und sie weiß, wovon sie spricht. Hugo will immer mehr als das, was er hat. Und zwar schnell und um jeden Preis.«

Marocia wollte etwas erwidern, aber das laute Gekrächze eines Möwenschwarms, der seine Kreise über dem Tiber zog, lenkte sie kurz ab. Danach ließ sie nachdenklich ihren Blick schweifen. Der Morgendunst verzog sich langsam und brachte das Leben in Rom zutage. Ein Fischerboot glitt lautlos an ihr vorüber. Auf der anderen Uferseite trieben Händler ihre schwerfälligen Rosse an, und einige Frauen schleppten schwatzend riesige Wäschekörbe zum Wasser. Von irgendwo hallten die Geräusche eines kindlichen Streits heran, aber Marocia achtete nicht auf sie.

»Ich kenne ihn besser, als Ihr glaubt«, sagte sie leise und blickte ihren Schwager viel sagend an.

Er brauchte sichtbar einen Moment, bevor er begriff, was sie meinte. Doch dann veränderte sich der Ausdruck in seinen Augen schlagartig, und Marocia erkannte, dass sie in seiner Achtung gesunken war. Guido verbarg nichts, man konnte seine Gesten stets wie ein Buch lesen. In diesem Punkt unterschied er sich vielleicht am deutlichsten vom vielschichtigen Halbbruder. Marocia liebte gerade diese geheimnisvolle Seite an Hugo, aber ein gerader Mensch wie Guido musste dem fremd und misstrauisch gegenüberstehen.

»Trotzdem«, sagte er mit belegter Stimme. »Wenn es darauf ankommt, werde ich immer auf Eurer Seite stehen, Marocia, nicht auf Hugos. Vergesst meine Worte nicht.«

In diesem Moment hallten Schreie aus den Ruinen der Isola Tiberina. Marocia und Guido sprangen sofort auf und rannten in Richtung der Kinder. Zu ihrer Beruhigung kamen Eudoxia und Alberic ihnen schon entgegen.

»Pöbel!«, rief Eudoxia. »Alberic hat es ihnen aber ordentlich gegeben.«

Zwischen den Mauerresten stand eines der römischen Kinder, ein Junge, der einen guten Kopf größer als Alberic war. Mit einer Hand hielt er sich den Bauch, mit der anderen die blutende Nase.

»Warum«, schrie Marocia ihren Sohn erregt an, »bist du immerzu darauf versessen, dich mit größeren Kindern anzulegen?«

Doch Alberic sah seine Mutter nur mit jenem Trotz an, der in der Familie lag, und schwieg.

Bevor Guido Rom verließ, erfüllte er Marocia noch einen Wunsch. Sie bat ihn, einen Tag mit Alberic zu verbringen, denn sie spürte, dass der Junge ihn mochte. Und sie behielt Recht. Auf dem Ritt durch die Stadt wurde Alberic regelrecht gesprächig. Zu jedem Bauwerk wollte er wissen, wie alt es war und welche Funktion es einst erfüllt hatte. Als sie dann aber auf Guidos Braunem in die kolossale Arena des Flavischen Theaters einritten, verstummte der Junge und bekam große Augen. Minutenlang schien er nicht zu atmen und nicht zu blinzeln, dann hievte Guido ihn vom Rücken des Pferdes herunter. »Darf ich bitten, Herzog.«

Sie stiegen die Ränge des Amphitheaters hoch. Immer wieder blieb Alberic auf einer Stufe stehen und überblickte das Innere des Bauwerks. Das riesige Oval der Seitenwände war noch völlig erhalten, aber die marmorne Verkleidung war den Wechselfällen einer achthundertfünfzigjährigen Geschichte zum Opfer gefallen. Die Arena hingegen machte den trügerischen Eindruck, als seien dort gestern noch wilde Gladiatorenspiele ausgetragen worden.

»Warum sind hier keine anderen Leute?«, fragte Alberic.

»Deine Mutter hat das angeordnet. Die Römer haben das Kolosseum als Steinbruch benutzt. Damit hat es nun ein Ende.«

Alberic überlegte einen Moment. Er schien diese Anordnung gut zu finden, aber er sprach es nicht aus.

Sie setzten sich auf einen der steinernen Blöcke, die früher die Sitzreihen des Theaters gebildet hatten. Guido blickte in das Profil des Jungen, dessen väterliche Züge deutlich hervortraten. Von Marocia keine Spur. Das lang gezogene Kinn, die wässrig grauen Augen und die Blässe der Haut unterstrichen jene gewisse körperliche Kargheit, die schon dem alten Herzog eigen gewesen war. Und doch schaffte der Achtjährige es, immer angespannt zu wirken, wie auf dem Sprung.

»Du redest nicht gern über sie, stimmt's?«, fragte Guido.

»Sie ist eine ...« Alberic kniff die dünnen, fahlen Lippen zusammen.

»Was ist sie?«

»Sie hat keine Zeit für uns«, stellte Alberic seinen Satz um. »Sie regiert.«

»Und das gefällt dir nicht?«

Alberics Augen verengten sich zu kleinen Punkten. Sein Blick ging starr hinunter in die Arena. »Sie wird mir Rom nie geben«, murmelte er. »Sie denkt nur an sich. Aber ich, ich werde es mir ...«

Eine kräftige Böe wehte durch die Säulenarkaden des Erdgeschosses. Sie erzeugte ein dunkles, unheimliches Pfeifen und wirbelte welkende Blätter von draußen in das Flavische Theater hinein. Guido schnallte seinen Umhang ab und legte ihn um die knochigen Schultern Alberics. Dann zog er den Jungen vorsichtig an sich. »Was wolltest du sagen, Alberic?«

Wie zuvor schon einmal kniff der Knabe die Lippen zusammen. »Ich habe sie an seinem Grab nicht weinen sehen«, änderte er das Thema und ließ zu, dass Guido wärmend seine Schultern rieb.

»Zugegeben«, meinte Guido. »Sie ist keine typische Mutter, und auch nicht immer leicht zu verstehen – nicht einmal für mich.« Er lächelte Alberic an. »Aber sie hat Eigenschaften, auf die du stolz sein kannst. Sie ist klug, mutig und nicht so schnell unterzukriegen, und sie hat so viele Ideen und Pläne, dass es für drei Leben reichen würde. Das eine oder andere davon erinnert mich übrigens an einen gewissen jungen Herzog.« Wieder lächelte Guido den Jungen an, und diesmal erhielt er eine Erwiderung.

»Aber sie ist eine Frau«, wandte Alberic ein.

»Na, zum Glück. Sonst hätte sie dich nicht auf die Welt bringen können.« Beide lachten, dass das Theater davon widerhallte.

Eine weitere Böe zerrte an den Gewändern der beiden Landesfürsten und brachte die ersten Regentropfen mit. Hand in Hand gingen sie wieder in die Arena hinunter und stiegen auf das Pferd. Alberic klammerte sich von hinten um Guidos Bauch. Er schmiegte seine Wange an und sagte: »Du bleibst mein Freund, nicht wahr? Egal, was passiert.«

»Immer«, antwortete Guido und trieb das Pferd zum Trab.

Hugos Kampf gegen Berengars Enkel dauerte weitaus länger als erwartet. Berengar der Jüngere, wegen seines Geburtsortes auch Berengar von Ivrea genannt, war dabei das geringere Problem; er hielt noch immer Aquileia und die Gebiete am Alpenrand besetzt und bewegte sich keinen Meter vor oder zurück. Ansgar hingegen, der Herzog der Lombardei, war aus anderem Holz geschnitzt. Er tauchte mit seinem Heer stets dort auf, wo Hugo ihn nicht vermutete. Auf diese Weise war es dem jungen aufständischen Herzog gelungen, jene Hälfte der Lombardei zurückzugewinnen, die nördlich des Po lag.

Hugo plante eine neue Offensive, doch nachdem es fünf Tage lang geregnet hatte, als sei der Weltuntergang gekommen, peitschten jetzt kalte Winde über die Poebene, und Guido hatte alle Mühe, die schwere Tür hinter sich zu schließen, als er Hugos Quartier betrat. Er ging schnurstracks zur Feuerstelle und rieb sich die von Nässe und Nachtfrost rissigen Hände. So verharrte er schweigend, als sei Hugo, der designierte König, nicht anwesend. Er wusste, dass Hugo ihn von hinten anstarrte, dass er auf seinen Bericht wartete, aber genau deshalb ignorierte er ihn.

»Und?«, peitschte die Stimme seines Halbbruders irgendwann durch den Raum.

»Nichts«, entgegnete Guido.

»Geht das auch etwas ausführlicher?«

Guido ließ sich nicht stören. Gemächlich fügte er seinem Bericht hinzu: »Alle Brücken im Umkreis von zwei Tagesmärschen sind zerstört. Ansgars Stoßtrupps haben keine ausgelassen.«

»Hast du auf schmale Stege geachtet, auf unscheinbare Holzbrücken, über die wir wenigstens die Fußsoldaten …«

»Nichts«, unterbrach ihn Guido. Er setzte sich gegenüber von Hugo an den einfachen Bauerntisch und schenkte sich, ohne eine Erlaubnis abzuwarten, vom heißen Wein ein. Dabei entging ihm nicht, dass Hugo jede seiner Bewegungen mit heruntergezogenen Mundwinkeln verfolgte. »Das war nötig«, schmatzte er nach dem ersten Schluck. Müde und nachdenklich vertiefte er seinen Blick in den Becher. Er genoss die Hitze in seiner Hand und den feuchtwarmen Dampf, der sein Gesicht einhüllte. Aber er wusste auch, dass da draußen die Soldaten in dünnwandigen Zelten froren. Dieser ganze Feldzug war gottverflucht – und sein Führer auch.

»Meinetwegen«, brummte Hugo. »Dann überqueren wir den Po eben auf Booten. Gleich morgen früh. Du hast dich doch hoffentlich um die Boote gekümmert?«

»Natürlich«, bestätigte Guido ruhig. »Während ich vier Tage lang auf der Suche nach intakten Brücken durch Sumpf, Schlamm und sandiges Geröll geritten bin, gegen Kälte und Sintflut gekämpft und tausend Leute befragt habe, wo denn der nächste Flussübergang zu finden sei, habe ich nebenbei auch noch jeden Kahn requiriert, der mir untergekommen ist, und selbstverständlich persönlich seine Instandsetzung überwacht.«

Hugos Kieferknochen mahlten. »Das hört sich an, als würdest du dich beklagen wollen?«

»Das wäre doch töricht, nicht? Morgen werde ich tot sein. Wenn die Strömungen und Strudel im Hochwasser des Flusses mich nicht schaffen, dann der Sturm, der jedes Boot zum Kentern bringt.«

Hugo klatschte mit beiden Händen flach auf den Tisch. »Verdammt, wir haben doch schon ein Dutzend Male darüber gesprochen. Ich *muss* den Po überqueren, um Ansgar voranzutreiben. Er darf nicht zur Ruhe kommen.«

»Ja, nur dass wir dabei ebenfalls nicht zur Ruhe kommen.«

»Sind deine Knochen aus Sand, oder was?«

Guido musste sich sehr beherrschen, um seinen Bruder und Feldherren und künftigen König nicht aus voller Kehle anzuschreien. Es wäre so leicht gewesen, ihm vor Augen zu halten, dass die derzeitige Lage allein seine Schuld war. Guido hatte ihm schon vor Wochen, gleich nach seiner Ankunft, geraten, den Po bei Cremona zu passieren und Ansgar von dort aus gegen die Alpenausläufer zu drücken. Dann hätte der aufständische Herzog Hugos Heer vor sich und die Provence im Rücken gehabt und wäre leicht zu besiegen gewesen. Aber Hugo musste ja den großen Strategen mimen und jede Idee anderer abtun.

»Denk, was du willst«, sagte Guido lediglich und schenkte sich vom dampfenden Wein nach. »Aber wir sollten ernsthaft überlegen, ob wir mit Ansgar und Berengar von Ivrea nicht in Verhandlungen treten. Oder willst du ein weiteres Jahr Krieg führen?«

»Warum nicht?«, schleuderte Hugo knapp zurück.

»Der alte Berengar ist ein halbes Jahr tot, und du bist noch immer nicht gekrönt. Deine Hochzeitsnacht hast du allein mit deinem Schwert und dem Ehevertrag in Händen in einem Feldbett verbracht. Das Weihnachtsfest feierten wir im Dreck und dem Nebel der Poebene. Soll ich weiter aufzählen?«

Hugo stand auf und legte einige Scheite auf dem Feuer nach. Das Holz war feucht und schlug hohe Funken in alle Richtungen, aber er wich dennoch nicht zurück. Mit weiten Augen blickte er in die Glut, als könne er darin lesen.

»Ja richtig, die Krönung ... und Marocia«, flüsterte er. Zum ersten Mal überhaupt entdeckte Guido so etwas wie Müdigkeit an seinem Halbbruder. Bisher hatte er Hugo nur heftig, ehrgeizig und angriffslustig erlebt, und er wäre nie auf den Gedanken gekommen, dass Hugo durch irgendetwas erschöpft werden könnte. Dass er es doch sein konnte, machte ihn für Guido menschlich, ja, er spürte in diesem Moment sogar etwas Mitleid für ihn. Vielleicht hatte er Hugo falsch eingeschätzt.

»Du hast Recht«, sagte Hugo plötzlich und fand wieder zu seiner üblichen Festigkeit zurück. »Dieser Krieg bringt uns tatsächlich nicht weiter.«

»Na endlich«, stöhnte Guido erleichtert.

»Vereinbare ein Treffen mit Ansgar und Berengar von Ivrea. Nur wir vier. Ohne Waffen, ohne Begleitung. Ein neutraler Ort, irgendetwas Abgelegenes. Schreib ihnen, dass sie ihre Länder zurückerhalten, wenn sie Verzicht auf alle Ansprüche gegenüber dem Königstitel leisten und bereit sind, mir den Lehnseid zu schwören.«

Guido lachte. Die Mühen der letzten Woche fielen wie Frost vor dem Feuer von ihm ab. »Nach allem, was die durchgemacht haben, wird dein Angebot ihnen wie ein Gottesgeschenk vorkommen.«

»Ich weiß«, murmelte Hugo, so dass sein Bruder es nicht hören konnte. »Deswegen mache ich es ja.«

Der strenge Winter verschonte auch die Ewige Stadt nicht und überzog ihre Straßen und Dächer mit einem harten grauweißen Schleier aus Frost und Eis. Die Arbeiten an der Villa auf der Tiberinsel blieben buchstäblich stecken, noch bevor auch nur ein Drittel der notwendigen Baumaßnahmen abgeschlossen war. Obwohl erst wenige Räume bewohnbar waren, bestand Marocia darauf, das Haus in Besitz zu nehmen.

Der Mangel an Bequemlichkeit und Luxus fiel ihr kaum auf. Sie war viel zu beschäftigt; zuerst musste sie von Rom aus ihre Regentschaft für Spoleto festigen, weshalb sie ausgerechnet den Grafen von Camerino zu ihrem dortigen Kommissar bestimmte. Zum einen wäre es schwer gewesen, an diesem mächtigsten Vasallen des Herzogtums vorbeizuregieren, zum anderen würde sie mit dieser Position seine Eitelkeit befriedigen und ihm Dankbarkeit abnötigen dafür, dass sie sich ihm gegenüber nicht nachtragend zeigte. So machte sie aus dem Gegner von gestern den Verbündeten von heute.

Mehr Kopfzerbrechen bereitete ihr die Bestandsaufnahme der römischen Verhältnisse. Dreißig Jahre der Herrschaft von Ageltrudis, Theodora und ihren päpstlichen Papageien hatten tiefe und schmutzige Spuren hinterlassen. Fast der gesamte Beamtenapparat Roms war offensichtlich korrumpiert und traf willkürliche Entscheidungen. Die Gerichte funktionierten überhaupt nicht; statt Recht in den Verfahren wiederherzustellen, wie es ihre Aufgabe gewesen wäre, häuften sie mit ihren himmelschreienden Urteilen häufig genug noch weiteres Unrecht hinzu.

Marocia setzte daher das seit dem Untergang des Weströmischen Reiches nicht mehr angewandte Römische Recht wieder in Kraft. Statt eines einzelnen *praetors*, der leicht zu bestechen war, untersuchte und beurteilte künftig ein *concilium*, ein Beirat, der sich aus

Fachjuristen wie auch aus Laien zusammensetzte, die gerichtlichen Angelegenheiten. Weiterhin schrieb sie: »War es in der Vergangenheit üblich, dass der Ankläger bei Verurteilung des Angeklagten Anspruch auf ein Drittel seines Vermögens hatte, verfüge ich, dass mit Inkraftsetzung des Römischen Rechts dieser Missstand abgeschafft ist. Niemand soll einen anderen wegen Mordes, Hochverrats oder anderer Gewaltverbrechen anklagen, weil er sich Reichtum davon verspricht. Ferner wird der Magistrat damit beauftragt, eine Kommission zu bilden, deren Aufgabe es sein soll, die Gesetze laufend dahingehend zu überarbeiten, dass sie zeitgemäß sind und nicht, wie bisher der Fall, fünfhundert Jahre und mehr unverändert bleiben. Nach Beratung mit angesehenen Juristen des Königreiches werde ich in Kürze …«

Das Tageslicht schwand. Marocia ließ die Feder sinken, stützte ihr Kinn auf die Fingerspitzen und sah zum Fenster hinaus, wo der Tiber grau und schwer und unaufhaltsam wie die Zeit an ihr vorbeifloss. Sie war seit Tagen in melancholischer Stimmung, dachte viel an ihre Mutter, ihren Vater und ihren Bruder, deren Gräber sie noch immer nicht besucht hatte. Über drei Kirchen waren sie verstreut, wie im Leben, so auch im Tod weit voneinander entfernt. Doch nun, wo überall der Friede einkehrte, wollte auch Marocia ihren Frieden mit den Eltern machen, von denen der eine immer zu schwach und die andere zu vehement für sie gewesen war. Sie würde Theophyl und Leon in Theodoras Grabeskirche *Sanctus Sebastianus* umbetten lassen und damit einen Schlusspunkt unter so viel Fremdheit und Feindschaft setzen.

Marocia seufzte und legte den Kopf in den Nacken. Die Wellen des Tibers spiegelten sich an der Decke wider, deren meerblaue Ornamentik der des Kaiserpalastes in Ravenna nachempfunden war. Ravenna! Was waren das für Stunden gewesen! Alles hatte sie dort vergessen können, jeden Gedanken, jede Vorsicht, jedes Zählen und Wiegen. Allein die Erinnerung an Hugo, der allzu fern seinen Krieg führte, gab ihr Kraft. Aber da war noch etwas anderes, ein unerwartetes Geschenk …

Die Tür öffnete sich einen Spalt, und Eudoxias rundlicher Kopf tauchte darin auf. »Es wird dunkel«, sagte sie ohne Betonung, wie immer. »Ist es jetzt so weit?«

»Kommt herein!«, rief Marocia und lächelte gegen die gelangweilte Miene Eudoxias und die mürrische Miene Alberics an. Heute war das Weihnachtsfest, das erste ohne deren Vater, und Marocia hatte sich etwas Besonderes für die Kinder ausgedacht.

Sie ging zu einem Weidenkorb und lupfte die Decke hoch. Ein junger Jagdhund sprang heraus und lief Alberic direkt in die Arme. Er leckte mit der Zunge an Alberics Kinn und quietschte übermütig. Wieder und wieder streichelte Alberic über das kurze hellbraune Fell des Hundes. Seine Augen leuchteten. »Cicero«, rief er. »Mein lieber Cicero.«

Marocia lachte. »Originell. Ein Hund mit Dichternamen.«

»Cicero war ein großer Römer«, erklärte Alberic, der seit einiger Zeit gar nicht genug von Rom bekommen konnte und alles über die Geschichte der Stadt lernte. Auch Eudoxia kam nun heran und fuhr Cicero zögerlich über den Rücken. Als der Hund es geschehen ließ und sie begrüßte, ging ein seltenes Strahlen über ihr pralles Gesicht. Plötzlich, als fiele ihnen etwas ein, sahen sie gleichzeitig zu Marocia auf und fielen ihr in die Arme. »Danke!«, riefen sie beide und umarmten Marocia, so fest sie konnten. Sie war in diesem Moment die glücklichste Frau der Welt.

»Da ist noch etwas, das ich euch sagen muss«, begann Marocia. Doch sie wurde von zwei Dienerinnen unterbrochen, die einige Mehlspeisen, Honigkuchen und Kompott brachten. Vor allem Eudoxia strahlte beim Anblick der süßen Leckereien über das ganze Gesicht, während Alberic zum Fenster ging und sich mehr für den Klang der Glocken begeisterte, der nun über ganz Rom schallte.

»So ein schöner Abend«, meinte Alberic versunken.

»Was ist das für eine zweite Überraschung, Mutter?«, fragte Eudoxia und stopfte sich eine der Mehltaschen in den Mund. »Noch ein Hund?«

»Nicht ganz«, lachte Marocia. »Ihr bekommt in einigen Monaten ein Brüderchen oder Schwesterchen.«

Eudoxia kümmerte diese Ankündigung überhaupt nicht. Aber Alberics Miene verdunkelte sich übergangslos. Er stammelte: »Hat mein Vater ... Hat er es Euch geschickt?«

Marocia atmete tief durch. Wie würde Alberic reagieren, wenn er erführe, dass sie schon vor dem Tod seines Vaters ... Nein, er würde es nicht verstehen, er wäre ins Mark getroffen. Ihre Hand streichelte seine Wange entlang, als sie log: »Selbstverständlich.«

Alberics Augen blickten besänftigt, aber er sagte: »Trotzdem, ich will keinen Bruder und keine Schwester mehr. Eudoxia und der blöde Clemens reichen mir.«

Marocia lachte und nahm die Sache nicht weiter ernst, doch Alberic sprach an jenem Abend – wenn überhaupt – nur noch mit Cicero.

»Hier sind wir also«, rief Hugo übertrieben sarkastisch, »um uns ewige Treue zu geloben.«

Auf einer lombardischen Waldlichtung, inmitten feuchten, kniehohen Grases, standen sich die beiden Brüderpaare an einem herrlichen Aprilmorgen des Jahres 925 mit der weißen Parlamentärsflagge in Händen gegenüber. Die Luft war noch kühl von der Nacht, aber die Sonne kämpfte sich erfolgreich durch den Dunst, und Wald und Himmel waren durchdrungen vom Gezwitscher der Zugvögel.

Drei der vier Männer, die sich hier versammelt hatten, ähnelten sich auf erschreckende Weise, sie waren bleich und erschöpft. Normalerweise wurden die kräfteraubenden Feldzüge im Sommerhalbjahr geführt, während man im Herbst und Winter an die Höfe zurückkehrte und sich stärkte. Doch der seit fast einem Jahr ununterbrochen andauernde Krieg, die ständigen Vormärsche und Rückzüge, die Belagerungen und Scharmützel in Italiens Norden hatten die Gesichter Hugos, Guidos und Ansgars mit Anstrengung gezeichnet. Lediglich Berengar von Ivreas wohlgenährtes Antlitz leuchtete zufrieden von Untätigkeit. In Aquileia ließ es sich offenbar gut leben.

»Wir werden sehen, was Ihr anzubieten habt«, kläffte Ansgar zurück. Er war von kleiner Statur, wirkte aber trotz seiner Erschöpfung wendig und agil wie eine dieser Holzfiguren, die immer wieder aufstanden, gleich, welche Stöße man ihnen versetzte.

»Ihr erhaltet die Lombardei«, sagte Hugo.

»Sie gehört mir ohnehin.«

»Aber tatsächlich haltet Ihr nur die eine Hälfte. Ich könnte die andere einfach besetzt halten und dennoch König werden.«

»Nein, das könnt Ihr nicht«, widersprach Ansgar schneidend.

»Wenn es so wäre, würdet Ihr schon längst in Rom sein und die Beine Eurer römischen Frau spreizen. Ihr könnt hier nicht weg, solange ich Krieg führe, so sieht es aus.«

Hugos Kiefer mahlten, und er schüttelte die zur Ruhe mahnende Hand Guidos von seiner Schulter ab. »Was verlangt Ihr?«

Ansgar presste die Lippen zusammen und grinste zufrieden. »Die Lombardei wird für fünf Jahre von Abgaben an den König befreit und für zehn Jahre von der Waffenhilfe.«

»Dasselbe fordere ich auch für Friaul«, meinte Berengar von Ivrea träge. Er war offenbar nicht von selbst auf die Idee gekommen, mehr zu fordern als die Rückgabe seiner Markgrafschaft. Aber wenn es sich so überraschend anbot, Geld zu sparen …

Guido gab seinem Bruder ein Zeichen, dass er ihn sprechen wolle. »Wir sind gleich wieder zurück«, bestätigte er den Verhandlungspartnern. Gemeinsam mit Hugo entfernte er sich einige Schritte. Unter einer Eiche, von der noch der Regen des letzten Schauers tropfte, blieben sie stehen. Die Blätter des Baumes waren noch nicht voll entwickelt, und so konnte Guido einen versteckten Gefolgsmann Hugos zwischen den Ästen erkennen. »Du hast einen deiner Männer mitgebracht?«, fragte er. »Vereinbart war, dass wir allein kommen.«

Mit brennendem Blick sah Hugo ihn an.

»Zur Sicherheit«, meinte Hugo trocken.

»Wenn die anderen ihn sehen …«

»Wenn du so auffällig in die Baumkrone schaust, werden sie ihn *tatsächlich* sehen«, zischte Hugo.

»Du hättest es mir sagen müssen. Ich habe mit meinem Namen dafür gebürgt, dass …«

»Warum hast du die Verhandlung unterbrochen?«, schnitt Hugo ihm das Wort ab.

Guido versuchte sich zu beruhigen, aber leicht fiel es ihm nicht. Er atmete tief durch und schweifte mit seinem Blick über die ovale Waldlichtung, auf der nur wenige Bäume standen. Alles schien ihm seltsam still, so als würden die Lebewesen des Waldes innehalten. Ein Stück entfernt stapften zwei langhalsige Vögel durch das hohe Gras und beäugten ebenso nervös wie Guido das Geschehen. Wieder einmal hatte Hugo ihn getäuscht, und er fragte sich, ob sein

Halbbruder nur ihn hinters Licht führte – vielleicht weil er ihn ärgern oder gar treffen wollte – oder ob er das auch mit anderen tat. Hatte er sich den Königstitel nicht erhandelt, indem er Marocia plump auf seine Seite brachte? Und war Berengars heimtückische Ermordung tatsächlich bloß ein Glücksfall gewesen oder nicht doch ein Geheimplan Hugos? Doch das alles war nur ein Verdacht, und ehe Guido keine stichhaltigen Beweise hatte, fühlte er sich verpflichtet, seinen Monarchen und nahen Verwandten zu unterstützen.

»Du kannst Ansgar auf drei Jahre Steuernachlass und fünf Jahre eingeschränkte Waffenhilfe herunterhandeln«, riet er.

»Dieser Ansgar ist ein Widerling«, entgegnete Hugo.

Guido verschwieg, dass er Hugo kaum besser als Ansgar fand. »Wir sind nicht hier, um uns in die Arme zu fallen, Hugo. Wir feilschen um Geld, um Macht – und um Menschenleben. Also bitte ...«

»Nein«, unterbrach Hugo laut. »Ich feilsche nur, wenn es etwas zu gewinnen gibt. Aber diese beiden hier lassen mir bloß die Wahl zwischen dem Krieg, den wir jetzt führen, und dem Krieg, den wir führen werden, nachdem wir ihnen gegeben haben, was sie wollen. Sie werden uns immerzu Ärger machen.«

Mit diesen Worten ließ Hugo ihn stehen und ging zurück zu Ansgar und Berengar von Ivrea. Lustlos folgte Guido ihm. Doch noch bevor er zu ihm aufschließen konnte, reckte Hugo plötzlich den Arm in die Höhe und ließ ihn wieder wie ein Fallbeil niedersausen. Auf dieses Zeichen hin stürmte ein Dutzend Bewaffneter aus dem Wald.

»Eine Falle!«, rief Ansgar und wollte zu seinem Pferd laufen, aber Hugo machte einen Hechtsprung und brachte ihn zu Fall. Sie rangen miteinander im Gras. Berengar von Ivrea war viel zu dick, um schnell zu seinem Schimmel laufen zu können, und die Soldaten hätten ihn rasch eingeholt, wenn auf seine Hilferufe hin von der anderen Seite der Lichtung nicht eine Hand voll friaulischer Soldaten gekommen wäre. Ein Gefecht brach los, an dessen Ende die überlegene Zahl von Hugos Soldaten den Ausschlag gab. Aber Berengar von Ivrea war in der Zwischenzeit geflohen.

Ächzend wie ein Ringer nach dem Kampf rappelte Hugo sich auf. In seiner Faust hielt er einen Dolch, und zu seinen Füßen lag Ansgar, aus mehreren Wunden am Rücken blutend. Guidos Mund stand weit offen. »Ich … ich … um Himmels willen, Hugo, was hast du getan?«

»Mich eines Problems entledigt«, gab dieser ausdruckslos zurück.

Zu Guidos Entgeisterung kam jetzt noch Zorn hinzu. »Wir sind mit der weißen Flagge der Unterhändler hierher gekommen. Ich kann es einfach nicht glauben. Du hast diesen heimtückischen Überfall von Anfang an geplant. Mein eigener Bruder hat mich benutzt.«

»Was regst du dich so auf? Berengar von Ivrea hatte schließlich auch Soldaten versteckt.«

»Aus Furcht!«, schrie Guido. »Er ist doch viel zu dumpf, um so einen Hinterhalt auszuhecken. Das kann nur ein … ein *Teufel*, wie du es bist.«

Hugo grinste. »Na, na. Aus deinem Mund klingt sogar meine Lieblingsbezeichnung beleidigend. Wie auch immer, Brüderchen, die Lombardei gehört jetzt mir, und mit Berengar von Ivrea werden wir deshalb leichtes Spiel haben.« Er nahm seinen Dolch und schleuderte ihn nach unten, so dass er sich zwischen Guidos Füßen in den Waldboden bohrte. »Und jetzt entschuldige mich bitte, du weinerliche Memme. Ich muss zu meiner Krönung nach Rom.«

Der römische Magistrat, die Stadtregierung, tagte wie an jedem Monatsanfang im Palast auf dem Kapitol. Die *defensores*, die hohen Vertreter der Stadtteile, saßen auf der einen Seite einer langen Tafel, die *praetores*, die höchsten Beamten, auf der anderen. Der Stuhl an der Stirnseite war in den letzten zwanzig Jahren unter Theodora und den wenigen Monaten unter Marocia frei geblieben, und so leitete Ablabius, der *primus magistratus*, die Sitzung.

In vollem Ornat, die Hände auf dem Rücken verschränkt, stand er vor dem Fenster und blickte auf das Markttreiben hinab, während seine Kollegen hinter ihm über Nichtigkeiten schwatzten. Das Forum war von den Trümmerstücken der verfallenden Bauwerke notdürftig gesäubert worden, und die Händler hatten ihre Stände zum ersten Mal seit Hunderten von Jahren wieder dort aufgebaut, wo früher der prächtigste und umtriebigste Platz des ganzen Römischen Reiches gewesen war. Doch die Anzahl der Kaufleute hatte sich weiter verringert, so wie er, Ablabius, es vorausgesagt hatte. Die byzantinischen Händler waren gegangen, und mit ihnen der letzte Rest von Kultur, den der römische Markt noch gehabt hatte. Nun tummelten sich nur noch zwei oder drei Dutzend primitive *illiterates* dort unten und versuchten, ihren schäbigen Trockenfisch, halb faulen Kohl oder ausgemergelte Klepper an noch primitivere Leute als sie selbst zu verkaufen.

Das alles hätte Ablabius eigentlich amüsieren können, doch seine Miene war bitter. Für die Erteilung ihrer Marktlizenzen hatten die byzantinischen Händler nicht nur gutes Geld an die Stadtkasse gezahlt, sondern auch das ganze Jahr über die Haushalte der *praetores* kostenfrei mit bester Nahrung und edelstem Tuch versorgt. Das hatte nun ein Ende, und Ablabius rechnete sich im Stillen aus, wie viel Geld ihn das kosten würde.

Das Geschwätz seiner Kollegen verstummte schlagartig. Eine Stimme, die Ablabius hier nicht erwartet hatte, riss ihn aus seinen Überlegungen: »Verzeiht die Verspätung. Aber wie ich sehe, arbeitet Ihr auch ohne mich zum Wohle des Volkes und der Stadt.«

Es war Marocia, die den Saal betreten hatte und sich nun auf den Platz an der Stirnseite setzte.

»Senatrix!«, rief Ablabius überrascht. »Wir hatten nicht erwartet, dass Ihr …«

»Ja, ich weiß. Die Geschäfte gestatten mir erst jetzt, mich diesem erlauchten Gremium angemessen zu widmen«, führte sie höflich aus. »Aber bitte, edler Ablabius, löst Euch aus der Erstarrung, und leistet uns hier am Tisch Gesellschaft.«

Er brauchte noch einen Augenblick, ehe er sich einen Ruck gab, unsicher durch den Raum lief und sich schließlich zögerlich auf seinen Platz setzte.

»Nun, wo wir komplett sind, möchte ich bitte die Tagesordnung sehen.«

»Die …?« Ablabius kam mit dem Denken nicht so schnell hinterher. Die Situation war derart ungewohnt …

»Tagesordnung«, wiederholte Marocia. »Es gibt doch wohl eine Liste?«

»N-nicht direkt«, antwortete Ablabius vorsichtig.

»Wir wollten über die städtischen Baumaßnahmen zur Erweiterung meiner Villa sprechen!«, rief einer der Beamten, aber Ablabius weitete warnend seine Augen und fuchtelte mit den Händen.

»Äh ...ich meinte ... es ist ja nur wegen ...«, stammelte der Beamte.

Marocia lächelte. »Ich verstehe«, sagte sie liebreizend. »Die *städtischen* Maßnahmen zwecks Ausbau Eurer *privaten* Villa. Sicher ein sehr dringliches Problem, das wir gewiss auch noch eingehend besprechen werden, darauf könnt Ihr Euch verlassen. Aber angesichts von Armut, Hunger, Schmutz, Krankheiten und alltäglicher Gewalt« – die Beamten rümpften die Nase, als stiege ein ekliger Gestank hoch –, »angesichts also dieser Vielzahl anderer Probleme möchte ich einen eigenen Tagesordnungspunkt vorschlagen.«

»Sicher, sicher«, riefen die einen, »natürlich« und »wie schön« die anderen, froh darüber, nicht den Zorn der Senatrix erregt zu haben, die offenbar für Geschäfte unter der Hand nichts übrig zu haben schien.

Marocia packte einen Beutel auf den Tisch, stülpte ihn um, und heraus fiel ein unförmiger gelblicher Klumpen. Ungläubige Stille herrschte beim Betrachten der seltsamen Masse, die sich langsam auf dem Tisch bewegte, obwohl sie nicht flüssig war.

»Ist das Butter?«, fragte Ablabius und hob die buschigen Augenbrauen fast bis zum Haaransatz.

»Es heißt Seife, meine Herren«, erklärte Marocia. »Ich habe sie von einem sarazenischen Händler erworben. Man kann diese Seife nicht essen, aber in arabischen Ländern wird sie seit etwa zweihundert Jahren ausgesprochen erfolgreich zur Reinigung des Körpers benutzt. Viele Krankheiten werden dadurch verhindert oder gelindert. Sie wird aus Fetten und Lauge hergestellt, aber die genaue Zusammensetzung ist nur den Arabern bekannt.«

Erneut breitete sich Schweigen aus, während die Seife langsam auf Ablabius zurutschte, bis er genötigt war, seinen Stuhl ein Stück zurückzusetzen, damit sie nicht auf ihn fiele. Marocia erlöste den *primus magistratus*, packte den Klumpen und platzierte ihn erneut auf der Tischmitte.

»So seltsam es klingt: Ich habe nur einen lächerlichen *denari* dafür bezahlt, einen Silberling, aber der hat mich auf eine Idee gebracht, die Rom von einigen seiner schlimmsten Übel befreien, ja sein langsames Sterben beenden wird.«

Ablabius hatte von Anfang an nicht viel von Marocia gehalten.

Sie schien wenig von ihrer Mutter geerbt zu haben, denn sie kümmerte sich um die Arbeit der Behörden, um heidnische Bauwerke und nun auch noch um die Belange der dummen *illiterates*. Aber als schwachsinnig hatte er sie bisher nicht eingeschätzt. Das änderte sich nun.

Er räusperte sich und blickte Marocia mit einem Hauch von Mitleid an. »Aha«, sagte er. »Und wie nun genau retten der Silberling und dieses ... schmierige Ding auf dem Tisch unsere Stadt?«

Marocia ging zu dem Fenster, an dem Ablabius zuvor auf den Markt hinabgesehen hatte, doch sie richtete den Blick in die Ferne, von den Armenvierteln auf dem anderen Tiberufer über den lateranischen Palast und das Kolosseum bis hin zu den wohlhabenden Stadtklöstern auf dem Viminal und den Villenanlagen auf dem Esquilin. In der Stadt der sieben Hügel war schon immer alles dicht aneinander gedrängt und in einem Blick fassbar, Macht und Ohnmacht, Größe und Verfall, unermesslicher Reichtum und bitterstes Elend, nobelste Würdenträger mit niedrigster Gesinnung und die belesensten Menschen der Welt mit dümmster Gleichgültigkeit. Aber Marocia konnte dennoch nicht anders, als Rom und seine Menschen zu lieben. Die Ewige Stadt hatte es verdient, wieder groß und beneidet zu werden, verdient, weiterzuleben.

»Der Schlüssel zur Genesung unserer Stadt liegt in den Handelswegen«, führte sie dem Magistrat aus. »Die Wasserstraßen der Byzantiner und des gesamten Orienthandels führen an Rom vorbei, direkt nach Genua, Toulon und Marseille. Außerdem gibt es keine bedeutenden Handelswege über Land, die Rom einbeziehen. Das Imperium hat Rom buchstäblich verhungern lassen, um seine eigene Machtstellung zu festigen.«

Solche Töne waren völlig neu, aber die Beamten schwiegen und beschäftigten sich lieber damit, sich gegenseitig den merkwürdig glitschigen Seifenklumpen zuzuschieben. Nur Ablabius runzelte die Stirn. »Und wie wollt Ihr das ändern?«, fragte er. »Die Kaufleute werden kaum nach Rom kommen, nur weil Ihr es wünscht.«

»Da kommt die Seife wieder ins Spiel«, parierte Marocia. »Ich werde noch heute einen Erlass unterzeichnen, der es den arabischen Händlern erlaubt, ihre Waren *direkt* auf unseren Märkten zu verkaufen und nicht länger bloß über die wuchernden byzantinischen

Zwischenhändler. Das wird so manches sarazenische Handelsschiff, beladen mit feinen orientalischen Spezereien, Tüchern und nutzbringenden Erfindungen wie Seife, in den Hafen der Gregorstadt führen und außerdem die Kaufleute aus dem Ostfrankenreich anlocken. Sowohl die als auch unsere Römer können dann viel billiger einkaufen als bei den Byzantinern. Und nebenbei können wir dank dieses für Christen völlig neuartigen Reinigungsmittels einige Krankheiten eindämmen.«

Die Seife klatschte auf den Boden, denn keiner im Magistrat hatte nach diesen Sätzen noch an alberne Spielereien gedacht. »Ihr wollt die *Ungläubigen* nach *Rom* holen?«, rief Ablabius, die Hauptwörter betonend. »Das ... das ist Blasphemie. Der Heilige Vater wird das niemals zulassen.« Er fügte diesem – wie er selbst insgeheim zugeben musste – schwachen Argument ein vermeintlich besseres hinzu. »*Gott* wird das niemals zulassen.«

Marocia schmunzelte. »O doch, er wird.« Sie ging wieder zu ihrem Stuhl, blickte einen Beamten nach dem anderen an und sagte schließlich: »Denn aus den dadurch entstehenden Mehreinnahmen werden wir mehrere Bettenhäuser für die vielen frommen, aber obdachlosen Pilger bauen, die dann nicht länger Gluthitze und Überfälle fürchten müssen. Ich sehe nur ein einziges Problem dabei.«

Jeder Einzelne der Magistratsbeamten hing an ihren Lippen und erwartete ein Argument, mittels dessen vielleicht doch noch dieses schlimmste Sakrileg und vor allem die Verärgerung ihrer heimlichen byzantinischen Geldgeber verhindert werden konnte, doch Marocia sagte lächelnd: »Die städtischen Maurer, Steinmetze und Architekten werden auf Jahre hinaus derart beschäftigt sein, dass sie keine Zeit mehr für die Erweiterung von privaten Villen haben werden.«

27

Schnell, aber dennoch unter großem Gepränge zog Hugo mit seinem Gefolge auf der Via Aurelia nach Süden. Das Land würde in Kürze einen neuen König haben, und es sollte diese Tatsache jetzt schon sehen und hören, doch den Mienen der Leute am Straßenrand war mehr Neugier zu entnehmen als Begeisterung. Erst als der Krönungszug die Grenze des Patrimoniums überschritt, hellte sich die verhaltene Volkslaune etwas auf, und vor den Stadttoren Roms erwartete Hugo eine wenigstens verhalten jubelnde Menge.

Seine ohnehin nur geringe Befriedigung darüber wurde zusätzlich getrübt, als ein Zeremonienmeister sich ihm in den Weg stellte und fragte, wer er sei und was er begehre. Es war ein alter Brauch, dass alle Landesherren und Könige um Erlaubnis ersuchen mussten, die Ewige Stadt betreten zu dürfen; das symbolisierte die Unabhängigkeit des Patrimoniums und der Stadt Rom, die seit den Schenkungen Konstantins und Pippins nicht zum Herrschaftsbereich irgendeines Monarchen oder Fürsten gehörten, sondern einzig dem Papst und dem Senator unterstanden. Hugo befremdete diese Methode, einen König derart öffentlich zurechtzustutzen; er schluckte seinen Groll zwar vorerst hinunter und bat förmlich um Einlass, dennoch gärte dieses Erlebnis während des ganzen Einzuges in ihm wie saurer Wein.

Die nächste Überraschung erlebte er, als er die Villa Fortuna betrat, Marocias inzwischen fertig gestellte Residenz auf der Tiberinsel, die den Namen der antiken Glücksgöttin trug. Statt der gewohnten Rundbogenfenster waren sie hier seltsam spitz zulaufend. Dicke Säulen schmückten nicht nur den Eingang, sondern umrahmten das gesamte Haus, und im Innern wechselten sich orientale Kuppeln, klerikale Kuben und altrömische Schrägen in der Bedachung ab. Dieser verwirrenden Zusammenführung von Baustilen stand jedoch eine einheitliche Ausstattung gegenüber: Überall schmückten in Stein gehauene oder gemalte Ornamente die Decken und Wände, überall lief man über kostbar schimmernden, mit grünen Adern durchzogenen Marmor, und überall wehten luftige Stoffe im leichten Sommerwind, der durch die Villa zog.

Nun, Architektur und Prunk interessierten Hugo nicht, aber diese Residenz sah danach aus, als wolle Marocia sie dauerhaft bewohnen. Das jedoch kam nicht in Frage. Ein italienischer König konnte unmöglich im unabhängigen Rom residieren, und seine Königin natürlich auch nicht.

Als er Marocia endlich gegenüberstand, erlebte er seine dritte

Überraschung. Ihr Bauch war aufgebläht, als stecke ein schwerer Steinbrocken darin.

»Bei allen … Du bist schwanger.«

»Nicht schlecht beobachtet«, scherzte sie.

»Ist es von … mir?«

»Ich muss doch sehr bitten!«, rief sie mit gespielter Empörung. »Ich habe dir nur deshalb nichts darüber geschrieben, weil ich dich überraschen wollte. Dieses Kind« – sie zeigte auf ihren Bauch – »ist im seidenweichen Bett eines Kaiserpalastes entstanden.«

Er hob sie lachend hoch und drehte sich einmal im Kreise, bevor er sie wieder absetzte. »Du bist wunderbar, und ich war ein Esel, so lange Krieg zu führen. Wäre ich nur früher auf meine grandiose Idee mit dem Hinterhalt gekommen.«

Dazu schwieg Marocia. Sie hatte die erste Meldung über die Ermordung Ansgars gar nicht glauben wollen, doch seit diese sich bestätigt hatte, war sie verwirrt und schockiert. Abgesehen von der Hinterlist der Tat: Hugo musste doch wissen, dass er zwar kurzfristig eine Beruhigung erreicht hatte, aber auf lange Sicht das Misstrauen des ganzen Landes ernten würde.

»Wie dumm nur«, fügte Hugo schelmisch hinzu, »dass du dich jetzt schonen musst. Ich kann dich also gar nicht gebührend begrüßen, wie sich das für einen Ehemann gehört, der aus dem Krieg kommt.«

»Bloß keine Entsagungen, bitte«, meinte Marocia und schlang ihre Arme um Hugos kräftigen Nacken. Er küsste sie, vor den umstehenden Dienern, nahm sie auf die Arme und trug sie mühelos herum.

Dann fiel ihm etwas ein.

»Wo, verflucht, ist in diesem Haus überhaupt das Schlafgemach?«, fragte er, und beide lachten derart hell und laut, dass es über die ganze Tiberinsel drang.

»Am liebsten würde ich sie mit der Lanze durchbohren«, sagte Johannes, während er vor dem Altar der Laterankirche auf den Beginn der Krönungszeremonie wartete. Es war ein Zynismus des Schicksals, dass ausgerechnet er Marocia lauthals den Segen Gottes herbeiwünschen, sie mit dem heiligen Öl salben und ihr die Lanze mit dem Kreuznagel zum Kuss hinhalten sollte, obwohl niemand sonst sie mittlerweile mehr hasste.

»Eure Zeit wird kommen«, sagte Desiderius.

»Ja, Desiderius. Aber wann? Das Glück ist auf ihrer Seite.«

Der Kardinal faltete die Hände und sah zur Kirchenpforte. Dort erschienen in diesem Augenblick Hugo und Marocia mitsamt dem Gefolge. Der Chor schmetterte ein mächtiges *Kyrie*, der das Gotteshaus erzittern ließ, und die versammelten Edelleute verneigten sich. Während das Herrscherpaar auf den Altar zuschritt, hallte die Basilika von Gesängen wider.

»Mit dem Glück ist das so eine Sache«, raunte Desiderius dem Papst zu. »Es ist kein Dauergast. Es langweilt sich schnell und wechselt den Ort.«

Marocia kniete neben Hugo vor dem Altar nieder, der ihr schon so viel Glück gebracht hatte. Hierhin hatte sie sich als Kind vor den todbringenden Steinbrocken gerettet, und hier hatte sie als junge Frau jenen Schwur geleistet, der sie erst zu dem gemacht hatte, was sie heute war. Bevor sie die edelsteinbesetzte Krone empfing, lächelte Marocia zu ihrem Gemahl hinüber und blinzelte ihm zu. Gegen den Widerstand von Päpsten, Fürsten und heimlichen Beherrscherinnen, von Ehegatten und Vätern waren sie König und Dame im Spiel der Mächte geworden.

Zwei Wochen lang turnten jeden Abend Artisten über die Marmorböden der Villa Fortuna, trieben Komödianten allerlei Schabernack in den Festsälen, leuchteten die Büsche und Blüten des *peristyl*s im Licht der hundert Fackeln und hallte der Tibergraben wider vom Gelächter erlesener Gäste und vom Schwung der Flöten und Fideln. In den Ruinen des Marcellus-Theaters am Flussufer gab Marocia an drei aufeinander folgenden Tagen ein Bankett für das einfache Volk, und wenn sie sich dort blicken ließ, erhielt sie auf der Stelle so viele Trinksprüche, dass sie für ein ganzes Leben reichten.

Kaum waren die Krönungsfeierlichkeiten beendet, gab es ein weiteres freudiges Ereignis zu feiern: Marocia brachte ein gesundes Mädchen zur Welt. Neuerlich rauschten tage- und nächtelang die Feste, und wieder nahmen die einfachen Leute der Stadt Anteil daran, nur dass diesmal die junge Tochter in die Trinksprüche einbezogen wurde: »Lang lebe Alazais, lang lebe Alazais, lang lebe …« Marocia wollte jede einzelne Stunde dieser Wochen in ihr Herz einschließen, so sehr ergab sie sich ihrem Glück. Aber als sie sich am sechsundzwanzigsten Abend nach der Krönung und dem vierzehnten nach der Geburt auf die Liege ihres Terrassengartens warf, seufzte sie vor Erleichterung.

»Endlich, Hugo. Ich dachte schon, wir feiern, bis wir achtzig sind.« Sie lachte. »Der Feldzug war leichter zu ertragen als die Siegesfeiern danach.«

»Es ist noch nicht vorbei«, sagte er und deutete ein wenig verstimmt auf den Tiber. Dutzende von Fischerbooten kreuzten um die Insel, und die Spiegelungen ihrer pechgetränkten Fackeln tanzten wie helle Sterne auf dem nächtlichen Fluss. Einer der Fischer kam mit seinem Kahn nahe an die Mauer der Terrasse heran und reichte Marocia eine Rose hinauf, bevor er sich wieder dem funkelnden Reigen anschloss.

»Sie scheinen dich zu lieben«, meinte Hugo trocken. »Kein Wunder, denn wie ich höre, hast du ihre Abgaben gesenkt. Sie sparen viel Geld.«

Marocia roch lächelnd an der rosa Blüte. »Wie du es ausdrückst, hört es sich kalt an. Weißt du, im Hochsommer führt der Fluss kaum Wasser, und die Tiberfischer sind in dieser Zeit gezwungen, im Meer zu fischen. Leider sind ihre Boote nicht seefest. Etliche von ihnen ertrinken jedes Jahr, und die Witwen und Kinder versinken danach im Elend. Also dachte ich mir, wenn ich die Abgaben senke, können die Fischer für den Sommer sparen und sind nicht gezwungen …«

»Sagte ich ja«, unterbrach er sie knapp. »Du hast sie gekauft.«

Marocia erwiderte nichts. Sie streckte sich vollständig auf ihrer Bank aus und blickte in den schwarzblauen Himmel. Das Wasser schlug sanft an die Mauern, und ein lauer Wind, der den Fluss hinaufkroch, ließ die Blätter der Büsche rascheln. Das Leben war so schön, so voller Momente, die versteckt wie kleine Juwelen inmitten von Sand und Gestein glitzerten. Es lohnte sich, sie mit viel Zeit und Ruhe zu finden, auch wenn sie allzu schnell wieder verloren wurden.

»Jetzt, wo du nicht mehr schwanger bist«, raunte Hugo aus der

Dunkelheit, »und dir hier jeder Bettler um den Hals fällt, was meinst du, können wir doch aufbrechen.«

»Aufbrechen?«

»Nach Pavia«, erklärte er. »Da die Lombardei nach Ansgars Tod mir direkt untersteht, werde ich dort den Hof halten.«

Marocia richtete sich etwas auf. Pavia war vor Berengar, der in Verona residiert hatte, und Ageltrudis' Sohn Lambert, der seine Heimat Spoleto bevorzugt hatte, jahrhundertelang die Residenz der italienischen Könige gewesen. Aber ihr war nie in den Sinn gekommen, dass Hugo dort seinen Hof einrichten könnte, denn die kleine Stadt war eher provinziell.

»Du meinst ständig?«, wollte sie wissen.

»Was denn sonst? Ich mag deine *Ewige* Stadt nicht. Allein die vielen Glocken. Jedes zweite Gebäude hier scheint eine Kirche zu sein. Das ist nichts für einen Mann.«

»Alberic liebt die Stadt und ihre Glocken. Er kann dem Geläute stundenlang zuhören.«

»Der Junge ist ja auch nicht ganz richtig im Kopf, wie alle deine Kinder.«

»Was soll denn das jetzt, bitte?«

»Ja, schon gut«, schnaufte er und schwieg.

Marocia hatte Hugo schon bissig erlebt, aber immer nur zu anderen. Sie selbst war davon noch nie betroffen gewesen und glaubte, seine Sprache zu sprechen und seine Gedanken zu teilen. »Versteh doch, Hugo, in Rom ist noch viel zu tun. Die schlechten Gesetze, die trägen Behörden, die Armenviertel auf dem anderen Tiberufer. Alles liegt hier brach: Die Baumeister sind in Toulouse, die Maler in Byzanz, die großen Kirchenmusiker in St. Gallen; sie alle schenken ihren Glanz anderen Städten, aber sie gehören hierher, Hugo, nach Rom. Rom muss seine Strahlkraft zurückgewinnen, sonst hört es auf zu existieren. Ich kämpfe für seine Größe. Das bin ich ihm schuldig – und mir. Ich habe geschworen ...«

»Soll dieser kunstgeschichtliche Vortrag etwa bedeuten«, unterbrach er sie, »dass ich *hier* residieren soll?«

Ihre Züge erstarrten. »Zunächst einmal residierst nicht *du*, sondern *wir*. Und zum anderen bin ich auch noch Senatrix von Rom, vergiss das nicht.«

»Schön, *wir* residieren«, sagte er gereizt. »Dann darf ich dir sagen, verehrte Senatrix, dass *unser* königliches Gefolge auf dein Geheiß nicht einmal in der Stadt wohnen darf, weil sie angeblich unverletzlich ist.«

»Das wäre ein besseres Argument«, erwiderte sie, »wenn dieses so genannte Gefolge nicht über eintausend Leute umfasste und zu neun Zehnteln aus bewaffneten Soldaten bestünde. Selbstverständlich kann ich nicht zulassen, dass eine Art Heer in der Stadt lagert. Das Patrimonium ist …«

Er streckte die Zunge aus dem Mund. »Unverletzlich, ich weiß.«

Von der Mauer, die die Abgrenzung zum Fluss bildete, drang jetzt der unverständliche Ruf eines Fischerjungen heran. Er hatte sich von seinem Boot aus an der Mauer nach oben gehievt und hielt sich mit beiden Händen daran fest. Obwohl er eine Rose zwischen den Lippen hielt, konnte man sein Lächeln erkennen, als er die Herrin von Rom erblickte. Hugo ging auf ihn zu, zog ihm wortlos die Blume aus dem Mund, schubste ihn ins Wasser und warf den zerquetschten Rosenstiel hinterher.

»Ich kann hier nicht mit dir reden«, sagte er, noch bevor sie ihn tadeln konnte. »Komm mit.«

Er nahm sie an der Hand und führte sie gegen einen nur geringen Widerstand ihrerseits zu den Ställen. Dort sattelte er rasch zwei Pferde, und nur wenige Minuten später ritten sie am Tiber entlang aus der Stadt. »Wohin wollen wir?«, fragte sie ihn mitten im Galopp der Pferde. Doch er antwortete ihr nicht, sah noch nicht einmal zu ihr hinüber. Er spornte seinen Rappen weiter an, und Marocia blieb nichts anderes übrig, als ihm zu folgen. Fast eine Stunde ritten sie so, dann brachte Hugo den Gaul zum Stehen, und sie tat es ihm nach. Nur wenige Schritte weiter, und sie wären in einen Abgrund gestürzt. Die tyrrhenische Küste fiel steil vor ihnen ab.

Hugo hob Marocia vom Pferd herunter und führte sie bis auf einen Schritt an den Abgrund. Von hinten hielt Hugo sie fest umklammert, so, wie sie es mochte. Sein Kinn ruhte auf ihrem Scheitel, da er einen guten Kopf größer als sie war. Eine finstere, mondlose Nacht umgab sie, vor ihnen lag still und schwarz das Meer. Sanfter Wind wehte ihnen ins Gesicht, und am Horizont funkelten große und kleine Sterne. So standen sie lange und schwiegen. Als

Hugo sprach, war seine Stimme ungewöhnlich mild: »Du kennst vielleicht die Göttersage um Proserpina. Hin und her gerissen zwischen ihrem Gemahl Pluto, dem Gott der Unterwelt, und ihrer Aufgabe als fruchtbare Blumengöttin in der Oberwelt entschied sie sich, die eine Hälfte des Jahres Ehefrau zu sein, die andere Hälfte Schöpferin. So sind die Jahreszeiten entstanden.«

Wieder trat ein langes Schweigen ein, umweht von nächtlichen Brisen.

»Wäre das nicht ein Modell für uns?«, fragte Hugo irgendwann.

Marocia schloss die Augen, ein beruhigtes Lächeln umspielte ihre Mundwinkel. »Ein wunderbares Modell, mein lieber Pluto. Aber die Sage ging anders. Proserpina weilte ein Drittel des Jahres bei ihrem Gemahl und zwei Drittel bei den Blumen.«

»Ich habe die Geschichte umgeschrieben«, gestand er.

Sie wandte sich in seinen Armen zu ihm um. Obwohl kaum eine Handlänge von seinem Gesicht entfernt, sah sie es kaum. Seine Augen, der Mund, die stoppeligen Haare, das starke Kinn, alles war diffus, von der Nacht verschluckt. Aber sie spürte seinen festen Griff, und darin seine Liebe und Nähe.

»Nur Götter dürfen das«, flüsterte sie.

»Ich weiß«, sagte er und küsste Marocia mit einer Heftigkeit wie noch nie zuvor.

28

Anno Domini 928

Im Inneren der kleinen Kapelle von Fontana Liri herrschte graues Halbdunkel, bis ein Wolkenloch dem Licht gestattete, die rote und blaue Bilderwelt der sieben Turmfenster wie durch ein Wunder erstrahlen zu lassen.

»Siehst du«, rief Blanca leise, aber begeistert. »Die Taufe des Johannes, der Gang über die Wasser des See Genezareth, die Verkündigung an die Hirten, die Wunderheilung, die Tröstung Maria Magdalenas …« Das plötzlich wieder versiegende Licht unterbrach die Aufzählung der Vita Christi und tauchte die kunstvolle Glasmalerei wieder in unspektakuläres Grau. »Meine Mitschwestern und ich erfreuen uns seit drei Jahren jeden Tag an diesem Geschenk, das du uns anlässlich deiner Krönung zur Königin von Italien gemacht hast. Kaum zu glauben, dass du es heute zum ersten Mal ansehen kannst.«

»Ich wäre gern früher gekommen, Blanca, aber so wenig spektakulär die letzten Jahre auch waren, sie steckten voller Arbeit«, entschuldigte Marocia sich. »Und dann dieser ständige Wechsel zwischen Rom und Pavia. Die Arbeit eines ganzen Jahres muss ich in einem halben machen.«

Blanca fand, dass ihre Halbschwester einerseits so tatkräftig wie noch nie wirkte. Offenbar genoss sie ihre sehenswerten Erfolge beim Auf- und Umbau Roms wie auch ihre königliche Rolle. Andererseits sah sie aber auch angespannt und besorgt aus.

»Wie hast du es geschafft, dich für einen Besuch freizumachen? Kommst du aus Rom?« Sie bot ihr Platz auf einem Schemel an, und als sie sich gemeinsam niederließen, raschelten ihre Gewänder. Die Kapelle war nur wenige Schritte lang und breit, und jedes Geräusch und jedes Wort, so leise es auch war, erfüllte den nahezu leeren Raum. Außer einem schlichten Altar und zwei grob behauenen Heiligenstatuen gab es hier nichts. Ein einziger Kerzenlüster übernahm während der Andachten die Aufgabe, ein wenig Feierlichkeit zu erzeugen, sonst gab es nur Fackeln an den Wänden. Kein Wunder, dass Marocias gestiftete Fenster hier wie die Gabe der Heiligen Drei Könige gefeiert wurden.

»Aus Pavia«, korrigierte Marocia. »Ich nutze jede Gelegenheit, von dort zu entkommen, und jetzt, wo Hugo in die Provence gezogen ist …«

Blanca nickte verständig. Louis von Provence, König von Italien und Niederburgund, war am 4. Mai 928 im Schloss von Aix fast völlig unbeachtet nach langem Siechtum gestorben. »Zur Grablegung seines Vaters, nehme ich an.«

»Nun ja, das auch. Aber wie ich ihn kenne, wird er versuchen, seinem jüngeren Bruder Boso die Krone von Niederburgund streitig zu machen.«

»Hast du mir nicht vor einiger Zeit geschrieben«, meinte Blanca stirnrunzelnd, »dass Louis' Erbe eindeutig geregelt ist? Die Krone für Boso, die Grafschaften für Hugo.«

Marocia lächelte ein wenig mitleidig. »Herzensgute Blanca. Als ob Hugo sich um Testamente kümmerte. Er ist der Mann des Machbaren, und wenn sich ihm eine Möglichkeit bietet, die Krone Niederburgunds *und* die Grafschaften ganz für sich zu bekommen, wird er sie ergreifen.«

»Dein Gemahl scheint Titel zu sammeln, die ihm nicht zustehen«, kritisierte Blanca und spielte damit auf Hugos Politik an, vakant gewordene Landestitel nicht neu zu besetzen. Auf diese Weise hatte er nach Ansgars Tod die Lombardei unter seine direkte Herrschaft gebracht, wie auch Friaul, nachdem seine Truppen dort gesiegt hatten; Berengar von Ivrea war ins Exil nach Schwaben geflohen. Seither verwaltete Hugo selbst die beiden Länder »kommissarisch«, ein Machtzuwachs, den die übrigen Provinzen nicht kritiklos hinnahmen und der Anlass für ständige Streitigkeiten in Italien bot.

»Ich weiß, was du meinst«, reagierte Marocia auf die Kritik ihrer Schwester. »Aber solange Provinzen einem König eine bestimmte Politik aufzwingen können, bleibt jedes Land ein Spielball. Im Ostfrankenreich hat König Heinrich I. das erkannt und nach und nach seinen widerborstigen Adel gezähmt. Sieh dir an, was er in nur zehn Jahren erreicht hat: Lothringen, Brandenburg und Böhmen hat er seinem Land zugeführt, die Einfälle der heidnischen Ungarn und Slawen zurückgeschlagen und eine Reihe neuer Städte gegründet.«

Blanca hob ihren Kopf und vertiefte sich kurz in einen neuerlichen Lichteinfall, der die bunten Fenster zum Erglühen brachte. Dabei konzentrierte sie sich vor allem auf jene beiden Darstellungen, die sie vorhin nicht erwähnt hatte, die Strauchelung Jesu und seine letzten Worte an den Gottvater: Denn sie wissen nicht, was sie tun.

»Du stehst in dieser Frage also ganz hinter deinem Gemahl?«, fragte sie Marocia schließlich.

»Hinter seinem Ziel unbedingt.«

»Und hinter seinen Methoden?«

Marocia verdrehte ein wenig die Augen. »Er schikaniert weder sein Volk noch die Landesherren. Im Gegenteil, so niedrige Steuern wie jetzt gab es seit zwanzig Jahren nicht mehr. Wäre Hugo anders«, schloss sie, »würde ich ihn nicht lieben.«

»Apropos Liebe«, fiel Blanca ein. »Was ist eigentlich aus Lando geworden?« Das war eine provokante Frage, wusste Blanca, doch anstatt sich dafür zu schämen, wie ihr christliches Verständnis es geboten hätte, ergötzte sie sich sogar an Marocias Zucken und der sanften Röte, die ihr ins Gesicht schoss. Blanca wusste selbst nicht genau, warum, aber obwohl sie Hugo noch nie begegnet war, mochte sie ihn nicht, und sie verspürte das dringende Gefühl, Marocia darüber nicht im Unklaren zu lassen. Selbstverständlich ging das nur außerordentlich diskret und indirekt.

»Er ... ich weiß nicht«, stammelte Marocia und blickte nun ihrerseits auf die Glasmalerei. »Zur Krönung ist er nicht gekommen, und den Lehnseid hat er vor Hugo geleistet, als ich nicht dabei war.«

Blanca schmunzelte. Das war nicht die Antwort, die sie hören wollte, aber gerade diese Tatsache war aufschlussreich. Mochte Marocia auch noch so sehr von ihrem Gemahl schwärmen: Für Blanca stand fest, dass das Kapitel Lando noch nicht abgeschlossen war.

Die Glocke machte zwölf helle, zerbrechliche Schläge. Einige Nonnen eilten gleich darauf in die Kapelle, und so bot Blanca ihrer Halbschwester einen Spaziergang an.

Als sie durch das Tor der Kapelle traten, kam ihnen die Hitze des feuchtwarmen, gewitterschweren Augusttages entgegen. Schwer hing die Luft über den flimmernden Sabiner Hügeln, und auch der schattige Kreuzgang bot hier keine Linderung. Die Arbeit im Kloster ruhte, und die Nonnen waren dankbarer denn je, zum Gebet in die kühle Kapelle flüchten zu dürfen. Nur die Kinder, die im Mittelgarten des Kreuzgangs spielten und stritten, schien das Wetter nicht zu kümmern. Es waren fünf, aber Blanca erkannte nur drei davon. Alberic und Eudoxia hatte sie schon einmal gesehen, und die Kleinste dieses Reigens musste Alazais sein. Wer aber waren die beiden anderen?

»Ist der ältere Junge, der sich gerade mit Alberic streitet, Clemens?«

Marocia verneinte. »Clemens ist seit einigen Monaten Diakon in Rom und war nicht abkömmlich – sagt er. Tatsächlich jedoch vermeidet er jeden Kontakt zu Alberic. Er hasst ihn geradezu.«

»Und wer sind nun die beiden Kinder, die ich nicht kenne?«

»Der kräftige Junge ist Lothar, Hugos Sohn aus erster Ehe, und das schlanke blonde Mädchen ist Alda, Hugos Tochter aus zweiter Ehe. Sie leben bei uns am Hofe. Beide Mütter sind jeweils bei der Geburt gestorben.«

Der Streit zwischen Alberic und Lothar gewann an Schärfe, wobei Alberic derjenige war, der den anderen immer aufs Neue durch provokante Schimpfwörter und Stöße gegen die Schulter anheizte. Der Ältere und Größere hatte an einem Streit kein Interesse, doch als der junge Stiefbruder ihm gegen das Schienbein trat, jagte er hinter ihm her und versuchte ihn zu fangen. Gellendes Geschrei überflutete das sonst so stille Kloster.

Marocia rief die Streithähne vergebens zur Räson, und sie warf Blanca einen ebenso entschuldigenden wie zermürbten Blick zu. »Ich weiß nicht, woher der Junge seine Aggressivität hat. Kennst du nicht einen Lehrer, der Alberic bändigen könnte?«

Blanca lachte. »Ich hätte nie gedacht, dass du einmal Erziehungsprobleme haben könntest.«

Marocia verzog über diese Spitze ein wenig den Mund.

»Ich kenne tatsächlich jemanden«, fügte Blanca heiter hinzu. »Wenn du den jedoch als Lehrer deines Sohnes gewinnen willst, musst du schon über einige Schatten springen, meine Liebe.« Sie lachte erneut, und Marocia sah sie mit großen, neugierigen Augen an.

Mit dumpfem, steinernem Schlag schloss sich der Sarkophag Louis' III. in der Krypta der Kathedrale St. Saumur. Die in den Boden eingelassene Grabkammer war klein, und so reichte der Schein der beiden Fackeln in den Händen der Brüder aus, um sie zu erhellen. Die kahlen und glatten Wände reflektierten das Licht und ließen die steinernen Gesichter Hugos und Bosos flackern. Die beiden Söhne des Toten blieben, nachdem der Erzbischof von Aix und die Träger gegangen waren, allein in dem schmucklosen Gewölbe zurück.

»Seine letzten Worte, Hugo, galten der Hoffnung, dass seine Söhne stets einträchtig zusammenstehen«, hauchte Boso und legte seine Hand auf den Marmorsarg.

Hugo zog die Mundwinkel nach unten. Seit er zurückdenken konnte, hatte sein Bruder diese weihevolle Stimme, von der ihm übel wurde. Obwohl Boso die Seele eines winselnden Höflings besaß, warf ihm das Schicksal nun die Königskrone Niederburgunds zu. Doch Hugo war immer schon der bessere Fänger gewesen.

»Der liebe Louis gehörte zu jener Sorte Väter«, konstatierte Hugo trocken, »die immer behaupten, das Beste für ihre Kinder zu wollen, und die eifersüchtig werden, wenn diese wirklich das Beste bekommen.«

»Ich habe keine Ahnung, wovon du redest.«

»Für dich erkläre ich es einfacher. Die Leiche, die vor uns liegt, hat es ganz bewusst versäumt, Fakten zu schaffen. Hilf mir auf die Sprünge, wenn ich mich irre, aber Louis hat dich zu seinen Lebzeiten nicht zum Mitkönig für Niederburgund gemacht, oder? Und nun erwartest du, dass ich deinen so genannten Anspruch anerkennen soll, weil ein seniler, fiebriger Mann angeblich seinen Segen über uns ausgekippt hat wie Kuhmist?«

Boso ähnelte seinem älteren Bruder äußerlich, aber er besaß nicht dessen Fähigkeit, seine Mimik unter Kontrolle zu halten. Schlagartig schoss ihm das Blut in den Kopf, und die Adern schwollen an. »Es gibt ein Testament!«, gellte er. »Ich nehme die Krone, und du wirst mir als Graf von Vienne und Provence den Lehnseid leisten.«

»Eher friert die Hölle zu, bevor das geschieht«, entgegnete Hugo knapp.

»Ich werde dich dazu zwingen.«

»Ach, und wie willst du das anstellen? Ich verfüge über meine Truppen aus Italien und aus Vienne. Und worüber verfügst du, geliebter Bruder?«

»Ich bin im Recht.«

Hugo lachte dermaßen laut, dass es, von den engen Wänden zurückhallend, fast in den Ohren wehtat. »Das Recht ist wer? Der alte Erzbischof von Aix, der eben kaum die zehn Stufen aus der Grabkammer steigen konnte? Oder dein wetterwendischer Adel? Willst du die gegen meine Soldaten schicken?«

»Ich werde verhindern, dass du italienische Soldaten ins Land holst.«

»Verhindern? Es ist bereits geschehen. Sie erholen sich gerade in Nizza von der Alpenüberquerung und pissen in dein niederburgundisches Meer.«

Das Blut pulsierte immer heftiger in Bosos Schläfen, und er spuckte fast vor Zorn, als er rief: »Ich bringe dich um, Hugo! Eines Tages bringe ich dich um.«

Er holte mit der Fackel aus und versuchte damit Hugo zu treffen, doch der bückte sich blitzschnell und wich dem Schlag aus. Dann schnellte er seinerseits nach vorne und brannte die pechgetränkte Fackel dem Bruder in die linke Wange. Boso schrie auf. Er betastete die verletzte Stelle. Seine Augen waren mit Tränen von Zorn und Schmerz gefüllt und starrten Hugo an.

»Wir sind beide verflucht«, sagte Hugo ungerührt. »Der Unterschied ist nur, dass man es dir nun ansieht.«

»Wir sehen uns auf dem Schlachtfeld wieder!«, rief Boso und rannte hinaus.

Hugo ließ seine Fackel sinken. Er blieb noch einen Moment in der Krypta und betrachtete den Steinsarkophag, in den das Familienwappen hundertfach kunstvoll eingehämmert war. Seine Kiefer mahlten. Ein paar Male sah es so aus, als wolle er mit seinem Vater sprechen, aber Hugos Lippen zitterten nur, ohne dass ein Ton über sie kam. Dann ging auch er, und es wurde für immer finster in der Gruft Louis' des Blinden.

Wie ihre Halbschwester vorausgesagt hatte, musste Marocia tatsächlich über mehrere Schatten springen, um den geeigneten Lehrer für Alberic zu gewinnen. Zum einen war der Kandidat – wie konnte es anders sein – Geistlicher, und dieses Menschenschlages war Marocia im Laufe der Jahre überdrüssig geworden. Gestalten wie Johannes, Saxo, Desiderius und Gratian ließen sie schaudern. Doch das Überzeugende an Odo von Cluny war, dass er einer neuen klerikalen Richtung angehörte, die die schlimmsten Auswüchse der Kirche für sich ablehnte – übermäßiger Luxus und die zunehmende Entfernung von der christlichen Botschaft. Er führte seine erst zwölf Jahre alte burgundische Benediktinerabtei nach strengen

Maßstäben. Die Cluniazenser – wie Odo sie gerne nannte – lebten außerordentlich asketisch, stellten ihre Kraft in den Dienst der Hilfsbedürftigen und hatten strenge Vorschriften, was die Aufnahme in ihr Kloster anging. Ein solcher Abt, fand Marocia, konnte Alberic zumindest zeitweise gut tun.

Der zweite Schatten, über den Marocia springen musste, war ganz anderer Art. Odos Ideen fanden regen Zulauf beim burgundischen Volk, und so musste er einerseits Cluny um eine Kirche erweitern und außerdem neue Klöster gründen und andererseits weitere Privilegien beim Papst erbitten. Zu diesem Zweck hielt er sich derzeit in Rom auf, genauer im Lateran, und genau das war das Problem.

Marocia hatte den Papstpalast seit ihrem Einzug in Rom nicht mehr betreten. Sie wollte auf keinen Fall wie ihre Mutter zu Werke gehen, die im Lateran ein und aus stolziert war, als gehöre ihr das Gebäude. Theodora hatte stets aufdringlich, ja geradezu penetrant ihren Einfluss zur Schau gestellt, doch genau das widerstrebte Marocia. Natürlich behielt auch sie die Fäden in der Hand, aber sie zog nur sacht daran und auch dann nur aus dem Hintergrund. So lud sie sich gerne Ablabius, den *primus magistratus*, sowie einige weitere Magistratsmitglieder in die Villa Fortuna ein und ließ hier und da eine Bemerkung fallen, von der sie zu Recht annahm, dass sie von den katzbuckelnden Beamten verstanden und weitergetragen wurde. Marocia mochte diese Liebediener nicht, und ihre Dummheit und Faulheit ließ sie bisweilen den Kopf schütteln, aber für die Benutzung diskreter Einflussnahme waren sie außerordentlich geeignet.

Sehr ungern betrat sie daher den Lateran. Da Odo von Cluny jedoch auf zwei Einladungen von ihr nicht reagiert hatte, blieb ihr nichts anderes übrig. Wenn schon, dann richtig, sagte sie sich und wählte für ihren Besuch den prekären Zeitpunkt, als Odo wieder einmal eine Audienz beim Papst absolvierte, seine vierte. Johannes hatte bisher die Erteilung besonderer Privilegien für Cluny abgelehnt, und Odo versuchte in langen, schwierigen Verhandlungen, den Pontifex umzustimmen.

Nachdem sie Johannes und seinen Schatten Desiderius gebührend begrüßt hatte, bat sie Odo von Cluny in eine abseitige Ecke des Thronsaals und trug ihre Bitte vor. Odo musterte sie unentwegt. Er hatte einen selbstsicheren Blick, der in krassem Gegensatz zu seinem ärmlichen Äußeren stand. Sein Gesicht wirkte ausgezehrt, dennoch war die Fülle früherer Zeiten, als Odo noch keine Askese praktizierte, noch zu erkennen. Eine rätselhafte Kraft strahlte von ihm aus, ein unbändiger Wille. So etwa hatte Marocia sich als Kind die frühen Christen und Märtyrer vorgestellt, und so etwa mussten auch die Missionare aussehen, die derzeit in Böhmen und Ungarn Heiden bekehrten.

»Die Aufgabe, von der Ihr sprecht«, urteilte er, »ist jenseits der Aufgabe, die Gott mir zugewiesen hat.«

Odo gab nicht den wahren Grund seiner Ablehnung preis. Der Ruf seiner Gesprächspartnerin als Herrin und Hure der Päpste war bis nach Burgund gedrungen. Außerdem bewahrte sie heidnische Bauwerke vor dem gottgegebenen Verfall. Einer solchen Frau sollte er einen Dienst erweisen? Aber er musste zugeben, von pilgernden Mönchen auch anderes über sie gehört zu haben, von Bettenhäusern und Armenspeisungen.

»Aber Vater«, wandte Marocia ein. »Ist es nicht ein altes Ideal, dass Philosophen auf den Thronen sitzen sollen? Hat nicht schon Aristoteles so geschrieben? Und später der Heilige Augustinus?«

Odo lupfte erstaunt die Augenbrauen in die Stirn. Vermutlich überraschte ihn die Bildung seiner Gesprächspartnerin. »Nun ... gewiss. Doch was hat das mit Eurem Ansinnen zu tun?«

»Liegt das nicht auf der Hand? Alberic wird eines Tages Senator von Rom, das ist wohl kein Geheimnis. Und als Stiefsohn des italienischen und womöglich bald auch niederburgundischen Königs ... Ihr versteht, Vater, dass ich eine Stimme und Hand brauche, die meinen Sohn würdig auf diese Verantwortung vorbereitet. Alberic braucht Eure – wie soll ich sagen – innere Festigkeit.«

Odos Augen glitzerten stolz. Er schien es zu bemerken, denn plötzlich wandte er sich scheinbar nachdenklich ab. »Selbst wenn ich Alberics Lehrer werden wollte, ginge es nicht. Meine Klöster ...«

»Der Papst wird Euren Klöstern die Privilegien geben, die Ihr erbeten habt. Noch heute. Das verspreche ich.«

Abrupt wandte er sich ihr wieder zu. »Das ist nicht in Gottes Sinne, wenn Ihr den Oberpriestern der Kirche Befehle erteilt.«

»Aber Eure Reform der burgundischen Klöster, die ist doch wohl in Gottes Sinne, oder?«

Odo nickte.

»Also bitte, wenn ich dem himmlischen Sinn ein wenig irdischen Nachdruck verleihen kann, ist das doch nicht ehrenrührig.«

Odo rang mit seinem Gewissen. Konnte es sein, dass Gott durch die Stimme dieser Frau zu ihm sprach? Dass ausgerechnet sie es war, die ein heiliges Werk ermöglichen würde? In der Bibel fanden sich einige solcher Beispiele. Doch noch blieb Odo skeptisch.

»Ihr seid keine gute Christin«, brummte er dunkel. »Ihr geht nicht zu den Gottesdiensten.«

Marocia nickte. »Matthäus 6,5. ›Und wenn ihr betet, sollt ihr nicht sein wie Heuchler, die gern in den Synagogen und Straßenecken stehen und beten, damit sie von den Leuten gesehen werden. Wenn du betest, so geh in dein Kämmerlein, und schließe die Türe zu, und bete zu deinem Vater, der im Verborgenen ist; und dein Vater, der in das Verborgene sieht, wird es dir vergelten.‹«

Aus dem Munde dieses mit üppiger Schönheit und lasterhaftem Reiz ausgestatteten Weibes die Worte des Herrn zitiert zu bekommen – noch dazu in getreuer Wiedergabe – war ebenso verblüffend wie überzeugend. Gott steckte in ihr – irgendwo. Odo würde also ein ganzes Jahr als Alberics Lehrer in Rom fungieren, als Gegenleistung dafür, dass er so viele Klöster gründen durfte, wie er wollte, ohne künftige Genehmigung der Bistümer oder Roms. So sehr er sich auch anstrengte, er konnte in diesem Handel kein Teufelswerk entdecken. Doch von diesem seltsamen Handel erfahren sollte nach Möglichkeit niemand. Wer würde noch eine Klosterreform hin zur Spiritualität und Entsagung wollen, wenn sie Folge eines Handels wäre, eines Handels mit der Hure von Rom!

Nachdem Marocia ihre Wünsche bezüglich Cluny Johannes mitgeteilt und sich verabschiedet hatte, geriet dieser in Rage. »Wie kann dieses Weib es wagen«, schrie er durch den leeren Saal, »mir so offensichtlich Befehle zu erteilen! Ich werde zum Gespött der Leute.«

Desiderius vermied, den Papst darauf hinzuweisen, dass er schon längst zum Gespött geworden war. »Es ist nun an der Zeit«, empfahl er stattdessen, »das Problem ein für allemal zu lösen.«

»Du meinst …«

Desiderius nickte gelassen. »Ich habe einen Plan, Heiligkeit, der Euch vollständig hinreißen wird.«

Was Johannes nicht ahnte, war, dass Desiderius diesen Satz wörtlich meinte.

29

Der römische Herbst des Jahres 928 begann mit Dauerregen. Viele Tage lang prasselte das Wasser in dicken Tropfen vom Himmel, und wer nicht auf die Straßen musste, blieb im Haus. Da die Stadt über eine antike, aber intakte Kanalisation verfügte, lief das Wasser von den gepflasterten Gassen gut ab, aber der Tiber führte Hochwasser aus dem Apennin und den Zuläufen der Sabiner Berge mit sich. Selbst als die Sonne noch einmal ihre ganze Kraft entfaltete und den Sommer zurückbrachte, ging das Wasser im Flussbett nicht zurück, und so brauchte man nur seinen Arm über die Terrassenmauer der Villa Fortuna zu halten, um ihn im Tiber baden zu können.

Was für die Kinder ein Spaß hätte sein können, erfreute jedoch nur Marocia und ihren Schwager Guido, den sie zu einem Besuch nach Rom eingeladen hatte. Clemens hingegen verzog beim Anblick des braungelben Wassers nur das Gesicht, Eudoxia interessierte sich überhaupt nicht dafür, und Alberic gab lieber die neuesten Lektionen seines Lehrmeisters Odo zum Besten.

»Es gibt zweiundsiebzig eherne Regeln in Cluny«, berichtete er den Versammelten enthusiastisch. »Eine der wichtigsten Regeln der Cluniazenser besagt, dass sie sich siebenmal täglich zur Lobpreisung zusammenfinden. Zur Matutin in der Nacht, zum Tagesanbruch, zur Terz am Vormittag, zur Mittagsstunde, zur None am Nachmittag, zur Vesper und schließlich zur Komplet vor der Nachtruhe. Außerdem ernähren sie sich nur von dem, was sie selbst anbauen. Fleisch essen sie fast gar nicht, sie schlafen auf dem Boden und …«

Erst ein bedächtiges Schulterklopfen seines geistlichen Mentors brachte Alberic dazu, das Referat abzubrechen.

»War das alles richtig, Vater?«, fragte er.

Odo nickte und brachte Alberic damit zum Strahlen. Auch Marocia war zufrieden. Seit Odo mit seinem Unterricht begonnen hatte, war ihr schwieriger Sohn ausgeglichener geworden. Er stritt nicht mehr so viel wie früher und hörte auf, seinen Halbbruder Clemens zu ärgern oder mit Schimpfwörtern zu belegen. Ihr gegenüber zeigte der Elfjährige immer deutlicher seine Zuneigung, und gestern hatte er sich sogar an sie geschmiegt, wie er es nur in frühester Kindheit getan hatte, und gesagt: »Ihr habt mir die schönsten Geschenke gemacht, die ich mir vorstellen konnte, Mutter.«

Damit meinte Alberic seine zwei liebsten Freunde, Cicero und Guido, sowie seinen Lehrer Odo, die alle drei in diesen Tagen nur auf ihre Initiative hin um ihn versammelt waren. Für Marocia war Alberics Dankbarkeit wie eine heilsame Salbe, die eine Wunde schloss.

Marocia zog lächelnd ihren Arm aus dem strömenden Tiberwasser, trocknete ihn mit einem Tuch ab und kraulte Alberic die Haare. »Der ehrwürdige Abt hat mir schon von deinen Leistungen erzählt. Ich bin sehr stolz auf dich, mein Junge.«

»Danke, Mutter«, sagte Alberic. »Aber bitte ... nennt mich nicht immer Junge. Ich bin schon fast ein Mann.«

Marocia schmunzelte, und alle anderen taten es ihr gleich. Nur Clemens biss die Zähne zusammen. Den Zärtlichkeiten zwischen Marocia und Alberic begegnete er mit offensichtlichem Groll: »Also ich finde die Ideen Clunys absurd, ja anmaßend. Wer auf diese Irrlehre von Verzicht und Demut der Kirche hereinfällt, ist arm im Geiste und zu bedauern.«

Die heitere Stimmung verflog im Nu. Alle schwiegen. Alberics übliche Gesichtsblässe wich einer hellen Röte. Er stand auf und wollte seinem Halbbruder gerade etwas erwidern, als Odos Hand ihn davon abhielt. Langsam zog der Abt ihn wieder auf die Sitzbank. »Geschätzter Bruder Clemens«, begann Odo. »Ich glaube, hier liegt ein Missverständnis vor. Wir befürworten zwar sehr wohl einen entsagenden Lebenswandel der Mönche und Nonnen, keineswegs aber treten wir für die Demut der Kirche an sich ein. Im Gegenteil, wir wünschen uns das Dominat der Kirche über die weltlichen Herrscher, einschließlich des byzantinischen Kaisers. Ferner ...«

Odo wurde gestört. Ein Diener kam auf die Terrasse und meldete einen hohen Besucher: Kardinal Desiderius. Marocia war zum ersten Mal in ihrem Leben froh darüber, ihn zu empfangen, denn das Letzte, worauf sie Lust verspürte, war, inmitten eines klerikalen Disputes zu sitzen. Desiderius dagegen konnte man vieles nachsagen, nur nicht, dass er langweilen würde. Dass er sie hier in der Villa Fortuna erstmals seit ihrer Machtübernahme besuchte, musste eine interessante Ursache haben.

Neben der schlichten Kutte Odos wirkte Desiderius in seinem roten Prunkgewand und dem schweren, opalbesetzten Goldkreuz über der Brust wie die Verkörperung all dessen, was der Abt von Cluny reformieren wollte.

»Bitte«, sagte Marocia und bot dem Kardinal einen Platz neben sich an.

Desiderius wollte zunächst das Angebot annehmen, dann aber sah er den Tiber dicht unterhalb der Mauer strömen. Seit ihm vor vielen Jahren von Constanza von Atri der Tod im Wasser prophezeit worden war, mied er Gewässer, wo immer er konnte. Sogar Brücken waren ihm ein Graus. Er räusperte sich. »Ich möchte keine langen Worte machen, Euer Gnaden. Heute Nacht noch sollt Ihr Opfer einer Verschwörung werden.«

Guido griff sofort zu seinem Schwert, das er auf der Mauer abgelegt hatte. Alberic, Clemens und Odo von Cluny stöhnten auf, sogar die zwölfjährige Eudoxia riss diese Nachricht aus ihrer gewohnten Lethargie. Marocia sah den Kardinal dagegen nur müde an.

»Johannes?«, fragte sie mit belegter Stimme.

»So ist es«, bestätigte Desiderius. »Der Papst hat vor, Euch im Schlaf erdolchen zu lassen. Einer Eurer Hausdiener soll die Tat verüben und anschließend dem selbstverständlich betroffenen Heiligen Vater *gestehen*, von Eurem Gemahl dazu angestiftet worden zu sein. Auf diese Weise hofft der Papst …«

»… mich loszuwerden und zugleich die Landesherren gegen Hugo einzunehmen. Die alten Machtverhältnisse wären wieder hergestellt.«

»Brillant kombiniert, wie immer.«

Marocia hatte momentan keinen Sinn für die falsche Honigsüße des Kardinals. »Hat Byzanz die Hände im Spiel?«

»Nicht, dass ich wüsste. Es ist eher ein« – Desiderius räusperte sich und sah Marocia viel sagend an – »ein persönliches Anliegen des Papstes, eine Frage des … des Gefühls.«

Marocia verstand. »Warum«, fragte sie hart, »verratet Ihr mir dieses mörderische Geheimnis? Sagt nicht, Ihr habt plötzlich eine Zuneigung zu mir entdeckt.«

Desiderius faltete die Hände. »Das wohl nicht. Aber Ihr werdet gewinnen, Euer Gnaden, und ich behalte mein Leben. So war es bisher, und so wird es vorerst bleiben.«

Marocia gab sich mit dieser Erklärung zufrieden, obwohl sie das Gefühl überkam, dass mindestens *ein* Stein des Mosaiks noch fehlte. Aber sie wusste nicht, welcher. Da Desiderius ihr, wenn auch nur aus Selbstsucht, vermutlich das Leben gerettet hatte, rang sie sich einen Dank ab, bevor sie ihn wieder fortschickte.

Nachdenklich erhob sie sich und schritt die Terrasse ab. Die Orangenbäume trugen erste Früchte und versprühten ihren herben Duft. Nachdenklich pflückte Marocia eine der kleinen weichen Kugeln und wog sie abwechselnd in beiden Händen. Cicero kam herbei. Er wedelte mit dem Schwanz und beschnüffelte die Orange auf ihre Essbarkeit. Marocia strich ihm über das Fell und kraulte seinen Nacken, dann erhob sie sich wieder und setzte ihren Streifzug fort.

Die Sonne versank hinter dem Mons Janiculum, und der Himmel leuchtete nun in unzähligen Gelb- und Rottönen. Doch außer Marocia hatte niemand in diesem Moment Augen dafür. Alle Momente in ihrem Leben, in denen Johannes eine Rolle spielte, zogen scheinbar vor dieser grandiosen Kulisse vorüber. Sie kannte Johannes' Verbrechen und hatte ihm keines davon verziehen, aber ihr lag dennoch schon lange nichts mehr an seiner Vernichtung, von der sie als junge Frau immer geträumt hatte. Johannes' Beseitigung würde Blanca verletzen und Rom Unruhe bereiten. Unabsehbare Schwierigkeiten konnten sich daraus ergeben.

»Das ist ungeheuerlich«, ächzte Odo. »So tief ist das Pontifikat gesunken.« Er blickte beschämt zu Boden.

Guido beschäftigten ganz andere Gedanken. »Es wäre besser, wenn Ihr bei der Verhaftung des Meuchelmörders nicht auf die Wachen zurückgreift. Sie könnten im Vorfeld zu viel Aufmerksamkeit erregen – oder sogar bestochen sein.«

»Was ratet Ihr?«, fragte sie.

Guido zuckte mit den Achseln. »Einen Hausdiener kann ich mühelos überwältigen.«

Marocia grinste, machte einen höflichen Knicks und warf ihm ihre Orange zu.

»Danke«, sagte sie.

»Und Cicero und ich helfen ihm«, fiel Alberic ein. »Nicht wahr, Cicero?« Der Hund bellte und wedelte mit dem Schwanz.

»Das kommt nicht in Frage«, sagte Marocia.

»Dagegen kannst du gar nichts machen«, trotzte Alberic ihr.

»Das hier ist kein Kinder...« Sie unterdrückte den Rest des Wortes und blickte ihren Schwager Rat suchend an.

»Ich passe auf«, versprach er, und so pflückte Marocia eine weitere Orange, ging zu Alberic und drückte sie ihm in die Hand. »Danke«, sagte sie auch ihm und fand in seinen Augen eine Liebe wie noch nie zuvor.

In der tiefsten Nacht schlich sich – so, wie Desiderius es angekündigt hatte – ein Diener in Marocias Schlafgemach und stach mit einem Dolch mehrere Male auf das Bett ein. Als er die Decke lupfte und im Mondschein den Erfolg seiner Tat prüfen wollte, erkannte er, dass er auf einen Strohsack eingestochen hatte. In diesem Moment stürmte der Markgraf von Toskana herein und hinter ihm Alberic und der Hund. Der Diener erkannte blitzschnell, in welchen Hinterhalt er gelaufen war, schleuderte das Messer gegen Guido und traf ihn damit an der rechten Schulter. Der Markgraf schrie auf. Mit einem gewaltigen Satz sprang der Diener vor und riss Guido zu Boden.

Alberic, der ein Kurzschwert hielt, wollte helfen, konnte aber in der Dunkelheit die Kontrahenten nicht auseinander halten. Doch dann gab er Cicero einen Befehl. Sofort stürzte der Hund sich in das unübersichtliche Gerangel und biss zu. Von scharfen Zähnen am Oberarm gepackt, schrie der Diener auf. Guido versetzte ihm einen Schlag – und der Kampf war vorbei.

Noch immer lag tiefe Dunkelheit über der Tiberinsel. Alberic und Clemens umringten Marocia, während sie abwechselnd Guidos

Wunde verband und in die Schwärze des rauschenden Tibers blickte. »Töte ihn!«, rief Alberic, der sich seit dieser ereignisreichen Nacht als gleichwertigen Ratgeber für seine Mutter empfand. »Er muss für sein Verbrechen bezahlen.«

Damit meinte der Elfjährige keineswegs den Diener, der vor wenigen Minuten alles gestanden hatte. Nein, Alberic empfahl, den Papst umbringen zu lassen, der es gewagt hatte, die Herrschaft seiner Mutter zu bedrohen – und damit auch seine, Alberics, künftige Herrschaft.

»Wenn Ihr ihn jetzt schont«, pflichtete Clemens seinem Halbbruder in seltener Übereinstimmung bei, »habt Ihr beim nächsten Mal vielleicht nicht so viel Glück, Mutter.«

Marocia reagierte auf die Ratschläge ihrer Kinder nicht. Sie tupfte Guidos Oberarm ab, legte einige Blätter des Beinwells auf die getrocknete Wunde und umwickelte diese mit einem Stoff. Guido verzog zwischendurch das Gesicht in kurzem Schmerz, aber er stöhnte kein einziges Mal. »Wenn Ihr Euch dazu entschließt«, merkte er an, »müsst Ihr dafür sorgen, dass es nicht öffentlich wird. Jeder darf ahnen, dass Ihr hinter der Beseitigung des Papstes steckt, aber niemand darf es wirklich wissen, versteht Ihr?«

Marocia zog eine letzte Schlaufe fest. »So«, sagte sie. »Das Kraut müsste eine Entzündung verhindern.«

»Was werdet Ihr nun tun, Mutter?«, fragte Clemens ungeduldig. Und Alberic fiel ein: »Ja, nun sagt schon.«

»Darüber nachdenken«, antwortete sie. »Und zwar allein.«

Unter allgemeinem Murren scheuchte sie Alberic, Clemens und Guido von der Terrasse. Sie löschte die Fackeln bis auf eine einzige und setzte sich auf die Terrassenmauer. Die Umrisse der Stadt gewannen im dämmernden Morgen langsam an Kontur. Marcellus-Theater und Kapitol hoben sich sanft vor dem Horizont ab. Aber die Stadt war noch nicht erwacht. Noch schliefen die Römer, nicht ahnend, was dieser kommende Tag an Neuigkeiten für sie bereithalten würde. Marocia wusste es ja selbst noch nicht.

Sie griff in die Innentasche ihres Gewandes und holte einen Flakon hervor. Darin befand sich jenes Gift, das Johannes ihr einst gegeben hatte, um damit Sergius umzubringen. Vor vielen Jahren hatte Marocia geschworen, es nie mehr zur Sprache zu bringen oder einzusetzen, solange ihre Mutter lebte. Nun, ihre Mutter war tot. Lange blickte Marocia, das Gift in Händen, in den grauenden Morgen.

Die Sonnenstrahlen fielen schräg durch ein einziges schmales Fenster einige Meter über dem Boden und warfen ihr Licht auf die mit Steinen eingeritzten Kritzeleien der Wände. Zögerlich betrat Marocia die geräumige, schmutzige Zelle in der ehemaligen Prätorianerkaserne und dem heutigen Hauptquartier der Stadtmiliz. Schon in der Antike war dieses Gefängnis vornehmlich besonderen Häftlingen vorbehalten gewesen, und für einen Moment hing Marocia dem Gedanken nach, an diesen verwitterten Wänden vielleicht ein letztes, dürftiges Testament an die Nachwelt zu finden, von der tragischen Agrippina vielleicht, oder von der christlichen Kaiserschwester Domitia, die ihren Glauben vor achthundertfünfzig Jahren mit dem Leben bezahlt hatte.

Ein Rascheln lenkte ihren Blick jedoch an das andere Ende des Raumes. Dort saß Johannes auf einer strohbedeckten Pritsche, kaute auf einem Stück Brot herum und spülte es mit einem großen Schluck Falerner hinunter. Er sah schrecklich aus, mit schwarzen Rändern unter den Augen und zerknitterten Wangen. Er hatte, mit einem Rest von Jugendlichkeit ausgestattet, stets gut ausgesehen, selbst als er im letzten Monat sein sechzigstes Wiegenfest gefeiert hatte. Aber nach einer Nacht in dieser Zelle war aller äußerlicher Charme von ihm abgefallen – anderen hatte er ohnehin nie besessen.

»Ah«, rief er matt. »Die Senatrix, lebendig wie eh und je. Bist du gekommen, mir das Letzte zu nehmen, was von meiner Papstwürde übrig geblieben ist?« Er zupfte kräftig an seinem weißen, goldbestickten Gewand.

»Mehr als das hat dich nie zu einem Papst gemacht«, parierte sie, verlor aber schnell die Lust an Wortspielen. Sie ging einige Schritte auf ihn zu, blieb jedoch in angemessener Entfernung stehen. Sie meinte es ernst, als sie fragte: »Warum, Johannes?«

»Warum was?«

»Ich habe dir nichts getan, habe dich gewähren lassen. Du hättest steinalt werden können auf deinem Papstthron. Warum wolltest du mich also umbringen lassen?«

Er hob seine Schultern, hielt sie einen Moment, ließ sie dann wieder abrupt fallen. »Weil du ein Miststück bist, eine miese Hure, darum. Du hast unsere Liebe verraten.«

Marocia schüttelte betroffen den Kopf. Es hatte keinen Sinn, mit Johannes vernünftig zu reden. In seinem Kopf existierte offenbar eine Welt, die mit der wirklichen nicht zusammenpasste. Es mochte sogar sein, dass er daran unschuldig war, dass Ageltrudis ihn zu dem gemacht hatte, was er war, aber Marocia war zu müde, genauer darüber nachzudenken. Die letzte Nacht, aber weit mehr noch die vielen Jahre seit ihrer Kindheit, in denen Johannes immerzu in ihr Leben eingedrungen war und darin gewütet hatte, machten sie fast gleichgültig gegenüber seinem Schicksal.

»Einen Papst verhaften und hinrichten!«, warf er ihr vor. »Das wird die Christenheit dir nie verzeihen.«

»Die Kurie wird meine Entscheidung absegnen, keine Sorge.«

»Man wird dich verfluchen und verachten, wie deine Mutter, die andere Hure. Die Geschichtsschreiber werden …«

»Das lass nur meine Sorge sein.«

Er stand auf und sah sie zornig an. Seine Hände krallten sich ineinander. »Ich habe sie getötet. Eigenhändig habe ich deiner Mutter die Luft zum Leben abgedrückt, und ich würde es wieder tun. Sie hat es verdient. *Du* hättest es ebenfalls verdient. Ihr Weiber seid grausam und herrschsüchtig, ihr spielt mit den Männern, martert sie …« Er zitterte am ganzen Körper und schlug die Hände vor das faltenverzerrte Gesicht. Tränen tropften sein Kinn hinunter. So verharrte er eine Weile, dann ließ er die Arme wieder sinken und war so gefasst wie zu Anfang des Gesprächs.

»Kann ich bitte Desiderius sprechen?«

Marocia schüttelte den Kopf. »Ich bezweifle, dass er dich sehen will.«

»Er ist mein Vertrauter, mein Diener.«

»Dieser Freund und Diener war es, der dich verraten hat.«

Johannes riss kurz die Augen auf, bevor sie dumpf und müde wurden. Er begann leise zu lachen, es klang bitter und zynisch. »Weißt du, dass es Desiderius war, der mich erst auf die Idee zu dieser Verschwörung gebracht hat?«

Das war der letzte Mosaikstein, der Marocia noch gefehlt hatte.

Offenbar wollte Desiderius Johannes aus dem Weg haben. Aber wozu? Welchen Nutzen konnte er schon davon haben? Sie würde ihn niemals zum Papst machen, das musste er doch wissen. Die Absichten des Kardinals waren so verschlungen und modrig wie ein Sumpfwald. Zunächst galt es jetzt, mit Johannes abzurechnen.

»Bevor ich gehe«, sagte Marocia mit tiefer, gedehnter Stimme, »muss ich noch mein Gewissen erleichtern und dir aushändigen, was du mir einmal geliehen hast.«

»Ich habe dir nie etwas geliehen.«

Sie holte den Flakon hervor und warf ihn Johannes zu. »Erinnerst du dich? Der Schneesturm, die Kutsche ... *Cicuta virosa*. Der Wasserschierling. Ich habe das Gefäß mehr als zweiundzwanzig Jahre wie einen Schatz aufbewahrt. Und heute endlich erfüllt es seine Bestimmung.«

Johannes verzog angeekelt das Gesicht »Du irrst, wenn du glaubst, ich werde das Teufelszeug benutzen. Es wirkt sehr langsam, *zu* langsam – ein furchtbarer, qualvoller Tod.«

Sie stellte sich dicht vor Johannes auf und neigte ihren Kopf wie ein Spatz zur Seite. »Armer Johannes«, säuselte sie. »Wie soll ich dir nur klarmachen, dass du dieses Gift gar nicht mehr nehmen musst, weil du es schon längst genommen hast? Sieh doch hin, der Flakon ist leer.« Ihr Blick schweifte zwischen seinen Augen, dem Flakon und dem am Boden stehenden Becher mit dem Falerner hin und her.

In dem Moment, als seine Pupillen sich weiteten, als sähe er den Leibhaftigen vor sich, wandte sie sich um und ging behände zur Zellentür. Schwer und laut fiel sie hinter ihr ins Schloss. Nur einen Lidschlag später tauchte Johannes' verzerrtes Gesicht vor dem kleinen vergitterten Fenster der Tür auf. »Nein«, flehte er. »Nicht auf diese Weise, Marocia. Gib mir einen Dolch ... schick den Henker, aber nicht dieser Tod. Die Qualen ... es wird Tage dauern. Bitte.«

Kein Muskel an ihr bewegte sich.

»Nein«, sagte sie.

Tränen rannen seine Wangen hinunter, so wie ihre Tränen nach der Frühgeburt ihres ersten Kindes und in den Nächten nach Sergius' und Damianes Tod gelaufen und erst nach Stunden getrocknet waren. Jeder Schmerz, den dieser Mann und seine Befehlsempfänger ihr zugefügt, jeder Mord, den er begangen hatte, war nun gerächt, da seine Hände sich um die Gitterstäbe krallten und sein Gesicht in der Erwartung einer entsetzlichen Marter zitterte.

Oh, er würde nicht an Gift sterben. Sie hatte den Inhalt des Flakons von ihrer Terrasse aus in den Tiber gegossen, nachdem sie viele Stunden dem Spiel der Strömung zugesehen hatte. Aber ein skrupelloser Mörder, wusste sie, glaubt immer auch an die Skrupellosigkeit der anderen, und so würde es wohl viele Stunden dauern, vielleicht einen ganzen Tag und eine ganze Nacht, bis Johannes begriff, dass er nur getäuscht worden war.

»Leb wohl«, sagte sie und verließ das schmutzige Gefängnis, das Johannes bis zu seinem natürlichen Lebensende Heimat bleiben würde.

Tatsächlich fand man ihn nur wenige Wochen später an seinem Gewand erhängt in der Zelle.

Zur gleichen Zeit, als Marocia nach dem verschwundenen Desiderius suchen ließ und der Kardinalskurie einen Nachfolger für den abgesetzten Johannes empfahl, kapitulierte Boso in seiner letzten Bastion Valence an der Rhone.

Hugo erwartete die Unterwerfung seines Bruders unter dem Baldachin am Eingang seines Zeltes. Es regnete in Strömen, und Boso blieb nicht die Demütigung erspart, im Angesicht der niederburgundischen Ritterschaft minutenlang im erdigen Schlamm des Flussufers zu knien. »... hiermit also übergebe ich alle Burgen, Schlösser und Waffen meinem Bruder Hugo und unterwerfe mich seiner königlichen Gnade.«

Hugo grinste zufrieden, während Boso weiter im Schlamm kniete und dem Wolkenbruch schutzlos ausgesetzt war. Abwechselnd blickte er in den dunkelgrauen Himmel und die schwarze, boshafte Miene des Siegers. Doch dieser erlöste ihn nicht aus seiner erniedrigenden Stellung, sondern genoss sichtlich jeden einzelnen Augenblick. Eine Ewigkeit schien zu vergehen, bis Hugo endlich rief: »Das hast du schön aufgesagt, geliebter Bruder. Was glaubst du, hält meine königliche Gnade für dich bereit?«

Boso schluckte. Er öffnete den Mund, wusste jedoch nicht, ob er etwas sagen sollte, und wenn ja, was. Hugo konnte jetzt, rein rechtlich gesehen, alles mit ihm machen, ihn erschlagen, ihn als Bettler durch die Straßen ziehen lassen, verbannen oder lebenslang in den Kerker werfen. Gedankenverloren wollte Boso sich erheben, aber Hugo ging dazwischen.

»O nein, schön unten bleiben!«, rief er. Der Regen nahm zu, und der Wind peitschte derart stark von der Seite, dass Boso sich immer wieder abstützen musste, um nicht zu kippen.

»Also, geliebter Bruder«, schrie Hugo gegen den Lärm des Wetters an. »Höre gut zu. Ich werde dich zunächst zum Bischof von Orange machen.«

Boso staunte. »Ich? Ein Bischof?«

»Ja, das ist doch lustig, nicht? Aber deswegen tue ich es nicht. Vermutlich werde ich dich schon bald in Italien benötigen, wo du durch meine Vermittlung eine Provinz erhalten wirst. Leider« – er schnitt eine Grimasse – »kann ich die Provinzen nicht endlos unter meiner direkten Kontrolle halten. Ein ehemaliger Bischof von Orange hingegen, selbst wenn er mein Bruder ist, dürfte weit weniger Kritik erregen.«

Bosos Augen begannen zu flackern. »Welche Provinz willst du mir geben?«

»Das erfährst du, wenn es soweit ist. Und noch eines: Sollte es dir einfallen, dich auf irgendeine Weise rächen zu wollen ...« Hugo musste den Satz nicht vollenden, um sich verständlich zu machen. Er warf Boso eine Kette mit Amulett zu, sie landete schmatzend im Schlamm.

»Das Symbol deiner Bischofswürde«, sagte Hugo und ging ohne ein weiteres Wort davon.

In seinem Zelt wartete bereits ein Besucher auf ihn.

Hugo kannte ihn kaum; er wusste bloß, dass dieser Mann einst sein und Marocias Feind gewesen war, was bereits reichte, um seine Neugier zu wecken. Feinde, hatte er herausgefunden, waren meist viel interessanter als Freunde.

Desiderius hatte seinen weiten, regengetränkten Mantel protokollgemäß noch nicht abgelegt. Er verneigte sich tief und stumm und wartete auf eine Geste, die es ihm erlaubte, zu sprechen. Hugo warf sich auf einen der Stühle, kreuzte die Beine auf dem Tisch und musterte Desiderius wie ein Wolf den anderen. Schließlich schenkte er sich und ihm einen Becher Wein ein.

»Rede!«

»Euer Gnaden, ich komme mit der bedeutenden Botschaft aus Rom«, verkündete Desiderius, »dass Papst Johannes X. von Eurer Gemahlin abgesetzt wurde, da er eine Verschwörung gegen die Königin und Euch plante.« Desiderius begann, seine Version des Komplotts zu erzählen, doch als er fertig war, konnte er weder ein aussagekräftiges Mienenspiel beim König entdecken noch irgendeine andere Reaktion ernten. Wie aus Holz geschnitzt, saßen Monarch und Kardinal sich eine Minute lang gegenüber, und nur ihre beweglichen Augen verrieten, dass sie lebten. Umso schneller und wechselvoller schossen ihnen die Gedanken durch den Kopf.

»Und warum«, beendete Hugo das spiegelbildliche Schweigen, »kommt für diese Nachricht eigens ein Kardinal aus Rom angereist, statt eines Kuriers?«

Der Kardinal wollte eben antworten, da fiel ihm Hugo bereits ins Wort. »Halt, lass mich raten. Ich gehe jede Wette ein, der Kurier ist auch schon unterwegs, und du bist ... wie soll ich sagen, in eigener Sache hier.«

»Nun ja«, meinte Desiderius, jedes Wort vorsichtig abwägend, »ich bin trotz meiner Hilfestellung bei der Aufdeckung der Verschwörung nicht gerade in der Gunst Eurer Gemahlin gestiegen.«

»Du hast sie also angelogen,« resümierte Hugo. Desiderius schnappte nach Luft, aber Hugo unterdrückte den Protest sofort. »Ich habe keine Lust auf Spielchen. Wenn du mir nicht gleich sagst, was du mir anzubieten hast, *Mönch*, schicke ich dich in Ketten nach Rom, führe die Zirkusspiele wieder ein und werfe dich im Amphitheater persönlich den Löwen zum Fraß vor.«

Schweißperlen bildeten sich auf der Stirn des Kardinals, aber er hatte sich bereits wieder gut im Griff, als er sagte: »Wenn Ihr meinen Vorschlag hört, Euer Gnaden, werdet Ihr keine Sekunde länger in Erwägung ziehen, mich hinzurichten. Im Gegenteil, denn ich biete Euch etwas, das derzeit kaum ein anderer zu geben in der Lage ist.«

Hugo richtete sich ein wenig in seinem Stuhl auf, und seine Augenbrauen zuckten kurz, als Desiderius ihm die Lösung des Rätsels präsentierte: »Ich biete Euch ein ganzes Imperium.«

Dampfschwaden stiegen vom Bassin der Villa auf der Isola Tiberina in den herbstlichen Himmel über Rom. Eine unterirdische Befeuerungsanlage, die das Wasser nach Wunsch temperieren konnte, gestattete Marocia den Luxus, auch bei Kälte Entspannung in ihrem von Säulen und Statuen gesäumten Bad zu suchen. Auf dem Rücken und mit geschlossenen Augen trieb sie im parfümierten, milchig weißen Wasser und dachte über ein Angebot nach, das sie heute bekommen hatte.

Landos Brief war am Mittag eingetroffen. Die Botschaft war sachlich, war im Stile eines Fürsten an die Königin verfasst und behandelte ein nebensächliches politisches Thema; aber war es Absicht oder Unaufmerksamkeit Landos oder Einbildung Marocias, dass zwischen den Zeilen noch immer so etwas wie Zärtlichkeit zu finden war? Sie waren damals plötzlich und missverständlich auseinander gegangen, ihre Liebe hatte sich in den Jahren der Trennung still verflüchtigt, wie der heiße Dampf dieses Wassers sich im römischen Wind verflüchtigte, und doch kam es Marocia manchmal vor, als ob ein kondensierter Rest davon noch immer geblieben war, trotz aller trennenden Meilen, Heiraten und Krönungen.

Tief atmete sie die herbe, vom aufsteigenden Zitrusöl erfüllte Luft ein. Lando, Lando, immer wieder hallte dieser Name in ihr nach und füllte für Augenblicke ihre Gedanken vollständig aus. So weit war jener Tag auf dem pincischen Hügel entfernt, so viel hatte sie seither erreicht, so zufrieden konnte sie mit ihrem Leben sein, und dennoch trat in Momenten wie diesen eine sehnsüchtige Erinnerung an jene Zeit an sie heran, als Lando und sie noch in geheimer Liebe verbunden waren. Sie konnte sich ebenso wenig dagegen wehren wie gegen den betörenden Duft, der alles um sie herum einhüllte. Beidem ergab sie sich ganz.

Sie wusste nicht, wie viel Zeit vergangen war, als eine Stimme sie aufschreckte. »Empfängt man so einen Heros? Mit geschlossenen Augen?«

Als Marocia sich in dem Dampf orientiert hatte, entdeckte sie Hugo, wie er am Rand des Bassins stand, hüllenlos, stark wie Mars. Mit großem Schwung sprang er ins Becken und tauchte unmittelbar vor Marocia wieder auf. Minutenlang küssten sie sich in Leidenschaft und rieben ihre nassen Körper aneinander.

»Ich weiß nicht, was mir die Kraft gibt, dich für dumme Feldzüge zurückzulassen«, hauchte er. »Gerade im Moment verstehe ich mich nicht.«

»Gerade im Moment würdest du vermutlich auch einen Baumstamm umarmen, so berauscht bist du.«

»Da bin ich aber froh«, knurrte er mit halb gesenkten Lidern, »dass ich rechtzeitig eine schöne junge Frau wie dich aufgetrieben habe, statt eines unwirtlichen Baumstamms. Sonst hätte ich mich womöglich noch verletzt.«

Heißer Dampf hüllte sie ein. Sie schwitzten, ihre zitternden Lippen strichen über Augen, Wangen und Kinn des anderen, ihre Hände fuhren durch die Haare und zogen an ihnen. Sie tauchten unter Wasser und küssten sich, rangen oben nach Luft und tauchten erneut in diese andere Welt ein. Er presste seine Arme fest um Marocias Taille und ergab sich gleichzeitig der sanften Kraft ihrer Hände, die seinen Körper rieben.

Der Mond stand schon über ihnen, als sie erschöpft Seite an Seite trieben. Hugo vertiefte seinen Blick in sie, in der sicheren Beruhigung, dass sich in den Monaten ihrer Trennung nichts zwischen ihnen verändert hatte. Doch dann senkte sie die Augen.

»Was hast du?«, fragte er stirnrunzelnd.

»Gar nichts. Ich ... ich bin nur müde.«

»Wenn es weiter nichts ist: Ich habe zwei Überraschungen, die dich wieder munter machen«, versprach er und schwamm mit zwei, drei kräftigen Zügen zur anderen Seite des Bassins. Dort griff er in einen Beutel und kam mit einer Krone als Trophäe zurück. »Ich bin jetzt ein Doppelkönig, und du bist meine Doppelkönigin.«

Hugo war am 15. Oktober 928 in der Kathedrale von Arles mit gewaltigem Pomp zum König von Niederburgund gekrönt worden. Die Gästeliste hatte im Nachhinein für einige Unstimmigkeiten gesorgt, weil Hugo zwar Guido eingeladen hatte, nicht aber beider Mutter Bertrada. Daraufhin zog auch Hugos Halbbruder seine bereits zugesagte Teilnahme an dem Ereignis zurück, was wiederum eine zornige Rüge Hugos nach sich zog und so weiter. Das Verhältnis der beiden Brüder war jedenfalls schlechter denn je, und Marocia wünschte sich eigentlich, dieses ganze niederburgundische Königreich samt Krone würde vom Erdboden verschluckt. Doch sie wusste, was es Hugo bedeutete, daher nahm sie das goldene Ding von ihm entgegen, setzte sich das im Vergleich zur italienischen Krone schwere Stück auf die nassen Haare und schwamm unter Hugos amüsiertem Gelächter eine Runde durch das Wasser.

»Sie ist so riesig und mächtig«, meinte Marocia. »Damit sehe ich bestimmt aus wie eine Königinmutter.«

»Du siehst keinen Tag älter aus als dreißig, Geliebte.«

»Ist dieses Kompliment die zweite Überraschung?«

Noch einmal küsste er sie lange und leidenschaftlich, bevor er sich aus dem Bassin stemmte und ein Handtuch um die Hüften wickelte, das gerade das Nötigste verdeckte. Er klatschte zweimal kräftig in die Hände und rief damit niemand anderen herbei als – Desiderius.

Marocia machte ein summendes Geräusch, als habe sie gerade eine delikate Süßspeise gekostet. »Desiderius! Wie nett! Mit deiner Allgegenwart machst du sogar unserem Herrn Konkurrenz.« Sie begann, wie eine Nymphe umherzuschwimmen; in dem milchigen Wasser sah man nichts als Kopf und Schultern, und selbst wenn es mehr gewesen wäre – Desiderius interessierte sich *dafür* zuletzt. »Was für eine Überraschung wird das, Liebster?«, rief sie Hugo zu. »Soll ich mir aus seiner kostbaren Kutte eine passende Stola für die Krone nähen?«

»Daran hatte ich anfangs auch gedacht«, erwiderte Hugo lächelnd. »Aber dann hat Desiderius mir einen viel besseren Vorschlag unterbreitet.«

»Ja«, stieß sie hervor. »Den hat er immer im Gepäck. Was hat er dir geboten? Die Heiligsprechung?«

»Rate noch mal.«

»Die Auferstehung nach drei Tagen.«

»Nahe dran. Den Kaisertitel.«

»Den …?« Sie hielt inne, suchte zuerst Boden unter den Füßen, dann die zufriedenen Augen des Kardinals, anschließend die ihres Gemahls. »Um Himmels willen, Hugo, wie kann er dir denn so etwas versprechen?«

Um Kaiser zu werden, wusste Marocia, benötigte man einerseits einen Papst, der die Krönung vollzog – was sicherlich das geringere Problem war –, sowie andererseits die Einwilligung des byzantinischen Kaisers, denn er war nun einmal der einzig anerkannte Nachfolger des antiken römischen Kaisertitels.

Hugo ging am Beckenrand in die Hocke und wartete, bis Marocia zu ihm geschwommen war. »Sieh mal, wenn wir Desiderius zum Papst machen – nein, lass mich bitte ausreden –, wird er dafür als Gegenleistung mit dem Kaiser in Verhandlungen treten. Wir beide wissen, dass Desiderius bei den Byzantinern einen großen Stein im Brett hat, Kontakte, Verbindlichkeiten, Gefallen, die er einfordern kann. Außerdem ist es schon einmal jemandem gelungen, die Einwilligung zu erhalten, nämlich Karl dem Großen.«

Was für ein Vergleich! Karl der Große hatte damals die Kontrolle über ein mächtiges Reich, das sich von den Pyrenäen bis Dänemark erstreckte, von Bayeux bis Rom. Vor allem aber hatte er es im Byzanz des Jahres 800 mit einer Frau zu tun, Kaiserin Irene, die sogar an eine Hochzeit mit dem Frankenherrscher dachte, so fasziniert war sie von ihm. Karl hatte leichtes Spiel mit ihr gehabt. Aber heute regierte neben dem fügsamen, frommen Kaiser Konstantin VII. noch sein Schwiegervater Romanos I. Lekapenos in Byzanz, und dieser war alles andere als zugänglich.

Marocia schüttelte sacht den Kopf. »Hugo, ganz im Ernst, der Kaiser wird dir diese Erlaubnis *nie* geben. Warum sollte er auch?«

Hugo zuckte mit den Schultern. »Wir müssten ihm natürlich die süditalienischen Fürstentümer übertragen, also Salerno und Apulien.«

Marocia kannte diesen gleichgültigen Tonfall ihres Gemahls, wenn es darum ging, Preise zu bezahlen. Er konnte so bewusst und so leicht etwas aufgeben, um etwas anderes zu erhalten, eine Eigenschaft, die sie nie besessen hatte und die sie auch nicht schätzte. Wie beschützt würde sich das übrige Land und Volk noch vorkommen, wenn der König leichtherzig Provinzen aufgab, um einen Titel zu erlangen? »Weißt du«, begann sie einen letzten Versuch, »dass Desiderius es war, der Johannes die Verschwörung eingeredet hat, wahrscheinlich nur mit dem Ziel, sie an mich verraten zu können, anschließend zu dir zu gehen und …«

Hugo winkte ab. »Schmutzige Wäsche von gestern, Marocia. Er ist eben ein raffinierter Bursche, und du wirst ihn im Auge behalten müssen, sobald er Papst ist. Aber das machst du doch gern, nicht umsonst nennen die Römer dich die Herrin der Päpste.«

Marocia überlegte einen Moment. »Kardinal«, rief sie dem abseits stehenden Geistlichen zu. »Ihr hetzt Johannes auf mich, mich auf Johannes, Hugo auf mich und so weiter. Habt Ihr das Geheimnis entdeckt, wie man jeden an jedermann verraten kann?«

Desiderius verbeugte sich leicht. »Das ist Politik, Euer Gnaden. Ich dachte, Ihr versteht das am besten.«

»Was das Pontifikat angeht ...« Marocia wandte sich wieder ihrem Gemahl zu, der noch immer am Beckenrand kniete »Die Kurie hat bereits einen mir genehmen Nachfolger für Johannes gewählt: Stephan VII.« Eine der wenigen Methoden, die Marocia von ihrer Mutter übernommen hatte, war die Einmischung in die Wahl eines Papstes. Der Stuhl Petri war zu wichtig, um seine Besetzung einem Zufall zu überlassen. Wenn sie nicht Einfluss nehmen würde, täten es andere, vor allem das Imperium. Ohne Zögern hatte sie daher dafür gesorgt, dass ein greiser und weiser Mann, ein harmloser Theologe, den Petrusstab zugesprochen bekam. Stephan VII. kümmerte sich um geistliche Belange und den Bau von Kirchen – Marocia um den Rest. So sollte es bleiben.

Hugo runzelte die Stirn. »Dann setz diesen Stephan eben ab. Darin hast du doch mittlerweile Übung.«

Marocia kannte diesen fordernden Tonfall Hugos, und er reizte sie jedes Mal zum Widerspruch. Diesmal jedoch ging sie ihren Widerspruch weniger offensichtlich an. »Ich habe einen ganz und gar prächtigen Einfall, wie wir alle zufrieden sein können, Liebster. Desiderius wird von uns als Gesandter nach Byzanz geschickt, und falls er Erfolg hat, garantieren wir ihm, Nachfolger Stephans zu werden. Ich finde, damit wird seine Motivation, dir zum Kaisertitel zu verhelfen, noch vergrößert.«

»Fürwahr«, rief Hugo aus. »Dass ich nicht selbst darauf gekommen bin. Du hast es gehört, Mönch.« Das Handtuch abstreifend, hechtete Hugo erneut zu Marocia ins Wasser, wo sie beide noch eine Weile herumalberten.

Unterdessen zog sich Desiderius aus dem Bad zurück. »Ich werde Papst«, hauchte er vor sich hin. »Und dann werden andere Zeiten in dieser Stadt anbrechen.«

30

Der Winter des Jahres 929 war kurz und mild, und ihm folgte ein Frühjahr, wie es prächtiger nicht sein konnte. Die Maiglöckchen blühten bereits in der ersten Märzhälfte, die Rosen knospten auf, und die lombardische Ebene rund um Pavia war übersät mit wilden, bunten Blumen. An der Stelle, wo Po und Ticino zusammenströmten und sonst Felder und Wälder für mehrere Wochen unter Wasser setzten, breitete sich in diesem März ein scheinbar unendlicher Teppich aus saftig grünen Gräsern und gelben Primeln aus. Enten und Schwäne besiedelten zu Hunderten die Ufer, Dachse kamen aus ihren Bauen hervor, und das Rotwild graste so zahlreich auf den Lichtungen wie noch nie. Hugo entschied, dass die höfische Falkenjagd schon jetzt beginnen solle, und eröffnete die Saison selbst.

Auf einer Höhe, von der aus man die beste Sicht über die Ebene hatte, gab er das Zeichen, und sofort schwärmten die Rutenschläger in alle Richtungen aus, um Tiere aufzuschrecken. Dann entfernte er die Lederhaube vom Kopf des Falken, den er auf dem Arm trug, und flüsterte ihm etwas ins Ohr. »Er ist intelligent«, erklärte er dem Mann, der neben ihm ritt. »Er tötet die Sorte Tier, die ich ihm nenne.«

Odo von Cluny sah den König mit mitleidigem Ausdruck an. »Wenn Ihr das Befolgen von Kommandos als Intelligenz anseht …«, sagte er und zuckte mit den Schultern. Er fühlte sich unwohl auf dieser Jagd, und nichts hätte ihn dazu bringen können, wenn Alberic nicht um seine Begleitung gebeten hätte. Jetzt, wo der Abschied nahe war, verbrachte der Junge jede verfügbare Zeit mit seinem Lehrer. Doch nun hatte er doch nichts davon, denn Marocia war in Pavia geblieben, und Hugo belegte Odo daher ganz für sich.

Der Abt von Cluny blickte sich um. Alberic ritt nur wenige Schritte hinter ihm, gleich neben seinem Stiefbruder Lothar, Hugos Sohn. Die beiden redeten kaum ein Wort miteinander, ebenso wie Eudoxia und Alda, Hugos Tochter, die die dritte Reihe bildeten. Ein Familienausflug, wie er grotesker kaum vorstellbar war.

Mit gewaltigem Armschwung schickte Hugo seinen Falken in die Lüfte, wo dieser schreiend kreiste. Hugo verfolgte den Flug des Raubvogels und sagte: »Euer Mutterkloster liegt doch im Königreich Hochburgund, nicht wahr?«

»An der Grenze dazu«, stellte Odo richtig.

»Aber Ihr kennt Euch mit den dortigen Machtverhältnissen aus.«

»Ein wenig.«

Hugo grinste ihn an. »Gut. Dann sagt mir, wie es König Rudolph geht. Man sagt, sein Gesundheitszustand sei labil.«

»König Rudolph ist unheilbar krank.«

»Und sein Sohn und Thronfolger ist verrückt, richtig?«

Odo blickte König Hugo unsicher an. »Er ist ein wenig … Wie soll ich sagen? Der Herrgott hat ihn nicht mit großen Geistesgaben beschenkt.«

Hugo lachte, dass es über die Ebene schallte. In diesem Moment stieg ein Erpel auf und flatterte im Tiefflug über die Feuchtwiese. Der Falke stieß herunter. Eine kurze Verfolgung begann, dann packte der Raubvogel zu, schleppte die Beute ein Stück mit sich und ließ sie dann wieder aus den Krallen frei. Der Erpel stürzte zu Boden, Hunde und Diener eilten sofort zu der weit entfernten Stelle. Doch schon war ein anderer Vogel in Sicht, und Hugo schrie dem Falken einen Befehl in die Lüfte.

»Ob Ihr es wollt oder nicht«, wandte Hugo sich wieder an seinen Gesprächspartner, »Ihr besitzt eine gewisse Komik.«

»Worauf zielt Euer Interesse am hochburgundischen Königshaus ab?«, fragte Odo.

»Auf die Krone selbstverständlich. Ich bin weitläufig mit Rudolph verwandt, und wenn sein Sohn ein Schwachkopf ist, bringe ich mich gerne als Erben ins Gespräch. Hat Rudolph eine Tochter?«

»Adelheid.«

»Ist sie verheiratet?«

»Sie ist kaum zwei Jahre alt.«

»Brüder, Neffen oder Nichten vorhanden?«

»Nein.«

»Pech für Rudolph. Dann hat er die Wahl zwischen einem Testament zu meinen Gunsten oder einem Krieg zwischen mir und seinem schwachköpfigen Sohn.«

Odo sah Hugo empört an. »König Rudolph ist ein gottesfürchtiger, friedliebender Mann. Er hat nicht verdient …«

»Er hat nur das verdient, was er bewahren kann, mehr nicht.«

Es war nicht leicht, Odo von Cluny in Rage zu bringen. Tausende Bußübungen und unzählige Stunden des Jätens, Grabens und Harkens im Klostergarten Clunys hatten ihn Beherrschung gelehrt. Doch König Hugo kam ihm wie ein Teufel vor, der versuchte, diese mühsam erworbene innere Ruhe zu vergessen. So schnappte Odo zwar nach Luft, aber er sagte nichts.

Der Falke riss nun auch den zweiten Vogel, eine Wachtel, und brachte sie dicht neben Hugo und Odo zum Absturz. Sogleich sprang Alberics Hund Cicero zu dem erlegten Tier und schleppte es mit sich.

»Das ist meine Beute. Wie kann der Köter es wagen …«, rief Hugo und fuhr Alberic an, er solle seinen Hund zur Räson bringen. Alberic tat, was sein Stiefvater befahl, aber Cicero gehorchte nicht sofort. Da schrie Hugo ein Kommando hinauf. Der Falke stürzte nieder. Alberic sah die Gefahr und ritt dem Hund entgegen. Unentwegt schrie er Cicero seine Befehle entgegen, aber der Jagdhund folgte nicht. Da geschah es. Der Falke krallte sich auf Ciceros Kopf fest und hackte in dessen Augen und Schnauze. Cicero heulte auf, gleichzeitig mit Alberic. Wutentbrannt warf sich der Junge vom Pferd, packte den Falken und schleuderte ihn davon. Doch der Raubvogel kam zurück. Ein wildes Gerangel entstand, bei dem Federn flogen und Blut die Hände und Arme Alberics hinunterlief. Schließlich bekam Alberic den Falken zu fassen. Eine ruckartige Drehung des Vogelnackens – und es war vorbei.

Eine kurze Böe heulte über die grasige Ebene und mischte sich mit dem kläglichen Winseln Ciceros. Alberic kniete neben seinem Freund. Er bettete dessen Kopf auf seine Schenkel und streichelte das kurze braune, blutbespritzte Fell. Ciceros Augen waren schwarze Höhlen, die nie wieder das Grün der Wiesen oder das Flackern der Kaminfeuer sehen würden. Alberic erinnerte sich an Momente, in denen sein Gefährte in Bächen gebadet, über Baumstämme gesprungen und im Dickicht der Wälder getollt hatte. Und bei jeder einzelnen Erinnerung flüsterte er den Namen: Cicero.

Alda kam heran und kniete sich neben ihren gleichaltrigen Stiefbruder. Ihre Hand verjagte die Mücken, die sich überall auf die zerrissene Haut setzten, und tröstete den Hund. Ihre Worte berührten Alberic. Der Dreizehnjährige blickte sie kurz an, und er fand sie plötzlich so schön, so liebevoll. Ihre kastanienbraunen, wunderschön gesteckten Haare, ihre deutlich geschwungenen Lippen, die großen, ehrlichen Augen. Ja, er konnte vergessen, dass sie Hugos Tochter war. »Er ist ein Ungeheuer«, raunte er ihr zu. »Ich hasse ihn, und ich hasse *sie* dafür, dass sie ihn geheiratet hat.«

»Du hast meinen Falken umgebracht!«, rief Hugo von seinem Pferd aus. »Dafür wirst du bestraft.« Er befahl seinem Sohn Lothar, Alberic mit einem Stock zu verprügeln.

»Aber er hat doch nur …«

»Schweig«, zischte Hugo ihn an. »Du tust, was ich sage.«

Lothar stieg von seinem Pferd ab und brach einen Weidenzweig. Damit ging er auf Alberic zu, doch dieser entlud seine ganze Wut in einem einzigen Sprung und einem einzigen Schlag ins Gesicht des vier Jahre älteren Stiefbruders. Lothar fiel wie ein junger Baum zu Boden.

Hugos Kiefer mahlten. »Das büßt du mir!«, rief er, packte Alberic im Vorbeireiten am Kragen und zerrte ihn auf das Pferd. Vergeblich schrien Odo von Cluny und Alda hinter ihm her. Hugo ritt wie der Teufel, und niemand vermochte ihm zu folgen.

Pavia war eingehüllt vom goldenen Glanz der Nachmittagssonne, als Hugo mit Alberic vor ihm auf dem Sattel durch die Stadttore ritt. In den gepflasterten Gassen stritten Licht und Schatten um die Territorien, und auf den Simsen der Bürgerhäuser räkelten sich die Katzen in der Frühlingswärme. Über allem lag Ruhe. In Pavia gab es keine Bettler und keine Vagabunden, nicht einmal Spielmannsleute, sie wurden allesamt nicht geduldet. Stattdessen residierten hier viele reiche Kaufleute und die alten langobardischen Adelsfamilien, die nichts anderes zu tun hatten, als sich gegenseitig mit ihrem Reichtum zu beeindrucken. Die Marotte, dass die edlen Familien bei jeder Geburt eines Sohnes einen Turm errichteten, ging auf ebendiese Eitelkeit zurück – und natürlich war der jüngste Turm auch immer der höchste.

Ein König, der durch die Straßen ritt, war ein alltägliches Bild in der Residenzstadt, und so würde niemand über Gebühr auf Hugo und seinen Stiefsohn geachtet haben. Doch Alberic rief Schimpf und Schande über den König, so dass es alle hören konnten: »Ein Tyrann ist euer König. Er quält seine Kinder, ist habgierig und ungerecht. Niemand von uns liebt oder achtet ihn. Wer ihn kennt, meidet seine Gegenwart. Er ist wie ein Aussätziger und ...«

»Du machst es nur noch schlimmer«, sagte Hugo und gab seinem Pferd einen Tritt. In mörderischem Galopp preschte er durch Pavia, Menschen flohen von der Straße, ein Marktstand kippte um, und ein Kind strauchelte und fiel bäuchlings auf das Pflaster. Erst im Palasthof bremste Hugo seinen Rappen. Nachdem er abgestiegen war, zog er einen seiner Reithandschuhe aus und gab Alberic damit eine Ohrfeige. Der Junge wollte sich mit einem Schlag rächen, doch Hugo fing diesen ab und erteilte ihm eine zweite Ohrfeige. Da spuckte Alberic ihn an.

»Du kannst mich schlagen oder einsperren, was auch immer, es gibt nichts, womit du mir wehtun kannst.« Er straffte den Rücken und funkelte Hugo mit zornigen Augen an.

Hugo knirschte mit den Zähnen. »Das werden wir ja noch sehen.« Er zerrte Alberic in das Innere des Palastes, die Gänge entlang. »Weißt du eigentlich, was ich mit deiner Mutter gemacht habe, als dein Vater noch lebte?«, fluchte er erregt.

»Du lügst!«, schrie Alberic.

»Dann warte noch zwei Minuten, und du wirst sehen, wie wenig ich ein Lügner bin.«

Er stellte Alberic vor dem Schlafgemach ab und ließ die Tür einen Spalt offen, nachdem er hineingegangen war. Marocia lag leicht bekleidet auf dem Bett und schlief. Sie sah schön aus mit ihren langen Haaren, die wie ein schwarzer Stern auf dem weißen Brokatbezug leuchteten. Hugo zog sich aus, und zwischendurch vergewisserte er sich durch einen Blick zur Tür davon, dass Alberic zusah. Dann bestieg er das Bett. Langsam ließ er sich neben Marocia nieder, streichelte sie, weckte sie mit einem fordernden Kuss auf. Im Halbschlaf erkannte sie ihn und schlang ihre Arme um seinen Körper. Sie flüsterte etwas wie »Schon zurück?«, doch er ging nicht darauf ein.

»Ich will es machen wie in Ravenna«, sagte er so laut, dass es den ganzen Raum ausfüllte. »Damals, bevor du mit deinem Gemahl auf den Feldzug gegen Rom gegangen bist.«

Marocia lachte. »Du überraschst mich immer wieder, Liebster. Aber muss es unbedingt jetzt sein?«

»Ich befehle es«, knurrte er und warf einen boshaften Blick zur Tür.

Alberic hätte wegrennen können, die Augen schließen oder die Ohren zuhalten. Aber er tat nichts davon. Mit weit aufgerissenen Augen starrte er auf das, was im Gemach nun vor sich ging. Bis zuletzt blieb er im Halbdunkel stehen, reglos und stumm. Erst ganz zum Schluss durchzuckte ihn der Schmerz, und Tränen rannen über das Gesicht, das doch sonst immer wie aus Wachs geschnitzt schien.

Das Echo auf den Vorfall mit Cicero und dem Falken war für Marocia verwirrend. Während Odo von Cluny schwere Vorwürfe gegen Hugo erhob, behauptete dieser, Alberic nur eine Abreibung wegen seines vorlauten Benehmens erteilt zu haben. Alda und Lothar drucksten seltsam herum, Eudoxia wollte gar überhaupt nichts gesehen haben, und der Einzige, der dieses Chaos hätte entflechten können, Alberic, schwieg beharrlich. Obwohl sie selbst nicht dabei gewesen war, strafte Alberic nun vor allem sie mit grimmiger Nichtachtung, die sich nach der Abreise des Abtes von Cluny und ihrer Weigerung, Alberic an den toskanischen Hof zu seinem Onkel Guido zu schicken, zu regelrechter Abneigung steigerte.

»Ehe ich nicht weiß, was hier eigentlich vorgeht, gehst du nirgendwohin«, teilte sie ihm mit.

»Das hat er Euch befohlen!«

»Es ist meine Entscheidung, verdammt, und du wirst dich damit abfinden.«

»Ihr redet schon wie dieses Scheusal«, sagte Alberic und ging trotz Marocias Ermahnungen störrisch aus dem Raum.

Sie gestand es sich nicht gerne ein, aber innerlich war sie froh, als Hugo Pavia für kurze Zeit verließ, um sich zu einem Treffen mit dem ostfränkischen König Heinrich I. im schwäbischen Kloster Disentis einzufinden. Die Unstimmigkeiten zwischen den beiden Herrschern häuften sich. So gefiel es Hugo nicht, dass Heinrich noch immer dem früheren Markgrafen von Friaul, Berengar von Ivrea, Exil bot, statt ihn auszuliefern, und Heinrich wiederum passte es nicht, dass Hugo Vorbereitungen unternahm, sein Krongebiet auf Hochburgund auszudehnen. Diese politischen Fragen jedoch waren Marocia egal. Sie hoffte einfach, dass Alberic sich während Hugos Abwesenheit wieder einigermaßen fing.

Tatsächlich jedoch zog Alberic sich mehr und mehr in sich selbst zurück. Weder Alda noch eines der anderen Geschwister oder Marocia lockten irgendeine sichtbare Gemütsbewegung aus ihm hervor. Die meiste Zeit kümmerte er sich um den blinden Cicero. Sein einst so lebensfroher Freund wirkte nun alt und verletzlich. Ab und an unternahm er Spaziergänge mit ihm, aber immer, wenn von irgendwo ein Raubvogel seinen Schrei über die lombardische Natur schickte, legte Cicero sich auf den Boden, winselte und zitterte.

»Armer Cicero«, tröstete Alberic ihn in solchen Momenten und streichelte unaufhörlich sein Fell. »Ich kann dich gut verstehen. Mir geht es ähnlich. Nur dass ich mich noch wehren kann.«

Schon kurz nach Hugos Abreise wurde Marocia häufig übel und schwindelig, und fast immer war sie müde. Sie schob es auf ihre über vierzig Jahre, die anstrengenden Reisen und das heiße Wetter. Daher verbrachte sie viel Zeit damit, der sechsjährigen Alazais aus einem dicken Buch keltische Sagen vorzulesen, oder sie sah Eudoxia bei deren geliebter Handarbeit zu. Doch Hugo war noch keine zehn Tage weg, da sah sie ihn auch schon wieder in den Palasthof einreiten, eigentlich viel zu früh. Sie ging ihm sofort in den Hof entgegen.

»Weißt du, wie er mich genannt hat?«, rief er ohne ein Begrüßungswort.

»Wer?«

»Heinrich natürlich, der alte Sack. Er hat gesagt, ich sei ein gieriger und feiger Erbschleicher, eine Maschine aus List und Tücke. Meiner Krone unwürdig.«

Marocia wusste: Klare Worte zwischen zwei Herrschern waren absolut üblich – im Gegensatz zum Umgang der untergeordneten Diplomaten miteinander. Einen anderen von Gottes Gnaden gesalbten König für unwürdig zu erklären war jedoch der stärkste und persönlichste Vorwurf, den man machen konnte. Eigentlich hätte Marocia darüber ebenso empört sein müssen wie Hugo, aber sie ertappte sich dabei, wie sie den Ostfrankenherrscher innerlich in Schutz nahm. Kniffe, Lügen, Morde, im Grunde konnte ein Außenstehender nicht anders über Hugo und sie denken als so, wie sie selbst damals über Johannes und Theodora gedacht hatte, und dieser Gedanke erschreckte sie zutiefst.

»Gierig!«, wetterte Hugo weiter. »Und das von einem Mann, der sich erst kürzlich ganz Lothringen unterworfen hat. Ich möchte gar nicht wissen, wie viele Soldaten in seinen Kriegen auf Wiesen und Feldern verrottet sind.«

Marocia schickte den Stallburschen weg, der Hugos Pferd am Zügel hielt. Dann sah sie sich um. Der quadratische Palasthof war auf drei Seiten eingerahmt von einer Arkade aus dünnen byzantinischen Säulen, und nahezu an jeder lehnte ein Bediensteter, der aufmerksam dem Gespräch lauschte. Und auch aus den Dutzenden kleiner Fenster lugten Köpfe hervor. Marocia dämpfte ihre Stimme. »Er würde es vermutlich die einzig ehrenhafte Art nennen, ein Land in Besitz zu nehmen«, versuchte sie das Verhalten des Ostfranken zu erklären.

»Ehrenhaft«, spie Hugo aus.

»Ich weiß«, sagte Marocia, »du hasst dieses Wort, und ich gebe dir Recht, dass es ebenso missbraucht wird wie ›heilig‹ oder ›ritterlich‹. Eines aber steht fest: Heinrich hat mit seinen Kriegen eine unglaubliche Autorität errungen. Die Herzogtümer haben sich ihm untergeordnet, sein Titel ist jetzt reale Macht. Überall beginnt man vom *regnum teutonicum* zu sprechen, von der deutschen Königsherrschaft, und von Heinrich als dem Begründer eines neuen geeinten Reiches. Seit Karl dem Großen gab es das nicht mehr.«

Hugo begann, vor ihr auf und ab zu schreiten, wie ein gefangenes Tier. »Und genau das will ich auch. Ich brauche Hochburgund, um meinen Herrschaftsbereich nach Norden auszudehnen.«

Marocia legte zum Zeichen, dass Hugo leiser sprechen sollte, ihren Zeigefinger auf die Lippen, und ihre Augen deuteten nach links und rechts, wo sich immer mehr Diener im Schatten der Arkaden versammelten. Das war nicht gut, denn jeder bedeutende Fürstenhof pflegte sich Informanten an den anderen Höfen zu halten.

»An die Arbeit, faules Pack!«, rief Hugo. »Wir sind hier nicht im Zirkus.« Sofort geriet alles in Bewegung, die Köpfe verschwanden von den Fenstern, und der Hof war nach wenigen Lidschlägen wie leer gefegt.

»Noch eine Krone, noch ein Titel?«, fragte Marocia, als sie niemanden mehr entdeckte. »Ich meine, wir haben mit der Regierung von Rom, Italien und Niederburgund vorerst genug zu tun. Und die Sache mit dem Kaisertitel wird auch noch Kraft kosten. Heinrich und der Westfrankenkönig werden kaum begeistert sein von …«

»Wenn ich Hochburgund halte, dann regiere ich kein Land mehr, sondern fast schon ein Reich. Dann bin ich stark genug, ihnen allen zu trotzen.« Hugo bohrte seine linke Faust in die rechte Hand, so fest, dass Marocia die Knöchel knacken hörte. »Ich will Burgund, verstehst du, ich *will* es.«

Marocia sah ihn an wie einen völlig Fremden. Er schien sich gar nicht mehr unter Kontrolle zu haben, redete wie im Fieber, träumte vermutlich schon von viel mehr als nur Hochburgund. Was sie selbst anging, kannte sie diesen Traum vom neuen, abendländischen Reich natürlich ebenfalls, doch das Leben hatte sie auch gelehrt, die Dinge realistisch zu sehen. Pater Bernard hatte ihr einmal gesagt, dass ein altes Reich, so morsch es auch ist, erst dann zugrunde geht, wenn sich ein entstehendes in jeder Hinsicht als stärker erweist. Und Italien konnte, auch zusammen mit Burgund, dem Byzantinischen Imperium auf Dauer nicht erfolgreich die Stirn bieten. Da waren andere, ungewöhnliche Allianzen nötig …

Sie legte Hugo beruhigend die Hand auf die Schulter, streichelte seine Wange. Doch obwohl ihr Geliebter sie ansah, schien es, als blicke er durch sie hindurch. Es war, als wolle er davonfliegen und sie auf dem Erdboden zurücklassen.

»Lass uns hineingehen«, schlug Marocia vor, »und dort noch einmal in Ruhe über alles reden.«

Hugo blickte sie erstaunt an. »Aber das geht nicht. Ich reite sofort weiter. Hast du es denn nicht gehört? Rudolph von Hochburgund liegt im Sterben, und ich muss sofort dorthin, um den Kronrat auf meine Seite zu bringen.«

»Hugo«, sagte sie streng. »Das geht mir alles zu schnell. Italien, Niederburgund, jetzt Hochburgund und womöglich einen Kaisertitel …«

»Lass mich nur machen«, sagte er und winkte einen Stallburschen herbei, der ihm ein neues Pferd brachte. Mit dem gleichen Elan, den er schon vor dem Italienfeldzug hatte, schwang er sich auf den Gaul und zog straff die Zügel an.

»Zu Weihnachten tragen wir zwei Kronen mehr auf unseren Häuptern«, rief er. »Du kannst schon mal deinen Nacken stärken.« Er beugte sich hinunter, küsste Marocia rasch und hart auf die Lippen und ritt dermaßen schnell aus dem Palasthof, dass sie ihm noch nicht einmal ein Abschiedswort nachrufen konnte.

Die Kurie des altrömischen Senats auf dem Forum Romanum wurde schon seit Jahrhunderten nicht mehr als Versammlungsort der Stadtregierung genutzt. Die schwere Bronzetür versperrt, die Fenster verhängt, der Marmor verstaubt, dämmerte sie wie ein Mausoleum vor sich hin. Nur ein einziges Mal im Jahr erstrahlte sie in antiker Macht und Würde, dann nämlich, wenn die neu ernannten *defensores*, die *praetores, nomenclatores* und so weiter ihre Eide ablegten. Die Ränge waren gefüllt mit Würdenträgern, und den Thron, der früher den römischen Imperatoren diente, belegte nun Papst Stephan VII. Ihm gegenüber, auf der anderen Seite der lang gestreckten Senatskurie, saß Marocia auf einem erhöht stehenden Sessel und verfolgte die Zeremonie, die jetzt auch Alberic vollziehen durfte.

Es war die fünfzehnte Wiederkehr seines Geburtstages, und die Tradition in den Familien des römischen Adels sah vor, dem Sohn zu diesem Anlass ein symbolisches Amt in Miliz, Verwaltung oder Klerus zu geben. Für Marocia war seine Investitur als *nomenclator*, als Fürsorger des Volkes, Schutzherr und Vertreter der Bedürftigen, jedoch eher praktisch als symbolisch. Sie hoffte, eine Aufgabe in der Stadt, die er liebte, würde ihn wieder aufrichten, eine Aufgabe vor allem, in der er vieles unmittelbar für die Menschen tun konnte.

Für Marocia war es ein ganz besonderer Augenblick, als ihr Sohn im Beisein aller Edlen vor Papst Stephan VII. niederkniete und das schwere Amulett entgegennahm. Er sah derart ernst und konzentriert aus, dass man meinen konnte, er empfange die Weltherrschaft. Danach legte ihm Marocia in ihrer Funktion als Senatrix selbst die purpurne Schärpe um und küsste ihn auf beide Wangen.

»Ich gelobe bei Gott dem Allmächtigen«, hallte seine klare, kalte Stimme durch den Saal, »der Stadt und ihren Bürgern meine ganze Kraft und Liebe zuteil werden zu lassen. Alles für Rom.«

»Alles für Rom«, stimmte sie mit dem übrigen Saal ein. Wie Alberic sich erhob, blickte er Marocia an. Seine grauen Augen schwankten zwischen der Dankbarkeit für die Verantwortung und einem undeutbaren Vorwurf, der in ihnen flackerte.

Als die Würdenträger aus der Kurie strömten, läuteten die Glocken zweier benachbarter Kirchen, und das versammelte Volk applaudierte. Alberic war sofort umringt von jugendlichen Gratulanten, die allerdings weniger den Würdenträger oder Freund in ihm sahen als den Sohn der Herrin von Rom. Doch damit zu leben musste er mehr denn je lernen.

Marocia stand ein wenig abseits und sah dem Treiben gedankenverloren zu. Sie erinnerte sich noch gut an die Zeit, als Alberic klein gewesen und durch den Garten des Schlosses in Assisi getollt war. Ihn nun hier in vollem Ornat der Amtsträger zu sehen, als Mann, ließ sie für einen Moment jeden Kummer vergessen. Ja, er würde allem gewachsen sein und eines Tages an ihrer Seite – und später allein – die Stadt regieren. Daran zu glauben hatte etwas Tröstliches in diesen Tagen.

»Euer Gnaden«, sagte plötzlich jemand hinter ihr, lupfte den Hut und verneigte sich. Die Sonne stand hoch über dem Palatin und blendete sie. Sie hielt schützend die Hand hoch und erkannte ihn: Lando. Seit dem unsanften Abschied in Capua hatte sie ihn nicht mehr gesehen. Er sah völlig verändert aus und war doch gleich geblieben. Ein schwarzer, kurzhaariger Bart bedeckte sein halbes Gesicht, ließ ihn aber seltsamerweise nicht alt, sondern im Gegenteil jung wirken. Seine Augen umringten zahlreiche Falten, aber sie leuchteten so grün und dreist wie je. Sie sah ihn wie einen Geist aus ferner Vergangenheit an, aber schon im nächsten Augenblick stiegen die verwirrendsten Gefühle in ihr hoch.

»Was … was führt dich nach Rom?«

»Eine Familienangelegenheit«, sagte er nur.

Sie hatte gehört, dass seine Gemahlin vor wenigen Wochen verstorben war, und vermutlich ließ er in einer der bedeutenden Kirchen vom Papst eine Messe für sie lesen. Aber es schien ihr nicht angebracht, darauf einzugehen, und so standen sie einander gegenüber und brachten kein Wort heraus. Marocia spielte mit den Armringen, Lando mit dem Knauf des Schwertes. Verlegen senkte er schließlich den Kopf.

»Ja, also dann, Euer Gnaden. Ich wollte Euch nur meine Aufwartung machen.«

Sie wollte nicht, dass er schon ging. »Bitte, lass diese Anrede weg. Wir sind doch unter uns.«

Dieses Angebot ließ seine Hemmungen im Nu schwinden. Er lockerte seine Haltung und sagte: »Wollen wir einen Spaziergang machen?«

Seine Augen schweiften zum Palatin, und ihre folgten.

»Gerne«, antwortete sie und ergriff die dargebotene Hand.

Seit Marocia als Kind hier spazieren geführt wurde, hatte der Palatin sich nicht verändert. Noch immer bedeckte eine weite Blumenwiese den Hügel, nur unterbrochen von gelegentlichen Mauerresten der untergegangenen antiken Welt. Weiße und gelbe Schmetterlinge zappelten zu Hunderten in der Luft. Marocia atmete den Duft der wilden Blüten ein, und am liebsten wäre sie über die Wiese gehüpft, wie sie es als Mädchen an Sergius' und Egidias Seite getan hatte. Für einen Moment war sie in Versuchung, genau das zu tun. Sie sah Lando mit glitzernden Augen an und raffte den Saum ihres dunkelroten, feierlichen Gewandes ein Stück hoch, aber im letzten Augenblick hinderte sie sich selbst daran. Es mochte das Alter sein, dachte sie enttäuscht von sich selbst, oder auch das Gefühl, unangemessen zu handeln, wenn sie ihren Neigungen hier freien Lauf ließe. Also beschränkte sie sich darauf, dann und wann eine der Kornblumen zu pflücken und in ihrer Hand einen kleinen bunten Strauß zu gestalten.

»Äh«, spie Lando angeekelt aus und schleuderte seinen Hut ins hohe Gras. »Bin ich froh, dass ich den hier oben nicht mehr brauche. Die Dinger kratzen nur, und man sieht damit aus wie ein Wiedehopf.«

Marocia lachte und blickte Lando vergnügt und musternd zugleich an. Seine schwarzen Locken fielen ihm nun locker in die Stirn und tanzten dort bei jedem Schritt und jedem Lufthauch hin und her. Er hatte Recht: Äußerliche Würden passten tatsächlich nicht zu ihm. Sergius hatte Lando einmal als Rebell bezeichnet, und das traf im Grunde auch heute noch auf ihn zu. Je länger Marocia ihn betrachtete, desto mehr erinnerte er sie an den Mann, den sie früher gekannt hatte – und geliebt.

»Als wir jung waren«, fügte Lando hinzu, »haben wir solches Zeug nicht gebraucht. Warum heute?«

»Wir sind reifer geworden.«

»Wir sind steifer geworden«, parierte er. »Und damit meine ich nicht unseren Rücken. Der ist noch vollkommen jung und biegsam.«

Sie waren an einer Ruine im Schatten der Bäume angekommen. Die Mauer war brusthoch und an den meisten Stellen von Efeu überwachsen. Dunkelgrünes Moos wuchs in den Ritzen und verbreitete einen angenehmen, erdigen Geruch. Lando genügte ein kleiner Sprung, und schon saß er mit schwingenden Beinen auf der Mauerkante. Marocia wollte es ihm gleichtun, aber sie hatte weniger Glück, und so stieg Lando wieder ab, griff sie fest an den Hüften und hievte sie hinauf.

»Danke sehr«, nickte sie ihm artig wie ein Hoffräulein zu.

»Immer zu Diensten, edle Dame«, antwortete er mit einer übertrieben eleganten Verbeugung und kletterte mit Hilfe von Marocias Hand ein zweites Mal auf die Mauer.

Marocia fühlte den warmen Stein unter sich, blickte über die Wiese und gab sich für einen Moment ganz dem Gesumm der Sommerfliegen hin. Ein zufriedenes Lächeln huschte über ihre Mundwinkel. Einen Atemzug lang wünschte sie sich, diese Gegenwart möge niemals vergehen, möge sie immer ausfüllen, immer gleich bleiben. Das Leben mit all seinen Schwierigkeiten müsste vor dem Palatin enden, wünschte sie sich, die Titel, Kronen und vor allem das, was die Menschen »die Umstände« nannten, dürften hier keine Geltung haben. Doch sie wusste, dass es einen solchen Ort auf Erden nicht gab, ja dass nicht einmal die antiken Götter auf dem Olymp diese Seligkeit besessen hatten.

»Du hörst wieder den Zikaden zu, nicht wahr?«, fragte Lando. »Ich habe deine Vorliebe für dieses Geräusch nicht vergessen.«

Sie musste nur in seine Augen blicken, um zu erkennen, dass er nichts, absolut nichts von allem, was sie betraf, vergessen hatte. Er hätte ihr jedes Kleidungsstück und jeden Schmuck beschreiben können, den sie bei ihren Begegnungen getragen hatte, und er hätte vermutlich auch jedes einzelne gesprochene Wort wiedergeben können. Ein wohliges Gefühl erfasste sie bei dem Gedanken, ihre gemeinsamen Unterhaltungen noch einmal zu führen – sie hatte auch kein Wort vergessen.

Plötzlich spürte sie, wie seine Hand sich auf ihre legte. Sie schloss die Augen. Diesen Moment hatte sie erhofft – und gefürchtet. Eine Legion von Gefühlen tobte in ihr: Liebe, Freundschaft, Zuneigung, wehmütige Erinnerung, Schwärmerei, alles das hatte sie zu verschiedenen Zeiten schon einmal für Lando empfunden, nichts davon war endgültig gewesen.

Lando öffnete den Kragen seines Gewandes und neigte sich zu ihr. Seine Lippen spielten zärtlich an ihrem Ohr, sein Bart strich über ihre Wange. »Ich liebe dich«, hauchte er. »Ich habe dich immer geliebt, und ich muss es endlich aussprechen, sonst mache ich mir bis an mein Lebensende Vorwürfe. Ich weiß nicht, was damals mit dir war, aber ich bin mir sicher, dass du mich auch geliebt hast.«

Der obere Teil seines Gewandes stand offen. Lando nahm Marocias Hand und führte sie langsam an seine Brust. Sie ließ es geschehen. Ihre Lippen formten unentschlossene Küsse, ihr Kopf bettete sich in seine Hand. »Sag es«, bat er. »Sag es.«

»Ich …« Sie zitterte. Es war wie ein Ertrinken: Worte, Bilder, Gedanken, Emotionen überfluteten sie. »Es ist alles so schwierig«, brachte sie schließlich hervor.

Lando hielt auf der Stelle inne. »Schwierig?«

Marocia rang nach Luft. »Bist du eine Versuchung, Lando, oder mein Glück? Ich weiß es nicht.«

Er sah sie an, kämpfte gegen das, was er eben gehört hatte.

»Versteh doch«, fügte sie hinzu. »Wir sind beide älter geworden, meine Ehe … Alles hat sich verändert.«

»Meine Gefühle für dich nicht.«

Sie senkte den Kopf. »Mag sein«, räumte sie sanft ein. »Auch ich habe … ich meine, du bist für mich noch immer ein …«

»Ja?«

»Ein wichtiger Mensch in meinem Leben.«

Er holte tief Luft, um zu protestieren, aber sie kam ihm zuvor.

»Bitte, Lando, das ist keine Floskel. Ich meine es ernst. Aber die Situation, in der wir uns heute befinden, gleicht in nichts der damaligen, das musst doch auch du sehen. Als wir uns kennen lernten, war ich quasi die Konkubine des Papstes und später dann, als wir uns hier in Rom wieder sahen, mit einem ungeliebten Mann verheiratet. Heute habe ich Hugo, der mich auf Händen trägt, und ich bin Königin.«

Lando sprang von der Mauer ins hohe Gras. »Verzeih«, sagte er mit abgewandtem Gesicht. »Ich hätte sehen müssen, dass ich immer nur eine Notlösung für dich gewesen bin, eine angenehme Ablenkung.«

»Aber Lando, so habe ich das doch nicht ...«

»Dich trifft keine Schuld«, unterbrach er. »Du hast mir nie etwas vorgemacht. Bei unserer letzten Begegnung, damals in der Campagna, hast du mich fortgestoßen und nie mehr zurückgerufen. Aber ich ... in meiner Fantasie ...« Er bedachte sie mit einem Blick, den sie nicht von ihm kannte. Lando war so offensichtlich verletzt, so fühlbar gedemütigt, dass es ihr das Herz brach. Für einige Sekunden fehlten ihr die Worte und der Atem, um etwas zu entgegnen, und genau in diesem Moment wandte Lando sich endgültig ab und eilte durch das hohe Gras davon.

Marocia sah ihm nach. Sie konnte nicht weinen, dafür saß der Schreck dieses plötzlichen Abschieds noch zu tief. Wieder hallten die Worte ihres Vaters in ihr nach: Du musst für alles, was du vom Leben begehrst, einen Preis bezahlen, manchmal einen sehr hohen Preis. Also überlege dir gut, was du haben willst.

Marocia saß noch sehr lange auf der Mauer, umgeben vom Gesang der Zikaden, und dachte darüber nach.

31

Klack, klack, klack. Hugos Schritte hallten im Takt des Uhrwerks, das an der Wand hing, durch den Korridor des Rathauses in Lausanne. Der lange Zeiger des klobigen mechanischen Chronometers hatte schon drei volle Umdrehungen hinter sich, und noch immer tagte der Kronrat von Hochburgund hinter der Eichentür. Mehr als einmal war Hugo versucht, in den Beratungsraum zu stürzen und die Versammelten mit Drohungen zu überziehen, um ihnen die Entscheidung zu erleichtern. Wussten diese Narren denn nicht, dass er in Niederburgund bereits ein Heer sammeln ließ?

Seine Faust klopfte gegen die Wand.

»Was gibt es denn da noch zu beraten?«, presste er zwischen den Zähnen hervor. Doch wie schon manches Mal an diesem wolkenverhangenen Morgen rieb er sich die Nasenwurzel, atmete tief durch und befahl sich Geduld.

Die musste man haben in diesem zerklüfteten, ein wenig hinterwäldlerischen Land, das hatte er seit seiner Ankunft vor vielen Wochen immer wieder erlebt. Hugo rechnete. Zuerst dauerte es volle drei Tage, bis er die Genehmigung erhielt, den siechen König Rudolph auf dem Sterbebett zu besuchen, um ihn aufzufordern, ihn als Erben einzusetzen. Daraufhin passierte weitere neun Tage nichts, Tage, in denen Rudolph jederzeit hätte sterben können, ohne eine Entscheidung getroffen zu haben. Als er sie dann doch traf, war es im Grunde keine: Rudolph bewilligte die Verlobung seines wenige Jahre alten Töchterchens Adelheid mit Hugos Sohn Lothar, doch er überließ die Zukunft Burgunds dem Kronrat. Sieben Tage später war er tot. Die Bestattungszeremonie währte weitere sieben Tage, und nun traf der Rat zusammen – und beriet seit vorgestern.

Hugo sah aus dem Fenster. Glatt wie ein Spiegel lag der See vor ihm, so, als könne man mit bloßen Füßen auf ihm wandeln. Kein Lüftchen störte diese silbergraue Ebene, die herbstlichen Blätter fielen nach und nach wie von selbst von den Bäumen auf sein Wasser und trieben unmerklich davon. Die Zeit schien hier langsamer zu gehen, aber der unaufhörliche Lauf des Chronometers bewies etwas anderes. Hugo fluchte: »Während ich hier herumsitze und tagein und tagaus auf diesen See starre, rüstet der Ostfranke wahrscheinlich schon zum Einmarsch.« Seine Faust schmetterte gegen das Glas und rief einen Riss hervor. »Eines Tages werde ich auch Heinrich bezwingen, aber erst einmal verjage ich die Byzantiner, und dann …«

Die schwere Eichentür öffnete sich. Ein Dutzend betagter und graubärtiger Herren, die sich alle irgendwie ähnelten, stellten sich in ihren durchgehend schwarzen Gewändern auf dem Korridor auf und verneigten sich leicht vor dem ausländischen König. Der älteste von ihnen räusperte sich und trat einen Schritt vor. »Euer Gnaden. Der Hohe Rat von Hochburgund ist zur Erkenntnis gelangt, dass Eure entfernte verwandtschaftliche Beziehung zum Königshaus nicht ausreicht, um einen Anspruch auf die Krone zu rechtfertigen. Des Weiteren …«

Hugos Augen schienen zu brennen. »Soll das heißen, Ihr wagt es, mich abzuweisen?«

Der Älteste der Räte blickte sich unsicher nach rechts und links zu seinen Kollegen um und holte sich dort ein zögerliches Kopfnicken ab. Erneut räusperte er sich. »Es gibt einen Weg zur Krone, Euer Gnaden, aber Ihr entscheidet selbst, ob Ihr ihn gehen wollt.«

Marocias Arbeitszimmer ähnelte weder dem ihrer Mutter noch irgendeinem anderen in Rom oder im ganzen Abendland. Sie schätzte die Wärme und Gemütlichkeit, die von sarazenischen Teppichen ausging, und sie zog auch die fein gearbeiteten und duftenden Möbel der Ungläubigen den wuchtigen Tischen, Truhen und Sesseln vor, die an anderen Höfen gebräuchlich waren. In dieser behaglichen Atmosphäre konnte sie viele Stunden Briefe schreiben und Berichte studieren, aber zwischendurch vertiefte sie ihren Blick auch immer wieder ins Kaminfeuer und entspannte bei einigen privaten Gedanken. In den letzten Tagen jedoch schwankte ihre Miene dabei immer zwischen tiefer Sorge, Melancholie und großer Freude, und keines dieser extremen Gefühle gewann die Oberhand.

Genau in einem solchen Augenblick ging die Tür auf, und Blanca kam herein, gehetzt und atemlos.

»Was machst du denn hier?«, rief Marocia, die ihre Halbschwester noch nie außerhalb des Klosters gesehen hatte.

»Entschuldige, dass ich mich nicht anmelden ließ. Ich bin sofort gekommen, als ich die Neuigkeiten gehört habe«, keuchte sie.

»Um Himmels willen, setz dich, Liebe. In einer solchen Verfassung habe ich dich ja noch nie gesehen.«

»So etwas ist ja auch noch nie passiert«, erwiderte Blanca, lehnte den angebotenen Stuhl ab und fiel Marocia stattdessen um den Hals.

»Wie verkraftest du das alles?«, fragte sie.

Mit einem Mal ahnte Marocia, worauf Blanca abzielte. Sie lächelte. »Wer hat geplaudert? Eudoxia? Nein, die weiß es ja auch noch nicht. Oder hast du eine Spionin unter meinen Zofen?«

»Wovon sprichst du?«

»Von dem Kind, das ich erwarte.«

Blanca starrte sie noch entsetzter an als zuvor und ließ sich auf den Stuhl fallen.

»Jesus und Maria!«, rief sie.

Diese Antwort ernüchterte Marocia. »Kein Grund, gleich den Rosenkranz zu beten. Ich weiß, dass ich mit meinen einundvierzig Jahren nicht mehr die Jüngste bin, meine Liebe, aber damit werde ich schon noch fertig. Ich hoffe, dass es diesmal ein Junge wird, vor allem, weil Hugo sich so sehr einen Sohn von mir wünscht. Er weiß noch nichts von allem.«

Blanca stockte der Atem. Sie schien keinen einzigen Tropfen Feuchtigkeit mehr in ihrem Mund zu haben, als sie heiser antwortete: »Wie soll ich dir nach dieser Nachricht noch mitteilen, weshalb ich eigentlich hierher gekommen bin?«

Nun setzte auch Marocia sich. Sie ahnte schon ein Unglück, aber was Blanca ihr da erzählte, übertraf alle Befürchtungen. Es klang so unglaublich ... »Es verhält sich leider so, meine liebe Schwester, dass Hugo ... Er hat ... Mein Gott, er plant eine neue Heirat. Er möchte die Witwe Rudolphs von Hochburgund zur Frau nehmen, Bertha. Diese Bedingung hat der dortige Kronrat gestellt.«

Blanca hätte sich ebenso gut auf der Stelle aus dem Fenster stürzen können, Marocias Züge hätten nicht entsetzter ausgesehen. Jede Farbe wich aus ihrem Gesicht, bis es an eine der Schnitzereien aus dem Elfenbein erinnerte, mit dem Kaufleute aus Afrika und dem Orient bisweilen handelten. Ihre Augen weiteten sich ins Groteske, und nur ihre Hand verdeckte die weite Höhlung des Mundes.

»Es tut mir Leid«, fügte Blanca aufrichtig hinzu. »Ich verstehe nicht, wie diese Nachricht dir so lange verborgen bleiben konnte. Vermutlich hat Hugo selbst dafür gesorgt. Ich selbst habe es auch nur von einem fahrenden Mönch erfahren.«

Marocia schluckte. »Wie soll das vonstatten gehen?«

Blanca sah auf ihre gefalteten Hände. »Zu dieser Stunde tritt ein Konzil aus fünf Bistümern in Aix zusammen und beschließt die Annullierung deiner Ehe. Es besteht wohl kein Zweifel, dass die verängstigten Prälaten dem stattgeben werden, und Vorwände für die Auflösung einer Ehe finden sich immer, wenn man nur ausgiebig nach ihnen sucht. Wenige Tage später soll die Hochzeit mit Bertha zelebriert werden. Man spricht von der Kathedrale in Besançon als Trauungsort und …«

Blancas Mund bewegte sich fort und fort, aber ihre Stimme erreichte Marocia kaum noch. Das Leben hatte ihr viele geliebte oder vertraute Menschen genommen: Egidia, Pater Bernard, Sergius, Leon, Damiane … Aber sie alle waren unfreiwillig gegangen, waren ihr fortgerissen worden. Der Schmerz, der sie jetzt befiel, übertraf alle vorherigen, denn zum ersten Mal verlor sie einen geliebten Menschen, weil er *sie* verlieren wollte. Und warum? Wegen eines toten Stück Landes, wegen brauner Erde, wegen Brücken, Straßen, Städten und Steuern und wegen eines irrlichternden Traumes – den sie selbst einmal geträumt hatte.

Wie ein Dolch bohrte der Schmerz sich in ihre Brust und ihren Unterleib, doch er verletzte sie nicht nur, er stachelte sie gleichzeitig auf. Zorn und Abscheu mischten sich hinein.

»Wenn er Krieg will«, unterbrach sie Blanca, »dann kann er ihn haben.«

Im Oktober 931, eine Woche nach seiner Hochzeit, erhielt Marocia die ersten Zeilen ihres früheren Gemahls. In diesem knappen Brief versuchte er ihr nichts zu erklären, sondern bat sie lediglich um ein Treffen in Pavia. Sie lehnte ab, und zwei weitere Wochen später stand er mit zahlreichem Gefolge vor Rom und bat in aller Förmlichkeit um Einlass in die Ewige Stadt.

Marocia ließ sich mit der Antwort ein paar Stunden Zeit, aber sie hatte nicht vor, Hugo den Einlass zu verweigern. Es wäre eine zu billige Geste gewesen. Dieser lächerliche Mars sollte sehen, dass sie nicht litt wie alle die anderen Frauen, die er in seinem Leben bereits verlassen und unglücklich gemacht hatte. Sie würde keine Tränen vergießen, keine Wunden lecken.

»So sieht man sich wieder«, waren seine ersten, tonlosen Worte, als er zwischen den Bögen ihres *peristyl*s hervortrat. Die herbstliche Milde, der Garten, die Stille: Das alles, dachte sie, hätte eine bessere Kulisse für den Beginn einer großen Liebe abgegeben, statt für deren abschließendes Fanal.

Hugo wollte sie auf die Wange küssen, aber sie verweigerte ihm jede Berührung. »Herzlichen Glückwunsch«, sagte sie eisig. »Deine vierte Ehe, nicht wahr? Nach kanonischem Recht ein Sakrileg. Du bist wirklich auf dem besten Wege, dir einen Ehrenplatz ganz dicht am Satan zu sichern.«

Sein Gesicht zuckte. »Du kennst doch mein Motto, Marocia. Lieber die Hölle regieren als dem Himmel dienen. Apropos Sakrilege, da würde ich an deiner Stelle noch mal im Kanonikus nachschlagen, im Kapitel über Bastarde, uneheliche Kinder. Wie ich hörte, bist du mal wieder schwanger.«

Seine Kaltblütigkeit war unglaublich. Vor wenigen Wochen noch war er erhitzt von einer Falkenjagd zu ihr gekommen und hatte sie geliebt. In jener Nacht war das Kind in ihrem Bauch gezeugt worden. Und jetzt warf er sie, warf er auch ihr Kind wie ein Paar verschlissener Stiefel weg. Mühsam bewahrte sie die Fassung, nur ihr vor Erbitterung und Abscheu zitternder Kopf verriet, wie es in ihr brodelte. »Schau auf meinen Bauch. Es wird ein Sohn, Hugo, das verspreche ich dir, und auch, dass er und ich dir eines Tages Stück um Stück alles wegnehmen, was du besitzt, und dich anschließend zu deinem geliebten Teufel schicken. Bis dahin wirst du nichts von dem Kind sehen, und nichts von dieser Stadt.«

Er verzog seinen Mund zu einem schiefen Grinsen. »Du hast zu viele Sagen gelesen. Vielleicht würdest du ja tatsächlich eine hervorragende Klytämnestra abgeben, aber ich gewiss keinen törichten Agamemnon. Und was soll das bedeuten, ich werde diese Stadt nicht wieder sehen? Sobald Desiderius mit der schriftlichen Einwilligung von Romanos Lekapenos eintrifft, lasse ich mich zum Kaiser krönen.«

»Tatsächlich?«, rief sie sarkastisch. »Soweit ich weiß, bedarf es eines Papstes, um sich zum Kaiser krönen zu lassen.«

»Und?«

»Und?«, echote sie. »Päpste sind seltene Exemplare, mein Lieber, sie wachsen nicht auf Bäumen. Wie es sich trifft, lebt der einzige Papst in Rom, und wie es sich außerdem trifft, gehören Rom und der Heilige Vater mir.«

Hugo biss die Zähne zusammen. »Der Titel steht mir zu. Du wirst nicht wagen, mich aufzuhalten.«

»Nicht wagen? Während all der Jahre hast du gemordet und dich an deinem eigenen Ehrgeiz berauscht, und ich habe geschwiegen, dich sogar vor anderen entschuldigt. Du hast behauptet, mich zu lieben, und dabei an niemand anderen als dich selbst gedacht, während ich zu dir hielt, und glaubst nach all dem noch, ich würde dir den purpurnen Teppich ausrollen? Ich sage dir, Hugo, würdest du heute tot umfallen, tanzte ich morgen auf deinem Grab, und Gott selbst führte mich dabei am Arm.«

Beide ergaben sich nun völlig ihren Gefühlen. Hugo hatte einmal zu ihr gesagt, dass Menschen wie sie sich nur lieben oder hassen könnten, und so hassten sie sich nun.

»Du wirst mich einlassen, wenn du mein Heer siehst!«, donnerte er.

»Glaubst du, damit machst du mir Angst?«, schrie sie. »Ein paar meiner Brieftauben nach Süden und Norden, und ganz Italien steht gegen den König auf, der es wagt, Rom und mich anzugreifen. Guido und Lando, Apulien und Salerno, die du so fabelhaft im Stich lassen willst, und meine Soldaten in Spoleto nicht zu vergessen: Was glaubst du, brauchen sie, zwei Wochen oder drei, um dein viel zitiertes Heer zum Orkus zu schicken? Bereite dich vor, Hugo, und halte dir die Ohren zu, denn das gibt einen Knall, der noch in Jerusalem widerhallen wird.«

Einen gedehnten Moment lang schwiegen sie. Nur ein paar Schritte neben ihnen sang ein Vogel sein fröhliches Lied, und vom Tiber drangen die Rufe der Fischer herüber, wenn sie ihre Netze auswarfen. Die Welt um sie herum funktionierte normal, aber Hugo und sie bildeten in dieser Stunde eine eigene Welt, in der andere Gesetze herrschten. Wie ein Geschwisterpaar, gekommen aus dem gleichen Blut jähzorniger Vorfahren, standen sie sich gegenüber. Doch dann geschah etwas Unerwartetes. Hugos Zorn schien sich binnen einer Sekunde vollständig zu legen.

»Du Hexe«, sagte er amüsiert und näherte sich ihr, bis er Auge in Auge mit ihr stand. Seine Hände legten sich um ihre Schultern, und dann beugte er sich über sie und gab ihr einen langen und innigen Kuss. »Ich hatte vergessen, was ich an dir habe. Nimm das als erste, kleine Entschuldigung, der noch viele, viele weitere folgen werden. Was bedeutet schon die Ehe mit einer anderen? Wir bleiben auf ewig verbunden, wie zwei Glieder einer Kette, zusammengeschmiedet im Feuer. Denke an Ravenna. Das Bett, musst du wissen, steht noch immer im dortigen kahlen Palast. Es wartet auf uns, Marocia.«

Sie lächelte ihn lieblich an, so als habe er ihr gerade einen kostbaren Ring geschenkt, und flötete: »Deine Eitelkeit ist erbärmlich, Hugo, und wird nur noch durch deine Neigung zur Selbstüberschätzung übertroffen. Leb wohl.«

Sie wollte gehen, aber Hugo hielt sie an den Schultern fest, schüttelte sie, immer fester. Jedes Wort betonend, schrie er: »Du wirst mir nicht nehmen, was mir gehört!«

Er vergaß alles in diesem Augenblick, das Kind und die einstige Liebe; jede Hemmung in ihm war erloschen. Er wollte nur noch das eine, die Macht – die Macht über das Geschöpf in seinen Händen, über Rom, über alles. Vergeblich schlug sie ihm ins Gesicht, sie konnte sich seinem starken Griff nicht entwinden. Er drückte sie gegen eine der Säulen des *peristyl*s, schüttelte sie weiter und weiter, bis ihr Kopf gegen den blanken Stein schlug und ihr Körper niedersank.

Schwer atmend, bebend, fassungslos und doch auch zufrieden, blickte er auf die regungslose Gestalt zu seinen Füßen. Er fuhr sich mit seinem Ärmel über den Mund. Jetzt gab es kein Zurück mehr, das Drama musste zu Ende gespielt werden.

Hugo zögerte keinen Augenblick, diese ungeplante Situation auszunutzen, um die Kontrolle über Rom zu erringen. Marocia hatte es versäumt, der wehrhaften Stadtmiliz eindeutige Befehle bezüglich Hugos Gefolge zu erteilen; die Tore waren geöffnet. Niemand hatte mit einem Angriff der königlichen Gefolgsleute gerechnet, die ja vor wenigen Wochen noch Kameraden gewesen waren. Dieser Vakanz bediente sich der König jetzt, holte seine Soldaten in die Stadt, besetzte mit ihnen die wichtigsten Plätze und Gebäude, und bevor die Stadtmiliz begriff, was im Gange war, hielt er bereits drei Viertel Roms sowie den Lateran und die Villa auf der Isola. Jeder Widerstand wäre von diesem Zeitpunkt ab zwecklos geworden. Papst Stephan VII., von Hugos Soldaten umringt, unterband deshalb auch sofort Ansätze des Aufruhrs unter den römischen Bürgern. In einer eilig niedergeschriebenen und überall verlesenen Erklärung bezeichnete er die Eindringlinge als »willkommene Gäste«.

Als Marocia am späten Abend aus ihrer Bewusstlosigkeit erwachte, bemerkte sie, dass ihre Diener ausgewechselt worden waren und einer von Hugos Offizieren neben der Tür stand. Binnen Sekunden begriff sie, was geschehen war. In ihrem Kopf pochte ein Schmerz und zog ihren ganzen Nacken hinab, aber sie weigerte sich, liegen zu bleiben, nachdem sie festgestellt hatte, dass dem Kind in ihr nichts geschehen war.

»Wo sind meine Kinder?«, fragte sie den Offizier.

Er zog ein arrogantes Gesicht. »Ihnen geschieht nichts.«

»Ich möchte sofort zum König gebracht werden.«

»Wenn es Euch besser geht.«

»Wenn es Euch besser geht, *edle Senatrix*, heißt es korrekt«, entgegnete sie in festem Ton und richtete sich trotz des heftigen Schwindelgefühls vollends auf. »Und es geht mir schon jetzt besser.«

Der Offizier nickte widerstrebend. Dann gab er den Dienern ein Zeichen, dass sie die Senatrix umkleiden sollten. Marocia fühlte sich hundeelend, aber sie ließ sich die beste Robe aus dunkelgrünem Samt anlegen, die sich so herrlich ihrem noch immer straffen Körper anpasste. Mehr denn je sah sie mit ihrem schwarzen, kunstvoll gesteckten Haar wie eine Kleopatra aus.

»Was für eine Überraschung!«, rief Hugo, als Marocia wie eine Gefangene vor ihn in den Lateran gebracht wurde. »Die Herrin der Päpste ist also wieder wohlauf.«

Sie parierte, so dass alle Anwesenden, also Wachen, Diakone und einige Adelige, es hören konnten. »Du könntest mich eine Stunde lang schlagen und würgen, du Held, und ich läge noch immer nicht tot zu deinen Füßen. Falls du es noch nicht weißt: Ich werde hundert Jahre alt, schon allein deshalb, um mein Versprechen wahrzumachen und auf deinem Grab zu tanzen.«

Er ging auf sie zu und nahm ihren Kopf wie einen Apfel in die Hand. »Wie schaffst du es nur, mich stets aufs Neue zu reizen, Geliebte?«

»Indem ich dir immer und immer wieder die Stirn biete, mein lieber Hugo. Nichts erregt dich nämlich mehr als der Kampf gegen eine Frau, selbst wenn du ihn am Ende nur dank deiner Muskeln gewinnen kannst. Wie oft hast du auf diese Weise schon versucht, so deine Mutter zu besiegen, die es gewagt hat, mutiger als dein Vater zu sein, stärker als ein Mann? Glaubst du das tausendfach rächen zu müssen, um andere Frauen von Nachahmung abzuhalten? Aber du irrst dich, Hugo. Du wirst es sein, der an diesem Kampf zerbricht, nicht Menschen wie deine Mutter und ich.«

An seinen mahlenden Kiefern erkannte Marocia, dass sie Hugo getroffen hatte. »Deine Zeit ist um, Marocia, unser Kampf vorbei.«

»Er ist erst dann vorbei, wenn ein Chor das Requiem für einen von uns singt, nicht eher. Dich am Boden zu sehen«, sagte sie ruhig und fest, »wird der einzige Zweck sein, den mein Leben noch hat.«

Er ließ sie abrupt los, wandte sich ab. »Du lässt mir keine Wahl: Ich beschließe, dich in die Engelsburg sperren zu lassen, von wo du eine hervorragende Sicht über Rom hast – mein Rom. Dort wirst du langsam verrotten.« Er sah die Frau, die er sieben Jahre lang geliebt hatte, über die Schulter an. »Wir werden uns nie wieder begegnen, Marocia.«

Begleitet von der Wache und ohne sich noch einmal umzuwenden, verließ Marocia unter dem Gemurmel der Prälaten den Lateran. »Nein«, stieß sie halblaut hervor, so dass nur sie selbst es hören konnte. »Das ist nicht das Ende, Hugo, das ist nicht einmal der Anfang vom Ende. Das ist nur das Ende eines weiteren Kapitels.«

Sechster Teil

Das Kastell

Der Weihnachtstag, Anno Domini 963

Knarrend schloss sich die Tür hinter Marocia. Sie war in ihrem triclinium, *dem Wohngemach, angekommen. Die Wärme, die den Raum beherrschte, ließ sie sich gleich besser fühlen. Beide Kamine prasselten, und der Duft der Myrrhe hüllte sie binnen eines Atemzuges beruhigend ein. Über die dicken Teppiche schritt sie behutsam und um ihr Gleichgewicht bedacht zu einer Anrichte, wo Orangen in einer Schale auslagen. Sie nahm eine davon und schälte sie langsam, doch erst wenige Stücke waren von der Frucht entfernt, als Marocia abbrechen musste. Erneut wurde sie von Schwindel erfasst und setzte sich auf einen langen und breiten Diwan.*

Johannes, Berengar, Hugo. Liudprand war nur ein weiterer in der Reihe von Männern, die ihr im Laufe ihres Lebens auf die eine oder andere Weise Gewalt angetan hatten. Doch früher hatte sie zumindest die körperlichen Auswirkungen besser wegstecken können. Das ging nun nicht mehr. Sie war noch immer schlank, und sowohl die sparsame Ernährung wie auch die vielen kalten Bäder, die sie seit einigen Jahren nahm, sorgten dafür, dass sie so gut wie nie krank wurde. Ein Schlag jedoch …

Die Tür ging auf, und die kleine Cecile stürmte herein. »Großmutter, da seid Ihr ja. Ich habe Euch überall gesucht. Wo wart Ihr den Nachmittag und Abend nur?«

Sie bemühte sich, ein Lächeln für Cecile aufzubringen. Aber es fiel ihr schwer. Es war besser, ihren Enkelinnen noch nichts über das bevorstehende Urteil zu sagen. »Ich war in der Kapelle, Liebes.«

Cecile stutzte. »Da habe ich Euch nun wirklich nicht vermutet.«

»Siehst du. Ich bin wie das Wetter. Jeden Tag habe ich Neues zu bieten. Weshalb hast du mich gesucht?«

Cecile holte tief Luft. Diese Frage war eine Einladung für sie, endlich so viel plappern zu können, wie sie wollte. Ihre Großmutter hielt sie nämlich allzu oft davon ab, weil sie meinte, weniger sei manchmal mehr. Eine Weisheit, mit der die Dreizehnjährige so gar nichts anzufangen wusste. »Es geht um Paulina. Sie war bei den Soldaten im Hof, und da …«

Ceciles ältere Schwester verdarb ihr jedoch den Spaß, als sie schluchzend hereinkam und offensichtlich selbst ihre Geschichte erzählen wollte. »Es war so schrecklich«, jammerte sie und warf sich neben Marocia auf den Diwan.

»Was war schrecklich?«, fragte Marocia.

»So erniedrigend.«

»Was denn?«

»Das habe ich nicht verdient.«

»Liebes«, begann Marocia, die an der Art, wie Paulina weinte, erkannte, dass es sich nicht um etwas wirklich Schlimmes handeln konnte. »Ich würde dir ja beipflichten, wenn ich wüsste, wozu ich dir beipflichten soll.« Sie lächelte Paulina an. Ihre Enkelin war mit ihren langen rotblonden Haaren und den großen braunen Augen ein hübsches Ding, wie alle drei Kinder Alberics, aber sie hatte leider auch etwas an sich, das einem Mühe bereitete, sie ernst zu nehmen.

»Sie hat mit einem Offizier getändelt und sich eine Abfuhr geholt«, berichtete Cecile eilfertig, und das klagende Aufheulen Paulinas gab Zeugnis von der Richtigkeit dieser Behauptung.

»Du liebes bisschen!«, rief Marocia und bettete Paulinas Kopf an ihre Schulter. »Davon geht doch die Welt nicht unter. Was glaubst du, wie viele Männer sich schon bald um dich reißen werden?«

Paulina heulte erneut auf, was Marocia nun überhaupt nicht verstehen konnte. Cecile lieferte die Erklärung. »Darum geht es ja, Großmutter. Der Offizier sagte, kein Mann würde je etwas von ihr wissen wollen, weil ihre Großmutter eine Hure sei, vielleicht sogar eine Hexe. Und weil ihr Bruder ein …«

»Es ist gut, Cecile«, bat Marocia, die die aufrichtige, direkte Re-

deweise ihrer jüngsten Enkelin oft zu schätzen wusste, jetzt gerade aber als verletzend empfand. Sollte man ihr selbst doch nachsagen, was man wollte, aber dass nun auch ihr Blut von solchen Holzköpfen beleidigt wurde! Unfassbar, wie die Dinge sich in nur einem Jahr gedreht hatten.

»Ich halte das einfach nicht mehr aus«, fand Paulina ihre Sprache wieder. »Dieses Kastell, dass wir hier nicht herauskönnen, die scheelen Blicke der Leute, die Schlachten ... Und was morgen wird, ist auch nicht klar. Wie konntet Ihr diese Unsicherheit nur Euer ganzes Leben lang aushalten, Großmutter? Und die Gefangenschaft in diesem ... diesem grauenhaften Mausoleum?«

Paulina zählte dreiundzwanzig Jahre, ein Alter, in dem Marocia nicht nur die Aufregungen des Lebens im Lateran hinter sich gelassen, sondern bereits ihre ersten spannenden Erfahrungen als Herzogin in Spoleto gesammelt hatte. Ihre Enkelin dagegen war in wohl behüteter Sicherheit aufgewachsen und konnte daher mit den Aufregungen des Lebens nichts anfangen. Marocia hätte nicht mit ihr tauschen wollen. Alles in allem hatte sie das ständige Auf und Ab der letzten sieben Jahrzehnte zwar nicht immer genossen, aber gebraucht. Es war ein erfülltes Leben, das sich nun dem Ende zuneigte.

Sie seufzte. »Ich habe mich stets beschäftigt«, antwortete sie auf Paulinas Frage.

»Womit?«

»Mit meiner Lieblingsbeschäftigung.« Dann zwinkerte sie mit den Augen. »Nun ja, mit meiner zweitliebsten.«

»Und die wäre?«

»Politik«, rief Marocia mit einer Selbstverständlichkeit, als habe man sie nach der Anzahl ihrer Finger befragt.

»Hier? Im Kerker?«, fragte Paulina.

»Gerade hier. Die Zeit meiner Gefangenschaft war nicht weniger ereignisreich als alles davor und danach.«

Paulina und Cecile sahen sie fragend an, und Marocia wusste, dass sie nun um eine Erklärung nicht mehr herumkäme. Sie setzte sich aufrecht hin, forderte Cecile auf, sich an ihre andere Seite zu setzen, und atmete ein weiteres Mal tief den Wohlgeruch der Myrrhe ein.

32

Anno Domini 931

Wenn Hugo sie peinigen wollte, war das Kastell *Sanctus Angelus*, die Engelsburg, tatsächlich das ideale Gefängnis, dachte Marocia, als sie von der runden Gartenplattform über ihre Stadt blickte. Hier, ihre Heimat vor Augen und doch unerreichbar, würde sie leiden.

Von der Engelsburg aus vermochte sie die Via Triumphalis zu sehen, auf der früher die römischen Kaiser in Rom eingezogen waren und auf der zweifellos auch Hugo bald zu seiner Kaiserkrönung ziehen würde. Auch der Campus Vaticanus mit der Petersbasilika lag in Sichtweite, und wenn der Wind aus westlicher Richtung wehte, würde sie sogar die tausendstimmige Krönungsmesse hören können.

Verrotte, hatte Hugo ihr nachgerufen, und auch dafür eignete sich die Engelsburg besser als jedes andere Gemäuer der Ewigen Stadt, denn sie war ursprünglich als Mausoleum gebaut und nur deshalb umbenannt worden, weil einst ein Papst die Vision von einem Engel über diesem Totentempel hatte. Der römische Kaiser Hadrian hatte vor fast exakt achthundert Jahren mit dem Bau seines monumentalen Grabmals begonnen. Die Urnen von ihm, seiner Frau und einigen seiner Nachfolger standen noch heute in der Grabkammer, und auch wenn spätere Kaiser das Mausoleum eher als Verteidigungsanlage nutzten, hatte die Engelsburg noch viel von ihrer ursprünglichen Bestimmung bewahrt.

Außer während einer Stunde am Mittag, in der Marocia ein Spaziergang erlaubt war, blieb sie auf einen komfortabel mit Teppichen und reich verzierten Möbeln eingerichteten Saal der Engelsburg beschränkt, in dem sie schlief, aß und las. Anderes blieb ihr kaum zu tun, denn Hugo hatte ihr weder Papier zum Schreiben bewilligt noch irgendeine Form von Gesellschaft. Die Wächter stammten aus Burgund und sprachen – mit Ausnahme des Hauptmanns – kein Lateinisch oder Langobardisch. Einzig ihre Zofe war Italienerin, ein junges Ding aus dem Volk von kaum sechzehn Jahren, aber auch sie durfte Marocia nur je eine halbe Stunde am Morgen und am Abend beim Umkleiden helfen, wobei ihr jede private Unterhaltung verboten war.

Nach einigen Wochen ertrug Marocia die Ungewissheit über das Schicksal ihrer Kinder nicht länger, und nach einer weiteren sorgenvollen Nacht, in der sie sich hin und her gewälzt hatte, sprach sie die Dienerin während der morgendlichen Garderobe darauf an.

»Bitte, Durchlaucht, ich darf mit Euch nicht darüber sprechen«, flüsterte die junge Frau. »Der Hauptmann würde mich für immer in ein finsteres Loch sperren, wenn er dahinter käme.«

»Ja, glaubst du denn, mein Kind, ich würde dich verraten, das einzige Wesen, das mich in dieser Gruft nicht finster anblickt?« Sie zog ein gequältes Gesicht. »Was würde deine Mutter sagen, wenn sie hörte, dass du einer anderen Mutter den Trost verweigerst?«

»Meine Mutter ist tot, Durchlaucht«, erwiderte dieses ansonsten piepende Mädchen mit gereiztem Unterton. »Vor zwölf Jahren ist sie in Ancona an der Armut gestorben.«

Marocia wusste, was das zu bedeuten hatte. Die Einwohner von Ancona im Herzogtum Spoleto waren zu jener Zeit von ihrem Gemahl Alberic mit einem hohen Strafgeld belegt worden. Den Grund hatte sie vergessen, die Folgen aber nicht. Die Hälfte der Bevölkerung wurde damals über Nacht zu Bettlern, viele starben. Widerstrebend musste Marocia einräumen, dass Hugo sämtliche Bewacher mit Bedacht ausgewählt hatte. Das Herz dieser Zofe würde sie jedenfalls nicht gewinnen, und bis auf weiteres im Dunkeln über die Vorgänge bleiben, die sich fast unter ihren Augen, in Sichtweite der Engelsburg, abspielten.

»Das werde ich nicht tun!«, rief Papst Stephan VII. mit brüchiger Stimme durch den Thronsaal des Lateran. Er war bereits sehr alt und hatte Mühe, Hugo Auge in Auge gegenüberzustehen, aber die königlichen Soldaten, die ihn flankierten, ließen ihm keine Wahl. Andererseits machte gerade dieses hohe Alter es ihm leicht, die Forderungen Hugos abzulehnen, denn das Schlimmste, das ihm angetan werden konnte, würde ihn ohnehin bald erwarten. »Niemals«, verlieh er seiner Weigerung Nachdruck.

Hugo schien davon unbeeindruckt. Er musterte die blauen und grünen Edelsteine, die ein Goldschmied ihm auf einem Samtkissen präsentierte und die ihm als Schmuck für die Kaiserkrone dienen sollten. Denn Desiderius stand in Byzanz kurz vor dem Abschluss seiner Verhandlungen. Nur noch wenige Monate …

»Und die Rubine?«, fragte Hugo.

Der Goldschmied verneigte sich. »Rubine sind teuer, Euer Gnaden.«

»Na und?«, entgegnete Hugo belustigt. »Sehe ich aus, als müsste ich sparen?« Er legte den Kopf in den Nacken und lachte, laut und lang, weiter und weiter, bis auch die anwesenden Gefolgsleute und der Goldschmied darin einstimmten. Ebenso plötzlich wurde Hugo wieder ernst. »Ich möchte einen großen Rubin in meiner neuen Krone, verstanden? Und wenn du keinen anständigen findest, nimm ihn dir aus dem Szepter des Papstes. Der braucht ihn ohnehin nicht mehr.«

Mit einem Wink schickte er den Goldschmied fort, und als dieser gerade durch die große Flügeltür den Thronsaal verließ, kam ihm das jüngere Ebenbild des Königs entgegen.

»Boso«, rief Hugo seinen Bruder heran. »Ich habe dich erst in drei Tagen erwartet.«

»Als ich deine Aufforderung bekam, bin ich sofort losgeritten.«

Hugo grinste. »Brav. Prächtig siehst du übrigens aus.«

Boso trug das bischöfliche Gewand, das er in seinem Bistum in Orange fast nie anzog. Doch für einen Auftritt im Lateran schien es ihm angemessen.

»Bruder in Christi«, flehte Papst Stephan den Geistlichen an. »Versündige dich nicht, indem du den Wünschen des Königs nachkommst. Bleibe standhaft, und bedenke …«

»Du verschwendest deinen Atem, alter Mann«, sagte Hugo und legte den Arm brüderlich um Bosos Schulter. »Der hier ist nicht mehr Bischof als ich ein Heiliger, nicht wahr, Boso?« Auf sein Zeichen packten die beiden Wachen Papst Stephan derart fest an den dünnen Oberarmen, dass sie zu zerbrechen drohten, und schleppten ihn hinaus.

Boso sah dem todgeweihten Pontifex nachdenklich hinterher, dann erklomm er die drei Stufen zum Papstthron und umschlich den Heiligen Stuhl. Seine Hand strich über die breiten, goldenen Armlehnen und das kostbare rote Polster. Er überblickte den weiten, fast leeren Saal, folgte dem fahlen Licht, das durch die Fenster strömte, und schweifte über die bunten Wandmalereien, deren Motive ihm allerdings überhaupt nichts sagten. Ein kurzer Schauer überlief ihn bei dem Gedanken …

»Darf ich mich einmal auf den Thron setzen?«, fragte er artig seinen königlichen Bruder.

Der zuckte mit den Schultern. »Da haben schon Schlimmere gesessen als du.«

Boso ließ sich langsam auf dem Stuhl Petri nieder. »Dieser Palast, dieser Saal …«, hauchte er. »Atemberaubend.« Er konnte kein König mehr werden, das hatte Hugo ihm ebenso gewaltsam wie geschickt verbaut. Aber vielleicht bot sich die Möglichkeit …

»Was immer du vorhast«, sagte Boso an Hugo gewandt. »Du wirst einen Papst brauchen, der dich unterstützt.«

Hugo lachte. »Denkst du über eine geistliche Karriere nach, Boso? Vergiss es, ich brauche dich an anderer Stelle.«

»Wo?«

»Ich habe dir vor einigen Jahren gesagt, dass ich dir ein italienisches Land geben würde. Es ist soweit.«

»Die Lombardei oder Friaul?«

»Weder noch.«

»Aber die anderen regierst du doch nicht als Landesherr.«

»An diesem Punkt kommst du ins Spiel.«

Boso stand auf, ging die Stufen wieder hinunter und warf noch einmal einen langen Blick auf den Thron. »Schade«, seufzte er. »Ich würde als Pontifex wirklich alles tun, was du verlangst.«

»Wenn nicht, hätte ich dich umgebracht«, erwiderte Hugo lächelnd, legte erneut seinen Arm um Bosos Schultern und schlenderte mit ihm aus dem Thronsaal. »Doch das Papstamt habe ich bereits jemandem zugedacht, der nun wirklich überhaupt nicht damit rechnet.«

Marocia gebar an einem nebelverhangenen Dezembermorgen ihr fünftes Kind. Sie gab dem munteren Knaben den Namen Crescentius, nach dem antiken Geschlecht der Crescentier, aus dem ihre väterlichen Vorfahren stammten. Im Wochenbett befiel sie stärker denn je die Sorge um ihre anderen Kinder.

Wenige Wochen nach ihrem ersten Versuch bediente sie sich daher einer anderen Strategie, um der jungen Dienerin Informationen zu entlocken.

Hugo hatte ihr zwar jeden Schmuck abnehmen lassen, um Bestechungen unmöglich zu machen, aber die Soldaten hatten nur an die Ringe, Ketten, Armreife und Kameen gedacht, nicht an ihre Haarnadeln. Sie selbst erinnerte sich erst jetzt daran, dass in deren oberen Enden winzige Smaragde eingefasst waren. Das Beste daran war, dass Hugo sie ihr einst geschenkt hatte. Jetzt würde Marocia sie gegen ihn einsetzen, und schon dieser kleine Erfolg bereitete ihr eine diebische Freude.

Wie durch Zufall ließ sie eine der Haarnadeln bei der abendlichen Toilette fallen, und als die Zofe sie aufhob und auf den Ankleidetisch legen wollte, schloss Marocia ihre Hand um die der Dienerin und sah ihr lange in die Augen.

Die Verlockung, wusste Marocia, war für die arme Zofe geradezu teuflisch. Der Stein, so unscheinbar klein er auch war, war mehr wert als ihr Salär von fünf Jahren Arbeit. Die Zofe warf einen raschen Blick zur Tür, die während des Umkleidens immer einen Spalt aufbleiben musste, doch niemand war zu sehen. Dann blies sie alle Kerzen bis auf eine aus, um der Wache, sollte sie doch einen Blick in den Saal werfen, die Sicht zu erschweren.

»Was wollt Ihr wissen?«, fragte sie schließlich.

»Meine Kinder ... sind sie wohlauf?«

Die Zofe nickte. »Alle vier. Der König behandelt sie bisher gut, glaube ich.«

Marocia meinte ein leichtes Zögern gehört zu haben, eine geheimnisvolle Einschränkung. Irgendetwas stimmte nicht. »Alazais«, begann Marocia im Dunkeln zu stochern. »Was ist mit ihr?«

»Man hat Eure jüngste Tochter ins Kloster von Fontana Liri gebracht.«

Marocia schloss für einen Moment die Augen. Gott sei gedankt für Blanca, dachte sie. Ihre Schwester würde sich gut um die Kleine kümmern. Jetzt erst gestattete sie sich ein erstes Aufatmen. Doch sofort sagte ihr ein Gefühl, dass es verfrüht sei. »Bitte«, bedrängte sie die Zofe. »Alles ist besser als diese Unwissenheit.«

»Auch wenn es Euch nur Kummer bringt?«

»Auch dann.«

»Wenn Ihr meint ... Der Markgraf von Toskana ist doch ein guter Freund von Euch, nicht wahr? Leider ist es so, dass der König ihn in einen Hinterhalt gelockt und gefangen genommen hat. Man spricht davon, dass der König seinen Bruder aus Niederburgund als neuen Markgrafen der Toskana eingesetzt habe.«

»Aber was ist mit Guido passiert?«

Die Zofe druckste ein wenig, dann sagte sie: »Der Markgraf Guido wurde geblendet, Durchlaucht, und es heißt, König Hugo habe selbst ...« Sie brach ihren Bericht ab, als sie sah, dass Marocia bleich wurde.

»Guido«, murmelte sie, mehr zu sich selbst als zu dem Mädchen neben ihr. »Verstümmelt, wie einst Hugos Vater.«

»Da ist noch etwas«, gestand die Zofe. »Stephan VII. ist kurz nach Eurer Inhaftierung gestorben, Durchlaucht. Und der neue Papst ... Es ist ...«

Marocia sah von ihrem Stuhl zu der neben ihr stehenden Zofe auf. Nach den schrecklichen Neuigkeiten über Guido war es ihr fast egal, wer nun Papst war. »Desiderius?«, fragte sie müde, doch sie erhielt keine Antwort. Dann begriff sie, erstarrte. Sie blickte in die Augen der Dienerin, in denen sich die Flamme der einsamen Kerze spiegelte. Das konnte nicht, das durfte nicht sein. »Doch nicht etwa ... Clemens?«

Das Nicken der Zofe brachte ihr schreckliche Gewissheit. Ihr ältester, jetzt einundzwanzigjähriger Sohn war von Hugo zum Pontifex gemacht worden, so wie Sergius es sich auf dem Sterbebett gewünscht hatte. Doch was dem Vater des Jungen so viel bedeutet hatte, war für Hugo nichts anderes als eine böse Posse; er würde dem schwachen Clemens die Unterschrift zu den schrecklichsten

Verbrechen abfordern können – wissend, dass sie, Marocia, es doch irgendwie erfahren und umso mehr leiden würde. Vielleicht hatte sie Hugo unterschätzt. Er bereitete ihr mehr Qualen, als sie es noch vor wenigen Wochen für möglich gehalten hatte, und sie vermochte weit und breit niemanden zu entdecken, der dem entsetzlichen Spuk ein schnelles Ende würde bereiten können. Marocia stellte sich auf eine lange Gefangenschaft ein.

Hugo ließ einen großen Schluck des leichten toskanischen Weines die Kehle hinunterrieseln und stellte den Kelch schmatzend auf der Tafel ab. Dies war ein Abend nach seinem Geschmack. Der Festsaal der Villa Fortuna erzitterte unter rauem Gelächter, der Wein floss in Strömen, und die aufreizendsten und freizügigsten Schankmädchen der Stadt servierten ihn. Weder hohe Würdenträger noch Prälaten waren da, die zwar den Rücken vor ihm krümmten, aber heimlich auf ihn als Emporkömmling herabsahen. Nein, eingeladen waren die einzigen Menschen, auf deren Zuneigung und Treue er sich verlassen konnte, seine Offiziere. Mit ihnen feierte er jene Ereignisse, die ihn zum glücklichsten Menschen des Landes machten.

Desiderius hatte es geschafft. Vor wenigen Tagen war die Botschaft eingetroffen, dass Hugos Kaiserkrönung aus byzantinischer Sicht nichts mehr entgegenstünde. Täglich konnte Desiderius mit der formellen Bestätigung in Rom eintreffen. Und damit nicht genug, hatte Hugo heute eine Vereinbarung mit dem Grafen von Camerino getroffen, Marocias und Alberics Statthalter in Spoleto. Dieser erklärte Alberic für regierungsunfähig und überschrieb den Titel an Boso.

Mit diesem Handel hatte Hugo das ganze Nord- und Mittelitalien unter seine unmittelbare Kontrolle gebracht. Die Lombardei und Friaul regierte er selbst, in der Toskana und Spoleto herrschte er nun mittels seines Bruders Boso, den er sich gefügig gemacht hatte. Die Dinge konnten nicht besser laufen. Er zupfte den jungen Mann, der an seiner Seite saß, am Ärmel. »Nicht wahr, *hochgeschätzte Heiligkeit*«, fragte er übertrieben feierlich, »Ihr werdet der Übertragung Spoletos Euren Segen geben? Und Euch auch nicht wieder so unsinnig sträuben wie bei der Sache mit der Toskana?«

»Nichts lieber als das«, bestätigte Clemens mit Nachdruck. »Es ist mir eine Freude, dabei behilflich zu sein, Alberic zu entmachten.«

»Prächtig.« Hugo klopfte seinem ehemaligen Stiefsohn auf die Schulter und erhob sich. »Darauf trinke ich«, grölte er in den lärmerfüllten Saal. »Auf die Geschwisterliebe.«

Ein lallendes Echo donnerte dem König entgegen. Glücklich wie nie leerte er seinen Kelch in einem Zug, schmatzte und ließ sich wieder entspannt auf seinen Stuhl zurückfallen. Neugierig geworden, warum Clemens so begeistert die Entwürdigung seines Halbbruders unterstützte, sprach er ihn darauf an.

Clemens' zierliche Hände krampften sich um einen Hühnerknochen, und sein bleiches, schmächtiges Gesicht blickte so düster, wie es konnte, als er antwortete. »Als wir noch Kinder waren, hat er auf mich herabgesehen, weil ich ein Bastard bin und weil ich nicht von seinem ehrwürdigen Vater abstamme. Beleidigt hat er mich, schlecht gemacht, in jedem Kampf besiegt. Es gab kaum eine Nacht, in der ich nicht von ihm geträumt habe. Tags verfluchte ich ihn. Und einmal, einmal war es besonders schlimm. Wir hatten mal wieder gerauft, er natürlich gewonnen. Und dann sagte er mir, dass ich eines Tages sein Diener sei. Das werde ich nie vergessen.«

»Sein ...« Hugo lachte. »Sein Diener? Na, herrlich, und heute bist du das Oberhaupt der Christenheit und er ein Niemand.«

Clemens wandte sich Hugo zu. »Ich wünschte, er könnte nun *mein* Diener sein. Ich meine, nach allem, was ich für dich schon getan habe, wäre das doch eine nette Geste von dir.«

Hugo überlegte. Er wollte nichts Unbesonnenes tun, aber dieser Abend war so herrlich, so leicht vom Wein. Außerdem konnte ihm dieser eine Gefallen, der ihn selbst weder Geld noch Skrupel kostete, viele schnelle Unterschriften dieses jämmerlichen Papstes einbringen.

War es ein Zufall oder ein Wink des Schicksals, dass er Alberic in ebendiesem Moment in einer Tür am anderen Ende des Saales stehen sah, scheinbar angewidert von dem Spektakel? Jedes Mal, wenn Hugo ihn sah, beschlich ihn ein ungutes Gefühl, eine Mischung aus Wut und Vorsicht. Marocias andere Kinder, Eudoxia und Clemens, waren ihm egal, er würde sie als Werkzeuge zur Festigung seiner Macht gebrauchen. Alberic jedoch war verschlossen, undurchschaubar, einerseits ein verkappter Klosterschüler und andererseits ein Raufbold, aggressiv und doch kühl, und ebendies machte ihn Hugo suspekt. Dieser Bursche brachte stets, ohne viel zu tun, Hugos Blut zum Rasen. Er ließ ihn von einem Pagen herbeirufen.

»Dir scheint meine kleine Feier nicht zu gefallen«, sagte Hugo. »Aber da ich dich noch immer unter diesem luxuriösen Dach leben lasse, könntest du wenigstens so tun, als würdest du dich amüsieren. Was sollen sonst meine Gäste von einem Muffel wie dir halten?«

»Mir haben lärmende Vergnügungen noch nie gefallen«, erwiderte Alberic abfällig. »Meine Mutter bewies zumindest einen gewissen Anspruch, als sie hier noch die Feiern ausrichtete. Dichter, Gelehrte, Aufführungen. Aber das hier« – er sah sich missbilligend um – »ist armselig.«

Hugo beobachtete sein Gegenüber genau. Der Junge hatte äußerlich nichts mit seiner Mutter gemein, sondern besaß die sehnige, hoch aufgeschossene Gestalt seines gleichnamigen Vaters, dessen längliches Gesicht und kalte Augen. Die scharfe Zunge hingegen war unschwer als das Erbe Marocias zu erkennen.

Hugo begann, sich über das Gespräch zu ärgern. Die stickige Luft des überfüllten Saales, der viele Wein und der unerhörte Stolz dieses Sprösslings drohten, seine gute Laune zu verderben. Er war mehr denn je gewillt, Alberics Würde zu brechen.

»Du nimmst deinen Mund voll für jemanden, der so gut wie nichts mehr besitzt. Ich habe dir Spoleto genommen, und dank deiner Unverschämtheit wirst du jetzt auch noch dein Amt als *nomenclator* verlieren. Ab sofort trittst du in die Dienste deines älteren Bruders. Er entscheidet, was mit dir geschieht.«

Clemens grinste. Endlich bot sich ihm die Möglichkeit, seinen verhassten Peiniger aus Kindertagen zu demütigen. »Auge um Auge«, zischte er, das Alte Testament zitierend. »Ich will, dass er am Boden liegt und winselt. Er soll kämpfen, mit bloßen Händen, auf Leben und Tod. Es sind genügend Soldaten im Raum. Und wenn er sich weigert, wird er hier und auf der Stelle ausgepeitscht.«

Alberic verzog keine Miene, als er Clemens genüsslichen Blick erwiderte, doch in ihm sah es anders aus. Sollte er eher sterben oder sich demütigen lassen? Momente lang, die ihm wie eine Ewigkeit vorkamen, schwankte die Entscheidung darüber hin und her. Doch dann sah er in einer Türnische Alda stehen; sie trug offenes Haar und ein langes malvenfarbenes Kleid. Sofort bog er den Rücken durch und nahm die Herausforderung an.

Mittlerweile war der ganze Saal auf das Gespräch zwischen König, Papst und Alberic aufmerksam geworden, und als das Wort von einem Kampf fiel, brach ein freudiges Gegröle aus. Rasch waren Tische und Bänke beiseite gerückt. Hugo, in seinem Rausch hingerissen von der Aussicht auf ein Duell wie zu Zeiten der Gladiatoren, wählte einen jungen Offiziersanwärter aus, der etwa in Alberics Alter sein mochte und die gleiche sehnige Figur besaß.

»Nein!«, rief Clemens von seinem Platz aus. »Ich will den da.« Er deutete auf einen jungen Offizier, der deutlich muskulöser als Alberic war. »Und zwar zusätzlich zu dem anderen.«

»Zwei gegen einen?«, fragte Hugo unter dem Geraune der Männer.

»Ja. Sie sollen mit den Händen gegeneinander kämpfen, wobei alles erlaubt ist. Meinetwegen sollen sie ihn erwürgen.«

Das Geraune im Saal über einen derart ungleichen Kampf wurde stärker. Aber Clemens schaffte es rasch, die Bedenken der Männer zu zerstreuen. »Der Sieger erhält einhundert Goldstücke, und der Saal ein Fass besten Branntweins.«

»Hurra«, schrien die Offiziere und bildeten einen großen Kreis.

Die Kontrahenten machten ihre Oberkörper frei und begannen, sich wie Katzen zu umschleichen. Die beiden Soldaten teilten sich auf und suchten nach einer günstigen Gelegenheit zum Angriff, die sich zunächst nicht ergab. Angefeuert von ihren Kameraden, gerieten sie etwas unter Druck, als nach einer Minute noch immer keine Aktion erfolgt war. Schließlich machte der Stärkere einen überraschenden Ausfall und umklammerte den schlanken Alberic von hinten wie ein Riemen. Der andere kam heran, um Alberic zu schlagen, aber er wurde von dessen Beinen zurückgestoßen, taumelte und fiel in die umstehenden Männer.

Der Stärkere presste Alberics Rippen immer weiter zusammen. Alberic verzog das Gesicht vor Schmerz, aber schließlich konzentrierte er sich wieder und wuchtete dem Angreifer seinen Ellenbogen in die Magengrube. Der Offizier ließ Alberic abrupt los, erhielt von ihm einen schnellen Schlag ins Gesicht, taumelte und fiel nach hinten.

Mühsam richteten die beiden sich wieder auf. Sie hatten geglaubt, leichtes Spiel mit ihrem körperlich unscheinbaren Gegner zu haben, sahen sich jetzt aber unerwartet eines Besseren belehrt. Den nächsten Angriff führte der Jüngere der beiden an; er riss Alberic zu Boden und schaffte es, ihn auf den Rücken zu zwingen, aber wieder überraschten ihn die Beine des gelenkigen Kontrahenten, die sich von hinten um seinen Kopf schlangen und ihn mit kräftigem Schwung genau in seinen Kameraden stießen. Sie stürzten beide zu Boden, und nun war es Alberic, der die Initiative übernahm. Er stand auf und versetzte seinem gleichaltrigen Gegner einen Tritt auf das Kinn, so dass dieser besinnungslos zusammensackte. Den anderen, kräftigeren Gegner packte er an den Haaren, zog unter dessen Ächzen den Kopf nach oben und umklammerte den Hals von hinten. Der Offizier versuchte sich zu befreien, aber Alberic lockerte den Griff keinen Jota. Hilflos zappelte der Soldat in Alberics Armen. Er rang nach Luft, und für einen Augenblick sah es so aus, als würde er ersticken. Im letzten Moment ließ Alberic ihn los. Kraftlos sackte nun auch dieser Kontrahent zu Boden. Anerkennender Applaus umbrandete den jugendlichen Sieger, doch Aldas sanftes Lächeln bedeutete ihm weit mehr. Dann verschwand sie so still, wie sie gekommen war.

Alberic stieg schwer atmend über die Körper der bewusstlosen Offiziere. Der Stolz über seine eigene Leistung durchdrang ihn vollständig. Niemals zuvor hatte er sich überlegener, niemals stärker als die übrige Welt gefühlt. Er hatte kein Recht, den König zu einem Zweikampf zu fordern, aber die funkelnden Augen, mit denen er Hugo anblickte, sagten genug.

Hugos Kiefer mahlten. Er griff zu seinem Schwert. »Wir tragen es jetzt aus!«, rief er seinem verhassten früheren Stiefsohn zu. »Endgültig.«

»Wie du willst«, entgegnete Alberic und ergriff seinerseits ein Schwert.

Die Blicke der Soldaten gingen zwischen ihrem König und dem

Jungen hin und her. Allen stockte der Atem über die unvorhergesehene Entwicklung, doch im letzten Augenblick kam ein Page herbei und flüsterte Hugo etwas ins Ohr. An Alberic gewandt, sagte Hugo: »Ich habe wichtigen Besuch, den ich sofort empfangen muss. Aber aufgeschoben …«

»… ist ja nicht aufgehoben«, ergänzte Alberic selbstbewusst.

Er wartete, bis Hugo gegangen war.

»Na, was ist jetzt mit meiner Belohnung?«, rief er schließlich zu Clemens hinüber.

»Du bist mein Diener«, presste der Papst zwischen den knirschenden Zähnen hervor, »und du kannst froh sein, dass ich dich nicht peitschen lasse. Geh und hole mir neuen Wein aus der Küche.«

Die umstehenden Soldaten murrten über diese Ehrlosigkeit des Pontifex, aber Alberic nahm ihre Unterstützung nicht in Anspruch. Ihm ging es nicht um die hundert Goldstücke, die sichtbare Wut seines Halbbruders war ihm Belohnung genug.

»Hol ihn dir selber, du Affe«, sagte er und ging, die wüsten Beschimpfungen von Clemens ignorierend, festen Schrittes aus dem Saal.

Desiderius saß auf einer Marmorbank im Atrium der Villa Fortuna und wartete bereits seit einer Weile auf König Hugo. Eine einzelne Fackel spendete dem prachtvollen Eingangssaal zur Villa schummriges Licht. Die orientalisch anmutenden Ornamente an Boden und Wand waren kaum zu erkennen, aber die Spiegelungen der sanften Wellen des Goldfischbeckens tanzten grotesk und geisterhaft auf der meerblauen Fläche der Decke und zogen Desiderius in ihren Bann. Dieser Tag würde ein bedeutender in seinem Leben werden, vielleicht der bedeutendste überhaupt, und ebendiese Stimmung machte ihn, den sonst so Beherrschten, unruhig. Von ferne hallten wildes Gelächter und lallende Rufe heran, und als König Hugo endlich den Raum betrat, schwankte er leicht, so dass Desiderius darauf schließen konnte, dass eine große Feier im Gange war.

»Euer Gnaden«, begann er in salbungsvollem Ton. »Ich übergebe Euch den Anlass dieses fröhlichen Abends, die schriftliche Einwilligung von Romanos I. Lekapenos und Konstantin VII. zu Eurer Kaiserkrönung. Mit diesem Dokument in Händen steht Euch nun nichts mehr im Wege.«

»Drei Jahre«, hauchte Hugo, als er das sorgfältig gerollte und kostbar mit Bändern verzierte Dokument entgegennahm. »Drei Jahre hat es gedauert.«

Desiderius hatte damals, als er den Auftrag entgegengenommen hatte, selbst nicht mit einer solch langen Verhandlungsdauer gerechnet. Aber der Gedanke an seine Belohnung hatte ihn jeden Morgen von neuem angespornt und ihm jede Enttäuschung am Abend versüßt. »Die Byzantiner haben hart verhandelt. Kein Wunder, denn bald sind sie nicht mehr die einzigen Kaiser auf dieser Welt. Trotzdem seid Ihr mit der Abtretung von Apulien und Salerno sowie der Übertragung von Hafen- und Handelsrechten noch günstig davongekommen.«

»Gute Arbeit«, grinste Hugo zufrieden und überflog das in perfekter Schönschrift beschriebene Pergament. Aber Desiderius hatte ein feines Gespür für verborgene Stimmungen und Zwischentöne, und irgendetwas störte ihn am berauschten Blick des Königs.

Er war natürlich über die Vorgänge während seiner langen Abwesenheit aus Rom unterrichtet. So sehr es ihm gefiel, dass seine alte Widersacherin Marocia von nun an keine Gefahr mehr darstellte und dass Hugo, statt mit dem *regnum teutonicorum* im Norden zu paktieren, nun selbst ein Reich aufzubauen begann, das zudem von Byzanz abhängig bleiben würde, so sehr verdross ihn die Inthronisation dieses Bengels Clemens als Pontifex. Er hatte nicht die Absicht zu warten, bis diese groteske Papstgestalt eines natürlichen Todes gestorben war.

»Natürlich würde mich freuen«, sagte er gedehnt, »wenn ich selbst es wäre, der die Ehre hätte, Euch am Weihnachtstag die neue Reichskrone aufs Haupt zu setzen.« Und dann fügte er leicht ungeduldig hinzu: »So, wie es verabredet war, Euer Gnaden.«

Hugo rollte das Dokument wieder zusammen, grabschte nach der Schulter des Kardinals und neigte sich ihm ganz nahe zu. Seine Augen glitzerten vor Trunkenheit. »Du warst leider nicht hier, als Stephan VII. … wie nenne ich es bloß … starb. Und Rom ohne Papst – das ist doch wie eine Hure ohne Freier. Na, und da habe ich mir einen kleinen Spaß erlaubt und Marocias dümmlichen Sohn zum Stellvertreter Gottes gemacht.«

Desiderius blieb unbewegt. »Ja, sehr witzig, Euer Gnaden. Wenn Ihr gestattet, würde ich mich gerne dieses geringfügigen Problems annehmen.«

»Mal wieder Mord, Desiderius?«

»Ich nenne es lieber Abfallbeseitigung, Euer Gnaden.«

Hugo brach in ein hechelndes, fast tonloses Lachen aus, das nicht enden wollte und ihn schließlich dazu brachte, sich am Rande des Goldfischbeckens niederzusetzen. Dann schwieg er, sah in das Becken und schwieg weiter. Seine Augen glitzerten, sein Körper war merkwürdig starr und gespannt.

Desiderius fühlte wieder diese Unruhe in sich, aber er zwang sich, ihr nicht nachzugeben. Bisher war doch alles fast genauso verlaufen, wie er es geplant hatte. Jetzt nur keinen Fehler machen. Er war auf den König angewiesen, aber er hatte in diesen Jahren in Byzanz auch viele Freunde gewonnen, die seine Wahl zum Papst unterstützen würden. Auch Hugo musste das wissen. Es gab also überhaupt keinen Grund, in letzter Stunde nervös zu werden.

Das Atrium roch bereits nach dem kirschigen, gärenden Aroma des Weins, und Desiderius verzog ein wenig die Mundwinkel. Verächtlich sah er zu, wie Hugo immer wieder einen Goldfisch schnappen wollte, was ihm in Anbetracht seiner betäubten Reflexe jedoch nicht gelang.

»Habt Ihr Euch entschieden, Euer Gnaden?«, fragte er und war sich des leicht drohenden Untertons bewusst.

Hugo lächelte. »Wenn ich es mir recht überlege, ist das ein noch viel besserer Witz, Desiderius auf dem Stuhl Petri. Luzifer als Papst. Noch in tausend Jahren wird sich die Kirche dafür entschuldigen müssen.«

Luzifer! Solche Gedanken, dachte Desiderius, konnte nur ein Trunkener haben. Er selbst hatte seine Handlungsweise noch nie derart beleuchtet oder hinterfragt. Wozu auch? Er wäre jetzt nicht Kardinal, wenn er sich wie solche verwirrten Gestalten vom Format eines Odo von Cluny auf religiöse Aufgaben konzentriert hätte. Sergius' Vergiftung, dem Plan vom Sarazenenangriff, dem Mord an Alberic und dem Verrat an Johannes lagen die gleichen Methoden zugrunde, die ein beliebiger Fürst angewandt hätte, um an sein Ziel zu gelangen. Er war Politiker, kein Prediger. Nein, er bereute nichts, außer so lange gebraucht zu haben, um endlich – endlich! – den Stuhl Petri besteigen zu können.

»Komm runter«, lallte Hugo, »ich muss dir etwas sagen.« Desiderius kniete sich umständlich neben den König und hielt ihm das Ohr hin, das er begehrte. »Rom«, flüsterte der König, »ist zu klein für zwei Monster, wie wir es sind. Wenn ich dich nicht umbringe, wirst du mich umbringen.«

Einen Lidschlag lang sahen sie sich tief in die Augen, Desiderius entsetzt, Hugo entschlossen. In der gleichen Sekunde, in der Desiderius wieder die Prophezeiung Constanzas von Atri einfiel, griff Hugo seinen Kopf und tauchte ihn mit aller Heftigkeit in das Goldfischbecken. Desiderius zappelte, versuchte sich zu befreien, Luftblasen sprudelten, Wasser spritzte, doch Hugos starker Griff war unnachgiebig. Dann war alles vorbei.

Leblos, mit den Armen voran, hing der lange, hagere Körper des Geistlichen über dem Rand des Beckens, und Hugo schwankte davon, das Dokument in Händen und eine Melodie vor sich hin summend.

Nach einigen Augenblicken, in denen es still blieb im Atrium, verbreiterte sich wie von Zauberhand der Spalt einer Seitentür, die nur angelehnt gewesen war, und Alberics Kopf lugte hervor.

»*Resquiescat in pace!*«, gellte Clemens' dünne Stimme durch die Krypta der Laterankirche. Ruhe in Frieden. Dann zeichnete er mit der rechten Hand ein großes Kreuz in die Luft, verneigte sich knapp vor dem Sarkophag und verließ die Grabkammer durch die Gasse, die die anwesenden Würdenträger ihm bildeten.

Als er die vielen Leute hinter sich gelassen hatte, schickte er die Mönche und Novizen, die sein Gefolge bildeten, fort und bog in einen anderen, menschenleeren Teil der verschlungenen Krypta ein. Durch die fast vollkommene Dunkelheit tastete Clemens sich voran. Vor einem der Sarkophage seiner Vorgänger kniete er nieder, es war das Grab Sergius III., seines Vaters, den er nie kennen gelernt hatte.

Stumm blickte er auf den schemenhaften, angestaubten Stein.

Was wohl sein Vater über ihn dächte, würde er sein Treiben verfolgen können? Gerade hatte Clemens die Messe für einen Ermordeten gelesen. Ganz Rom wusste, dass Hugo der Täter war, jedenfalls war ein entsprechendes Gerücht im Umlauf. Doch anstatt dass Clemens die Tat anprangerte, verkündete er vor allen, dass auch der König bestürzt und in Trauer sei. Clemens wusste, es war falsch, Hugo zu folgen, der seine Mutter eingesperrt und sich immer mehr zu einem Tyrannen entwickelt hatte. Aber er wusste auch, was ihm drohte, wenn Hugo die Macht eines Tages verlieren würde. Sie hatten einen gemeinsamen Feind, Alberic. Und das allein rechtfertigte in Clemens' Augen jeden Pakt, selbst den mit dem Teufel.

Clemens vergrub sein Gesicht in den knöchrigen Händen, so als ertrage er den Anblick des Sarkophags nicht länger. Er schluchzte, erschauerte, schwitzte, und ab und an befiel ihn ein keuchender, trockener Husten. Jeden Tag kämpfte er gegen seinen Hass auf den Halbbruder, und jeden Tag wurde der Hass stärker und der Widerstand dagegen schwächer. Dieses eine Gefühl füllte ihn mittlerweile fast vollständig aus, ja, ihm kam es vor, als hielte allein das ihn am Leben. »Nein, Vater«, flüsterte er plötzlich in die Stille der Halle hinein. »Ich komme nicht zu dir, ehe Alberic vollständig besiegt ist.«

»Wo warst du denn so lange?«, empfing Hugo den Papst, als dieser seine Gemächer im Lateran betrat. »Ich warte hier schon eine Stunde auf dich. Sag schon, wie ist es gelaufen?«

Clemens zuckte gleichmütig mit den Schultern. Er öffnete die Schnalle seines silbern durchwirkten Umhangs, warf das Kleidungsstück achtlos über einen Stuhl und setzte dann die golden schimmernde Tiara ab. Hugo riss ihm das päpstliche Wahrzeichen aus der Hand und schleuderte es zu Boden.

»Ich bin es gewohnt, dass mir zügig geantwortet wird«, zischte er.

Clemens hob die Tiara sofort auf. »Jeder da unten weiß, dass du der Mörder bist«, erklärte Clemens. »Egal, was ich sage oder welche Trauermiene du auch immer aufsetzen wirst. Die Stimmung in der Stadt kippt.«

Für einen Moment schreckte Hugo auf, so als sei seit Jahren zum ersten Mal eine Stimme an sein Ohr gedrungen, und seine Pupillen zuckten so geschwind wie seine Gedanken hin und her. Doch ebenso schnell beruhigte er sich wieder, als ihm einfiel: »Wenn schon, ich habe genügend Soldaten in Rom postiert.«

»Es hätte erst gar nicht so weit kommen müssen!«, kläffte Clemens ihn an.

Hugo packte das Handgelenk des zweiundzwanzigjährigen Papstes. »Desiderius wollte *deinen* Kopf, mein Guter. Ich habe dir also sogar einen Gefallen damit getan.«

»Ach, das meine ich doch gar nicht«, korrigierte Clemens und wand sich aus Hugos Griff. »Ich rede davon, dass bestimmt Alberic das Gerücht über die Umstände von Desiderius' Tod in die Welt gesetzt hat. Hättest du ihn an jenem Abend beseitigt ...«

»Alberic«, flüsterte Hugo und benannte damit das letzte Problem, das ihm verblieben war – und immer größer wurde.

Der junge Spund war in Rom fast über Nacht beliebt geworden. Sein spektakulärer Sieg über Hugos Offiziere hatte sich in ganz Rom verbreitet und ihm viel Achtung bei der Bevölkerung eingebracht. Niemand hatte dem schmächtigen Burschen mit dem ernsten Gesicht, von dem man wenig mehr wusste, als dass er freiwillig auf einer strohbedeckten Pritsche schlief, einfache Kleidung bevorzugte und fast nur Obst und Gemüse aß, so etwas zugetraut. Umso höher wuchsen nun Neugier und Anerkennung. Man besah sich den jüngeren von Marocias Söhnen näher und stellte plötzlich fest, dass er durchaus kein verhinderter Mönch nach cluniazensischem Vorbild war, sondern Mut, Kampfgeist und Vehemenz besaß. Bei alldem aber blieb Alberic volksnah. Er zeigte sich häufig ohne Begleitung auf den Märkten und sprach dort mit den einfachen Leuten über allgemeine Dinge, ein Brauch, den zuletzt die Senatoren zu Zeiten der antiken römischen Republik gepflegt hatten. Ihren Tribun, nannten die Römer den fahlen Jüngling bereits.

Hugo kniff nachdenklich die Augen zu. »Ja, er ist immer für eine Überraschung gut, ganz wie seine Mutter.«

Mittlerweile brachte Clemens jedes noch so kleine Lob, das sein Halbbruder erhielt, zur Weißglut. Dass Alberic nun aber nur spärlich verschleiert als der wahre Sohn Marocias bezeichnet wurde und er selbst als Versager, verletzte ihn tief. »Was also«, fragte er, alle Geduld zusammennehmend, »wirst du nun gegen ihn unternehmen?«

Hugo griff nach einem Apfel, leckte eine Weile seelenruhig daran und meinte schließlich: »In vier Wochen, am Heiligen Abend, wirst du mich zum Kaiser und titularen Nachfolger Karls des Großen krönen. Da will ich Alberic sichtbar dabeihaben, zum einen, weil es ihm gut tut, die realen Machtverhältnisse aus der Nähe zu betrachten, zum anderen, weil ich vorher keine Unruhe in der Stadt will.« Er machte eine Pause, in der er mit Genugtuung beobachtete, wie Clemens förmlich an seinen Lippen hing. »Am nächsten Tag dann wirst du Alberic unter dem Vorwand der Verschwörung verhaften und in die Engelsburg sperren lassen.«

Ein feines Lächeln bemächtigte sich Clemens' bleichen, dünnen Lippen. »Sehr gerne. Aber warum ausgerechnet in die Engelsburg?«

»Ich habe Marocia gegenüber ein schlechtes Gewissen«, erklärte Hugo ironisch. »Ich will ihr eine Freude machen.«

»Freude?«, fragte Clemens.

Hugo biss ein großes Stück des Apfels ab und kaute genüsslich darauf herum. »Welche Mutter, mein Junge, würde sich nicht wünschen, mit ihrem Sohn eingesperrt zu sein?«

33

Durch die finsteren und eisig kalten Gänge der Katakomben des Heiligen Calixtus huschte eine einzelne Gestalt, verborgen in einem weiten schwarzen Gewand mit Kapuze. Eine Fackel leuchtete ihr den Weg, aber in den schmalen, in den Stein getriebenen Korridoren mit ihren Windungen und Kehren vermochte sie nur Licht für die nächsten Schritte zu geben. Von irgendwoher hallten undeutlich Stimmen heran.

In frühchristlicher Zeit herrschte in diesen Katakomben außerhalb Roms rege Betriebsamkeit; sechs Sakramentskapellen spendeten den Gläubigen der ersten Jahrhunderte das Abendmahl, hier wurde geheiratet, getauft, bestattet. In den unzähligen Grabkammern, die sich in Abzweigungen der fünfzehn Meilen umfassenden Gänge befanden, lagen über 150 000 Körper, darunter die Leichname der Märtyrerpäpste des dritten und vierten Jahrhunderts. Ein riesiges Grab waren diese Katakomben, unheimlich und beklemmend, völlig verlassen heutzutage und gerade deswegen so geeignet für ein konspiratives Treffen.

Die Gestalt trat in eine der früheren Sakramentskapellen ein, wo sie bereits erwartet wurde, und streifte die Kapuze ab. »Verzeiht die Verspätung«, sagte Alberic. »Ich musste mehrmals den Patrouillen des Königs aus dem Weg gehen.«

»Ja, sie sind überall«, meinte einer der anderen. »Das wird es uns erschweren.«

Alberic sah zufrieden in die Gesichter der Mitverschworenen. Es waren alle gekommen, der *superista* mit seinen höchsten Offizieren, die als Befehlshaber der entmachteten Miliz über beträchtliche militärische Erfahrung verfügten, die *defensores* aus den Stadtteilen, ja sogar Ablabius, der *primus magistratus.* Seit Monaten hatte er schon versucht, sie alle auf seine Seite zu ziehen, aber erst der mysteriöse und frevelhafte Tod von Desiderius und Alberics beginnende Popularität beim gemeinen Volk hatten sie endlich aufmerksam und gefügig gemacht. Nun konnte gehandelt werden.

»Erschweren ja«, erwiderte Alberic auf den Einwand. »Nicht verhindern.«

»Wie soll die Miliz ohne Waffen den König vertreiben?«, fragte Ablabius skeptisch. Er war an Abenteuern nicht interessiert.

»Hugo hat die Miliz zwar entwaffnet, aber es gibt Waffenverstecke, von denen er nichts weiß. Macht Euch keine Sorgen. Wichtig ist nur, dass jeder die ihm übertragene Aufgabe wahrnimmt. Ihr, edle *magistrates,* wiegelt gemeinsam mit mir das Volk auf. Wenn die Leute sehen, dass Stadtregierung und Miliz gegen die Besatzer vorgehen, werden sie sich unserem Kampf anschließen.«

Während Alberic in den Augen der Offiziere aufrichtige Treue und Zuversicht sehen konnte, entdeckte er in jenen der *defensores* und des *primus magistratus* Angst. Kein Zweifel, sie beteiligten sich nur an dieser Rebellion, weil ein Leben unter dem despotischen Hugo für sie mittlerweile mehr Gefahren barg als ein Kampf gegen ihn. Von Enthusiasmus, Vision oder Pflichtbewusstsein keine Spur. Aber Alberic war nicht in der Position, sich die Motive seiner Verbündeten aussuchen zu können, und wenn auch die Angst nicht wie der Glaube einen Berg versetzen konnte, so konnte sie ihn zumindest überwinden. Die Furcht im Nacken, würden diese selbstsüchtigen Memmen ihr Bestes geben.

»Was ist mit dem Patrimonium?«, fragte der *superista.* »Wird es auch dort einen Aufstand geben?«

Alberic schüttelte den Kopf. »Die Gefahr, dass ein solch umfangreicher Plan im Vorfeld aufgedeckt würde, ist zu groß. Wir müssen uns auf unsere geliebte Stadt konzentrieren. Rom ist das Wichtigste.« Er machte eine Pause, in der er den Halbkreis der Versammelten abschritt.

»Morgen ist es soweit«, verkündete er schließlich. »Der Tag, der Hugos größten Triumph markieren soll, wird sein größtes Debakel sehen. Meine Freunde, mich schmerzt es auch, dass Blut am Heiligen Abend vergossen werden muss, doch es ist für eine heilige Sache.« Er nickte der Gruppe ein letztes Mal aufmunternd zu, dann verabschiedete er einen nach dem anderen mit einem langen, festen Händedruck.

Als der Letzte gegangen war, blieb Alberic mit seiner Fackel allein in dem Gewölbe zurück. Er kniete sich vor das, was vor Jahrhunderten der Altar gewesen war, ein einfacher Steinklotz mit verwitterten Inschriften und einem dreiarmigen Leuchter darauf. Er stellte zwei Kerzen auf und versank im Gebet. Fast die ganze Nacht verbrachte der Jüngling in der totalen Stille, in sich gekehrt, die Heiligen, die Jungfrau Maria und Christus um Beistand und Verzeihung bittend. Erst bei Morgengrauen kehrte er in die Villa Fortuna zurück. Dort öffnete er die Tür zu Aldas Gemach einen Spaltbreit, trat auf Zehenspitzen ein und blickte eine ganze Weile auf das Mädchen, die junge Frau, die friedlich schlief. Er prägte sich ihr Gesicht ein, denn er würde es für lange Zeit nicht mehr wieder sehen – vielleicht sogar nie.

Am nächsten Morgen versammelten sich ein Großteil von Hugos Truppen sowie seine Familie jenseits der Stadtmauer, um das Krönungsgefolge zu bilden. Der König hatte vor, mit großem Geprange in Rom einzuziehen, obwohl er es eben erst verlassen hatte. Er sollte von Clemens empfangen und zur Petersbasilika geleitet werden.

In dem Augenblick, als der Krönungszug sich an der Via Triumphalis gebildet hatte, griffen die Stadtmilizen die in Rom verbliebenen Einheiten des Königs an. Vom Kapitol aus rief Alberic die Einwohner zum Widerstand gegen den ungeliebten Despoten auf, und in den anderen Stadtvierteln erledigten die *defensores* diese Aufgabe. Binnen einer Stunde befand sich die Ewige Stadt in Aufruhr.

Als Hugo die Nachricht vom Aufstand erhielt, wollte er sofort einrücken, aber seine Torbesatzungen waren zuerst vertrieben worden, alle Zugänge waren verschlossen. Da sein Gefolge verständlicherweise keine Leitern, Seile oder sonstiges Angriffsgerät mit sich führte, blieb ihm nichts, als Späher auszusenden, die nach Toren suchen sollten, deren Besatzungen noch von seinen Soldaten gestellt wurden. Doch Rom war riesig, und selbst wenn man noch offene Tore vorfinden sollte, würde es Stunden dauern, bis Hugo seinen in der Stadt kämpfenden Truppen Verstärkung bringen konnte. Er begann aufgeregt vor den Mauern auf und ab zu reiten, gestikulierte wild mit seinen Fäusten und fluchte zu den Zinnen hinauf.

Doch dann brachte ein Späher Hoffnung: »Die Porta Flaminia, Euer Gnaden«, begann er keuchend.

»Rede schon! Ist sie offen?«

Der Späher konnte nur noch nicken, dann drückte ihn Hugos Pferd schon zur Seite. »Zur Flaminia«, befahl er dem Gefolge und ritt allen voran. Er gab seinem Rappen die Peitsche, und er fluchte, als er sah, dass die anderen nicht schnell genug folgten. Mit wehendem Haar preschte er über eine der Tiberbrücken und bog zur nördlichen Stadtmauer ab. Die Porta war in Sichtweite – und sie war noch immer offen. Hugo zückte sein schweres goldenes Schwert, hielt es in die untergehende Wintersonne und schrie in den Abend hinein: »Rache, Alberic! Das ist dein Ende!«

Die Hände ungeduldig ringend, lief Marocia vor dem langsam verglimmenden Kamin auf und ab. Gleich würde auch diese letzte Licht- und Wärmequelle versiegen. Doch das war ihre geringste

Sorge. Der kleine Crescentius schrie vor Hunger, doch sie hatte nichts mehr, das sie ihm geben konnte. Den ganzen Tag schon war niemand gekommen, um ihr Nahrung, Holz oder Kerzen zu bringen, auch ihre Zofe war nach dem morgendlichen Ankleiden nicht wieder erschienen. Ihr Mittagsspaziergang war ausgefallen, die Mehrzahl der Bewacher ausgerückt. Später hatte sie von irgendwoher Waffengeklirr vernommen, aber bei einem Blick aus dem schmalen Fenster nichts Außergewöhnliches beobachten können. Und das alles, dachte sie, am Heiligen Abend.

Endlich war Crescentius zu müde zum Schreien und schlief ein. Der letzte Funke im Kamin erlosch. Das Gemach wurde in Kälte und Dunkelheit getaucht. Eine bleierne Ruhe senkte sich über alles, nur Marocia lief noch immer von einer Ecke zur anderen. Schließlich hielt sie das Nichtstun nicht mehr aus. Sie hämmerte mit der Faust an die Tür, doch niemand kam, sie rief aus dem Fenster, aber keiner antwortete ihr. Der halbe Mond stand ganz oben am Firmament, es musste also schon Mitternacht oder später sein. Marocia grübelte, seufzte, dann schnürte sie ihr bronzefarbenes Brokatkleid auf, das sie eigens zu diesem Festtag angezogen hatte, und zog ihr schlichtes weißes Nachthemd an.

Gerade, als sie sich neben Crescentius zu Bett legen wollte, hörte sie Schritte auf dem Gang. Das Schloss knirschte. Marocia stellte sich vor dem Bett auf und wartete, wer in der Tür erschien. Sie sah eine schemenhafte Gestalt, die eine einzelne Kerze in der Hand hielt, fast wie ein Mönch. Die Gestalt kam näher, und endlich fiel ein Schimmer des schmalen Lichts auf deren Gesicht. Marocia stockte der Atem.

»Alberic!«, rief sie und wusste nicht, ob sie lachen oder weinen sollte.

Alberic sah die Liebe in den Augen Marocias. Wie schön sie noch immer war, dachte er. Ihre halblangen schwarzen Haare, die Würde, die selbst in einem zu weiten Nachthemd nicht verloren ging, ihre ebenso weichen wie tapferen Züge – faszinierender als jetzt hatte er sie nie gesehen.

Er breitete seine Arme aus, und sie fiel ihm entgegen. Sie drückte ihre Wange an seine, und er spürte die Tränen der Freude und Dankbarkeit.

Ein leichtes, kaum sichtbares Lächeln umspielte Alberics Mundwinkel.

»Frohe Weihnachten«, sagte er. »*Christus natus est.*«

»Frohe Weihnachten«, erwiderte sie mit halb erstickter Stimme. Noch einmal umarmte sie ihn mit aller Kraft und Wärme. Dann fragte sie: »Was ist geschehen?«

»Hugo ist in eine Falle gegangen«, erklärte Alberic erstaunlich nüchtern, wo jeder andere unverhohlene Freude gezeigt hätte. »Gleich in mehrere sogar. An der Porta Flaminia haben wir auf ihn gewartet, und ich selbst habe einen Pfeil auf ihn abgeschossen.«

»Dann ist er …«

»Nein, ist er nicht. Ich habe ihn leider nur an der Schulter getroffen. Aber er ist aus Rom vertrieben. Könnt Ihr Euch vorstellen, Mutter, wie er geflucht hat?«

Marocia lachte kurz auf. »O ja. Ein Waschweib ist wohl nichts dagegen.«

Nun lachte auch Alberic. Sie sahen sich beide an, innig und verbunden wie nie. »Du hast mich befreit«, sagte sie leise und ernst. »Du hast geschafft, was sonst niemand schaffen konnte. Ich bin stolz auf dich.«

In diesem Moment fing Crescentius wieder zu schreien an. Marocia nahm ihn in ihre Arme und wiegte ihn leicht. »Jetzt wird alles wieder gut«, tröstete sie ihren einjährigen Sohn und meinte es auch so. Denn nun war die Welt wieder zurechtgerückt. Sie würde einen neuen Anfang machen und Rom zusammen mit Alberic und Clemens regieren.

Alberics Lächeln schwand, als er Crescentius erblickte. Er hatte seltsamerweise gar nicht mehr daran gedacht, dass seine Mutter ein weiteres Kind geboren hatte: Hugos Sohn. Augenblicklich wandte er sich ab.

»Was ist?«, fragte Marocia ihn.

Er achtete nicht auf ihre Worte, ging zum Fenster und blickte in die kalte schwarze Nacht. Das Licht der Kerze in seiner Hand fiel ihm von unten ins Gesicht und gab seinem Aussehen etwas Dämonisches und Trauriges zugleich.

»Du hast mir noch nicht alles erzählt, nicht wahr?«, fragte Marocia argwöhnisch. »Da ist noch etwas. Was ist es?«

Er schwieg weiter.

Düstere Ahnungen überschwemmten sie. »Es ist … doch nicht etwa … etwas mit Clemens geschehen … oder?«

Endlich wandte Alberic sich um. »Ihr könnt beruhigt sein, Mutter«, antwortete er schneidend. »Eurem allerliebsten Erstling ist nichts geschehen. Ich habe ihn lediglich im Lateran unter Arrest gestellt.«

Drei tiefe Falten zeigten sich auf Marocias Stirn. »Das dürfte kaum nötig sein, findest du nicht?«

»Das habt Ihr nicht zu entscheiden, Mutter.«

Sie näherte sich Alberic mit Crescentius auf dem Arm. »Was soll das heißen?«

»Haltet diesen Bastard von mir fern«, forderte er mit abwehrenden Händen. »Ich habe ein für allemal genug von meinen Halbbrüdern.«

»Jetzt verstehe ich überhaupt nichts mehr!«, rief sie empört und verwirrt über den völlig verwandelten Verlauf und den Ton des Gespräches.

Alberic wandte sich wieder der Nacht zu. »Ich habe entschieden, die Macht nicht wieder an Euch abzugeben, Mutter. Ich werde von nun an die Führung der heiligen und Ewigen Stadt übernehmen, und Ihr bleibt hier.«

Marocias Antlitz wandelte sich abrupt. Sie musste sich auf ihr Bett setzen. Fast abwesend platzierte sie den immer noch quengelnden Crescentius neben sich und blickte zu dem flackernden Licht am anderen Ende des Raumes. Jetzt erst bemerkte sie die ausgesprochen edle Garderobe, die Alberic trug, das purpurne Gewand, den weißen Umhang und die gleichfarbigen Spitzschuhe. Er war gekleidet wie ein Fürst, wie ein Regent.

»Natürlich wird Euer Wohnbereich erweitert«, fügte er mildernd hinzu. »Die ganze Engelsburg steht Euch ab heute zur Verfügung, und jeder Eurer Wünsche wird erfüllt werden: Bücher, Möbel, Kleider, Diener. Nur den Schmuck muss ich Euch leider vorenthalten. Aber Ihr dürft einzelne Gäste empfangen. Auch Euren Titel als Senatrix behaltet Ihr selbstverständlich«, schloss er die Aufzählung seiner Wohltaten.

Das alles jedoch bedeutete Marocia im Moment gar nichts. »Sag mir lieber«, begann sie unsicher, »was ich verbrochen habe, dass du mir so etwas antust?«

Noch immer verweigerte Alberic ihr den Blickkontakt und starrte unbeirrt zum Fenster hinaus. Seine Stimme war ein einziger Vorwurf, als er antwortete: »Dass Ihr diesen Mann … dass Ihr Hugo geheiratet habt, kurz nachdem Vater gestorben war, das hat der ehrwürdige Abt Odo mich verzeihen gelehrt. Aber dass Ihr« – er presste die Worte förmlich aus seinem Innern – »dass Ihr ihn bereits geliebt habt, bevor Vater …« Er stockte, schluckte, rieb sich die Augen.

Marocia atmete schwer, ihr Blick zuckte durch den dunklen Raum. »Ich habe dir doch schon einmal gesagt, dass ich nicht …«

»Nein!«, schrie Alberic und ging auf sie zu wie ein wilder Stier. Sein Gesicht bebte, und Tränen sammelten sich in seinen Augen. »Ich habe Euch schon als Kind lügen und betrügen sehen, und Ihr habt Euch bis heute nicht geändert.«

»Aber wenn ich dir doch sage …«

»Lügen, alles Lügen. An dem Tag der Falkenjagd …«, schluchzte er. »Hugo. Er hat es mir gezeigt. Ich war dabei, als ihr beide in eurem Gemach … habe alles gesehen … Euch gehört, wie Ihr von Ravenna erzählt habt …«

Marocia ließ ihr Gesicht in die Hände fallen. »Mein Gott …«, stammelte sie. »Dieses Monster hat dich also zuhören lassen? Alberic, es tut mir so Leid. Ich wollte damals nicht die Wahrheit sagen, weil …«

Alberic hielt sich die Ohren zu. »Nein, nein!«, schrie er. »Kein Wort mehr!« Er rannte, ja stolperte zur Türe und verschwand durch den offenen Spalt. Marocia lief hinter ihm her, aber als sie an der Tür angekommen war, tauchte dort das bärtige Gesicht einer Wache auf. Sie schloss die Augen und lehnte sich erschöpft gegen den kalten Stein der Mauerwand. Dann sank sie zu Boden, und gleichgültig hörte sie zu, wie Crescentius neuerlich zu schreien begann.

In den kommenden Wochen verfluchte Marocia ihren früheren Gemahl mehr denn je. Längst war sie von ihm getrennt, geschieden von seinen Affären, seiner Machtgier und seinem jähzornigen Charakter, aber selbst jetzt, nachdem er verjagt und geächtet war, verfolgte Marocia der Schatten ihrer gemeinsamen Zeit. Die Freiheit, die Liebe ihrer Kinder, ein gutes Stück ihrer Selbstachtung, das alles war verloren. Doch den furchtbarsten Preis bezahlte sie erst jetzt, nachdem sie wusste, was Hugo ihrem Sohn Alberic angetan hatte: Sie konnte die Frucht dieses letzten Tages der Leidenschaft zwischen Hugo und ihr nicht mehr unbefangen lieben. Immer, wenn sie Crescentius ansah, erblickte sie den Verrat und die Tücke des Vaters.

Und so fasste sie eines Abends, als sie müde war und den Kopf voller widerstreitender Gedanken hatte, einen Entschluss, der sie ebenso befreite wie verletzte. Sie schrieb einen Brief, und nur wenige Tage später begrüßte sie dessen Empfängerin an der Pforte der Engelsburg.

Blanca sah aus, als hätte sie mehrere Nächte nicht geschlafen. Ihre sanften Gesichtszüge wirkten schwer von Sorgen, und ihre Augen leuchteten nicht länger zwischen den weißen Gesichtsbinden ihres Nonnenschleiers hervor, sondern lagen matt in tiefen Höhlen. Sie schien eine ganz andere Frau zu sein.

Allerdings nur äußerlich, wie Marocia schnell feststellte. Blancas Umarmung war so herzlich wie immer, und sie hatte selbstverständlich auch daran gedacht, jenen Menschen mitzubringen, nach dem eine Mutter sich am meisten sehnt. Endlich, nach einem und einem halben Jahr, konnte Marocia wieder ihre kleine Alazais in die Arme schließen und den feinen Duft ihres Haares einatmen. Zum ersten Mal seit langer Zeit fühlte Marocia wieder einen Anflug von Glück.

Sie gingen ins Innere der Engelsburg. Dort führte eine fensterlose, spiralförmig ansteigende Rampe in die Stockwerke mit den Gemächern und weiter zur runden Gartenplattform, auf der in der Antike einmal Zypressen gepflanzt waren, heute aber lediglich etwas Strauchwerk wuchs. Es war ein milder, klarer Märztag, und die Aussicht auf den Tiber und die dahinter liegende Basilika *Sancta Maria ad Martyres*, das frühere *Pantheon* der römischen Götter, war atemberaubend. Gleich daneben, an der großen Tiberschleife, entstanden derzeit die Kontore der fränkischen und angelsächsischen Kaufleute, Geldverleiher und Orienthändler, erste Vorboten der beginnenden Genesung Roms. Das mit ansehen zu dürfen war ein Trost für Marocia, denn es war die sichtbare Manifestation, dass sie in der Vergangenheit vieles richtig gemacht hatte. Hugo – und alles, was mit ihm zusammenhing – war vielleicht ihr einziger, aber dafür gewaltiger Fehler gewesen.

»Wie geht es dir?«, fragte Blanca unumwunden, nachdem die achtjährige Alazais ihren Entdeckungsrundgang begonnen hatte.

»Ich will mich nicht beklagen«, erwiderte Marocia. »Siehst du diese Stare auf dem Busch dort drüben? Im letzten Oktober habe ich sie nach dem Süden fliegen sehen, und gestern sind sie zurückgekommen. Das gibt ein beruhigendes Gefühl, weißt du. Früher habe ich den Jahreszeiten weniger Beachtung geschenkt.« Sie lachte. »In gewisser Weise sind wir nun beide Nonnen.«

»Hast du wenigstens gelegentlich Gesellschaft?«

Ein verächtlicher Seufzer entrang sich Marocia. Ja, es gab Scharen von adeligen Damen, die sich anboten, ihr »die Zeit zu vertreiben«, wie sie in Briefen schrieben. Doch in Wirklichkeit hatten sie wohl nichts anderes vor, als sich insgeheim am Unglück der Frau zu laben, die es gewagt hatte, das sonst so bescheidene weibliche Geschlecht in Verruf zu bringen.

»Jeden Tag eine aufgeplusterte Römerin empfangen und zwei Stunden mit ihr plaudern: Ich gehe jede Wette ein, dass so die Hölle aussieht«, erklärte Marocia.

»Ich weiß, Clemens steht noch unter Arrest, aber Eudoxia könnte doch …«

Marocia schüttelte resigniert den Kopf. »Sie schreibt mir nichts sagende Briefe, und auch die nur widerwillig. Was soll man machen, sie ist nun einmal faul.«

Blanca spürte, dass es besser war, nicht weiter nach dem Befinden ihrer Schwester zu forschen. »Du hast in deinem Brief von einer konkreten Bitte an mich gesprochen«, sagte sie, um eine helle Stimme bemüht. »Wahrscheinlich möchtest du, dass ich dir einige Neuigkeiten aus Rom berichte?«

»Das ist zum Glück nicht nötig«, antwortete Marocia und bot der Äbtissin Platz an. »Alberic schickt einmal im Monat einen Berichterstatter zu mir, der mich sehr höflich auf dem Laufenden hält, und was er mir verschweigt, erfahre ich von den Dienern und Soldaten, die wesentlich gesprächiger sind als ihre Vorgänger. Die meisten sind Römer und deshalb nett zu mir. Wahrscheinlich weiß ich daher mehr als du.«

»Das kann gut sein. Ich habe nur gehört, dass Alberic sich einen neuen Titel hat geben lassen, den eines … eines …«

Marocia nickte. »*Prinzeps*. Erster der Republik. Der erste römische Kaiser Augustus hat diese Wortkreation benutzt, um den Menschen den Übergang zur Monarchie zu erleichtern – oder zu verschleiern. Wie auch immer: Alberic hat vor einigen Jahren seine Vorliebe für die Antike entdeckt und glaubt nun, sie zum Leben erwecken zu können, indem er ihr Vokabular benutzt.«

Der Anflug von Bitterkeit und Ironie in diesen Worten blieb Blanca nicht verborgen. Sie sah sich um. Nirgendwo waren Wachen zu entdecken, kaum eine Tür war verschlossen, und eine ganze Schar von Dienern und Dienerinnen sorgte für eine reibungslose Betreuung. Gelbe Blumen blühten in rundlichen Amphoren, Vögel und Bienen schwirrten umher, und in der Luft lag der seltsam einhüllende Geruch, den nur warme Steine erzeugen können. Sie selbst, seit ihrer frühesten Kindheit eine Klosterfrau, würde an einem Ort wie diesem kaum eine Bedrückung empfinden, Marocia jedoch, die die Abwechslung liebte, litt unter der Gefangenschaft – und darunter, wer ihre beiden Verursacher waren.

»Dann vermute ich, dass es bei deiner Bitte darum geht, Alazais bei dir zu lassen.«

Marocia schüttelte den Kopf. »Im Gegenteil. Ich möchte, dass du Crescentius zu dir nimmst. Hier kann ich ihn unmöglich aufwachsen lassen.«

»Ist das der wahre Grund deiner Bitte?«

»Frag nicht weiter.«

»Hast du dir das gut überlegt?«

Marocia spürte einen dicken Kloß im Hals, als sie nickte.

»Gut«, meinte Blanca und atmete tief durch. »Das macht mir meine Entscheidung noch leichter.«

»Wovon sprichst du?«

Blanca entfernte mit einigen gezielten Bewegungen die Nadeln aus ihrem Schleier, dann streifte sie diesen ab und legte ihn auf den Schoß. Zum ersten Mal sah Marocia die braunen Haare ihrer

Halbschwester. Sie waren natürlich kurz geschnitten und standen nach allen Richtungen ab, was Blanca ein schelmisches Aussehen verlieh, aber mit ein wenig Fantasie erkannte man dennoch das Erbe von Johannes' eitler Haarpracht darin. »Ich habe mir meine Entscheidung nicht leicht gemacht, aber ... Ich verlasse den Orden und ziehe nach Rom. So können ich und deine Kinder immer in deiner Nähe sein. Und versuche nicht, mir das auszureden, liebe Schwester, denn ich kann mindestens so stur sein wie du. Das liegt in der Familie.«

Marocia konnte vor Rührung nicht sprechen, aber die Hände, die sich um die von Blanca legten, sagten alles.

»Für jeden Menschen, der geht, Marocia, kommt ein anderer. Man muss nur aufmerksam genug Ausschau nach ihm halten.«

Marocia beschäftigte sich nicht mit Fluchtplänen. Alberic würde sie nur noch zwei oder drei Jahre hinter Schloss und Riegel halten, glaubte sie und fühlte sich stark genug, diese Zeit zu ertragen. Und überhaupt, wohin hätte sie fliehen sollen? Rom war ihr Zuhause, und die Engelsburg stand in Rom. Selbst *wenn* sie eine Alternative gesehen hätte: War sie fähig, gegen eines ihrer Kinder zu kämpfen? Sie wusste es nicht, und sie hatte Angst davor, diese Frage eines Tages vielleicht beantworten zu müssen. Aber die Zeit zog sich wie zäher Honig dahin, ohne dass Alberic sie freiließ oder sich wenigstens blicken ließ.

Auch wenn Blanca sich große Mühe gab und jede Woche dreimal in die Engelsburg kam, schienen die Tage Marocia länger zu werden, die Monate unendlich. Bald hatte sie jedes wichtige Buch gelesen, jeden Aspekt der Geschichtsschreibung gelernt, jeden Winkel der Engelsburg erforscht. Da sie unbedingt eine geistige Beschäftigung brauchte, begann sie mit der Niederschrift ihrer Lebensgeschichte. Diese Arbeit ließ sie jeden Tag in eine andere Gemütslage verfallen. Je nach dem Kapitel, an dem sie schrieb, stimmte es sie melancholisch, aufgeregt, zärtlich oder wütend, und gerade diese wechselnden Stimmungen machten ihr die Jahre ein wenig leichter.

Im Juni 935, im vierten Jahr ihrer Gefangenschaft, schrieb sie am – rückblickend gesehen – schwersten Kapitel ihres Lebens, der

Episode im Kloster Bobbio, wo sie sich in Hugo verliebt hatte. Sie saß an einem Tisch auf der Gartenplattform, und die Gedanken diktierten ihre Feder.

Liebte ich ihn wirklich? Oder war ich bloß in seine Vehemenz vernarrt, in seine Neigung, das Unmögliche anzustreben? Ich hielt ihn für außergewöhnlich, und das war er auch – wie jeder, der seine Grenzen verloren hat. Liebe ist die Glut, die noch wärmt, wenn die züngelnden Flammen der Leidenschaft längst erloschen sind. So gesehen, habe ich nur einen Mann geliebt und liebe ihn noch immer …

Die Glocken der kleinen Kirche am anderen Tiberufer unterbrachen Marocias Gedankenflug. Dann, vier oder fünf Atemzüge später, begannen auch weiter entfernte Kirchen zu läuten, schließlich hallte das mächtige Dröhnen der schweren Petersglocke über die Ewige Stadt. Marocia erhob sich zögerlich. Es war Mittwoch, kein Feiertag, hellichter Nachmittag; es gab keinen Grund, weshalb alle Glocken läuten sollten, es sei denn …

Ihr schrecklicher Verdacht bestätigte sich. Auf den Straßen fielen die Menschen der Tradition gemäß auf die Knie, als sei das Jüngste Gericht gekommen, und von überall schallte der Ruf zum Himmel: »Der Papst ist tot, der Papst ist tot!«

Marocia trauerte um das erste Kind, das sie überlebt hatte. Clemens war nur fünfundzwanzig Jahre alt geworden. Seine Kränklichkeit hatte sie immer schon an ihren Bruder Leon erinnert. Zu der körperlichen Schwäche waren Depressionen hinzugekommen, unter denen schon sein Vater gelitten hatte und die wohl damit zu tun hatten, dass beide inneren Stolz und innere Würde besaßen, aber unfähig waren, diese auch zu leben. Der Medicus, der ihr die offizielle Bestätigung brachte, nannte glaubhaft eine Lungenschwäche als Todesursache, aber Marocia wusste, dass ihr Sohn im Grunde an Schwermut und Verzweiflung gestorben war.

In Marocias Trauer mischte sich aber noch etwas anderes: Melancholie. Mit Clemens' Tod war nun die letzte Berührung mit Sergius verloren gegangen, einem Abschnitt ihres Lebens, der bereits ein Vierteljahrhundert zurücklag.

Marocia fühlte sich alt, als sie vor dem Sarkophag ihres Sohnes in der Krypta der Lateranbasilika stand. Alberic besaß das erstaunliche Feingefühl, seinen ungeliebten Halbbruder gleich neben Sergius III. bestatten zu lassen, so dass Vater und Sohn, die im Leben nicht unähnlich waren, auch im Tode nah beisammen lagen. Ansonsten jedoch blieb Alberics Miene während der ganzen Zeremonie steif und unergründlich. Marocia überkam mehrfach der Wunsch, ihrem Sohn zu danken, dass er sie an der Grablegung teilnehmen ließ, und sie suchte ständig seine Augen, doch er gönnte ihr nicht einen einzigen Blick.

Als der für das nächste Pontifikat vorgesehene Kardinal Leo den Ritus beendet hatte, als der letzte Weihrauch verzogen und das letzte Amen verklungen war, wandte sich gleichzeitig mit den anderen Trauergästen auch Marocia ab, um in ihr Gefängnis zurückzukehren. Nun hob endlich auch Alberic seine Augen und sah ihr nach, wie sie würdevoll in ihrem weiten weißsamtenen Kleid davonschritt. Doch er rief sie nicht.

Zurück in der Engelsburg wies Marocia die Zofe an, alle Vorhänge zu schließen. Sie ließ sich langsam wie eine alte Frau auf einem Sessel nieder und starrte in die nahezu vollkommene Dunkelheit des Raumes. Eine Stunde lang kämpfte sie gegen die Tränen an. Nein, sie wollte, durfte dem nicht nachgeben. Zu oft hatte sie in den letzten Jahren feuchte Augen bekommen, bei Hugos Treulosigkeit, Alberics Härte … Auch die erst wenige Wochen alte Nachricht vom Tode Guidos hatte Marocia schwer mitgenommen. Aber einmal *musste* der Erschütterung und der Verzweiflung Einhalt geboten werden, sonst, das spürte sie ganz deutlich, würde sie zugrunde gehen.

Kurz, bevor die Tränen gesiegt hätten, stand Marocia mit einem Ruck auf, riss die dunklen Vorhänge herunter, griff sich einen Kandelaber und schleuderte ihn in den Spiegel, zerriss die zarten Stoffe, die ihr Bett bedeckten, zerschmetterte die Flakons mit den blumigen Düften darin, schlug alles klein, was ihr in die Finger kam.

Eine der Wachen, vom Lärm alarmiert, stürzte ins Zimmer.

»Ist Euch wohl?«, fragte er sie angesichts der Verwüstung, die er vorfand.

»Ja«, antwortete sie erleichtert. »Jetzt ist mir wieder wohl. Und die Welt wird hören, dass es mich noch gibt.«

34

Anno Domini 936

Odo von Cluny stand auf dem Glockenturm seiner Abtei, blickte über die frühherbstliche Landschaft und sog die Morgenluft ein. In Burgund hatte die Weinlese gerade begonnen, und der beißende Geruch der Keltern zog über die sanften Hügel, die ihm seit seiner Kindheit vertraut waren. Wenn er an diese frühen Jahre zurückdachte, schienen ihm die Blätter immer klein und hellgrün gewesen zu sein, die Gräser saftig, die Zweige der Sträucher und Bäume voller Blüten. Heute leuchteten die Blätter gelb, die Gräser waren welk vom trockenen Spätsommer, und das Obst fiel überreif von den schwer beladenen Zweigen. Ihm kam es schon seit einer Weile vor, als nehme diese Zeit den größten Teil des Jahres ein.

Odo seufzte nie, daher unterließ er es auch diesmal. Stattdessen zog er den Brief aus seiner Kutte und las ihn sicherlich zum hundertsten Mal, seit er ihn vor einigen Monaten erhalten hatte. Er war von Marocia. Immer, wenn er mit dieser Frau in Kontakt kam, wurde er wachsam wie ein burgundischer Feldhase, und immer, wenn er ihre Worte hörte oder las, spürte er darin eine teuflische Versuchung, ohne eine solche aber jemals zu erkennen. Diesmal war es nicht anders. Sicher, Marocias Vorschlag beinhaltete viel Geheimnistuerei und kalkulierte Diplomatie, ja sogar eine gewisse Form von schäbiger Hinterlist, aber bei Erfolg führte er …

»Ehrwürdiger Vater!«, rief einer der Novizen zu ihm hinauf und tapste mit seinen Sandalen quer durch den Acker des Gartens.

»Du sollst die weißen Rüben ernten, nicht zertrampeln!«, rief Odo hinunter. »Sonst haben wir nichts für die Suppe am Abend.«

»Aber, Vater, seht!« Der Novize deutete auf einen der niedrigen, wellenförmigen Hügel, und als Odo der angezeigten Richtung folgte, sah er einen Reiter, der sich dem Kloster näherte. »Alberic«, hauchte Odo. »Endlich.«

Er verstaute den Brief sorgsam in seiner Kutte und verließ den Glockenturm in der gespannten Erwartung einer ungewohnten Aufgabe.

»Noch einmal willkommen«, sagte Abt Odo feierlich. Er breitete seine Arme wie zum Segen aus und bot König Hugo am rechten Ende der schlichten Tafel, dem Prinzeps von Rom an deren linken Ende Platz an. Die beiden einflussreichsten Männer Italiens hatten sich in der Abtei von Cluny zusammengefunden, um zu verhandeln.

»Ich verstehe nicht, weshalb wir uns ausgerechnet hier treffen mussten«, knurrte Hugo und ließ seinen Blick kurz im schmucklosen Saal schweifen. Die Abtei von Cluny wirkte mit ihren vielen rechten Winkeln, kahlen Säulen und nackten Steinen architektonisch streng, aber gerade dadurch erhaben. Selbst Hugo sprach hier leiser als gewöhnlich, und genau das störte ihn.

»Weil«, erwiderte Alberic, »du die Angewohnheit hast, friedliche Treffen mit Gewalt enden zu lassen. Dieser Teil Burgunds gehört zum Westfrankenreich, und das stellt sicher, dass du keine Soldaten im Busch versteckt hast.«

Hugo fuhr hoch. »Du kleiner, unverschämter …«

»Bitte, bitte«, ging Odo energisch dazwischen. Es hatte ihn viel Mühe gekostet, die beiden Kontrahenten zu Verhandlungen zu bewegen und ihn als Vermittler zu akzeptieren. Vor allem Hugo hatte sich lange gesträubt, glaubte er doch auch nach vier Jahren noch immer, dass seine regelmäßigen Belagerungen der Ewigen Stadt ihm früher oder später Erfolg bringen würden. Alberic hingegen sah sich hinter der Aurelianischen Mauer und seinem aufgeblähten römischen Stolz sicher. Die ganze Christenheit blickte zwischenzeitlich ebenso gespannt wie amüsiert auf den Streit zwischen dem Beinahe-Kaiser und dem neunzehnjährigen Herrn von Rom. Umso berühmter würden die Abtei von Cluny und ihr Abt werden, gelänge Odo hier ein Vermittlungserfolg.

Doch die Situation war verfahren. Hugo hielt noch immer das Patrimonium besetzt, und wann immer er es einrichten konnte, schnitt er Rom von der Getreideversorgung ab. Alberic war militärisch hoffnungslos unterlegen. Doch seit dem Tod seines Halbbruders, der sich trotzig geweigert hatte, ihm zu Diensten zu sein, verfügte er über den Papst als Waffe. Leo VII., dem Prinzeps ergeben, hatte König Hugo exkommuniziert und drohte nun sogar mit dem Interdikt über seine Kronländer Italien und die beiden Burgunds.

Kein Geistlicher dürfte dort noch Sakramente erteilen, es gäbe keine Heiraten mehr, keine Taufen, keine Bestattungen in geweihter Erde, und das könnte Adel und Volk schnell gegen ihren König aufbringen. Bei Licht betrachtet trennte die beiden nicht viel von einer Einigung, jeder müsste nur einen Schritt auf den anderen zu tun. Doch zwischen diesen beiden gab es kein Licht, nur finsteren Hass.

Odo schenkte beiden vom klaren Wasser ein, das in einem Tonkrug auf dem Tisch stand. »Wie wäre es«, fragte er mit seinem üblichen ernsten Tonfall, »wenn wir ein verbindendes Element zwischen euch schaffen, das über den heutigen Tag hinaus wirkt und das euch beiden zum Vorteil gereicht?«

»Das mit dem Vorteil klingt gut. Woran denkst du dabei, Mönch?«, fragte Hugo und leerte seinen Becher in einem Zug.

»An eine Heirat, Euer Gnaden, und zwar zwischen Alberic und Prinzessin Alda.«

Hugo spie das Wasser auf den kahlen Boden. »Dieser Wicht soll meine Tochter zur Frau bekommen? Eher verkaufe ich sie in die Sklaverei.«

»Wo sie Euch wenig nutzen würde«, erklärte Odo trocken. »Wenn sie stattdessen Alberic heiratet, wird Euer Enkel eines Tages Rom regieren.«

Hugo stutzte. Was Odo, der kümmerliche Mönch, sagte, ergab doch tatsächlich einen Sinn. Ursprünglich hatte Hugo vorgehabt, Alda an den byzantinischen Prinzen Stephanos zu verheiraten, eine Verbindung, die viel Ehre, aber keinen praktischen Nutzen für ihn brächte. Eine römische Ehe jedoch …

»Meinetwegen«, sagte er. »Aber ich will die Kaiserkrone.«

»Ich schicke dir die Krone zu, die du in Rom vergessen hast«, entgegnete Alberic. »Dann kannst du sie dir selber aufsetzen.«

Hugos Faust donnerte auf den Tisch. »Ich will Kaiser werden. Dafür habe ich den Byzantinern viel Land und Geld gegeben.«

»Was musstest du Rom auch so überstürzt verlassen«, witzelte Alberic. »Ach übrigens, wie geht es deiner Schulter?«

»Verdammte römische Ratte, ich werde dich …«

»Ich glaube«, mischte Odo sich ein, »diese Frage sollten wir vertagen, bis der erste Erbe dieser segensreichen Verbindung geboren wurde.«

Hugo war schon nahe daran, dieser Regelung zuzustimmen, da hatte er eine Idee, wie er sein Ziel doch noch erreichen könnte. Er beugte sich über den Tisch und fixierte seinen Kontrahenten. »Wie würde es dir gefallen, wenn ich dir sagte, dass in diesem Moment, während wir hier sitzen, dein Rom neuerlich eingeschlossen und belagert wird und es keine Möglichkeit für dich gibt, hineinzukommen? Wer von deinen Römern würde dann wohl die Kraft besitzen, mir noch länger zu widerstehen? Also, Kleiner, was sagst du jetzt zu meiner Krönung?«

Alberic blieb einen Moment regungslos, dann beugte auch er sich über den Tisch und ließ Hugos Pupillen nicht eine Sekunde aus den Augen. »Vorausgesetzt, so etwas Hinterhältiges geschähe«, erwiderte er, jedes einzelne Wort betonend, »dann wäre Rom in besten Händen. Ich gab nämlich Anweisung, im Falle einer Belagerung meine geschätzte Mutter, deine über alles geliebte Gemahlin früherer Tage, freizulassen und ihr die Führung Roms zu übertragen. Du weißt so gut wie ich, sie ist imstande und hält die Stadt bis ins nächste Jahrtausend.«

»Ja«, nickte Hugo resigniert. »Ja, das würde sie wohl schaffen.«

Hugo preschte auf seinem Pferd aus dem Klostertor, und Alberic und Odo sahen ihm eine Weile nach, ehe sie sich umwandten und das Oratorium betraten, den großen Betsaal des Klosters. Obwohl die Tage sonnig und trocken waren, durchdrang eine klamme Kühle den Raum. Er war leer. Kein Möbel, kein Utensil befand sich darin, das die Konzentration beim Beten hätte stören können. Ein mächtiges, aber schlichtes Eichenkreuz an der Wand war der einzige Schmuck des Oratoriums.

Gerade diese absolute Leere um ihn herum, die typisch für das Glaubenssystem Clunys war, schien Alberic zu faszinieren. Ehrfürchtig blickte er nach allen Seiten, beobachtet und gemustert von seinem einstigen Lehrer.

»Du hast während der Verhandlungen um die Eheschließung nicht viel geredet, mein Sohn. Bereitet dir diese geplante Ehe Kummer?«

Zu seiner Überraschung sah Odo den jungen Mann zum ersten Mal aufrichtig und breit lächeln. Er hatte ihn früher schon grinsen sehen und kurz auflachen, nie aber so offensichtlich durchdrungen vom Glück. »Ich dachte, Ihr wüsstet es, ehrwürdiger Vater. Ich liebe Alda, und diese Heirat ist ein Gottesgeschenk für mich.«

»Du liebst ...« Odo versagte die Stimme. Nein, er hatte es nicht gewusst. Aber *sie*, dachte er, sie wusste es wohl schon lange. Mit einer einzigen Drehung, mit nur wenigen Briefen schaffte sie es, nicht nur Rom und Italien den Frieden zu bringen, sondern außerdem noch ihrem Sohn. »Eine Meisterin der tausend Fäden«, hauchte Odo.

»Was sagtet Ihr?«, fragte Alberic. »Ich habe Euch nicht verstanden.«

»Nichts, nichts, mein Sohn.«

»Ihr seid bescheiden wie immer«, meinte Alberic. »Aber mir könnt Ihr nichts vormachen, ehrwürdiger Vater. Ihr wusstet sehr genau, welche Freude diese Ehe mir bringen wird. Natürlich durfte ich mir das vor Hugo nicht anmerken lassen, sonst wäre er niemals darauf eingegangen.«

»Natürlich, natürlich ...«, meinte Odo abwesend.

Alberic kniete vor dem großen Eichenkreuz nieder. Odo hatte ihm in einer Geste der Gastfreundschaft eine Betbank zurechtstellen lassen, doch Alberic nutzte sie nicht. Er ließ sich, wie in Cluny üblich, auf dem kalten steinernen Boden nieder und versank mit geschlossenen Augen im Gebet.

Odo kniete neben Alberic und warf ihm einen langen Seitenblick zu. Die Lippen des Jungen bewegten sich tonlos, zweifellos dankte er Gott und allen Heiligen für die glückliche Wendung. Ja, Odo hatte Stillschweigen über den Plan gelobt. Aber war das recht? Musste dieser Junge nicht erfahren, wer den größten Anteil an der Scharade hatte, die so viel Gutes bewirkte?

»Mein Sohn«, unterbrach Odo die Versunkenheit des Prinzeps. »Hattest du tatsächlich Anweisung gegeben, deine Mutter im Falle einer Belagerung freizulassen?«

Alberic öffnete seine Augen, verwundert, dass den Abt diese Frage interessierte. »Nein«, sagte Alberic. »Es war nur eine Ausrede. Sie bleibt, wo sie ist. Bis zum Ende.«

»Aber falls sie dir einen Gefallen täte, falls sie dir irgendwie helfen würde ...«

»Das wird nicht geschehen, ehrwürdiger Vater. Meine Mutter sitzt in der Engelsburg ein, weil sie sich in ihren eigenen Fehlern verfangen hat: Sie ist selbstsüchtig und hinterlistig. Die Menschen – einschließlich ihrer Kinder – sind nur Figuren für sie, sie erweist ihnen keinen Gefallen.«

»Wenn aber nun doch«, insistierte Odo hartnäckig.

Alberic atmete tief ein und wieder aus. Er überlegte einen Moment, sah zum Kreuz und antwortete schließlich mit bedrücktem Unterton: »Dann würde ich diesen Gefallen zurückweisen. Ich will nichts von ihr haben.«

Odo hob seine Augenbrauen. Was für eine Familie, in der Kinder ihre Mütter bekämpften, Frauen ihre Männer, Brüder ihre Brüder! Eben noch hatte Alberic den Kniff angewandt, Hugo nichts von seiner Freude über die Vermählung mit Alda zu zeigen, nun fiel er selbst auf den gleichen Trick herein. Die Herrin der tausend Fäden wusste schon, weshalb sie im Hintergrund bleiben wollte.

»Da wir bei Gefallen sind, ehrwürdiger Vater ...« Alberics Stimme hallte feierlich durch das Oratorium. »Ich möchte Euch einen solchen erweisen, als Dank für Eure Vermittlung. Womit kann ich Euch Freude bereiten?«

Auf diese Gelegenheit hatte Odo insgeheim gewartet; sie war Teil des Plans, sozusagen sein Lohn. »Die römischen Klöster«, bat er. »Ich möchte sie im Sinne Clunys reformieren.«

Alberic nickte ohne Zögern und vertiefte sich wieder ins Gebet. Auch Odo faltete die Hände und senkte demütig den Kopf, obwohl sein Herz vor Erregung raste.

Mit dem heutigen Tage, wusste er, würde der Siegeszug cluniazensischer Ideen beginnen, zu denen nicht nur die Besinnung auf die geistlichen Werte gehörte und die Zuwendung an die Bedürftigen, sondern auch die Unabhängigkeit der Kirche von den weltlichen Machthabern. Mit den Klöstern würde es anfangen, dann kämen die Diözesen an die Reihe, schließlich der Stuhl Petri. Nicht morgen, aber in hundert, zweihundert oder dreihundert Jahren würde Cluny das bedeutendste Kloster und die Kirche die dominierende Kraft des Abendlandes sein. Kaiser und Völker würden vor ihr niedersinken. Das, so glaubte er jetzt voller Überzeugung, war es wert, das geheime Spiel der Marocia zu spielen. Wenn es bloß nie herauskäme …

Marocias Gemächer hallten wider von lautem Stöhnen und Ächzen. Vier starke Männer waren notwendig, die weibliche Taille zu fassen und hochzuwuchten. Als die Dame endlich stand, klatschte Marocia begeistert in die Hände: »Genau dort wollte ich sie haben«, rief sie und streichelte mit den Händen den geschliffenen Stein entlang.

Blanca neigte den Kopf zur Seite und betrachtete die Statue eingehend. Ihr gefiel der harte, entschlossene Gesichtsausdruck nicht, mit dem die graue Frau in die Weite blickte, und auch die zur Faust geballte linke Hand, die sich kaum sichtbar im steinernen Gewand verbarg, missfiel ihr. Aber sie musste zugeben, dass die Figur dem Raum eine besondere Note gab. Zwischen den üppigen Teppichen und arabesken Wänden, den zahlreichen Truhen, Kommoden, farbigen Stoffen, dicken Büchern und sonstigem luxuriösem Zierrat strahlte sie eine wohltuende Strenge aus.

»Mathaswintha«, erklärte Marocia. »Eine gotische Königin des sechsten Jahrhunderts. Sie war eingesperrt wie ich, und als sie die Gelegenheit bekam, rächte sie sich bitter an denen, die schuld daran waren.«

»Ein unheimliches Weib«, stellte Blanca fest und warf einen letzten Blick in die Augen der Statue. »Ob man dich in vierhundert Jahren wohl ebenso darstellen wird wie Mathaswintha?«

Marocia schmunzelte. »Mich wird man überhaupt nicht darstellen, meine Liebe. Dafür werden die Geschichtsschreiber schon sorgen.«

Sie gingen zu einem der Fenster und blickten nach unten, wo der Tiber dunkel und langsam im matten Licht des Nachmittags strömte. Ein Boot, ein kleiner Ruderkahn, glitt vorüber, angetrieben von einem leicht bekleideten Halbwüchsigen. Ein Greis in Lumpen warf zwei Netze aus und holte sie einen Lidschlag später wieder ein, immer und immer wieder. Als die beiden Tiberfischer nach oben sahen, winkten sie zum Fenster hinauf, obwohl das unter Strafe stand, und Marocia antwortete ihnen mit gleicher Geste.

Blanca sah das zufriedene Leuchten in Marocias Augen. Erlebnisse wie dieses eben, wenn die Zuneigung der Römer bis in die Mauern des Kastells drang, gaben Marocia Mut und Kraft für Monate.

»Erzähle mir von der Taufe«, bat Marocia. »Du warst doch dabei, nicht wahr?«

»Ziemlich weit hinten. Aber das Geschrei des Knaben drang bis in die letzten Reihen. Alberic hat ihn Octavian genannt. Seltsamer Name, finde ich.«

»Der Rufname des Kaisers Augustus«, erklärte Marocia. »Es scheint, Alberic macht Ernst damit, das Imperium Romanum wieder erstehen zu lassen – zumindest in den Taufregistern.«

Blanca warf ihrer Halbschwester einen gespielt vorwurfsvollen Blick zu. Sie kannte niemand anderen, der so polemisch und scharfzüngig und gleichzeitig so liebevoll wie Marocia sein konnte. Vielleicht war es diese ungewöhnliche Verbindung von Eigenschaften, die sie selbst und viele andere Menschen so anziehend an ihr fanden.

»Es ist eine Schande, dass Alberic dich nicht hat teilnehmen lassen, nachdem du schon vor zwei Jahren nicht zur Hochzeit …«

Marocia hob abwehrend die Hand. »Vielleicht ist es besser so. Hast du mit ihm sprechen können? Geht es ihm gut?«

»Ich *hätte* mit ihm sprechen können. Da er sich aber weigert, Alazais und Crescentius zu empfangen, weigere ich mich, mit ihm zusammenzutreffen. Er hat wirklich einen Hass auf alles, was Hugo betrifft – nur auf Alda nicht. Sie setzt sich übrigens unentwegt bei Alberic für dich ein.«

Marocia blickte in den Hof hinab, wo ihre beiden Kinder von Hugo miteinander spielten. Alazais begann mit ihren dreizehn Jahren zu einer schlanken Schönheit zu erblühen, während Crescentius, der sechs Jahre jünger war, schon jetzt robust wirkte. Sie würden eines Tages den Geschwisterpaaren in hundert Heldensagen gleichen – zumindest äußerlich. Was das Innere anging …

Alazais strauchelte, von ihrem Bruder gejagt, über eine Stoffbahn ihres Gewands, und Crescentius legte daraufhin den Kopf in den Nacken und lachte, so dass es in den Himmel schallte. Augenblicklich schloss Marocia die Augen, wie nach einem Stich, wandte sich vom Fenster weg und ließ sich auf einem breiten roten Diwan nieder.

»Ja, es ist eigenartig«, griff Marocia die letzte Bemerkung Blancas seufzend auf. Sie stützte ihr Kinn auf die Fingerspitzen und fuhr nachdenklich fort: »Die Kinder, die ich geboren habe, behandeln mich wie eine Aussätzige, und die, denen ich eine Stiefmutter war, beten mich an. Das Leben ist eine Posse, meine Liebe, und Gott hat mehr Humor, als wir gemeinhin annehmen.«

Blanca setzte sich neben Marocia und streichelte ihre Wange. »Ich habe beobachtet, wie du eben Crescentius angesehen hast. Er erinnert dich an ihn. Nicht wahr, du hast Hugo noch immer nicht überwunden?«

Marocia sah sie mit unergründlichem Ausdruck an, aber schwieg.

»Auf deinem Schreibtisch«, sagte Blanca, »liegen mehr Briefe als auf dem des Papstes und Alberics zusammengenommen. Du bist über alles unterrichtet, was in Italien vorgeht.«

»Und darüber hinaus.«

»Du hast deine Finger in allem.«

»In allem«, bestätigte Marocia. »Wie die Heilige Mutter Gottes.«

»Warum kannst du nicht loslassen?«

»Was loslassen?«

»Hugo. Was er tut, lässt dich noch immer nicht kalt.«

»Kalt? Im Gegenteil, er hält mein Blut in Wallung. Für eine Frau meines Alters ist das von größter gesundheitlicher Bedeutung, weißt du?«

Blanca zog ein säuerliches Gesicht. »Dass du nicht ein einziges Mal ernst bleiben kannst.«

Marocia stand auf und schritt die Wände des Gemachs ab. Zahlreiche Gobelins schmückten die Mauern mit ihren architektonischen Motiven bedeutender Bauwerke des christlichen Abendlandes. Am Kloster Mons Cassinus, der Pfalz zu Werla und dem Baptisterium von Poitiers zog Marocia vorüber, aber auch am Kaiserpalast von Ravenna und der Abteikirche zu Bobbio, den symbolischen Stätten ihrer Liebe zu Hugo. »Er hält mich jung, glaube mir, und das hat er bestimmt am wenigsten erwartet, als er mich betrogen und eingeschlossen hat.«

»Du hasst ihn, das ist nicht gut.«

»Nicht mehr. Mittlerweile empfinde ich für ihn wie für einen Husten.«

»Du willst ihn weghaben.«

»Ich werde ihn befallen, so wie er mich befallen hat.«

»Befallen?«

»Ärgern. Schwächen.«

Blanca seufzte wie unter der Last der Welt und sah zur Statue der Mathaswintha hinüber. »Wie wird das zwischen euch beiden wohl ausgehen?«

Marocia war vor dem farbenprächtigsten aller Wandteppiche angekommen, mit der Darstellung der Hagia Sophia in Byzanz. Sie vertiefte sich in das Bild dieser Kirche aller Kirchen und murmelte, kaum hörbar: »Das weiß ich selbst noch nicht. Aber der nächste Akt ist schon in Arbeit.«

35

Das Schlafgemach Alberics und Aldas unterschied sich nur geringfügig von den Klosterzellen in Cluny, und selbst diese wenigen Abweichungen gingen allein auf Aldas Einfluss zurück. Da sie kein separates Gemach wünschte, andererseits aber auch keine Neigung verspürte, auf den Bodenfliesen zu schlafen, gab es ein geräumiges und gut gepolstertes Bett in dem ansonsten kargen Raum.

Die zweite Abweichung war, dass sie eine Schüssel warmen Wassers zur abendlichen Wäsche bekam, anstelle der mit eisig kaltem Wasser, in die Alberic gerade seinen Kopf tauchte. Als er den Kopf wieder hob und sich wie ein Hund schüttelte, bekam sie einige Spritzer ab und hüpfte erschreckt zur Seite. Sie würde sich nie an seine mönchische Lebensweise gewöhnen, nie an die spartanische Einrichtung dieser Residenz, an die schlichte Kleidung Alberics, neben der sie sich immer wie eine aufgeputzte Konkubine vorkam, und nie an seine dünnen Scheiben Brot und das rohe Gemüse daneben. Das alles war ihr fremd und übertrieben. Aber um keinen äußeren Luxus der Welt hätte sie einen anderen Mann haben wollen. Sie liebte ihren Gemahl von ganzem Herzen, und er liebte sie wieder. Das, so wusste sie, war der wahre Luxus des Lebens.

»Deine Eisbäder werden dich noch einmal umbringen«, schimpfte sie.

»Ich kann ohne sie nicht schlafen«, gab er zurück und schlüpfte unter die wärmende Decke.

»Du wirst ohnehin nicht schlafen können, nach der sensationellen Nachricht, die wir vorhin erhalten haben.«

Alda ging zum Fenster, um die Läden zu schließen, aber vorher warf sie noch einen Blick in die römische Nacht. Die Aussicht, die man von diesem Punkt auf dem Esquilin hatte, bildete den einzigen Vorzug der ansonsten klosterähnlichen Residenz. Das Flavische Theater, der Neropalast und die Foren lagen mondbeschienen zu ihren Füßen, und in weiter Ferne waren sogar die schemenhaften Umrisse des Kastells *Sanctus Angelus* zu erkennen. Es schien Alberic nichts auszumachen, das Gefängnis seiner Mutter jeden Morgen und jeden Abend vor Augen zu haben. Alda hingegen schon. Sie grübelte häufig über ihre einstige Stief- und jetzige Schwiegermutter nach.

»Dieser Heiratsantrag ist kurios«, sprach sie halblaut in die Nacht hinein. Vor wenigen Stunden war die Botschaft eingetroffen, dass der byzantinische Kaiser Romanos I. Lekapenos für seinen Sohn Stephanos – jenen Prinzen, für den Alda einst vorgesehen war – um die Hand von Alberics Schwester Eudoxia anhalte.

»Schlimmer«, antwortete Alberic, der ein gutes Gehör besaß. Er verschränkte die Arme hinter dem Kopf und starrte an die Decke. »Er bringt mich in eine unangenehme Lage. Wenn ich Eudoxia tatsächlich an den Kaiserhof verheirate, gerät die Neutralität ins Wanken, die ich Rom auferlegt habe. Dein Vater könnte Ärger machen. Was rede ich, er wird sich schwarz ärgern.« Ein schwaches Grinsen huschte über Alberics Lippen.

Alda schnitt eine Grimasse, schloss den Laden und blies die letzte Kerze aus. Dann schlüpfte sie an Alberics Seite. »Ja, und wenn du sie nicht nach Byzanz verheiratest, wird die Arme die unglücklichste Frau der Welt sein. Sie lebt bei uns, aber sie ist hier nicht froh. Du weißt, dass Eudoxia zu nichts anderem taugt, sich nichts sehnlicher wünscht, als ein Leben im Übermaß zu führen. Das hat deine Mutter auch gewusst, als sie den Antrag in die Wege leitete.«

Alda bemerkte, wie Alberic sich im Bett aufrichtete, und obwohl es finsterer nicht sein konnte, spürte sie, wie er zu ihr sah. »Als sie … was?«, fragte er. »Was du andeutest, ist unmöglich. So viel

Einfluss besitzt sie nicht. Und die Byzantiner waren immer schon ihre Erzfeinde.«

»Die Byzantiner erkennen den Nutzen einer solchen Beziehung, sie erhoffen sich die Stärkung ihrer Position in Italien, gegen meinen Vater, der sich nicht von ihnen herumkommandieren lässt wie sein Vorgänger Berengar. Und was den Einfluss betrifft: Deine Mutter hatte gewiss ihre Fürsprecher für diesen Plan. Odo vielleicht. Er besitzt großes Ansehen, auch in Byzanz.«

»Odo soll ...« Durch die Dunkelheit konnte Alda hören, wie ihr Gemahl schluckte. Er stand auf und öffnete den Laden, damit zumindest das silbrige Mondlicht hereinströmen und das Gemach erhellen konnte. Langsam setzte er sich zu Alda auf die Bettkante und blickte ihr lange in die Augen. Sie konnte sehen, wie er im Geiste die verschiedenen Steine zu einem Mosaik zusammensetzte. »Das würde er nie tun«, behauptete er fest, um im nächsten Augenblick seine Unsicherheit durchschimmern zu lassen. »Oder?«

Alda zuckte mit den Schultern. »Er hat auch uns zusammengebracht«, sagte sie. »Und ich bin mir mittlerweile sicher, dass deine Mutter dahinter steckte.«

Alberic runzelte die Stirn. »Warum, um alles in der Welt, sollte sie so etwas tun? Wo ist ihr Nutzen?«

»Du redest wie ein Kaufmann. Sie ist deine Mutter, sie braucht keinen Nutzen.«

»Du kennst sie nicht«, gab Alberic ärgerlich zurück.

Nun richtete auch Alda sich auf. Sie nahm Alberic in den Arm, weil sie fühlte, dass er diese Geste nun brauchte. Leise sagte sie: »Mag sein. Ich kann nicht wissen, welches Motiv sie am Ende angetrieben hat, aber eines steht fest: Sie hat dir – und nun Eudoxia – das gegeben, was euch glücklich macht.«

Alberic stand wieder auf und ging zum Fenster. Er blickte nach Norden, auf das Kastell. Er schwieg. Gelegentlich stützte er sein Kinn in die hohle Hand oder rieb sich die Stirn, wie jemand, der versuchte, gedanklich eine komplizierte Reihenfolge herzustellen. Alda störte ihn nicht. Sie hatte nur eine schwache Ahnung davon, wie viele verschiedene Stimmen in diesem Moment in Alberic durcheinander riefen, aber sie wusste, dass er die Entscheidung, die er im Begriff war zu treffen, allein fällen musste – welche auch immer. Alles, wirklich alles konnte dabei herauskommen.

Wie in den Pyramiden Ägyptens, von denen die Händler aus dem Orient immer erzählten, so war auch in der Engelsburg das Herz eine Grabkammer. Sie bestand aus einem eindrucksvollen, fensterlosen Raum. In den gelb geflammten Marmor waren tiefe Nischen geschlagen, in denen die Urnen mit der Asche mehrerer kaiserlicher Familien standen. Der exzentrische Hadrian ruhte hier, der weise Marcus Aurelius, der schreckliche Commodus und so manche unglückliche Kaiserin. Durch das fünf Meter hohe bronzene Portal betrat Marocia die Kammer.

Die Luft war stickig, und Marocia entzündete zuerst einige der an der Wand angebrachten Fackeln und anschließend eine Schale mit orientalischem Räucherwerk. Der Qualm stieg wild und dicht auf, erfüllte die Luft rasch mit seinem exotischen Aroma. Fast mutete es Marocia wie eine heidnische Zeremonie an. Es war Ostern, und da sie keine Kapelle in der Engelsburg hatte und ihr nach einer feierlichen Stimmung zumute war, kam ihr dieser Ort, der vor wenigen Jahrhunderten noch heilig gewesen war, gerade recht.

Marocia wusste nicht, wie lange sie sich, auf einem Schemel sitzend, einem Gedankenflug durch ihre Vergangenheit ergeben hatte, als sie ein Räuspern hinter sich hörte und sich langsam umwandte.

»Mutter«, hörte sie Alberic sagen.

Marocia sah ihren Sohn zum ersten Mal seit sieben Jahren wieder, und jetzt, wo er bei ihr war, wo selbst seine kühle Distanz sie noch zu wärmen vermochte, verstand sie nicht, wie sie diese Zeit ohne ihn hatte überstehen können. Er hatte sich kaum verändert, trug ein Gesicht zur Schau, glatt wie Elfenbein und gestreng wie Johannes der Täufer, und doch war aus dem Jungen, der sie verlassen hatte, ein Mann geworden. Sie blickte eine Weile in seine unbewegte Miene, bevor sie seine Begrüßung erwiderte.

»Das letzte Mal, als wir uns sahen«, begann sie mit brüchiger Stimme, »war es Weihnachten, und du hast mir einen siebenjährigen Kuraufenthalt geschenkt. Ich hoffe, du bist nicht nur gekommen, um mir frohe Ostern zu wünschen?«

»Ich …« Alberic bemühte sich sichtbar um Worte, doch irgendetwas schien ihn daran zu hindern, sie zu finden. Schließlich sagte er, wesentlich befreiter: »Eudoxia wird in der nächsten Woche nach Byzanz aufbrechen.«

Sie machte, ohne aufzustehen, eine leichte Verbeugung und wandte ihrem Sohn wieder den Rücken zu. Ihre Stimme war wieder fest, als sie antwortete. »Dann wünsche ich ihr von ganzem Herzen eine gute Reise und ein gesegnetes Eheleben.«

»Du hast sie lange nicht gesehen.«

»Verzeihung«, spöttelte Marocia. »Ich war verhindert, weil jemand den Schlüssel zum Tor weggeworfen hat. Und Eudoxia scheint sich auf dem Weg hierher verlaufen zu haben – sie ist nie gekommen.« Ein plötzlich aufwallender Stolz in ihr trieb sie dazu, anders zu reden, als sie dachte. Am liebsten wäre sie Alberic um den Hals gefallen, aber das wäre wie eine Geste der Unterwerfung erschienen und kam für sie nicht in Frage. All die stillen Jahre in der Gefangenschaft, in denen sie dachte, sich geändert zu haben, weiser geworden zu sein, waren nur Trug. Sie verspürte zwar keinen Zorn in sich, aber eine Lust, ihrer Verbitterung Luft zu machen. Nein, sie konnte nicht vergessen, was sie erlebt hatte und dass Alberic seinen Anteil daran trug.

Sie hörte, wie Alberic auf sie zuging, bis er dicht hinter ihr stand, und fühlte seinen Blick auf ihrer Kopfhaube ruhen.

»Du hast dich verändert«, stellte er fest.

Sie sah zu ihm hoch und lächelte übertrieben. »Das ist das Liebste, was du einer Mutter kurz nach ihrem fünfzigsten Wiegenfest sagen kannst, mein Engel.«

Mit einem Mal begann er, ruhelos auf und ab zu laufen. »Was willst du?«, fragte er gereizt. »Dass ich vor dir auf Knien rutsche, dir Opfer darbringe, mich geißeln lasse, weil ich damals zu weit gegangen bin?«

Sie folgte seinem Gang mit aufmerksamen Augen von rechts nach links, wieder zurück und so fort. »Vor einigen Jahren noch hätte dieses Angebot mich verlockt, mein Engel, aber ich bin jetzt viel genügsamer, als ich früher war, weißt du? Verschone mich also mit Erklärungen für deine Taten, denn die einzige Erklärung ist immer die menschliche Natur selbst. Und die zu verstehen hat nicht mal Jesus geschafft, sonst wären seine letzten Worte am Kreuze aufschlussreicher gewesen: Denn sie wissen nicht, was sie tun.«

»Du bist zynisch – und blasphemisch.«

Sie nickte. »Ich habe Leichen vor Gericht gesehen, Kardinäle, die in Beichtstühlen mit Dolchen herumfuchteln, Menschen, deren Gesichter von Gift verzerrt wurden, Ehemänner, die ihre Frauen würgen, und zu guter Letzt Söhne, die ihre Mütter einsperren. Außerdem bin ich älter als der jetzige Papst. Verzeih bitte, aber das alles hat mich ein wenig irritiert.«

Alberic war erbost. Ihr Sarkasmus, ihr Humor, ihre leichtfertige Art zu reden kamen ihm ungeheuerlich vor, als eine Beleidigung Gottes und eine Verspottung seiner Würde. Die Frau vor ihm, meinte er, hätte ihm nicht fremder sein können als eine muselmanische Nomadin. Vielleicht war es übertrieben gewesen, sie wie eine Verbrecherin zu behandeln, und Alda hatte ihm diesbezüglich die Augen geöffnet, aber ebenso wenig konnte er sie wie eine Mutter behandeln. Er schritt an ihr vorbei zum Ausgang der Grabkammer.

»Du bist frei«, sagte er. »Du kannst tun, was dir beliebt, bloß ...«, er stockte. »Nachdem wir Eudoxia verabschiedet haben, will ich, dass du mir aus dem Wege gehst. Komm nicht in mein Haus, sei immer dort, wo ich nicht bin.«

Nur einen Atemzug lang trafen sich ihre Blicke, aber dieser Moment bohrte sich wie ein Pfeil in Marocias Brust. Zögerlich nickte sie, sah mit zitterndem Kopf ihrem Sohn nach, bis die Dunkelheit ihn verschluckt hatte. »Wir machen etwas falsch«, flüsterte sie. »Irgendetwas machen wir falsch.«

Siebter Teil

Der Himmel aus Asche

Die Nacht zum 26. Dezember, Anno Domini 963

Cecile lag mit geschlossenen Augen und eingehüllt in eine wärmende Decke auf dem Diwan, Paulina war auf einer Liegebank eingeschlafen. Das Holz in den Kaminen glomm nur noch schwach vor sich hin, und auch die Stundenkerze lag in ihren letzten Zuckungen. Es musste weit nach Mitternacht sein, dachte Marocia, hob sanft den Kopf ihrer jüngsten Enkelin an, die es sich auf ihrem Bein gemütlich gemacht hatte, und stahl sich auf Zehenspitzen davon.

Langsam tastete sie sich durch die kalten und dunklen Gänge der Engelsburg. Zwar hingen alle zehn Schritte Fackeln an den Wänden, aber Marocia hatte nicht den Zündstein zur Hand, um sie zu entflammen. Durch einige der nur kopfgroßen Fenster fiel schräg ein wenig des silbrigen Mondlichts ein, das musste reichen. An ihrem Schlafgemach angekommen, zögerte sie, es zu betreten. Sie hatte plötzlich so ein Gefühl …

Marocia ging weiter. Die Gänge waren leer. Alle Wachen wurden an den Zinnen und Erkern gebraucht oder erholten sich in ihren Quartieren. Die Engelsburg schien für einen Moment wieder das zu sein, was sie für Marocia vor dreißig Jahren gewesen war: ein stummes Gefängnis. Am anderen Ende eines Ganges sah sie eine Gestalt. Sie trug nur ein langes weißes Hemd. Marocia hielt einen Augenblick inne. Die Gestalt wankte, stützte sich mit den Händen an den Mauern ab. Marocia nahm ihren Schritt wieder auf, wurde schneller. Ein Name formte sich auf den Lippen, und gleich darauf rief sie entsetzt: »Blanca!«

Sie kam gerade rechtzeitig, um ihre Schwester aufzufangen. »Ich wollte gerade nach dir sehen. Warum, um Himmels willen, bist du aufgestanden?«

Blanca blickte sie an, aber sie sprach nicht. Marocia legte sich Blancas Arm um ihren Nacken und schleppte sie zurück in das Gemach. Der Medicus, der eigentlich vor Ort sein sollte, war nicht da. Marocia entzündete sofort zwei Fackeln, und nun erst erkannte sie Blancas Zustand. Dass sie zum ersten Mal seit Tagen bei Bewusstsein war, war nicht mal ein schwacher Trost, sondern im Gegenteil, es schien bedrohlich. Ihr Gesicht war aufgebläht und glühte, die Lippen waren gesprungen. Marocia schrie zur Türe hinaus um Hilfe, aber ihr Ruf verhallte ungehört. Sie eilte zu einer Schüssel, tauchte ein Tuch in das zu allem Unglück nur lauwarme Wasser und legte es ihrer Schwester über die Stirn.

Blanca zitterte unter Krämpfen.

»Muss ich jetzt … sterben?«, fragte sie.

»Nein«, erwiderte Marocia fast zornig. »Nein, das wirst du nicht. Du wirst hundert Jahre alt.«

Ein geradezu unheimlich helles Lächeln glitt wie ein Streiflicht über Blancas Gesicht. »Du Liebe. Wolltest du … nicht immer hundert werden?«

Marocia kniff die Lippen zusammen. Auch Blanca konnte sie unmöglich von dem Urteil erzählen. »Ich gehe dorthin, wo du hingehst. Nirgendwo anders.«

»Ver… versprochen?«

Marocia drückte Blancas Hand. »Versprochen!«

Nach einer Weile des Schweigens schlief Blanca wieder ein. Marocia öffnete den Fensterladen, um frische Luft hereinzulassen, gab einem plötzlichen Impuls nach und sah in den grauenden Himmel hinauf. »Was willst du noch von mir haben?«, schrie sie. »Ich habe mit jeder Währung gezahlt, die ich hatte. Du hast mein Blut genommen, meine Macht, meine Liebe. Du hast es geschafft, dass ich mich vor meinen Enkelinnen schäme. Dass ich meinen Sohn hasse. Meine Verbündeten fürchte. Mein Leben in Zweifel ziehe. Wenn du es willst, dieses Leben, dann nimm es dir. Nimm dir meine hundert Jahre, und spare sie dir für jemand anderen auf. Hörst du, ich will sie nicht mehr.«

Aus dem dämmernden Morgen kam keine Antwort. Nebelschwaden stiegen auf. Mal verhüllten sie den Blick in den freien Norden, mal gaben sie ihn kurz frei. Die wenigen Sterne, die noch zu sehen waren, schienen zu verglimmen, um nie mehr wiederzukommen. Marocia spürte keine Kälte, obwohl diese alle anderen Gegenstände erfasste. Das Holz der Möbel knackte, das Feuer flackerte, und unten im Hof schlugen die Waffenträger kreuzweise die Arme um ihre Körper. Weißer, hart gefrorener Reif überzog Laden und Sims. Ihr jedoch war warm. Nie, auch nicht in ihren schlimmsten Zeiten, hatte diese seltsame Wärme, dieser letzte Rest von Wohlgefühl sie verlassen.

Fast zornig darüber griff sie nach dem Laden, um ihn wieder zu schließen. Doch plötzlich bemerkte sie Unruhe im Hof. Die Waffenträger standen von ihren Feuern auf, die Wachen schrien unverständlich herum und deuteten nach Norden. Marocias Blick durchsuchte den Nebel. Da war nichts. Die öde Ebene wurde nur vom halb zugefrorenen Tiber und der dünnen, geraden Linie der Via Flaminia unterbrochen. Marocia kniff ihre Augen zusammen. Auf dieser Linie bewegte sich doch etwas, wie ein Tintenfleck, der langsam seinen Weg nach unten nimmt.

»Ein Heer«, flüsterte sie. Die Nebelschwaden gaben nun die ganze Masse der heranrückenden Armee frei. Marocia versuchte, aus dem Gebaren der Waffenträger etwas über dessen Zugehörigkeit zu erfahren. War es Freund oder Feind, der sich dort näherte? Oder gab es diese Kategorien in ihrer Lage überhaupt? Auf den Gängen klapperten die Rüstungen der Waffenträger, Pferde wurden gesattelt, Mauern besetzt. Von ihrem Fenster aus beobachtete Marocia, wie der herbeigeholte Liudprand von Cremona mühselig die Treppe bis zu den Zinnen hinaufstieg und in die Ferne blickte. Endlich war eines von mehreren Wappen zu erkennen, die dem Heerwurm vorausgetragen wurden.

Marocia stockte der Atem. Sie kannte es, das Kreuz in der Kugel. Sie hatte es zum ersten Mal kurz nach ihrer Freilassung aus der Engelsburg gesehen. Es konnte die Rettung ihres Lebens bedeuten, zugleich aber die Zerstörung ihres Lebenswerks. Gleich daneben jedoch tauchte ein weiteres Wappen aus dem Dunst auf, und nun verstand Marocia die Verwirrung der Soldaten, die sich *nicht entscheiden konnten, ob sie die Tore öffnen oder verrammeln sollten. Der schwarze Adler – auch dieses Wappen war Marocia bekannt. Es war ebenso Teil der Geschichte jener Jahre, die von so viel Abschied geprägt waren und deren Himmel wie aus Asche schien.*

36

Anno Domini 939

Die edle Gästeschaft, die in Alberics Villa geladen war, hatte nur Augen für die freigelassene Senatrix und ihren spektakulären Aufzug. Alle hatten erwartet, eine von der Gefangenschaft gebeugte, gealterte und nun ob der Befreiung dankbare Frau anzutreffen. Stattdessen mussten sie erleben, wie Marocia, gewandet wie eine Königin, lebensfroh wie eine junge Katze und aufrecht wie eine Siegerin, ihnen mit altgewohnter Spottmiene entgegentrat. Ihr goldfarbenes Brokatkleid war ein greller Sonnenstrahl in den Augen der Gäste, und die prunkvollen bronzefarbenen Topase um ihren Hals funkelten frech und herausfordernd.

»Sicher beginnt heute Euer zweites Leben«, sagten die Leute mit bitterer Höflichkeit zu ihr, und sie antwortete lächelnd: »Wovon sprecht ihr? Ich habe dieses erste Leben noch nicht zur Hälfte genossen, und es wird süßer mit jedem Tag.« Diese Frau tat so, als sei sie eben von einem erfrischenden zweistündigen Ausritt in die Campagna zurückgekehrt, und nicht von einem achtjährigen Arrest.

Die Blicke galten also mehrheitlich ihr, obwohl doch zwei andere Personen im Mittelpunkt des Abends stehen sollten. Der eine war Odo von Cluny. Er hatte die Reform der römischen Klöster abgeschlossen und würde morgen einem Ruf des westfränkischen Königs in die Normandie folgen, wo er weitere Klöster unterstellt bekommen sollte. Eifrige Zungen wussten hinter vorgehaltener Hand eine andere Ursache der plötzlichen Abreise Odos zu berichten: Der Prinzeps habe dem Abt von Cluny die Gunst entzogen. Doch davon war an jenem Abend nichts zu spüren. Alberics Abschiedsworte waren voll von Respekt und Ehrfurcht gegenüber dem alten Lehrer, der in Anbetracht seines Alters vermutlich nie wieder den Weg nach Rom gehen würde.

Bei Odo stand ein Mann, der neben ihm der wichtigste Berater Alberics war. Suidger, der ehemalige Abt des rheinischen Klosters Selz, war wegen seines Rufes als diplomatisches Genie eigens von Alberic nach Rom geholt worden und trug nun an seinem einfachen Gewand den Gürtel des *primicerius*. »Ich bin froh, dass sie wieder draußen ist«, flüsterte Suidger von Selz, faltete die Hände auf seinem mächtigen Bauch und beobachtete befriedigt Marocias Bad in der Gästeschaft. »Heute Abend, ehrwürdiger Odo, kann die Welt scheinbar nichts erschüttern, aber wir wissen beide, wie trügerisch diese Stimmung ist. König Hugo ist alles andere als begeistert darüber, dass Rom sich mit Byzanz vermählt und seine eigene Dynastie außen vor bleibt. Dazu kommt, dass Alberic ihm noch immer die Kaiserkrönung verweigert, obwohl doch mittlerweile ein römischer Erbe geboren wurde.«

Odo zuckte gleichgültig mit den Schultern. »Der König hat in Hochburgund genug zu tun, wo der Adel gegen ihn rebelliert. Außerdem« – er warf Suidger einen Seitenblick zu und legte eine leichte Schärfe in seine Worte –, »Ihr wollt doch damit nicht etwa andeuten, dass Alberic nicht auch ohne die Hilfe seiner Mutter mit Hugo fertig würde?«

Suidger blieb ruhig. »Meine Loyalität zum Prinzeps ist unbestritten. Ich frage mich bloß, was für den Fall geschehen soll, dass er ernsthaft krank wird – oder stirbt.« Suidger war sich der Anspielung, die in diesem Gedanken lag, durchaus bewusst. Die Askese Alberics begann bereits, seine Gesundheit zu schädigen. »Wie ich weiß«, ergänzte Suidger äußerlich gelassen, »werden die Mönche Eures Klosters im Schnitt etwa dreißig Jahre alt – und der Prinzeps ist Mitte zwanzig.«

Odo erwiderte nichts. Es war leichter, dachte er, einen Muselmanen zu einem Christen zu machen, als einen wohlgenährten und weltlich denkenden Menschen wie Suidger zu einem spirituellen, und jedes Wort dahingehend wäre verschwendeter Atem gewesen. Im Grunde war aber auch er froh, dass Marocia wieder frei war und notfalls agieren konnte. Sie hatte von ihrer Haft aus einen Frieden möglich gemacht und zwei Ehen eingefädelt, und sie würde Alberic – ob er es wollte oder nicht – helfen. Ja, hier war alles getan, und ein neuer Abschnitt konnte beginnen.

»Zahlen liegen Euch, wie mir scheint. Ihr wärt ein guter Advokat geworden«, sagte Odo ein wenig müde.

»Vielleicht werde ich noch einer«, erwiderte Suidger und sah zu, wie Odo langsam, gebeugt und unbemerkt von der Menge den Saal verließ.

Die zweite offizielle Hauptperson des Abends war Alberics Schwester Eudoxia. Mit dem Sonnenaufgang würde sich ihr Hochzeitszug in Bewegung setzen. »Nun zieh nicht so ein Gesicht, mein Kleines«, sagte Marocia und zwickte Eudoxia in die propere Wange. »Sonst denken die Leute noch, du würdest lieber hier bleiben, statt Kaiserin zu werden.«

Der wahre Grund für Eudoxias heruntergezogene Mundwinkel, wusste Marocia, war ihre Ankündigung, den Hochzeitszug zusammen mit Blanca, Alazais und Crescentius bis Bari begleiten zu wollen. Ihre älteste Tochter hatte sich gedankenlos der Stimmung Alberics gegen sie angepasst. Doch im Gegensatz zu ihrem Bruder verfügte sie weder über Mut noch Kreativität, ja, selbst ihre Fähigkeit zum Trotz war beschränkt, und so konnte sie nur grimmig und ohnmächtig zusehen, wie Marocia ihren Willen in die Tat umsetzte. »Da dein Bruder so enorm wichtig und darum in Rom unabkömmlich ist«, stellte Marocia ironisch fest, »muss jemand anderer deine Familie bei der Übergabe repräsentieren.«

Eudoxia wand sich wie in einem kratzenden Kleid, aber sie schwieg.

Marocia kniff ihr erneut in die Wange. »Sieh es mal so, Kleines: Nach Bari bist du mich endgültig los.«

Sie lachte, aber es klang nicht glaubwürdig, und den ganzen übrigen Abend verbrachte sie damit, Eudoxia von nahem und aus der Ferne zu betrachten.

Bari war mit seinem gut ausgebauten Hafen und den vielen Dutzend Handelskontoren eine der bedeutendsten Städte in Süditalien, aber es war auch eine einzige gigantische Festung. Das Imperium hielt hier den größten Teil seiner kolonialen Truppen stationiert, und so war im Laufe der Jahrhunderte Wehrwerk an Wehrwerk gebaut worden. Baris mächtige Mauern und gewaltige runde Türme leuchteten im Abendgold der Augustsonne, als der Brautzug sich näherte. Tore so dick wie Eichenstämme öffneten sich knarrend und fielen hinter dem römischen Gefolge wieder wuchtig zu. Von da an dominierten Rot und Weiß das Straßenbild, die Farben byzantinischer Soldatenuniformen und der riesigen flatternden Wappen. Zum ersten Mal in ihrem Leben befand Marocia sich inmitten jener Macht, die sie von Kind an bekämpft hatte.

Gegenüber den Byzantinern ließ sie sich das selbstverständlich nicht anmerken und befolgte die Traditionen penibel und ohne jeden Anflug von Spott. Der komplizierte Übergaberitus sah vor, dass Eudoxia abgeschirmt, nur von den engsten Vertrauten umgeben, im prächtigsten Gemach der Stadt einquartiert wurde und von Tag zu Tag mehr zur Byzantinerin werden sollte. Zunächst erhielt Eudoxia die purpurne Robe des Kaiserhauses, dann flocht man ihr kostbare schwarze Perlen in das kunstvoll hochgesteckte Haar, dann wurden ihre römischen Dienerinnen von byzantinischen ersetzt, schließlich auch das sonstige Gefolge. Am fünften Tag war das einzige und letzte Römische des Brautzuges Marocia selbst sowie Blanca und ihre jüngsten Kinder Alazais und Crescentius, die sie auf der Reise begleiteten, und am sechsten Tag endlich erfolgte die eigentliche Übergabe. Michael, ältester Sohn des Kaisers, Mitregent und künftiger Schwager Eudoxias, nahm Eudoxia aus Marocias Händen entgegen, um sie sogleich auf das Flaggschiff der Flotte zu geleiten, doch er wirkte hochmütig, träge und desinteressiert dabei.

»Ein eitler Fratz, und nicht besonders intelligent«, urteilte Marocia später ihrer Schwester gegenüber. »Ich bin froh, dass Eudoxia nicht ihn heiraten muss.«

Blanca schmunzelte. »Ich habe mich erkundigt. Er gilt unter den drei Söhnen noch als der Klügste.«

Marocia seufzte. Leicht fiel es ihr nicht, Eudoxia in die Ferne zu verheiraten, noch dazu ins ungeliebte Imperium und dann auch noch an einen Mann, der allem Anschein nach einfältig war. Aber es war das sorg- und spannungslose Leben, das Eudoxia sich wünschte. Sie würde unentwegt auf gekrümmte Rücken blicken, auf jedes Klatschen hin mit einem Fass voll Ratschlägen zu jedem noch so kleinen Problem versorgt werden und auf immer in dem Bewusstsein leben, erhaben zu sein, ja sogar gottgesandt. Für sie war es das einzig Passende, dachte Marocia – und stellte sich gleichzeitig den vor Ärger geröteten Kopf Hugos vor.

Es war ein warmer, diesiger Morgen, und Marocia hatte zum Schutz vor der Sonne den Kopfschleier ihres Gewandes über die Haare gezogen. Sanft schwappten die Wellen an den Kai. Möwen zogen krächzend über sie hinweg. Auf dem Flaggschiff gingen die Rufe der Seeleute durcheinander, Segel wurden bereitgemacht, Ruderbänke mit dunkelhäutigen Sklaven besetzt. Noch in dieser Stunde würde das Flaggschiff auslaufen, und Marocia wartete am Fuße des Stegs darauf, dass ihre Tochter zu ihr herauskam und sie ihr ein letztes Lebewohl sagen konnte.

Sie würde Eudoxia in diesem Leben nicht wieder sehen. Die kaiserliche Familie verließ ihre Hauptstadt fast nie, und wenn doch, dann nur, um die Sommerfrische auf einer der Residenzen in der Ägäis zu genießen. Dieser Abschied war für immer, doch erst jetzt, an diesem Morgen, wurde Marocia diese Tatsache bewusst.

Sie blickte auf das Meer hinaus. Nie hatte sie vergessen, wessen Kind Eudoxia war und wie sie gezeugt wurde, ja, noch heute wachte sie in manchen Nächten auf und glaubte den Brandgeruch des Feldlagers zu riechen, das Blut auf ihren Lippen zu schmecken und den Schmerz in ihrem Unterleib zu spüren. Die roten Haare und die plumpe Figur, dazu das geistige Desinteresse, alles, einfach alles an ihrer Tochter erinnerte Marocia an Berengar. Diese Dinge aber waren und blieben für immer in ihrem Herzen verschlossen, und nie würden sie zu jemand anderem dringen als zu Blanca.

Doch da gab es noch andere Gefühle und Erinnerungen. Wie das Mädchen sich an kalten Winterabenden an sie kuschelte, wie sie vermeintlich tollpatschig ihr Getränk verschüttete, nur damit Marocia es liebevoll von dem Gewand wischte, wie sie zusammen mit Alberic den jungen Hund Cicero lächelnd in Empfang nahm, oder einfach, wie sie auf der Terrasse der Villa Fortuna saß und stundenlang Tücher bestickte. Marocia liebte jede Einzelne dieser Erinnerungen.

Als ihre älteste Tochter oben auf dem Steg erschien, quoll Marocia das Herz über. Das war nicht länger Berengars Tochter, Eudoxia war allein ihr Kind, ihr Mädchen. Mit ganzer Kraft umarmte sie sie.

»Mutter«, mahnte Eudoxia und blickte sich rasch nach beiden Seiten um. »Das ist jetzt nicht mehr schicklich.«

»Zum Teufel mit der Schicklichkeit«, platzte sie heraus. »Oh, Verzeihung, ich wollte sagen: Das ist mir gleichgültig. Es gibt so viel, das ich dir noch sagen müsste. Die Worte schwirren nur so durch meinen Kopf. Wo fange ich an? Liebes, ich möchte, dass du glücklich wirst. Und wenn es irgendetwas gibt, womit ich dir …«

»Darum hast du mich gewiss nicht nach Byzanz vermittelt«, fuhr Eudoxia dazwischen. »Damit ich glücklich werde, von wegen. Dir ging es nur um einen Schachzug, welchen auch immer. Ja, ich habe diese Ehe gewollt, und ich werde glücklich, aber das ist doch wohl nichts weiter als ein unbedeutender Nebeneffekt in deinem Kalkül.«

»Eudoxia«, hauchte Marocia erschrocken.

»Findest du es nicht schäbig, mir in dieser letzten Stunde noch ein Theater aufzuführen, nachdem du dein ganzes Leben lang deine wahren Gefühle für mich gezeigt hast, für deine beiden Kinder vom Herzog? Alberic hat mir damals, als er dich eingesperrt hat, die Augen geöffnet. Wenn es nach mir ginge, Mutter, würdest du noch immer im Kastell sitzen.«

Mit diesen Worten drehte sie sich um und ging auf dem Steg davon. Marocia wollte ihr nachrufen, aber sie brachte kein Wort hervor. Wiederholte sich denn die Geschichte von damals, als sie Alberic auf diese Weise verloren hatte? Hatte Eudoxia Recht? War es ein unglücklicher Zufall, dass ihre drei ältesten Kinder sich jedes auf seine Weise von ihr abwandten, oder lag es nicht doch an ihr selbst? Den Kopf voll von Fragen und Selbstvorwürfen sah sie dem Schiff nach, bis es am Horizont verschwand.

Von einem Fenster der Festung hoch über Bari hatten auch Blanca und der kleine Crescentius das Auslaufen des majestätischen Schiffes verfolgt.

»Tante, können wir jetzt endlich den Dienern zum Essen läuten?«

Blanca streichelte dem Achtjährigen über die strohblonden Haare und lächelte, doch sie empfing wie so oft keine gleichartige Geste. In seiner oft verbissenen Art ähnelte Crescentius seinen älteren Brüdern Clemens und Alberic, aber er zeigte sie nicht so deutlich, sondern verbarg sie hinter Spott und Sticheleien. Wenn er dann doch einmal lachte, platzte es wie aus einem übervollen Schlauch aus ihm heraus und ergoss sich über die Opfer seiner Streiche. Blanca, die sich seit Marocias Gefangenschaft des Kleinen und seiner Schwester Alazais angenommen hatte, gestand sich ein, ihn nicht besonders zu mögen.

»Deine Mutter wird gewiss bald kommen. Also geh und suche Alazais, danach könnt ihr tafeln. Wir kommen später nach.«

Crescentius grinste in sich hinein, so als habe er gerade den Freibrief zu einem halben Dutzend Schurkenstücke bekommen, und stürmte aus dem Raum. Auf halbem Wege rief Blanca ihn noch einmal zurück.

»Aber vergesst euer Tischgebet nicht«, mahnte sie und erntete ein unverständliches Brummeln des Jungen.

Sie blieb allein in dem Gemach zurück, dessen Ausstattung eine Ahnung von byzantinischer Prachtentfaltung gab. Marmorgeflieste Böden und Wände verschafften ihm im tatsächlichen wie übertragenen Sinn Kühle, während die reichen Ornamente der gold- und bronzebelegten Decke wie ein Feuersturm loderten. Auch als ihre Schwester müde und betroffen hereinkam, blieb Blanca auf dem Sims sitzen und blickte hinaus auf die azurne See.

»Es war nicht der Abschied, wie du ihn dir vorgestellt hast, nehme ich an.«

Marocia setzte sich zu ihr. »Nein«, sagte sie erschöpft, legte den Kopf in den Nacken und ließ sich von einer frischen Meeresbrise berieseln. »Manchmal«, sagte sie nach langem Schweigen, »habe ich das Gefühl, dass ich für jeden Schritt, den ich vorwärts gehe, zwei Tritte ins Gesicht bekomme.«

»Vielleicht gehst du ja gar nicht vorwärts, sondern glaubst es nur«, wandte Blanca sacht ein und empfing einen fragenden Blick ihrer Schwester. Erneut schwiegen die beiden eine Weile, dann sagte Blanca: »Du hast noch Alazais. Ihr sonniges Gemüt wird es dir leicht machen, dich mit ihr zu verstehen. Aber Crescentius braucht jetzt viel Führung und Verständnis. Er braucht deine ganze Liebe und Kraft.«

Marocia wich ihrem Blick in die Seeluft aus. »Auch wenn du jetzt das Schlimmste von mir denkst, Blanca: Für Crescentius ist es besser, wenn er weiter bei dir bleibt.«

»Er ist dein Sohn«, mahnte Blanca. »Du kannst dir keine Väter backen, Marocia. Du musst endlich darüber hinwegkommen, was Hugo dir und Alberic …«

»Ich will nicht weiter darüber sprechen«, sagte Marocia, rieb sich die Stirn und ging hinaus.

Während Blanca mit Crescentius nach Rom zurückkehrte, schlugen Marocia und Alazais eine andere Richtung ein. »Wohin reisen wir?«, fragte ihre Tochter neugierig.

»Weißt du, in Rom wartet nichts und niemand auf mich«, antwortete sie. »Aber es gibt für mich eine Menge nachzuholen und nur einen Ort, wo das geht.«

Sie hatte all die Jahre im Kastell an diesen Ort gedacht, jeden Abend vor dem Einschlafen und als Erstes beim Aufwachen, und wäre sie nicht schon einmal dort gewesen, würde er ihr unwirklich vorgekommen sein, wie ein Sagenland, das nur von Dichtern besungen und in alten Büchern beschrieben wurde. Noch jetzt, so viele Jahre später, spürte sie die Wärme, die von ihm ausging, und die Glut, die er in ihr entfachte. So sehr wie nie zuvor brauchte sie einen Boden, auf dem sie stehen konnte. Sie brauchte Liebe und Zärtlichkeit oder wenigstens die greifbare Erinnerung daran. Der Ort hieß Capua. Und der Boden hieß Lando.

»Meine Katze«, begrüßte Lando die Frau, die er vor fast zehn Jahren zum letzten Mal gesehen hatte. Ein stilles Lächeln zog über seine Lippen. »Wie sehr hat die Zeit uns einander ähnlich gemacht. Meine Haare werden grau, deine Haare werden grau, und wir bräuchten einen ganzen Tag, um unsere Falten gegenseitig zu zählen.«

»Nur unsere Augen«, erwiderte sie froh, »die glühen noch immer.«

»Bis zum Schluss und um die Wette.«

Sie lachten im Chor. Vorbei war die Befangenheit ihrer letzten Begegnung, sie küssten sich kräftig auf beide Wangen und lösten damit bei Alazais und Landos Sohn Priscian ein überraschtes Schmunzeln aus.

»Kaum zu glauben, dass der Herbst bald einzieht«, sagte Alazais. »Wenn man die beiden sieht, meint man den Frühling zu riechen.«

Priscian, der das gute Aussehen seines Vaters geerbt hatte, strahlte Alazais aus schwarzen Augen an. »Was die können, können wir doch auch, oder?«

Alazais neigte den Kopf ein wenig zur Seite und hielt Priscian ihre Hand auffordernd hin. »Ich wollte schon immer einmal die berühmten capuanischen Gärten sehen.«

Lando suchte für seinen ersten Ausritt mit Marocia eine weite, sonnenüberflutete Landschaft aus. Von den Hügeln bot sich ein atemberaubender Blick auf endlose Wiesen, die im Licht des Nachmittags glühten. Kaum ein Vogel bevölkerte den Himmel, kaum ein Bauer arbeitete auf den Äckern. Schwer drückte die Luft herab, schwieg und stand still, und so erfrischten die beiden Reiter sich beim wilden Galopp. Erst, als die Pferde erschöpft waren, machten sie am Rande eines Bachlaufs Halt und schöpften Wasser mit der hohlen Hand.

»Ach, das war gut«, sagte Lando und ließ offen, ob er den Ritt oder das kühle Nass meinte. Er streckte sich. »Was ist, ruhen wir uns aus?«

Marocia blickte auf ein halb abgeerntetes Kornfeld jenseits des Baches, das goldgelb in der Sonne leuchtete. In seiner Mitte stand eine mächtige Kastanie, die wohltuenden Schatten versprach. »Dorthin«, bestimmte Marocia, und so banden sie die Pferde an und stapften über die quer liegenden Halme. Sie lehnten sich nebeneinander an den Baumstamm und atmeten die würzige, nach Stroh und warmem Holz duftende Luft ein.

»Marocia, du sagst gar nichts dazu, dass ich dir so viele Grillen hierher bestellt habe, die unermüdlich zirpen. Du musst dieses Geräusch doch vermisst haben, all die Jahre.«

Sie lächelte ihn an und seufzte. »Deine Stimme ist mir momentan lieber.«

»Was denn, so schlimm?« Er bettete ihren Kopf in seine Arme. »Sag schon. Was ist los?«

Sie suchte nach Worten, die ausdrücken konnten, was ihr auf der Seele brannte. »Warum«, fragte sie nach langem Schweigen, »wird alles, was ich tue, falsch gedeutet? Ich meine, ich stifte erwünschte Ehen, bringe heiß ersehnten Frieden, verleihe Rom neue Geltung, schenke Ämter und Würden, bin eine treue Gemahlin gewesen ...«

»Na, na«, unterbrach Lando.

»Also schön, nicht immer. Hugo zumindest war ich treu. Aber als sei ich mit einem Fluch belegt, wird mir jede meiner Taten mit Gewalt oder bösen Worten vergolten.«

»Ich verstehe«, sagte Lando und kraulte sich schelmisch den kurzen Bart. »Das hört sich nach einem sehr ernsten Problem an, meine Katze. Ob es sich um den gleichen Fluch handelt, der einst die unglückliche Kassandra von Troja getroffen hat?«

Marocia schlug mit der flachen Hand sacht gegen seine Brust, die nur unter einem leichten Hemd verborgen war. »Bitte, Lando, keine Scherze mehr. Ich bin an einem Punkt, wo ich nicht mehr weiß, ob die Liebe zu meinen Kindern oder die Neigung für wagemutige Spiele mein Handeln bestimmen. Alles geht drunter und drüber, in meinem Kopf und überhaupt.« Sie machte eine Pause, in der sie die Faust vor ihrem Mund ballte und sichtlich mit den Tränen kämpfte. »Ich war mir immer so sicher, dass das, was ich tue, gut und richtig ist, für mich und für andere. Doch mit einem Mal – ich weiß es nicht mehr. Zum ersten Mal in meinem Leben stelle ich alles in Frage, die Vergangenheit, die Zukunft. Es ist, als habe mir jemand mein Lebenskonzept gestohlen, und nun irre ich umher und suche es.«

Lando ließ seine vergnügte Ironie von einem Augenblick zum nächsten zugunsten einer klugen Besonnenheit fallen. Er hatte Marocia im Laufe ihres fünfzigjährigen Lebens zwar nur für wenige Momente erlebt, und doch glaubte er sie zu kennen, als hätte er jeden Tag mit ihr geteilt. Wenn sie so redete wie jetzt, dann litt sie.

»Nun gut«, sagte er. »Ich prüfe dich.«

Sie nahm ihren Kopf hoch und sah Lando an. »Wie denn das?«

»Schließe die Augen«, befahl er. »Gut, jetzt entspanne dich. Und nun überlege Folgendes: Wenn du dir vom Allmächtigen etwas wünschen dürftest, was wäre es?«

Sie zögerte einen Moment, dann öffnete sie die Augen.

»Siehst du«, rief Lando und hielt ihr wie ein altkluger Lehrer den Zeigefinger vor die Nase. »Das Erste, was dir durch den Kopf ging, war etwas, das mit Macht zu tun hatte: Rom oder eine Krone oder etwas in der Art, richtig?«

Er wartete ihre Antwort nicht ab. »Und im nächsten Moment, unmittelbar darauf, setzte dein schlechtes Gewissen ein, und du wünschtest dir die unbeschränkte Liebe deiner Kinder oder irgendetwas Gutes für sie, wieder richtig?«

Sie widersprach ihm nicht, und er klatschte in die Hände. »So bist du, Marocia, und ich bin wie du. Mein größter Wunsch ist es, mein Land eines Tages unabhängig zu haben, keinem König und keinem Kaiser untertan. Gleichzeitig ist mir mein Sohn so teuer wie kaum etwas anderes. Macht und Liebe, elterliche Zuneigung und sachliches Kalkül gehen Hand in Hand bei Menschen wie uns, und das ist, verdammt noch mal, unser Wesen und gutes Recht. In jedem Problem sehen wir auch eine Gelegenheit, aus jeder Tragödie gewinnen wir noch eine Erfahrung. Obwohl wir unsere Kinder lieben, sind wir nicht nur Väter und Mütter, Marocia, damit sind wir nicht zufrieden. Wir sind Träumer, Ritter, Cäsaren und Spieler. Unermüdliche Tüftler sind wir, die unentwegt planen und sich in Dinge einmischen, die uns eigentlich gar nichts mehr angehen sollten. Doch wer darf uns das vorwerfen? Wir sterben, wenn wir damit aufhören. Also machen wir weiter.«

Sie sah ihn an, als hätte er in einer anderen Sprache zu ihr gesprochen. Dann blinzelte sie, und schließlich glitt ein Lächeln über ihre Lippen und Wangen. Sie blickte in die Krone des Baumes, dessen Grün schon einem herbstlichen Gold wich, dann in die flimmernde Weite der Felder, schließlich wieder in seine tiefgrünen Augen.

Lando erfasste die verwandelte Stimmung Marocias und wechselte wieder zu seiner gewohnt spitzbübischen Art über. »Nun, das klang dir jetzt vielleicht alles wie die Bergpredigt in den Ohren, aber sinngemäß ...«

Sie lachte und lehnte die Stirn auf seine Brust. Erneut beschirmte er sie mit seinen Armen, die kaum etwas von der elastischen Kraft der Jugend eingebüßt hatten. Lando küsste Marocia auf die Haare und atmete ihren Duft ein.

»Irgendwann werden deine Kinder begreifen, wie kostbar sie dir sind«, tröstete er.

»Und was mache ich bis dahin?«

»Dir treu bleiben.«

Marocia richtete sich auf und las in Landos Augen. »Du meinst …?«

Er nickte und zog eine durchtriebene Miene.

»Hugo?«, fragte sie.

»Hugo«, bestätigte er.

»Und du machst mit?«

»Soll das ein Scherz sein? Ich halte die Fahne und reite voran, wenn du willst.«

»Wir kämpfen Seite an Seite?«

»Für immer von jetzt an.«

Marocia atmete tief ein und schloss für einen Moment die Augen, so als sei dies der glücklichste Augenblick ihres Lebens und als wolle sie ihn nie wieder loslassen. Lando erinnerte sich, diesen Ausdruck schon einmal an ihr gesehen zu haben, vor vielen, vielen Jahren auf dem warmen Gras des pincischen Hügels. Doch hier, im Schatten des leise zitternden Kastanienlaubs, umgeben von sanft im Wind wogenden Kornfeldern und zirpenden Grillen, kam es ihm vor, als sei er nie von Marocia getrennt gewesen.

»Eines«, sagte sie, »hast du vorhin nicht erraten. Gleich nach der Macht und den Kindern fiel mir noch ein dritter Wunsch ein.« Sie küsste ihn, zuerst vorsichtig, als könnte er zerbrechen, und dann, als sie seine funkelnden Augen sah, lang und innig.

»Dann werde ich mal versuchen«, hauchte er und legte Marocia unter sich auf die trockene, staubige Erde, »mich in der Reihenfolge deiner Wünsche etwas nach oben zu schieben.«

37

Marocia verbrachte den Winter, den nächsten Sommer und den darauf folgenden Winter in Capua bei Lando. Dort feilten sie beide an ihren Plänen und schickten Briefe an Menschen, von denen sie nicht geglaubt hatten, dass sie ihnen jemals schreiben würden. Sie nahm vorsichtig Tuchfühlung mit alten Gegnern auf, machte Zeitpläne und legte Reiserouten fest und achtete bei alldem darauf, unauffällig zu bleiben. Noch nicht einmal Alazais weihte sie in ihr Vorhaben ein, zum einen, weil diese sich derzeit fast nur mit Priscian beschäftigte, zum anderen, weil es ihren Vater betraf.

Im April des Jahres 942 waren alle Vorbereitungen abgeschlossen. Von überall her trafen für Marocia günstige Nachrichten ein, und so konnte sie auf ihrer geistigen Landkarte Fähnchen um Fähnchen mit den Farben ihrer geheimen Verbündeten aufstecken. Doch der schwierigste Teil stand noch bevor, denn *eine* Unterstützung fehlte noch, und das war die wichtigste.

»Wenn er nicht mitmacht, ergibt der ganze Plan keinen Sinn«, gab Lando eines Nachts zu bedenken, als beide gemeinsam im Bett lagen.

Marocia stützte ihr Kinn in die Hand. »Gehst du zu ihm, oder soll ich?«

»Wenn ich reise, erregt es mehr Aufmerksamkeit. Außerdem verhandelst du besser als ich.«

»Ja. Andererseits bin ich eine Frau.«

»Seit wann stört dich das?«

»Wenn ihr Männer Pläne schmiedet, geltet ihr als klug und geschickt, von Frauen behauptet man im gleichen Fall, sie seien intrigant.«

Sie sahen sich über die weiche Wolldecke hinweg an. »Du reist«, sagte Lando, und gleichzeitig sagte sie: »Ich reise.«

Beide prusteten vor Lachen und wälzten sich im Bett.

Ihr Weg führte Marocia durch scheinbar endlose dunkle Eichen- und Buchenwälder, über mächtige und tiefe Ströme und nebelverhangene Hügelketten. Diese geheimnisvollen Landschaften, die alle etwas verbargen, waren die Wurzel für zahllose Mythen, wimmelnd von Geistern, Ungeheuern und Helden. Das Christentum jedoch hatte dieses Land der fünf Völker aus seiner eigenen Welt in die der übrigen Menschheit geholt, und darin schien es sich – entgegen aller Vorurteile – prächtig zurechtzufinden.

Beeinflusst von jahrzehntelanger byzantinischer Propaganda

neigte man in Rom wie in fast ganz Italien zu der Ansicht, die Schwaben, Franken, Baiern, Sachsen und Lothringer seien kulturlose Halbbarbaren, woran auch das glanzvolle Intermezzo Karls des Großen wenig geändert habe. »Sie schlafen erst seit zweihundert Jahren in richtigen Betten, und bis heute trinken sie keinen Wein«, fiel den meisten Römern als Erstes ein, wenn sie an Germanien dachten. Dass einige Gebiete dieses ominösen Landes erst vor einhundert Jahren christlich missioniert worden waren, galt in der Wiege des Glaubens als unfassbar, ja skandalös. Wenn man also jemanden beleidigen wollte, nannte man ihn einen Deutschen.

Marocia hatte als Kind das Glück gehabt, in Pater Bernard einen gebildeten Geistlichen mit ausgewogener Meinung zum Lehrer bekommen zu haben, der sie immer angehalten hatte, die Entwicklung der Deutschen zu verfolgen. Später hatte sie in Damiane eine Freundin gefunden, die ihr viel über das germanische Land und seine Sitten erzählen konnte, und schließlich verstand sie genug von Musik und Architektur, um zu wissen, dass die Kompositionen im schwäbischen Kloster St. Gallen und der Bau eines doppelchorigen Doms zu Fulda wegweisende Einflüsse auf den gesamten nördlichen Mittelmeerraum haben würden.

Auf ihrem Weg entlang des Rheins begegnete Marocia Kirchen, die in den Himmel wuchsen, Pfalzen, so wehrhaft wie die Mauern von Jericho, und Klöstern, deren Buchmalereien den byzantinischen in nichts nachstanden, im Gegenteil, sie an Finesse und Originalität noch übertrafen. Allenthalben traf sie auf neue, ungewöhnliche Formen, wie etwa im Nonnenkloster Gandersheim, dessen Äbtissinnen einen derart geachteten Status besaßen, dass sie von Herzögen und Monarchen in vielen politischen Fragen konsultiert wurden. Dazu die vielen Neugründungen von Städten – Goslar, Quedlinburg, Werla und Meissen –, überall aufstrebendes Handelstum, überall Aufbruch. Doch die Krone dieses Erwachens eines Volkes, gleichsam dessen Symbol, lernte sie erst am Ende ihrer Reise kennen. Im Gegensatz zu Italien, wo die Zentren der Macht unverrückbar und wie in Erz gegossen in Rom und Pavia lagen, war das Zentrum deutscher Macht seit Otto I. immer dort, wo er sich gerade befand. Und meist befand er sich in Magdeburg.

Diese junge Stadt im deutschen Herzogtum Sachsen galt als das

Tor in den Osten Europas. Hier kreuzten sich zwei wichtige Fernhandelsstraßen, und die vorbeifließende Elbe, mit ihren Verbindungen in die Nordsee und bis weit nach Böhmen hinein, lockte zusätzlich Kaufleute an. König Otto I. hatte, gleich nach dem Tod seines Vaters Heinrich und seiner Krönung im Jahre 936, der Stadt einen besonderen Status eingeräumt. Allenthalben wurde mit immensem Aufwand gebaut und erweitert; erst jüngst waren die von Otto in Auftrag gegebene Erweiterung der imposanten Burgpfalz und das Familienkloster beendet worden. Wenn es für Marocia noch irgendeines Beweises bedurft hätte, wie viel Potenzial Ottos Reich besaß – hier war er endgültig erbracht.

Der König blickte scheinbar endlos zum Fenster hinaus, wo der Regen unaufhörlich auf das Pflaster des Burghofes prasselte. Der Zeigefinger trommelte auf seiner von dichtem Bart umschlossenen Lippe einen immer wiederkehrenden Rhythmus. Otto wirkte trotz seiner kaum dreißig Jahre anfällig und ausgemergelt, mit tiefen Falten auf der Stirn und beiderseits der Nase, blasser Haut und langen, ungepflegten Haaren, aber alle Informanten Marocias beteuerten ihr, dass seine Willenskraft außerordentlich sei und der äußere Schein trüge.

»Berengar von Ivrea«, flüsterte er, als spreche er mit der Glasscheibe. Er hasste schnelles und lautes Reden, wozu er bereits einen normalen Tonfall zählte. »Ich hatte fast vergessen, dass es den noch gibt.«

Marocia war nicht direkt angesprochen worden, aber von ihrer Position einige Schritte hinter Otto hörte sie dennoch sehr gut, was der Monarch von sich gab, und fühlte sich auch berufen, dazu Stellung zu nehmen. Immerhin hatte sie den Namen ins Spiel gebracht.

»Das geht jedem so, Euer Gnaden«, erwiderte sie sanft. »Außer dem friaulischen Adel, der sich seit Berengars Vertreibung durch König Hugo nichts sehnlicher wünscht als seine Rückkehr. Mit wehenden Fahnen gehen sie zu ihm über, sollte er die Alpen überqueren. Alles ist vorbereitet.«

»Ihr mochtet seinen Vater nicht«, flüsterte Otto weiter, in der richtigen Erwartung, seine Gesprächspartnerin höre jedes Wort. »Und ihn mögt Ihr auch nicht.«

Marocia blickte auf Ottos Hinterkopf, als sie zugab: »Ich verabscheute beide. Aber Ihr wie ich haben wohl begriffen, Euer Gnaden, dass Politik nicht auf Emotionen Rücksicht nehmen darf. Wenn sie praktisch und anständig sein soll, hat man bereits genug daran zu schaffen, aber auch noch gefühlsbetont … Salomon selbst würde an einem solchen Anspruch scheitern.«

»Anständig«, hauchte er wie in Andacht. »Ein Krieg gegen König Hugo wäre wohl anständig. Meine Dynastie hat Verwandte in Hochburgund, und wenn sich der dortige Adel im Aufstand gegen König Hugo befindet, ist es mein Recht, mich einzumischen. Aber praktisch? Es könnte ein langer, kräftezehrender Krieg werden.«

Marocia verließ ihren Standort und verkürzte die Distanz zum deutschen Monarchen, der noch immer lieber den Regen als Marocia anblickte. »Dazu wird es nicht kommen, Euer Gnaden«, begegnete sie seinen Bedenken. »Berengar in Friaul, Ihr in Burgund, und dann noch …«

Sie stockte und erweckte damit König Otto aus seiner Entrückung.

Er wandte sich halb um.

»Und dann noch?«, fragte er.

»Ein Bonus, Euer Gnaden. Ich versichere Euch, Hugo wird an drei Fronten kämpfen müssen. Das bricht ihm das Genick.«

Otto betrachtete das Gesicht seiner Gesprächspartnerin über die Schulter. Sie hatte allen Grund, ihren früheren Gemahl zu hassen, aber er fand keine Spur davon in ihrer Miene widergespiegelt. Im Gegenteil, trotz ihrer Souveränität, die sie zweifellos ausstrahlte, fand er sie verletzbar, und gerade das flößte ihm Vertrauen ein.

»Eure Diplomatie ist meisterhaft«, lobte er sie. »Byzanz gebt Ihr Eure Tochter, mir gebt Ihr Burgund.«

»Vergesst Byzanz, Euer Gnaden. Denn wisst Ihr, ich habe auf dieser Reise etwas wieder gefunden, das ich schon vor langer Zeit verloren habe, ohne es zu bemerken.« Sie verringerte die Distanz zu Otto so weit, dass sie nur ihren Arm hätte ausstrecken müssen, um ihn zu berühren. Sie wartete, bis Otto sie neugierig anblinzelte. »Meine Träume«, lüftete sie das Rätsel, um sogleich ein neues anzufügen. »Der heutige Tag, Euer Gnaden, ist erst der Anfang einer langen, gedeihlichen Zusammenarbeit zwischen Rom und dem

Deutschen Königreich, und Ihr könnt Euch jetzt noch gar nicht vorstellen, wohin dieses Bündnis einst führen wird.«

Otto blickte lange in die dunkel leuchtenden Augen Marocias und wandte sich dann, als habe er alle Antworten gefunden, wieder dem verregneten Pflaster des Burghofes zu.

»Doch«, flüsterte er, »ich kann es mir vorstellen.«

»Wenn ich diesen Fettwanst zu fassen kriege, lasse ich ihn auf meiner Schwertspitze tanzen!«, röhrte Hugo mit todernster Miene, um im nächsten Moment in ein schiefes Grinsen zu verfallen. »Aber wie ich Berengar kenne, wird er sich in einer Felsspalte verstecken, bis alle Kämpfe vorüber sind, und anschließend als Weib verkleidet über die Alpen fliehen.«

Um Hugo herum brachen die Offiziere in verächtliches Gelächter aus. Niemand konnte sich hier vorstellen, dass ihr Herr und König von einem wie Berengar geschlagen würde. Sie mussten sich Hugo nur ansehen, wie er vor ihnen stand, in Kettenhemd und Brustpanzer, aufrecht, kräftig, mit mahlenden Kiefern, ein starker Herrscher in – wie sie stillschweigend übereinstimmten – vollem Saft. Und Berengar von Ivrea? Der Enkel des alten Königs Berengar war wohl so töricht gewesen, sein sicheres Exil zugunsten eines waghalsigen Kampfes zu verlassen, aber fast jeder hatte aus der Zeit seiner Vertreibung vor bald zwei Jahrzehnten noch in Erinnerung, dass Mut und Geschick noch nie die Stärke des dicken Markgrafen gewesen waren.

Nur Hugos Sohn Lothar störte diesen Konsens unter den kampferprobten Männern. »Wenn er ein solcher Feigling und Narr ist, warum sollte er dann seinen alten Adel in einen von vorneherein verlorenen Aufstand hetzen?«

Den Männern gefror das Lachen. Sie waren es von Lothar gewöhnt, oberschlaue Bemerkungen zu hören, die ihnen den Spaß verdarben. Wie immer sahen sie zu Boden und räusperten sich, denn jedem war klar, wie Hugo auf diesen Einwurf reagieren würde. Warum konnte dieser Königssohn mit Kaufmannsseele auch nicht einfach sein Mundwerk halten?

Hugo stapfte mit seiner schweren, klirrenden Eisenkleidung zum Verhang des Zeltes, in dem die Versammlung stattfand, und riss ihn auf. »Siehst du das?«, fragte er seinen Sohn. Als Lothar nicht sofort reagierte, packte er ihn an den Haaren und stopfte den Kopf durch die Zeltöffnung. »Ob du das siehst?«

Es war nicht zu übersehen. Dicht an dicht ragten quadratische Zelte in die Höhe, mit Schwertständern davor und Schildhaltern. Die Soldaten übten. Die gesamte Ebene war erfüllt von eisernem Waffengeklirr und dem Surren der Pfeile. Schmiede schlugen auf ihre Ambosse ein, Sattler auf die Pferde, und gelegentlich drang das ordinäre Lachen einer jener Huren heran, die alle Feldzüge Hugos begleiteten. Lothar war mit diesen Geräuschen aufgewachsen, aber sie waren ihm verhasst.

»Ja«, antwortete er.

»Was siehst du?«

»Ein Heer.«

»Wie stark ist es?«

»Fünfzehnhundert Mann.«

»Fünfzehnhundert waren es vorgestern. Wie viele sind es heute?«

»Ich weiß nicht«, gestand Lothar mit schmerzhaftem Unterton, denn sein Vater riss ihn immer stärker an den Haaren.

»Wie viele?«, schrie Hugo.

»Ich müsste raten.«

»Dann rate, zum Teufel.«

»Achtzehnhundert.«

Hugo riss Lothar an den Haaren herum und warf ihn mit einem einzigen Armschwung auf den Boden des Zeltes. »Zweitausend!«, schrie er. »Und in den nächsten drei Tagen erwarte ich die Verstärkung meines Bruders Boso, noch einmal eintausend Mann. Traust du deinem Vater nicht zu, mit dreitausend Waffenträgern den Aufstand eines friaulischen Eunuchen niederzuschlagen?«

»Doch«, stimmte Lothar rasch zu.

Hugo milderte seine Stimme etwas ab, dafür wurde sie abfällig. »Dann sei froh, dass ich noch lebe, um die Arbeit zu machen. Du würdest es auch mit fünftausend nicht schaffen, denn du bist ein ebensolcher Eunuch wie Berengar.«

»Das ist nicht wahr«, entgegnete Lothar, noch immer am Boden liegend.

Hugo schnitt eine Grimasse. »Das ist nicht wahr«, äffte er mit entstelltem Tonfall seinen Sohn nach. »Wenn es nicht wahr ist, warum kriegst du dann den Schwanz nicht in dein Weib rein?«

Die Offiziere lachten stumm. Manche wandten sich ab, damit man ihre amüsierten Gesichter nicht sehen konnte. Sie gönnten Lothar die Demütigung, aber natürlich wussten sie, dass der Vorwurf ungerecht war. Adelheid, Lothars burgundische Gemahlin, war diesem als Zweijährige aufgezwungen worden. Nun war sie dreizehn, dünn, mit flachen Brüsten, glanzlosem Haar und einem Ausdruck, der irgendwo zwischen Amazone und Märtyrerin lag. Lothar, fanden sie, war wirklich nicht zu beneiden.

Der junge Mann rappelte sich auf und klopfte sorgfältig den Staub von seiner Kleidung. Diese Geste reizte Hugo weiter. Er verpasste Lothar eine Ohrfeige, die seinen Sohn durch das halbe Zelt stolpern ließ. »Du sollst dich nicht immer wie ein verweichlichter Höfling benehmen, sonst …«

In diesem Moment kam ein Bote ins Zelt, einer von Hugos Soldaten. Er atmete schwer und war noch erhitzt vom Ritt. Dann fiel er auf die Knie, so als bitte er um Gnade, und rang nach Worten. Offenbar wusste er zunächst nicht, ob er den König in der burgundischen Muttersprache oder wegen der anwesenden italienischen Offiziere in gebrochenem Langobardo-Latein ansprechen sollte. Die Aufregung ließ ihn in ein Kauderwelsch aus beidem fallen: »Euer Gnaden, le roi teutonicum est envahir en L'Haut-Bourgogne, Hochburgund. Besancon und Dole bereits gefallen sind. À l'instant, das feindliches Heer steht an der Rhone.«

Das Wichtigste hatten die Offiziere verstanden. Jedem war klar, dass die Lage dadurch ernst geworden war. Der König konnte nicht gleichzeitig nach Westen marschieren, um die Schlacht gegen die Deutschen zu schlagen, und nach Osten, um Berengar zu verjagen. Die einzig mögliche Lösung lag auf der Hand, und Hugo griff sie mit all seiner Erfahrung auch sofort auf. »Gut, dass Boso bald eintrifft. Er soll Berengars Aufstand niederschlagen. Ich selbst marschiere gegen Otto – und vernichte ihn. Teufel noch mal, der Schwachkopf wird mir nach seiner Niederlage wenigstens das Elsass abtreten müssen, wenn nicht halb Lothringen.«

Die Offiziere knurrten zufrieden und waren schnell wieder mit dem Schicksal versöhnt. Ihr König hatte bisher noch jeden Gegner geschlagen – mit Ausnahme dieser verräterischen Ratte in Rom, aber das war eine fast schon vergessene Geschichte.

Lothar meldete sich in diesem Augenblick zu Wort. Mit dünner, fast zerbrechlicher Stimme schlug er seinem Vater vor: »Ihr solltet mich zum Mitkönig erheben, Vater. Für den Fall, dass ... Man kann ja nie wissen. Ich würde sofort nach Pavia reisen und vom dortigen Erzbischof die Salbung vollziehen lassen – vorausgesetzt, der Heilige Vater stimmt zu.«

Hugo zögerte einen Moment, und seine Offiziere sahen es. Er wollte nicht unsicher wirken oder gar ängstlich. Ein Mitkönig war ein potenzieller Rivale, aber Lothar war ein Schwächling, eben noch hatte er ihn als Eunuchen beschimpft. »Warum eigentlich nicht«, brummte er. »Du kannst ohnehin nichts anderes halten als ein Zepter.«

»Danke, Vater«, sagte Lothar artig und sah an den abfälligen Gesichtern der Offiziere vorbei. Eben wollten sie sich über eine Karte beugen und mit den Planungen beginnen, als der Bote sich räuspernd in Erinnerung brachte. Er kniete noch immer am Boden und war den Diskussionen, die in Langobardo-Latein geführt worden waren, mühsam gefolgt.

»Ach so, ja«, sagte Hugo und machte eine abwinkende Handbewegung. »Du kannst gehen.«

»Mais non, Euer Gnaden, da ist etwas noch.«

»Ja?«

»Ich dachte, die andere Nachricht Euch schon erreicht. Petit frère, Euer Gnaden, jüngerer Bruder von Euch, le Duc Boso ...«

»Was ist mit ihm?«

»En soulèvement, Euer Gnaden ... wie sagt der Italiener?«

Während der Bote noch nach der Übersetzung suchte, erstarrte Hugo. Seine Augen verengten sich, bis sie nur noch dünne Schlitze waren, und die Kieferknochen, die sich so häufig bewegten, verkrampften in Anspannung. Die Zähne zusammengepresst, zischte Hugo kaum hörbar: »Boso«, und befahl dann: »Das ganze Heer marschiert nach Süden. Otto ist mir egal, und Berengar auch.«

Die Offiziere blickten sich fragend an, denn sie hatten nicht verstanden, worum es hier eigentlich ging. Da lieferte der Bote ihnen die Erklärung. Als habe er den Heiligen Gral gefunden, rief er laut: »Aufstand! Das Wort ich gesucht. Le Duc Boso ist im Aufstand.«

38

Als Lando das große *triclinium* in der Villa des Prinzeps von Rom betrat, war er überrascht. Zunächst schauderte er vor Kälte. Obwohl er im sonnigen Capua neun Monate im Jahr angenehme Wärme genoss, kannte auch er durchaus Eis, Frost und Schnee, ja manchmal unternahm er gerade im Winter Reisen durch das Fürstentum. Kälte im Allgemeinen machte ihm also nichts aus, aber diese hier stand still, setzte sich in den Mauern fest, durchdrang den ganzen Raum, als sei sie hier zu Hause. Der mächtige Kamin an der Stirnseite des *tricliniums* schien seit Urzeiten nicht mehr benutzt worden zu sein, aber Alberic und seine Familie saßen davor, als spende er wohlige Wärme. Zur Linken des Prinzeps ruhte sein alter Hund Cicero auf einer Decke, dem einzigen Stück Stoff des Raumes, und rührte sich nicht. Alberic kraulte ihn am Nacken, und es sah aus, als ginge ein Teil der Lebensmüdigkeit des blinden Jagdhundes auf ihn über. Zu seiner Rechten jedoch saß Alda, lächelnd, mit dem kleinen Octavian neben sich und einer wenige Wochen alten Tochter auf dem Schoß. Sie drückte Alberics andere Hand, und ihre Liebe, schien es Lando, war das Einzige, das Alberic zusammenhielt.

Lando war noch nie mit Alberic zusammengetroffen, aber er wählte dennoch eine persönliche Anrede, als er nach dem Austausch der Begrüßungshöflichkeiten zum Grund seines Besuches kam. »Ich möchte dich bitten, Alberic, mit dem Papst zu sprechen. Er soll nun endlich seine Einwilligung zur Krönung Lothars geben.«

»Nein. Lothar ist ein Hampelmann«, erwiderte Alberic scharf, aber Lando hörte auch eine leichte Müdigkeit aus der Stimme heraus.

»Das stimmt«, meinte Lando und blinzelte den Prinzeps schlau an. »Es kommt aber darauf an, für wen er hampelt. Er wird für uns hampeln und Hugo endgültig entmachten. Viel ist ohnehin nicht von der einstigen Dreikönigsherrlichkeit übrig geblieben.«

Alberic deutete ein schwaches Lächeln an, und Lando wusste, warum. Der Machtverfall seines ehemaligen Stiefvaters mochte vielleicht überraschend für ihn gekommen sein, aber er war ihm insgeheim auch hochwillkommen – trotz der Tatsache, dass Alda zumindest ein wenig darunter litt. Hochburgund war von den Deutschen besetzt und die Krone einem Verwandten Ottos übereignet worden. Gleich danach war Niederburgund von Hugo abgefallen und hatte sich mit Hochburgund zu einem eigenen Reich vereinigt. Und Berengar von Ivrea kontrollierte mittlerweile nicht nur Friaul, sondern auch die Lombardei. Hugo besaß nichts mehr, außer den paar Burgen, die er Boso entwunden hatte. Jüngste Meldungen deuteten darauf hin, dass eine Entscheidungsschlacht zwischen den Brüdern bevorstand, aber egal, wie sie ausging – Hugo hatte den Zenit seiner Macht längst überschritten.

Alberics sichtbare Zufriedenheit verschwand sogleich wieder, jetzt zog er die Mundwinkel nach unten. Zweifellos galt diese Miene nicht nur seinem früheren Stiefbruder Lothar, den er nie gemocht hatte, sondern auch seinem Gesprächspartner, dem Liebhaber seiner Mutter. »Hampelmänner, wohin man sieht«, sagte Alberic und blickte Lando fest in die Augen. »Hat *sie* dich geschickt?«

»Nein, es war meine Idee. Aber sie weiß natürlich, dass ich hier bin.«

Alberic lächelte zynisch. »Natürlich.« Er warf einen Blick auf Cicero, kraulte ihn und schien betroffen, als der Hund nicht mehr den Willen und die Kraft fand, seine Hand abzuschlecken. Ein anderer Hund, offenbar ein Nachkomme Ciceros, trottete heran und übernahm diese Geste der Zuneigung. Erst als das geschehen war, sah Alberic wieder auf. »Du kannst ihr ausrichten, dass ich niemals zu ihren Hampelmännern gehören werde, und ich verstehe einfach nicht, was alle Welt an ihr findet.«

Lando gestattete sich ein Schulterzucken. »Sie ist ein prächtiges Weib.«

Alberics Gesichtszüge entglitten ihm für einen Moment, und Alda verbarg ihr Schmunzeln hinter vorgehaltener Hand.

»Ich meine das anders, als es sich erst einmal anhört«, erklärte Lando beschwichtigend. Er war zwar aus politischen Gründen hierher gekommen, aber von Anfang an hatte er – entgegen Marocias strikter Bitte – auch vorgehabt, bei Alberic ein gutes Wort für Marocia einzulegen. Denn er wusste, dass seine Geliebte sich mehr noch als Hugos Sturz und die Rückkehr an die Macht eines wünschte: Alberic wieder in die Arme schließen zu können oder ihn wenigstens sehen zu dürfen. »Sie ist Mitte fünfzig, Alberic, aber ihr Geist ist so rege wie je. Befrage sie über was auch immer, sie kann dir zumindest eine persönliche Meinung davon geben. Aber das Beste ist: Sie handelt. Natürlich ist jeder Tag für sie ein Kampf, aber gleichzeitig auch ein Antrieb. Solange sie auf diese Art lebt, Alberic, bleibt sie eine der wunderbarsten Frauen, die es in diesem Teil der Welt gibt.«

Alberic wich Landos feurigem Blick aus und senkte die Augen. Er sah wirklich aus, als denke er über das nach, was Lando eben gesagt hatte, und das war schon mehr, als man erwarten konnte. »Mag sein«, antwortete er müde und versunken. »Vielleicht ist sie die beste Frau des Jahrhunderts, aber ist sie auch die beste Mutter?«

Er atmete tief ein und wieder aus, dann war er wieder ganz der Alte, distanziert und kühl. Er löste sich von Aldas Hand und hörte auch auf, Cicero zu streicheln. »Meinetwegen soll Lothar König werden. Vermutlich hasst er Hugo noch mehr als ich, und außerdem ist er ein solcher Narr, dass Rom weiter unabhängig bleiben kann.«

»Und Marocia?«, hakte Lando nach.

Alberics Gesicht blieb versteinert. Wie ein Pharao saß er nun auf seinem Sessel, der gleichsam ein Thron war, und fällte seinen Richterspruch. »Ich habe dem nichts mehr hinzuzufügen.«

Eine gespenstische Ruhe lag über den sanften Hügeln bei Siena. Die Novemberluft war kalt und klar, und ein leiser Nieselregen ging auf die Tausende von verstreut liegenden Leichen nieder. Nach einem Jahr des hin- und herwogenden Kampfes hatte die vergangene Schlacht zwischen den Brüdern die Entscheidung gebracht.

Eigentlich hätte Hugo erschöpft sein müssen. Monatelange Märsche und Belagerungen hatten alle Soldaten beider Seiten an den Rand ihrer Kräfte gebracht. Und dann dieser Tag: Hugo hatte erleben müssen, wie sein Fußvolk nach kurzem Kampf den Rückzug antreten wollte. Aber dann hatte er sich mit seinen wenigen Reitern in die Schlacht gestürzt und das Blatt gewendet. Er hatte gekämpft wie ein Berserker, teilweise war er von vier gegnerischen Soldaten umzingelt gewesen, aber er hatte keine Sekunde ans Aufgeben gedacht. Nachdem er drei Stunden mit dem schweren Schwert in seiner Rechten auf die Schilde und Helme und Rüstungen der Feinde eingeschlagen hatte, gehörte ihm der Sieg.

Hugo jedoch kannte keine Ermüdung. Noch immer umklammerte seine Faust die Waffe, als er über das blutgetränkte Schlachtfeld tappte wie ein Bauer durch die Saat. Er war noch nicht am Ziel. Seine Augen spähten nach allen Seiten, um den Verräter zu finden, der an allem schuld war. Nachdem auch Lothar sich von ihm losgesagt hatte, besaß Hugo nun nicht mehr Land als jenes Fleckchen Erde, auf dem er gerade gesiegt hatte und das übersät war von Tod, Leid und Fliegen.

Einer der Soldaten rief auf der Suche nach ihm seinen Namen. »Wo ist der König? Ich habe seinen Bruder. Ich habe Boso.« Hugo wandte sich heftig winkend um. »Hier! Hier bin ich.«

Der Soldat hielt Boso am Schopf gepackt und warf ihn jetzt vor Hugo ins feuchte Gras. »Du lebst!«, hauchte Hugo und atmete zufrieden durch. »Ich hätte es niemandem gegönnt, dich getötet zu haben.«

Boso hatte eine stark blutende Wunde am linken Oberarm, die er mit der Hand bedeckt hielt. Sein Gesicht war schmutzig, sein Körper schlaff. Aber er ähnelte Hugo mehr denn je.

»Ich habe ihn dort drüben gefunden«, erklärte der Soldat. »Er hat sich tot gestellt und …«

»Geh weg«, fuhr Hugo den Mann an und blickte so ungeduldig, dass dieser schleunigst wegrannte. Dann wandte er sich wieder an Boso. »Ich habe dir vor langer Zeit gesagt, dass du keine zweite Chance von mir erhältst.«

Boso blickte in das feuchte Gras vor sich. »Ich weiß, was du jetzt tun musst. Tue es schnell.«

»Erst will ich wissen, wie du nur so dumm sein konntest.«

Boso schüttelte müde den Kopf. »Mach schon. Rede nicht lange.«

»Hast du jemals geglaubt, mich besiegen zu können? Ich will es wissen!«

»Und ich will meine Ruhe. Verstehst du? Ich bin es leid, zu streiten und immer wieder zu streiten. Es gibt nichts, was es wert ist, ein solches Leben zu führen, wie du und ich es gelebt haben.«

»Ich verstehe kein Wort von dem, was du sagst.«

Boso sah jetzt zu seinem Bruder hoch, der wie ein zorniger Gott vor ihm aufragte, und stieß einen verächtlichen Seufzer aus. »Dann warte noch fünf Minuten, dann wirst du es verstehen. Sobald ich tot bin, bleibt dir nichts mehr, was du noch anstreben kannst. Du glaubst, du hast gesiegt, aber in Wahrheit sind wir beide geschlagen. Sieh dich doch um, drei Viertel deiner Soldaten sind tot. Du hast nichts mehr, Hugo, nichts. Als ich mich zu dem Aufstand überreden ließ, habe ich dieses Ende geahnt. Ich dachte, ich würde mich darüber freuen können, aber jetzt bin ich nur noch gleichgültig. Trotzdem würde ich es jederzeit wieder tun, Hugo, denn es gibt nichts Schlimmeres, als dich zu kennen. Diese Erfahrung habe nicht nur ich gemacht.«

»Überreden, sagst du? Wer hat dich überredet?«

Bosos Augen blitzten für einen Moment auf. »Sag bloß, du ahnst nichts.« Er sah Hugos verwirrten Blick und lachte. »Ha, das ist herrlich, das ist wunderbar, ja, das ist fast diese ganze Tragödie wert. Du hast nichts von dem verstanden, was passiert ist? Mein armer, heldenhafter Bruder.«

»Rede endlich. Welcher Schuft hat dich angestiftet? Otto? Berengar? Oder nein, warte, es war bestimmt die römische Ratte, Alberic.«

Finstere Bosheit kroch über Bosos Gesicht. Alles, was Hugo ihm angetan hatte, die Niederlagen und Demütigungen vergangener Jahre, war mit dem heutigen Tage gerächt. Eine letzte Wonne blieb Boso noch, und er lachte sie in die neblige, kalte und blutgetränkte Welt hinaus. »Marocia, du Esel. Sie steckt dahinter. Es scheint, dass du eine Frau zu viel enttäuscht hast.«

Hugo wandte sich um, damit Boso die Erschütterung nicht sehen konnte. Der Name seiner früheren Gemahlin war wie ein Gottesblitz auf ihn niedergesaust. Nein, er war tatsächlich nie auf den Gedanken gekommen, Marocia könnte hinter den Aktionen Ottos, Berengars und Bosos stecken. Ließ dieses Weib ihn denn nie los? Wollte sie ihn wie eine Furie bis ins Grab verfolgen? Plötzlich zuckte ihm die Erinnerung an ihre letzte Begegnung durch den Kopf, damals, unmittelbar nach der Besetzung Roms. Ich werde hundert Jahre alt, hatte sie ihm eisig entgegengeschleudert, und ich werde auf deinem Grab tanzen. Fünfzehn Jahre war das her. Hugo hatte nie wieder an diese Worte gedacht, aber merkwürdig, mit einem Mal waren sie ihm präsent, als hätte sie sie gestern gesprochen.

Ein plötzlicher Zorn wallte in ihm hoch. Bis eben hatte er geglaubt, immer der Herr seines Schicksals gewesen zu sein, aber nun kam er sich vor wie eine dieser dummen hölzernen Figuren in Marocias Lieblingsspiel. Er brüllte. Wie ein wild gewordener Bär brüllte er über die Leichen und Hügel hinweg seinen Zorn in die Welt.

Indes zuckte Bosos Blick über das Gras um ihn herum, auf der Suche nach einer Waffe. Er fand einen Pfeil. Der Schaft war in der Mitte durchgebrochen, aber die Spitze intakt. Boso ließ seine blutende Wunde los und klemmte den Pfeil in seine beiden Fäuste. Mit all der Kraft, die ihm geblieben war, rammte er die Spitze in den Nacken seines Bruders. Hugo schrie auf. Er sank auf die Knie. Hinter ihm kicherte Boso, gehässig und unversöhnlich selbst im Tod. Hugo fühlte, wie seine Beine taub wurden, und noch bevor diese Benommenheit seine Arme erreichen konnte, wirbelte er herum und stieß Boso das Schwert in den Unterleib.

Schließlich fiel Hugo entkräftet zur Seite. Hilflos kullerte er den Hügel hinunter, mitten in ein Schlammloch. Er schmeckte das Blut auf der Zunge und spürte, wie der Schlamm ihn vollständig einhüllte. Irgendetwas flüsterte er noch, einen Namen vielleicht oder auch einfach einen Fluch, aber er verstand ihn selbst nicht mehr. Und dann wurde es für immer dunkel um ihn.

Wie vor mehr als dreißig Jahren saß Marocia erneut im Festsaal des Palastes von Capua und lauschte den heiteren Melodien der Flöten, Fideln und Tamburine. Damals hatte sie sich hier mit Lando zerstritten und ihn für viele Jahre verloren – zu viele, wie sie später wusste. Wie wäre ihr Leben wohl verlaufen, wenn sie Lando statt Hugo …

Heute, zehntausend Tage später, vereinte ein gütiges Schicksal sie und Lando auf unvorhergesehene Weise: Alazais und Priscian feierten Vermählung, und als Lando seinen Arm um ihre Schultern legte, Marocia sanft an sich zog und die Wange an ihre schmiegte, fühlte sie sich aufgehoben und zufrieden.

Seit Hugos Tod dachte sie fast jeden Tag daran, wie viel sie in letzter Zeit zerstört hatte. Hugos Reich war in Teile zerborsten. Italien war wieder zerrissen in verschiedene Lager – Berengar von Ivrea, Lothar, der Rest von Hugos Gefolgschaft, Rom unter Alberic – aber im Grunde war es auch unter Hugo und ihr selbst nie wirklich geeint gewesen. Dieses Italien schien mit der Hervorbringung des Römerreiches seine Aufgabe in der Geschichte als getan anzusehen; aus eigener Kraft würde sich nichts Bedeutendes mehr aus ihm entwickeln.

Und sie selbst? Die Erfüllung der verschiedenen Wünsche, die sie als Mädchen und als junge Frau für sich selbst erträumt hatte, verteilte sich heute auf seltsame Weise auf ihre einzelnen Kinder: eine Kaiserkrone, die Herrschaft über Rom, ein ritterlicher Mann wie Priscian zum Gemahl. Aber noch war das Leben ja nicht vorbei, noch war alles möglich. Landos Kraft, mit der er sie ansah, war der beste Beweis dafür. Drei Männer, Sergius, Alberic und Hugo, hatten ihr nicht das geben können, was er vermochte: Wärme und eine tief innewohnende Zuversicht, das Richtige zu tun. Jetzt, wo sie das verstand, strömte ein wunderbares Gefühl durch sie, das Gefühl, nicht am Ende zu stehen, sondern am Anfang.

»Jeder Mensch bestimmt selbst, wo er steht«, murmelte sie.

»Was hast du gesagt?«, fragte Lando, der über seinen Weinkelch hinweg den Tänzern zusah.

»Nichts weiter. Tanzen wir?«

»Du lieber Himmel, ich habe seit ewigen Zeiten nicht mehr getanzt«, wandte er ein.

Sie wischte das Argument fort. »Wir sind zu alt, Lando, um unsere Zeit mit Herumsitzen zu verschwenden.«

Sie packte ihn an beiden Armen und führte ihn in die Mitte des Festsaales.

Als die Musikanten den Fürsten und Marocia sahen, schickten sie sich an, eine langsame Melodie zu spielen, aber Lando rief ihnen zu: »Eine Giga.« Und an seine Geliebte gewandt, fügte er hinzu: »Wenn schon, denn schon.«

Die beschwingten Klänge übertrugen ihren Rhythmus auf die Tänzer. Wie ein Rosenblatt im Wind wirbelte Marocia in ihrem roten Kleid unter Landos Armen hindurch, hinter seinem Rücken entlang, beugte sich nieder und wieder hoch, drehte sich, ergab sich Landos Griff und befreite sich wieder daraus. Die Musikanten, mitgerissen von der Freude der beiden, fiedelten schneller, und der Adel Capuas sah begeistert dem aufreizenden Spiel von galanter Werbung, von ehrlicher Zuneigung, Stolz und würdevollem Aufbegehren zu. In diesem Tanz, so schien es den Tänzern selbst, steckte all das, was ihre jahrzehntelange Beziehung ausmachte.

Als sie aufgedreht und erschöpft zugleich zu ihrem Platz zurückkehrten, meinte Lando: »Für einen Moment habe ich mich wie zwanzig gefühlt, wie damals, als ich dir zum ersten Mal begegnete. Aber jetzt« – er ließ sich erleichtert auf den Sessel zurückfallen – »weiß ich, dass du mich nur behext hast. Noch so ein Tanz, und ich danke als Fürst von Capua für immer ab.«

Er griff begierig nach einem Kelch voll des dunklen, fast schwarzen Weines der Gegend und leerte ihn fast in einem Zug. Er schmatzte und kostete jeden Augenblick aus, in dem er Marocias Profil anblicken durfte. Sie war so reif, das Schicksal hatte sie nur noch schöner gemacht, fand er. Zu dem trotzigen Ausdruck ihrer Jugend, der Entschlossenheit der Kampfesjahre und der Würde ihres Königinnentums waren zunächst Nachdenklichkeit und nun auch Gelassenheit dazugekommen. Marocia erschien ihm weitaus geduldiger als früher, ohne jedoch etwas von ihren anderen, für ihn anziehenden Eigenschaften eingebüßt zu haben. Auf andere mochte sie ja mit jedem Jahr mehr wie ein Orakel wirken, das man sieht und hört, aber nicht versteht, doch er konnte – warum auch immer – in ihren Augen und der Art, wie sie die Worte setzte, wie in einem Buch lesen. Und das, was er in diesem Moment las, machte ihm so sehr Freude, wie es ihn schmerzte.

»Was wirst du als Nächstes tun?«, fragte er sie, obwohl er die Antwort kannte. Er tat, als trinke er vom Wein, doch aus den Augenwinkeln achtete er nur auf ihre Gesten.

Marocia stützte ihr Kinn auf die Fingerspitzen und richtete den

Blick mehr nach innen als auf ihre Umgebung. Sie dachte an einen Tag ihrer Kindheit, als sie mit Pater Bernard im *peristyl* spazieren gegangen war. Da war der plätschernde Brunnen, die Sonne, die gelehrsame, aber warme Stimme ihres Lehrers ... Sie hatten von einer großartigen Fiktion gesprochen, von einem starken abendländischen Reich, das wie einst das Römische den Kontinent vereinen sollte. Eine faszinierende Idee für Marocia, und gleichsam ein Stern, der zwar manchmal von Nebel und Wolken unsichtbar geworden war, manchmal auch von der hellen Sonne persönlichen Glücks, aber nie wirklich verschwunden war. »Etwas aufbauen«, sagte sie. »Auf dem Zerstörten etwas Besseres wachsen lassen. Ja, das will ich, Lando.«

Er nahm eine Strähne aus ihrem locker gesteckten Haar und wickelte sie sorgsam um seinen Finger. Beide sahen sich an, grüne und schwarze Augen verschmolzen gleichsam ineinander. Sie öffnete zögernd die Lippen, um etwas zu sagen, doch er kam ihr zuvor. »Ich weiß, du musst nach Rom, um dein Werk zu tun. Niemand, meine Katze, kann dich ganz besitzen. Und gerade darum liebe ich dich so sehr.«

Sie saßen noch eine ganze Weile beieinander, berührten sich und tauschten Blicke. Noch als alle Gäste und das Hochzeitspaar gegangen und alle Fackeln und Kerzen gelöscht waren, blieben sie im Festsaal zurück, und sie tanzten zu einer Melodie, die nur sie hörten.

Wenige Tage später, an einem nebeligen Herbsttag 949, verließ Marocia die Stadt, die ihr in den letzten Jahren Zuflucht und Heimat gewesen war. Zuvor bat sie ihre Tochter ein letztes Mal, mit ihr im Garten spazieren zu gehen. Dort fielen die Blätter in Scharen von den Bäumen und welkten auf den Rasenflächen dahin. Marocia selbst hatte sich gewünscht, dass die Gärtner das Laub liegen lassen sollten, wo es war. Sie mochte die Stimmung, die nur der Oktober zu zaubern vermochte, wenn Rot, Ocker und Gold die italienische Landschaft überzogen und feuchter Wind die von der Trockenheit rissigen Böden aufweichte. Das war die beste Zeit zum Abschiednehmen – und zum Feiern. Im ganzen Fürstentum polterten nun die rustikalen Weinfeste, so auch in der Hauptstadt selbst. Über die hohe, moosbewachsene Mauer drang der Lärm der rauschenden Feier und bildete den kuriosen Kontrast zu Marocias innerer Stimmung.

»Gibt es noch etwas, das Ihr mir sagen wollt?«, fragte Alazais, und es klang etwas Forderndes in ihrer Stimme mit. Sie, die fast immer lächelte und das Leben von seiner leichten Seite nahm, blickte ihre Mutter nun ernst und nachdenklich an.

»Ich … wüsste nicht«, antwortete Marocia zögerlich.

»Seid Ihr sicher? Etwas über meinen Vater vielleicht?«

Marocia hatte mit ihrer Tochter fast nie über Hugo gesprochen. Er war immer fern gewesen und hatte sich auch nicht um seine Kinder aus dieser annullierten Ehe gekümmert. Alazais' Versuche, in brieflichen Kontakt mit ihm zu treten, waren allesamt gescheitert, ja, es schien, als wollte er mit dieser Phase seines Lebens keinerlei Berührung mehr haben, sei es aus Abneigung oder dem Gegenteil. Die Nachricht von seinem Tod schien Alazais dennoch betroffen gemacht zu haben, und wenn sie erfahren würde, dass ihre Mutter dabei die Hände im Spiel gehabt hatte …

Da Marocia schwieg, fragte Alazais nach. »Er ist nicht ausschließlich einer Koalition politischer Mächte zum Opfer gefallen, habe ich Recht?«

Marocia schlurfte durch das feuchte Laub des Gartens und blickte in den grauen, trostlosen Himmel. Ein leiser Schauer erfasste sie. Die Jahre hatten die schmerzliche Erinnerung an Eudoxias Abschied im Zorn kaum mildern können, und die Vorstellung, dass Alazais das nächste Kind sein könnte, das Marocia verloren ging, war ihr nahezu unerträglich.

»Doch, schon«, antwortete sie einsilbig.

»Und deine Reise nach Magdeburg hatte nichts damit zu tun?«

»Sie galt der Vertiefung der Freundschaft zweier Länder.«

»Und die vielen Briefe, die kurz vor Vaters Sturz hier ein und aus gingen?«

»Unentwegt Briefe schreiben ist eine harmlose Angewohnheit aus der Zeit, als ich noch in der Engelsburg …« Sie stockte. Sie war dabei, ihr eigenes Kind nach Strich und Faden zu belügen. Marocia holte tief Luft und blieb stehen. »Ich wünschte mir seinen Sturz, seine Vertreibung und dass er vor einem Trümmerfeld steht, so wie ich damals vor einem stand«, gab sie zu. »Ja, ich habe an dem Netz gewoben, das ihn fing. Aber als ich von seinem Tod hörte – glaube es oder nicht –, da hatte ich das unerwartete Gefühl, etwas verloren zu haben.«

Sie schloss die Augen und hörte, wie Alazais sich einige Schritte von ihr entfernte. Als Marocia die Lider wieder öffnete, stand ihre Tochter unter einem alten, hohen Baum und lehnte sich mit dem Rücken an seinen Stamm. Marocia ging auf sie zu, und als sie vor ihr stand, fiel Alazais ihr in die Arme.

»Mein Kind«, flüsterte Marocia. »Dann verstehst du mich?«

Alazais nickte. »Auch, wenn ich selbst nicht so gehandelt hätte. Aber nachfühlen kann ich, warum Ihr es getan habt.«

»Ein Glück. Ich hatte ja so schreckliche Angst, du würdest … du könntest dich von mir …«

»Nein, Mutter. Ich werde immer an Eurer Seite stehen.« Alazais blickte nun noch ernster als bisher, wie ein anderer Mensch. »Lebt wohl«, sagte sie und küsste Marocia. »Doch was auch immer Ihr als Nächstes tut – belügt nie wieder eines Eurer Kinder.«

Ein seltsames Zischen und Säuseln füllte das Innere der Engelsburg aus, so als hätte eine Heuschreckenplage sich des Gebäudes bemächtigt. In allen Räumen, Sälen und Gängen wuselten Bedienstete und Arbeiter herum, kleideten Wände und Böden ein, schleppten Mobiliar von einer Ecke zur anderen und räumten allerlei Silber, Ton und Tand aus riesigen Truhen und verteilten es. Kammerfrauen stritten sich über die Position von Vasen und Lüstern, Waffenträger reklamierten ganze Räume für sich, und Gärtner versuchten verzweifelt, den Weg zur großen Terrasse zu finden. Blanca traute ihren Augen nicht, als sie die spiralförmige Rampe nach oben ging. Mehrmals wurde sie angerempelt, mehrmals auch fragte sie nach, wo sie Marocia finden konnte, doch alle waren viel zu beschäftigt, um sie zu beachten. Das Chaos schien ihr perfekt, und doch steckte anscheinend ein Sinn hinter alldem.

»Wie finden wir nun deine Mutter?«, fragte Blanca und sah Crescentius ratlos, ja fast verzweifelt an. »Ich hörte, sie beziehe heute die Engelsburg, aber *hiervon* hatte ich keine Ahnung. Das ist ja eine Legion.«

Crescentius reagierte zunächst überhaupt nicht auf die Frage

Blancas. Die Hände in den Taschen, blickte er sich ein wenig gelangweilt nach allen Seiten um. Doch plötzlich, als habe er eine Beute erspäht, schnellten seine Hände heraus und packten einen etwa gleichaltrigen Pagen.

»Wo ist Marocia?«, fragte er ihn.

Der Jugendliche grinste ihn schräg an und antwortete im primitivsten Stadtlatein: »Bin ich 'n Orakel, oder was? Lass mich los, Kerl, muss arbeiten.«

Der Page schickte sich an weiterzugehen, doch Crescentius packte ihn am Kragen und schleuderte ihn mit dem Rücken gegen die Wand. Er presste seinen Ellenbogen gegen den Kehlkopf des Pagen und fragte noch einmal, diesmal im Dialekt des Bediensteten: »Brauchst wohl 'ne Draufgabe, was? Wo Marocia is', wollt' ich wissen. Noch mal frag ich nich'.«

Der Page stotterte erstaunt. »Bib... Bibliothek, glaub ich. Hab sie da gesehen, vor 'ner Weile.«

»Und wo ist die?«

»Wer?«

Crescentius presste stärker gegen den Kehlkopf. »Die Bibliothek, du Esel.«

»Zwei... zweiter Gang rechts, dann der Nase nach«, keuchte der Page.

»Danke«, flötete Crescentius in übertrieben lieblichem Ton. Dann wandte er sich wieder an seine Tante. »In der Bibliothek also. Mir nach.«

Blanca hatte in ihrem Gewand Mühe, dem Schritt des Jungen zu folgen. »Das war aber nicht recht, Crescentius«, keuchte sie. »So mit dem Jungen umzuspringen.«

»Die Sprache der Faust verstehen solche Burschen am besten, glaub mir. Und außerdem: Es hat doch geklappt.«

Während alle anderen Räume noch wie Rumpelkammern wirkten, war in der Bibliothek schon zu erkennen, wie sie später aussehen würde. Die zwei Längsseiten waren mit schweren, verzierten Regalen versehen, die bereits zur Hälfte gefüllt waren. Bücher in bunten und sehr dicken Einbänden wechselten mit teils weißen, teils vergilbten Schriftrollen ab, aber kein Ding stand so hoch, dass eine mittelgroße Frau nicht herangekommen wäre. Die der Tür gegenüberliegende Stirnseite war fast vollständig von einem arabesken Wandteppich bedeckt, dessen vorherrschendes Azur dem Raum trotz dessen geistiger und rustikaler Wucht etwas Leichtes und Befreiendes gab. Zwischen Truhen und Säcken stand Marocia und gab Anweisungen: »Das nicht dort drüben hin, sondern hier. Halt, die schweren Bücher nach unten. Den großen Stuhl näher an den Kamin rechts der Tür.«

In diesem Augenblick entdeckte Marocia endlich ihre Schwester. »Blanca!«, rief sie, ließ alles stehen und liegen und umarmte sie. »Nach so vielen Jahren. Ich freue mich, wieder in Rom zu sein.«

Blanca lächelte. »Das sieht man. Du scheinst hier einen Hofstaat aufbauen zu wollen.«

»So kann man es nennen. Die ganze Engelsburg wird von mir belegt. Weißt du, es ist merkwürdig. Früher, als die Burg noch mein Gefängnis war, nutzte ich nur vier oder fünf Räume für mich. Und heute, wo ich tun und lassen kann, was ich will ... Ich schätze, es hängt mit meiner veränderten Einstellung zu dem Gemäuer zusammen.«

»Apropos Einstellung«, fiel Blanca ein und ging einen Schritt zur Seite. Hinter ihr tauchte Crescentius auf, und der erste Blick, den er auf seine Mutter warf, war eine Mischung aus Ablehnung, Vorsicht und sogar etwas Furcht. Marocia sah ihn voller Verständnis an und respektierte den Wunsch nach Distanz, der sich in seinen Augen spiegelte. »Er ist groß geworden«, erklärte Blanca, um die Stille aufzulockern. »Er hat sich verändert.«

»O ja, er ist groß geworden«, bestätigte Marocia die erste Aussage Blancas. Die strohblonden Haare ihres jüngsten Kindes waren noch immer schulterlang und bildeten nahezu den einzigen Anhaltspunkt für Marocia, auf den Jungen zu schließen, den sie damals in Bari in eine andere Richtung hatte davonziehen lassen, als sie selbst einschlug. Nun war er – Marocia rechnete kurz – beinahe achtzehn Jahre alt. Seine Statur war für sein Alter muskulös, sein Gesicht ein wenig kantig und streng, aber überraschend schön, viel anziehender als die oftmals aggressiven Züge Hugos, wie Marocia sich erinnerte. Die braunen Augen wirkten in ihrer Mattheit sogar ein wenig belanglos. Crescentius sah also im Grunde aus, als würde er ausgeglichen sein, in sich ruhen, wenn nicht ein winziges Detail Marocia eines Besseren belehrt hätte: An seinen Hüften hielt er, ein wenig versteckt, die Fäuste geballt.

Marocia wollte ihren Sohn fragen, warum er nie auf ihre Briefe aus Capua geantwortet hatte, aber dann fiel ihr ein, dass es wohl nicht klug wäre, das Wiedersehen mit einem Vorwurf zu beginnen. Sie prüfte rasch die Möglichkeiten eines Begrüßungswortes, aber ihr kamen nur Floskeln in den Sinn, Allgemeinplätze, die man Fremden gegenüber anwendet. So schenkte sie Crescentius einfach ein sanftes Lächeln, von dem sie zwar hoffte, dass es mütterlich aussah, aber fürchtete, es könnte mitleidig wirken.

»Du würdest staunen, was er alles gelernt hat«, berichtete Blanca, da Crescentius den Mund nicht aufmachte. »Geometrie, Rhetorik ... Und stell dir vor: Er spielt gerne Schach, wie du früher.« Blancas Begeisterung flaute ab, als sie hinzufügte: »Leider schätzt er auch den Schwertkampf über alle Maßen, und Theologie liegt ihm gar nicht.«

Marocia winkte ab. »Theologie! *Ein* Sohn als Papst reicht mir wirklich.« Sie zog ein Buch aus einem der vielen Stapel, die in der Bibliothek wie Türme einer Festung aufragten. Es war je eine Elle breit und lang, und schon der mit goldfarbenen Intarsien versehene Einband deutete auf ein nicht nur körperlich gewichtiges Werk hin. »Es stammt aus dem Deutschen Königreich«, erklärte sie und schlug eine beliebige Seite auf. Eine wunderbare, in braunen und olivgrünen Tönen gehaltene Malerei umspielte die sorgsam gesetzten Kalligrafien. Jede Seite war ein Kunstwerk für sich, entstanden in Dutzenden, ja womöglich Hunderten Stunden akribischer Arbeit. »Über die Kunst des Schachspiels«, las Marocia den Titel vor und reichte das Buch Crescentius. »Ich könnte mir vorstellen, dass dieses Buch dir hilft, dein Spiel zu perfektionieren.«

Crescentius ging mit keinem Wort auf das Geschenk ein. Schweigend legte er es zur Seite, als wolle er sich die Option offen halten, es mitzunehmen oder liegen zu lassen.

»Nun ja«, unterbrach Blanca die gespannte Stille zwischen Mutter und Sohn. »Möchtest du uns jetzt vielleicht durch dein neues Reich führen?«

»Das würde im Moment einem Narrenspiel gleichen«, sagte Marocia äußerlich heiter. »Wir würden nur herumgestoßen«, erklärte sie weiter. »Wenn alles fertig ist, seid ihr die Ersten, die es sehen werden, versprochen. Danach gebe ich ein großes Fest für alle Würdenträger. Immerhin bin ich nach wie vor eine Senatrix. Es schadet nicht, diese Tatsache nach so vielen Jahren zu betonen.«

»Und diese furchtbar düstere Statue«, schmunzelte Blanca, »diese Mathaswintha, stellst du vermutlich zur Abschreckung in der Eingangshalle auf, wie?«

Marocia lachte. »Keine Sorge, meine Liebe. Sie wird dich nicht länger beunruhigen. Ich habe sie gut einpacken und mit besten Grüßen nach Pavia zu Königin Adelheid schicken lassen. Als verspätetes Krönungsgeschenk sozusagen.«

»Daran wird sie momentan kaum Gefallen finden«, kommentierte Blanca betrübt. »Kurz, bevor wir zu dir aufbrachen, kam die Nachricht: König Lothar stürzte vom Pferd – er wird diese Woche nicht überleben, wenn der Herr kein Wunder geschehen lässt. Die arme Alda trägt schwer daran – und das, wo sie doch hochschwanger ist.«

»Oh«, seufzte Marocia gedehnt. Neben ihrer ersten Anteilnahme für den Unfall ihres ehemaligen Stiefsohns und die möglichen Auswirkungen auf Alda hörte Crescentius jedoch auch noch etwas anderes in ihrer Stimme mitschwingen: Interesse.

Er hatte sich schon die ganze Zeit auf diesen Augenblick gefreut. Er beobachtete seine Mutter genau und konnte förmlich spüren, wie tausend Überlegungen zu der neu entstehenden Situation in Italien durch ihren Kopf gingen, wie sie das Schachbrett überblickte und alle möglichen Züge durchdachte. Zum ersten und einzigen Mal an diesem Tag zuckte ein wissendes Grinsen um seinen Mund. So hatte er sich seine Mutter immer vorgestellt. Sie entsprach vollkommen seinem Bild, ja, er fühlte sich sogar mit ihr verbunden, fühlte, dass er von ihrem Blut war. Doch diese Erkenntnis reizte ihn nur noch mehr. Verbundenheit und Gegnerschaft, Bewunderung für die kluge Schauspielerin und Rivalität pulsierten in diesem Moment gleichermaßen in ihm.

Marocia wandte sich ab, ging einige Schritte davon und seufzte ein zweites Mal mit dem gleichen Laut. Doch diesmal hörte es sich in Crescentius' Ohren an, als sei darin die Erfüllung eines lange gehegten Traumes verborgen.

Lothar starb kurz darauf im Januar 950, und die Nachricht von seinem Ableben warf auch Alda nieder, denn am Hof ihres jähzornigen Vaters waren beide sich in ihrem Unglück sehr nahe gewesen.

Als Marocia davon hörte, galten ihre Gedanken dieser immer freundlichen und sanften Schwiegertochter, und sie galten Alberic, dem das wohl Kostbarste in seinem Leben verloren gehen konnte. Einen Tag und eine Nacht lang irrte sie durch die nahezu komplett ausgestattete Engelsburg, immer auf der Suche nach Ablenkung, doch es wollte sich keine finden. Was, wenn auch Alda sterben würde? Sie fühlte ihren Sohn bedroht, und die Ohnmacht, ihm nicht beistehen zu können, ja nicht beistehen zu *dürfen*, obwohl sie nur wenige hundert Schritte von ihm entfernt war, brachte sie fast um den Verstand. Dieser Zustand war noch schlimmer als Gefangenschaft, denn damals hielten Riegel und Schlösser sie zurück. Was, so fragte sie sich, durfte sie jetzt zurückhalten?

Am nächsten Morgen machte Marocia sich, umgeben von mehreren Schichten wärmender Mäntel, auf den Fußmarsch zum Esquilin. Sie hätte die Kutsche nehmen können, aber nach den Jahren der Abwesenheit von Rom genoss sie jeden Schritt auf dem Pflaster der Straßen und Plätze. Ein dünner, feiner Schnee rieselte wie Asche aus einem nebeligen Himmel, und als sie um die Ecke zum früheren Pantheon bog, trieb ihr der kalte Wind die Flocken ins Gesicht.

Sie wünschte sich, Lando wäre jetzt bei ihr. Sie hatte in ihrem Leben so vieles allein getan, in eigener Entscheidung und Verantwortung, aber in Augenblicken wie diesen sehnte sie sich mittlerweile nach einer Hand, die sie zog, nach einer Stimme, die ihr Mut zusprach, oder einfach nach einem Menschen, der neben ihr herlief. In wenigen Wochen würde sie sechzig Jahre alt werden, und während andere Frauen in diesem enorm hohen Alter längst ihre Scharen um sich versammelt hatten, längst der geliebte Mittelpunkt einer Familie geworden waren, kam sie sich noch immer wie eine Außenseiterin vor. Früher hatte sie dieses Gefühl gemocht, ja, sie war stolz darauf gewesen, gegen den Strom zu schwimmen – und stolz war sie darauf noch immer. Aber heute fühlte sie sich dabei einsam. Ihre Familie war zerrissen und verwickelt. Die Kinder hatten verschiedene Väter, und Marocia war es nie gelungen, der rote Faden, das verbindende Glied zu sein. Sie hatte sich zwar den Ruf erworben, immer für eine Überraschung gut zu sein, aber tiefes Vertrauen brachte ihr wohl keines ihrer Kinder entgegen. Im Grunde war sie kein Familienmensch. Das, so wusste sie heute, war einer der Preise, vor denen ihr Vater Theophyl sie einst gewarnt hatte.

Als sie vor dem Haus Alberics angekommen war, fand sie die Fenster von dunklen Tüchern verhängt. Alda war also tot, und irgendwo hinter diesen Mauern saß ihr verzweifelter Sohn. Seine Worte von damals klangen in ihr nach, nicht erst jetzt, sondern jeden einzelnen Tag seit über zehn Jahren: Sei immer dort, wo ich nicht bin. Nun war sie hier, dicht bei ihm, griff nach dem Türhammer und klopfte gegen das von leichtem Frost überzogene Holz.

Ein Diener öffnete. Sie hatte ihn nie zuvor gesehen, aber er wusste mit ihrem Gesicht etwas anzufangen, denn sofort sagte er: »Ich bedaure, edle Senatrix, aber …«

»Ich möchte zu ihm.«

»Er will Euch gewiss nicht sehen.«

Marocia machte einen Schritt nach vorne, aber der Diener versperrte ihr den Weg.

»Zur Seite«, sagte sie.

Er reagierte nicht.

»Aus dem Weg, sage ich.« Sie drängelte sich mit der Kraft einer alten Mutter an ihm vorbei, ignorierte sein Schimpfen und stieg die Treppe ins obere Geschoss hinauf, wo sie Aldas Sterbezimmer vermutete. Wieder einmal hatte sie einsam gekämpft, und wieder hatte sie sich mit Macht und Entschlossenheit durchgesetzt. Aber auf der Schwelle zu ihrem Sohn fielen diese Eigenschaften von ihr ab. Mit weichen Knien betrat sie leise das verdunkelte Gemach.

Alda war noch nicht lange tot. Die Kerzen um sie herum warfen einen Schimmer auf ihre noch rosigen Wangen. Sie war noch nicht für die letzte Ruhe umgekleidet worden, wie es Sitte war. Ein graues leinenes Nachtgewand klebte an ihrem Körper, und die vielen Schweißflecken darauf kündeten von einem schweren, verloren gegangenen Kampf gegen das Fieber. Neben ihrem Bett, mit dem Rücken zu Marocia, kniete Alberic. Sein leises Jammern und Schluchzen erfüllte den Raum, Wortfetzen drangen zu Marocia: »Warum schon jetzt … Was habe ich getan … Wie soll ich nur … Vergib mir …« An seiner Seite lag, wie der junge Moses in eine Decke gewickelt und in einen Korb gelegt, ein neugeborenes Kind, offenbar eine Tochter, die kaum hörbar vor sich hin quengelte.

Marocia trat näher. Eine Weile stand sie dicht hinter Alberic, der nichts bemerkte. Dann kniete auch sie sich nieder. Sanft, wie ein säuselnder Wind bloß, hauchte sie: »Siehst du das Lächeln auf ihren Lippen? Glaub mir, sie hat alles und jedem verziehen.«

Alberic wandte sich um. Seine Augen waren gerötet, Inseln in einem bleichen Gesicht. Seine Nase tropfte. Einen kurzen Augenblick lang war er nicht der dreiunddreißigjährige Mann, der Herr von Rom, der im Zwist mit seiner Mutter lebte, sondern der kleine Junge, der sich in den Gärten von Assisi beim Herumtoben verletzt und das Weinen verkniffen hatte. Er lehnte seinen Kopf an Marocias Schoß, als habe er sie erst gestern gesehen, als sei nie etwas zwischen ihnen gewesen. »Mutter«, sagte er. »Sie war alles, was ich hatte, Mutter.«

»Aber nein«, sagte sie sanft und fuhr ihm über die Haare. »Denk an Octavian und an deine beiden Töchter, von denen eine das letzte Geschenk deiner Frau an dich war. Du musst jetzt weitermachen, Alberic. Du darfst nicht aufgeben.«

Ihre Worte waren wie ein Tropfen in einer Wüste, sie bewirkten nichts. »Ich bin nicht wie du«, sagte Alberic. »Ich habe die Liebe so nötig gehabt …«

Marocia wusste nicht, ob er Aldas Liebe meinte oder ihre Mutterliebe. In jedem Fall aber traf sie dieser Satz ins Herz. Inmitten der Dunkelheit schloss sie die Augen und schluckte ihre Empfindungen hinunter. »Die Kleine … Sie braucht einen Vater. Du *musst* stark sein.«

Er schüttelte den Kopf, wandte sich wieder zu Alda um und ergriff ihre erkaltende Hand. »Ich bitte Euch, Mutter, kümmert Ihr Euch um die Taufe. Sucht ihr einen Namen. Alda«, schluchzte er, »hätte es so gewollt.«

Mit diesen Worten brach er verzweifelt über der Leiche zusammen. Marocia musste gehen; in dieser seltsamen Zweisamkeit eines Paares war kein Platz für eine Mutter. Sie nahm ihre erst wenige Stunden alte Enkeltochter auf den Arm und verließ so leise, wie sie gekommen war, den Raum. Als sie später vor die Villa trat, schneite es noch immer aus dem Aschehimmel über der nebelverhangenen, trostlosen Stadt, aber ihr schien es, als sei die Luft ein wenig wärmer geworden.

»… taufe ich dich auf den Namen Cecile Blanca«, erklang die laute, tragende Stimme Suidgers von Selz durch die kleine Taufkapelle, die sich in einem Seitenschiff der Laterankirche befand. Eigentlich hätte er sich gar nicht so anstrengen müssen, denn außer der Namenspatronin, die das Mädchen über das bronzene Taufbecken hielt, war nur noch Marocia anwesend. Sie war es gewesen, die ihn speziell um den Ritus gebeten hatte und nicht den derzeit regierenden Papst Agapet II., und Suidger vermutete dahinter eine bestimmte Absicht der Senatrix.

Suidger schlug ein stummes Kreuz über der jüngsten Dienerin Gottes, dann erklärte er die Zeremonie für beendet. Marocia trat einen Schritt näher. »Ist sie dir zu schwer geworden?«, fragte sie ihre Schwester. »Soll ich Cecile nehmen?«

»Aber nein«, erwiderte Blanca. »Ich könnte jedes Jahr so einen Winzling über ein Taufbecken halten. Stundenlang. Du weißt vielleicht gar nicht, Marocia, welches Glück du hast, Kinder und Enkelkinder zu haben. Ich habe nichts dergleichen.«

»Alberic wird nichts dagegen haben, dass Cecile dir wie eine Tochter ist.«

»Cecile Blanca«, korrigierte Suidger und lächelte die frühere Äbtissin gütig an.

Nun verlor auch Blanca wieder ihre Melancholie. »Dann bringe ich die Kleine mal besser gleich in Alberics Haus und gebe der Amme einige Anweisungen.« Mit diesen Worten ging sie davon, achtsam wie auf Wolken. Marocia und Suidger sahen ihr nach, bis sie die Kapelle verlassen hatte.

»Sie ist eine begnadete Mutter«, stellte Marocia fest, ohne Suidger dabei anzusehen. »Und sie wäre eine noch bessere Großmutter. Zu dumm, dass Crescentius sie nie wirklich als Fürsorgerin akzeptiert hat. Im Gegenteil, er war wohl immer eine Quelle des Kummers für sie.« Nun sah sie Suidger mit wissenden Augen an. »Und nicht nur für sie, nicht wahr, ehrwürdiger *primicerius*?«

Suidger von Selz genoss es, von der berühmt-berüchtigten Marocia zu einem Gespräch aufgefordert zu werden. Obwohl ihr Name in Alberics Beisein fast fünfzehn Jahre lang nie genannt werden durfte, war er doch stets allgegenwärtig gewesen. Die Reformen, die sie vor zwanzig Jahren eingeleitet und die Alberic im Grunde fortgeführt hatte, trugen reiche Früchte. Seit hundert Jahren war Rom nicht mehr so friedlich gewesen wie derzeit. Der römische *manci* hatte den byzantinischen *besanti* erstmals als wichtigste Münze abgelöst, was vor allem fränkische Kaufleute scharenweise anzog, die wiederum Steuern zahlten und die päpstlichprinzipale Kasse füllten. Mietshäuser und Waisenheime konnten saniert und Brunnen gebohrt werden, schmutzige Rinnsale und Abwässer verschwanden, der Tiber war sauberer, Seuchen waren selten.

Stärker als Marocias Reformarbeit beeindruckten einen Mann wie Suidger allerdings ihre machtpolitischen Fähigkeiten. Er kannte niemanden – auch keinen Mann –, der es so meisterhaft wie sie vermochte, die Fäden derart zu ziehen, dass die richtige Bewegung daraus entstand. Da er bereits ein wenig in ihrer Jugend geforscht hatte, wusste er, dass diese Begabung in Wahrheit das Ergebnis einer harten, oftmals auch unfreiwilligen Schule war.

Suidger lud Marocia mit einer Handbewegung zu einem gemächlichen Spaziergang aus der Kapelle in das Hauptschiff der Laterankirche ein. Ihre hallenden Schritte und das Rascheln der Gewänder blieben einige Atemzüge lang die einzigen Geräusche in dem machtvollen Gotteshaus.

»Ich glaube«, sagte Suidger, auf Marocias Frage bezogen, »Ihr spielt auf den Prinzeps an. Da ist Kummer allerdings das falsche Wort, denn wie Ihr wisst …«

»… gibt Alberic keinen Silberling auf Crescentius.«

Suidger faltete die Hände auf seinem dicken Bauch und schmunzelte. »Tja, so kann man sagen. Aber wenn sein Halbbruder prasst, hurt, Geld verspielt, sich in üblen Schänken herumtreibt und jede Woche aufs Neue die Gesetze der Ewigen Stadt verletzt, ist das immerhin der Beobachtung wert.«

»Alberic fürchtet also, Crescentius könnte sich eines Tages, wenn er etwas älter ist, in politische Belange einmischen?«

»Das wohl nicht.«

Marocia lächelte wissend. »Genau das sollte er aber fürchten. Und Ihr als sein Berater ebenfalls, ehrwürdiger *primicerius*.«

Marocia ging auf den Altar der Laterankirche zu. Er war mit Szenen aus dem Leben des Heiligen Petrus verziert, und Marocia legte ihre Hand auf die breite, schwere Platte, die den oberen Abschluss bildete. »Vor vierundvierzig Jahren – ich war sechzehn Jahre alt – kniete ich das erste und einzige Mal vor diesem Altar. Es war später Abend, und ich hatte ein paar schreckliche Stunden hinter mir. Hier, an dieser Stelle, schwor ich mir, unabhängig zu werden, und seither hat mich dieses Verlangen nach Macht nie mehr verlassen. Mal ist es stärker und mal schwächer, aber es ist immer da. Meine Kinder – zumindest meine Söhne – haben dieses Verlangen ebenso. Clemens, der gerade wegen seiner Schwäche stärker als Alberic sein wollte; Alberic, der sogar seine Mutter einsperrte, um die Macht für sich allein zu haben. Es wäre naiv zu glauben, Crescentius sei anders.«

Suidger amüsierte sich ein wenig über die Art, wie diese Mutter über ihre Kinder sprach. Er hörte ebenso nüchterne Objektivität wie Besorgnis und sogar ein wenig Stolz heraus, wenn sie die vergangenen und künftigen Ansprüche ihrer drei kleinen machthungrigen Ungeheuer beschrieb. Bei allem Amüsement darüber entdeckte er allerdings viel Wahres in ihren Worten, und er nahm die Warnung ernst.

»Sei es, wie Ihr sagt«, stimmte er zu und nahm mit seiner Begleiterin den Spaziergang durch das Gotteshaus wieder auf. »Aber warum beschleicht mich das Gefühl, dass Ihr mit mir noch über etwas anderes als Crescentius sprechen wollt?«

Marocia gestattete sich ein Achselzucken. »Weil es sich genau so verhält, ehrwürdiger Suidger. So traurig Aldas Tod auch ist, das Ableben ihres Bruders Lothar schafft aus politischer Sicht weitaus größere Probleme. Er ist gestorben, ohne einen Sohn zu hinterlassen, und wie wir wissen, bringt eine solche Vakanz im System immer nur den Bodensatz der Gesellschaft nach oben.«

»Berengar von Ivrea.«

Marocia nickte. »Als ich ihn damals gegen Hugo in Stellung brachte, war mir klar, dass er irgendwann zu einem Problem würde – wenn Gott ihn in weisem Ratschluss nicht vorher abberiefe«, fügte sie ironisch hinzu.

Suidger nahm die Hand von seinem Bauch und hob scheltend den Finger. »Ich muss doch sehr bitten …«

Marocia schmunzelte ihn an. »Verzeihung, ehrwürdiger *primicerius*. Jedenfalls ist er nun zum Problem geworden, denn er erhebt als Enkel eines früheren Königs Anspruch auf den Thron.«

»Die Landesfürsten sind sich uneinig in dieser Frage«, warf Suidger ein. »Berengars Argumente sind schwach.«

»Zum Glück. Zeit genug für uns, einen anderen Kandidaten in Position zu bringen.«

Sie waren an der schweren Pforte der Laterankirche angekommen, und Suidger zog sie mit einem kräftigen Ruck seiner Pranke auf. Die kühle Januarluft schlug ihnen entgegen. Ringsum breitete sich Rom wie ein riesiger grauer Teppich aus, bei dem die Monumente das eigenwillige Dekor bildeten. Von Osten kommend trug der Wind das Geläute der *Sancta Crux in Jerusallemis* herauf, Aldas Lieblingskirche, in der sie in wenigen Stunden bestattet würde. Seite an Seite, eine Prozession für sich, machten Marocia und der *primicerius* sich auf den Weg.

Sie schwiegen beide, denn die Glocken der *Sancta Crux* verbaten jede Unterhaltung. Als wollte er verhindern, dass sein Kugelbauch den lateranischen Hügel hinunterrolle, hielt Suidger ihn mit beiden Händen umklammert. Ab und an warf er einen kurzen Blick auf Marocia, um zu erforschen, was die Senatrix dachte, doch ihre Miene gab keinen Aufschluss darüber, ob sie in diesem Moment im Gedenken an Alda trauerte oder nur an ihren Sohn Alberic dachte, ob sie die Vergangenheit an sich vorüberziehen ließ oder im Gegenteil Strategien für die Zukunft ersann. Vielleicht, fiel ihm ein, schaffte sie es, alles das auf einmal in sich zu bewältigen.

Von weitem sahen sie Alberics Kutsche vor der *Sancta Crux* vorfahren und den gebeugten Prinzeps gemeinsam mit seinem zwölfjährigen Sohn Octavian und der neun Jahre alten Tochter Paulina in die Kirche gehen. Kurz bevor sie selbst an der *Sancta Crux* ankamen, verstummten die Glocken. Suidger blieb stehen. »Wen meintet Ihr in Eurer letzten Bemerkung mit uns, als Ihr von einem Vorgehen gegen Berengar spracht? Alberic?«

Als sie antwortete, war ihre Stimme härter und sachlicher als vorhin, es war eine politische Stimme, keine mütterliche. »Da Alberic ein vollständig auf Rom bezogener Monomane ist und er zudem noch trauern wird, bis der letzte Mond über dem Jahrhundert versunken ist, wird er sich in die Thronfolge Italiens kaum einmischen. So ist es also an Euch, ehrwürdiger Suidger, und an mir, die Figuren zu ziehen. Und zwar unsichtbar.«

Suidger schmunzelte. »Fordert Ihr mich auf, meinen Fürsten zu hintergehen, edle Senatrix?«

Marocia zog die Augenbrauen in die Höhe und blickte den *primicerius* ernst und würdevoll an. »Ihr stammt aus dem lothringischen Selz, und Ihr seid Geistlicher. Daher habt Ihr nur zwei Fürsten, mein Guter, und das sind der deutsche König Otto und Gott. Sehen wir also zu, dass Ihr *beide* zufrieden stellt.«

Erneut mahnten die schweren Glocken der altehrwürdigen Kirche zur Andacht und hüllten die auflaufende Trauergemeinde mit ihren Klängen ein. Langsam, aber festen Schrittes ging Marocia voran und verschwand im Dunkel hinter der Pforte.

Eine der Stundenkerzen auf Marocias Schreibtisch zeigte ihr an, dass es über ihrer Korrespondenz drei Uhr in der Nacht geworden war. Sie hatte in der Zeit seit Einbruch der Dunkelheit keine Müdigkeit verspürt, und auch jetzt war ihr Druck auf dem Siegelwachs des letzten Briefes noch kraftvoll. Deutlich zeichneten sich die roten Konturen des Erzengels Michael ab, der das Schwert in die Scheide steckt, Sinnbild des Kastells und Wahrzeichen von Marocias Einfluss. Gleich daneben siegelte sie noch mit dem offiziellen S. P. Q. R. – der Senat und das Volk von Rom –, das alle römischen Senatoren seit dem fünften Jahrhundert vor Christi Geburt als Authentizitätsmerkmal benutzten.

Während sie mit geübten Fingern die dünne Wollschnur an dem Pergament befestigte und dieses kostbare Papier sorgfältig zusammenrollte, blies sie einige der Öllampen aus, deren feinen Duft nach Rosen sie liebte. Sie hatte diese Neuerung erst kürzlich auf dem Forum von einem arabischen Händler erworben und von ihm gehört, dass viele Römer Gefallen an der billigen Beleuchtung gefunden hatten. Die Märkte blühten und mit ihnen die ganze Stadt, aber auf Dauer reichte das nicht. Rom und ganz Nord- und Mittelitalien benötigten eine Schutzmacht, um gegen ein zunehmend aggressives Byzantinisches Imperium bestehen zu können, das den Einfluss über die Halbinsel mit aller Macht verteidigen wollte.

Zufrieden blickte sie auf die Schriftrollen, die wie Delikatessen einer Tafel aneinander gereiht waren, und sie gönnte sich einen Schluck von dem mit Wasser vermischten Wein.

»Auf die Macht des Wortes«, schallte ein Trinkspruch von der Tür her.

Marocia fuhr herum. Crescentius. »Wie bist du an den Wachen vorbeigekommen?«

»Ich habe kühn behauptet, ich sei Euer Sohn. Und die Dummköpfe haben mir geglaubt. Habe ich Euch erschreckt?«

»Ja, aber dein Humor macht es wieder wett. Und dein hübsches Gesicht.«

»Ein Kompliment? Ihr überrascht mich.«

»Und mich überrascht, dass du mit mir sprichst. Hätte Blanca sich nicht dafür verbürgt, dass du noch eine Zunge besitzt – ich wäre nie darauf gekommen.«

Crescentius grinste. Er sah wirklich verwegen aus, aber es lag auch etwas Gleichgültiges darin, vielleicht sogar Kaltes. Er schlenderte an der Regalfront der Bücher entlang, nahm ein paar Skizzen in die Hand, die den Ausbau der Engelsburg betrafen, ließ sie wieder fallen und spazierte weiter, so als befinde er sich auf einer Düne mit schöner Aussicht. »Ich war gerade in der Gegend, wisst Ihr …«

»In einem Bordell.« Sie sprach es so selbstverständlich aus, als sagte sie Haus, Kirche oder Stall.

Er grinste erneut. »Ja, richtig. Und da habe ich von unten Licht gesehen. Ich wusste, dass es von Euch kommt, Mutter.«

Marocia zuckte kurz und unmerklich zusammen. Ganz nebenbei hatte Crescentius sie zum ersten Mal seit dem Abschied in Bari Mutter genannt. Ihr jüngster Sohn war entweder um Nähe und Versöhnung bemüht – oder um etwas ganz anderes.

Er gelangte zum Schreibtisch, setzte sich Marocia gegenüber und stützte sich mit beiden Unterarmen auf die hölzerne Platte. Seine Augen blickten wie die eines diskutierfreudigen Philosophen, als er fragte: »Was könnte ich von Euch lernen, Mutter?«

Marocia war erstaunt. Eine solche Frage war ihr noch nie gestellt worden, schon gar nicht von einem ihrer Kinder.

»Schach«, sagte sie.

»Ist das der Zustand, in dem Ihr Euch nach meiner Frage befindet, oder das, was ich von Euch lernen kann?«

Nun grinsten sie beide im Gleichklang, Mutter und Sohn in schlagfertigem Dialog. Sie konnte tatsächlich alles vergessen, woran Crescentius sie erinnerte. Sie genoss es, seine Haare im Licht der Kerzen golden schimmern zu sehen, ihn leise atmen zu hören, die Stoppeln seines unrasierten Gesichts zu betrachten. Der klamme Geruch der Gosse, der seiner Kleidung anhaftete, wurde vom Duft der Myrrhe in der Bibliothek besiegt, und Marocia stellte sich vor, wie es wäre, diesen jungen Mann immer um sich herum zu haben, als Schüler, als Sohn, als Stimme, die ihr Mut zusprach, und Körper, der neben ihr herlief. Müde senkte sie die Lider.

»Beides«, gestand sie knapp. »Aber es ist jetzt spät, und ich ...«

Sie wollte aufstehen, doch seine Hand schnellte blitzartig hervor und packte ihr Handgelenk. Seine Augen blitzten kurz auf, um sofort wieder in sich zu versinken. »Bitte, Mutter«, stammelte er. »Geht ... noch nicht. Es ist mir nicht leicht gefallen, herzukommen, und es soll doch nicht ... für eine so kurze Episode gewesen sein, nicht wahr?«

Marocia schluckte. Im einen Moment war ihr danach, sich aus Crescentius' Griff zu lösen, im anderen fühlte sie sich wohl darin. Wann hatte einer ihrer Söhne sie schon von sich aus berührt? In Crescentius' Hand, so kam es ihr vor, lagen Vergebung und die Suche nach Liebe, lag ein Appell an sie.

»Was willst du wissen?«, fragte Marocia und setzte sich wieder.

»Es gibt so viel, aber ... Woran arbeitet Ihr momentan?«

»Eine merkwürdige Frage, bedenkt man, dass es deine Erste an mich ist.«

»Tante Blanca sagt, jedes Mal, wenn Ihr atmet, kommt Euch ein neuer Einfall, den Ihr in die Tat umsetzt.«

Marocia lachte auf. »Tante Blanca übertreibt maßlos.«

»Im Ernst«, sagte er und blickte sie gelassen und undurchdringlich an. »Was bewegt Euch zurzeit?«

Marocia warf einen Blick auf die Schriftrollen vor ihr, und aus den Augenwinkeln versuchte sie zu erspähen, ob Crescentius diesem Blick folgte. Er tat es nicht. Alazais' Worte pochten unaufhörlich in ihr: Belüge deine Kinder nie wieder. Vielleicht hatte ihre Tochter Recht, vielleicht waren nicht ihre Taten, sondern die Zurückhaltung der Wahrheit schuld an diesen vielen verlorenen Jahren ohne die Liebe Alberics und Eudoxias gewesen.

Marocia räusperte sich. »Ich versuche, die Deutschen ins Land zu holen.«

»Zu welchem Zweck?«

Es fiel ihr schwer, über geheime Pläne zu sprechen, dennoch tat sie es. »Zu dem Zweck, Otto I. zum italienischen König zu machen. Das letzte Mal, als ein deutscher König auch über Italien herrschte und unsere Länder friedlich vereinen wollte, war ich gerade geboren worden. Damals endete ein solches Experiment in der schrecklichen Leichensynode. Dieses Mal soll es nicht so kläglich scheitern.«

»Wie?«

»Ganz einfach, ich sorge dafür.«

»Ja, aber wie sorgst du dafür?«

Sie zögerte, hatte sie doch noch keinem außer Lando von ihren Ideen erzählt. Doch an irgendeinem Punkt musste das Vertrauen beginnen. Es konnte ebenso gut jetzt sein.

»Der Königstitel muss nicht das Ende sein, Crescentius. Im Gegenteil, er wäre erst ein Anfang. Italien und das Deutsche Reich wären noch immer zwei separate Länder, durch nichts zusammengehalten als durch ein einziges Menschenleben. Aber was, wenn Otto stirbt? Dann wählt jedes Land wieder seinen eigenen König, und alles ist dahin. Folglich muss es einen erblichen Kaisertitel geben, der die beiden Titel überspannt. Wir müssen ein Imperium etablieren, das genauso mächtig ist wie das Byzantinische, aber im Abendland verwurzelt ist.«

Crescentius hob die Augenbrauen, auf die gleiche Art, mit der sie es zu tun pflegte. »Otto ist Witwer. Wollt Ihr Kaiserin werden?«

Erneut lachte Marocia hell auf. »Mein lieber Junge, ich bin wohl kaum noch das, was man eine gute Partie nennt – sonst würde ich nicht immerzu diese Kinnbinden und schrecklichen Haarschleier tragen. Nein, den Mädchentraum, jemals die Krone eines Reiches zu tragen, habe ich aufgegeben. Und doch werde ich bis zu meinem letzten Atemzug für dieses Reich streiten, sei es, um mehr Frieden in unser zerrissenes Land zu bringen, sei es, um eine neue Idee in dieses visionslose Zeitalter zu tragen und ein neues strahlendes Rom zu schaffen – oder einfach, um mich zu beschäftigen. Manchmal weiß ich das selbst nicht so genau. Aber eines ist gewiss: Dieser Kampf ist mein Lebenselixier.«

Er sah sie nach wie vor unbeeindruckt an, so als habe sie vor ihm nicht eben gerade ihr Innerstes nach außen gekehrt, sondern das Rezept für capuanischen Hirschbraten offenbart. Er war wirklich ein Mysterium, dachte sie und erinnerte sich, dass ihr schon einige Male das Gleiche nachgesagt worden war. Womöglich war er ihr ähnlicher als jeder andere.

»Habe ich dich enttäuscht?«, fragte sie.

»Im Gegenteil. Genauso habe ich mir all die Jahre meine Mutter vorgestellt.« Wenn er das als Vorwurf gemeint hatte, verbarg er ihn geschickt, denn er fuhr fort: »Ich möchte mich nützlich machen. Gebt mir eine wichtige Aufgabe. Zum Beispiel diese Briefe dort. Einer ist doch gewiss für Otto, oder? Lasst mich die Botschaft überbringen.«

»Ich wollte Suidger schicken …«

»Der Mann ist schwerer als ein Bär, kein Pferd hält so etwas lange aus«, rief er und sprang auf. »Ich kann doppelt so schnell reiten wie er. Und was könnte vertrauensvoller auf den König wirken, als wenn Ihr ihm für eine so wichtige Nachricht einen Sohn schickt?«

So stand er vor ihr, im ganzen Feuerglanz seiner Jugend, agiler als Clemens und ergebener, als Alberic es je gewesen war, ein Sohn, wie sie sich immer einen gewünscht hatte. Spontan ergriff sie seine Wangen und streichelte über sie hinweg. Wie sehr bereute sie jetzt, dass sie Crescentius als Säugling und Jungen abgelehnt hatte! Die Zeit war besser als ihr Ruf; sie vermochte so vieles zum Guten zu ändern.

Sie schluckte. »Als du damals geboren wurdest … nachdem dein Vater mich eingesperrt hatte … da habe ich ihn so gehasst, dass ein Schatten davon auch auf dich fiel. Ich … ich weiß jetzt, wie ungerecht und falsch das war, und ich möchte es wieder gutmachen.«

Sie schluckte erneut. Langsam schloss ihre Hand sich um eine der Schriftrollen und übergab sie Crescentius' zupackender Faust. Sie beugte sich nach vorne und küsste ihn auf beide Wangen; soweit sie sich erinnerte, war es das erste Mal. Einen Moment lang versenkte sie ihren mütterlichen Blick in seine Augen, dann stand er auch schon auf und ging geradewegs aus dem Raum.

Er hatte kaum die Türe hinter sich geschlossen, da lehnte er sich schon an ihr dunkles Holz. Weder das zuckende Licht der Fackeln noch eine vorbeikommende Wache lenkten seinen starren Blick ab. »Das reicht nicht, Marocia«, flüsterte er.

39

»Ei, ei«, sagte Berengar von Ivrea, »wer hätte gedacht, dass der Sohn des Mannes, der mich einst auf einer Waldlichtung abstechen wollte, einmal mein Gast wird? Und nach zehn Minuten noch seinen Kopf auf den Schultern trägt?« Der Markgraf von Friaul brach in ein Stakkato dumpfer Lacher aus, das derart rasch wieder endete, dass Crescentius nicht die Zeit fand, höflich darin einzustimmen.

Ächzend ließ Berengar sich auf einen weichen Diwan in der großen Wohnhalle seines Palastes in Verona fallen und sah zu, wie zwei nur leicht bekleidete Dienerinnen gesottenen Fasan mit gedünsteten Mirabellen servierten. Mit der Hand wedelte er sich den fruchtig-herben Duft der Speise zu, doch dann schien ihm schon diese Bewegung zu viel zu werden, und er ließ den Arm träge sinken. Die Dienerinnen jedoch ließen Berengar nicht lange hungern und reichten ihm einen Silberteller, angefüllt mit den besten Stücken des Geflügels und umgossen von der sämigen, aromatischen Soße.

»Das Leben ist verwirrend«, beklagte er sich. »Freunde von gestern sind Feinde von heute und umgekehrt. Wie in einer Schüttelkiste, kreuz und quer. Nichts, woran man sich noch halten kann. Deine Mutter, Cres… Cres…«

»… centius«, ergänzte der Gast.

»Wie auch immer. Marocia holte mich damals nach Italien zurück. Und nun – ruck, zuck – ist sie wieder gegen mich.«

»Und Otto auch«, erinnerte Crescentius und deutete auf den Brief, der halb unter Berengars Gesäß hervorlugte.

»Wie wahr, wie wahr«, pflichtete Berengar bei, schien sich aber mehr mit dem Fasanenflügel zu beschäftigen, der ihm immerzu aus den Fingern glitt. »In einer solchen Welt voller Tücke und Verrat, Cres... centius, bin ich auf Menschen wie dich angewiesen, die treu zu mir stehen.«

»Betrachtet mich als Euren Bundesgenossen, Durchlaucht.«

»Fein, fein.« Berengar von Ivrea grinste und leckte sich die wurstigen Finger ab. Er bot dem jungen Mann, der die ganze Zeit stehen musste, Platz auf einem weiteren Diwan an und gab den Dienerinnen ein Zeichen, ihn zu bewirten. Dann blickte er den jungen Burschen über seinen Fasanenschlegel hinweg an. »Was«, fragte er, »soll ich nun deiner Meinung nach tun, mein junger Bundesgenosse?«

Crescentius ließ seinen Blick von einer Ecke des luxuriös ausgestatteten Gemachs zur anderen zucken, so als fände er in jeder von ihnen einen anderen Vorschlag. »In Verhandlungen mit Byzanz treten. Den Staatsschatz Lothars beschlagnahmen. Mit dem Geld Söldner anwerben und somit Euer Heer verstärken. Die Alpenpässe sperren, damit es meiner Mutter nicht gelingt, Otto eine zweite Botschaft zu schicken. Die Voraussetzungen verbessern, Euch zum König wählen zu lassen.«

»Nicht schlecht, nicht schlecht.« Berengar tunkte ein großes Stück Brot in die Soße und stopfte es sich in den Mund. Es brauchte seine Zeit, bis er wieder sprechen konnte, und die nutzte er, um sich mit dem Ärmel über die öligen Lippen zu fahren, eine der Dienerinnen heranzuwinken und ihr genussvoll über die Hüften zu streichen. »Und wie soll ich diese Voraussetzungen verbessern, schlauer Freund?«, schmatzte er.

Crescentius warf ihm einen dieser nüchternen, undeutbaren Blicke zu und sagte: »Mein Vater wurde König eines Landes, indem er die Witwe seines Vorgängers heiratete.«

Diese Idee brachte Berengar dazu, für einen Moment sowohl die fette Speise wie die schlanke Dienerin zu vergessen und Crescentius anerkennend zuzunicken. »Und wenn die Braut sich ziert?«

Crescentius zuckte mit den Schultern, und sein Blick glitt über Berengars massigen Körper. »Eine Kleinigkeit für Euch.«

Berengar verschluckte sich fast an seinem Fasan und brach in das schnelle, abgehackte Lachen aus, das wie Schläge durch den Raum dröhnte. Die zweite Dienerin blinzelte dem hübschen Gast schon die ganze Zeit zu, und Berengar gab ihr nun zu verstehen, dass sie sich des Burschen annehmen dürfe. Geschmeidig wie eine Katze ging sie auf Crescentius zu, ließ ihr Gewand fallen und legte sich neben ihn auf den Diwan.

»Nimm das als erstes Geschenk«, sagte Berengar. »Wenn ich erst König bin, verjage ich diesen kümmerlichen Prinzeps aus Rom und mache dich zu seinem Nachfolger. Das wolltest du doch?«

Ja, dachte Crescentius, während die Frau sein grobes Reiterwams aufknöpfte. Ja, das wollte er. Aber Belohnungen waren nicht der einzige Grund, weshalb er zum Verräter geworden war. Der andere Grund war ihm sogar noch wichtiger. Er bedauerte, nicht Marocias Gesicht sehen zu können, wenn er ihr das, was ihr am meisten bedeutete, wegnahm, ihren großen Traum zerschlug. Nur das wäre eine angemessene Vergeltung für alles, was sie ihm angetan hatte.

»Eingeladen?«, schrie Marocia und gab anschließend Geräusche von sich, die Suidger nur im Tierreich aufgehoben glaubte. Er hatte in alten Berichten ausländischer Botschafter über die Ausbrüche der Senatrix Theodora gelesen, sie aber an deren Tochter hautnah mitzuerleben war etwas völlig anderes. Marocia zerknüllte das Pergament mit einem Ausdruck, als sei es der Kopf eines der beiden Gegenspieler. »Von wegen Einladung. Er hält Adelheid gefangen, um ihr ein Eheversprechen abzuringen, darauf gehe ich jede Wette.«

»Offiziell heißt es, sie habe dankbar …«

»Die Verlautbarungen eines Berengar – Großvater oder Enkel – waren und sind nie die Tinte wert, mit der sie geschrieben wurden.« Sie lief, nur mit einem schneeweißen Morgenrock bekleidet, auf und ab. Suidger hatte sie unverzüglich nach Erhalt der Mitteilung aufgesucht, obwohl ein Sturm draußen tobte. Sie hatte noch geschlafen, und allein die Tatsache, dass er gegenüber dem Kammermädchen mit allem Nachdruck darauf bestanden hatte, die Senatrix zu wecken, machte ihn nun nicht auch noch zum Ziel ihres Donnerwetters.

»Schon Adelheids so genanntes Gastquartier sagt alles, was man über diese Einladung wissen muss«, wetterte sie. »Ein altes Gefängniskastell am Gardasee. Nicht gerade ein Kuraufenthalt.« Sie warf den zerknüllten Brief in Richtung des Kamins, und als er von dem Sims zurückprallte, trat sie mit aller Wucht gegen das Papier und gleich danach noch einmal, bis die Flammen es endlich erfassten und verzehrten.

Doch diese Szene war Suidger lieber als das, was gleich darauf geschah. Marocia fiel von einem Augenblick zum nächsten in eine unheimliche Starre. Mit großen Augen, die den Schein des Feuers reflektierten, stierte sie in die Glut, blickte jedoch gleichsam durch sie hindurch. Sie war wie eine der Göttinnen auf ägyptischen Obelisken, ehrwürdig, trotz ihres Alters unnahbar schön und derart geheimnisvoll, dass man nicht wusste, ob sie liebreizend oder grausam war. Nur der Wind, der durch die Ritzen der Fensterläden drängte und das Morgengewand spielerisch bewegte, machte die Frau vor Suidger zu etwas Lebendigem. Dann – Suidger wusste nicht, wie viel Zeit vergangen war – leckte sie ihre Lippen, als wollte sie etwas schmecken, und flüsterte: »Wer weiß, was Berengar ihr dort antut, um sie gefügig zu machen.«

Ganz langsam ging sie zu einem der Fensterläden und öffnete ihn. Ein mächtiger Schwall des Sturmwinds brach sich Bahn und erfasste zahllose kleine Gegenstände wie Flakons, Kämme und Nadeln und wehte sie auf die Teppiche. Marocias Gewand und Haare flatterten wie ein einziger schwarzweißer Wimpel, sie selbst aber blieb unbeeindruckt, ja, die Luft schien ihr natürliches Element zu sein.

Dann, ebenso plötzlich, verwandelte sie sich wieder in die Frau, die er kannte. »Wir müssen etwas dagegen unternehmen. Schnell.«

Suidger schüttelte betrübt den Kopf. »Wir haben keine Unterstützung im Norden des Landes. Wenn überhaupt«, rief er gegen den brausenden Wind an, »kann nur Otto etwas tun, doch der ist ahnungslos.«

Marocia faltete die Hände zusammen und stützte ihr Kinn auf die Fingerspitzen. Ihre Pupillen verengten sich zu kleinen, harten Kugeln, als sie erwiderte: »Nicht mehr lange, ehrwürdiger Suidger, nicht mehr lange.«

Der Mönch, der so alt, schlicht und klein war, dass er in dem angebotenen Prunksessel geradezu lächerlich wirkte, war niemand anderes als der Nachfolger des verstorbenen und mittlerweile heilig gesprochenen Odo von Cluny. Aymard hatte das Werk seines Vorgängers fortgesetzt, mittlerweile verfügte das Mutterkloster von Cluny über Dutzende von Ablegern im Westfrankenreich, Lothringen und Italien, und sein guter Ruf drang noch viel weiter.

Und doch war Aymard ein ganz anderer Mensch als der spirituell veranlagte Odo. Er kümmerte sich sehr um Finanzen, wollte Cluny nicht nur seinem Ruf nach an die Spitze der Abteien setzen, sondern auch wirtschaftliche Macht für das Mutterkloster erreichen. Ständig reiste er zwischen Rom und Cluny hin und her, um um Privilegien zu buhlen, und bei einer dieser Gelegenheiten war er von Marocia und Suidger im Lateran abgefangen worden.

»Berengar von Ivreas Soldaten«, schloss Marocia, nachdem sie Aymard die Situation erklärt hatte, »halten zwar die Alpenpässe besetzt und lassen niemanden durchreisen, aber bei Euch, ehrwürdiger Vater, werden sie gewiss eine Ausnahme machen. Dafür ist Euer Leumund viel zu gut. Und auch König Otto wird dem höchsten Vertreter des berühmten Klosters von Cluny Glauben schenken. Salopp gesprochen: Ihr seid unser Mann.«

»Schön und gut«, antwortete Aymard und blinzelte listig. »Aber warum sollte ich so etwas überhaupt tun? Das ist« – er suchte nach Worten und verzog das Gesicht zu einer Grimasse – »eine ... eine weltliche Angelegenheit, die mich nicht berührt. Ich habe nie die Vorliebe meines geschätzten Vorgängers für spektakuläre Vermittlungsmissionen geteilt. Sie werden einem nicht – wie soll ich es ausdrücken – gedankt.«

Marocia ließ sich von Suidger ein Dokument geben und hielt es Aymard dicht vor die alten Augen. »Wenn Ihr diese wichtige Mission übernehmt«, sagte sie bedeutsam, »wird der Heilige Vater Cluny von der Aufsicht durch den Bischof von Chalon befreien und direkt dem päpstlichen Schutz unterstellen. Ihr wisst, was das bedeutet: kein Zugriff der weltlichen Gewalt, Immunität bei Rechtsstreitigkeiten ...«

»... Einbehalt der Zehntensteuer«, hauchte Aymard und fuhr sich mit der Zunge über die Lippen.

»So ist es«, lächelte Marocia. »Eure Abtei, jetzt schon bedeutend, würde endgültig die geistliche Führungsrolle unter den Klöstern einnehmen. Und das alles nur dafür, dass Ihr Otto diese Botschaft übergebt und diese Lanze obendrein.« Ehe er sich's versah, drückte sie Aymard eine Schriftrolle in die eine Hand und die heilige Lanze mit dem Kreuznagel, dem Symbol der königlichen Herrschaft in Italien, in die andere. »Nicht einmal der heilige Odo hätte bei einem solchen Angebot Nein gesagt, da bin ich mir sicher.«

Wie ein junges Mädchen hüpfte Marocia durch Alberics Arbeitszimmer und schwenkte ein Pergament in der Hand, als sei es der Heiratsantrag eines geliebten Verehrers. Bei diesem Anblick musste sogar ihr Sohn, der seit Monaten kaum noch den Mund verzog, gequält lächeln. Die blassen Lippen wirkten maskenhaft, und die Wangen prägten sich mit jedem Monat, der verstrich, stärker aus. Marocias Herz krampfte sich bei diesem Anblick jedes Mal zusammen, sie wurde fast wahnsinnig bei dem Gedanken, nach Clemens nun auch noch Alberic zu verlieren. Aber sie ließ sich ihr Entsetzen nie anmerken. Wenn sie nur irgendetwas hätte tun können …

Sie trat dicht vor den Schreibtisch und atmete tief durch. Dabei fiel ihr auf, wie stickig es in dem Raum war, den Alberic vom frühen Morgen bis zum späten Abend und manchmal auch in der Nacht bewohnte, so als müsse er die Arbeit eines halben Lebens in einem einzigen Jahr schaffen. Sie öffnete mit einer weit ausholenden Bewegung eines der Fenster, die auf einen kleinen Garten voller Orangenbäume blickten, dann nahm sie einen tiefen Zug der frischen Luft und setzte sich anschließend auf den Sims, so dass ihre Beine eine halbe Elle über dem Boden schwebten.

»Also?«, fragte er. »Was belustigt Euch?«

»Nicht, ehe du deine Feder niederlegst. Dieses Ding ist schon in Schweiß gebadet, so quälst du es.«

Missmutig wie ein beleidigtes Kind folgte er ihrer Aufforderung.

»König Otto«, begann Marocia langsam, »ist mit einem Heer über die Alpen marschiert und hat bei Trient erstmals italischen Boden betreten. Wo er hinkommt, wird er von den Menschen wie ein Frühlingswind begrüßt. Eine Stadt nach der anderen öffnet ihm die Tore. Dieses Schreiben hier hat er mir aus Pavia geschickt. Berengar hat einige Scharmützel verloren, sich dann aber ängstlich auf sein friaulisches Territorium zurückgezogen, zumal wenige Tage, bevor Ottos Heer eintraf, auch noch Adelheid dem Kerker entfliehen konnte. Nun hat der dicke Kerl kein Pfand mehr, und die Gefahr, er könnte den Thron besteigen, ist gebannt. Die Welt ist zurechtgerückt.«

Alberic nahm die Feder wieder auf. »Wie schön für die Welt«, sagte er trocken. »Und für Euch, die Ihr die Deutschen ja so verehrt.«

Marocia legte den Brief beiseite und trat hinter ihren Sohn. Mit ihren beiden Händen begann sie, langsam seine Schultern zu massieren, und dass er es zuließ, bedeutete ihr fast noch mehr als der politische Erfolg der Stunde. Alberics Nacken war kalt, die Haut schuppig, aber für Marocia war es wie ein Geschenk, ihm ein wenig Wärme geben zu dürfen.

»Da ist noch etwas«, sagte sie vorsichtig und nagte an der Unterlippe. »Bei ihrer Flucht aus Berengars Kerker – wirklich eine geniale Tat, wer hätte dem Prinzesschen das schon zugetraut, nicht wahr?«

»Du schweifst ab«, erklärte Alberic und nahm sich ein weiteres Dokument vor, um es zu lesen und zu siegeln.

»Richtig, also bei ihrer Flucht durch die Lombardei war Adelheid einige Male nahe daran, von Berengars Soldaten aufgespürt zu werden. Aber sie hatte Glück und lief schließlich einem Trupp deutscher Waffenträger in die Hände. Wie es der Zufall wollte, gehörte dieser Trupp zu der Streitmacht, in der auch König Otto sich befand. Er empfing Adelheid, und jetzt – nun ja, die beiden werden in Kürze heiraten.«

Alberics Zucken war kurz und fast unmerklich, aber Marocia spürte es dennoch. Für den winzigen Teil eines Augenblicks stockte Alberics Feder, gleichzeitig hielt Marocia mit ihrer Massage inne. Doch gleich danach glichen die jeweiligen Bewegungen von Mutter und Sohn sich wieder an. Natürlich war Alberic in jenem Moment klar geworden, worauf diese hochpolitische Ehe hinauslaufen würde: auf einen neuen, starken König im Land.

»Du weißt, dass die Byzantiner sich das nicht lange ansehen werden. Zweifellos steht Berengar von Ivrea auf ihrer Soldliste.«

»Zweifellos«, gab Marocia zu. »Aber Kaiser Romanos ist kürzlich gestorben, und seine drei Söhne sind dumm und schwach. Wenn Eudoxia ihren Gemahl zusätzlich milde stimmt …« Sie bückte sich und legte ihren Kopf auf Alberics Schulter ab. In spitzbübischem Ton meinte sie: »Auf dich hört sie doch. Wenn du ihr schreibst …«

Er seufzte. »Wird Otto Rom in Ruhe lassen? Unsere Unabhängigkeit respektieren?«

»Ich vertraue ihm.«

»Du hast auch Crescentius vertraut.«

Dieser Hieb saß, aber Alberic milderte ihn sogleich ab. »Massiere bitte weiter«, bat er und wartete, bis sie wieder damit angefangen hatte. Dann sagte er: »Ich werde Eudoxia schreiben. Und der Papst soll Otto in Pavia zum König krönen. Dann kann er dort sein Banner wehen lassen und Italien regieren. Bist du nun glücklich?«

Marocia sah in die erschöpften, fieberglühenden Augen ihres Sohnes und strahlte ihn dankbar an, um ihm eine Freude zu machen. Sie massierte ihn noch eine ganze Weile weiter, bis er endlich unter den rhythmischen Bewegungen eingeschlummert war. Lange sah sie ihn an. Von draußen drang das Gezwitscher der Vögel herein, die in großen Schwärmen nach Süden zogen, und einmal erschien eine streunende Katze auf dem Fenstersims und gab bettelnde Laute von sich. Doch Marocia hatte nur Augen für Alberic. Viel später, das Oktobergold der Sonne erfüllte bereits den Raum, schlich sie sich auf Zehenspitzen zur Tür.

»Glück fühlt sich anders an«, flüsterte sie mit einem letzten Blick zurück.

Achter Teil

Der letzte Kampf

Der Morgen des 26. Dezember, Anno Domini 963

»Auf der Flucht haben die Byzantiner ihr Wappen verloren«, erklärte Ottos Gemahlin Adelheid, »und so haben wir es zum Zeichen des Triumphes zwischen meinem und dem meines Gemahls eingereiht. Wenn Euch und Euren Männern dadurch kurzzeitig Verwirrung entstanden ist, bedaure ich das, ehrwürdiger Bischof.«

»Nicht doch«, wiegelte Liudprand von Cremona ab und lächelte derart süßlich, wie man es seinem runzligen Gesicht nicht zugetraut hätte. Sie standen in Liudprands Gemach in der Engelsburg und unterhielten sich über die günstigen Nachrichten, die Adelheid mitbrachte. Otto schlug in Friaul zwar derzeit noch eine Schlacht, aber die Gefahr durch die Byzantiner war gebannt, und mit dem Heer in Adelheids Gefolge würde der römische Aufstand, der auch die Engelsburg bedroht hatte, nun vollends in sich zusammenbrechen.

»Man müsste das eigentlich feiern«, meinte Adelheid. Ihr Blick schweifte über die karge Einrichtung des Gemachs, und ihre Hände zogen den Pelz um die Schultern enger, um sich gleich danach wieder im wärmenden Stoff zu verbergen. »Aber hier? Ich muss sagen, bischöfliche Gnaden, Ihr seid zu milde mit dieser … dieser Person gewesen. Dass sie gewagt hat, Euch derart schimpflich unterzubringen, ist beleidigend. Auch für mich. Schließlich weiß jeder, wie nahe Euer Rat und Eure Weisheit mir stets sind. Wer Euch erniedrigt, erniedrigt auch mich.«

Liudprand hüstelte. »Nun ja …«

In diesem Moment öffnete sich knarrend die Tür, und ein Diener kam herein. Er meldete: »Marocia, Senatrix von Rom.«

Adelheid zuckte zusammen.

»Solch eine Frechheit, mir unter die Augen treten zu wollen. Nach allem, was diese Frau sich geleistet hat. Sie ist impertinent. Muss ich sie empfangen?«, fragte sie Liudprand.

»Sie ist formell noch immer die Herrin der Engelsburg. Aber natürlich, falls Ihr darauf besteht, dass sie …«

»Nein, nein«, sagte Adelheid. »Sie soll keine Klage über mich führen können. Wir beide wissen ja, dass mein Gemahl sich von ihr narren lässt.«

Liudprand nickte. »Die Kunst der Überredung ist vielleicht ihre hervorragendste Eigenschaft.«

Adelheid sah den Bischof scharf an. Für einen Moment meinte sie, so etwas wie Achtung in seinen Worten gehört zu haben. Doch schnell verwarf sie diesen absurden Gedanken. Immerhin hatte Liudprand ihr in den vergangenen Jahren wieder und wieder erläutert, wie verachtenswert die Herrin von Rom doch sei.

Sie empfing Marocia mit steinernem Gesicht und ließ sowohl Verbeugung wie auch wörtliche Begrüßung ohne Erwiderung. Das Erste, was ihr im Angesicht Marocias über die Lippen kam, war die Frage an den Bischof: »Wann wird das Urteil verkündet?«

»Morgen.«

»Und wie wird das Urteil lauten?«

»Wir, die Äbte von Farfa und Mons Cassinus sowie ich selbst, sind durch Gottes Gnade zu einem Schuldspruch gekommen, den wir der weltlichen Gerichtsbarkeit empfehlen.«

Adelheid sah Marocia an. »Noch Fragen, Senatrix?«

Liudprand sah erleichtert, dass Marocias Frisur so gesteckt war, dass die Wunde an ihrer Stirn von dicken grauen Strähnen verdeckt war. Und trotzdem war ihre ganze Anwesenheit hier eine Drohung. Wenn sie nun Adelheid von seinem Ausrutscher in der Kapelle erzählen würde und wenn sie ihre Verstrickungen mit dem heiligen Odo offen legen sollte …

Liudprand räusperte sich, bevor er seiner Aussage hinzufügte: »Die Hinrichtung soll im Innern der Engelsburg vollstreckt werden.«

Adelheid zog die Brauen hoch. »Nicht öffentlich? Aber schriebt Ihr nicht ... War es nicht so, dass der eigentliche Zweck ...«

Adelheids nachdenkliche Verwirrung nutzte Liudprand, um sie zu unterbrechen.

»Sie hat den Pontifex seiner rechtmäßig verhängten Strafe entzogen. Nur deswegen wurde sie verurteilt. Eine öffentliche Hinrichtung wäre dem Verbrechen nicht angemessen.«

Die Überraschung stand der Kaiserin ins Gesicht geschrieben. »Nun denn, wenn das die einzige Verfehlung ist«, meinte sie gedämpft. »So bereitet für morgen alles vor, ehrwürdiger Bischof.«

Liudprand von Cremona stützte sich bei seiner Verbeugung auf den Stock und hinkte hinaus. Die beiden Frauen waren nun allein miteinander, zum ersten Mal überhaupt. Natürlich kannten sie sich schon seit vielen Jahren – immerhin war Adelheid einst die Stiefschwiegertochter Marocias gewesen. Doch so nahe wie jetzt ...

Adelheid erkannte Gemeinsamkeiten an der Senatrix. Wie sie konnte sie Augen und Mund ebenso widerspenstig in Stellung bringen, und sie gebrauchte diese Mimik vor allem gegen Otto, der die Meinung einer Gemahlin im Grunde so wenig ernst nahm wie die meisten Männer. Sie aber hatte viele Jahre gegen diese Arroganz gekämpft, und wenn sie es auch nicht gerne zugab, so wusste sie doch, dass Marocia ihr den letztendlichen Erfolg erleichtert hatte. Immerhin war die Römerin es gewesen, die Otto erstmalig bewiesen hatte, dass im Prinzip auch eine Frau über politisches Geschick verfügen kann. Wenn eine, warum dann nicht auch eine zweite?

Ja, sie und Marocia hatten sich ihren Rang mühsam erobern müssen. Sie waren vielen Wechselfällen des Schicksals ausgesetzt gewesen, hatten leiden müssen, hatten Siege erfochten und Rückschläge ertragen. Doch damit, dachte Adelheid, waren die Gemeinsamkeiten auch schon erschöpft. Sie war gottesfürchtig, Marocia blasphemisch; sie war eine gesalbte Monarchin, Marocia eine intrigante Autokratin von eigenen Gnaden; sie war sich demütig ihrer bescheidenen Stellung im Weltgefüge des Herrn bewusst, Marocia war eine überhebliche Zynikerin, der nichts so heilig war, als dass es nicht für ihre Machtpolitik herhalten musste.

»Ich bekenne, nicht sonderlich traurig über Euren bevorstehenden Untergang zu sein«, sagte Adelheid und fixierte ihr Pendant.

Marocia hielt dem Blick der Monarchin stand.

»Ich auch nicht«, sagte sie und überraschte Adelheid einmal mehr.

»Ihr würdet wieder so hochverräterisch handeln?«

»Ich würde wieder meinen Enkel beschützen.«

»Was auf dasselbe herauskommt.«

Marocia lächelte müde. »Eine Mutter kennt keinen Hochverrat, wenn es um ihr Kind geht. Und eine Großmutter schon gar nicht. Aber es ging mir noch um etwas anderes, Majestät. Ich musste der Verantwortung gerecht werden, die ich für Octavian hatte.«

Adelheid runzelte die Stirn. »Erklärt mir das.«

Marocia blickte sich um. »Hier ist es ungemütlich, findet Ihr nicht? Ich hoffe, Euer Stolz geht nicht so fehl wie der des Bischofs, und Ihr nehmt eine Einladung in eines meiner Gemächer an. Ich versichere Euch, dort wohnt kein Teufel. Jedenfalls ist mir noch keiner begegnet.«

»Ich verstehe«, sagte Adelheid nachdenklich und nickte. Sie zog an der Senatrix vorbei auf den Gang, wartete dort auf sie und ließ sich immer wieder den Weg weisen, während Marocia zu erklären begann.

»Im Grunde trage ich die Verantwortung für Octavians Werdegang, für seinen amtlichen zumindest. Die Geschichte dieses Verderbens begann an einem …«

40

Donnerschläge krachten durch die abendliche Dunkelheit, als Marocias Familie sich zum Karfreitagsfest des Jahres 954 in Alberics Villa zusammenfand. Weder die klösterlich anmutende Kargheit der räumlichen Ausstattung noch der vermeintlich religiöse Anlass der Zusammenkunft konnten darüber hinwegtäuschen, dass ein sehr weltliches Problem in der Luft lag. Jeder der Anwesenden wartete jedoch darauf, dass ein anderer dieser Angelegenheit Gestalt gab.

Alberics gesundheitlicher Zustand hatte sich weiter verschlechtert. Er hielt sich zwar noch immer auf den Beinen, aber selbst die Abendandacht in der Petersbasilika hatte er nur mühsam überstanden. Jeder von Marocias Anläufen in letzter Zeit, ihn zu einem weniger asketischen Lebenswandel zu überreden, war brüsk von ihm zurückgewiesen worden.

An jenem gewittrigen Abend saß Alberic mit aschgrauem Gesicht und erloschenen Augen vor dem Kamin; man meinte nicht, einen lebendigen Siebenunddreißigjährigen vor sich zu haben, und Marocia überwand ihre mütterlichen Hoffnungen und gestand sich erstmals ein, dass ihr Sohn dieses Jahr nicht überleben würde.

Aus Capua waren Alazais und Priscian gekommen, doch sie spürten, dass eine Auseinandersetzung in der Luft lag, und unterhielten sich nur untereinander oder mit Alberics jungen Töchtern Paulina und Cecile.

Marocias jüngster Sohn Crescentius lehnte etwas abseits vom Licht an einem der Fenster, nur dann für Augenblicke sichtbar, wenn ein Blitz die Nacht durchzuckte. Bald nach seinem glanzlosen Intermezzo bei Berengar in Verona war er wieder nach Rom zurückgekehrt und ging seither der ganzen Familie aus dem Weg, vor allem aber Marocia. Niemand wusste so genau, was er machte, aber heute war er wie aus dem Nichts aufgetaucht, ganz so, als wisse er, dass an diesem Tag die Pfründen verteilt würden. Heute ging es um Rom.

Das war auch der Grund, weshalb Alberics Sohn Octavian im Raum auf und ab lief; er wäre allerdings am liebsten davongelaufen, ahnte er doch, dass vor allem sein Name in den Köpfen der anderen spukte: Er war der mutmaßliche Erbe seines Vaters, worauf er allerdings gerne verzichtet hätte.

»Gibt es etwas Neues aus Byzanz?«, fragte Alazais, teils um die beklemmende Wortkargheit der anderen zu durchbrechen, teils aus ehrlicher Sorge. Kürzlich war die Meldung eingetroffen, es habe eine Palastrevolution gegeben und die drei jungen Kaiser seien zugunsten des vierten, des alten und arglosen Konstantin VII., gestürzt worden.

»Nicht mehr, als wir schon wissen«, seufzte Marocia. »Eudoxia und ihre kleine Tochter Theophanu sind wohlauf, dürfen aber Byzanz nicht verlassen. Stephanos ist in ein Kloster verbannt worden. Es hätte schlimmer kommen können, wäre Konstantin nicht eine so gutmütige Seele.«

»Ich bin sicher«, tröstete Alazais, »dass ihnen auch weiterhin nichts geschehen wird. Immerhin ist Konstantin mit ihnen verschwägert.«

»Schwager und Schwägerin bedeutet bei denen nicht viel«, wandte Priscian ein, zog sich damit aber nur einen heimlichen Fußtritt seiner Gemahlin zu.

»Schluss«, rief Alberic. »So traurig Eudoxias Schicksal ist, wir in Rom haben andere, dringendere Probleme zu lösen. Und zwar jetzt.«

Diese Ankündigung löste sofort subtile Aufregung aus. Crescentius richtete sich aus seiner gelangweilten Position am Fenster ein wenig auf, Octavian blieb stehen, jeder spähte zum Sessel, in dem der Prinzeps saß.

»Ich habe mir lange Gedanken gemacht«, sagte Alberic mit bemüht fester Stimme, »wie Rom auch nach meinem ... wie wir Rom auch in Zukunft regieren können. Dabei habe ich alle Möglichkeiten durchgespielt, keine außer Acht gelassen, niemanden von euch vergessen. Aber am Ende kann es nur eine Erfolg versprechende Lösung geben.«

Jeder hing an seinen Lippen. Selbst Marocia konnte sich nicht erinnern, wann sie zum letzten Mal so gespannt auf ein Wort gewesen war wie in dieser Minute vor dem mild vor sich hin brennenden Kamin.

»Ich möchte«, begann Alberic jedes Wort überdeutlich aussprechend, »dass Octavian nach dem Tod von Agapet II. Papst wird. Und ich werde auch die Kardinäle auf diesen Kurs einschwören.«

Niemand erwiderte zunächst etwas, obwohl jedem der Anwesenden ein Kommentar dazu auf der Zunge lag. Octavian war sechzehn Jahre alt, was seiner päpstlichen Autorität gewiss nicht förderlich sein würde. Doch selbst, wenn man seine Jugend außer Acht ließ, war er nicht zum Regieren geschaffen. Ja, er war ein höflicher Junge, der sich freute, wenn er seiner Großmutter den Arm zur Stütze hinhalten durfte, der viel lachte und niemandem Sorgen bereitete. Indes fehlte ihm die Neigung zum Politischen oder Religiösen.

Die Kunst hatte es ihm angetan, und Marocia hatte schon manches Mal gedacht, dass er als zweiter oder dritter Sohn irgendeines gewöhnlichen Adeligen besser dran gewesen wäre, denn dann hätte er einfach Mäzen werden und unentwegt mit Kirchenbaumeistern über den neuen Baustil diskutieren können. Dem einzigen Sohn des römischen Prinzeps dagegen stand ein solcher Wunsch nicht frei. Obwohl Marocia ihrem Enkel einen mitleidigen Blick zuwarf, sah sie doch ein, dass Alberic so handeln musste, wollte er die Zukunft der Familie sichern.

Alberic war noch nicht fertig. »Außerdem braucht Rom zusätzlich einen Senator oder Prinzeps, und wir sollten nicht so töricht sein, dieses wichtige Amt jemandem zu übertragen, der nicht zur Familie gehört. Zunächst habe ich an dich gedacht, Priscian, doch du wirst eines Tages über Capua-Benevent herrschen, was sich nicht mit der Führung Roms verträgt. Die Stadt muss unabhängig bleiben. Das«, schloss er mit einem ebenso innigen wie warnenden Blick auf seine Mutter, »ist der einzige Wunsch, den ich noch habe.«

Cato, der Sohn des schon vor Jahren gestorbenen Cicero, stand schwanzwedelnd vor Alberics Sessel und bellte dreimal laut. Dann versuchte er auf den Schoß zu springen, aber Alberic wehrte ihn ab, denn der Hund war schwer und der Prinzeps schwach und schweratmig. Enttäuscht suchte er bei Marocia sein Glück und hatte Erfolg. Sie war so abgelenkt, dass sie Cato erst bemerkte, als er schon hochgesprungen war. Sie streichelte den Jagdhund und bewegte ihn dazu, sich quer über ihre Beine zu legen. »Warum siehst du mich dabei so an?«, fragte sie Alberic. »Wie ich dir damals versprochen habe, hat König Otto Rom bisher nicht bedrängt und …«

Alberic unterbrach seine Mutter mit erhobener Hand. Er wirkte derart zerbrechlich, dass Marocia ihm in letzter Zeit nicht mehr widersprach, jeden Willen ließ und ungefragt kaum noch eine Meinung äußerte, aus Angst, ihn aufzuregen. Artig schwieg sie daher und wartete, dass er langsam schluckte und sagte: »Ich möchte, Mutter, dass Ihr für den Fall, dass mir etwas zustößt, die Verantwortung für Rom wieder übernehmt.«

Diese Bekanntmachung zuckte wie einer der Blitze des tobenden Gewitters über die Anwesenden herein, aber niemand hätte überraschter als Marocia von dem Angebot sein können. Ihr Sohn hatte nie etwas in dieser Richtung durchblicken lassen, und obwohl sie sich in den letzten Jahren viel um ihn bemüht hatte, hatte er ihr nicht das Gefühl gegeben, sie zu schätzen oder gar zu lieben. Aber nun, ganz plötzlich, vertraute er ihr das Kostbarste an, was er zu vergeben hatte: seine Stadt, und damit auch die Verantwortung für seine Kinder.

Sie brauchte einen Moment, um das Gehörte zu verstehen und zu verarbeiten. Als es so weit war, stritten Stolz, Rührung und Skepsis in ihr miteinander.

»Mein lieber Junge«, brachte sie schließlich heraus. »Das ist ja wohl ein Witz. Ich bin in diesem Jahr vierundsechzig Jahre alt geworden, und du sprichst von der Zukunft.«

»Dann packt noch ein Vierteljahrhundert drauf, Mutter, und Rom ist gerettet.« Alberic lächelte sie an und reichte ihr seine Hand, damit sie sie drückte, so wie früher, als sie noch gemeinsam in Spoleto lebten. Alles Elend war für einige Momente vergessen. Marocia lachte, und alle anderen fielen ein.

Nur Crescentius nicht. Sein sonst gleichgültiges Gesicht verzog sich zu einer zornigen Grimasse. »Päpste und Fürsten, wohin man sieht. Nur ich gehe leer aus. Hat sich auch jemand über meine Zukunft Gedanken gemacht, oder wäre es euch lieber, wenn ich mich auf der Stelle in den Tiber stürze?«

Alberic wandte sich zu ihm um. Sein geringschätziger Blick sprach Bände. »Wenn du willst, besorge ich dir zu diesem Zweck einen Mühlstein, den du dir um den Hals binden kannst.«

»Alberic!«, mahnte Marocia, der es nicht gefiel, dass ihre Kinder so miteinander redeten.

Aber Crescentius hatte nicht die Absicht, sich von seiner Mutter verteidigen zu lassen. »Du glaubst, besser zu sein als ich, weil du jeden Abend einen Zimmermannssohn aus Holz anbetest. Ihr alle« – er hieb um sich, als mache er einen Schwertstreich – »denkt doch, ich sei ein falscher Hund, nur weil ich Mutter hintergangen habe. Na und? Sie hintergeht ständig, und alle sind begeistert.«

Verlegene Stille machte sich breit. Keiner sah den anderen an, geschweige denn den Unruhestifter.

»Und du«, setzte Crescentius nach und deutete auf Alberic. »Du bist falscher als wir alle zusammen. Ein weiser Mann hat einmal gesagt, dass Bescheidenheit die raffinierteste Form der Eitelkeit ist. Nein, du prahlst nicht mit deinen vergangenen Heldentaten, aber du sorgst dafür, dass die Bänkelsänger dein Lied auf der Straße singen. Seit ich dich kenne, *Bruder*, weiß ich, warum Kain den Abel erschlagen hat.«

Mit diesen Worten ging Crescentius fast im Laufschritt aus dem Raum. »Crescentius!«, rief Marocia hinter ihm her, doch als er nicht hörte, scheuchte sie Cato mit Mühe und Not von ihrem Schoß, ließ sich von Priscian aus dem tiefen Sessel helfen und ging, so schnell es ihr möglich war, hinter ihrem jüngsten Sohn her.

Erst in der *Via Terme Trajanus*, der Straße von Alberics Villa, bekam sie ihn zu fassen. Regen prasselte in dicken Tropfen vom Himmel. Sie hielt Crescentius am Arm fest.

»Weißt du, Crescentius, ich bin nicht mehr die Jüngste, und sollte Alberic schon bald etwas zustoßen … Was ich sagen will: Ich brauche deine Hilfe. Du könntest *praetor* werden oder *defensor*, eine Art Minister für mich sein, ein Helfer, dem ich …«

»Ihr vertraut mir nicht.«

»Nicht grenzenlos«, gestand sie. »Aber du wirst mir Recht geben, dass du mir wenig Anlass dazu gibst. Die Ränke, die du mit Berengar geschmiedet hast ...«

»Ich habe mich damals nur in Eurer eigenen Kunst versucht, Mutter. Das müsstet Ihr doch eigentlich verstehen. Aber ich habe daraus gelernt.«

»Dann solltest du froh sein um die Aufgabe, die ich dir jetzt biete.«

Einen Moment lang schien er zu überlegen, nachgeben zu wollen, verwirrt zu sein. Er wusste nicht, wohin er schauen sollte, und seine Hände führten eine Vielzahl halber Gesten aus. »Warum tut Ihr das?«, fragte er schließlich. »Aus schlechtem Gewissen? Als ich geboren wurde, konnte es Euch nicht schnell genug gehen, mich wegzugeben. Wisst Ihr, wie sich das anfühlt, wenn man der eigenen Mutter nichts wert ist?«

Marocia senkte den Kopf.

»O ja«, flüsterte sie, aber Crescentius konnte sie nicht hören.

»Ihr hasst mich.«

Ein mächtiger Donner krachte vom Himmel, und nur einen Lidschlag später vertrieben mehrere grelle Blitze die herrschende Dunkelheit. Beiden tropfte der warme Gewitterregen von der Kleidung, vom Kinn und der Nase. Marocia strich ihrem Sohn eine seiner nassen dunkelblonden Haarsträhnen aus der Stirn. »Keine Mutter hasst ihr Kind. Ich habe dir doch schon einmal von meinem Fehler erzählt, aber du hast nicht zugehört, weil du immerzu nur an deinen Verrat gedacht hast. Im Rückblick sieht alles so simpel aus, so absurd auch. Aber ich gebe dir deine Chance jetzt, mein Sohn.«

Er hielt ihrem mütterlichen Blick stand. Schließlich nahm er ihre nasse Hand und platzierte einen höflichen Kuss darauf.

»Zum Teufel damit«, sagte er nur und ließ Marocia einfach stehen. Er ging die Straße hinunter und verschwand im Regen.

Marocias Herz, als sie ihm nachblickte, schien ihr schwerer als sonst, aber sie ließ sich von ihren Gefühlen nicht übermannen. Ihr Verstand arbeitete leicht wie immer. Jemand wie Crescentius, dachte sie, würde sich nicht so einfach von der Macht fern halten lassen.

Crescentius saß mit Octavian in einer Spelunke mitten im Transtiberim, dem Vergnügungsviertel Roms, und hörte sich schmunzelnd die Klagen seines nur sechs Jahre jüngeren Neffen an.

»Seit gestern bin ich nun offiziell Geistlicher, damit ich schnell gewählt werden kann, sobald der Papst stirbt. Aber ich will überhaupt nicht der nächste Pontifex werden, verstehst du? Wenn ich nur daran denke, wird mir schon übel.« Octavian hob den schweren Krug mit seinen zierlichen Händen umständlich hoch und machte eine Grimasse, nachdem er den ersten Schluck des für ihn ungewohnten Gebräus inmitten der ebenso ungewohnten Umgebung geschluckt hatte.

Crescentius verzog den Mund zu einem Grinsen. »Das ist Bier. So ziemlich das einzig Gute, das die Deutschen über die Alpen bringen. Das sind doch unkultivierte Wilde, denen wir einen Funken von unserem Wissen und Glauben geschenkt haben und die deswegen nun meinen, uns beherrschen zu dürfen. Wenn es nach mir ginge …« Crescentius hielt inne, denn Octavian sah ihn mit großen, verwirrten Augen an. Er war wirklich ein ebenso dummes wie verwöhntes Bürschchen, dachte Crescentius. Stets folgsam und manierlich. Bisher hatte er diesem Neffen kaum Beachtung geschenkt, doch das sollte sich ab heute ändern.

»Was deine geistliche Karriere betrifft«, sagte er. »So schlimm ist das doch auch wieder nicht.«

»Du hast gut reden«, gab Octavian zurück. »Dir drängt niemand ein Amt auf, schon gar keines, bei dem du Christus vertreten sollst.«

Crescentius lachte. »Lassen wir Christus mal für einen Moment aus dem Spiel«, sagte er amüsiert. »Das ist nicht zu viel verlangt, wenn man bedenkt, dass er sich seit über neunhundert Jahren nicht mehr zu Wort gemeldet hat. Also – als Papst hättest du Geld, hättest Macht, könntest dir jeden Wunsch erfüllen.«

Octavian zögerte mit seiner Antwort. »Nein … nein, ich glaube, das könnte ich nicht.«

Diese seltsame Antwort machte Crescentius neugierig. Es ging ihm bei diesem Treffen nicht bloß darum, einen Kontakt zu Octavian aufzubauen, sondern auch, sich ihm irgendwie nützlich oder sogar unentbehrlich zu machen. Und wenn der Junge Hemmungen, Skrupel oder gar Ängste hatte, sich gewisse Wünsche zu erfüllen, war das genau die Schwäche, die Crescentius ausnutzen konnte.

»Ich bin Spezialist in der Erfüllung von Wünschen«, sagte er und sah sich um.

In der Spelunke befanden sich auch einige Dirnen, die den Tisch mit den beiden schon seit längerem in Augenschein genommen hatten. Sowohl Crescentius als auch Octavian wirkten nicht wie arme Leute und sahen zudem ausgesprochen gut aus. Octavian hatte die tiefschwarzen Augen und Haare seiner Großmutter Marocia und wirkte mit all seiner Zartheit und Unschuld wie eine Herausforderung auf die Freudenmädchen. Crescentius dagegen war hier gut bekannt. Seine Ausstrahlung – eine Mischung aus Verwegenheit und Energie – sorgte dafür, dass er die Dirnen nicht bezahlen musste, sondern reihenweise Herzen brach.

Er winkte eines der Freudenmädchen herbei. »Du siehst«, sagte er zu Octavian, »so einfach ist das. Wenn du willst, dann …«

Octavian schüttelte scheu den Kopf. »Das … das ist es nicht, was ich meinte.«

Crescentius schickte die Dirne wieder weg. »Wenn du willst, dass ich dir helfe«, sagte er kumpelhaft, »musst du schon etwas deutlicher werden.«

»Ich …« Octavian versuchte zu schlucken, aber seine Kehle war staubtrocken. Statt zu sprechen, fixierte er einen Punkt im Raum, und Crescentius folgte seinem Blick. An der Theke stand ein junger hübscher Mann, etwa in Octavians Alter, und bot offensichtlich seine Dienste an. Nun begriff Crescentius. Diese Entwicklung gestaltete sich besser, als er zu hoffen gewagt hatte.

»Das ist es also?«, fragte Crescentius.

Octavian nickte. »Geht es dir vielleicht ebenso? Ich meine …«

»Nein«, sagte Crescentius. »Aber ich kenne alle in diesem Viertel, und es ist mir ein Leichtes, für dich zu vermitteln.«

»Das würdest du tun?«

Crescentius grinste zufrieden und klatschte seine Hand auf Octavians Schulter. »Aber ja. Doch du musst unbedingt weiter darüber schweigen. Weder dein Vater noch deine Großmutter dürfen davon wissen. Sie würden dich zum Teufel jagen.«

Octavian sackte ein wenig auf seinem Stuhl zusammen.

»Da hast du wohl Recht«, jammerte er.

»Kopf hoch, Kleiner. Von heute an beginnt ein ganz neues Leben für dich, glaub mir.«

Es war der frühe Morgen des 1. Dezember 954, und mit Alberic ging es zu Ende. Marocia saß an seinem Bett und beobachtete, wie sein Leben langsam verglimmte, so als reiche die innere Glut nicht mehr aus, um die Kälte fern zu halten. Er würde sterben, einfach so, und keiner konnte genau sagen, woran. Schwäche, nannten die ratlosen Heiler es.

Längst hatte Marocia die Ärzte weggeschickt, deren Tinkturen nur die Luft verpestet hatten, ohne dem Siechenden Linderung zu bringen. Auch Papst Agapet II., der sich in seinem Alter selbst kaum auf den Beinen halten konnte, war nur gekommen, um die Sterbesakramente zu spenden, bevor er sich wieder rasch in den Lateran zurückzog. Alberics junge Töchter, Paulina und Cecile, waren außer Marocia die Einzigen im Raum; sie standen auf der anderen Seite des Bettes und schluchzten leise vor sich hin.

»Kann er uns hören, Großmutter?«, fragte die Ältere der beiden.

Marocia schüttelte ratlos den Kopf. Alberics Augen waren zwar halb geöffnet, aber er starrte nur an die Decke und reagierte weder auf Berührungen noch Anrufe, so als läge er bereits im Grab.

Ein Bote Suidgers von Selz kam auf leisen Sohlen ins Sterbezimmer.

»Nun?«, fragte Marocia gedämpft.

»Nichts, Durchlaucht«, erwiderte dieser.

Marocia rieb sich die Schläfen, dachte nach. Octavian war wie vom Erdboden verschluckt. Man hatte überall nach ihm suchen lassen, im Haus, im Lateran ... Marocias Aufmerksamkeit war nicht entgangen, dass der Junge in letzter Zeit häufig für einen Tag und eine Nacht verschwunden blieb, und Suidger wusste ihr schon mehrmals zu berichten, dass man ihn zusammen mit Crescentius gesehen habe. Sie hatte bisher zu viel zu tun gehabt, um sich dieser Verbrüderung anzunehmen – Alberics Zustand, die schrittweise Rückkehr an die Spitze der römischen Verwaltung, ihre erfolgreichen diplomatischen Bemühungen, Konstantin VII. zu bitten, der entthronten Eudoxia den Status einer byzantinischen Kaiserinwitwe zu gewähren, obwohl ihr Gemahl Stephanos noch nicht tot, wohl aber im Kloster verschwunden war. Das alles hatte Kraft und vor allem Zeit gekostet, Zeit, die Crescentius anscheinend genutzt hatte.

Alberic richtete sich ein wenig auf.

»Octavian?«, rief er wie im Fieber.

Marocia legte ihre Hand beruhigend auf die Stirn ihres Sohnes. »Er wird bald hier sein. Wir haben schon nach ihm geschickt.«

»Mutter, du ... du musst ihn beschützen, hörst du, immer beschützen. Er ist noch so jung, und ... ganz anders als wir. Er muss Papst werden. Die Kardinäle, sie werden vielleicht ihre Versprechen nicht halten. Und auch Paulina und Cecile brauchen ... dich.«

»Du kannst dich auf mich verlassen«, sagte sie mit einem Kloß im Hals. »Ich werde für deine Kinder da sein, und für Rom.«

»Ja«, seufzte Alberic gedehnt. »Rom. Wir haben etwas daraus gemacht, oder?«

»Das haben wir, Alberic. Du und ich, wir haben gemeinsam etwas geschaffen, das uns überdauern wird. Diese Stadt, die so nahe daran war, zugrunde zu gehen, auf deren Foren die Ziegen und Schafe weideten wie in den Ruinen von Troja, diese Stadt ist wieder auferstanden. Die Ewige Stadt ist nur darum ewig, weil Menschen wie du sie lieben und immer wieder lieben.«

Er lächelte sie an, wurde schwächer. »Liebe, ja. Du weißt doch, dass ich dich immer geliebt habe, auch als ich ...«

Sie brach in Tränen aus, zum ersten Mal seit zwanzig Jahren. Ihre Enkelinnen, die sie immer so stark und überlegen erlebt hatten, trauten sich nun ebenfalls, ihrer Trauer freien Lauf zu lassen, und weinten lautstark.

»Ich weiß«, sagte Marocia und drückte Alberics Hand ganz fest. Als sie das Gefühl hatte, dass Alberic wieder in seine Umnachtung gefallen war, ging sie für einen Moment nach draußen. Dort verneigte sich eine Gruppe von Ärzten, Mönchen und anderen Geistlichen aus dem Lateran vor ihr. »Ich wünsche«, sagte sie nun zu einem der Prälaten gewandt, »dass die Glocken Roms geläutet werden.«

»Aber edle Senatrix«, wandte er ein. »Nur wenn ein Pontifex stirbt, werden ...«

»Tut es«, befahl sie, und bald darauf war der dämmernde Morgen erfüllt von jenem Klang, den ihr Sohn, den Alberic so liebte.

Als sie wieder bei Alberic saß, war er zwar erwacht, aber er sprach nicht mehr. Unentwegt blickte er zum offenen Fenster hinaus, durch das die feuchte Kälte der Jahreszeit kroch. Er sah den blau und grau melierten Himmel über Rom, und er hörte die Glocken und lächelte. Langsam flaute das Geräusch seines Atems ab, bis es nicht mehr zu hören war. Marocia selbst war es, die ihm mit zittrigen Fingern die Augen schloss.

Es war die Stunde nach Alberics Grablegung, ein eiskalter Tag, und das gefrorene Gras unter ihren Füßen knirschte, als Marocia und Lando durch die Gärten des pincischen Hügels spazierten. Ihre Köpfe waren unter den Kapuzen wärmender Gewänder versteckt. Sie berührten sich nicht und sahen einander nicht an, als sie Seite an Seite den Hügel hinaufschritten, aber jeder der beiden wusste dennoch, was im anderen vorging. Als sie an einer bestimmten Stelle angekommen waren, blieben sie stehen.

»Kann es sein«, sagte Lando als Erster, »dass es vierzig Jahre her ist, dass wir uns hier liebten, meine Katze?«

»Neununddreißig und ein halbes«, nickte Marocia, streifte die Kapuze ab und sah sich um. Ein paar Krähen umkreisten die kahlen Pappeln, und ihr Gekrächze betonte die asketische Kargheit der Natur. »Es war ein vollkommener Tag. Die Erde war warm, der Himmel blau, und wir hatten das Leben noch vor uns.«

Lando lächelte amüsiert. »Ausgerechnet in der Petersbasilika habe ich dir den Treffpunkt für unsere geplante Sünde zugeflüstert. Und der Erdboden hat uns dennoch nicht verschlungen. Hast du damals eigentlich gezögert?«

»Keinen Atemzug lang. Ich hätte es dir sehr übel genommen, wenn du mich nicht angesprochen hättest.«

»Du hast dir das nicht anmerken lassen. Ich musste dich sogar zu Fall bringen, damit du mir nicht wegläufst.«

»Nie davor und nie mehr danach habe ich es so genossen, ein Bein gestellt zu bekommen.«

Sie lachten beide, und für einen Moment huschte über Marocias Gesicht ein Schimmer von Freude, wie ihn nur die Erinnerung zaubern kann. Genau das hatte Lando auch beabsichtigt, diesem für seine Geliebte so melancholischen Dezembertag ein wenig Wärme zu geben. »Ich werde übrigens in Rom bleiben«, sagte er nach einer Weile des Schweigens ganz beiläufig. »Ich hoffe, es ist dir recht, wenn ich in der Engelsburg wohne?«

Ihr erstaunter Blick wich schnell einer großen Zärtlichkeit und Dankbarkeit. »Und Capua?«

»Ich darf dir mitteilen, dass Alazais seit heute Fürstin von Capua ist. Priscian ist jetzt mein Mitregent. Sollen die beiden sich mit dem Kram herumschlagen.«

Sie kam ganz nahe an ihn heran, bis die Kapuzen ihrer Gewänder sie nach allen Seiten abschirmten und es nichts gab außer ihnen selbst. Ihr Kopf zitterte leicht, wie häufig in letzter Zeit. Er küsste sie, und dann lehnten sie die Stirn aneinander. Lange und tief sahen sie sich in die Augen. »Aber du weißt«, sagte sie leise, »dass die Zeiten in Rom nicht ruhiger werden. Octavian ist ein Schaf, Crescentius ein Wolf, Berengar eine Qualle, und wenn der offene Kampf zwischen Byzanz und dem Deutschen Reich ausbrechen sollte, sind wir mittendrin.«

»Was hast du geglaubt?«, antwortete er. »Dass ich den ganzen Tag am Fenster sitze und die Raben auf den Bäumen zähle?«

»Nein, ich hatte gehofft, dass du den Köchinnen bei der Weihnachtsbäckerei hilfst. Die steinharten Kekse, die du backen würdest, könnten wir gut als Geschosse für die Katapulte gebrauchen.«

Sie lachten beide tonlos, die Lippen dicht an dicht. Und dann, völlig überraschend, krabbelten seine Finger auf ihrer Taille entlang und ließen Marocia aufschreien. Sie versuchte zu flüchten, aber er kitzelte sie im Laufen weiter. Wie vierzig Jahre zuvor, nur nicht mehr so schnell, liefen sie um die Bäume und Sträucher, auf denen sich der Schnee stapelte. Ihre Schreie hallten über den gesamten Hügel. Beinahe wäre Marocia gestolpert, doch Lando konnte sie im letzten Moment noch auffangen. Sie lag in seinen Armen. Die Aussicht auf ein gemeinsames Leben mit ihm, endlich, nach so vielen Episoden, ließ sie nun allen Kummer und die Probleme, die schon morgen auf sie zukamen, vergessen.

»Ich war noch nie so froh«, sagte sie, »dass mich jemand aufgefangen hat.«

Das römische Viertel Transtiberim hatte den Ruf eines modernen Sodom. Jedes Verbrechen und jede Sünde konnte dort angeboten, begangen oder gekauft werden, alles war in den Straßenzügen jenseits des Tibers möglich. Transtiberim mit seinen kleinen Schurken, den Hehlern, Erpressern, Zuhältern und Räubern, den Lustknaben und kindlichen Dieben war eine Welt für sich, aber diese Welt lebte von jenen Reichen und Mächtigen der anderen Viertel, die ihre Dienste in Anspruch nahmen.

Da Marocia nicht vorhatte, ihr Leben mit einem Dolch im Rücken im Rinnsal einer engen Gasse zu beenden, trug sie einfachste Kleidung und eine leicht unordentliche Frisur. Niemand sollte sie erkennen. Vor dem schmutzigen Mietshaus, das Suidgers Spione als Octavians heimliches Domizil ausfindig gemacht hatten, blieb sie einen Moment stehen. Die Fassade bröckelte, die runden Fenster waren kaum größer als die verlassenen Schwalbennester unter dem Giebel, die Wände waren feucht. Es musste wirklich ein großes Geheimnis sein, dachte Marocia, wenn der verwöhnte Octavian sich hier aufhielt.

Mühsam stapfte sie den dunklen Treppenaufgang hinauf, wobei ihr kein Geländer half, sondern nur ein mitgebrachter Stock. Als sie fast ihr Ziel, das zweite Geschoss, erreicht hatte, kam ihr eine Gestalt von oben entgegen, und noch bevor Marocia ihr Gesicht verbergen konnte, hatte ihr Sohn sie erkannt. Mit großen Augen sah er sie sprachlos an.

»Na«, sagte sie, die Situation schnell erfassend. »Überlegst du, ob du mich die Treppe hinunterwerfen sollst?«

»Was ... was tut Ihr hier, Mutter?«

»Ich genieße den Uringestank«, erwiderte sie mit gewohnter Ironie. »Der Arzt meint, das beuge meiner entstehenden Gicht vor.«

Sie hatte noch nicht ganz ausgesprochen, als Crescentius kehrtmachte, den Flur entlang bis zu einer der Türen rannte und sie demonstrativ mit über der Brust verschränkten Armen sperrte.

Langsam kam sie näher. »Das war sehr dumm von dir«, keuchte sie, vom Treppensteigen außer Atem. »Ich wusste bis eben nicht, welche der Türen auf diesem Stockwerk ich hätte öffnen sollen.«

»*Diese* werdet Ihr bestimmt nicht öffnen«, verkündete Crescentius und stemmte die Beine trotzig auf den Boden.

Sie wurde ernster. »Ich möchte meinen Enkel sprechen.«

»Ihr wollt ihn zu einer Eurer Kreaturen machen, so wie alle die anderen Menschen, die Ihr für Eure gemeinen Zwecke benutzt habt, die Euch hörig waren, weil Ihr sie erpresst, bezahlt oder« – dabei grinste Crescentius – »sonstwie gefügig gemacht habt.«

»Ich verstehe«, versetzte sie trocken, »du willst damit sagen, dass Octavian deine Kreatur ist und für deine Zwecke eingespannt wird, die natürlich viel edler sind als meine.«

Crescentius' Miene blieb glatt und kalt wie eine Klinge. Marocia versuchte, ihn sacht beiseite zu schieben, aber Crescentius war zu athletisch, als dass eine alte Frau vermocht hätte, ihn auch nur einen Zentimeter zu bewegen. Ein letztes Mal bat sie ihn, zur Seite zu treten, doch nachdem sie nur ein genüssliches Grinsen als Antwort erhalten hatte, folgte sie einer spontanen Regung und stieß ihm das Stockende in den Unterleib. Crescentius stöhnte laut auf und sank augenblicklich auf die Knie. Ohne ihn weiter zu beachten, öffnete Marocia die Tür.

Im nächsten Augenblick stand sie vor einem Bett, in dem Octavian lag, umschlungen von den Armen eines gleichaltrigen Burschen. Dieser sah mit seinem schwarzen Haar, das ihm bis auf die Schultern fiel, dem schlanken Gesicht und dem dünnen Flaumbart sehr gut aus, doch Marocia genügte ein kurzer Blickkontakt, um ihn als typischen Bewohner des Transtiberim einzuordnen. Er sprang aus dem Bett und blieb nackt daneben stehen, Octavian hingegen zog die Decke bis zum Kinn und blickte ängstlich auf seine Großmutter.

»Wir sind einander noch nicht vorgestellt worden«, sagte Marocia an den unbekannten Jüngling gewandt. »Wie ist dein Name?«

»Ganymed«, antwortete der Bursche mit fester Stimme. Er schien sich nicht zu schämen, unbekleidet vor der Senatrix der Ewigen Stadt zu stehen. »Jedenfalls nennen mich alle so.«

Marocia konnte sich ein vergnügtes Schmunzeln nicht verkneifen. »Ganymed also. Der Name des Favoriten des Zeus. Wie passend! Der künftige Stellvertreter Christi stellt gewiss keinen schlechten Ersatz für den griechischen Göttervater dar, nicht wahr?«

Ganymed hielt ihrem Blick stand, aber er schwieg. Vermutlich hatte er die Anspielung auch gar nicht verstanden.

»Bitte, Großmutter«, jammerte Octavian. »Ich kann es erklären.«

»Oh«, rief sie gedehnt. »Die Situation bedarf keiner Erklärung.«

»Es tut mir Leid, dass ich …«

»Und sie bedarf schon gar keiner Entschuldigung«, unterbrach sie ihren Enkel.

Octavian stutzte. »Ja, seid Ihr denn nicht empört, Großmutter?«

Marocia lachte auf. »Empört? Ich kann mich nicht erinnern, mein Junge, jemals empört gewesen zu sein. Wütend vielleicht, zornig, verbittert, enttäuscht … Aber was ich hier sehe, erregt keines dieser Gefühle in mir. Es ist mir gleich, ob du dir ein Weib, einen Mann oder einen Esel ins Bett holst – bisweilen ist das ohnehin dasselbe, wie ich aus eigener Erfahrung weiß.«

Octavians Gesicht hellte sich merklich auf, seine Augen verloren einen großen Teil ihrer Ängstlichkeit, und seine Hände umkrampften nicht länger die Bettdecke. »Aber … was willst du sonst von mir?«

»Ich will dein Vertrauen«, sagte sie und bemerkte zufrieden, wie Octavian stutzte. Sie setzte sich auf die Kante des Bettes und nahm seine Hand. »Ich möchte nicht lange herumreden. Du bist auf dem besten Wege, uns alle in Gefahr zu bringen, wenn du dich weiterhin im Untergrund herumtreibst. Ich kann die Kardinäle nicht mehr alleine steuern. Manche sind Berengar von Ivrea hörig, der von Friaul aus intrigiert, andere schielen nach Byzanz. Wenn du dich nicht ein wenig zusammenreißt, mein Junge, fliegt unser ganzes Vorhaben auseinander, und wir alle mit ihm.«

»Ich werde nicht auf Ganymed verzichten, wenn Ihr das meint«, gab Octavian trotzig zurück. »Da könnt Ihr noch so lange reden. Ihr … Ihr versteht das nicht. Er … er ist der erste Mann, den ich … nun ja …« Er warf einen verlegenen Blick zu dem Jüngling. »Ich habe ihn sehr gern.«

Marocia strahlte ihren Enkel mit aller Anmut an, die sie besaß, und flötete: »Du möchtest mit Ganymed zusammenbleiben? Aber bitte, mein Junge. Du kannst ein Haus aus dem Familienbesitz beziehen, zum Beispiel meine Villa auf der Tiberinsel, und lädst dir Ganymed, so oft du willst, am Abend dorthin ein. Aber tagsüber sowie an den Sonntagen und kirchlichen Feiertagen musst du wie alle anderen Prälaten deine Rolle spielen. Zeig dich den Kardinälen, lächele sie an, stelle ihnen Güter in Aussicht, lasse sie im Glauben, dich beherrschen zu können. Geh am besten täglich eine Stunde in die Kirche und bete – egal wofür oder für wen –, dann glauben sie, sie hätten es mit einem Frömmler zu tun. Du hilfst dir und uns damit enorm.«

»Das ist alles?«, fragte Octavian ungläubig. »Mehr verlangt Ihr nicht?«

»Du könntest ab und an über die Wasser des Tiber laufen oder aus einem Brot tausend machen«, scherzte Marocia. »Das würde es mir noch leichter machen. Aber Spaß beiseite: Wenn du dich so verhältst, wie ich es dir geraten habe, bin ich in der Lage, die Kardinäle bei der Stange zu halten. Tust du es nicht, werden andere Kräfte die Oberhand bekommen, und du wirst nicht gewählt. Ich muss dir nicht erklären, dass das eine Katastrophe wäre. Über kurz oder lang verlören wir nämlich die Kontrolle über Rom.«

Octavians Herz strömte über vor Freude. »Aber nein ... nein«, stammelte er. »Natürlich verhalte ich mich ganz nach Euren Ratschlägen. Eine eigene Villa, sagt Ihr? Ich ... ich finde Euch wunderbar, Großmutter. Wie Ihr auf ... auf Ganymed reagiert, wie Ihr auf meine Wünsche eingeht ...«

»Schon gut«, seufzte Marocia und tätschelte Octavians Hand. »Aber wenn du mal wieder ein Geheimnis hast, weißt du, wo ich wohne, nicht wahr?«

Octavians eifriges Nicken konnte sie kaum beruhigen. Nicht, dass sie ernsthafte Bedenken wegen der Neigungen ihres Enkels hatte, weder aus moralischer noch aus politischer Sicht. Er war ein lieber Junge, im Grunde ganz harmlos, und er verdiente ein persönliches Glück. Zudem lebte er trotz seiner Affäre mit einem Mann alles in allem christlicher als die meisten Geistlichen und Gläubigen, die sie kannte, und ihr fiel niemand ein, der es hätte wagen dürfen, den ersten Stein auf ihn zu werfen, sie selbst eingeschlossen.

Was ihr jedoch Sorgen bereitete, war, wie schnell sie Octavian wieder auf ihre Seite gebracht hatte, nachdem er zunächst ganz von Crescentius eingenommen worden war. Der Junge war auf naive Weise wechselhaft; er war wie eine Motte, die immer zu der Lichtquelle flog, die heller auf ihn strahlte, und das war in zweierlei Hinsicht bedenklich. Zum einen konnte er sich in seiner Naivität jederzeit wieder einer anderen Seite zuneigen, sobald diese ihm etwas versprach, das ihm vorteilhaft schien; zum anderen würde er in diesem Wettbewerb der Geschenke, Versprechungen und Erleichterungen völlig verzogen werden. Doch obwohl Marocia das alles wusste, konnte sie jetzt nicht mehr tun, als, so gut es ging, für die Zukunft vorzusorgen.

»Um deine Stellung auch künftig zu sichern«, erklärte sie, »wirst du mir jetzt ein Dokument ausfertigen, das mich auf Lebenszeit als Senatrix bestätigt. Das Datum lässt du offen, ich setze es am ersten Tag deines Pontifikates ein.«

Octavian zauderte keinen Moment. Er wickelte sich die Decke um seine Hüften, ging zu einem Tisch und machte sich daran, zu schreiben. Die Zeit, die er zur Ausfertigung der Urkunde benötigte, nutzte Marocia, um ein Wort mit Ganymed zu wechseln. Sie stellte sich dicht vor ihm auf und flüsterte: »Ich nehme an, diese Behausung ist deine Wohnung, und du bist von Crescentius an meinen Enkel vermittelt worden. Ist es so?«

Ganymed überlegte einige Momente, ob er die Wahrheit sagen solle, und entschied sich schließlich dafür. Er nickte.

»Dann höre gut zu. Ich werde nicht verhindern können, dass mein Sohn und du Einfluss auf Octavian nehmt. Das allein mache ich euch beiden nicht zum Vorwurf, denn ich habe früher selbst die Liebe von Männern für meine Ziele zu nutzen gewusst. Aber ich war dabei nie roh und bösartig gewesen, sondern habe wenigstens einen Teil der Gefühle, die man für mich empfand, zurückgegeben, und das erwarte ich auch von dir. Wenn du Octavian absichtlich wehtun oder ihn auf Crescentius' Befehl in ein politisches Desaster treiben solltest, dann wirst du erleben, dass auch eine alte Frau noch zur Furie werden kann. Du hast mich verstanden?«

Ganymed senkte die Augenlider, zum Zeichen, dass er sie sehr gut verstanden hatte, und das genügte Marocia vorerst.

Als sie den Raum mit dem erstrebten Dokument in Händen verließ, sah sie Crescentius an einer Wand lehnen. Er hatte sich offensichtlich von den körperlichen Schmerzen erholt, aber sie konnte spüren, wie er innerlich vibrierte. Er wollte an ihr vorbeisehen, aber es gelang ihm nicht.

»Na, habt Ihr jetzt, was Ihr wolltet?«, brummte er. »Senatrix auf Lebenszeit.«

»Ich weiß, wie du dich jetzt fühlst«, sagte sie versöhnlich. »Fünf, sechs Male in meinem Leben ging es mir ebenso. Immer, wenn ich dachte, am Ziel zu sein, kam jemand oder etwas und nahm es mir weg. Nun, vielleicht nicht mittels eines solchen Tiefschlages, der ja nur bei Männern seine Wirkung tut, aber …«

Sie lächelte, um ihm zu zeigen, dass sie einen Scherz hatte machen wollen, aber seine Miene blieb unbewegt. Zuerst wollte sie noch weiter auf ihn einreden, ihn zur Vernunft bringen oder irgendwie auf ihre Seite ziehen, aber plötzlich spürte sie eine Müdigkeit in sich. Sie war nicht körperlich. Es war die Versuchung, dieses Kind, das sie zum ersten Mal in der Gefangenschaft der Engelsburg und ein weiteres Mal in Bari aufgegeben hatte, erneut fallen zu lassen.

Vielleicht spürte Crescentius etwas davon, denn einen Augenblick lang gab er seine Reserve auf und studierte das Gesicht seiner Mutter, ja, ein wenig schien er sich sogar vor irgendetwas zu fürchten. Er hob die Hand, um ihre Schultern zu berühren, aber Marocia sah es nicht, wandte sich seufzend von ihm ab und stieg die Stufen des modrigen Treppenhauses hinab.

Lange musste Octavian die ihm abverlangte Rolle als bereitwilliger und würdiger Anwärter auf den päpstlichen Thron nicht spielen. Bereits wenige Wochen nach Marocias Besuch im Transtiberim starb Papst Agapet II. Marocia versicherte sich sogleich der Unterstützung der deutschfreundlichen Kardinäle, deren Zahl seit einiger Zeit von Woche zu Woche gewachsen war und die sich von der bewährten Senatrix und ihrem scheinbar geläuterten Enkel eine solide Politik ohne Abenteuer versprachen. Ein Favorit Berengars von Ivrea, des friaulischen Markgrafen, der sich nach wie vor um größeren Einfluss in Italien bemühte, verfügte in der Kurie über keine Mehrheit. So lösten die meisten Kardinäle ihre dem verstorbenen Prinzeps gegebenen Versprechen ein und wählten Octavian zum Papst.

Marocia verfolgte von einer Tribüne, wie dem Siebzehnjährigen, der sich den Papstnamen Johannes XII. gab, die Tiara aufgesetzt, das Prunkgewand umgelegt und schließlich der Stab Petri in die Hand gegeben wurde. In einer Ansprache an die versammelten Prälaten und weltlichen Würdenträger verkündete er einige unspektakuläre Kirchenreformen und Bauvorhaben und nahm zu den wichtigsten politischen Fragen der Zeit Stellung. Nachdem er König Otto I. zum wiederholten Mal mit großem Lob erwähnt hatte, neigte Suidger sich der neben ihm stehenden Marocia zu und flüsterte: »Wenn er diese brillante Rede selber geschrieben hat, will ich auf der Stelle vom Blitz getroffen werden.«

»Dieses Schicksal bleibt Euch erspart, ehrwürdiger Suidger«, erwiderte Marocia amüsiert. »Ich habe sie letzte Nacht verfasst, die Tinte auf dem Papier dürfte noch feucht sein.«

»Und?«, fragte Suidger neugierig. »Hat Octavian sich gesträubt, die Rede Wort für Wort zu übernehmen?«

»Im Gegenteil, er war mir dankbar für meine Hilfe.«

»So seid Ihr es nun also wieder geworden«, stellte er fest.

»Was?«

»Die Herrin der Päpste.« Suidger von Selz gab einen erleichterten Seufzer von sich, faltete die Hände auf seinem Bauch und widmete sich mit einem entspannten, friedvollen Lächeln wieder der Ansprache. Marocias Gedanken hingegen hielten sich nicht mit solchen imaginären Titeln auf, die nur die Dichter beflügelten, aber politisch wenig bedeuteten. Ihr war klar, dass Crescentius in Ganymed eine machtvolle Waffe besaß, die stärker sein konnte als alle von Octavian unterzeichneten Dokumente, alle verwandtschaftliche Zuneigung ihres Enkels, alle seine Vernunft und Moral. Es war nur eine Frage der Zeit, wann Crescentius diese Waffe einsetzen würde, und vor allem, wofür. Die Herrin des Papstes zu sein, das hieß im Falle Octavians, einen täglichen Kampf führen zu müssen.

In das kleine Zimmer im Transtiberim drang kein Sonnenstrahl, obwohl der Märzhimmel fast wolkenlos war. Vom einzigen Fenster aus blickte Crescentius auf die gegenüberliegende Hauswand, die, obwohl auf der anderen Gassenseite gelegen, zum Greifen nahe war. Drei weitere Stockwerke hoch ragte das bräunliche, verrottete Gemäuer und sorgte dafür, dass selbst an den lichten Tagen eine deprimierende Düsternis herrschte. Dafür war es laut. Von überall her drang das Geschrei von Kindern, das Geschimpfe zänkischer Weiber, das Gegröle trunkener Männer durch die blattdünnen Wände, und die auf dem Pflaster ratternden Karren taten ein Übriges.

Trotz des Lärms hörte Crescentius, wie sich hinter ihm die Tür öffnete und wieder schloss. Er wusste, wer endlich eingetroffen war. Ohne sich umzudrehen, sagte er: »Du bist spät.«

»Ist eine weite Strecke vom Lateran zu meiner alten Kammer«, murrte Ganymed. »Früher bin ich ja kaum aus dem Viertel herausgekommen.«

»Dafür lebst du jetzt ja nicht schlecht.« Crescentius drehte sich um und grinste auf jene kalte Weise, die Ganymed schon oft an ihm bemerkt hatte. Ganymed mochte seinen Gesprächspartner nicht, hatte ihn nie gemocht, aber im Transtiberim liefen die Dinge nicht anders als überall. Die wenigsten hier mochten sich untereinander, schon gar nicht vertrauten sie einander, aber sie machten zusammen Geschäfte, sie lieferten sich gegenseitig den Stoff zum Leben. Crescentius hatte ihm früher schon häufig Aufträge verschafft, ihn als Lustknaben in die Häuser der Reichen vermittelt, wo er dann ein Geheimnis ausspionieren oder etwas Wertvolles stehlen sollte, und er war nie schlecht dabei gefahren. Crescentius erpresste seine überraschten Standesgenossen anschließend mit seinem Geheimwissen oder verhökerte das Diebesgut zu guten Preisen, und er gab Ganymed ein Zehntel von den Erlösen ab, weitaus mehr, als sonst üblich war.

Und doch hatte Ganymed die Zusammenarbeit mit seinem Auftraggeber mehr als einmal beenden wollen, einfach deshalb, weil Crescentius ihm unheimlich war. Dieser Mann gehörte nicht in die Kreise des Transtiberim, auch wenn er hier ein und aus ging. Mit gewöhnlichen Kleinverbrechen würde sich ein Königssohn, ein Sohn der Senatrix, ein Onkel des Papstes auf Dauer nicht abgeben. Ganymed jedoch blieb lieber bei dem, was er kannte und beherrschte, bei den kleinen Gaunern und Gaunereien, mit denen er aufgewachsen war. Macht und Einfluss, Intrige und Politik gehörten nicht dazu; solche Spiele ängstigten ihn, und er hatte nicht vor, sich daran zu beteiligen.

Ganymed zog einen Beutel aus der Tasche und hielt ihn Crescentius hin. »Hier! Ein edelsteinbesetztes Ding – wie nennt man das? – Brustkreuz. Und der goldene Knauf einer ...«

»Lass doch diesen Kram«, fuhr Crescentius ärgerlich dazwischen. »Glaubst du, ich habe dich damals an Octavian vermittelt, damit du ihn bestiehlst, du Dummkopf?«

Ganymed überlegte einen Moment, dann warf er den Beutel auf das Bett. »Gut, dass du so denkst, denn es war auch das letzte Mal. Mir ist das alles nicht geheuer, hörst du. Ich mache nicht mehr mit.«

»Nicht mehr mit«, echote Crescentius und setzte wieder sein markantes Grinsen auf. »Du glaubst, aus so einer Sache steigt man einfach aus?«

»Na klar. Ich habe genug Flöhe gemacht, um für den Rest meines Lebens ...«

Mit einem schnellen Satz sprang Crescentius auf den Jüngling zu, packte ihn am Kragen und drückte ihn gegen die Wand. »Der Rest deines Lebens, mein Kleiner, wird kürzer, als du denkst, wenn du Octavian jetzt verlässt.«

Ganymed, von der Wucht des Aufpralls halb benommen, konnte nur mühsam sprechen. »Du ... du kannst mir nichts nachweisen, ohne dich selbst zu belasten, kapierst du?«

Crescentius neigte sein Gesicht derart nah an das von Ganymed heran, dass ihre Münder sich fast berührten. Er kicherte: »Für eine kleine Laus aus einem Dreckloch, wie du es bist, denkst du überraschend juristisch, mein Kleiner. Nicht das Beil des städtischen Henkers habe ich gemeint, sondern den Dolch des Mörders. Ich lasse dich von einem der anderen kleinen Läuse dieses Dreckviertels abstechen. So einfach ist das.«

Ganymed keuchte. Er wusste, dass dieser Mann nicht bluffte und dass ihm nichts anderes übrig blieb, als ihm vorerst weiter zu Diensten zu sein. »Also gut, nimm deine Klaue weg. Ich ... ich bleibe bei Octavian. Aber was soll ich im Lateran eigentlich tun, außer Octavian zu ... unterhalten?«

Crescentius lockerte seinen Griff um Ganymeds Kragen und schaffte wieder eine Elle Distanz zwischen sich und ihm. »Das hört sich doch schon viel besser an. Damit kommen wir endlich zum eigentlichen Grund, weshalb ich dich hierher bestellt habe.« Er strich sein durch das kurze Gerangel verknittertes Gewand glatt und nahm wieder seine ursprüngliche Position am Fenster ein. Mit seiner üblichen zynischen und unterschwellig aggressiven Stimme setzte er die Unterhaltung fort. »Er liebt dich, oder?«

Ganymed senkte den Kopf. »Ich glaube, ja.«

»Und hat er vor dir schon andere Männer geliebt?«

»Geliebt oder *geliebt*?«

»Beides.«

»Er ist sehr schüchtern. Ich bin für ihn der Erste.«

»Fein«, knurrte Crescentius zufrieden. »Dann kannst du mit ihm machen, was du willst. Oder was ich will, besser gesagt.«

»Und was willst du?«, fragte Ganymed ein wenig genervt von dem Herumgerede seines Auftraggebers.

»Langsam, mein Kleiner, langsam. Nichts übereilen. Wir werden Octavian ganz sacht auf unsere Seite bringen, so, dass er es fast gar nicht mitkriegt. Und dann ...« Crescentius unterbrach sich selbst. Er blickte über die Schulter zu Ganymed und grinste. »Es wäre doch schade, wenn er weiterhin nur dich zur – wie sagtest du? – zur Unterhaltung hätte. Du solltest diesem einsamen Papst die anderen Schmuckstücke deiner Zunft nicht länger vorenthalten.«

41

Anno Domini 955

Die Kapelle inmitten der Engelsburg war von Marocia nach ihrem Einzug geschaffen worden, aber auf den ersten Blick sah sie wie eine Notlösung aus. Ohne Fenster, die Sonnenlicht hereingebracht hätten, achteckig, nur etwa sechs Schritte im Durchmesser, dafür aber mit einer acht Meter hohen Kuppel versehen, war sie zweifellos der ungewöhnlichste Betraum ganz Italiens. Die Wände waren steingrau und wenig geschmückt, die Kuppel düster, der Altar ein Steinklotz, wie ihn die Pyramidenbauer verwendet haben mochten, aber es war gerade diese Askese der Mittel, die dem Raum jene mystische Ausstrahlung verlieh, die Marocia mit dem Alter immer mehr schätzte.

Sie kam allerdings selten hierher, und wenn doch, dann nicht, um an Gottesdiensten teilzunehmen – die hier ohnehin nicht stattfanden –, sondern einfach, um allein mit sich selbst die Atmosphäre zu genießen. An diesem Tag jedoch war alles anders. Lando hatte sie an der Hand genommen und quer durch die Engelsburg zur Kapelle gezogen. Dort erwartete sie eine Überraschung: Hunderte von Kerzen und Öllampen, die sich wie ein Teppich auf dem Boden ausbreiteten, erfüllten den Raum mit ihrem warmen Licht. Vom Eingang führte eine schmale Gasse bis zum Altar, der jedoch von einem gläsernen Wandschirm verdeckt wurde. Eine Fackel dahinter offenbarte die prächtigen Farben des biblischen Motivs: Die Hochzeit von Kanaan leuchtete in grünen und goldenen Farben.

Marocia schritt sprachlos zwischen den Kerzen entlang, und ihre Hand fuhr vorsichtig über das fragile Glas des Wandschirms. Mit ebenso staunendem wie fragendem Blick wandte sie sich zu Lando um.

»Dein Enkel hat selbst die Skizzen zu dem Motiv gemacht«, erklärte er. »Er ist wahrhaftig ein Künstler.«

»Aber was …? Warum? Ich meine …«

Lando schmunzelte. Es kam selten vor, dass seine Geliebte nicht die richtigen Worte zu setzen wusste. Auf seinen Ruf hin betrat ein Flötenspieler die Kapelle und blies eine süßliche Melodie, und ihm folgte ein Pater. Lando ging auf Marocia zu, legte seine Hände an ihre Wangen und fragte: »Meine Katze, willst du mich heiraten?«

Sie sah ihn an. Ihr Kopf zitterte. Für einen Moment war nicht zu erkennen, ob sie im nächsten Moment lachen oder weinen würde. Sie tat nichts dergleichen, sondern erwiderte Landos Blick mit der gleichen Liebe und Festigkeit. Dann nickte sie.

»So soll es sein«, hauchte er, und sie wiederholte seine Worte. Dann fiel ihr ein: »Aber wir brauchen Zeugen.«

Auf seinen erneuten Ruf hin kamen Priscian und Alazais sowie Blanca und Suidger von Selz lachend hinter dem Wandschirm hervor, und von draußen hüpften ihre Enkelinnen Paulina und Cecile herein. Ein großes und helles Durcheinander, wie es nur die Wiedersehensfreude schaffen kann, beherrschte eine Zeit lang die

Szenerie. Alle fielen sich in die Arme und tauschten freundliche Worte und Gesten aus, bis es dann der ungeduldige Lando war, der nach einer Weile versuchte, ein wenig Ordnung zu schaffen. »Ich warte schon so viele Jahre auf diesen Moment, aber glaubt mir, jetzt halte ich es keine zehn Atemzüge lang mehr aus.«

Die Kapelle füllte sich mit Gelächter. »Aber einer fehlt doch noch«, wendete Marocia ein. Sie blickte sich suchend um. »Octavian.«

Suidger von Selz räusperte sich. »Eigentlich wollte ich mit dem Pontifex zusammen herkommen. Doch – nun ja, er lässt sich entschuldigen. Da waren einige junge Männer, mit denen er ... etwas zu besprechen hatte.«

Ein verlegenes Schweigen machte sich breit, einige senkten die Köpfe, andere schmunzelten, denn niemand war ahnungslos. Nur Blanca blickte verwirrt.

»Konnte diese Besprechung nicht warten?«, fragte sie den *primicerius*.

Suidger holte tief Luft und suchte nach Worten, aber Marocia befreite ihn aus seiner unangenehmen Lage. Sie legte ihre Hand beschwichtigend auf Blancas Unterarm. »Meine Liebe, Octavian wird gewiss viel zu erregt sein, bis er die Besprechung hinter sich hat. Er kommt sicher nach und ist dann umso heiterer und ausgeglichener.« Sie wandte sich Lando zu und sah dessen roten Kopf.

»Warum hältst du denn die Luft an?«, fragte sie erschreckt.

»Ich sagte doch, dass ich keine zehn Atemzüge mehr durchhalte.«

Erneut hallte das gelöste Lachen aller von der Kuppel zurück, und endlich schlug der Pater das Kreuz, und die Zeremonie konnte beginnen. »*In nomine patri et filii et spiritus sancti ...*«

In den kommenden Monaten stieg die Anzahl der Männer, die Dauergäste im Lateran wurden. Suidger, der Marocia regelmäßig berichtete, hatte bei siebzehn verständlicherweise mit dem Zählen und der Nachforschung von Namen und Herkunft aufgehört, war doch nur ein einziger Name in diesem Zusammenhang wichtig: Crescentius. Er wohnte nicht nur im Lateran, er organisierte auch Octavians Festlichkeiten, die mit jedem Mal an Opulenz zunahmen, und Marocias vorsichtige Mahnungen, mit denen sie ihren Enkel mäßigen wollte, hatten stets nur vorübergehende Wirkung. Die Verlockungen eines ausgelassenen Lebens bekamen immer wieder die Oberhand. Im September 955 jedoch erreichte die Hemmungslosigkeit und Verschwendung einen kritischen Höhepunkt.

Marocia saß allein auf ihrer Terrasse und mühte sich, die Sprache eines reich bebilderten und kunstvoll verzierten deutschen Buches zu verstehen, während Lando unterwegs war, um die Wehrhaftigkeit der Aurelianischen Mauer zu inspizieren. Es war ein ausgesprochen warmer Tag, der noch einmal die volle Blumenpracht des bepflanzten Terrassengartens hervorlockte. Die schwarzen Dolden der Holunderbüsche hingen schwer an den Ästen, die Weinranken nahmen ihre strahlend rötliche Färbung an, und hoch oben am Himmel sammelten sich die ersten Vögel und nahmen Abschied von Rom. Ein lauer Südwind brachte leicht verbrannten Geruch mit, anfangs kaum wahrnehmbar, dann jedoch immer intensiver und geradezu exotisch werdend. Dieser Duft konnte nicht von Blumen stammen.

Als Marocia aufsah und über die Dächer Roms blickte, erkannte sie mehrere Rauchsäulen über dem fernen Lateran, jede in einer anderen Regenbogenfarbe, und gerade als sie aufstehen wollte, um das Spektakel besser zu sehen, beugte sich Lando von hinten über sie und drückte ihr einen Kuss auf die Wange. Er sah kein bisschen erschöpft von dem langen Ritt aus, aber Marocia erkannte sofort die Besorgnis auf seiner Stirn.

»Ein Gartenfest im Lateran«, brummte Lando, stemmte die Fäuste in seine Hüften und blickte verächtlich auf die Rauchsäulen. »Ganz Rom duftet wie ein Bordell. Du weißt, meine Katze, ich bin wirklich der Letzte, der den Oberhirten ein heiligenähnliches Leben abverlangt, aber Octavians Vorgänger waren wenigstens so gescheit, ihre Vorlieben stillschweigend innerhalb der lateranischen Mauern auszuleben.«

Marocia konnte ihm nur Recht geben. »Die Leute machen sich schon seit einiger Zeit über ihn lustig. Päpstin Johanna, witzeln sie in Anspielung auf seine Neigung.«

»Römer haben eine scharfe Zunge«, sagte er und lächelte Marocia vieldeutig an.

»Ja«, bestätigte sie nachdenklich und stützte ihr Kinn auf die

Hände. »Aber schlimmer wird sein, was seine eigene Kirche über ihn denkt. Die Reformen im Sinne Clunys greifen um sich. Viele Bistümer und Klöster stehen der Dekadenz ihrer Prälaten zunehmend kritisch gegenüber.«

»Also wirst du diesem Unsinn ein Ende bereiten?«

»Ich will nichts überstürzen. Bisher unterschrieb er alles, was Suidger und ich ihm vorlegten. Je vehementer ich gegen Octavian auftrete, desto stärker könnte ich ihn in Crescentius' Arme treiben.«

»Du weißt, die Stadtmiliz ist ganz auf deiner Seite.« Lando war auf Marocias Initiative hin von Octavian zum *superista* bestallt worden. Zumindest von dieser Seite waren also keine schlimmen Überraschungen zu erwarten. Die Miliz offensichtlich als Druckmittel gegen den Pontifex zu benützen würde jedoch mehr Probleme schaffen als lösen. Schnell könnte das Wort von einer babylonischen Gefangenschaft der Kirche die Runde machen, und Byzanz könnte das zur Aufwiegelung der gläubigen Welt gegen Rom benutzen. Fäden, so wusste Marocia, durften stets nur aus dem Unsichtbaren gezogen werden.

»Das hätte ich fast vergessen«, sagte Lando und überreichte ihr eine geplombte Schriftrolle. »Diese Botschaft ist bei der Wache unten abgegeben worden. Das Siegel ist mir nicht bekannt.«

Marocia erkannte es sofort, da sie alle Siegel deutscher Fürstenhäuser studiert hatte. Die Feder und das Kreuz. Gespannt öffnete sie die Rolle. Doch schon beim Überfliegen der ersten Zeilen vergaß sie, Lando zu antworten, vergaß sie alles um sich herum. Langsam stand sie auf, ihre Hände zitterten. Die Plombe baumelte an einer langen Schnur, die an dem kostbar raschelnden Pergament befestigt war. So viel sah auch Lando: Es war ein königlicher Brief – und ein aufregender.

Noch während Marocia ihrem Gemahl die Botschaft zum Lesen gab, sagte sie: »Ich muss in den Lateran.«

»Jetzt?«, fragte Lando erstaunt. »Du weißt doch, was da in diesem Moment vor sich geht.«

»Sofort.«

In den Texten des altrömischen Geschichtsschreibers Sueton hatte Marocia früher schon Berichte über die Feiern der Kaiser Tiberius und Caligula gelesen, und in Capua hatte sie in antiken Villen farbige Mosaike an Wänden und auf Fußböden gesehen, die rauschende Feste darstellten. Doch es war eine Sache, etwas mit dem Verstand zu erfassen, eine andere, wenn alle Sinne beteiligt wurden. Marocia, die bis zu diesem Abend gedacht hatte, bereits alles gesehen zu haben, was das Leben an Überraschungen bereithielt, gestand sich ein, hier und heute eines Besseren belehrt zu werden.

Überall waren Fackeln verteilt worden, die den Garten in ein diffuses Licht tauchten, überall stieg aus Schalen und Kesseln der würzige, nach Weihrauch und Zedernholz duftende Rauch in den abendlichen Septemberhimmel, überall standen lange Tafeln mit kulinarischen Köstlichkeiten darauf herum. Die Gäste – wenn man sie so bezeichnen konnte – waren zum einen Teil junge, schlanke Burschen, zum anderen Teil aber auch reife, kräftige Männer. Sie lieferten sich unter großem Lärm Verfolgungsjagden, sie tanzten zur Musik von Flöten, Schellen und Tamburinen, fütterten sich gegenseitig mit Speise oder Wein, rangen miteinander oder lagen einfach auf dem weichen Rasen beieinander. Zur letzten Gruppe gehörte auch Octavian, den Marocia erst nach einiger Mühe finden konnte – nur leicht bekleidet und in den Armen Ganymeds.

Marocia räusperte sich.

»Manche Szenen wiederholen sich einfach«, sagte sie, als Ganymed sie sah und erschreckt aufsprang. Octavian jedoch verhielt sich anders als damals in dem finsteren Loch im Transtiberim. Er war schon angetrunken und lächelte Marocia an.

»Großmutter, wie schön«, hieß er sie mit ausgebreiteten Armen, aber ohne aufzustehen, willkommen. »Ihr habt mich lange nicht mehr besucht.«

»Weißt du, mein Junge, ich halte mich lieber dort auf, wo ich das Durchschnittsalter nicht so enorm anhebe. Zwischen euch allen hier wirke ich ja wie eine ägyptische Mumie.«

Octavian begeisterte sich für den trockenen Humor Marocias, denn er gackerte wie ein Huhn und kippte dabei halb zur Seite. Ganymed musste ihn wieder aufrichten.

»Ich habe soeben von Königin Adelheid die Nachricht erhalten«, erklärte Marocia ihrem halbnackten Enkel, »dass König Otto I. auf dem Lechfeld bei Augsburg einen gewaltigen Sieg über die heidnischen Ungarn erkämpft hat. Er wird sein Territorium nun erheblich nach Osten erweitern, der Herr ganz Mitteleuropas werden.«

Octavian zuckte gleichmütig mit den Schultern. »Na, herzlichen Glückwunsch«, kicherte er. Und an Ganymed gewandt: »Nicht wahr, darauf trinken wir.«

Ganymed benahm sich wesentlich nüchterner, und seine Miene deutete darauf hin, dass er die Situation nicht annähernd so komisch fand wie sein päpstlicher Gefährte.

»Das ist noch nicht alles«, fügte Marocia ein wenig belehrend hinzu. »Seine Truppen und der Adel haben ihn noch auf dem Schlachtfeld zum heiligen römischen Kaiser ausgerufen, zum *imperator sanctum romanorum.*« Sie machte absichtlich eine bedeutungsvolle Pause, die Octavian allerdings nur für ein weiteres Schulterzucken nutzte.

»Und?«, fragte er.

Marocia atmete tief durch. Ganz langsam, jedes einzelne Wort wie ein Gewicht auf die Waagschale werfend, erklärte sie: »Die Tatsache, dass Königin Adelheid mir derart diplomatisch von diesem Vorfall berichtet, bedeutet natürlich, dass Otto jetzt insgeheim die förmliche Bestätigung durch dich erwartet. Truppen allein machen keinen Kaiser. *Du* musst ihn nach Rom einladen und krönen.«

Ein drittes Mal zuckte Octavian mit den Schultern. »Wenn es Euch Freude bereitet, Großmutter …«

Marocia konnte zwar kaum glauben, mit welcher Ungerührtheit ihr Enkel eine Entscheidung dieser Tragweite traf, aber wenigstens war es die richtige Entscheidung. Sie bedeutete die Etablierung eines abendländischen Imperiums, vermutlich mit Rom als Hauptstadt, und Marocias Freude darüber war derart groß, dass sie nahe daran war, sich einen Kelch voll Wein zu nehmen und an Ort und Stelle mitzufeiern.

Doch noch ehe sie Zeit hatte, ihrem inneren Jubel Ausdruck zu geben, fuhr die düstere Stimme ihres Sohnes von hinten dazwischen.

»Das bedeutet Krieg«, prophezeite Crescentius.

Marocia wandte sich um und versenkte ihren Blick in die braunen Augen ihres letzten Sohnes, die so schön hätten sein können, wären sie nicht von Feindschaft erfüllt gewesen.

Octavian hörte auf zu kichern und stand mit Ganymeds Hilfe auf. »Was meint er damit? Wieso Krieg? Ich will keinen Krieg.«

»Es wird auch keinen geben«, entgegnete Marocia, ohne den Blick von Crescentius zu nehmen.

»Aber Crescentius hat von Krieg gesprochen«, jammerte Octavian, der von keinem der beiden Kontrahenten beachtet wurde.

»Byzanz«, verkündete Crescentius bedeutungsschwer und genüsslich. »Der byzantinische Kaiser wird keinen gleichrangigen Würdenträger neben sich dulden, er wird Krieg gegen Otto führen. Und den Papst, der es wagte, Otto ohne seine Erlaubnis zu krönen, wird er absetzen.« Endlich löste Crescentius die Augen von seiner Mutter, um seinen Neffen ebenso eindringlich anzublicken. »Er wird dich zertreten, Octavian. Dann ist all das hier« – er machte eine umfassende Geste – »Vergangenheit und Geschichte für dich.«

»Selbst wenn es einen Krieg geben sollte, was höchst zweifelhaft ist, wird Otto ihn gewinnen«, stellte Marocia klar. »Sein Reich ist das stärkere.«

»Da bin ich anderer Meinung.«

»Ich beschäftige mich seit einem halben Jahrhundert mit diesen Dingen, und du seit drei Lidschlägen. Ich weiß einfach, dass Byzanz sich überlebt hat und dass jetzt etwas Neues kommen muss.«

»Tatsache ist«, widersprach Crescentius, »dass Ihr das nicht wissen *könnt*. Ihr schickt Euren Enkel in ein Abenteuer mit ungewissem Ausgang, setzt sein Amt und Leben aufs Spiel ...«

»Bei Gott«, fauchte Marocia, »das Leben ist immer ein Spiel oder sollte es wenigstens sein. Nach allem Ermessen kann man in diesem Fall sagen, dass kaum eine Gefahr ...«

»Ich mache es nicht«, unterbrach Octavians zaghafte Stimme den Streit. Er stellte sich an die Seite Ganymeds und ließ sich von ihm in den Arm nehmen. »Ich werde Otto nicht zum Kaiser machen. Crescentius hat Recht. Ich habe bei einer Krönung Ottos nichts zu gewinnen, aber viel zu verlieren.«

Marocia wusste in diesem Augenblick, dass sie Octavian nicht mehr überzeugen konnte. Er war ein zutiefst verängstigter und verzärtelter Junge, ohne Visionen und deshalb auch ohne Bereitschaft zu Experimenten. Wahrscheinlich bereitete ihm schon die theoretische Möglichkeit eines Risikos schlaflose Nächte. Bei solchen Menschen reichte bereits eine einzelne kritische Stimme in einem Chor des Zuspruchs, um sie in Untätigkeit und sogar Lethargie verfallen zu lassen. Jedes weitere Wort würde nur in den Rauch gesprochen sein, der sie umgab.

»Damit Ihr richtig versteht«, fügte Octavian entschuldigend hinzu. »Ich stelle mich weder gegen Otto noch zu ihm. Ich halte mich bloß heraus.«

Marocia schüttelte müde den Kopf. Sie ersparte es sich, Octavian zu erklären, dass man in diesem Fall nicht *nichts* tun konnte, dass die Verweigerung der Krönung bereits eine Verschlechterung der Beziehungen des Patrimoniums zum italienisch-deutschen Königreich bedeutete, mit allen Folgen, die daraus erwachsen konnten.

»Wie heißt dieses Spiel?«, fragte sie Crescentius. »Mutter gegen Sohn?«

Er nickte. »Bis zum Ende.«

Berengar von Ivrea zerdrückte das Pfefferkorn wie eine Laus zwischen Daumen und Zeigefinger und streute die Teile über die Erdbeere in seiner anderen Hand. Crescentius und der Mann in seiner Begleitung staunten, denn nicht einmal sie hatten je Pfefferkörner gesehen, sondern nur von ihnen gehört. Das seltene Gewürz stammte aus Ländern, deren Namen hier niemand kannte oder auch nur aussprechen konnte, und es musste mühsam über von Räubern bedrohte Karawanenstraßen und von Piraten gesäumte Wasserwege herangebracht werden. Kein Wunder also, dass die Kaufleute sich jedes einzelne Pfefferkorn mit bis zu zehn Goldstücken aufwiegen ließen, mehr als das jährliche Salär von drei Waffenträgern. Ein ungeheurer Luxus, den nicht einmal der Pontifex sich erlauben konnte.

»Ich werde ausgeblutet«, jammerte Berengar und stopfte sich die Beere in den Mund. »Otto hat mich nicht als Lehnsmann anerkannt und versucht, Friaul dem Herzog von Bayern als Lehen zu geben. Das Gebiet um Trient hat er mir schon abgenommen, und nun versucht er, die Venezianer gegen mich, ihren geliebten Herrn, aufzubringen.«

Crescentius und sein Begleiter sahen sich an und verdrehten die

Augen, als Berengar mit einer weiteren Beere beschäftigt war. »Sogar meine Geistlichen nimmt er mir weg«, lamentierte der Markgraf weiter. »Den Bischof von Cremona hat er mir nichts, dir nichts als Berater in sein Gefolge geholt. Nicht, dass ich Liudprand vermisse, diesen kargen, wolfsäugigen Anhänger der cluniazensischen Ideen. Aber er hat die Bürger so herrlich zur Enthaltsamkeit angehalten, und außerdem geht es mir auch ums Prinzip.«

Crescentius atmete tief durch. Er saß nun schon eine geraume Weile beim Markgrafen und hatte bisher nichts als Wehklagen gehört. Deswegen aber war er nicht eigens den Weg nach Verona geritten.

Als hätte Berengar das Desinteresse seines Gastes bemerkt, lehnte er sich plötzlich auf seinem Sessel weit zurück und glitzerte Crescentius aus verschlagenen und Respekt einflößenden Augen an. »Nun zu dir. Das letzte Mal, als ich deinen Ratschlägen folgte, junger Freund, bin ich damit auf die Nase gefallen. Und Berengar fällt nicht gerne auf die Nase. Weißt du, warum?«

Crescentius schluckte. »Nein, warum?«

»Weil es so anstrengend für mich ist, wieder hochzukommen.« Berengar quiekte wie ein Ferkel über seinen eigenen Scherz und klopfte Crescentius versöhnlich auf die Schulter. Als er sich wieder beruhigt hatte, sagte er: »Ein Gutes hatte das Debakel damals aber doch. Ich stehe seither mit Byzanz auf gutem Fuße, du verstehst? Geld, Söldner ... die geben mir alles, was ich brauche, um Otto zu ärgern.«

In diesem Moment fing Crescentius' Begleiter an, laut zu husten – er hatte eines der schwarzen Pfefferkörner genommen und zerkaut. Berengar musterte den ihm unbekannten Mann abschätzig. Seine Kleidung wirkte soldatisch, aber nicht uniform, und sie sah ein wenig vernachlässigt aus. Er war mittleren Alters, offenkundig nicht ganz helle und schien definitiv bei einem konspirativen Treffen fehl am Platze zu sein.

Berengar grunzte leise vor sich hin, erhob sich schließlich und bat Crescentius ein wenig zur Seite. Sie gingen zu einem der Fenster, von wo aus halb Verona zu überblicken war. Zwei Bauwerke ragten majestätisch aus der Häuserebene hervor und warfen im Licht der Nachmittagssonne lange Schatten: das altrömische Amphitheater, das aussah, als sei es erst gestern fertig gestellt worden, und die ehrwürdige Kathedrale *Sancta Maria Organo*, einst Wiege und Ausgangspunkt für die christliche Missionierung der germanischen Länder.

»Seid unbesorgt«, nahm Crescentius den Einwand Berengars vorweg. »Ich denke für ihn mit.«

»Das will ich hoffen«, meinte Berengar ungewohnt leise. »Denn hinter seiner Halbglatze scheint er kein Hirn zu haben. Wer ist er?«

»Pandulf, der *superista minor* und damit Stellvertreter Landos. Mit seiner Hilfe werde ich der Herr von Rom.«

Berengars Kehle entrang sich ein gedehntes, gesangliches Oh, das jedem Novizenchor zur Ehre gereicht hätte und voll von Hoffnung war. »Ich gebe dir Söldner und Waffen, Crescentius. Dafür verlange ich, dass dein törichter Neffe Otto mit dem Bann belegt, sobald du die Macht hast. Das dürfte ihn die Unterstützung eines Teils des italienischen Adels kosten und wird meine Position erheblich verbessern. Doch halt, du sagtest ...«

»Ja?«

»Dieser Dingsda ist nur der Stellvertreter. Die Miliz hört auf Lando.«

»Noch ja«, räumte Crescentius ein. »Aber sollte ein unglückliches Geschick ihn verschwinden lassen ...«

Berengar lehnte sich aus dem Fenster und blickte über Verona. Sein quietschendes Lachen begann leise, steigerte sich von Augenblick zu Augenblick, bis es schließlich die ganze Stadt und den weiten, herrlichen Himmel über ihr auszufüllen schien.

Der Mann kannte genau die Wegstrecke, die der Fürst von Capua und *superista* jeden Abend ritt, um zur Engelsburg zu gelangen. Von der früheren Prätorianerkaserne aus bis zu den Diokletiansthermen, von dort an der nördlichen Stadtmauer entlang und schließlich das Tiberufer südwärts. Genau dort, an der letzten Etappe, wartete der Mann in einer dunklen Ecke, die nicht vom zunehmenden Mond beschienen wurde. Das Mausoleum des ersten römischen Kaisers Augustus gab ihm eine hervorragende Deckung, denn es war rund. Wenn eine Patrouille der Stadtwache vorbeikommen sollte, brauchte er nur einmal um das Bauwerk herumzuschleichen, und schon stand er wieder in seiner idealen Position, während die Wache arglos vorbeigegangen war. Aber zum Glück blieb alles still. Zu dieser Stunde schliefen die meisten Römer schon.

Endlich hörte er in einiger Entfernung das ersehnte Hufgeklapper. Er machte sich bereit zum Sprung. Seine rechte Hand glitt langsam zum Hüftgürtel und umklammerte den Knauf des Dolches. Schweißperlen standen auf seiner Stirn, aber seine Bewegungen waren ruhig und eingeübt. Er hatte so etwas schon einige Dutzend Male gemacht.

Plötzlich tippte ihm jemand von hinten auf die Schulter. Er fuhr herum und sah die Fratze eines zahnlosen Alten vor sich. Ein Bettler, wie der Mann sofort erkannte. »Ich schlafe hier«, meldete der Alte seinen Anspruch an, doch der Mann hatte jetzt keine Zeit für solche Diskussionen. Das Hufgeklapper kam näher, und der Umriss des Reiters war bereits zu sehen. Der Mann stach einmal zu, ein zweites und ein drittes Mal und hielt dem Alten dabei den Mund zu. Der Greis fiel auf der Stelle um, aber nicht in den Schatten der Mauer, wie der Mann es gewollt hatte, sondern in das diffuse Licht des Mondes.

Ein stiller Fluch formte sich auf den Lippen des Mannes. Der Reiter war nun schon recht nahe; möglich, dass er den Alten sehen konnte. Der Mann wagte sich kurz entschlossen aus der sicheren Dunkelheit, packte den Alten unter den Armen und schleifte ihn ein Stück in Richtung der Mauer. Hatte der Reiter ihn gesehen? Wohl kaum, denn er ritt im gleichen langsamen Trab weiter. Dem Mann zitterten die Knie. Er war sich nicht sicher, ob er mit diesen wackeligen Beinen den Sprung wagen sollte. Er hielt den Dolch hinter dem Rücken und trat langsam schlendernd aus dem Dunkel heraus wie ein Spaziergänger. Als der Reiter – ja, es war Lando, erkannte der Mann jetzt –, als er also nahe genug war, sprach er ihn an. »Verzeihung, Fremder«, begann er und wartete, bis Lando das Pferd zum Stehen gebracht hatte. »Ich bin Pilger und suche die *Basilica Sanctus Laurentius.*«

»Hm«, brummte Lando. »Da seid Ihr hier völlig falsch. Ihr müsst ...« In diesem Moment blieb Landos Blick an einem Punkt irgendwo hinter dem Mann hängen. Der Mann drehte sich um und sah erst jetzt, dass die Beine des Alten zu sehen waren. Blitzartig fuhr er wieder herum. Er zog seinen Dolch. Landos Pferd scheute. Dann stach der Mann zu.

Die flache Hand klatschte mit voller Wucht gegen Pandulfs Wange und ließ ihn wie einen Sack nach hinten umfallen. Auf diese Reaktion war er nun wirklich nicht vorbereitet gewesen. Ungläubig schaute er auf Crescentius, der zornig über ihm schnaufte.

»Ich dachte, du würdest dich freuen«, sagte Pandulf.

Crescentius' Arm deutete einen weiteren Schlag an, der glücklicherweise aber nicht erfolgte. »Für diese Bemerkung hättest du noch eine Ohrfeige verdient!«, schrie Crescentius. »Du Esel! Was hast du dir bloß dabei gedacht?«

»Ich … Es …« Mehr als diese ängstlichen Satzanfänge brachte der Offizier einfach nicht heraus, und ein heftiger Tritt von Crescentius gegen seinen Oberschenkel enthob ihn endgültig einer Antwort.

»Steh endlich auf!«, schrie Crescentius, wandte sich von Pandulf ab, raufte sich die Stirnhaare und setzte sich an einen Tisch. »Ganz ruhig«, redete er sich selbst zu. »Ganz ruhig, Crescentius. Jetzt bloß einen kühlen Kopf bewahren.«

Als Pandulf sich endlich an den Tisch traute, hatte Crescentius sich wieder gefangen. Er blickte seit einer Weile in die zuckende Kerzenflamme und nahm den Offizier überhaupt nicht wahr. Pandulf setzte sich ihm gegenüber und klopfte nacheinander Ärmel, Gesäß und Beine ab, die beim Sturz schmutzig geworden waren. »Wenn ich gewusst hätte, dass du ihn nur verschleppen wolltest …«

Ein knapper Blick des um zwanzig Jahre jüngeren Mannes reichte, um Pandulf zum Schweigen zu bringen.

Eine weitere Weile verging, in der sich Pandulf erheblich langweilte, ehe Crescentius wieder sprach. Sachlich, fast monoton sagte er: »Angenommen, der Attentäter, den du ohne mein Wissen angeheuert hast, hat versagt.«

»Das kann ich nicht glauben«, unterbrach ihn Pandulf, biss sich dann aber sofort auf die Lippen. Bloß Crescentius nicht weiter reizen.

»Dein Mann ist noch immer nicht erschienen, hast du mir gesagt. Die Tat wollte er jedoch schon kurz nach Einbruch der Dunkelheit begehen. Wenn also Lando überlebt hat, werden er und meine Mutter mich dahinter vermuten und verhaften. In eine schöne Lage hast du mich da gebracht.«

Pandulf biss sich erneut auf die Lippe und senkte den Kopf.

»Ich habe demzufolge nur eine einzige Möglichkeit«, sagte Crescentius. »Ich muss alles riskieren, schon morgen.«

Die beiden Männer berieten die ganze Nacht über einen Plan. Erst als die Sonne aufging, erhoben sie sich, um ihn in die Tat umzusetzen. Eines aber hatte Pandulf auch da noch immer nicht verstanden. Warum, um alles in der Welt, schonte Crescentius so auffällig das Leben seiner Mutter und ihres geliebten Gemahls, wo er doch immer und immer wieder beteuerte, wie sehr er sie hasste?

Als Lando erwachte, sah er als Erstes den nachtblauen Stoff des Baldachins über sich, der zu seinem und Marocias gemeinsamem Bett gehörte. Im nächsten Moment schob sich von der einen Seite das Gesicht Marocias in sein Blickfeld, von der anderen jenes Suidgers von Selz. Damit war ihm klar, dass er nicht gestorben war.

»Was ...?« Er stockte, denn der Kopf brummte, und der Mund war trocken wie altes Pergament.

»Du hast tagelang im Fieber gelegen«, erklärte Marocia mit Engelsstimme. »Und du hast eine Stichwunde am Oberschenkel. Aber du hast es nun überstanden.«

Alles fiel ihm wieder ein. Der Überfall, wie er den Mann mit dem Schwert niederstreckte und sich von seinem Pferd in die Engelsburg tragen ließ, wie er mitten im Hof vom Pferd glitt und von überall aufgeregte Rufe an ihn drangen. Dann nichts mehr.

»Ein Räuber oder ein gedungener Mörder«, sagte er unter Schmerzen, denn sein Rachen fühlte sich an, als ob zwei Kettenhemden aneinander rieben.

Suidger nickte. »Wohl eher das Zweite. Die neuesten Entwicklungen lassen jedenfalls darauf schließen.«

Marocia gab Suidger ein beschwichtigendes Zeichen und hielt Lando eine Holzschale vor den Mund. »Trink das«, bat sie. Er nahm einen Schluck, zog eine Grimasse und schluckte das Gebräu widerwillig hinunter. »Holunderblütentee gegen dein Fieber«, erklärte Marocia. »Selbst gepflückt von den Büschen auf der Terrasse.«

»Kaum zu glauben, dass solch zarte Hände etwas derart Grauenhaftes hervorbringen können«, stöhnte er.

»Er schimpft bereits wieder«, sagte sie mit einem ironischen Blick zu Suidger. »Dann geht es ihm bald besser.«

»Und ob«, brummte Lando. »Ich werde herausfinden, wer hinter diesem feigen … Moment, ihr beide wisst doch, wer der Hintermann war. Ich sehe es doch in deinem Gesicht. Meine Katze, du siehst aus wie eine Katze, die gerade etwas Verbotenes getan hat.«

»Du musst mir versprechen, ruhig zu bleiben«, bat Marocia.

»Den Teufel werde ich. Wenn du mir nicht sofort sagst, was passiert ist, lege ich dich übers Knie.«

Sie schmunzelte.

»Alles leere Versprechungen«, scherzte Marocia, aber sie wurde schnell wieder ernst. Dann nickte sie Suidger zu.

»Crescentius«, begann der Geistliche, »ist mit einem Söldnerheer in Euer Fürstentum eingefallen, Durchlaucht. Als Vorwand benutzt er einen uralten und schon vergessenen Grenzkonflikt zwischen Capua und dem Patrimonium. Er hat den Überraschungsmoment ausgenutzt und einige kleine Städte und Festen eingenommen. Die letzten Nachrichten besagten, Euer Sohn ziehe ihm nun entgegen.«

Lando nahm diese Neuigkeiten ohne sichtbare Regung zur Kenntnis. Marocias Sohn und sein eigener würden zum Kampf aufeinander treffen, ja, vielleicht geschah es gerade in diesem Augenblick, während er hier im Bett lag und Holunderblütentee trank. Er kippte den warmen Trunk, ohne auch nur mit der Wimper zu zucken, vollständig hinunter und sagte, wie zu erwarten gewesen war: »Ich breche noch in dieser Stunde nach Capua auf.«

In ganz Süditalien herrschte aufgrund des Konflikts in den folgenden Wochen großes Durcheinander, aber den Spielern selbst erging es kaum anders. Jeder der Kontrahenten, Crescentius und Marocia, hielt einen Vorteil, und doch sah sich auch jeder ins Schach gesetzt.

Kaum war Lando aus Rom abgereist, da ging Crescentius' Kalkül auf: Pandulf übernahm das Kommando und offenbarte gleich darauf, wessen Parteigänger er war. Er riegelte Octavian von seiner Umwelt ab. Marocia wurde mehrfach abgewiesen, als sie den Versuch unternahm, mit ihrem Enkel zu sprechen. Suidger von Selz sah sich sogar verfolgt und entging nur durch eine Flucht in die Engelsburg der Verhaftung durch Pandulfs Milizen. Rom war nur noch de jure, aber nicht länger de facto in Marocias Hand.

Andererseits befand sich auch Crescentius schnell in einer misslichen Lage. Eigentlich war sein Angriff nur als Ablenkungsmanöver geplant gewesen, um Lando aus Rom zu locken. Dann aber schienen die Gegner eine unerwartete Schwäche zu zeigen, die ihn, den unerfahrenen, selbst ernannten Feldherrn, weiter in Capuas Ländereien hineinlockte. Als er sich weit genug vorgewagt hatte, fielen die Capuaner mächtig in die Flanken seiner Truppen und umzingelten sie. Der Rückweg war abgeschnitten. Im Oktober des Jahres 959 saß er endgültig mit seiner von Berengar bezahlten Söldnerschar auf einigen capuanischen Burgen belagert fest. Und dann zog Lando mit einem Teil seines Heeres auch noch vor die Ewige Stadt. Rom musste seine Tore schließen. So war die Lage, als der erste Schnee fiel, und so war sie noch, als die Frühlingssonne den letzten taute. »Patt«, brachte Marocia es auf den Punkt.

42

»Na, wie sehe ich aus?«, fragte Marocia und drehte sich wie eine Braut vor Blanca und Suidger. Sie trug ein dunkelblaues, fast schwarz schimmerndes Gewand und darüber einen weißen Umhang. Stirn und Haare wurden von einem ebenso weißen Kopfschleier bedeckt.

»Wie die Nonne eines unbekannten Ordens, der ein striktes Schweigegelübde einhält«, antwortete Blanca.

»Oh, ich werde heute alles andere als schweigen. Verlass dich darauf.«

Die Engelsburg wurde von den Patrouillen der Miliz zwar aufmerksam beäugt, stand jedoch nicht unter Belagerung. So gelang es Marocia sowie ihren ebenso verhüllten Begleitern Suidger und Blanca, unentdeckt in den römischen Straßen zu verschwinden. Sie mussten nicht weit laufen. Nach ein paar hundert Schritten betraten sie, unerkannt von Pandulfs Milizionären, die Petersbasilika, wo Octavian an diesem Tag die Ostermesse zelebrierte.

Das Gotteshaus war angefüllt mit den Edlen Roms, und jeder wartete neugierig auf das, was der jugendliche Pontifex über den Krieg und insbesondere über die Belagerung zu sagen hatte. Niemand bemerkte, dass unmittelbar neben ihnen die entmachtete Senatrix stand. Bis hierhin war alles gut gegangen, doch der riskanteste Teil ihres Planes stand ihr erst noch bevor.

Marocia wartete die wichtigen liturgischen Handlungen ab. Erst als Octavian seine Predigt hielt, ging sie unumwunden auf ihren Enkel am Altar zu. Dort, vor allen Leuten, vor den Diakonen, Äbten, den *praetores* und *magistrates*, konnten die Bewacher es nicht wagen, Großmutter und Enkel, Senatrix und Papst, auseinander zu zerren. Pandulf zog ein langes Gesicht und stampfte mit dem Fuß auf, denn er konnte das Gespräch, das laut Crescentius nie stattfinden durfte, in diesem Moment nicht verhindern. Aber, verdammt, er würde dieses unverschämte Weib noch heute niederstrecken.

»Ich muss mit dir reden«, sagte Marocia unter dem aufgeregten Gemurmel der Ostergemeinde. Man war ja einiges von der exzentrischen Senatrix gewöhnt, aber das …

Auch Octavian war völlig entgeistert. In seiner Naivität hatte er überhaupt nicht mitbekommen, dass er bislang abgeriegelt worden war, und er fragte sich, warum seine Großmutter ihn nicht zu einem anderen Zeitpunkt aufsuchte. »Jetzt?«, rief er. »Hier?«

Marocia hatte sich vorgenommen, die einzige Sprache zu wählen, die Octavian rasch verstand: die energische. »Du Narr!«, rief sie, so dass es im ganzen Kirchenschiff widerhallte. »Die Wachhunde deines Lieblingsonkels halten mich mit aller Macht von dir fern, und was ich zu sagen habe, duldet keinen Aufschub.«

Octavian plusterte sich in einem kurzen Anfall von Courage auf und versuchte Marocias Vorstoß abzuwehren. »Falls es um Capua geht, so hat Crescentius mir vor seinem Abmarsch sehr einleuchtend die Gründe dargelegt, die …«

»Einleuchtend!«, unterbrach sie ihn ebenso laut wie ruppig. »Er könnte behaupten, er sei der zweite Messias, und du würdest ihm das abnehmen.«

»Capua hat ...«

»Ich habe nicht vor, mit dir am Altar der Petersbasilika über einen vor zweihundert Jahren beigelegten Grenzkonflikt zu debattieren. Crescentius steckt in Capua fest, und Rom wird von Landos Soldaten belagert. Die Stadt wird über kurz oder lang fallen – wenn die Bewohner nicht vorher mit dir abrechnen.«

Octavians kurze Entrüstung verrauchte binnen eines Lidschlags. Nun blieb ihm vor Schreck fast die Luft weg. »Das ... das würden sie nie tun.«

»So? Dann warte ab, wozu Menschen fähig sind, die Hunger haben. Dem alten König Berengar haben die Veroneser vor fünfunddreißig Jahren deswegen einen Dolch in den Rücken gejagt, und dieser Tyrann war von anderem Format als du.«

Octavians Hand zitterte dermaßen, dass ihm der Petristab aus den Händen fiel, und so warf Marocia augenblicklich alles Resolute ab und blickte ihn zärtlich an. Mit einer weit ausholenden Geste umarmte sie Octavian und drückte seinen Kopf an ihre Schulter. Sie hatte Mitleid mit Octavian, aber, bei Gott, solche wehrlosen Enkel hatte sie sich nicht gewünscht.

»Was soll ich jetzt tun?«, jammerte er.

»Du hast zwei Möglichkeiten«, offenbarte Marocia sachlich. »Entweder, mein geheiligter Enkel, du vertraust auf Gott und betest, dass ein Wunder geschehe. Oder du vertraust auf mich und unterschreibst diesen Brief.«

Octavian musste nicht lange überlegen. »Was steht in dem Brief?«

»Du lädst König Otto mitsamt seinem Heer und Gefolge zur Kaiserkrönung nach Rom ein, und im Gegenzug sorgt er dafür, dass die Capuaner verschwinden. Vergiss nicht, dass er als König von Italien auch der Lehnsherr Landos ist und ihm den Rückzug befehlen kann.«

Octavian nickte zaghaft. Nie, fand Marocia, hatte er kindlicher und unschuldiger ausgesehen – und niemals dümmer. Er gab einem Kirchendiener Anweisung, Tinte und Feder zu bringen, und in der

Zeit, die dieser dazu benötigte, hielt Marocia eine Rede an die Edlen.

»Freunde und Bürger von Rom!«, rief sie. »Der Pontifex wird König Otto zum Kaiser des neuen und heiligen Imperium Romanum krönen. Der alte Glanz und die alte Macht werden wieder in unsere Stadt zurückkehren, die die einzige und wahre Erbin des vor Jahrhunderten untergegangenen Reiches ist. Die Ewige Stadt selbst wird unabhängig bleiben und doch die Krone des Abendlands sein. Und wir alle, die wir hier versammelt sind, werden die vornehmsten und achtbarsten Beschützer des Kaisers und des ganzen Imperiums heißen.«

Zustimmendes Gemurmel machte sich breit, dann erste Rufe der Begeisterung, und schließlich brach die Festgemeinde in hellen Jubel aus. Selbst Pandulf erkannte, dass er gegen den Widerstand des gesamten Adels und gehobenen Bürgertums nichts weiter würde ausrichten können. Klammheimlich verdrückte er sich aus der Basilika, während der Beifallssturm kein Ende nahm.

»Ich habe noch keine Ansprache wie diese gehört«, kommentierte Blanca inmitten der Menge mit einer Stimme, aus der Suidger einiges Erstaunen heraushörte. »Sie hat es geschafft, in wenigen Sätzen sowohl an die höchsten Ideale als auch an die niedersten Triebe zu appellieren, an das Herz der Menschen und an deren Wunsch nach hohen und gut bezahlten Ämtern und Titeln, also an die Todsünde der Eitelkeit.«

Suidger faltete die Hände auf dem Bauch und blickte zu Marocia, die vorne am Altar stand und die Ovationen und Huldigungen der ersten Gratulanten entgegennahm. »Ja, so ist sie«, sagte er. »Eine Menschenfängerin. Ob man sie und ihre Methoden nun schätzt oder verachtet – sie zieht einen fast magisch in ihren Bann.«

Marocia störte sich nicht an dem knöcheltiefen Schlamm, durch den sie auf dem kurzen Weg von ihrer Kutsche bis zum Zelt König Ottos waten musste. Sie hatte viel zu lange auf diesen Moment gewartet, um solchen Nebensächlichkeiten Beachtung zu schenken, und kein Einziges ihrer fast einundsiebzig Jahre bereitete ihr an einem Tag wie diesem Mühe.

Seit der Botschaft an Otto war fast ein Jahr vergangen, zehn Monate, die zwar ruhig, aber nicht ohne Anspannung verlaufen waren. Crescentius hatte gleich nach dem Frieden zwischen dem Patrimonium und Capua die eroberten Burgen aufgegeben, im Gegenzug gewährte Lando ihm freien Abzug. Octavian verweigerte jeden weiteren Kontakt zu seinem Onkel. Wie so oft war der Meinungsumschwung des wankelmütigen Papstes also wieder einmal komplett, und Marocia hielt die Fäden erneut fest in der Hand. Aber sie kannte Crescentius zu gut, um anzunehmen, dass er sich bereits geschlagen gab, und da Octavian nach wie vor Ganymed als Gefährten hatte und sich ihn auch nicht von ihr ausreden ließ, musste sie stets mit allem rechnen. »Verhafte Crescentius«, riet Lando ihr fast wöchentlich, aber sie erwiderte daraufhin nie etwas und unternahm auch nichts in dieser Richtung.

Vor dem majestätischen Zelt des Monarchen blieb sie stehen, wartete auf ihre Anmeldung und sah sich in dem weitläufigen, nebelverhangenen Feldlager am Fuße des Mons Marius nordwestlich von Rom um. Wie aufgeräumt hier trotz des schlechten Wetters alles war, wie exakt gegliedert die Zelte standen, wie sauber die Hemden der Soldaten und wie geputzt die Wappenschilde waren. Einfache Waffenträger schlenderten gelangweilt von einem Zelt zum anderen, andere murrten, dass sie nun schon zum dritten Male ihre Lanzen blank reiben mussten, und die beiden Wachen vor Ottos Zelt gaben sich gegenseitig Ratschläge, wo die liederlichsten Schenken Roms zu finden waren. Nur für zwei Menschen hier und überall brach morgen ein bedeutender, ja epochaler Tag an: für Marocia selbst und für Otto. Doch die Kraft dieser beiden Träumer war stärker gewesen als die Gleichgültigkeit von Millionen und der Widerstand der Vorgestrigen. Etwas Neues brach an, ebenso Wagnis wie Chance, und Otto war angehalten, es nun allein in die Zukunft zu führen.

Marocia war auf ihrem Lebenshöhepunkt angelangt, hatte politisch erreicht, was für sie zu erreichen war. Sie fühlte sich kein bisschen müde, aber das, was ihrem Leben noch fehlte, würde sie nicht als Senatrix oder in einer anderen gehobenen Position hinzufügen können. Sie dachte an die Kinder, an Enkel und Enkelinnen, die sie noch nie gesehen hatte, an Reisen gemeinsam mit Lando, nach Mainz, Reims, Aquileia. Vielleicht sogar zu Eudoxia nach Byzanz, je nachdem, wie das Oströmische Imperium auf Ottos Kaiserkrönung reagieren würde. Heute also würde sie das Letzte, was es für sie in der Politik noch zu tun gab, erledigen, heute würde sie für Roms künftige Stellung das Bestmögliche verhandeln.

Der deutsch-italienische König empfing Marocia in erstaunlich privatem Rahmen, was eine hohe Auszeichnung bedeutete. Endlich lernte sie seine Frau Adelheid kennen, doch sie wurde von ihr auffallend kühl begrüßt, ebenso von Ottos Berater Liudprand, dem Bischof von Cremona. Einzig der König selbst sowie sein Schwertträger, der junge Graf Arnsfried, brachten der römischen Verhandlungsführerin Freundlichkeit entgegen.

Marocia übergab Otto eine Schriftrolle, in der die Wünsche Roms – sie vermied das unschöne Wort Bedingungen – aufgelistet waren: der Status Roms als Hauptstadt des Imperiums, weiterhin eine Sicherheitsgarantie, die einerseits besagte, dass der König und Kaiser jede direkte Regierungshandlung Rom und das Patrimonium betreffend unterließ, andererseits aber dem Papst bei innerstädtischen Konflikten Beistand leisten musste, ferner die Wiederherstellung der ursprünglichen Grenzen des Patrimoniums von vor 894, als Ageltrudis sich der Hälfte des Kirchenstaates bemächtigt hatte. Im Gegenzug, sozusagen als Krönungsgeschenk, würde Ottos Lieblingsstadt Magdeburg den Rang eines Erzbistums erhalten.

Liudprand verrenkte sich beim Blick über die königliche Schulter fast seinen Schildkrötenhals, nur um einige Punkte lesen zu können, aber seine Augen bewältigten die Entfernung einfach nicht mehr. Mit zusammengepressten Lippen musste er also wie die anderen abwarten, bis der König das Schreiben wieder zusammenrollte.

»Die Wünsche sind annehmbar«, sagte er und legte die Schriftrolle neben sich ab. Liudprand platzte vor Neugier, und es hätte nicht viel gefehlt, und er hätte danach gegriffen. Aber das wäre selbstverständlich ein unmögliches Benehmen gewesen, selbst für den engsten und vertrautesten Berater. »Aber ich vermisse die zweite Wunschliste.«

»Die zweite, Euer Gnaden?«

»Dieses Spielchen dürfte Euch wie mir geläufig sein. Sagt schon: Was erbittet Ihr für Euch selbst und Eure Familie?«

»Oh, gar nichts, Euer Gnaden.«

»Das wäre ja auch noch schöner«, keifte Liudprand, und Adelheid nickte dazu.

Otto blickte gelassen über die Schulter. Er sah in diesem Moment aus wie ein Tierbändiger, der genau wusste, wie mit jedem Einzelnen umzugehen sei. Er wirkte ebenso abgezehrt wie der magere Adler auf dem Wappen, vor dem er saß, doch Marocia fand, er war durch und durch ein kräftiger Monarch, würdig des imposanten Titels, der auf ihn wartete.

»In diesem Fall ...«, sagte er langsam wie eh und je, ohne Liudprand aus den Augen zu lassen. »So habe eben ich einige Wünsche Euch betreffend, Senatrix. Ich möchte, dass Ihr Euer Amt noch drei weitere Jahre ausübt. Das ist die Zeit, die wir brauchen werden, um das Vertrauen der Römer zu gewinnen.«

»Nun ja ...«, zögerte Marocia, die auf eine solche Bitte nicht vorbereitet war. »Eigentlich hatte ich vor ...« Sie erkannte an Ottos Blick, dass hinter seiner Bitte nicht simple Höflichkeit stand. Er brauchte sie. Er musste die beiden doch sehr verschiedenen Staaten zu einem Ganzen schmieden, was ohnehin schon eine gewaltige Aufgabe war. Zudem war das Problem mit Berengar von Ivrea noch nicht gelöst, und auch in Ottos deutscher Heimat wagte alle paar Jahre ein anderer Landesfürst den Aufstand. Da wollte der künftige Kaiser sich nicht auch noch mit Rom plagen müssen. »Zwei Jahre«, schränkte Marocia ein. »Keinen Tag länger.«

Otto erhob sich. Über sein frühzeitig gealtertes Gesicht, das sonst so gequält von der Mühsal der Reisen und Feldzüge aussah, legte sich eine tiefe Zufriedenheit.

»Lasst uns darauf trinken«, forderte er Marocia und seine Gefolgsleute auf.

»Bevor wir trinken, Euer Gnaden«, sagte Marocia, »habe ich noch einen Vorschlag.«

»Sprecht freiheraus.«

Marocia zögerte einen Augenblick, um ihre Worte richtig zu wählen. Der Einfall war ihr eben ganz spontan gekommen, aus einer Sentimentalität heraus. Noch saß sie an diesem Verhandlungstisch, noch hatte sie genug Einfluss, um etwas zu bewirken. Lando hatte ihr vor langer Zeit einmal gesagt, er strebe nach der Unabhängigkeit für sein Land. Nun, eine bessere Gelegenheit als diese, das Vorhaben des Mannes, den sie schon fast ihr ganzes Leben lang liebte, zu unterstützen, würde nicht kommen. »Euer Gnaden, ich halte es für eine gute Idee, die Südgrenze des Königreichs Italien vor das Fürstentum Capua zurückzuverlegen.«

Otto selbst blieb ruhig, wie Marocia es nicht anders erwartet hatte. Capua war in seinem künftigen Imperium, das nach den Siegen über die Ungarn und Slawen das ganze mittlere Europa umfasste, nicht mehr als ein kleiner Landstrich. Liudprand von Cremona jedoch erhob sich mit einem Ruck.

»Euer Gnaden«, sagte er fest, »das ist ein ungeheuerlicher Vorschlag, der mich allerdings – wenn ich so offen sein darf – wenig überrascht von einer Frau wie …«

Liudprand zögerte, und Marocia ergänzte ihn mit süßlicher Stimme: »… der ehemaligen Königin von Italien und jetzigen Senatrix.« Für Liudprand, den Anhänger der radikalen cluniazensischen Ideen, war sie etwas ganz anderes, wie sie wusste: Tochter der verruchten Theodora, Konkubine Sergius' III., mehrfach verheiratet, Großmutter des derzeit regierenden anrüchigen Papstes, Intrigantin und allzu selbstbewusste Frau. Jeder Einzelne dieser Fakten hätte bereits ausgereicht, sie aus seiner Sicht zu verdammen, aber zusammengenommen ergab sich für ihn wohl geradezu das Bild einer auferstandenen Salome.

»Aus welchem Grund«, fragte er mit aggressiver Stimme an sie gewandt, »sollten wir Capua wohl aufgeben? Nur, weil Ihr Eurem … Eurem langjährigen Hahn dort ein Geschenk machen wollt?«

Otto blinzelte zwischen seinem Berater und Marocia hin und her. Offenbar beabsichtigte er nicht, in ein eventuell entstehendes Wortgefecht einzugreifen. Doch Marocia hatte nicht vor, ein solches auszutragen. Ihr ging es um Capua, nicht um den Kampf mit einem religiösen Eiferer.

»Die Zurücksetzung der Grenze«, führte sie Otto aus, »schafft einen Puffer zwischen Euch und den Kolonien des Byzantinischen Imperiums. Mittels Verträgen könnt Ihr Capua leicht als Bündnispartner an Euch binden, für den Fall eines Angriffs der Byzantiner aber habt Ihr eine längere Reaktionszeit, da sie erst Capua bezwingen müssten. Ich meine, dass die Vorteile einer Aufgabe Capuas durch Euch die Nachteile weit überwiegen.«

Liudprand schnappte nach Luft, um eine heftige Erwiderung zu führen, doch König Otto ließ es nicht dazu kommen. Er hob die Hand, um Liudprand Einhalt zu gebieten, und nickte Marocia zu.

»So soll es sein. Damit sind wir dann quitt, nicht wahr, Senatrix?« Sie kannte niemand anderen, der ihr so viel Respekt abverlangte wie Otto. Er war etwas Besonderes, und in seinen Augen spiegelte sich das gleiche Gefühl.

Marocia verbeugte sich leicht, und zum Zeichen des Einverständnisses tranken die Verhandlungspartner sich zu. Kurz darauf verabschiedeten sie sich. Otto sah zu, wie die greise Senatrix sein Zelt verließ. Seit seinem ersten Zusammentreffen mit ihr in Magdeburg waren fast zwanzig Jahre vergangen, und in all dieser Zeit hatte er ihr niemals auch nur einen einzigen Moment lang misstraut. Wem sie ihr Wort gegeben hatte, konnte sich darauf verlassen, und das war weit mehr, als man in Zeiten wie diesen erhoffen durfte. Liudprand konnte über sie denken, was er wollte – er, Otto, würde sie vermissen.

Am 2. Februar des Jahres 962 empfing Otto ein hundertstimmiger Chor mit einem gewaltigen Kyrie an der Pforte der Petersbasilika. Der versammelte Adel und die Ritterschaft verneigten sich. In sein purpurnes Prunkgewand gehüllt schritt der Monarch langsam zum Altar, wo Octavian aufgeregt auf ihn wartete. Zum ersten Mal blickte er Otto in die Augen – und bekam sofort weiche Knie. Nur mühsam vollzog er die liturgischen Handlungen, doch jeder sah ihm das nach: Noch kein Papst vor ihm hatte je einen *imperator sanctum romanorum* krönen müssen, somit war alles neu. Kurz bevor Octavian die goldene und mit prunkvollen Edelsteinen besetzte Reichskrone dem ersten abendländischen Kaiser auf das Haupt setzte, verstummte der Chor. Der geheiligte Augenblick sollte ein Akt der feierlichen Stille sein, Gott, Papst und Kaiser durch die Krone vereint.

Im Anschluss an die Zeremonie folgte die Ansprache des neuen Kaisers, in der er die ausgehandelten Privilegien des Patrimoniums verkündete, und er schloss mit den Worten: »Schreibt es auf, und tragt es in alle Welt. Heute ist der erste Tag einer großen Epoche, und diese Stadt, durch Gottes Wille heilig und ewig, soll dessen Wiege und Zentrum sein.«

»Gewonnen, gewonnen!«, rief Octavian immer wieder, während er sein Pferd aus dem vollen Galopp zum Stehen brachte. Hinter ihm stieg der Staub der sommerlichen Campagna wirbelnd auf, um sich anschließend nur langsam wieder zu verziehen. Es dauerte noch einige Momente, bis auch Ganymed auf seinem Schimmel inmitten der gelblichen Sandschleier auftauchte. »Gewonnen!«, rief Octavian noch einmal.

»Kein Wunder«, gab Ganymed hustend zurück. »Du reitest schon, seit du ein Kind bist. Wir dagegen waren immer zu arm, um uns ein Pferd leisten zu können.«

Octavian taten solche Vergleiche weh, und er hatte daher lange Zeit Themen vermieden, in denen der gewaltige soziale Unterschied zwischen einem Kind des Armenviertels und dem eines Herrscherhauses eine Rolle spielte. Doch da war nicht viel Gesprächsstoff übrig geblieben. Die Kontraste in Erziehung, Bildung und Geld warfen immerzu Schatten auf die Beziehung der beiden Gefährten, beim Essen, bei Unterhaltungen, ja sogar beim Feiern. Mittlerweile jedoch sah Octavian es als einen Vorteil an, wenn er Ganymed etwas beibringen oder wenn er ihn beschenken konnte; auf diese Weise bekam er das Gefühl, wertvoll für diesen schönen Jungen zu sein, den er so sehr liebte. Umgekehrt war er sich da manchmal nämlich nicht sicher.

»Dann gebe ich dir eine andere Gelegenheit, deine Schnelligkeit zu beweisen«, rief Octavian fröhlich. »Komm, fang mich, wenn du kannst.«

Ganymed schwang sich von seinem Pferd, und eine Weile lieferten sich die beiden jungen Männer Verfolgungsjagden durch das hohe Gras. Sie lachten frei wie Kinder. Endlich lehnten sie sich erhitzt und erschöpft in den Schatten einer Mauer. Ganymed holte einen Balg hervor und goss von dem Wasser über Haare und Gesicht, so dass es ihm den ganzen Oberkörper hinunterlief. Eine Weile sah Octavian dem schönen Jungen bewundernd zu, dann tanzte sein Blick über die wenigen Wolken, die wie eine zerstreute Schafherde am Himmel wanderten. Als eine kühlende Brise sein Gesicht streichelte, schloss er die Augen. Er lächelte, und als er die Augen wieder öffnete, stellte er fest, dass dies alles kein Traum war. Die Ruhe, das sich wiegende Gras, die rauschenden Pappeln der Campagna, ja selbst die Schwere der Luft schienen ihm das zu sein, was er immer schon gewollt hatte. Und natürlich Ganymed, ohne den das alles nichts wert gewesen wäre.

»Weißt du, wo wir hier sind?«, fragte Octavian, begierig, Ganymed davon zu erzählen. »Was du hier siehst, sind die Ruinen der Villa des Horaz. Er war ein altrömischer Dichter. Wunderbare Sachen hat er geschrieben.« Octavian schloss erneut die Augen und sog die frische, nach Gräsern und wilden Blumen duftende Luft ein. Dann zitierte er:

Nicht immer gleich blüht der Blumen Pracht im Frühling,
nicht leuchtet der rötliche Mond nur mit einem Angesicht.
Was also quälst du deinen Verstand
verbissen mit einem einzigen Plan?

Warum wollen wir nicht einfach unter der Platane liegen,
unbeschwert und von Rosenduft berauscht?
Was jagen wir denn so vielem hinterher,
wechseln in Länder, die glühen von anderen Sonnen?

Danach schwieg er, den Kopf an Ganymeds Schulter gelehnt.

Es gab Augenblicke in Ganymeds Leben, Augenblicke wie diesen, in denen er anfing, Octavian zu mögen, mehr noch, zu lieben. Am Anfang war der junge Adlige nur ein Auftrag für ihn gewesen, dann, als die Beziehung sich hinzog, hinziehen musste, empfand er ihn als Schwächling und künstlerischen Schwärmer, aber in letzter Zeit war er sich seiner eigenen Gefühle nicht mehr sicher. Im Transtiberim hatte er ja nur kurzlebige Affären gehabt, die häufig nur eine Stunde, bestenfalls einen Monat dauerten. Zum ersten Mal überhaupt war Ganymed gezwungen, Jahre mit einem anderen Mann zusammenzubleiben, Jahre, die – ob er wollte oder nicht – ganz von selbst Tiefe mit sich brachten. Was hätte er sich noch vor nicht allzu langer Zeit aus einem Ritt zur Villa des Horaz gemacht, aus einem Fangspiel, einem Gedicht, einem Vogel, der nur wenige Schritte von ihnen entfernt ein Lied zwitscherte? Und jetzt erlebte er das alles als einen der schönsten Tage seines Lebens.

Umso mehr hasste er sich für das, was er nun im Auftrag von Crescentius tun musste. Oh, hundert Mal schon hatte er hin und her überlegt, ob er sich nicht einfach weigern solle, ob er Octavian nicht alles gestehen und sich seinem Schutz unterstellen solle. Aber würde Octavian ihm vergeben? Und was, wenn Crescentius am Ende doch noch gewann? Er war nicht untätig geblieben, machte heimlich Propaganda gegen die Deutschen. Beim Adel stieß er damit zwar auf taube Ohren, denn die Pfründen des Kaisers waren erheblich, aber bei einem Teil des einfachen Volks sammelte er damit Sympathien, so viel bekam Ganymed mit.

Im Zuge des vereinten Kaiserreiches kamen immer mehr deutsche Kaufleute nach Rom und in die Gregorstadt am Meer. Sie eröffneten Kontore, waren oft besser organisiert als die einheimischen Händler und bedeuteten eine ernst zu nehmende Konkurrenz für den Orienthandel. Die alten Vorurteile und Aversionen gegen die germanischen Völkerschaften wurden rasch wieder ausgegraben und machten die Runde: Sie seien kulturlos und von niederem Charakter, sie brächten nur verderbliches Blut in die Wiege der Zivilisation. Ganymed verstand von diesen Dingen nichts, aber eines spürte er deutlich, der Unmut wuchs, verborgen zwar, aber umso wuchtiger würde er eines Tages ausbrechen. Wenn er und Octavian sich gegen Crescentius stellen würden, könnte ihrer beider Leben schon bald nichts mehr wert sein.

»Ich … muss dir etwas sagen«, hauchte Ganymed zögernd in die Idylle hinein. »Es hat mit dem Kaiser zu tun.«

Octavian richtete sich aus seiner verträumten Ruhelage auf.

»Mit Otto?«, fragte er erstaunt.

»Ein … ein Freund von mir hat neulich eine Nacht im Hause des kaiserlichen Botschafters verbracht, du weißt schon, warum … das Übliche eben. Und dabei hat er ein Gespräch zwischen Suidger und dem Botschafter belauscht. Es scheint so, als ob der Kaiser dich beiseite schaffen will – wegen deiner Lebensweise und weil er lieber einen Deutschen als Papst hätte.«

Octavians Mund stand weit offen. »Das ist ja unfassbar. Beiseite schaffen, sagst du? Aber wie? Und wann?«

»Das hat mein Freund nicht hören können. Es kann jeden Tag passieren.«

Octavian vergrub sein Gesicht in den zarten Händen, dann rieb er sich die Augen und fuhr sich anschließend durch seine glänzenden schwarzen Haare. »Ich muss Großmutter um Hilfe bitten.«

»Besser nicht«, empfahl Ganymed.

»Warum? Sie würde niemals zulassen, dass mir etwas geschieht.«

»Nicht absichtlich«, schränkte Ganymed ein. »Aber ihre Neigung zu den Deutschen macht sie blind für einige Vorgänge. Sie würde meinem Bericht nicht glauben. Besser, du wendest dich an jemanden, der den Willen und die Mittel hat, dich vor den Deutschen zu schützen.«

»Aber wer könnte das sein?«

Ganymed täuschte ein Grübeln vor, bevor er sagte: »Mir fällt nur Crescentius ein.«

Als er diesen Namen hörte, zuckte Octavian zusammen. Er mochte ja nichts von Politik verstehen, und er hatte sich selbst schon vor langer Zeit eingestanden, dass er die Winkelzüge und Rösselsprünge der Diplomatie nie würde durchschauen können, aber so viel war ihm klar: Crescentius hatte ihm mit seinen Ratschlägen bisher keinen Gefallen getan, weil er entweder unfähig oder böswillig war. Octavian hatte sich seit der Capua-Krise für die zweite Variante entschieden. »Er ist ein Teufel«, sagte er. »Falsch und rücksichtslos. Ganz der Vater.«

»O ja«, bestätigte Ganymed voller Überzeugung. »Er ist ein Teufel. Aber manchmal muss man eben auch mit dem Teufel Geschäfte machen.«

»Sogar Päpste?«

Ganymed nickte. »Die vor allem.«

Octavian blickte Ganymed lange in die Augen, und er sah darin die vielen schönen Jahre mit ihm, in denen sie sich gegenseitig Mut zugesprochen, geholfen und sich gefreut hatten. Wie oft waren sie ausgeritten, wie häufig hatten sie sich Blicke wie diesen geschenkt, wie viele Male waren sie nebeneinander eingeschlafen! Für kein

Amt, keinen Titel und keine Kostbarkeiten hätte Octavian diese Jahre missen wollen. Ganymed war für ihn zum Sinn des Lebens geworden.

»Du liebst mich doch?«, fragte er seinen Gefährten, und es klang ebenso Hoffnung wie Vorsicht in seiner Stimme mit.

Ganymed nickte ihm zu. »Ich würde dir nie schaden wollen. Ich meine es ehrlich, wenn ich dir rate, dass du dich besser an Crescentius wenden solltest als an deine Großmutter. Das könnte dein Leben retten – unser Leben.«

Noch einmal betrachtete Octavian seinen Geliebten tief und versunken. Dann seufzte er und ließ sich zurück ins Gras fallen. Wieder kam ihm Horaz in den Sinn.

Ob du reich geboren oder arm,
Es ist stets gleich:
Bist Opfer des Orkus ohne Vergebung.
Wir alle werden dorthin gezwungen.
Auf uns alle wartet die Urne,
ob später, ob früher tritt der Fährmann heran und weist uns ein,
ein in den Nachen zum Exil.
Für alle Zeit.

Obwohl ihm Crescentius und seine Ränkespiele zuwider waren, ließ Octavian sich von seinem Onkel überzeugen, mit dem friaulischen Herzog Berengar von Ivrea in Kontakt zu treten. Berengar hatte sein Vorhaben, König von Italien zu werden, noch immer nicht aufgegeben und stand als Bundesgefährte gegen Otto sofort zur Verfügung. Auch die Boten, die von Rom nach Byzanz geschickt wurden, um die Unterstützung des Oströmischen Imperiums zu gewinnen, wurden freundlich aufgenommen. Gemeinsam wollten die Partner einen Plan entwickeln, die Deutschen mit einem gewaltigen Schlag aus Italien zu fegen, wobei man auch um die Sarazenen und die Ungarn als Alliierte warb.

Doch der Plan geriet ins Riesenhafte, wurde immer komplizierter und verzweigte sich in so viele Richtungen, dass er kaum geheim bleiben konnte. Noch während die Verhandlungen zwischen den ungleichen Partnern im Gange waren, fing Ottos Geheimdienst einen der vielen Boten ab, und aus dem Brief, der bei ihm gefunden wurde, ging hervor, dass der Papst gegen den Kaiser konspirierte.

»Verrat«, kommentierte Liudprand den Bericht. »Und sie steckt dahinter. Ich habe stets vor ihr gewarnt, Majestät.« Doch Otto, der sich zu dieser Zeit im Deutschen Reich befand, reagierte überlegt. Er sandte seine Informationen an Marocia weiter, und gleichzeitig schickte er Octavian einen Brief, in dem er ihn aufforderte, sich zu rechtfertigen.

»Wir müssen aufgeben«, folgerte Octavian nach der Lektüre des kaiserlichen Briefes.

»Otto hat noch nicht einmal die Hälfte des Planes begriffen«, wandte Crescentius heftig ein. »Wenn du jetzt aufgibst, bist du so gut wie tot.«

»Ich werde zurücktreten, dann lässt er mich in Ruhe.«

»Päpste treten nicht zurück«, fauchte Crescentius. »Und selbst wenn: Sie werden trotzdem als Gefahr empfunden und beseitigt.«

»Großmutter wird mich beschützen. Sie verzeiht mir gewiss.«

»Hat sie jemals mir vergeben? Nein, du steckst zu tief im Sumpf, mein Lieber.«

Octavian lief unablässig im Kreis um den Stuhl Petri herum. »Was soll ich bloß tun? Hätte ich mich bloß nie auf dich eingelassen. Ich hätte wissen müssen, dass du mir nur wieder Verderben bringen würdest. Du bist doch nichts weiter als ein ewiger Versager.«

Crescentius lief rot an. Mit beiden Händen packte er seinen Neffen an den Ohren und hielt ihn fest. »Sag das nicht noch einmal. Du überlebst es nicht.«

Wenn Crescentius jemals ein wahres Wort gesprochen hatte, dann war es dieses, wusste Octavian nach einem Blick in die wütenden Augen seines Gegenübers.

Marocia stand an einem der Fenster der Engelsburg und blickte auf die sonnenbeschienene Stadt. In der Ferne, irgendwo im Süden, stiegen Rauchsäulen in den Himmel, doch sie kündeten nicht von einer Orgie der Lust, wie damals das Räucherwerk in den lateranischen Gärten, sondern von einer Orgie des Hasses. An der Position einer der Rauchsäulen erkannte Marocia sofort, dass ihre alte Villa auf der Isola Tiberina in Flammen stand, außerdem das deutsche Kaufmannsviertel und die Gebäude der Miliz.

»Unsere Getreuen halten die zwei nordöstlichen Stadtviertel«, berichtete Lando, »aber auch die nicht mehr lange. Sie sind zu wenige, um gegen halb Rom anzukommen. Der Mob ist völlig entfesselt. Ich fürchte sogar, dass Crescentius selbst sie nicht mehr unter Kontrolle hat.« Er machte eine Pause und fügte dann sanft hinzu: »Immerhin, Blanca, Paulina, Cecile und Suidger, sie alle konnten rechtzeitig hierher gelangen. Vorerst sind wir sicher, aber wir sitzen fest.«

»Der Kaiser … Wann …?«

Lando schüttelte betrübt den Kopf. »Das kann Wochen dauern, meine Katze, und ich fürchte, Berengar von Ivrea steckt mit Crescentius im Bunde. Er wird Otto aufhalten wollen.«

»Kann Priscian nicht …«

Lando trat einen Schritt näher an Marocia heran und strich ihr tröstend über die Haare. »Capua gehört nicht zum Reichsgebiet, schon vergessen? Außerdem müssen wir davon ausgehen, dass die Byzantiner bald vorrücken. Kundschafter melden die Sammlung eines Heeres in Bari und …«

Lando bemerkte erschrocken, dass Marocia leicht taumelte. Er griff ihr unter die Arme und brachte sie zu einem Sessel. Zum ersten Mal erlebte er sie körperlich schwach, sie, die in ihrem Alter noch aufrecht ging und den Stock nur als Dekoration gebrauchte, die kaum einmal hustete und keinen Tag ohne längeren Spaziergang verstreichen ließ. Gegen sie war er ein Wrack.

Lando brachte ihr einen Becher Wasser, den sie in einem Zug leerte und der wie ein Zaubertrank wirkte. Schnell straffte sie ihren Rücken, und dann donnerte die Faust auf die Lehne.

»Diese Narren!«, rief sie. Lando wusste, dass ihr Ausruf nicht den Römern galt, die sich zu diesem Aufstand hatten verführen lassen, sondern ihrem Sohn und Enkelsohn. »Ich hätte besser aufpassen müssen, hätte den armen Jungen mehr …«

»Es ist nicht deine Schuld«, schnitt Lando ihr fast ärgerlich das Wort ab. »Du kannst deine Augen und Ohren nicht überall haben. Octavian und Crescentius sind alt genug, um zu wissen, was sie tun.«

»Sie werden sterben, nicht wahr?«

Lando senkte den Kopf, denn er konnte die Trauer in Marocias Miene kaum ertragen. »Was ich jetzt sage, klingt hart, Marocia, aber es wäre wirklich besser, es würde so kommen.«

Das Blut schoss ihr in den Kopf. »Wie kannst du so etwas sagen, Lando? Nach allem, was ich für deinen Sohn getan habe, wünschst du meinem den Tod an den Hals.«

»Du weißt sehr gut, wie ich das gemeint habe.«

»Nein, keineswegs.«

Der Streit wurde durch eine heftige Erschütterung jäh unterbrochen, und gleich danach von einer weiteren. Lando und Marocia tauschten einen beredten Blick. Dann sagte er: »Katapulte.«

Und in diesem Wort schwang der ganze bittere Ernst der Situation mit. Ohne ein weiteres Wort griff Lando nach seinem Schwert und schritt entschlossen aus dem Raum.

Marocia saß in der Kapelle der Engelsburg, dem einzigen Ort, der momentan sicher vor dem Beschuss war, stützte ihr Kinn auf die Fingerspitzen und vertiefte sich in die Darstellung der Hochzeit von Kanaan. Ein Lächeln lag auf ihrem Gesicht. Wie herrlich war jener Tag gewesen, Landos Überraschung, die Kerzen, das einsame Flötenspiel, Octavians Mitarbeit an diesem Kunstwerk, das Gelächter von Freunden und Familie …

Das Lächeln erstarb. Heute waren sie wieder versammelt, aber was für ein Unterschied zu damals! Paulina und Cecile kauerten in einer Ecke. Marocia hatte immer gehofft, dass ihnen der Anblick von Kämpfen erspart bliebe, und sie nun derart verängstigt zu sehen, tat ihr weh. Blanca lenkte sich mit dem Zuschneiden von Verbänden ab; wie immer war sie ein Fels der Geduld und Gelassenheit. Der einzige Mann unter ihnen war Suidger, die Bediensteten waren längst allesamt geflohen, und die Soldaten kämpften, angeführt von Lando, auf den Mauern der Burg.

Eine Gruppe erschöpfter Kämpfer brachte Aufregung und Abwechslung in das stundenlange Warten. Einige von ihnen hatten kleine Wunden, andere brauchten lediglich etwas Ruhe oder Wasser. Marocia und Blanca kümmerten sich um sie, verbanden die Blessuren, so gut sie konnten, und gaben etwas von der geschwind gekochten Suppe aus. Marocia bemerkte schwarze Schmiere auf einigen von ihnen und fragte danach.

»Pech«, antwortete einer. »Sie füllen es in die Mulden der Katapulte und schleudern es auf die Burg. Und dann schießen sie Brandpfeile.«

Marocia schüttelte bestürzt den Kopf. Doch der Soldat lächelte sie mit weißen Zähnen im dunkel verschmierten Gesicht an. »Keine Sorge, wir halten stand. Die sind zwar hinterhältig, aber nicht sehr geschickt, ein kopfloser Haufen, bei dem die einen nicht wissen, was die anderen tun. Aber wir – wir haben Fürst Lando.«

Marocia nickte dem Soldaten stolz und dankbar zu. Dann nahm sie Suidger zur Seite und flüsterte: »Bei Gott, ich wünschte, ich wäre ein Mann und könnte an der Seite Landos und dieser Soldaten kämpfen.«

Ihr langjähriger Weggefährte und Freund wiegte bedächtig den Kopf. »Bedenkt bitte – wärt Ihr ein Mann, würde Fürst Lando Euch wohl kaum geehelicht haben.« Suidger schmunzelte, und Marocia antwortete ihm ebenso. Er wollte sie aufheitern. Es war seine Art, sich nützlich zu machen, und sie war ihm dankbar dafür.

In diesem Moment kam eine weitere Gruppe Soldaten herein. Sie trugen einen Kameraden in ihrer Mitte, und gerade als Marocia helfend herantreten wollte, blickte einer der Männer sie an und sagte: »Es ist der Fürst. Er ist …« Er unterbrach sich.

Ohne noch etwas zu sagen, legte er Lando vor Marocia ab. Landos Augen waren geschlossen, sein Mund leicht geöffnet, so als habe er eben noch etwas geflüstert. Marocia sackte neben ihm zusammen. Sie presste die zitternde Hand vor den Mund, ließ sie wieder sinken, berührte Lando. Mehrmals zuckte sie leicht zusammen, dann hob sie seinen Kopf ein wenig an, um ihn auf ihre Schenkel zu betten. Die Haare klebten vom Blut, sie bedeckten eine klaffende Wunde am Hinterkopf. »Liebster«, hauchte Marocia. »Liebster, steh auf.«

Lando sah aus, als würde er im nächsten Moment die Augen aufschlagen und wieder auf die Mauern steigen. Aber er stand nicht auf. Regungslos wie eine Puppe lag er in ihren Armen.

»Ich bin es, deine Katze. Du spürst mich doch, nicht wahr? Bitte, steh jetzt auf. Wir … wir brauchen dich doch und … Ich brauche dich. Bitte Liebster, denk … an unsere erste Begegnung, an den pincischen Hügel, an unsere Ausritte in Capua … Du musst doch wissen, wie sehr ich dich liebe, wie sehr ich …« Ihre Worte vergingen im Schluchzen, das lauter wurde und jeden in der Kapelle berührte. Alle schwiegen, keiner regte sich.

Suidger gab den Männern ein Zeichen, nach und nach verließen alle mit gesenkten Köpfen die Kapelle, bis nur noch Blanca übrig blieb. Sie umarmte Marocia, wiegte sie wie ein Kind.

»Blanca«, weinte Marocia. »Blanca, er hat mich verlassen, er hat … o mein Gott.« Nun brachen alle Wälle und Mauern, die Marocia in ihrem Leben um sich errichtet hatte. Jede Hemmung, jede Beherrschung war fortgespült von ihrer Verzweiflung, und sie schrie und weinte, immer wieder und wieder, als ließe sie den Schmerz von Jahrzehnten aus sich heraus, als weinte sie um ihr ganzes Leben.

Irgendwann war sie so kraftlos, dass sie nicht mehr weinen konnte. Sie sah Blanca an. »Das Letzte, was wir zusammen getan haben«, hauchte sie, »war zu streiten. Ist das nicht verrückt? Wir haben sonst nie gestritten, nie. Und nun …« Sie stockte, beugte sich über den Geliebten und streichelte sein Gesicht. »Nun habe ich nicht einmal die Gelegenheit, ihn um Verzeihung zu bitten.«

Blanca schwieg. Auch sie schickte sich jetzt an, die Kapelle zu verlassen, um Marocia eine letzte stille Stunde mit ihrem Geliebten zu schenken. Doch an der Tür holte sie der Ruf ihrer Schwester ein, die von einer neuen, unheimlichen Kraft erfüllt war.

»Bei Gott, dafür wird er zahlen!«, hallte es zu dem heiligen Gewölbe hinauf. »Wenn Crescentius überhaupt je mein Sohn war – von heute an ist er es nicht mehr.«

43

Zwei Wochen lang rannten die Aufständischen in unregelmäßigen Abständen gegen die Engelsburg an. Mal schmetterten Tage und Nächte hindurch Gesteinsbrocken gegen die Mauern, und Pfeile schwirrten bis zur Terrasse hinauf. Dann wieder blieb es ruhig. Doch der nächste Ansturm ließ nie lange auf sich warten.

Keine einzige Nachricht drang in dieser Zeit in das Kastell hinein. Waren die Byzantiner vorgerückt? Standen sie vielleicht schon kurz vor Rom? Und wo blieb Kaiser Otto? Marocia gestand es sich nicht gern ein, aber so manches Mal in diesen Tagen gingen ihre Gedanken auch zu Octavian, und sie hoffte, dass ihm in den Wirren nichts geschehen sei. Zu allem Übel wurde Blanca von einem schweren Fieber niedergeworfen und verlor das Bewusstsein.

Das alles hätte sie verwunden, wie sie in ihrem Leben schon so viele Demütigungen, Enttäuschungen und Krisen weggesteckt hatte. Doch dieses Mal war alles anders, denn es gab niemanden, für den sie kämpfen konnte, außer ihr selbst. Früher hätte auch das ausgereicht, doch heute, fast dreiundsiebzig Jahre alt, geprägt von zahllosen Kriegen und Fehden und bereits über den Gipfel ihrer Träume hinweggestiegen, war ihr das nicht mehr genug.

»Du fehlst mir so«, sagte sie vor Landos Sarkophag. »Wie soll ich ohne dich weitermachen? Sag mir das, du sturer Kerl.« Wie damals beleuchteten Kerzen die Kapelle, und obwohl sie allein war, meinte sie das melancholische Spiel der Flöte zu hören. Aus einem kleinen silbernen Gefäß dampfte wohltuende Myrrhe und hüllte den Raum mit ihrem rauchigen, beruhigenden Duft ein. Marocias Kopf sackte langsam herab, tiefer und tiefer. Plötzlich gellten laute Rufe durch die Gänge und Hallen des Kastells.

Marocia schreckte umgehend hoch. Waren die Aufständischen eingedrungen? Ihren Stock mit den Fäusten umklammert, eilte sie so schnell wie möglich aus der Kapelle. Da kam ihr auch schon Suidger entgegen. »Es sind die Deutschen!«, rief er atemlos. »Nicht viele, aber immerhin. Sie haben die Belagerer vertrieben.«

Zu Suidgers großem Erstaunen fiel Marocia ihm augenblicklich um den Hals und hielt diese Position eine Weile, so dass der Geistliche sich kaum bewegen konnte. Als sie ihn endlich wieder losließ und anstrahlte, räusperte er sich verlegen und sagte: »Einen bitteren Beigeschmack hat diese Rettung allerdings. Die Deutschen werden von Eurem speziellen Freund Liudprand angeführt.«

Marocias Freude ließ sich nicht irritieren. »Heute ist der Mann mir ein Segen.«

»Ja«, murmelte Suidger und ging der Senatrix voran. »Und morgen vielleicht ein Verderben.«

»Ein halbes Jahrhundert lang hast du unrühmliche Kirchengeschichte geschrieben, Weib, aber das ist nun vorbei.« Liudprands Stimme posaunte wie das Urteil des Jüngsten Gerichts durch die Eingangshalle der Engelsburg, wobei sie sich mehr an die Umstehenden zu wenden schien als an die Senatrix. Vor wenigen Augenblicken erst hatte der Bischof und kaiserliche Sonderbotschafter das Kastell betreten, doch schon hielt ihn nichts zurück, sich in hasserfüllter Prophetie zu üben: »Ich werde dein Geschlecht mit Stumpf und Stiel vom Erdboden vertilgen, und mit der entsetzlichsten deiner Kreaturen, deinem Enkel, mache ich den Anfang.«

Er hinkte einige Schritte durch die Eingangshalle, wobei er für alle sichtbar ein Papier feierlich in der Hand hielt. »Dies ist die Anklageschrift«, sagte Liudprand scharf und hielt Marocia schließlich das Dokument vor Augen, das die Grundlage für die Absetzung und Verurteilung Octavians bilden sollte, sobald man seiner habhaft würde. Noch war der Aufstand nicht zusammengebrochen, denn die Soldaten, die Liudprand mitführte, reichten gerade mal aus, um die Engelsburg sowie das Gebiet bis zur Petersbasilika aus der Klammer der Belagerung zu befreien, noch kämpfte der Kaiser im Norden und ein weiteres Heer gegen die Byzantiner im Süden. Aber für Liudprand war der wichtigste Feldzug der gegen Marocia und ihre Nachkommen: »Erteilung von Bischofsweihen gegen Geld«, zitierte er aus der geplanten Anklage, »Bestechlichkeit, Sodomie, Inzest mit seinen Schwestern, Anrufung heidnischer Götter, Teufelskult …«

»Ihr könnt noch hinzufügen, dass ich gesehen habe, wie er mit einem Besen über die Engelsburg geflogen ist«, ergänzte Marocia sarkastisch.

»Mache nur deine Witze, Weib«, entsetzte Liudprand sich. »Die Lust an Spötteleien wird dir schnell vergehen, wenn du hörst, dass die Prälaten, die am Weihnachtstag zu Gericht sitzen, das Leben deines verabscheuungswürdigen Enkels nicht schonen werden.«

»Ach, Ihr kennt schon das Urteil, Exzellenz? Der Herr muss Euch mit wahrhaft prophetischen Gaben gesegnet haben.«

Liudprands knochige Wangen plusterten sich kurz auf. Dieses Weib war unverschämt, gottlos und tückisch, eine Schlange alles in allem, und er hätte nichts lieber getan, als sie für immer in ein finsteres, menschenvergessenes Loch einzusperren oder gar aufzuknüpfen, wie er es mit ihrer übrigen Brut vorhatte. Aber es war ihm nicht gelungen, etwas zu finden, das sie belastet hätte. Noch nicht.

»Wir werden sehen«, rief er, »ob du am Weihnachtstag noch ebenso fidel die Worte schwingst. Ich glaube eher, sie bleiben dir im Halse stecken.« Laut schmetterte er die Spitze seines Stocks auf den Boden und hinkte mitsamt seinem Gefolge in das Innere der Engelsburg.

Die übrigen Männer, die zu Marocia gehörten und bisher die Besatzung der Engelsburg bildeten, verstreuten sich murrend. So hatten sie sich ihre Befreiung nicht vorgestellt. Wenn alle Deutschen so undankbar waren, dann kämpften sie wohl auf der falschen Seite. Weniger denn je verstanden sie jetzt ihre Senatrix, denn ein einziges Wort von ihr würde genügen, und sie würden ihre Waffen sofort gegen die Männer des geifernden Bischofs wenden. Doch Marocia befahl ihnen nichts dergleichen, und so ließen sie sie allein in der Vorhalle zurück. Nur Suidger blieb an ihrer Seite.

»Die habt Ihr verloren«, konstatierte er. »Und das ist nur der Anfang. Kein Römer wird begreifen, dass Ihr Euch derart ausliefert. Damit gebt Ihr die Unabhängigkeit der Ewigen Stadt preis – und so etwas vergeben die Menschen hier nie.«

»Glaubt Ihr wirklich, Suidger, dass ich mich in dieser Situation um meinen Ruf schere? O nein, ich habe jetzt eine ganz andere Pflicht, und die gedenke ich auch zu erfüllen.«

Suidger verstand nicht sofort, doch eine Nachfrage erübrigte sich, denn im nächsten Moment glitzerte Marocias Plan ihn aus ihren alten, aber wachen Augen an.

»O nein«, ächzte er und hielt sich die Hand vor das Gesicht.

»O doch«, entgegnete sie mit einem Lächeln auf den Lippen, aber es war nicht wie sonst, es war voller Qual.

Am gleichen Abend kleidete Marocia sich in den wärmsten und dunkelsten ihrer Mäntel, stülpte sich die Kapuze über den Kopf und ging mit der größten Selbstverständlichkeit hinaus auf den Hof vor der Engelsburg. Als die Waffenträger sie sahen, erhoben sie sich fragend und zögerlich von ihren Lagerfeuern, um die sie sich geschart hatten. Vor der Torwache blieb Marocia stehen und befahl: »Öffne das Tor. Ich will hinaus.«

»Das geht nicht«, gab der Mann auf Deutsch zurück. »Der Bischof hat befohlen …«

»Ich habe nicht die Absicht zu fliehen«, herrschte Marocia ihn in seiner Sprache an. Sie hatte die letzten Jahre viel mit dem Studium des Deutschen verbracht, und von einigen wirklich komplizierten Wendungen abgesehen, meisterte sie diese für Lateiner holprige Sprache recht gut. »Noch bevor der Morgen graut, bin ich wieder zurück – oder tot. Also öffne!«

»Der Bischof wirft mich in den Kerker, wenn ich …« Noch bevor er zu Ende sprechen konnte, hielt ihm einer ihrer früheren Gefolgsleute von hinten den Mund zu, und ein anderer entriegelte das schwere Tor. Sie warf den beiden einen dankbaren Blick zu und huschte durch den offenen Spalt. Sie überquerte die Tiberbrücke. Dann hörte sie, wie Alarmrufe aus dem Kastell drangen, und gleich darauf eilten ihre beiden Helfer hinter ihr her, um sie zu begleiten.

In dem Gebiet rund um das frühere Pantheon waren die Straßen übersät mit abgeknickten Waffen, Schlagbalken und zertrümmerten Schilden. Menschen hingegen sah sie kaum, und wenn, waren es leblose Gestalten, von Pfeilen oder Speeren durchbohrt und vom Frost überzogen. Bilder des Aufstandes im Jahr 897 kamen ihr in den Sinn, als eine wilde Horde willkürlich alles zertrümmert hatte, was ihr in den Weg kam. Damals, erinnerte sie sich, hatte sie ihre Furcht vor den anderen nicht gezeigt, und jetzt, sechsundsechzig Jahre später, ging sie wieder festen Schrittes und erhobenen Hauptes durch die Häuserschluchten, obwohl sie jederzeit mit dem Schlimmsten rechnete.

Das Forum Romanum umging sie, da der Platz zu gut einsehbar war. Im Übrigen fürchtete sie, dort erkennen zu müssen, dass die Aufständischen Teile der antiken Bauten abgerissen hatten, um sie als Katapultgeschosse zu benutzen. Ihre Römer, wusste sie, hatten bisweilen eine allzu nüchterne Beziehung zu ihrer Vergangenheit, wenngleich sie im Grunde nur noch von dieser lebten. So nahm Marocia also den Umweg über die Senke am Circus Maximus bis zu den Thermen des Caracalla, wo im Frühjahr die Störche rasteten.

Der Weg hinauf zum lateranischen Hügel war beschwerlich, zumal sie schon einige Meilen zurückgelegt hatte. Oben angekommen, rang sie nach Luft, aber dennoch stellte sie schnell fest, dass keine Wachen vor dem Palast postiert waren. »Ihr bleibt hier«, sagte sie ihren beiden Begleitern und betrat die Anlage durch die Laterankirche. Am Altar angekommen, hielt sie einen Augenblick inne. Vermutlich war sie heute zum letzten Mal an dem Ort, der das Ende ihrer Jugend symbolisiert hatte und den Beginn einer Geschichte, die nun ihrem Ende entgegenging. Ihre Hand strich noch einmal über die Altarplatte, dann riss Marocia sich von dem Ort los und tauchte in das Ganggewirr des Wohnpalastes ein.

Die Tür zu Octavians privaten Gemächern stand halb offen, Kleidung und sonstige Gegenstände lagen über den Boden und die Sessel verstreut. Marocia schloss die Augen. Ein Glück, dachte sie, er ist geflohen. Zwar schienen die Gefahren des Weges hierher und die prekäre Lage, in die sie sich durch ihren unerlaubten Ausgang von der Engelsburg gebracht hatte, vergeblich gewesen zu sein, aber wenigstens konnte sie sich sagen, dass sie das Ihre unternommen hatte, ihren Enkel in Sicherheit zu wissen. Jeden Gedanken an Crescentius unterdrückte sie.

Erleichtert und doch traurig verließ sie wieder die Gemächer und ging den Weg zurück, den sie gekommen war. Auf halber Strecke stieg noch einmal eine Befürchtung in ihr hoch. Was, wenn ... Sie bog ab. Ihre Fackel erlosch, und so suchte sie zunächst nach einer, die noch nicht abgebrannt war, bevor sie ihren Weg fortsetzte. Endlich war sie am Thronsaal angekommen. Zu ihrer Erleichterung gab der in Finsternis getauchte Saal nur seine Leere preis, als sie ihn mit der Fackel durchschritt. Kurz bevor sie ihn wieder verließ, stammelte eine zaghafte Stimme aus einer Ecke: »Groß... Großmutter?«

Ihr Herz schien stillzustehen. Sie hielt ihre Fackel wie ein Schwert in die Richtung, aus der die Worte gekommen waren. »Was, verflucht, machst du noch hier?«, schrie sie Octavian an und zog ihn vom Boden hoch. Nun trat auch Ganymed an seiner Seite hervor. »Ihr beide seid wohl von jedem Menschenverstand verlassen, wie?

Der Aufstand bricht zusammen. Es sind ja nicht mal Leute da, die den Lateran bewachen.«

Zu ihrer Verwunderung starrte Octavian sie nur aus großen, verzweifelten Augen an, ohne auch nur einen Mucks herauszubringen. Ganymed hielt seine Schultern umklammert.

»Liudprand ist dabei, eine Synode einzuberufen, die dich aburteilen soll. Junge, wenn du nicht fliehst, werden sie dich hinrichten.«

Octavian weinte. »Großmutter, was soll ich nur tun?«

»Fliehen!«, schrie sie aus Leibeskräften, doch als Octavian wie unter einem Hieb zusammenzuckte, nahm sie sein Gesicht in ihre Hände und drückte ihm einen Kuss auf die Lippen. »So verrückt es klingt, du musst nach Byzanz fliehen. Sie werden dir Asyl gewähren, weil du dich gegen ihren Feind Otto gestellt hast, und sie werden dich als Marionettenpapst benutzen. Du wirst tun müssen, was sie befehlen. Aber alles, hörst du, alles ist besser, als hier zu bleiben.«

Octavian nickte.

»Gut. Habt ihr Gold?«

»In Ganymeds altem Quartier ist etwas versteckt.«

»Das ist zu gefährlich. Hier, nehmt das, es wird für eine Schifffahrt nach Bari reichen. Und nun geht.«

»Großmutter«, weinte Octavian. »Mir tut das alles so Leid. Lando ... Was ich angerichtet habe ... Der Ärger, den Ihr hattet ... Ich ...ich ...«

Ihre Lippen zitterten. Sie verschwieg, dass der schlimmste Ärger ihr erst noch bevorstand. »Es ist gut, Junge«, sagte sie, drückte Octavian ihre Fackel in die Hand und gab ihm und Ganymed einen Klaps. »Ich wünsche euch viel Glück.«

Sie sah dem Licht der Fackel hinterher und wartete, bis auch das Echo der Schritte sich in den Weiten des Lateran verloren hatte. Als nichts mehr zu sehen und zu hören war, schloss sie ebenso erleichtert wie erschüttert die Augen. Wieder war ein Mensch aus ihrem Leben gegangen, den sie geliebt hatte. Umgeben von Dunkelheit und Stille, blieb sie noch eine Weile im Thronsaal der Päpste zurück, bis sie ihn verließ. Ihr Gefühl sagte ihr, dass sie zum letzten Mal hier gewesen war.

Octavian hielt sich nicht an den Rat seiner Großmutter, das Transtiberim zu meiden. Und Ganymed bestärkte ihn noch in dieser Überzeugung. Beide trieb das Gold. Ganymed liebte Octavian, dessen war er sich nun sicher, und er wollte das Leben mit ihm teilen. Doch die Byzantiner würden seiner Beziehung zu Octavian kaum mit der gleichen Toleranz begegnen wie vormals Marocia. Was, wenn sie ihn verstießen? Auf keinen Fall wollte er wieder zurück in das ärmliche Leben, das er früher gefristet hatte. Mit einem eigenen finanziellen Polster jedoch …

Doch als sie die finstere, muffige Behausung betraten, erlebten sie eine Überraschung: »Wusste ich's doch«, begrüßte Crescentius die beiden. »Auf die Gier einer kleinen römischen Ratte kann man sich immer noch verlassen. Ich habe das Gold allerdings schon für mich vorgesehen.«

»Raus!«, schrie Octavian ihn an, aber das brachte Crescentius nur zum Lachen.

»Du warst noch nie gut darin, Befehle zu geben, Kleiner. Das ist eher mein Metier. Bestimmt willst du dahin, wo auch mein Weg hinführt. Nach Byzanz. Dort sind wir willkommen und können in Ruhe die nächste Verschwörung gegen die Deutschen planen.«

Octavian dachte nicht mehr daran, sich an irgendeinen sicheren Hof zu retten und sich weiterhin benutzen zu lassen. Ein kleines Landgut, wo er in Ruhe mit Ganymed leben konnte, das war alles, was er wollte. Wenn er dem Kaiser den Kirchenschatz ungeschmälert übergeben könnte, überlegte Octavian, fände er doch sicher Gnade.

»Was du tust, ist mir gleichgültig«, warf er Crescentius entgegen. »Aber Ganymed, der Schatz und ich bleiben hier.«

Crescentius packte ihn mit seinen kräftigen Armen an den Handgelenken, um ihn durch kräftiges Schütteln zur Räson zu bringen, aber der schmächtige Octavian konnte sich mit Hilfe Ganymeds losreißen und Crescentius einen Schlag ins Gesicht geben. »Du bist ein Versager«, rief Octavian, »und ich bin ein für allemal von dir frei.«

Da zückte Crescentius einen Dolch und stach zu. Im letzten Moment jedoch warf sich Ganymed schützend vor seinen Geliebten und brach, tödlich getroffen, zusammen. Einen Moment lang starrten Octavian und Crescentius fassungslos auf den leblosen Körper zu ihren Füßen. Crescentius, aus seinem Jähzorn erwacht, fing sich jedoch schnell wieder. »Dieser Schwachkopf«, kommentierte er Ganymeds Tat. »Ich habe nicht gewollt, dass er …«

Doch er konnte seinen Satz nicht vollenden, weil Octavian in rasendem Zorn auf ihn einschlug, derart ungebändigt, dass Crescentius sich nur durch einen weiteren Stoß mit seiner Waffe zu helfen wusste. Auch Octavian brach zusammen. Er hielt sich den Bauch, fiel auf die Knie und suchte, bleich und benommen, Ganymeds Körper. Als er ihn ein paar Schritte entfernt entdeckte, rutschte er mit letzter Kraft dorthin und ließ sich neben ihm fallen.

Neunter Teil

Der Garten der Erinnerung

Der 26. Dezember, Anno Domini 963

Die Kaiserin stand vor dem Feuer und schwieg noch lange, nachdem Marocia geendet hatte. Ihren Mantel und den Kragenpelz hatte sie in dem behaglichen Raum schon vor einer Weile abgelegt, nun reichte ihr das samtige silberfarbene Gewand aus, um sich warm zu fühlen. Ein Kelch besten gewürzten Glühweins tat ein Übriges. In kleinen Schlucken leerte sie das Gefäß und spielte anschließend damit in ihren Händen. Diese gedankenverlorene Geste stand in krassem Gegensatz zu ihrer scharfen Stimme, als sie endlich sagte: »Euer Enkel war unwürdig, ein Sodomit. Im Alten Testament steht geschrieben, dass diese Menschen dem Herrn ein Gräuel sind.«

»Das ist wahr«, bestätigte Marocia. »Dort steht aber auch, dass Väter ihre Töchter in die Sklaverei verkaufen dürfen, dass bei Todesstrafe nicht an Samstagen gearbeitet werden darf und dass die Kleider der Frauen nicht aus zwei verschiedenen Stoffen bestehen dürfen. Nun, Majestät, gibt es im Reich nicht Gesetze gegen väterliche Willkür? Diktiert Ihr Euren Schreibern nicht auch an Samstagen Briefe, und besteht dieser Pelz dort nicht aus einem anderen Stoff als der Umhang?«

Adelheid holte tief Luft, doch außer einem knappen Seufzer brachte sie nichts hervor.

»Ich habe die Erfahrung gemacht«, fuhr Marocia fort, »dass es keine unabänderlichen Gesetze auf dieser Welt gibt. Was heute noch gilt, kann schon in wenigen Jahren vergessen sein.«

»Liudprand hatte Recht«, sagte die Kaiserin. »Ihr seid eine gute

Rhetorikerin.« Sie stellte ihren Kelch ab und sah Marocia dabei zu, wie sie damit zum Kamin ging, ihn mit einer Kelle wieder auffüllte und ihr reichte. Dankbar legte sie ihre Hände um das erwärmte, fast heiße Metall. Seit sie den Raum betreten hatte, war sie auf ihren Füßen geblieben, doch jetzt ließ sie sich fast erleichtert auf den Diwan fallen. »Aber der Hochverrat bleibt. Um den kommt Ihr nicht herum.«

»Mir ging es nicht um eine Verteidigung, Majestät, sondern um eine Erklärung. Was ich tat, würde ich wieder tun, auch, wenn ich wüsste, dass es vergeblich wäre.«

Adelheid blickte tief in die sämige rote Flüssigkeit des Kelches. »Und Crescentius? Rechtfertigt Ihr auch seine Taten?« Nachdem sie ohne Antwort blieb, sah sie auf, und neuerlich vermochte die Senatrix, sie zu überraschen. Die Selbstbeherrschung der Römerin schien wie weggezaubert. Tränen drängten sich in ihre Augen und spiegelten auffällig das Licht des Kaminfeuers, die Ohrringe zitterten unter den Bewegungen des Kopfes, die Finger verhakten sich ineinander. Unter dem Eindruck dieser plötzlichen Veränderung stand die Kaiserin auf und ging – ehe sie überlegte, was sie da tat – auf Marocia zu und berührte sie. »Verzeiht«, hauchte sie. »Ich hatte nicht bedacht ... Vermutlich ist er der Mann, der Euch am schmerzlichsten von allen verletzt hat, mehr noch als Hugo.«

»Mehr noch als Hugo«, bestätigte Marocia nickend. »Aber es gab noch andere. Berengar zum Beispiel, der Großvater des Mannes, gegen den Euer Gemahl derzeit kämpft. Er hat ...« Marocia stockte und sah die Kaiserin mit glitzernden Augen an. »Ich habe für Euch gebetet«, sagte sie. »Als Ihr im Kerker am Gardasee gefangen wart, habe ich jeden Tag an Euch gedacht. Ich hoffte, dass Euch nicht dasselbe geschehe wie mir, damals im Sommer des Jahres 915 in einem Feldlager.«

Die Kaiserin war aschfahl geworden, und sie schien ganz leicht zu wanken, wie eine hundertjährige Eiche im Sturm. Aber sie blieb stehen. »Ihr auch?«

Marocia nickte stumm.

Adelheid suchte den Halt eines Möbels. Ihr Blick war voller Schmerz und Kälte gleichermaßen, und ihre Stimme schien aus einer anderen Welt zu kommen. »Er hat mich nicht nur schlagen las-

sen, wie ich immer behauptet habe«, gestand sie. »Wohlgemerkt, er selbst hat mich nicht angerührt. Er hat einen Mann zu mir in die Zelle geschickt, der noch fetter war als er selbst, und er hat zugesehen, während ... Versteht Ihr, er war sogar so erbärmlich und feige, nicht selbst ...« Adelheid rieb sich die Stirn. »Ich habe noch nie darüber gesprochen«, sagte sie. »Und ich ... ich kann es auch jetzt nicht.«

Marocia ging zu ihr und umfasste ihre Hände mit den eigenen. Eine Weile lang tauschten sie nur Blicke. Marocia, die vierzig Jahre älter war, tröstete sie allein mit ihrer Erscheinung. Für Augenblicke war die alte Senatrix keine politische Figur, keine moralische Gegnerin, keine römische Autokratin, keine gottlose Zynikerin und keine Hochverräterin. Sie war eine Frau, die das gleiche durchlitten hatte wie sie selbst.

Von draußen drangen jetzt laute Rufe und Jubel heran. »Sieg, Sieg!«, schrien die Soldaten und schlugen mit den Scheiden ihrer Schwerter rhythmisch auf die Schilde. »Der Kaiser hat gesiegt, Berengar ist tot, der Kaiser hat gesiegt, Berengar ist tot ...«

»Eine gute Nachricht für uns beide, Majestät«, lächelte Marocia, griff dann aber Adelheids letzte Worte auf. »Ich beneide Euch darum, weiter schweigen zu können. Wenn Ihr es nicht wollt, wird nun nie jemand von der ... der Gewalt an Euch erfahren. Ich selbst war gestern gezwungen, mein Leben vor dem Gericht auszubreiten.«

Mit diesen Worten drehte Marocia sich um und ging zur Tür. »Betrachtet dieses Gemach als das Eure, Majestät.« Sie verbeugte sich so tief, wie es bei Frauen ihres Alters selten zu sehen war, und schickte sich an, den Raum zu verlassen.

Als Marocia fast schon draußen war, holte ein Ruf der Kaiserin sie zurück. Er war schon wieder sehr erhaben. »Senatrix! Ihr werdet Euer Amt noch heute niederlegen und den Verzicht auf die Engelsburg erklären.«

Marocia erklärte ihre Bereitschaft dazu mit einem Senken und Heben der Lider. Im Angesicht des Todes fiel ihr der Verzicht nicht schwer.

»Ferner werdet Ihr Rom verlassen und nur bei vorheriger Genehmigung wieder betreten.«

»Aber Majestät, das Urteil …«

»Überlasst Liudprand mir. Der Kaiser wird ohnehin froh sein, dass Ihr davongekommen seid. Er hat eine Schwäche für Euch …« Ein bitterer Zug formte sich um Adelheids Mundwinkel. Dann holte sie tief Luft. »Ihr habt zehn Tage Zeit, Eure Angelegenheiten zu ordnen. Mehr kann ich nicht tun. Das ist alles. Ihr dürft gehen.«

Marocia blieb zunächst wie angewurzelt stehen, aber ein strenger Adlerblick der Kaiserin schreckte sie auf.

»Danke«, sagte Marocia, erntete jedoch keine weitere Erwiderung Adelheids. Langsam ging sie hinaus.

»Lebt wohl«, flüsterte Adelheid, nachdem sie allein zurückblieb. Sie nahm den Kelch, schöpfte sich heißen Wein nach und ließ die letzten Stunden mit dieser Frau noch einmal im Geiste vorüberziehen. Wieder hatte Marocia erreicht, was sie wollte. Sie war frei, wenn auch entmachtet. Adelheid hatte keinen Zweifel, dass Marocias Worte wahrhaftig waren, dass der Schmerz, von dem sie gesprochen hatte, Teil ihres Wesens und ihrer Erfahrung war und dass sie tatsächlich mitfühlte und verstand, was in ihr, Adelheid, vorging. Marocia hatte vieles offenbart. Aber seltsam, es blieb doch ein Rest von Ahnung, dass diese Frau ein Geheimnis mit sich trug, das Geheimnis, bei allem dennoch eine Maske zu tragen. Ihr Leben war ein Schauspiel, wenn auch eines, in dem sie sich selbst spielte.

Während Adelheid in ihren Kelch stierte, als sei dort alle Wahrheit über Marocia verborgen, grinste sie. Was für ein Leben, was für eine Frau. Nur gut, dass diese Begegnung ihre Letzte war.

44

Anfang Januar, Anno Domini 964

Schritt für Schritt, geführt und gestützt von ihren beiden Enkelinnen, stieg Marocia die Stufen hinauf. Paulina und Cecile hatten ihr schon in der Kutsche ein Tuch um die Augen gebunden und unentwegt etwas von einer Überraschung gekichert. Mit solchem Schabernack hielten sie sie bereits seit zehn Tagen bei Laune, verhinderten, dass sie allzu viel über die jüngsten Ereignisse nachdachte. Sie hatte in den letzten Wochen seit Ausbruch des Aufstandes schon zwei vertraute Menschen verloren, zuerst Lando, dann Octavian, von dessen Tod sie allerdings erst nach Niederschlagung der Rebellion erfahren hatte. Und nun, am vorgestrigen Tag, auch noch Blanca. Ihre Halbschwester war dem Fieber und den ständigen Aderlässen erlegen, ohne noch einmal aufgewacht zu sein. Marocia saß immer bei ihr, während ihre Enkelinnen dafür sorgten, dass Truhen gepackt und die liebsten Gegenstände nicht vergessen wurden. Kurz vor Blancas Entschlafen beugte Marocia sich dicht an das Ohr ihrer Schwester und flüsterte: »Ich halte mein Versprechen, Liebste. Weißt du, ich möchte dir nahe sein, und darum gibt es nur diesen einen Weg.«

Bis zum letzten Atemzug hielt sie Blancas Hand, und ihren Tod nahm sie mit einer fast stoischen Gelassenheit auf.

Heute war der letzte Tag, an dem sie sich dem Gebot Adelheids zufolge noch in Rom aufhalten durfte. Sie hatte Paulina und Cecile bisher darüber im Unklaren gelassen, was sie mit ihnen vorhatte, und so tüftelten die beiden jungen Damen seit einer Weile an einer faszinierenden Idee.

»Wir sind da!«, rief Paulina. Sie drehte einen Schlüssel, schob einen Riegel auf und stieß die schwere Pforte auf. Nun lüftete sie Marocias Augenbinde.

»Du liebe Zeit«, stieß Marocia hervor und sah sich staunend um. Boden und Wände waren verstaubt, Türen aus den Angeln gehoben, die Räume kahl und die Fenster zerbrochen, aber sie erkannte die Eingangshalle ihres Elternhauses dennoch sofort. Kein Zweifel: Sie befand sich im Atrium der Villa Sirene.

Paulina und Cecile kicherten sich zu und forderten Marocia zu einem Spaziergang durch das verlassene Haus auf. Doch für Marocia war es mehr, es war ein Streifzug durch die Kindheit. Sie stand dort, wo Pater Bernard ihr zum letzten Mal die Hand gedrückt hatte, wo ihre Mutter ihr vom Handel mit Sergius berichtet hatte, wo sie geschlafen und geträumt hatte, und nach einer Weile der Fassungslosigkeit über diesen überraschenden Besuch in einer fernen Vergangenheit kam Marocia zur Freude ihrer Enkelinnen ins Erzählen. »An dieser Tür habe ich gelauscht, wenn Theodora und Johannes ihre Pläne ausgeheckt haben, und da die beiden sehr rege waren, hatte ich jede Nacht viel zu tun. Und dort hinten tändelten Egidia und der Kutscher immer miteinander. Wie hieß er noch? … Regnald. Und dann war da noch …«

Länger als eine Stunde streiften sie durch die Räume der Villa. Als sie im *peristyl* angekommen waren, in dem längst das Unkraut wucherte, setzte Marocia sich auf jene Steinbank zwischen zwei Statuen, auf der Sergius sie zum ersten Mal erwartet hatte. Sie atmete tief die kalte, ein wenig nach Gras duftende Luft ein. Fast konnte sie das Gelächter von Leon hören, wenn sie sich Fangspiele geliefert hatten. Das war nun beinahe siebzig Jahre her.

»Jetzt sagt mal, ihr beiden«, unterbrach sie ihren eigenen melancholischen Gedankenflug, »weshalb ihr mich hierher gebracht habt.«

»Freut Ihr Euch nicht, Großmutter?«, fragte Cecile.

»Aber natürlich freue ich mich. Ich war seit meinem Auszug in den Lateran nicht mehr hier. Damals habe ich mir geschworen, die Villa Sirene nie wieder zu betreten, so wütend war ich. Aber Wut vergeht, und manche Schwüre werden irgendwann unsinnig.« Sie seufzte, und nach einer weiteren kurzen Pause wiederholte sie ihre

Frage: »Aber nun raus damit. Warum sind wir hier? Es soll doch wohl nicht bloß meiner Unterhaltung dienen, oder?«

Wieder kicherten die beiden Schwestern miteinander. Dann erklärte Paulina: »Da Ihr nicht länger in Rom residieren werdet, da weiterhin Eure Villa auf der Tiberinsel während des Aufstandes niedergebrannt ist, und da sich außerdem ...«

»Ihr beide möchtet also hier wohnen«, kürzte Marocia ihre Enkelin ab. Man merkte der jungen Frau an, dass sie sich besonders für Seneca und andere weitschweifige Autoren der Antike begeisterte. Marocia nahm sich vor, Paulina eine Ausgabe von Ovids »Liebeskunst« zu schenken, damit sie – ebenso wie sie selbst es vor vielen Jahren erleben durfte – etwas Aufregenderes zu lesen hätte als philosophische Traktate über die Seelenruhe. »Im Grunde eine gute Idee, dass ihr die Familie in Rom repräsentieren wollt«, stimmte Marocia zu. »Ihr seid ja die Letzten von uns, mit Ausnahme von ...«

Sie brachte den Namen nicht über die Lippen. Crescentius war verschwunden, aber Marocia vermutete, dass er in einem der tausend dunklen Winkel dieser Stadt untergetaucht war. Wenn das tatsächlich der Fall war, würde die Welt früher oder später wieder von ihm hören, und dann wäre es besser, wenn Paulina und Cecile sich nicht hier aufhielten. Crescentius würde sie sich sonst für seine Umsturzversuche zunutze machen.

»Aber ihr habt euch ganz unnötig Gedanken gemacht. Auf dich, Paulina, wartet schon der Fürst von Palestrina als Gemahl. Nur wenn du ihn willst, selbstverständlich. Und Cecile kann einen jungen neapolitanischen Grafen ehelichen.«

Die beiden jungen Frauen atmeten die ein wenig staubige Luft ein und sahen zuerst einander und dann ihre Großmutter fassungslos vor Glück an. »Wie habt Ihr das geschafft, Großmutter?«

»Ich habe der Kaiserin einen Brief geschrieben, und sie hat meinen Wünschen stattgegeben. Ich weiß doch, wie sehr ihr euch ein neues Zuhause wünscht, eine Stellung und einen Mann. Die beiden, die ich ausgesucht habe, sind sehr respektabel, glaubt mir.« Sie zwinkerte. »In mehr als einer Hinsicht.«

Paulina und Cecile fielen ihr um den Hals, fassten sich an den Händen und sprangen jubelnd im Kreis. Marocia lächelte zufrieden, weil dieses heitere Geräusch von den Bögen des *peristyls* widerhallte und sie ein weiteres Mal an lange vergangene Tage erinnerte.

Plötzlich hielt Cecile, die jüngere und einfühlsamere der beiden Schwestern, inne und sah Marocia an. »Und Ihr, Großmutter? Ich würde mich so freuen, wenn Ihr bei mir leben würdet.«

Marocia lachte. »Danke, Liebes, aber ich eigne mich nicht als Hausdrachen. Nein, ich gehe nach Fontana Liri, dort, wo Blanca so viele Jahre verbracht hat. Die Nonnen waren so freundlich, meinem Wunsch zu entsprechen, innerhalb des Klosters zu leben.«

»Du wirst Nonne?«, fragte Cecile ungläubig.

Marocia lachte abermals. »Das nun wirklich nicht. Sagen wir, ich setze mich dort zur Ruhe, und statt Weltpolitik zu machen, kümmere ich mich darum, wie der Kohl wächst. Wie hört sich das an?«

»Nicht nach Euch«, kicherte Cecile, fragte dann aber neugierig: »Und was passiert mit der Villa Sirene, Großmutter?«

Marocia erinnerte sich, wie Pater Bernard die Villa Sirene einmal als den politischen Mittelpunkt Italiens bezeichnet hatte. Wer hätte damals schon vermutet, dass davon nichts als leere, von Spinnen und Unkraut beherrschte Hallen bleiben würden? Der Pater würde sich gewiss gewünscht haben, dass dieser Ort, an dem so viel Unschönes erdacht wurde, nun einem viel edleren Zwecke dienen sollte. »Alles ist im Fluss«, antwortete Marocia auf Ceciles Frage. »Nichts bleibt, wie es ist, darum soll man auch nichts halten, dessen Zeit vorüber ist. Sonst passiert« – ihr Blick schweifte über Staub und Unkraut – »genau das hier. Aus diesem Grund beklage ich auch nicht länger, was geschehen ist, und aus dem gleichen Grund werde ich auch die Villa einer neuen Bestimmung zuführen.«

Cecile zuckte mit den Schultern. »Ich verstehe nicht, was du meinst, Großmutter. Aber es hört sich traurig an.«

Marocia streichelte ihrer Enkelin die Hand und ließ sich aufhelfen. »Das ist es, Kleines, das ist es. Zugleich ist es aber auch unvermeidlich.«

Als sie ins Freie traten, wandte Marocia sich noch einmal um. Erneut galt es, Abschied zu nehmen. Schon morgen nämlich würde sie die Villa Sirene dem Patrimonium überschreiben, mit der Bedingung, ein Hospitalkloster aus ihr zu machen, das dem heiligen Cyriak zu weihen war, dem Lieblingsheiligen Pater Bernards. Nur die beiden Statuen, von denen noch immer niemand wusste, wen sie darstellten, würde sie als spezielle Erinnerung an ihre Kindheit behalten.

Marocia hatte keine Schwierigkeiten, sich in das Leben im Kloster von Fontana Liri einzugewöhnen. Sie war nicht an den Alltag der Schwestern gebunden, sondern teilte sich selbst ein, wann sie ruhen, lesen, arbeiten oder – was auch vorkam – beten wollte. Sie machte ausgedehnte Spaziergänge in die Umgebung Fontana Liris, besuchte einmal im Jahr ihre Tochter Alazais in Capua und vermisste Rom nur noch in jenen Momenten, in denen sie Zeitwanderungen durch ihre Vergangenheit unternahm.

Die Erinnerung war für sie ein Garten, durch den sie spazieren konnte, wann immer es ihr beliebte. Am einen Tag widmete sie sich mehr dem einen Teil, am nächsten einem anderen. Sie schlenderte durch die Jahrzehnte, betrachtete dieses und jenes Ereignis, doch gleich, ob es damals fröhlich oder schmerzlich war, drangen die jeweiligen Gefühle nur noch wie durch einen Schleier an sie heran. Sie berührten sie, aber sanft. Ja, jedes von ihnen, so stark es früher auch gewesen sein mochte, wurde in etwas viel Genießbareres verwandelt: in ein stärkendes oder tröstendes Tonikum. Der Garten der Erinnerung war voll davon.

Auch den Klostergarten gab es noch, und Marocia schien es, als habe er sich nicht verändert, seit sie ihn das erste Mal betreten hatte. Die leichte Hanglage, der milde Wind, die herrlichen Düfte der Blüten, Kräuter und Gewürze … Auch die Bank gab es noch, auf der Marocia sich einst mit Blanca unterhalten hatte, als sie noch nicht wusste, dass sie ihre Schwester war. Gleich daneben standen noch immer die zwei Ölbäume, auf deren einem Stamm die Namen der toten Nonnen eingeritzt waren und auf deren anderem Leon verewigt war. Freilich war der Stamm alt und verkrüppelt, aber die Buchstaben, die Marocia einst mit ihrer Haarspange eingekerbt hatte, waren noch zu erkennen.

Darunter standen die Namen so vieler weiterer Menschen. Nicht

Blanca oder die Nonnen hatten diese Namen eingeritzt, sondern Marocia selbst, gleich in den ersten Tagen ihres Klosterlebens. Niemand, der ihr je nahe gestanden hatte, fehlte: Lando, Alberic, Clemens, Egidia, Damiane, Octavian und alle die anderen, die ihr Leben eine Spanne an Zeit begleitet hatten. Sogar Theodora und Hugo fanden sich darauf – sie hatte schon sehr lange ihren Frieden mit ihnen gemacht.

Mittlerweile waren alle diese Namen nicht mehr frisch, sondern verkrustet und mit dem Stamm verwachsen. Doch es kamen immer wieder neue hinzu. Suidger von Selz beispielsweise. Ihr Vertrauter und eifrigster Briefeschreiber starb im Winter des Jahres 970, doch erst im darauf folgenden Mai erfuhr Marocia davon, da es niemand für nötig gehalten hatte, sie darüber zu unterrichten. Alazais war es, die ihr die traurige Nachricht schließlich überbrachte.

Alazais … Mit ihr hatte Marocia nie Kummer gehabt – bis jetzt. Ihr Name musste von ihr noch im Sommer des gleichen Jahres zu den anderen gesetzt werden. Konnte es sein, dachte Marocia angesichts dieses fürchterlichen Augenblicks, dass diese geliebte Tochter fast fünfzig Jahre alt geworden war und sieben Kindern das Leben geschenkt hatte? Und das, obwohl Marocia sich doch noch so genau an das kleine Mädchen erinnerte … Vergangene Jahreszahlen waren in Marocias Alter trügerisch. War es tatsächlich schon fünfzehn Jahre her, dass sie mit Lando eine heitere Hochzeit gefeiert hatte? Dass sie Clemens vor fünfunddreißig Jahren zu Grabe getragen und seinen Vater Sergius vor sechzig Jahren sterbend in ihren Armen gehalten hatte? Dass sich die Pforten der Laterankirche vor beinahe achtzig Jahren für ein Skelett geöffnet hatten? Wer außer ihr dachte noch an all das?

Manchmal schien Marocia ihr Leben ein weites, endloses Meer zu sein, und in anderen Momenten kam es ihr wie eine Pfütze vor. Doch nicht alles war Vergangenheit, auch die Gegenwart hielt noch Überraschungen für sie bereit.

Im Spätsommer des Jahres 972 stand sie auf einer Leiter und pflückte Obst von den Bäumen des Klostergartens, als sie plötzlich hörte, wie sich jemand räusperte. Sie sah nach unten und erblickte – Kaiser Otto, den alle schon jetzt *Magnus*, den Großen, nannten.

»Sind meine Augen alt, oder seid Ihr es wirklich?«, rief Marocia in der ersten Unsicherheit.

»Beides vermutlich«, sagte der Kaiser und half seiner früheren Bundesgenossin von der Leiter herunter.

Marocia empfand die Situation als komisch. »Ich nehme an«, sagte sie, »es macht nicht viel Sinn, mit einem schmutzigen Gewand, klebrigen Händen, einer zerzausten Frisur und von Bienen umschwirrt einen Knicks zu machen, Majestät.«

»Euer Sinn für Stil trügt nie«, gab er blinzelnd zurück. Er war mit dem Alter humorvoller geworden. Man merkte ihm an, dass er angefangen hatte, einige der mühevollen Herrscheraufgaben an seinen gleichnamigen jungen Sohn abzutreten. Dennoch sah er mit seinen sechzig Jahren gebrechlicher aus als seine mehr als zwanzig Jahre ältere Gesprächspartnerin. »Obsternte«, murmelte er mit seiner üblichen Fistelstimme. »Ich hätte mir Euch nie bei einer solchen Tätigkeit vorstellen können.«

»Ich mich auch nicht – bis vor wenigen Jahren. Aber wie Ihr ja wisst, Majestät, habe ich meinen Schreibtisch vor vielen Jahren geräumt.«

»Euer Schreibtisch«, gab er gewandt zurück, »war immer schon da, wo Euer Kopf sich aufhielt.« Er sah sich im Klostergarten um. »In diesem Sinne: Gehen wir ein Stück?«

Marocia stellte ihren Korb ab. Diese Aufforderung, ja Ottos ganzer Besuch konnte nur bedeuten, dass er etwas Wichtiges mit ihr zu besprechen hatte. Sie vermochte sich nur vorzustellen, dass es etwas mit Crescentius zu tun haben konnte. Ihr Sohn machte nämlich – wie sie vorausgesehen hatte – von Zeit zu Zeit Ärger in Rom, doch nie konnte er aufgegriffen werden. Wünschte Otto ihre Unterstützung in dieser Sache? Ihre Sorge war unbegründet, wie sich schnell herausstellte.

»Ihr wisst vielleicht«, begann Otto, »dass ich mich um eine byzantinische Kaisertochter als Gemahlin für meinen Sohn bemüht habe. Eine solche Heirat käme einer formellen Anerkennung des Heiligen Römischen Reiches durch das Oströmische Imperium gleich, darum bin ich sehr daran interessiert. Aber Kaiser Tzimiskes stellt sich stur. Er weigert sich nicht nur, die Brautwerbung zu akzeptieren, sondern er hat auch meinen Gesandten Liudprand aus Byzanz geradezu hinausgeworfen und …«

Otto unterbrach seinen Bericht, weil er ein Schmunzeln um Marocias Mundwinkel spielen sah. »Ich kann Eure Schadenfreude Liudprand betreffend verstehen«, ging er auf das Mienenspiel Marocias ein. »Er schreibt in seinen Werken bittere Sachen über Euch.«

Marocia hatte sich auf Umwegen eine Kopie von Liudprands *Historia Ottonis* besorgt und jede Zeile davon gelesen, fand doch auch ihr Name darin einige Erwähnung. Doch nicht selten während dieser Lektüre war sie nahe daran gewesen, einen lauten Fluch in den sakralen Hallen des Klosters auszustoßen. Das ihr bereits bekannte Wort Pornokratie war noch das mildeste, das der Bischof für sie fand. Nun behauptete er auch noch, sie habe mehrere Päpste ermordet, mit anderen orgiastische Unzucht getrieben, ein Freudenhaus auf der Tiberinsel geführt und sei die Mutter eines Geschlechts von Raufbolden und Widernatürlichen. Nicht ein einziges gutes oder auch nur milderndes Wort fand Liudprand für sie. Marocia war es vorgekommen, als lese sie eine Geschichte über eine völlig andere Frau. Aber so flutartig, wie die Wut über diese literarische Verunglimpfung in ihr hochgestiegen war, so rasch war sie wieder abgeebbt. In der Einsamkeit Fontana Liris verloren solche Dinge ihre Wichtigkeit.

»Es ist mir mittlerweile gleich«, erklärte sie dem Kaiser, »ob ich der Nachwelt als Hure, Herrscherin oder Heilige in Erinnerung bleibe. So wenig, wie eine Leiche Nutzen aus dem Ruhm ziehen kann, so wenig kann sie Schaden an Schmähungen nehmen. Traurig ist nur, dass es Menschen gibt, die sich noch zu meinen Lebzeiten von der Häme des Bischofs anstecken lassen, so zum Beispiel Eure Gemahlin. Oder warum sonst spaziert *Ihr*, ein Mann, mit mir im Nonnenkloster herum, und nicht Kaiserin Adelheid?«

Otto blieb am Rande des Kräutergartens stehen und zupfte an den Blättern einer hohen Salbeipflanze herum. »Schon wahr. Die Kaiserin ist unter Liudprands Einfluss wieder in ihr altes Denken gegen Euch zurückgefallen. Kein Wunder, er ist häufiger mit ihr zusammen als mit Gott. Umso wichtiger ist, dass Ihr mir bei der Brautwerbung helft«, orakelte er. »Noch ist Zeit dazu, noch lebe ich, aber in ein paar Jahren, wer weiß?«

Marocia brauchte mehr als einen Augenblick, um zu verstehen, was der Kaiser damit meinte, wenn er Adelheids entstandene Abneigung gegen Marocia mit den Heiratsplänen für den jungen Prinzen Otto in Verbindung brachte. Und wie konnte sie dabei schon von Nutzen sein? Sie fand schließlich nur eine einzige Erklärung, und die raubte ihr fast den Atem.

»Ihr habt doch nicht etwa vor …?«

»Doch, genau das«, grinste Otto und rupfte gleich mehrere Blätter des Salbeis ab.

Die Klosterküche Fontana Liris war klein und wenig gemütlich. Ein einziges Fenster nach Norden ließ nur etwas Helligkeit und fast nie einen Sonnenstrahl herein. Außer im Hochsommer war es hier immer zu kalt. Aber die vielen Sträuße bunter Kräuter verbreiteten einen angenehmen Duft, und das Brodeln des Kessels über dem Feuer gab das Versprechen eines baldigen heißen Trankes.

Marocia rührte ein letztes Mal um, bevor sie das dampfende Gebräu in zwei Tontassen füllte, die sie selber vor kurzem angefertigt und gebrannt hatte. Was, dachte sie, würde wohl Liudprand sagen, wenn er wüsste, dass der heilige römische Kaiser mit der verhassten Pornokratin an einem Tisch saß, Salbeitee trank und über Eheschließungen redete. Nun, sie würde dafür sorgen, dass es ihm zu Ohren käme.

»Bitte, Majestät«, sagte sie und schob Otto eine Tasse über den wurmstichigen Tisch. »Auf diese Weise war Euer Herumgezerre an dem armen Kraut wenigstens nicht völlig sinnlos.«

Er betrachtete den Trunk nur kurz, dann blickte er sich ungläubig nach allen Seiten um. »Seid Ihr sicher, hier bleiben zu wollen? Ihr wisst, dass ich Euch jederzeit einen Passierschein nach Rom verschaffen kann. Der jetzige Papst tut, was ich will.«

»Zu gegebener Zeit komme ich darauf zurück«, schmunzelte Marocia, die so tat, als habe sie noch einige Jahrzehnte lang Gelegenheit, um das Angebot einzulösen. »Nun aber zu Eurem ungeheuerlichen Plan.«

Otto war sichtlich froh, endlich in aller Breite darüber reden zu können, doch seine Stimme wurde noch leiser als sonst. »Wie gesagt: Eure Tochter Eudoxia gehört zwar nicht der derzeitigen Kaiserfamilie an, aber sie hat den Status einer Kaiserinwitwe, und ihre Tochter Theophanu ist somit eine Prinzessin.«

»Aber doch keine vollwertige«, wandte Marocia ein.

»Deshalb dürfte Tzimiskes auch kaum etwas gegen eine derartige Eheschließung einzuwenden haben. Für mich jedoch gilt – verzeiht, wenn ich das so offen sage: besser Theophanu als gar keine Byzantinerin, denn auch eine solche Heirat wäre eine Quasi-Anerkennung meines Reiches, und das bleibt mein letztes Ziel. Für Liudprand und meine Gemahlin jedoch ist Theophanu keine byzantinische Prinzessin, sondern ausschließlich Eure Enkelin. Sollte mir daher etwas zustoßen …«

Marocia nickte. »Ich verstehe. Keine Brautwerbung um Theophanu, keine Heirat, keine Anerkennung.«

»Wenn Ihr mir also helft, Eudoxia und Tzimiskes eine schnelle Zustimmung abzuringen«, blinzelte Otto seiner Gesprächspartnerin schelmisch zu, »dann wird Eure Enkelin eines Tages Kaiserin.«

Marocia musste nicht lange überlegen. Sie fasste Kaiser Otto beherzt an der Hand.

»Wer kann diesem Titel schon widerstehen?«, erwiderte sie mit dem gleichen schalkhaften Ausdruck.

Otto hob den Becher und verzog in der Erwartung eines bitteren Gebräus den Mund. »Ihr jedenfalls nicht«, flüsterte er.

Marocia stand an der Hafenmole von Bari und blickte trotzig in den heftigen Wind, der vom Meer kam. Die Glut des Sonnenuntergangs war längst gewichen. Ein voller Mond, verdeckt von rasch dahinziehenden Wolken, schaffte es nur selten und dann bloß für einige Momente, die Silhouette der drei byzantinischen Schiffe sichtbar zu machen. Doch Marocia versäumte nicht einen Augenblick lang das Herannahen der kleinen Flotte.

Bari, hier hatte Marocias Tochter Eudoxia vor drei Jahrzehnten den Kontinent verlassen, und hier würde sie ihn nun wieder betreten. Wie schön das Leben war, dachte Marocia, und wie gerecht auch, alles in allem. Sie hatte nicht für möglich gehalten, Eudoxia je wieder in ihre Arme schließen zu dürfen, und selbst als ihre Tochter nicht nur die baldige Ankunft Theophanus, sondern auch die eigene brieflich ankündigte, hatte Marocia es noch nicht glauben können. Aber wenige Atemzüge nur noch, und es würde so weit sein. Nach allen Verlusten früherer Jahre war das ein wunderbarer Ausgleich.

Als Erstes kam eine junge Frau den Steg herunter, die mit ihren kunstvoll gesteckten Haaren und den warmen braunen Augen an Alazais erinnerte, als diese noch ein Kind war. Sie knickste höflich, aber etwas in Marocias Ausdruck verriet ihr wohl, dass sie eine herzlichere Begrüßung wagen durfte: Sie schmiegte sich kurz an ihre Schulter.

»Großmutter«, sagte sie nur.

»Mein liebes Kind«, erwiderte Marocia die Begrüßung mit einem innigen, forschenden Blick. »Ich habe schon so viel von dir gehört, aber ich merke gleich, dass ich bisher nichts über dich gewusst habe.« Tatsächlich hatte Marocia sich nach den Berichten Eudoxias ein ganz anderes Bild von ihrer Enkelin gemacht, das einer widerspenstigen, unverschämten Göre. Dabei hatte sie allerdings außer Acht gelassen, dass die Verfasserin der Berichte von eher schwerfälligem Gemüt war. Menschen wie Eudoxia mussten Selbstbewusstsein als Unverschämtheit empfinden, eine eigene Meinung als Halsstarrigkeit. Marocia jedoch spürte sofort, dass in Theophanu viel von ihr selbst steckte.

»Wo ist deine Mutter?«, fragte Marocia hoffnungsfroh.

Theophanu zeigte auf den Steg. Wie Blitze zuckten gleichzeitig Freude und Schreck durch Marocia. Auf einer von zwei Soldaten getragenen Sänfte saß Eudoxia, ihr Kind, dass sie in all den Jahren umso mehr geliebt hatte, weil es so weit entfernt lebte. Doch dieses Kind war schwer und bleich geworden. Die Beine waren angeschwollen, und durch die dick aufgetragene Schminke schimmerten dunkle Ränder um die Augen. Marocia brauchte nur einen einzigen Blick, um zu erkennen, dass Eudoxia nicht wegen der Hochzeit Theophanus in die Heimat zurückgekommen war – sie war gekommen, um hier zu sterben.

Marocia beugte sich über die Sitzende und gab ihr je einen Kuss auf die Stirn, beide Wangen und den Mund. Dann sagte sie doppeldeutig: »Du darfst nicht wieder fortgehen, mein Kind. Du musst bleiben.«

»Ihr gebt noch immer gerne Befehle«, erwiderte Eudoxia mit einem bitteren, schmerzerfüllten Lächeln. »Ihr habt Euch nicht geändert.«

Marocia nickte. »Ich habe noch immer die gleiche Liebe in mir. Aber vielleicht drücke ich sie heute anders aus.«

Eudoxia warf einen langen, forschenden Blick auf ihre Mutter, dann ergriff sie zu deren Freude ihre Hand. »Wohin werden wir gehen?«

»Du kommst mit nach Fontana Liri«, sagte Marocia. »Dort werden die Schwestern dir eine Diät und viel Bewegung verordnen. Du wirst sehen, bald hast du zum Fortgehen keine Lust mehr.«

»Vor dir siehst du das Geheimnis ewigen Lebens«, posaunte Marocia übertrieben feierlich und blickte dabei abwechselnd ihre Tochter und die unscheinbare Quelle des Flüsschens Liri an.

»Gebirgswasser?«, fragte Eudoxia ungläubig.

»Sprudeln«, korrigierte sie. »In Bewegung bleiben. Ein ständiger Quell für Ideen sein. Nur auf diese Weise konnte ich dreiundachtzig Jahre alt und dabei weder gebrechlich noch wahnsinnig werden.« Sie setzte sich auf einen großen, von der Sonne gewärmten Stein neben der Quelle nieder und klopfte mit der Hand auf einen Platz daneben. »Komm, setz dich zu mir, dann können wir reden.«

Sie redeten seit Wochen miteinander, über Alberic, über Hugo, die Gefangenschaft in der Engelsburg, das Leben in Byzanz, über den schlimmen Abschied in Bari und die damaligen verworrenen Gefühle, von denen heute keines mehr eine Rolle spielte. Es war fast, als säßen zwei Frauen beieinander, die nichts mehr mit ihrem früheren Ich zu tun hatten und die doch – oder gerade deswegen – ihre Liebe entdeckten.

Ihr jüngstes Thema war Theophanus Hochzeit in Rom, an der sie allerdings beide nicht teilgenommen hatten. Marocia war nicht eingeladen gewesen, und Eudoxias gesundheitlicher Zustand war damals noch nicht wesentlich besser. Doch das war nun anders. Ihre Tochter machte heute den ersten Ausflug mit ihr, nicht weit, kaum hundert Schritte, aber immerhin konnte sie wieder ohne Hilfe laufen.

»Wenn deine Genesung weiter so schnell voranschreitet«, sagte Marocia nicht ohne stolzen Unterton, »dann kannst du deine Tochter und deinen Schwiegersohn schon bald im Reich besuchen.«

»Wir«, korrigierte Eudoxia fast beleidigt. »Ohne Euch gehe ich nicht.«

»Tja«, seufzte Marocia. »Jetzt, wo Liudprand gestorben ist – vielleicht. Die Nachricht kam gestern.«

»Und? Habt Ihr schon Eure Haarnadel gezückt und den Baum malträtiert?«

Marocia strahlte. Unfassbar, Eudoxia machte Scherze! Wann hatte es das je gegeben? Die Menschen änderten sich mit dem Alter. Hatte auch sie sich geändert? »Liudprand würde wohl selbst nicht wollen, dass er und meine Haarnadel irgendetwas miteinander zu schaffen bekommen. Also lasse ich es.«

Sie lachten. Eudoxia blinzelte wie ein junges Mädchen in die Sonne und wippte mit ihrem rundlichen Körper auf dem Stein hin und her. Sie genoss ganz offensichtlich dieses neue Leben, das ihr noch einmal geschenkt worden war. Die Frühlingssonne überzog ihre Haut mit einem goldenen Schimmer, und ein Windhauch spielte mit ihren Haaren, die sie neuerdings fast offen trug, wie ein Bauernmädchen. Sie summte eine Melodie, die aus Byzanz stammen mochte, aber ansonsten lag diese Welt der Bücklinge und Kratzfüße, der Prunkgewänder und Zeremonien weit hinter ihr.

Das Tal erstrahlte in all seiner Frische und Farbenpracht, und Marocia gab sich für einen Moment dem egoistischen, aber wunderbar wohltuenden Gedanken hin, dass sie mit Eudoxia, dem schon zweimal verloren geglaubten Kind, ihre letzten Jahre verbringen durfte, hier, in Fontana Liri, zwischen warmen Steinen, singenden Zikaden, dem rauschenden Wind der Sabiner Berge und den Duftwogen der Pinien.

Eudoxia unterbrach Marocias Tagträumerei mit einer völlig unerwarteten Frage. »Wäre es nicht schön, Mutter, wenn jetzt auch noch Crescentius bei uns säße und mit uns lachen würde? Ich kenne ihn ja kaum, aber er gehört doch irgendwie zu mir.«

Marocia sah ihre Tochter ausdruckslos an. Was sollte diese Bemerkung? »Crescentius lacht nie«, erwiderte sie ohne Heftigkeit, aber knapp. Marocias Kopf zitterte. »Ich habe bei Crescentius alles versucht, ihm einen Platz geboten ...«

»Nur an Eurer Seite oder auch in Eurem Herzen, Mutter?«

Marocia stand auf und wandte Eudoxia den Rücken zu. Sie rammte ihre Faust in die Luft und blickte ziellos umher. »Er hat mich verletzt, zum Teufel. Und es hat ihm gefallen. Er ... er tut das alles doch nur, um mir zu schaden. Lando ... er hat ihn umgebracht. Wenn er nicht ...«

Marocia unterbrach sich, hielt sich den Mund zu.

Eudoxia blieb sitzen und rieb sich mit beiden Händen das linke Bein. Ein leichter Schmerz zuckte um ihre Mundwinkel, als sie über den Oberschenkel fuhr. »Ist dir nie der Gedanke gekommen«, sagte sie halb abwesend, »dass Crescentius nur deine Anerkennung sucht? Wenn du ihm ins Gewissen redest ...«

»Er hat nie eines besessen«, sagte Marocia hart und fuhr herum. Ihre Augen fixierten Eudoxia, als sähen sie statt ihrer Crescentius vor sich. »Ebenso wenig ein Herz. Nicht einmal Verstand scheint er zu haben. Er hat gar nichts, er ist ein Anarchist, ein ewiger Umstürzler. Sein Vater hatte wenigstens noch ein Ziel, so fantastisch es auch war, aber Crescentius ist allein vom Willen besessen, Unglück über alle zu bringen. Ich habe nicht die geringste Ahnung, wo ich ihn packen soll, und ich glaube, ich will es auch nicht.«

Sie nahm ihren Stock auf und ging ein Stück davon. Dann fiel ihr ein, dass sie Eudoxia nicht einfach so zurücklassen durfte. Sie rief ihr zu, ihr zu folgen, aber Eudoxia klagte über ihr Bein und blinzelte merkwürdig mit dem linken Auge. So half Marocia ihr also auf und stützte sie auf dem Weg zum Kloster. Ihre Gedanken aber waren woanders. Nein, sagte sie zu sich selbst. Nicht noch einmal würde sie sich von Crescentius enttäuschen lassen. Sollte er sich und die Welt doch unglücklich machen, sie hatte ihr Möglichstes getan. Hier wurde sie gebraucht, von Eudoxia. Hier würde sie bleiben, und nichts brächte sie zurück in diese Stadt der Verräter. Nein, nein und nochmals nein.

Marocia stand vor ihrem Bett in der kleinen Zelle und musterte das Gewand, das sie darauf ausgebreitet hatte. Im Licht der Morgensonne schimmerte es mal in goldenem, mal in bronzenem oder gar rötlichem Ton, ganz danach, wie man den Kopf hielt. Es war gewiss gewagt, manche würden sogar sagen, unklug, dieses Kleid anlässlich einer Krönung zu tragen, bei der die Monarchen im Mittelpunkt stehen sollten – auch im optischen. Doch für Marocia gab es ja schließlich nichts zu gewinnen und zu verlieren, und außerdem würde zumindest Theophanu es verstehen, ja vielleicht sogar amüsant finden. In vier Wochen würde ihre Enkelin in Mainz an der Seite Ottos II. zur heiligen römischen Kaiserin gekrönt werden, und da wollte Marocia ein letztes Mal zeigen, dass sie zwar alt, aber keineswegs demütig geworden war.

Ottonus Magnus, Otto der Große, war tot. Marocia hatte nicht erfahren können, woran er letztendlich gestorben war, aber es grenzte für sie an ein Wunder, dass er überhaupt die sechzig erreicht hatte, so angeschlagen, wie er stets ausgesehen hatte. Seinen Beinamen aber verdiente er zu Recht. Er hinterließ ein mächtiges Reich, dem der Byzantiner nicht nur ebenbürtig, sondern überlegen. Während er die Verwaltung, die Gesetze, das Heer und das Verhältnis zur Kirche reformiert hatte, waren die Byzantiner noch fester in ihren überkommenen Strukturen erstarrt. Den Orienthandel ließen sie sich nach und nach von den Seestädten Friauls, der Lombardei und von Rom abnehmen, die Künste von den unorthodoxen und daher beweglicheren Klöstern Schwabens und Lothringens, und ihren Rang als Zentrum des Wissens und der Gelehrsamkeit büßten sie wegen ihrer geradezu verbohrten Behauptung ein, das allein gültige Sprachrohr Gottes zu sein. Darüber war es schließlich auch zum endgültigen Bruch mit Rom gekommen. Byzanz hatte seine eigene Kirche gegründet und sich damit restlos isoliert. Beste Voraussetzungen also für den jungen Otto und die aufgeweckte Theophanu.

Marocia kämpfte noch damit, das Gewand so zusammenzulegen, dass es in der Truhe nicht zerknittern würde, als ihr einfiel, dass es Zeit für Eudoxias Behandlung war. Jeden Morgen und jeden Abend rieb eine der Novizinnen Fontana Liris sie mit einem Extrakt aus Farnwurzeln ein, der gegen die immer wieder plötzlich auftretenden Schmerzen in Eudoxias Gliedern helfen sollte. Doch es war jedes Mal eine umständliche, übel riechende Prozedur, sowohl für Eudoxia wie für die Novizin, und manchmal einigten beide sich darauf, die Behandlung mal eben »zu vergessen«.

Marocia beschloss, diese Aufgabe heute selbst zu übernehmen und sich als Dank von ihrer Tochter die Hilfe beim Zusammenlegen dieses widerspenstigen Gewandes zu erbitten. Für solche Sachen, dachte Marocia, habe ich einfach keine Geduld und werde sie auch mit hundert noch nicht haben.

Gerade, als sie den Knauf fassen wollte, ging die Tür auf und schlug ihr gegen die Schulter. Eine Schwester trat ein.

»Verflucht«, schimpfte Marocia und machte sich bereit, dafür den Tadel der Nonne zu erhalten. Doch nichts dergleichen geschah. Voll Schrecken sah die fromme Frau sie an und sagte atemlos: »Der Schlag, edle Marocia. Es … es …«

»Schon gut«, wiegelte Marocia ab. »Ich nehme es als Erfahrung und verspreche, künftig immer erst anzuklopfen, wenn ich meine Zelle verlassen will.« Doch ihr Scherz war unangebracht. Sie hatte die Worte der Nonne missverstanden.

»Eure Tochter. Der Schlag hat sie getroffen.«

Eudoxia lag regungslos auf einer Bahre des Klosterhospitals und starrte Marocia an. Ihre Hand konnte Marocias Händedruck nicht erwidern, selbst der Kopf erinnerte an den einer Toten. Kein Wort kam über ihre Lippen, die steinern wirkten. Ihre Augen waren alles, womit sie sich noch verständlich machen konnte, und diese Augen weinten.

»Kind«, sagte Marocia und beugte sich nahe an Eudoxias Gesicht. Mehr vermochte auch sie nicht zu sagen. Eudoxia wusste, was sie für sie empfand. Welchen anderen Trost konnte man ihr noch geben? Schweigend blieb sie dicht an den Lippen ihrer Tochter, ohne Hoffnung, jemals wieder einen Laut von ihr zu hören. Sie tupfte die Tränen von Eudoxias Wangen, aber die Augen füllten sich wieder und wieder wie ein unerschöpflicher Quell von Traurigkeit.

Leise raschelten die Gewänder der Nonnen, während sie die nutzlosen Tücher und Tränke beiseite schafften. Nach und nach leerte sich der Raum. Die letzte Schwester schloss die Tür hinter sich und ließ Mutter und Tochter in unheimlicher Stille zurück. Marocia bekam Angst. Angst, allein zu bleiben. Wen wollte dieser Gott ihr denn noch nehmen? Wie alt wollte er sie noch werden lassen und allem berauben, was ihr je etwas bedeutet hatte? Warum tat er das?

Sie spürte, wie Eudoxias Zeigefinger sich um ihren bog, gleichsam wie eine Umarmung. Und im nächsten Moment fühlte sie, dass Eudoxia nicht mehr bei ihr war.

45

Die Dunkelheit in der Grabkammer von Marocias Familie war nahezu vollkommen. Nur eine einzelne Kerze vor dem jüngsten der Sarkophage warf ihr schwaches Licht in den Saal und zeichnete den riesenhaften Schatten einer Frau an die gegenüberliegende Wand. Seit vor einer Stunde die Grablegung Eudoxias ihr Ende gefunden hatte, saß Marocia allein in der Stille der kalten Krypta, von nichts anderem begleitet als dem Geräusch ihres Atems und pulsierenden Gedanken, die immer mächtiger wurden. Wann, fragte sie sich, würden sie ein Ende haben, die Grübeleien an langen Abenden, die an ihr klebten, die sie nicht zur Ruhe kommen ließen, obwohl sie erschöpft war. So oft schon hatte sie gegrübelt – und ebenso oft gewonnen. Sie hatte Scharmützel gewonnen, wie die gegen Saxo und Desiderius, Kriege wie die gegen Berengar und Hugo, Herzen wie die von Sergius und Lando, Respekt wie den von ihrem Sohn Alberic, Vertrauen wie das von Otto, Blanca und Eudoxia. Gewiss, für jeden dieser Siege hatte sie vorher oder danach ein Tal durchschreiten müssen, aber auch das erschien ihr im Rückblick nur wie ein natürlicher Teil des Lebens.

Umso schwerer war es für sie darum, hier und heute einzugestehen, auf einem Feld vollständig versagt zu haben: Crescentius. Vielleicht musste erst eine Zeit wie die jetzige kommen, eine Zeit, in der nur sie und er übrig geblieben waren, damit sie das akzeptieren konnte.

Die Stimme ihres Sohnes hallte von irgendwoher aus der Finsternis herüber. »Ich bin gekommen, Mutter.«

Marocia schloss für einen Moment die Augen und flüsterte, so dass nur sie selbst es hören konnte: »Gott sei Dank.«

Seine Schritte wurden lauter, kamen näher, verloren ihr Echo, und plötzlich stand Crescentius nur noch eine Elle von ihr entfernt, so nah, dass sie seinen Atem spüren konnte. Als sie ihn ansah, spiegelte sich die winzige Flamme der Kerze in seinen Augen.

»Woher wusstet Ihr, dass ich dieser Begegnung nicht widerstehen konnte?«, fragte er.

»Ich wusste es nicht«, gab sie zu. »Aber ich habe es gehofft. Eudoxias Grablegung ist die letzte Möglichkeit für ein Wiedersehen.«

»Ihr hättet mich rufen lassen können.«

»Dann wärst du mit Sicherheit nicht gekommen.«

»Gut kombiniert«, grinste er.

Sie winkte ab. »Ach, wir sind doch alle gleich, Crescentius. Du, ich, Alberic, ja sogar die arme Eudoxia hier: unbelehrbare Sturköpfe, jeder von uns auf seine Art. Und in Theophanu hat sich diese Eigenschaft unserer Familie auch in die nächste Generation geschlichen. Nach allem, was ich bisher von ihr gesehen habe, wird sie deine wahre Gegnerin werden, nicht der junge Otto.«

»Womit wir beim Thema wären.«

»Womit wir beim Thema wären«, wiederholte Marocia seufzend und erhob sich von ihrer Bank. Sie nahm den Stock in die eine Hand, die Kerze in die andere und schritt langsam die Reihe der Sarkophage ab, wobei sie an jedem stehen blieb, um die Grabkerze davor zu entzünden. »Wie ich höre, bist du für einen Teil der Römer ein regelrechter Freiheitsheld geworden.«

»Stimmt«, bestätigte er selbstzufrieden.

»Und weiterhin höre ich, dass dein Einfluss in Rom zwischenzeitlich derart eminent ist, dass man dich getrost als heimlichen Stadtherrn bezeichnen kann.«

»Stimmt auch.«

»Nun«, sagte sie und blickte ihm geradewegs in die Augen, »dann ist es wohl an der Zeit, dass ich dir gratuliere.«

Seine Verblüffung war offensichtlich. Weniger, was sie gesagt hatte, überraschte ihn, sondern wie sie es gesagt hatte. Er vermochte nicht, auch nur einen Hauch der üblichen Ironie oder Spöttelei in ihrer Stimme zu entdecken, daher brauchte er einige Momente, um sich für die Gratulation zu bedanken.

Marocia nahm ihren gemächlichen Spaziergang an den Grabmälern vorbei wieder auf. »Es bedarf großen Geschicks, von einem übermächtigen Gegner umzingelt zu sein und doch die eigene Fahne hochzuhalten, mehr noch, sie in allen Farben wehen zu lassen, wie du es tust. Deine Aufstände erreichen zwar bislang nicht ihr Ziel – darüber bin ich nicht traurig, das verstehst du sicher –, aber wenigstens spricht man allenthalben von ihnen. Das ist ebenso viel, wie ich seinerzeit erreichte.«

Er blieb stehen und betrachtete sie argwöhnisch. »Wieso sagt Ihr das?«

»Weil es stimmt. Wenn man so alt ist wie ich, kann man es sich nicht mehr leisten, um die Dinge herumzureden. Davon kriegt man nur einen trockenen Mund. Aber was stehst du denn da so herum? Nun komm schon.«

Sie hakte sich bei Crescentius ein und zog ihn gegen einen leichten Widerstand weiter. »Ich habe einmal gedacht, dass du mich hasst. Aber heute weiß ich« – sie neigte ihren Kopf ein wenig zu ihm hinüber und lächelte müde –, »dass du gegen mich sein musstest, weil du mich bewundert hast. Du hattest nur eine Möglichkeit, meine Achtung zu erringen, nämlich die Dinge, die ich erbaut hatte, wieder zu kippen, so wie ich einst die Verhältnisse Theodoras umstürzte. Ich weiß nur zu gut, dieses Ziel hat dich stark gemacht, stärker als alle deine Geschwister.«

Crescentius schluckte, seine Lippen öffneten sich in ehrlichem Erstaunen. »Ihr ... Ihr könnt mir solche Dinge doch nicht quasi im Vorbeigehen sagen. Nach all den Jahren, in denen ich so sehr ...«

Er hielt inne, unentschlossen, ob er weitersprechen oder schweigen sollte.

Marocia fuhr ihrem Jüngsten mit einer raschen, zärtlichen Bewegung über die blonden Haare. Es fiel ihr nicht leicht. Ihr war klar, dass sie den Mörder ihres Enkels und den Hauptschuldigen an Landos Tod liebkoste, mit Gesten und mit Worten, aber sie folgte in diesem Augenblick nur ihrem Gefühl. Es war nicht die Stunde der Politik, der Meinungen, Visionen, Kriege und Vergeltungen. Sie wollte nicht streiten und nicht richten, sondern eine letzte, eine allerletzte Pflicht erfüllen: Crescentius, ihr Kind, zu beschützen.

»Im Vorbeigehen?«, wiederholte sie seine Kritik. »Mein lieber Junge, was du so leichthin Vorbeigehen nennst, ist mein Abschied.«

Crescentius formte das Wort tonlos auf seinen Lippen nach, dann schüttelte er den Kopf, als wolle er sich von einer Benommenheit befreien. »Ihr veranstaltet diesen sentimentalen Gefühlszauber doch bloß, um mich wieder auf Eure Seite zu ziehen, um …«

»Nein, Crescentius. Nein, diesmal nicht.«

»Ihr könnt mich nicht lieben. Ich habe Octavian getötet!«, schrie er. »Den Sohn Eures geliebten Alberic.«

Sie schloss die Augen und nickte. »Ich weiß.«

»Du hast etwas vor!«, rief er verbissen und verzerrte sein Gesicht in einer Mischung aus Schmerz, Zorn und Trauer. Noch nie hatte Marocia, hatte irgendjemand Tränen auf seinen Wangen gesehen – bis zu diesem Augenblick. »Es muss einfach so sein: Du hast irgendetwas vor. Sag doch!«

»Ich habe nur eines vor!«, rief sie und hielt sein Gesicht mit ihren Händen fest. »Siehst du diese Sarkophage, aufgereiht, einer neben dem anderen? Das sind Leon, Theophyl, Theodora, Alda, Alberic, Blanca, Octavian, Alazais und Eudoxia. Und siehst du diesen freien Platz hier, wo ich jetzt stehe? Das, Crescentius, ist mein Platz, und ich will ihn nicht dir überlassen müssen. Hörst du? Ich will nicht, dass du vor mir an die Reihe kommst. *Du nicht.*«

Ihre letzten Worte hatte Marocia aus sich herausgepresst, mit der ganzen Kraft und Angst, die in ihr steckte, der schrecklichen, bohrenden Angst um das letzte Kind, das ihr geblieben war. Nun sank sie erschöpft zu Füßen der Grabmäler nieder.

Crescentius ließ seinen verwirrten Blick über die Sarkophage schweifen, dann ließ auch er sich nieder, und nach einer Weile legte er seinen Arm um die Schultern Marocias und hielt sie fest. »Mutter«, sagte er, und dieses Wort hatte plötzlich einen ganz anderen Klang, für ihn wie auch für sie. »Du sollst nicht die Letzte sein«, versprach er. »Aber eines Tages, wenn du deinen Platz eingenommen hast, werde ich so groß werden, wie du es warst.«

»Groß? Ich?«, murmelte Marocia und schüttelte leicht den Kopf, aber danach schwieg sie.

Eine Stunde saßen sie noch stumm beieinander, und Marocia gab sich der Überlegung hin, dass mit ihrem Tod, irgendwann, womöglich auch der Behauptungswille ihres jüngsten Sohnes erlöschen würde, sein Trotz gegen die Deutschen, der ein Trotz gegen sie war. Vielleicht hatte er ja doch eine grandiose Zukunft vor sich. Sie wollte daran glauben.

Mit jedem Jahr, das verging, wurde es stiller um Marocia. Die Welt erschien ihr wie ein Strom, in dessen Mitte sie auf einer Insel saß und alles vorüberziehen sah, selbst aber unbeteiligt blieb. Es gab immer weniger vertraute Menschen, die sie in Fontana Liri besuchen kamen. Einige ihrer Enkelkinder starben früh, andere verheirateten sich in weit entfernte Länder, und schließlich blieben ihr nur noch die Briefe Theophanus.

Die Kaiserin bildete die letzte Verbindung zu dieser anderen Welt fernab von der Ruhe des Klosters. Sie berichtete ihr von allen wissenswerten Ereignissen, so zum Beispiel von den Feldzügen ihres Gemahls, Kaiser Ottos II., seinen Siegen, seinen Niederlagen. Das Kaiserpaar hatte einen kleinen Sohn, der auch Otto getauft wurde, und Marocia hörte mit großer Freude, dass er von nichts anderem redete, als einmal nach Rom zu kommen. Die Liebe zu der Ewigen Stadt vererbte sich offenbar weiter und immer weiter.

Im Dezember des Jahres 983 – Marocia war beinahe vierundneunzig Jahre alt – teilte Theophanu ihr brieflich den Tod Ottos II. mit; er war während eines Aufenthaltes in Rom am Fieber verstorben. Theophanu übernahm somit die Regentschaft für den erst dreijährigen Kaiser Otto III., und wenige Monate später stattete sie ihrer Großmutter einen Besuch ab.

»*Imperatrix Sanctum Romanorum*«, hauchte Marocia stolz, als sie mit Theophanu zu ihrer Linken und ihrem Urenkel Otto zur Rechten auf einer Bank im Kreuzgang saß. Sie hatte sich zu diesem Anlass noch einmal in große Robe geworfen, den dezenten, aber kostbaren Schmuck hervorgeholt und sich die Haare von einer Klosterschwester flechten lassen. Das samtrote Kleid leuchtete auf ihrer dunklen Haut, doch es vermochte sie nicht mehr zu verjüngen. Dem vierjährigen Kaiser musste sie wie eine biblische Urgestalt erscheinen, und tatsächlich blickte er sie ständig mit einer Mischung aus Neugier, Verwunderung und Respekt an.

Theophanu nickte.

»Protokollarisch kommt nur noch Gott über mir«, sagte sie und legte eine Spur Sarkasmus in ihre Stimme. Zufrieden stellte Marocia fest, dass Titel und Macht der jungen Imperatrix nicht zu Kopfe gestiegen waren. Sie wusste, diese Frau, die würdevoll und mit festem Blick neben ihr saß, würde stets mit beiden Beinen auf dem Boden der Realitäten bleiben, kühl denken und entschlossen handeln. Und wie jung sie war. Marocia überkam eine tiefe Sehnsucht danach, noch einmal so jung zu sein, solche Möglichkeiten zu haben ...

»Vor Euch liegt so unendlich vieles und Schönes, Majestät. Ich bin sicher, Ihr werdet mit voller Kelle daraus schöpfen, so wie ich es getan habe, als ich in Eurem Alter war.«

»Meine Mutter hat mir vor langer Zeit von Euren Wünschen und Zielen erzählt«, berichtete Theophanu. »Ich war noch ein Kind, aber ich glaube, kein Wort davon vergessen zu haben. Euren Sohn Clemens wolltet Ihr zum Pontifex machen, nicht wahr? Ihr wolltet Rom eine großartige Zukunft geben und die Krone eines neuen Reiches tragen.«

Marocia wiegte den Kopf hin und her. »So manches von dem, was ich in meinem Leben getan habe, ist mir im Nachhinein als Kindheitstraum angedichtet worden, anderes ist mir sogar eher aufgezwungen worden. Aber es stimmt: Ich habe meine Jugendträume alle erfüllt.«

»Mit einer Ausnahme«, korrigierte Theophanu und fing sich einen fragenden Blick ihrer Großmutter ein. »Ihr wolltet die Krone eines neuen Reiches tragen, aber nur die Krone Italiens war Euch vergönnt.«

»Und Niederburgunds«, fügte Marocia hinzu. »Aber Ihr habt Recht: Ein Reich war dieses Flickwerk abhängiger Länder sicherlich nicht. Man kann nun mal nicht alles haben.«

Theophanu lächelte spitzbübisch und gab ihrem Sohn ein Zeichen. Da griff der Kleine in einen mitgebrachten Beutel und zog die Reichskrone heraus. Sie war kunstvoll geschmiedet und besetzt mit wunderbaren Steinen, die wie Lichter hinter vereisten Fenstern leuchteten. Otto III. reichte sie mit einem ernsten, ehrfurchtsvollen Blick seiner erstaunten Urgroßmutter.

»Zum Probieren«, sagte er.

»Ich soll ...«

»Aber ja«, ermutigte Theophanu sie. »Ihr habt Euren Anteil

daran, dass diese Krone überhaupt entstanden ist. Es ist nur gerecht, wenn Ihr sie für einen Augenblick ganz für Euch habt.«

Da Marocia weiterhin zögerte, nahm Theophanu die Krone und setzte sie Marocia auf das mit einem goldfarbenen Schleier bekleidete Haupt. »Auf diese Weise«, sagte die Kaiserin und lächelte Marocia zu, »geht nach achtzig Jahren auch Euer letzter Mädchentraum in Erfüllung. Ich hoffe, ich kann einmal dasselbe von mir sagen.«

Marocia ergriff die Hand ihrer Enkelin und die ihres Urenkels.

»Verdient habt Ihr es«, sagte sie gerührt und genoss den Augenblick mit den letzten Menschen und Dingen, die sie umgaben.

Nachdem die beiden sich verabschiedet hatten, blieb Marocia auf der Bank sitzen. Der Tag war grau, die Sonne leuchtete weiß und verschwommen durch den Dunst. Ein kräftiger Herbstwind blies das welke Laub über die Mauern des Klosters in den Kreuzgang hinein. Langsam fiel es zu Boden, fiel auf ihre Schultern, in ihren Schoß. Sie stützte ihr Kinn auf die zitternden Fingerspitzen und sah in die kalte Luft des Himmels. Träume, dachte sie, und spürte eine große Müdigkeit in sich wachsen. Im Grunde waren Träume doch für nichts anderes gemacht, als die Zeit zu füllen, diese Frist zwischen dem Dunkel, aus dem wir gekommen sind, und dem Dunkel, in das wir eintauchen. Sie knospen, wachsen und reifen, bevor sie wie alles wieder welken und schließlich eingehen in den ewigen Kreislauf. Aber ohne sie hätten wir nicht wirklich gelebt.

Sie schloss die Augen, lächelte und weinte.

Marocia starb noch in derselben Nacht, am 19. Oktober des Jahres 984. Sie wurde neben ihren Eltern, Geschwistern und Kindern in der Krypta von *Sanctus Sebastianus* in Rom bestattet.

Nachwort

Kaiserin Theophanu übte die Regentschaft für ihren Sohn bis zu ihrem frühen Tod im Jahre 991 aus. In dieser Zeit agierte sie als erfolgreiche Machtpolitikerin, ohne die sonst bei Frauen ihrer Zeit übliche Zurückhaltung.

Nach ihrem Tod übernahm ihre Schwiegermutter, die alte Kaiserin Adelheid, die Regentschaft für Otto III., bis dieser im Jahre 994 mündig wurde. Adelheid starb im Dezember 999 und wurde im Jahr 1097 wegen ihrer zahlreichen Klostergründungen und ihrer Unterstützung der cluniazensischen Kirchenreform heilig gesprochen.

Otto III. war ein jugendlicher Visionär voller weit gespannter Pläne für ein in Frieden geeintes Europa. So plante er zum Beispiel zusammen mit dem polnischen König für den Sommer 1002 ein Treffen, auf dem beide Monarchen über eine Vereinigung ihrer Länder verhandeln wollten – ein Vorhaben, das im Zeitalter der Europäischen Union geradezu modern anmutet. Leider starb Otto III. bereits im Januar 1002 im Alter von nur einundzwanzig Jahren an der Malaria, und sein Vorhaben für die nächsten 1000 Jahre mit ihm.

Crescentius nahm nach Marocias Tod seine offene Opposition gegen die Deutschen wieder auf. Er versuchte mehrfach mit diplomatischen wie aufrührerischen Aktivitäten, die Ewige Stadt dem Einfluss des Heiligen Römischen Reiches zu entziehen. Nach einem missglückten Aufstand gegen den deutschfreundlichen Papst Gregor V. verschanzte er sich in der Engelsburg, wurde jedoch bald von deutschen Truppen gefangen genommen und im März 998 hingerichtet.

Crescentius gilt als Stammvater des bedeutenden römischen Adelsgeschlechts Colonna. Dieses übte bis ins sechzehnte Jahrhundert großen Einfluss auf die Politik der Ewigen Stadt aus.

Das Kloster Cluny erreichte im 11. Jahrhundert eine einzigartige Machtposition, überhäuft mit Privilegien, ausgestattet mit einer der größten Kathedralen, die je gebaut wurden. Das mittelalterliche Selbstverständnis der Kirche als Herrin über Monarchen und als eigenständiger Machtfaktor geht auf die Ideen Clunys, insbesondere ihres Abtes Odo, zurück und führte in den folgenden Jahrhunderten zu viel Unruhe in Europa. Während die cluniazensischen Ideen lange ihre Wirkung behielten, versank das Kloster selbst jedoch ab dem 12. Jahrhundert in die Bedeutungslosigkeit. Heute ist nur noch ein kleiner Teil der Abtei erhalten.

Das Fürstentum Capua konnte noch ungefähr achtzig Jahre seine bemerkenswerte Autonomie zwischen Byzanz und dem Reich verteidigen, bis es um 1060 von den Normannen erobert wurde, die sich zu dieser Zeit in Europa ausbreiteten.

Das Oströmische Imperium, das ich im Roman fast durchgängig mit seinem anderen Namen Byzantinisches Imperium bezeichne, verlor mit seinem Einfluss in Italien auch die herausragende Stellung in der europäischen Machtpolitik. Um 1100 war seine Macht in Italien endgültig gebrochen, um 1200 musste es seine letzten Gebiete auf der Halbinsel aufgeben, um 1350 war es bis auf die Hauptstadt Konstantinopel/Byzanz zusammengeschrumpft. Im Jahre 1453 wurde Konstantinopel von den Türken erobert.

Das Heilige Römische Reich, dessen Bezeichnung zur Mitte des 13. Jahrhunderts auf Heiliges Römisches Reich Deutscher Nation erweitert wurde, wurde erst von Napoleon im Jahre 1806 zerschlagen. Die jeweiligen Kaiser reichten aber nur in wenigen Fällen an die Autorität der Ottonen heran. Zumeist führten diese Imperatoren lediglich den Titel, während die tatsächliche Macht bei den Landesfürsten lag.

Der Einfluss Marocias dauerte bis weit über ihren Tod hinaus. Ihre zahlreichen Enkel und sonstigen Verwandten besetzten in den nächsten Jahrzehnten mehrmals den Stuhl Petri, so zum Beispiel Gregor V. (996–999), Benedikt VIII. (1012–1024) und Johannes XIX. (1024–1032) sowie ihr Ururenkel Benedikt IX. (1032–1045).

Die Gräber Marocias und ihrer Familie haben die Jahrhunderte nicht überdauert, aber man kann trotzdem auf ihren Spuren wandeln. Das Haus ihrer Kindheit beispielsweise steht noch immer – als Kirche in der Via Lata nahe der Piazza Venezia. Und die Ruinen, die in Teilen noch heute auf der Tiberinsel zu sehen sind oder in spätere Gebäude integriert wurden, könnten tatsächlich von der Villa stammen, die Marocia einst bewohnte.

Anmerkungen zum Roman

Das *saeculum obscurum*, das dunkle zehnte Jahrhundert, wird nicht deswegen so genannt, weil es grausamer oder feindseliger war als das neunte oder elfte, sondern weil es kaum Zeugnisse aus dieser Zeit gibt. Einzelmeinungen, die zufällig überdauert haben, bestimmen daher weitgehend das Bild, das wir über diese Epoche und ihre Menschen haben.

Wer sich also in Büchern, im Internet oder über andere Medien über Marocia (eingedeutscht wird sie Marozia geschrieben) informiert, findet eine andere Frau vor als die, von der hier im Buch die Rede ist. Schon ihre in Geschichtsbüchern genannten Lebensdaten variieren zum Teil ungeheuer stark (ihr Geburtsjahr zwischen 890 und 892, ihr Todesjahr zwischen 932 (!) und 984). Mehrere Details jedoch, unter anderem der Bericht über einen Besuch Ottos III. kurz vor ihrem Tod, haben mich davon überzeugt, die langlebigste Variante zu wählen und Marocia 94 Jahre alt werden zu lassen.

Wichtiger als Marocias unklare Lebensdaten sind die überlieferten Charaktermerkmale. Ihre Gestalt, wie sie heute vor uns erscheint, ist stark von den Überlieferungen Liudprands, des Bischofs von Cremona und Gefolgsmanns Ottos des Großen, bestimmt, und der hat kein einziges gutes Haar an ihr gelassen. Kein Zweifel, sie war eine für die damaligen Verhältnisse unglaublich energische und ambitionierte Frau, mehrmals verheiratet, mehrmals außerehelich liiert. Diese Eigenschaften, die bei heutigen Frauen fast schon selbstverständlich geworden sind, reichten im zehnten Jahrhundert aus, um Marocia als machtbesessene Hure zu diskreditieren.

Gleichfalls aber kann es keinen Zweifel darüber geben, dass ich einen Roman geschrieben habe, keine Biografie. So wenig, wie jemand die Überlieferungen eines Erzmönches wie Liudprand von

Cremona bestätigen kann, so wenig kann sie jemand widerlegen. Aus den überlieferten Zeitumständen, den historischen Geschehnissen während Marocias Leben und den vielen Details, die das letzte Jahrtausend überdauert haben, habe ich eine eigene Geschichte kreiert, nicht mehr und nicht weniger.

Die historischen Ereignisse, die im vorliegenden Roman eine Rolle spielen, sind nicht erfunden. Die Leichensynode hat ebenso stattgefunden wie der Aufstand gegen Papst Stephan VI. und Ageltrudis, die Blendung Louis' von Provence, der Sarazenenfeldzug, die Vertreibung König Hugos aus Rom, die Orgien Octavians im Lateran oder der Krieg des Patrimoniums gegen Capua, um nur einige Beispiele zu nennen. Ebenso habe ich viele wahre Details einfließen lassen, unter anderem den Einsturz der Laterankirche, die enge Beziehung Abt Odos zu Alberic sowie seine diplomatischen Vermittlungen zwischen dem Prinzeps von Rom und König Hugo; weiterhin die Ermordung Ansgars, die Flucht Adelheids aus einem Kerker Berengars von Ivrea, die Umwandlung der Villa in der Via Lata in ein Kloster sowie vieles mehr. Zumeist sind allerdings die näheren Umstände dieser historischen Fakten nicht bekannt oder unsicher, so dass hier viel Raum mit Fiktion gefüllt werden konnte.

Bisweilen musste ich die historischen Ereignisse jedoch komprimieren oder vereinfachen, denn die Machtverhältnisse im Italien des zehnten Jahrhunderts waren äußerst komplex. In einen Roman gehören diese Wirrnisse meiner Meinung nach nicht hinein.

Gelegentlich habe ich der Versuchung nicht widerstehen können, im Dunkel der Geschichte ruhende Fragen in meinem Sinne zu beantworten. So ist beispielsweise unklar, ob eine Tochter Marocias tatsächlich an den byzantinischen Kaiserhof verheiratet wurde (Marocia hatte allerdings eine Tochter namens Eudoxia, und eine Eudoxia war auch mit Kaiser Stephanos verheiratet). Auch die Herkunft Theophanus gibt bis heute Rätsel auf. Man weiß nur, dass sie eine byzantinische Prinzessin war und nicht dem Kern der kaiserlichen Familie angehörte.

Es konnte nicht ausbleiben, einige der Romanfiguren zu erfinden. Gestalten wie Pater Bernard, Damiane, Saxo oder Suidger von Selz entstammen meiner Fantasie.

Und schließlich musste ich auch einige Namen verändern, um Verwirrung wegen Namensgleichheiten zu vermeiden. So ging Marocias Sohn Clemens in Wahrheit als Johannes XI. in die Geschichte des Papsttums ein, Blanca trug den Namen ihrer Mutter Theodora. Und Marocias Enkelinnen hießen nicht Paulina und Cecile, sondern wiederum Theodora und Marocia.

Personenregister

(Aufgelistet sind historische Personen, die im Roman eine Rolle spielen. Wo Lebensdaten, Namen oder Titel historisch nicht eindeutig sind, sind diese hier wie im Roman erzählt angegeben oder ganz ausgelassen. Nicht historische Personen sind kursiv geschrieben.)

Ablabius: *Magistrat von Rom.*

Adelheid: 929–999; Tochter König Rudolphs von Hochburgund; in erster Ehe mit Lothar verheiratet, in zweiter mit Otto I.

Ageltrudis: †899; Herzogin von Spoleto; bekämpfte den wachsenden deutschen Einfluss zugunsten von Byzanz.

Agipert: *Heerführer Alberics I.*

Alazais: 925–971; Tochter Marocias und Hugos.

Alberic I.: †924; Herzog von Spoleto; historisch auch Alberich oder Albarich genannt; Marocias erster Gemahl.

Alberic II.: 917–954; Senator und Prinzeps von Rom; Sohn Marocias und Alberics.

Alda: †950; Tochter Hugos, Gemahlin Alberics II., Mutter Octavians.

Ansgar:	†925; Enkel König Berengars; Herzog von Lombardo (Lombardei).
Aymard:	†954; Abt von Cluny 941–954.
Berengar:	†924; Markgraf von Friaul, ab 915 König von Italien.
Berengar v. Ivrea:	†964; Enkel König Berengars; Markgraf von Friaul, erhebt um 950 Anspruch auf die italienische Königskrone.
Bernard:	*Pater, Lehrer von Theodora und ihren Kindern Marocia und Leon.*
Blanca:	†964; Schwester Marocias (eigentlicher historischer Name Theodora).
Boso:	Jüngerer Bruder Hugos von Vienne; ab 932 Herzog von Spoleto und Markgraf von Toskana (Tuscien).
Clemens:	910–935; eigentlicher historischer Name Johannes; ältester Sohn Marocias aus ihrer Verbindung mit Papst Sergius III.; ab 931 Papst (Johannes XI.).
Constanza v. Atri:	*Mutter Alberics I.*
Crescentius:	931–998; jüngster Sohn Marocias und Hugos.
Damiane:	*Dienerin Marocias.*
Desiderius:	*Sekretär Saxos, später Primicerius und Prälat.*
Egidia:	*Marocias Amme.*

Eudoxia:	916–973; Tochter Marocias und Alberics I.
Ganymed:	*Römischer Strichjunge; Geliebter Octavians.*
Gratian:	*Mönch im Lateran, später Geistlicher in Spoleto; Geliebter Damianes.*
Guido:	†932; Markgraf von Toskana (Tuscien); Halbbruder Hugos.
Hugo von Vienne:	†947; zweiter Gemahl Marocias; Graf von Vienne, ab 924 König von Italien, ab 928 zusätzlich König von Niederburgund, ab 931 zusätzlich König von Hochburgund.
Johannes:	†928; Erzbischof von Ravenna, ab 914 Papst Johannes X.
Lando:	†963; Fürst von Capua (historisch auch Landulf genannt); Geliebter Marocias.
Leon:	†915; Bruder Marocias.
Liudprand v. Cremona:	†973; Bischof von Cremona; Ratgeber Ottos I. und Beichtvater Adelheids; 963/964 mit dem Verfahren gegen Papst Johannes XII. beauftragt.
Lothar:	†950; Sohn Hugos, Stiefsohn Marocias; ab 947 König von Italien.
Louis v. Provence:	†928; historisch auch Ludwig der Blinde genannt; König von Niederburgund, ab 901 als Ludwig III. König von Italien, regierte aber faktisch nicht.

Octavian: *938; Sohn Alberics II. und Aldas, Enkel Marocias; ab 955 Papst (Johannes XII.).

Odo von Cluny: †941; Abt des Klosters Cluny 927–941; Lehrer und Vertrauter Alberics II.

Otto I.: 912–973; Sohn des deutschen Königs Heinrich I.; ab 936 deutscher König, ab 951 zusätzlich König von Italien, ab 962 Heiliger Römischer Kaiser.

Priscian: *Sohn Landos, Schwiegersohn Marocias.*

Regnald: *Kutscher im Hause Theophyls; Geliebter Egidias.*

Saxo: *Unter Papst Sergius III. Primicerius im Lateran.*

Sergius: †911; ab 903 Papst (Sergius III.).

Stephan VI.: †897; Papst 896–897.

Stephan VII.: †931; Papst 928–931.

Suidger v. Selz: *Primicerius im Lateran; Vertrauter Marocias.*

Theodora: †924; Gefolgsfrau der Ageltrudis; Gemahlin des römischen Senators Theophyl, Mutter Marocias.

Theophanu: 954–991; Tochter Eudoxias, Enkelin Marocias; byzantinische Prinzessin; Gemahlin Kaiser Ottos II., Mutter Kaiser Ottos III.

Theophyl: †915; historisch auch Theophylakt genannt; zunächst Hoher Richter, dann Senator von Rom.

BLANVALET

HISTORISCHE ROMANE BEI BLANVALET

Valerio Evangelisti, Die Prophezeiung
35623

Colleen McCullough, Rubikon
35282

Jennifer Roberson, Herrin der Täler
35671

Roland Adloff, Der Advocatus
35358